THÉRAPIE

TU NE TE SOUVIENDRAS PAS

LE BRISEUR D'ÂMES

SEBASTIAN FITZEK

THÉRAPIE

Traduit de l'allemand par Pascal Rozat

TU NE TE SOUVIENDRAS PAS

Traduit de l'allemand par Jean-Marie Argelès

LE BRISEUR D'ÂMES

Traduit de l'allemand par Penny Lewis

ÉDITIONS FRANCE LOISIRS

Édition du Club France Loisirs,
avec l'autorisation des Éditions de l'Archipel

Éditions France Loisirs
123, boulevard de Grenelle, Paris
www.franceloisirs.com

THÉRAPIE :
Ce livre a été publié sous le titre *Die Therapie*
par Knaur, Munich, 2006.

TU NE TE SOUVIENDRAS PAS :
Ce livre a été publié sous le titre *Das Kind*
par Droemer, Munich, 2009.

LE BRISEUR D'ÂMES :
Ce livre a été publié sous le titre *Der Seelenbrecher*
par Knaur, Munich, 2008.

ISBN : 978-2-298-06847-4

THÉRAPIE

Tout ce que je verrai ou entendrai autour de moi,
dans l'exercice de mon art ou hors de mon ministère,
et qui ne devra pas être divulgué,
je le tairai et le considérerai comme un secret.

Serment d'Hippocrate (extrait)

Dis-moi qui sont tes amis,
je te dirai qui tu es.

Proverbe

PROLOGUE

Lorsque la demi-heure fut écoulée, il sut qu'il ne reverrait jamais sa fille. Elle avait ouvert la porte, s'était retournée une dernière fois vers lui, puis était entrée dans la pièce où l'attendait le vieil homme. Mais Joséphine, sa fille de douze ans, ne devait plus en sortir. Il en était certain. Plus jamais il ne reverrait son sourire radieux, le soir, quand il allait la coucher. Plus jamais il n'éteindrait sa petite lampe de chevet aussitôt après qu'elle se fut endormie. Et plus jamais il ne serait réveillé au milieu de la nuit par ses cris stridents.

Cette certitude s'imposa brutalement à lui, le laissant en état de choc.

Lorsqu'il se releva, il lui sembla que son corps ne demandait qu'à rester assis sur sa chaise en plastique branlante. Il crut un instant que ses jambes étaient prêtes à céder sous son poids et qu'il allait s'étaler de tout son long sur le parquet usé de la salle d'attente, entre la grosse ménagère venue soigner son psoriasis et la table basse couverte de vieux magazines. Mais il n'eut pas même le soulagement de s'évanouir. Il restait pleinement conscient.

Les patients sont soignés
non dans l'ordre de leur arrivée
mais selon l'urgence de leur cas.

Les contours de la pancarte accrochée à la porte blanche de la salle de consultation se brouillaient devant ses yeux.

Le docteur Grohlke, allergologue et ami de la famille, était le médecin numéro vingt-deux. Viktor Larenz avait établi une liste de noms qu'il cochait au fur et à mesure. Les vingt et un médecins précédents n'avaient rien trouvé. Absolument rien.

Le premier, un médecin de garde, était venu le lendemain de Noël dans la propriété familiale de Schwanenwerder. Cela faisait onze mois, jour pour jour. Ils avaient d'abord cru que Joséphine avait juste mal digéré la fondue du dîner. Elle avait vomi plusieurs fois au cours de la nuit, avant d'être prise de diarrhées. C'est sa femme Isabel qui avait appelé, et Viktor avait descendu Josy au salon, vêtue de sa fine chemise de nuit en batiste. Quand il y repensait, il lui semblait sentir encore ses petits bras contre lui. Avec l'un, elle s'agrippait à son cou, comme si elle cherchait de l'aide ; de l'autre, elle serrait contre elle sa peluche préférée, le chat bleu Nepomuk. Sous les regards inquiets de la famille, le médecin avait ausculté sa maigre cage thoracique, avant de lui faire une perfusion et de lui prescrire un médicament homéopathique.

— Une petite gastro-entérite, c'est dans l'air en ce moment. Mais ne vous inquiétez pas ! Tout ira bien.

C'est avec ces mots qu'il avait pris congé. Tout ira bien. Ce type avait menti.

Viktor se tenait debout devant la lourde porte de la salle de consultation. Lorsqu'il tenta de l'ouvrir, il ne parvint même pas à en tourner la poignée. Il crut d'abord que toute cette tension lui avait fait perdre ses forces. Puis il comprit que la porte était fermée. Quelqu'un, à l'intérieur, avait poussé le verrou.

Mais qu'est-ce qui se passe, ici ?

Brusquement, il se retourna. Il avait l'impression de contempler son environnement comme déformé par un stroboscope. Son cerveau percevait tout ce qu'il voyait de manière décalée, saccadée : les photos de paysages irlandais accrochées aux murs, le ficus poussiéreux dans l'encadrement de la fenêtre, la ménagère assise sur sa chaise. Larenz secoua une dernière fois la porte, puis sortit de la salle d'attente et se traîna jusque dans l'entrée du cabinet. Celle-ci était toujours aussi surpeuplée, comme si le docteur Grohlke avait été le seul médecin dans tout Berlin.

Viktor se dirigea lentement vers l'accueil. Un adolescent souffrant à l'évidence de problèmes d'acné essayait de se faire établir une ordonnance, mais Larenz le repoussa sans ménagement et se mit aussitôt à déverser un flot de paroles à l'attention de l'assistante médicale. Il la connaissait de ses précédentes visites. Lorsqu'il était arrivé avec Josy, une demi-heure plus tôt, elle n'était pas encore là. À présent, il était soulagé de voir que son remplaçant était parti en pause ou avait été demandé ailleurs. Maria avait à peine plus de vingt ans et faisait songer à la gardienne de but un peu corpulente d'une équipe de football féminin. Mais elle avait elle-même une petite fille. Elle allait l'aider.

— Je dois la voir d'urgence, dit-il plus fort qu'il ne l'aurait voulu.

— Tiens, docteur Larenz, bonjour ! Ravie de vous revoir.

Maria avait immédiatement reconnu le psychiatre. Il n'avait plus mis les pieds au cabinet depuis un moment, mais elle voyait souvent son visage aux traits saillants dans les magazines ou à la télévision. On l'invitait volontiers à des talk-shows, tant en raison de son physique agréable que de sa capacité à rendre compréhensible à un public profane les problèmes psychiques les plus complexes. Aujourd'hui, pourtant, il s'exprimait de façon énigmatique.

— Je dois immédiatement voir ma fille !

Le garçon qu'il avait repoussé sentit instinctivement que quelque chose ne tournait pas rond et s'éloigna encore d'un pas. Maria semblait elle aussi inquiète et s'évertuait à ne pas perdre son sourire passe-partout d'hôtesse d'accueil.

— Je suis désolée, mais je ne comprends pas de quoi vous voulez parler, docteur Larenz, dit-elle en portant la main à son arcade sourcilière gauche.

En temps normal, elle avait à cet endroit un piercing qu'elle se mettait à tripoter chaque fois que quelque chose la rendait nerveuse. Mais le docteur Grohlke, son patron, était conservateur, et elle avait pour ordre de retirer le petit bijou argenté en présence des patients.

— Vous êtes sûr que Joséphine a bien rendez-vous aujourd'hui ?

Larenz ouvrit la bouche, prêt à lui lancer sa réponse en pleine figure, mais il se retint. Bien sûr qu'elle avait un rendez-vous aujourd'hui. C'est Isabel qui avait téléphoné pour le fixer. Et c'est lui qui avait conduit Josy. Comme d'habitude.

— Papa, c'est quoi, un allergologue ? lui avait-elle demandé dans la voiture. Il prévoit le temps qu'il fait ?

— Non, ma chérie. Ça, c'est un météorologue.

Il l'avait observée dans le rétroviseur et aurait voulu pouvoir caresser ses cheveux blonds. Elle lui semblait si fragile. Comme un ange dessiné sur du papier de soie japonais.

— L'allergologue aide les gens qui n'ont pas le droit de s'approcher de certaines choses, parce que ça les rend malades.

— Des gens comme moi ?

— Peut-être.

« Espérons-le, avait-il pensé. Ce serait au moins un début de diagnostic. » Pour toute la famille, les symptômes inexplicables de sa maladie tournaient désormais à l'obsession. Cela faisait presque six mois que Josy n'allait plus à l'école. Les spasmes la saisissaient de façon si soudaine et irrégulière qu'elle n'aurait pu rester longtemps assise dans une salle de classe. Aussi, Isabel avait demandé un mi-temps pour lui dispenser des cours particuliers. Quant à Viktor, il avait fermé son cabinet de la Friedrichstraße afin de pouvoir consacrer tout son temps à sa fille. Ou plutôt à ses médecins. Mais, en dépit du véritable marathon de consultations auquel ils s'étaient livré ces dernières semaines, tous les experts demeuraient perplexes. Ils ne trouvaient aucune explication à ces accès de fièvre réguliers, à ces maladies infectieuses ni à ces saignements de nez nocturnes. Parfois, les symptômes s'amenuisaient et semblaient même disparaître complètement, de sorte que la famille reprenait espoir. Mais, après ce bref répit, ils réapparaissaient, souvent avec une violence accrue. Jusque-là, les spécialistes en médecine interne, les hématologues et autres neurologues avaient seulement pu établir qu'il ne s'agissait ni du sida, ni d'un cancer, ni d'une hépatite, ni d'aucune autre maladie connue. On avait même procédé à un test de détection du paludisme. Résultat négatif.

— Docteur Larenz ?

La voix de Maria ramena brutalement Larenz à la réalité. Il se rendit compte que, pendant tout ce temps, il avait dû la fixer sans rien dire, la bouche ouverte.

— Qu'est-ce que vous avez fait d'elle ?

Il avait retrouvé sa voix, à présent, et il parlait de plus en plus fort.

— Que voulez-vous dire ?

— Josy. Qu'est-ce que vous lui avez fait ?

Larenz hurlait à présent, et les conversations de la salle d'attente se turent subitement. On lisait dans les yeux de Maria qu'elle n'avait aucune idée de la manière dont elle devait affronter une telle situation. En tant qu'assistante du docteur Grohlke, elle était certes habituée au comportement étrange de certains patients. Il ne s'agissait pas d'un cabinet huppé, et cela faisait longtemps que l'Uhlandstraße ne comptait plus parmi les adresses les plus prestigieuses de Berlin. Il n'était pas rare que la salle d'attente accueillît des prostituées et des junkies venus de la Lietzenburgerstraße toute proche. Et personne ne s'étonnait lorsqu'un camé en état de manque se mettait à hurler qu'il ne voulait pas de traitement pour son eczéma mais des médicaments pour soulager ses douleurs.

Mais la situation présente était tout autre. En effet, le docteur Viktor Larenz n'était nullement vêtu d'un survêtement sale ni d'un tee-shirt troué. Il ne portait pas non plus de baskets usées et son visage n'était pas couvert de boutons purulents. Bien au contraire. On aurait dit que l'épithète « distingué » avait été inventée spécialement pour le décrire : svelte et bien bâti, il avait le buste droit, le front haut et le menton prononcé. Viktor Larenz avait quarante-trois ans. C'était le genre d'homme dont on peinait à deviner l'âge, mais dont on pouvait être sûr qu'il possédait des mouchoirs de lin brodés à ses initiales et qu'il n'avait jamais de menue monnaie sur lui. La blancheur frappante de sa peau semblait trahir le surmenage. Et c'est précisément tout cela qui rendait la situation si difficile pour Maria : on ne s'attend pas à ce qu'un docteur en psychiatrie vêtu d'un costume sur mesure à deux mille deux cents euros se mette à pousser des hurlements en public. Et encore moins à ce que sa voix se brise tandis qu'il gesticulait dans tous les sens en débitant des paroles incompréhensibles. Voilà pourquoi Maria n'avait pas la moindre idée de ce qu'elle devait faire.

— Viktor ?

Larenz se retourna en direction de la voix grave qui l'avait interpellé. Le docteur Grohlke avait entendu le tapage et interrompu sa consultation. Le vieux médecin blond à la maigre silhouette et aux cernes profonds paraissait très inquiet.

— Mais qu'est-ce qui se passe, ici ?

— Où est Josy ? hurla Viktor en guise de réponse.

Grohlke ne put réprimer un sursaut devant la réaction de son ami. Il connaissait la famille depuis près de dix ans, mais jamais il n'avait vu Larenz dans un état pareil.

— Viktor ? Tu ne préfères pas que nous allions dans mon bureau pour... ?

Au lieu de l'écouter, Larenz regardait fixement par-dessus son épaule. Lorsqu'il vit que la porte de la salle de consultation était entrebâillée, il se précipita et l'ouvrit d'un violent coup de pied. La patiente souffrant de psoriasis était allongée dans la salle. Elle était à moitié déshabillée et eut une telle frayeur qu'elle en oublia de cacher sa poitrine.

— Enfin, Viktor, qu'est-ce qui te prend ? cria Grohlke en lui courant après.

Mais Larenz était déjà ressorti de la pièce et se lançait à présent dans la direction opposée.

— Josy ?

Il courait maintenant à travers le couloir, ouvrant toutes les portes qui s'offraient à lui.

— Josy, où es-tu ? hurla-t-il, pris de panique.

— Grand Dieu, Viktor !

Le vieux médecin essayait de le suivre tant bien que mal, mais Viktor ne lui prêtait aucune attention. La peur avait supplanté la raison.

— Qu'est-ce qu'il y a, là-dedans ? cria-t-il en essayant en vain d'ouvrir la dernière porte avant la salle d'attente.

— Des produits d'entretien, rien d'autre, Viktor. C'est un cagibi.

— Ouvrez !

Viktor secouait la poignée, comme pris de démence.

— Bon, écoute…

— OUVREZ !

Avec une force insoupçonnée, le docteur Grohlke saisit Larenz au niveau des avant-bras et l'immobilisa.

— Calme-toi, Viktor ! Et écoute-moi. Ta fille ne peut pas être ici. La femme de ménage est partie avec la clé ce matin, et elle ne reviendra que demain.

Respirant avec difficulté, Larenz semblait entendre ces paroles sans pour autant en comprendre le sens.

— Procédons avec logique.

Grohlke relâcha sa prise et posa la main sur l'épaule de Viktor.

— Quand as-tu vu ta fille pour la dernière fois ?

— Il y a une demi-heure, ici, dans la salle d'attente, répondit-il l'air absent. Elle est entrée dans ton bureau pour la consultation.

Le vieux médecin secoua la tête, l'air inquiet, et se tourna vers Maria, qui les avait suivis.

— Je n'ai pas vu Joséphine, dit-elle à son patron. Et elle n'avait pas de rendez-vous aujourd'hui.

« N'importe quoi ! » aurait voulu hurler Larenz, qui se prit la tête entre les mains.

— Mais Isabel vous a pourtant bien téléphoné. Et bien sûr que Maria a pu ne pas voir ma fille. À la réception, il y avait son remplaçant, un homme. Il nous a dit de prendre place. Josy était si faible. Si fatiguée. Je l'ai laissée assise dans la salle d'attente, et je suis parti lui chercher un verre d'eau. Et quand je suis revenu, elle...

— Maria n'a pas de remplaçant, l'interrompit Grohlke. Il n'y a que des femmes qui travaillent dans ce cabinet.

Stupéfait, Viktor dévisageait le médecin en essayant de comprendre ce qu'il venait de lui dire.

— Je n'ai pas reçu Josy en consultation aujourd'hui. Elle n'est pas venue me voir.

Soudain, Larenz se mit à entendre au loin un bruit perçant, crispant, qui recouvrait progressivement les paroles du médecin.

— Qu'est-ce que vous me voulez ? cria-t-il, désespéré. Bien sûr qu'elle est allée dans la salle de consultation. On l'a priée d'entrer. J'étais dans le couloir, juste à côté, et j'ai entendu l'homme de l'accueil qui appelait son nom. Elle avait rendez-vous aujourd'hui, c'est elle qui me l'avait demandé. Elle vient d'avoir douze ans, vous savez ? Depuis quelque temps, elle ferme la porte de la salle de bains à clé. Quand je suis revenu dans la salle d'attente, j'ai donc cru qu'elle était déjà entrée...

Viktor ouvrit la bouche et se rendit soudain compte qu'il n'avait pas dit un mot. Son cerveau travaillait, mais il ne parvenait visiblement plus à s'exprimer. Désemparé, il regarda autour de lui et eut l'impression que le monde tournait au ralenti. Le sifflement devenait de plus en plus insupportable et recouvrait presque tous les autres bruits.

Il sentait que tout le monde cherchait à lui parler : Maria, le docteur Grohlke, et même quelques patients.

— Cela fait un an que je n'ai plus vu Josy.

Telles furent les dernières paroles que Viktor put encore entendre distinctement de la part de Grohlke. Et, d'un coup, tout devint clair. Durant un bref instant, il comprit ce qui s'était passé. L'horrible vérité lui apparut de manière fugitive, comme dans un rêve. Et elle lui échappa tout aussi vite. Pendant une fraction de seconde, il comprit tout. La maladie de Josy. Pourquoi elle avait tant dû souffrir ces derniers mois. Soudain, il vit ce qui s'était passé. Ce qu'on lui avait fait. Il s'étrangla lorsqu'il comprit qu'ils allaient à présent le poursuivre, lui aussi. Ils le trouveraient, tôt ou tard. Il le savait. Mais très vite, tout cela disparut à nouveau. Irrémédiablement, comme une goutte d'eau emportée par le courant.

Viktor se plaqua les mains contre les tempes. L'atroce sifflement était désormais tout proche et devenait intolérable. On aurait dit les gémissements de quelque créature qu'on aurait torturée, cela n'avait plus rien d'humain. Et ce bruit ne cessa que lorsqu'il referma enfin la bouche.

1

Quelques années plus tard.

Viktor Larenz n'aurait jamais cru qu'il passerait un jour de l'autre côté. Autrefois, cette chambre de la clinique de Wedding, spécialisée dans les troubles psychosomatiques, était réservée à ses patients les plus difficiles. À présent, c'était lui qui était allongé sur le lit hydraulique réglable, les bras et les jambes immobilisés par des sangles élastiques.

Personne n'était passé le voir jusqu'à présent. Ni amis, ni collègues, ni membres de sa famille. Il n'avait guère d'autre distraction que de fixer le papier peint jauni, les rideaux marron et crasseux ou encore le plafond rongé par l'humidité. Seules les deux visites quotidiennes du jeune médecin-chef, le docteur Martin Roth, venaient lui changer un peu les idées. D'après ce qu'il lui avait dit, personne n'avait sollicité d'autorisation de visite auprès de la direction. Pas même Isabel. Et il ne pouvait vraiment pas en vouloir à sa femme. *Après tout ce qui s'était passé.*

— Depuis combien de temps avez-vous arrêté de me donner des médicaments ?

Quand il posa cette question au médecin-chef, ce dernier était en train de contrôler le système de perfusion installé au-dessus de son lit.

— Ça fait environ trois semaines, docteur Larenz.

Il n'avait jamais cessé de l'appeler « docteur », et Viktor lui en était profondément reconnaissant. Lors des conversations qu'il avait eues ces derniers jours avec le docteur Roth, celui-ci l'avait toujours traité avec le plus grand respect.

— Et depuis quand suis-je à nouveau en mesure de parler ?

— Depuis neuf jours.

— Ah bon.

Il marqua une courte pause.

— Et quand me laisserez-vous sortir ?

Viktor vit que Roth ne pouvait réprimer un sourire en entendant cette plaisanterie. Ils savaient l'un comme l'autre qu'on ne le laisserait jamais sortir d'ici. Sauf peut-être pour le mettre dans un autre établissement garantissant un niveau de sécurité comparable.

Viktor jeta un regard vers ses mains et tenta d'éprouver la solidité des sangles qui l'immobilisaient. On avait visiblement pris toutes les précautions nécessaires. Dès son arrivée, on lui avait retiré sa ceinture et ses lacets. On avait même enlevé le miroir dans la salle de bains. Les deux fois par jour où il allait aux toilettes, toujours sous surveillance, il ne pouvait même plus vérifier que son apparence était bien en accord avec son état psychique déplorable. Autrefois, on lui faisait souvent des compliments sur son physique. Il attirait l'attention par ses cheveux épais, ses larges épaules et son allure sportive. Pour son âge, il avait alors un corps parfait. Aujourd'hui, il ne lui en restait plus grand-chose.

— Franchement, docteur Roth, qu'est-ce que vous ressentez quand vous me voyez allongé, comme ça ?

Le médecin-chef évita de croiser le regard de Viktor tandis qu'il s'emparait du petit panneau en métal fixé à l'extrémité du lit. Visiblement, il réfléchissait à la question. *De la pitié ? De l'inquiétude ?*

— J'ai peur.

Il avait décidé de dire la vérité.

— Parce que vous vous dites qu'il pourrait un jour vous arriver la même chose ?

— Vous trouvez ça égoïste ?

— Non. Vous êtes honnête et ça me plaît. Et puis ça se comprend. Nous avons tout de même bon nombre de points communs.

Le docteur Roth se contenta de hocher la tête.

Même si tout semblait les séparer désormais, on pouvait en effet relever bien des similitudes dans leurs vies. Ils étaient tous deux fils uniques et avaient grandi dans les quartiers les plus huppés de Berlin. Larenz venait d'une vieille famille d'avocats d'affaires installée à Wannsee ; quant au docteur Roth, c'était le rejeton choyé de deux chirurgiens de Westend. Ils avaient fait leurs études de médecine à la Freie Universität, à Dahlem, et s'étaient spécialisés en psychiatrie. Chacun avait hérité de la propriété de ses parents, ainsi que d'une fortune non négligeable qui lui aurait permis de vivre sans travailler. Et, pourtant, le hasard – ou le destin – les avait réunis là dans cette pièce.

— Très bien, poursuivit Viktor. Vous voyez donc vous aussi le parallèle entre nous. Comment auriez-*vous* donc réagi, dans ma situation ?

— Vous voulez dire, si j'avais découvert qui avait fait ça à *ma* fille ?

Le docteur Roth avait terminé de noter ses observations du jour sur le panneau. Pour la première fois, il regarda Viktor dans les yeux.

— Oui.

— Pour être franc, je ne sais pas si j'aurais survécu à ce que vous avez dû endurer.

Viktor partit d'un rire nerveux.

— Mais je n'y ai pas survécu. Je suis mort. De la manière la plus atroce que vous puissiez imaginer.

— Et si vous me racontiez tout ?

Le docteur Roth s'assit à côté de lui sur le rebord du lit.

— Raconter quoi ?

Viktor posait cette question bien qu'il en connût parfaitement la réponse. Le médecin lui avait déjà adressé cette demande à plusieurs reprises au cours des jours précédents.

— Tout. Votre histoire. Comment vous avez découvert ce qui était arrivé à votre fille. Les raisons de sa maladie. Décrivez-moi l'ensemble des événements. Depuis le début.

— Je vous ai déjà dit l'essentiel.

— Oui, mais les détails m'intéressent. Je voudrais que vous me les racontiez avec la plus grande précision. Et, surtout, que vous m'expliquiez comment vous avez pu en arriver là.

À la catastrophe.

Viktor expira profondément et tourna à nouveau son regard vers le plafond délabré.

— Vous savez, pendant les années qui ont suivi la disparition de Josy, j'ai cru qu'il n'y avait rien de pire que de ne pas savoir. Quatre années sans la moindre piste, le moindre signe de vie. Parfois, j'en venais à espérer que le téléphone sonne et qu'on m'annonce où se trouvait le cadavre. Je croyais vraiment qu'il n'y avait rien de plus horrible que de vivre ainsi entre doute et certitude. Mais je me trompais. Car savez-vous ce qui est encore plus affreux ?

Le docteur Roth le regarda avec curiosité.

— La vérité, murmura Viktor. La vérité ! Je crois l'avoir déjà devinée dans le cabinet du docteur Grohlke. Juste après la disparition de Josy. Et elle était si horrible que je ne voulais pas y croire. Mais, ensuite, elle s'est à nouveau révélée à moi. Et, cette fois-là, je n'ai pu la refouler, car elle m'a littéralement poursuivi. La vérité se tenait soudain face à moi, et il m'était impossible de lui échapper.

— Comment cela ?

— Comme je vous le dis. J'étais face à face avec la personne responsable de toute cette horreur, et je n'ai pas pu le supporter. Pour le reste, vous savez aussi bien que moi ce que j'ai fait sur cette île. Et où cela m'a mené.

— L'île de Parkum, c'est ça ? interrogea le docteur Roth. Qu'est-ce que vous étiez allé faire là-bas ?

— En tant que psychiatre, vous devriez savoir que ce n'est pas la question appropriée, dit Viktor en souriant. Je vais quand même essayer de vous répondre : des années après la disparition de Josy, le magazine *Bunte* m'a sollicité pour une énième interview. Au début, je comptais refuser. Isabel aussi y était opposée. Et puis, finalement, je me suis dit que les questions que l'on m'avait envoyées par e-mail et par fax pourraient m'aider à mettre mes idées au clair. À retrouver un semblant de paix intérieure. Vous comprenez ?

— Vous êtes donc parti là-bas pour trouver la réponse à ces questions ?

— Oui.

— Seul ?

— Ma femme ne voulait ni ne pouvait m'accompagner. Elle avait un important voyage d'affaires à New York. Pour être honnête, j'étais content d'être seul. J'espérais tout simplement trouver à Parkum le recul dont j'avais besoin.

— Le recul nécessaire pour faire le deuil de votre fille.

Viktor approuva de la tête, bien que la dernière phrase du docteur Roth ne fût pas une question.

— C'est à peu près ça. Je suis donc parti pour la mer du Nord avec mon chien et j'ai pris le bateau pour l'île. J'étais loin de pouvoir imaginer les réactions en chaîne que ce voyage allait provoquer.

— Dites-m'en plus. Que s'est-il passé exactement à Parkum ? Quand avez-vous compris pour la première fois que tout était lié ?

La maladie inexplicable de Joséphine. Sa disparition. L'interview.

— Très bien, entendu.

Viktor fit tourner sa tête sur elle-même pour faire craquer ses cervicales. En raison des sangles, c'était le seul mouvement de relaxation qui lui était encore possible. Il respira profondément et ferma les yeux. Comme toujours, il lui suffit de quelques instants pour se laisser emporter par le flot de ses pensées. Il était de nouveau à

Parkum, dans sa vieille maison de vacances en bordure de mer. Là où, quatre ans après la tragédie, il comptait remettre de l'ordre dans sa vie. Là où il espérait trouver le recul nécessaire pour prendre un nouveau départ. Et où il devait au contraire perdre tout ce qu'il avait.

2

Parkum, cinq jours avant la vérité.

B : Comment vous sentiez-vous juste après la tragédie ?

L : J'étais mort. Je respirais certes encore, je buvais et mangeais de temps à autre. Il m'arrivait même de dormir une ou deux heures par nuit. Mais je n'existais plus. Je suis mort le jour où Joséphine a disparu.

Viktor avait les yeux rivés sur le curseur qui clignotait à la fin du dernier paragraphe. Cela faisait sept jours qu'il était sur l'île. Depuis une semaine, il restait assis du matin jusqu'au soir à son vieux bureau en acajou, essayant de répondre à la première question de l'interview. Et il avait fallu attendre ce matin pour qu'il parvînt enfin à taper cinq phrases cohérentes sur son ordinateur portable.

Mort. Il n'y avait effectivement pas de meilleur mot pour décrire l'état dans lequel il se trouvait durant les jours et les semaines qui avaient suivi le drame.

Viktor ferma les yeux.

Il n'avait plus aucun souvenir de ce qui s'était passé juste après le choc. Il ignorait à qui il avait parlé et où il était allé, pendant que sa famille sombrait dans le chaos. Isabel avait été la plus courageuse. C'était elle qui avait fouillé le placard de Josy à la demande de la police, pour savoir ce qu'elle portait ce jour-là. C'était elle qui avait décollé une photo de l'album familial, afin que l'on pût mettre le portrait de la petite sur les avis de recherche. Et c'était elle, enfin, qui avait informé le reste de la famille, pendant que lui errait sans but à travers les rues de Berlin.

Psychiatre célèbre, réputé pour son supposé professionnalisme, il avait lamentablement échoué dans la situation la plus décisive de sa vie. Et durant les années qui suivirent, Isabel fut à nouveau la plus forte. Trois mois plus tard, alors qu'elle avait déjà repris son activité de consultante, Viktor avait vendu son cabinet. Et il ne s'était plus occupé du moindre patient depuis.

Soudain, l'ordinateur émit un signal sonore, indiquant à Viktor que la batterie devait être rechargée. Lorsque, le jour de son arrivée, il avait poussé le bureau devant la fenêtre panoramique qui donnait sur la plage, il avait constaté qu'aucune prise de courant ne se trouvait à proximité. À présent, tout en travaillant, il pouvait profiter d'une vue à couper le souffle sur la mer du Nord, mais il était contraint toutes les six heures de raccorder l'ordinateur au chargeur qu'il avait posé sur la table basse, devant la cheminée. Viktor se hâta de sauvegarder son document Word, avant que les données ne fussent perdues à jamais.

Comme Josy.

Il jeta un bref regard par la fenêtre mais détourna rapidement les yeux, car la mer semblait lui renvoyer le reflet de sa propre mélancolie. Le vent sifflait au-dessus de la toiture en roseaux et soulevait les vagues vers le ciel. On était fin novembre, et l'hiver approchait à grands pas.

Comme la mort, songea Viktor, tandis qu'il se levait pour aller brancher son ordinateur sur le câble d'alimentation.

La petite maison de deux étages avait été construite au début des années 1920 et n'avait plus vu le moindre ouvrier depuis le décès des parents de Viktor. Heureusement, Halberstaedt, le maire de l'île, avait remis en marche le vieux générateur à fioul, de sorte qu'il avait au moins la lumière et le chauffage. Aucun membre de la famille n'était plus venu ici depuis longtemps, et cet abandon n'avait pas arrangé l'état de la vieille bâtisse en bois. À l'intérieur comme à l'extérieur, les murs avaient grand besoin d'un coup de peinture. Cela faisait longtemps que l'on aurait dû rénover le parquet, et même changer les lames, au moins dans l'entrée. Quant aux fenêtres à double vitrage, leurs cadres en bois étaient gâtés par l'humidité et ne garantissaient plus une bonne isolation. Vingt ans plus tôt, l'ameublement aurait paru luxueux ; aujourd'hui encore, il laissait deviner l'aisance financière de la famille Larenz. Mais, faute d'entretien, les lampes Tiffany, les canapés en cuir et les étagères en teck avaient quelque peu perdu de leur lustre. Cela faisait bien longtemps que l'on n'avait plus passé le chiffon à poussière.

Quatre ans, un mois et deux jours.

Viktor n'avait pas besoin de regarder le vieux calendrier accroché au mur de la cuisine. Il savait parfaitement à quand remontait son dernier séjour à Parkum. Et la peinture du plafond n'était pas la seule chose qui s'était irrémédiablement dégradée depuis.

À l'époque, il était heureux.

Car Josy était avec lui, même si la maladie lui avait déjà ôté toutes ses forces, en cette fin de mois d'octobre.

Viktor s'assit sur le canapé, brancha l'ordinateur sur le chargeur et essaya de ne plus penser au week-end qui avait précédé ce jour fatal. Sans succès.

Quatre ans.

Quarante-huit mois sans le moindre signe de vie, en dépit des recherches policières de grande ampleur et des appels à la population, relayés par les médias dans toute l'Allemagne. Il y avait même eu une émission spéciale à la télé, mais elle n'avait pu apporter aucun indice sérieux. Malgré tout, Isabel se refusait à admettre que sa fille unique fût morte. C'était aussi la raison pour laquelle elle s'était opposée à l'interview.

— Il n'est pas question de tirer un trait sur quoi que ce soit, lui avait-elle dit peu avant son départ.

Elle se tenait sur le chemin de gravier qui menait à leur maison, et Viktor avait déjà rangé ses bagages dans le coffre de son break Volvo noir. Il avait trois valises. L'une pour ses vêtements, les deux autres remplies de dossiers concernant la disparition de sa fille : des coupures de journaux, des rapports de police et, bien sûr, les comptes-rendus de Kai Strathmann, le détective privé qu'il avait engagé.

— Tu n'as pas à faire ton deuil, Viktor, avait-elle insisté. Pour la simple raison que notre fille est toujours en vie.

Il était donc logique qu'elle ne l'eût pas accompagné à Parkum ; elle se trouvait à présent à New York, assistant sans doute à quelque réunion de travail dans un bureau de Park Avenue. C'était sa manière à elle de se changer les idées, en travaillant.

Une bûche s'écroula à grand bruit au fond de la cheminée, faisant tressaillir Viktor. Sindbad, qui dormait jusque-là sous le bureau, se leva en sursaut, puis se mit à bâiller en regardant les flammes d'un air réprobateur. C'était un golden retriever qu'Isabel avait trouvé deux ans plus tôt à Wannsee, sur le parking près du lac.

— Qu'est-ce qui te prend ? Tu veux remplacer Josy par un clébard ? lui avait-il hurlé lorsqu'elle était rentrée à la maison avec l'animal.

Il avait crié si fort que leur bonne était aussitôt allée se réfugier dans la buanderie.

— Comment va-t-on l'appeler, à ton avis ? Joseph ?

Comme toujours, Isabel n'était pas entrée dans le jeu de la provocation et avait fait honneur à ses origines, elle qui était issue d'une des plus vieilles familles de banquiers d'Allemagne du Nord. Seuls ses yeux d'un bleu métallique trahissaient ce qu'elle pensait en cet instant : « Si tu avais fait plus attention, Josy serait encore ici parmi nous, et elle pourrait jouer avec ce chien. »

Viktor avait compris, sans qu'elle eût besoin de dire le moindre mot. Et l'ironie du sort voulut que, dès le premier jour, l'animal se prît d'affection pour lui.

Il se leva pour refaire du thé dans la cuisine. Sindbad le suivit d'un pas tranquille, dans l'espoir d'obtenir un deuxième déjeuner.

— Laisse tomber, mon pote.

Viktor s'apprêtait à lui donner une petite tape amicale, lorsqu'il se rendit compte que le chien avait baissé les oreilles.

— Qu'est-ce que tu as ?

Il se pencha vers lui et, soudain, entendit lui aussi quelque chose. Un son métallique. Un crissement qui ravivait en lui de vieux souvenirs, sans qu'il pût définir clairement lesquels. *Qui était-ce ?*

Viktor se glissa lentement jusqu'à la porte.

Là. Encore une fois. Comme une pièce de monnaie que l'on aurait frottée contre une pierre.

Viktor retint sa respiration. Et, soudain, il se rappela d'où il connaissait ce bruit. Cela remontait à son enfance : lorsque son père rentrait d'une virée en bateau à voiles et qu'il avait oublié la clé de la maison, il allait chercher le trousseau de secours dissimulé sous le pot de fleurs devant la porte. On entendait alors le bruit du métal glissant contre la terre cuite.

Mais, cette fois, ce ne pouvait être son père.

Viktor sentit la tension monter en lui. Quelqu'un était devant la porte et connaissait l'endroit où ses parents cachaient leurs clés. Et ce quelqu'un cherchait visiblement à entrer dans la maison où il se trouvait.

Le cœur battant, il traversa l'entrée et regarda à travers le judas de la lourde porte en chêne. Rien. Il s'apprêtait à relever les stores jaunis de la fenêtre, mais il se ravisa et jeta un nouveau regard à travers le trou. Horrifié, il fit un bond en arrière. Son cœur battait la chamade. Est-ce qu'il avait vraiment bien vu ?

Viktor commençait à avoir la chair de poule. Il sentait son sang battre contre ses tempes. À présent, il en était certain. Aucun doute possible. L'espace d'une seconde, il avait vu un œil humain qui cherchait visiblement à regarder à l'intérieur de la maison. Un œil qu'il avait déjà vu quelque part, sans pouvoir dire précisément à qui il pouvait appartenir.

Reprends-toi, Viktor !

Il respira profondément et ouvrit brusquement la porte.

— Qu'est-ce que… ?

Viktor s'interrompit au beau milieu de sa phrase, qu'il comptait lancer au visage de l'inconnu afin de l'effrayer un bon coup. Il n'y avait personne. Ni sur le perron ni sur le petit chemin qui menait au portillon du jardin. Viktor descendit les cinq marches pour regarder sous la structure en bois du perron. Enfant, il affectionnait cette cachette, lorsqu'il jouait avec les gamins du voisinage. Mais bien que le soleil fût déjà sur le point de se coucher, il vit clairement qu'il n'y avait là rien d'autre que quelques feuilles mortes.

Viktor frissonna et remonta vite l'escalier en se frottant les mains. Un courant d'air avait presque entièrement refermé la porte de chêne, qu'il dut rouvrir à grand-peine. Il y était à peine parvenu qu'il s'immobilisa.

Le bruit. Il l'entendait à nouveau. Et, cette fois, cela ne venait pas de l'extérieur, mais du salon.

Quelle que fût son identité, la personne qui cherchait à attirer son attention n'était plus devant la porte. Elle se trouvait déjà *dans* la maison.

3

Viktor traversa lentement le couloir en direction du salon tout en cherchant des yeux quelque objet apte à assurer sa défense s'il le fallait.

En cas de danger, Sindbad ne lui serait d'aucun secours. Il aimait tant les êtres humains qu'il aurait préféré jouer avec un éventuel cambrioleur plutôt que de le chasser. De plus, il se trouvait dans un tel état d'indolence qu'il ne semblait avoir rien remarqué. Pendant que son maître allait voir ce qui se passait, il était tranquillement retourné au salon.

— Qui est là ?

Pas de réponse.

Viktor se remémora qu'on n'avait plus commis de délit sur cette île depuis 1964. Et, encore, il ne s'agissait que d'une simple bagarre à l'auberge du coin. Néanmoins, ces faits bien établis ne suffisaient guère à le rassurer.

— Oh ! Y a quelqu'un ?

Retenant son souffle, il avançait le plus doucement possible vers le salon. Bien qu'il s'efforçât de ne pas faire de bruit, le vieux parquet gémissait sous son poids. Les semelles de cuir de ses chaussures n'amélioraient pas les choses.

Pourquoi marcher sans faire de bruit, alors que je parle à voix haute ? s'interrogea-t-il. Sa main avait presque atteint la poignée de la porte du salon, lorsque celle-ci s'ouvrit brusquement de l'intérieur. Complètement paralysé, Viktor en oublia de crier.

Une fois face à elle, il ne savait plus s'il devait être soulagé ou furieux. Soulagé que l'intrus fût une femme charmante et menue, et non une brute épaisse. Ou bien furieux qu'elle osât ainsi violer son domicile au grand jour.

— Comment êtes-vous entrée ? demanda-t-il d'une voix forte.

Debout sur le seuil, la femme blonde ne semblait ni gênée ni inquiète.

— La porte côté plage était ouverte, lorsque j'ai frappé. Je suis désolée si je vous dérange.

— Si vous me dérangez ?

Viktor s'était libéré de la peur qui le paralysait et avait à présent besoin de se défouler sur l'inconnue.

— Vous ne me dérangez pas, non, vous m'avez juste fait mourir de peur ! cria-t-il.

— Je suis...

— Et, en plus, vous mentez, l'interrompit-il tout en entrant dans le salon. La porte de derrière n'a pas été ouverte depuis mon arrivée.

Il est vrai que je n'ai pas vérifié qu'elle était bien fermée, mais ça, tu n'as pas besoin de le savoir, pensa Viktor, tandis qu'il examinait son hôte indésirable. Quelque chose en elle lui était familier, bien qu'il fût certain de ne l'avoir jamais rencontrée. Elle mesurait environ un mètre cinquante et portait ses cheveux blonds noués en chignon. Elle était affreusement maigre, mais n'avait nullement l'air androgyne : de larges hanches et des seins bien proportionnés se dessinaient sous ses vêtements. Avec la pâleur tout aristocratique de sa peau et la blancheur de ses dents, on aurait dit un mannequin. Elle était cependant trop petite. Sinon, Viktor aurait pu croire qu'elle était venue sur l'île pour tourner quelque nouveau spot publicitaire sur la plage.

— Je ne mens pas, docteur Larenz. Je n'ai jamais menti de toute ma vie, et ce n'est pas chez vous que je vais commencer.

Viktor se passa la main dans les cheveux et essaya de remettre de l'ordre dans ses idées. Cette situation était parfaitement absurde. Était-il donc vraiment en train d'entamer une conversation avec une femme qui s'était introduite illégalement chez lui et qui l'avait fait mourir de peur ?

— Écoutez, qui que vous soyez, je vous ordonne de sortir immédiatement de chez moi ! Car enfin...

Viktor dévisagea l'inconnue.

— ... qui êtes-vous donc ?

Il se rendit compte qu'il ne parvenait pas à lui donner un âge. Elle avait l'air très jeune, les traits irréprochables de son visage laissaient penser qu'elle pouvait avoir environ vingt-cinq ans. Ses vêtements, en revanche, étaient ceux d'une femme mûre.

Elle portait un manteau de cachemire noir qui descendait jusqu'aux genoux et un tailleur Chanel rose. Ses fins gants noirs, son sac à main griffé et surtout son parfum faisaient songer à une femme de l'âge d'Isabel. De même, son langage châtié suggérait qu'elle devait avoir au moins la trentaine.

Et elle doit être sourde, pensa Viktor. Totalement indifférente à ce qu'il venait de lui dire, elle restait en effet immobile dans l'encadrement de la porte, l'examinant sans rien dire.

— OK. Peu importe, après tout. Vous m'avez fait très peur et, maintenant, je vous prie de sortir par la porte de devant et de ne plus jamais remettre les pieds ici. Je travaille et je n'ai pas envie d'être dérangé.

Viktor tressaillit lorsque la femme fit soudain deux pas dans sa direction.

— Vous ne voulez donc pas savoir ce que je veux, docteur Larenz ? Vous voulez me congédier sans connaître la raison de ma visite ?

— Oui.

— Vous ne voulez pas savoir ce qui pousse une femme comme moi à venir vous voir sur cette île perdue ?

— Non.

À moins que...

Viktor sentit qu'une petite voix intérieure longtemps oubliée recommençait à se faire entendre. La curiosité.

— Cela ne vous intéresse pas d'apprendre comment j'ai su que vous vous trouviez ici ?

— Non.

— Je ne vous crois pas, docteur Larenz. Faites-moi confiance. Ce que j'ai à vous dire va beaucoup vous intéresser.

— Que je vous fasse confiance ? Je devrais faire *confiance* à quelqu'un qui viole mon domicile ?

— Non. Il faut m'écouter. Mon cas est...

— Votre cas ne m'intéresse pas, l'interrompit-il rudement. Si vous savez ce qui m'est arrivé, vous devriez aussi savoir qu'il est parfaitement déplacé de venir me déranger ici.

— Je n'ai aucune idée de ce qui vous est arrivé, docteur Larenz.

— Pardon ?

Viktor ne savait plus ce qui était le plus incroyable. Qu'il fût en train de discuter avec une parfaite inconnue, ou que les propos de celle-ci parussent aussi honnêtes.

— Vous n'avez donc pas lu le journal depuis quatre ans ?

— Non, répondit-elle simplement.

Le trouble de Viktor augmentait à chaque seconde. Et, en même temps, son intérêt pour cette étrange et belle femme ne cessait de croître.

— Enfin, quoi qu'il en soit, je n'exerce plus. Cela fait deux ans que j'ai revendu mon cabinet...

— ... au professeur Van Druisen, je sais. Je l'ai déjà consulté, et c'est lui qui m'envoie à vous.

— Lui qui quoi ? demanda Viktor, perplexe.

Cette fois, sa curiosité était piquée à vif.

— Enfin, il ne m'a pas vraiment envoyée. Le professeur Van Druisen a juste dit que le mieux serait sans doute que vous vous occupiez personnellement de mon cas. Et, pour être franche, c'est aussi ce que je souhaite.

Viktor secoua la tête. Son vieux mentor avait-il donc vraiment donné son adresse sur l'île à une nouvelle patiente ? Il ne pouvait le croire, d'autant moins que Van Druisen savait très bien qu'il n'était plus en état d'exercer. Et encore moins ici, à Parkum. Mais il verrait cela plus tard. À présent, il devait d'abord tâcher de se débarrasser de cette personne, afin de retrouver son calme.

— Encore une fois, je vous demande instamment de partir. Vous perdez votre temps.

Pas de réaction. Viktor s'aperçut que sa peur se muait peu à peu en épuisement. C'était bien ce qu'il craignait : même ici, il ne parviendrait donc pas à se retrouver seul avec lui-même. Les esprits des morts comme des vivants ne voulaient pas le laisser en paix, même à Parkum.

— Docteur Larenz. Je sais que vous ne voulez en aucun cas être dérangé. Un certain Patrick Halberstroem m'a fait traverser à bord de son bateau de pêche, et il m'a parlé de vous avant même que j'aie posé un pied sur l'île.

— Il s'appelle Halberstaedt, rectifia Viktor. C'est le maire.

— Oui, l'homme le plus important de l'île, après vous bien sûr. Ça aussi, il me l'a bien fait comprendre. Et dès que je vous aurai parlé, je suivrai son conseil : je virerai mon joli cul de Parkum, et vite.

— Il a dit *ça* ?

— Oui. Mais je ne le ferai que si vous m'offrez cinq minutes de votre temps et que vous me le dites vous-même.

— Quoi ?

— Que vous ne voulez pas me prendre pour patiente.

— Je n'ai pas le temps de vous soigner, dit-il d'un air peu convaincant. Je vous prie de partir.

— Je vais partir. Promis. Mais d'abord, je voudrais vous raconter une histoire. Mon histoire. Croyez-moi, il ne me faudra pas plus de cinq minutes, et vous ne les regretterez pas.

Viktor hésita. La curiosité avait à présent pris le dessus sur ses autres émotions. Son calme avait été troublé, de toute façon, et il n'avait plus la force de se lancer dans un nouvel affrontement.

— Je ne mords pas, docteur Larenz.

Elle lui sourit.

Le parquet se remit à gémir lorsqu'elle fit un pas supplémentaire vers lui. À présent, il pouvait sentir son parfum. Opium.

— Cinq minutes ?

— Promis !

Il haussa les épaules. Maintenant qu'il avait été dérangé, il n'en était plus à quelques minutes près. Et s'il la mettait dehors, elle passerait probablement la journée à faire les cent pas devant sa maison, ce qui l'empêcherait définitivement de réfléchir.

— Bon, d'accord.

Il jeta ostensiblement un regard sur sa montre.

— Cinq minutes.

4

Viktor se dirigea vers la cheminée, sur le rebord de laquelle se trouvait une vieille théière en porcelaine, posée sur un réchaud. Lorsqu'il remarqua avec quelle impudence elle surveillait ses moindres mouvements, il dut contenir son agacement et faire un effort pour ne pas perdre ses bonnes manières.

— Vous prendrez du thé, vous aussi ? Je m'apprêtais justement à en refaire.

Elle secoua la tête en souriant.

— Non merci. Je ne voudrais pas que vous comptabilisiez ça sur mon temps de parole.

— Dans ce cas, enlevez au moins votre manteau et asseyez-vous.

Il enleva un tas de vieux journaux du fauteuil en cuir assorti au canapé. Cela faisait des années que son père avait disposé les sièges de telle façon que, lorsqu'on s'y installait avec un bon livre à la main, on pouvait profiter à la fois du feu de cheminée et de la vue sur la mer.

Viktor se rassit à son bureau et examina la belle inconnue, qui prit place sans même ôter son manteau.

Durant un bref instant, le silence se fit, et l'on entendit une grosse vague s'écraser sur la côte avant de refluer en bouillonnant.

Viktor regarda à nouveau sa montre.

— Bien, mademoiselle... euh... comment vous appelez-vous, au fait ?

— Je m'appelle Anna Spiegel, je suis écrivain.

— Suis-je censé vous connaître ?

— Ce serait le cas si vous aviez entre six et treize ans, ou si vous étiez amateur de livres pour enfants. Vous avez des enfants ?

— Oui. Enfin…

La douleur fut soudaine et violente. Il vit qu'elle cherchait du regard s'il n'y avait pas dans la pièce quelques photos de famille, et il contre-attaqua sans attendre par une question, afin de ne pas avoir à s'expliquer.

Elle n'avait pas lu le journal depuis des années.

— Vous parlez allemand sans accent. De quelle région venez-vous ?

— De Berlin. Je suis une Berlinoise de souche, si l'on peut dire. Toutefois, mes œuvres ont surtout du succès à l'étranger, notamment au Japon. Mais plus maintenant.

— Pourquoi ?

— Parce que cela fait des années que je n'ai plus sorti le moindre livre.

Viktor ne s'était pas rendu compte que leur conversation s'était déjà transformée en un jeu de questions-réponses, épousant ainsi le canevas typique selon lequel se déroulait la plupart des entrevues qu'il avait autrefois avec ses patients.

— Depuis combien de temps avez-vous arrêté de publier ?

— À peu près cinq ans. Ma dernière œuvre était également un livre pour enfants. Je pensais que ce serait mon meilleur. Je le sentais à chaque nouvelle ligne que j'écrivais. Mais je ne suis jamais allée au-delà des deux premiers chapitres.

— Pourquoi ?

— Parce que mon état de santé s'est brutalement dégradé. J'ai dû aller dans une clinique psychiatrique.

— Pour quelles raisons ?

— Ça, je crois que les gens de Dahlem ne le savent toujours pas.

— Vous étiez à la clinique psychiatrique de Dahlem ?

Viktor la regarda avec étonnement. Il ne s'attendait pas à ce nouveau rebondissement. D'une part, il avait la confirmation qu'elle devait bien être un auteur à succès, puisqu'elle avait les moyens de se payer un coûteux séjour dans cet établissement privé très sélect. D'autre part, elle devait être très gravement atteinte, car ce n'était pas le genre d'endroit où l'on soignait simplement les problèmes de santé habituels des stars, tels que l'alcoolisme ou la toxicomanie. Au contraire, la clinique était spécialisée dans le traitement des troubles psychiques les plus graves. Avant sa crise, il y avait lui-même été souvent invité pour apporter son expertise, et il pouvait confirmer que l'excellente réputation du lieu n'était pas usurpée. En recrutant les spécialistes les plus éminents et en usant des méthodes thérapeutiques les plus récentes, cette institution berlinoise avait joué un rôle pionnier dans bien des domaines. Néanmoins, il n'avait encore jamais rencontré un ancien patient qui eût quitté la clinique dans un état de lucidité comparable à celui d'Anna Spiegel, qui était à présent assise face à lui.

— Combien de temps êtes-vous restée là-bas ?

— Quarante-sept mois.

Cette fois, Viktor resta vraiment bouche bée. Si longtemps ? Soit c'était une menteuse éhontée, soit elle était vraiment très malade. Sans doute les deux.

— Ils m'ont enfermée pendant presque quatre ans et m'ont bourrée de pilules, au point que, par moments, je ne savais plus qui j'étais ni où je me trouvais.

— Et le diagnostic ?

— Votre spécialité, docteur Larenz. C'est bien pour ça que je suis venue vous voir. Je souffre de schizophrénie.

Bien calé dans son fauteuil, Viktor l'écoutait avec attention. Dans le domaine de la schizophrénie, il était effectivement un expert. Ou, du moins, il l'avait été.

— Dans quelles circonstances avez-vous été internée ?

— J'ai téléphoné au professeur Malzius.

— Vous avez demandé vous-même à entrer à la clinique ?

— Oui, bien sûr. L'établissement a une excellente réputation. Sinon, je ne connaissais personne qui aurait pu m'aider. Cela ne fait que quelques jours qu'on m'a parlé de vous.

— Qui vous a parlé de moi ?

— Un jeune médecin de la clinique. Il avait fait cesser mon traitement médicamenteux afin que je puisse retrouver mes esprits. C'est aussi lui qui m'a dit que vous seriez le plus apte à traiter mon cas.

— Qu'est-ce qu'on vous a donné ?

— De tout. Du Truxal, du Fluspi. Le plus souvent, du Flupentixol.

Des neuroleptiques classiques. En tout cas, ça ne pouvait pas être un mauvais traitement, pensa Viktor.

— Et ça n'a pas fonctionné ?

— Non, les symptômes n'ont cessé d'empirer dans les jours qui ont suivi mon internement. Quand on a enfin cessé de me donner des médicaments, il m'a fallu des semaines avant de pouvoir à nouveau tenir sur mes jambes. Je pense que cela suffit à prouver que cette thérapie médicamenteuse n'était pas adaptée à ma forme particulière de schizophrénie.

— En quoi est-elle si particulière, mademoiselle Spiegel ?

— Je suis écrivain.

— Vous me l'avez déjà dit.

— Je vais essayer de tout vous raconter le plus précisément possible.

Pour la première fois, Anna cessa de le regarder et se mit à fixer au loin un point imaginaire. Autrefois, dans son cabinet de la Friedrichstraße, Viktor avait toujours refusé le divan freudien, préférant discuter face à face avec ses patients. Aussi, il avait déjà souvent pu constater un tel comportement. Les patients évitaient son regard dès lors qu'ils étaient sous pression ou qu'ils essayaient de décrire avec précision un événement important. Ou bien lorsqu'ils mentaient.

— Ma première tentative en tant qu'écrivain fut une nouvelle. Je l'ai écrite à l'âge de treize ans, pour un concours scolaire organisé par le Sénat de Berlin. Le thème était « le sens de la vie », et mon histoire parlait de jeunes adultes qui se lançaient dans une expérience scientifique. C'est le lendemain du jour où je l'ai terminée que c'est arrivé.

— Quoi ?

— Ma meilleure amie fêtait son quatorzième anniversaire dans la salle des fêtes de l'hôtel Vier Jahreszeiten, à Grunewald. J'étais en train d'aller aux toilettes en passant par la réception. Tout à coup, je l'ai vue. Elle était là, debout, à l'accueil.

— Qui ?

— Julia.

— Qui est-ce ?

— Julia, l'une des femmes de ma nouvelle, le personnage principal de la première scène.

— Vous voulez dire que vous avez vu une femme qui ressemblait à celle que vous décriviez dans votre rédaction ?

— Non, répondit Anna en secouant la tête. Ce n'était pas une femme *comme* elle. C'était *elle*.

— Comment vous en êtes-vous rendu compte ?

— Par le fait que cette femme répétait mot pour mot ce que je lui faisais dire dans la première scène.

— Quoi ?

Anna baissa la voix et regarda Viktor droit dans les yeux.

— Julia s'est penchée en avant et a dit au réceptionniste : « Dis-moi, petit, tu me donneras une jolie chambre, si je suis bien gentille avec toi ? »

Viktor ne se laissa pas démonter par son regard insistant.

— N'avez-vous jamais pensé que cela pouvait être un simple hasard ?

— Oui, j'y ai longtemps réfléchi. Très longtemps. Mais il m'était difficile de croire à un hasard, car Julia a fait ensuite exactement ce que j'avais écrit dans ma nouvelle.

— Et quoi donc ?

— Elle a mis un pistolet dans sa bouche et s'est brûlé la cervelle.

Viktor la regarda avec horreur.

— Mais c'est...

— Une blague ? Non, malheureusement. La femme de la réception n'était que le début du cauchemar dans lequel je vis maintenant depuis près de vingt ans, avec des interruptions plus ou moins brèves. Je suis écrivain, docteur Larenz, et c'est là ma malédiction.

Viktor aurait presque pu bouger les lèvres en même temps que les siennes, tant il lui était aisé de deviner la suite.

— Tous les personnages que j'ai inventés depuis cette histoire sont devenus réels. Je peux les voir, les observer et parfois même leur parler. Je les imagine et, l'instant d'après, ils entrent dans ma vie. Voilà ma maladie, docteur Larenz. Voilà mon problème. Telle est la spécificité de ma fameuse schizophrénie.

Anna se pencha en avant.

— Et voilà pourquoi je suis ici. Alors... ?

Viktor la regarda et se tut pendant un moment. Trop de pensées assaillaient son esprit. Trop d'émotions s'affrontaient en lui.

— Alors, docteur Larenz ?

— Alors, quoi ?

— Êtes-vous intéressé par mon cas ? Acceptez-vous de me soigner, maintenant que je suis là ?

Viktor regarda sa montre. Les cinq minutes étaient écoulées.

5

Quand il y repensait aujourd'hui, Viktor en était convaincu : si, lors de cette première rencontre, il avait été plus attentif, s'il avait su décoder tous les indices, il aurait compris bien plus vite que quelque chose ne tournait pas rond. Mais cela n'aurait rien changé : au contraire, la catastrophe se serait sans doute produite d'autant plus tôt.

Quoi qu'il en fût, Anna avait atteint son but. Elle s'était introduite chez lui et l'avait pris par surprise. Son histoire l'intéressait vraiment. Elle était tellement hors du commun que, l'espace de cinq minutes, il avait cessé de penser à ses propres problèmes. Mais bien qu'il appréciât d'être ainsi libéré de ses angoisses, il ne voulait pas la prendre pour patiente. Après un échange bref, mais ferme, elle accepta à contrecœur de repartir le lendemain matin à bord du prochain bateau et de retourner consulter le professeur Van Druisen. Lorsqu'elle lui demanda pourquoi elle ne pouvait rester, il lui répondit sèchement :

— J'ai mes raisons. Et puis, cela fait quatre ans que je n'ai plus pratiqué.

— Vous n'avez tout de même pas oublié votre métier.

— Ce n'est pas que je ne sais plus...

— C'est que vous ne *voulez* pas...

Exactement, pensa Viktor.

Quelque chose le retenait de parler de Josy à cette femme. Si Anna n'avait vraiment pas entendu parler de sa tragédie durant son séjour à la clinique, ce ne serait pas lui qui y changerait quelque chose.

— Avec un cas aussi complexe que le vôtre, il me semble que ce serait faire preuve d'une grande négligence que de commencer le traitement sans une préparation adéquate, qui plus est sur mon lieu de vacances.

— Vous préparer ? Allons donc, vous êtes expert dans ce domaine. Si on m'avait amenée dans votre cabinet de la Friedrichstraße, quelle aurait été la première question que vous m'auriez posée ?

Viktor sourit de cette maladroite tentative.

— Je vous aurais demandé quand vous avez eu des hallucinations pour la première fois, mais...

— Longtemps avant cette histoire à l'hôtel, l'interrompit-elle. Mais au Vier Jahreszeiten, elles étaient tellement...

Elle cherchait ses mots.

— ... tellement plus réalistes. Tellement vraies. Jamais je n'avais eu des hallucinations aussi tangibles, aussi vivantes. Cette femme était là, j'ai entendu le coup de feu, j'ai vu sa cervelle se répandre sur le meuble de la réception. Et, pour la première fois, il s'agissait d'un personnage issu d'une histoire que j'avais moi-même inventée. Mais comme chez la plupart des schizophrènes, il y a bien sûr eu des signes avant-coureurs.

— Lesquels ?

Viktor décida de lui donner encore cinq minutes avant de prendre définitivement congé.

Pour toujours.

— Bon, par où commencer ? Je crois que les origines de ma maladie remontent à ma petite enfance.

En attendant qu'elle terminât sa phrase, il but une nouvelle gorgée de son thé indien, qui était à présent froid et amer.

— Mon père était un GI américain. Après la guerre, il est resté à Berlin dans les rangs de troupes alliées et s'est mis à travailler comme présentateur radio pour l'American Forces Network, l'AFN. C'était une sorte de gloire locale, ainsi qu'un grand séducteur. Un jour, l'une de ses nombreuses conquêtes a fini par tomber enceinte.

Une certaine Laura, Berlinoise de souche. Ma mère, comme vous l'aurez deviné.

— Je vois. Vous parlez de votre père au passé ?

— Il est mort quand j'avais huit ans, un tragique accident. Selon le professeur Malzius, il s'agit d'ailleurs là du premier traumatisme de mon existence.

— De quel genre d'accident s'agissait-il ?

— On l'a opéré de l'appendice dans un hôpital militaire, et on a oublié de lui mettre des bas de contention avant l'intervention. Il est mort d'une thrombose.

— Je suis vraiment désolé.

Viktor était toujours atterré de voir tout le mal que des médecins négligents pouvaient infliger aux patients et à leurs proches.

— Comment avez-vous réagi lorsque vous avez appris la mort de votre père ?

— Assez mal. Nous habitions dans un petit pavillon du secteur américain, à Steglitz, non loin d'une caserne. Dans le petit jardin derrière la maison, nous avions un petit chien, un bâtard que nous avions trouvé dans la rue et qui s'appelait Terry. Comme mon père le détestait, il restait en permanence attaché dans le jardin, sans pouvoir jamais entrer dans la maison. Quand ma mère m'a annoncé que papa était mort, je suis sortie et j'ai commencé à le frapper. J'avais pris une lourde batte de baseball, avec un noyau en acier. Comme la laisse était trop courte, Terry ne pouvait pas éviter les coups, et encore moins s'enfuir. Il a d'abord plié les pattes, mais j'ai continué à le battre. Je n'étais qu'une petite fille de huit ans, mais habitée par la force et la fureur d'une démente. Au bout d'un moment, Terry a eu le dos brisé et s'est retrouvé paralysé. Il poussait des cris de douleur épouvantables, mais j'ai continué à le rouer de coups jusqu'à ce que le sang se mette à couler de sa gueule et qu'il ne reste plus rien de lui qu'un morceau de viande inerte, dont toute vie s'était échappée.

Viktor essaya de la regarder sans prendre un air dégoûté, puis lui demanda posément :

— Pourquoi avez-vous fait ça ?

— Parce que Terry était ce que j'aimais le plus au monde après mon père. Dans ma folie enfantine, je me disais : si on m'a pris ce que j'aime le plus, alors le numéro deux n'a plus de raison de continuer à vivre. J'étais furieuse, parce que Terry était encore en vie, mais pas mon père.

— C'est une expérience horrible.

— Oui, c'est vrai. Mais je ne vous ai pas encore dit pourquoi.

— Comment ça ?

— Vous n'avez pas encore entendu toute l'histoire, docteur Larenz. Ce qui est vraiment horrible, dans tout ça, ce n'est pas le décès de mon père. Ni le fait que j'aie torturé à mort un innocent petit chien.

— Mais... ?

— Ce qui est vraiment horrible, de mon point de vue, c'est qu'il n'y a jamais eu de petit chien. Terry n'existait pas. Nous avions certes trouvé un chat dans la rue, mais jamais de chien. Et même si l'image du petit corps ravagé de Terry continue de me poursuivre jusque dans mes rêves, je sais désormais que cet événement n'est qu'un produit de mon imagination malade.

— Quand vous en êtes-vous rendu compte ?

— Oh, ça a pris beaucoup de temps. Il a fallu attendre ma première séance de psychothérapie pour que j'en parle. J'avais alors dix-huit ou dix-neuf ans. Auparavant, je n'avais pu me confier à personne. Quelle jeune fille confesserait de bon gré qu'elle est une tortionnaire d'animaux et, pire encore, une folle ?

Seigneur, pensa Viktor tout en caressant Sindbad, qui roupillait toujours à ses pieds, sans prêter la moindre attention à cette conversation hors du commun. Pendant plus de dix ans, cette pauvre fille avait dû vivre avec un sentiment de culpabilité insupportable. C'était sans doute là l'une des plus malheureuses victimes de la schizophrénie. La plupart des hallucinations n'avaient d'autre but que de suggérer au malade qu'il était inutile, méchant et indigne de vivre. Il n'était pas rare que des schizophrènes entendissent dans leur tête des voix leur intimant l'ordre de mettre fin à leurs jours. Et il n'était guère plus rare que ces âmes infortunées obéissent à leurs bourreaux imaginaires. Viktor regarda sa montre et s'étonna de voir qu'il était déjà si tard. Il ne parviendrait plus à avancer sur son interview aujourd'hui.

— Bien, mademoiselle Spiegel.

Il se leva de façon démonstrative, afin de lui signifier que la conversation était à présent parvenue à son terme. Tandis qu'il faisait un pas en direction d'Anna, il se rendit compte à sa grande surprise qu'il était pris d'un léger vertige.

— Comme je vous l'ai déjà expliqué plusieurs fois, je ne peux en aucun cas vous soigner, poursuivit-il en espérant qu'il n'allait pas tituber en la raccompagnant à la porte.

Anna l'avait regardé sans bouger, avant de se lever elle aussi.

— Bien sûr, dit-elle avec une bonne humeur surprenante. Je suis tout de même contente que vous m'ayez écoutée, et je vais maintenant suivre votre conseil.

Lorsqu'elle se dirigea vers la sortie, Viktor eut l'impression que quelque chose dans sa démarche lui rappelait un vague souvenir. Mais celui-ci disparut aussi vite qu'il lui était venu.

— Vous ne vous sentez pas bien, docteur ?

Il était vexé qu'elle eût visiblement détecté ses petits problèmes d'équilibre.

— Non, non, ça va très bien.

Bizarre. Viktor se sentait comme s'il venait de mettre le pied à terre après une longue traversée en bateau.

— Au fait, où logez-vous ? lui demanda-t-il pour détourner la conversation, tandis qu'ils traversaient tous deux le couloir conduisant à l'entrée.

— À l'Ankerhof.

Il hocha la tête. Évidemment. En dehors de la haute saison, il n'y avait guère que dans cette auberge que l'on pouvait trouver une chambre. Trudi, la gérante, était considérée comme la bonne âme de l'île. Elle avait perdu son mari en mer trois ans plus tôt.

— Vous êtes sûr que tout va bien ? insista-t-elle.

— Oui, oui, ça m'arrive parfois, quand je me lève trop vite, répondit-il en espérant que ce malaise n'était pas le signe avant-coureur de quelque maladie.

— Bon, répondit-elle, visiblement satisfaite de ce mensonge. Je vais vite retourner au village, alors. Il faut encore que je fasse mes bagages, si je veux quitter l'île avec la navette de demain matin.

Viktor était content de ce qu'il entendait. Plus tôt elle quitterait l'île, plus vite il pourrait retrouver son calme. *Sans être dérangé.*

Il lui tendit une nouvelle fois la main et prit congé sans plus de façon.

On comprend toujours mieux après coup. Si seulement Viktor avait écouté avec un peu plus d'attention cette première conversation, il aurait déjà pu lire entre les lignes et détecter les premiers signaux d'alerte. Mais il n'était pas méfiant, et il laissa repartir Anna sans même la suivre du regard. Celle-ci devait s'en douter. Car, lorsque la porte fut refermée, elle ne se donna pas même la peine de dissimuler ses véritables intentions. Bien au contraire, elle partit avec détermination vers le nord.

Dans la direction opposée à celle de l'auberge.

6

Anna était à peine repartie que quelqu'un vint à nouveau le déranger en frappant à sa porte. C'était Halberstaedt, le maire de l'île.

— Merci de vous être occupé du générateur, lui dit Viktor en guise de bienvenue, avant de serrer la main du vieil homme. Il faisait bien chaud, quand je suis arrivé à la maison.

— De rien, docteur, répondit sèchement Halberstaedt en retirant sa main plus vite que de coutume.

— Et qu'est-ce qui vous amène ici, par ce temps ? Je croyais que le courrier n'arriverait qu'après-demain.

— Oui, vous avez raison.

Il tenait à la main un vieux morceau de bois avec lequel il cognait le dessous de ses bottes en caoutchouc, afin de faire tomber le sable qui s'était glissé dans le relief des semelles.

— Ce n'est pas pour ça que je suis venu.

— D'accord.

Larenz fit un signe en direction de la porte.

— Vous ne voulez pas entrer ? On dirait qu'il va bientôt pleuvoir.

— Non, merci. Je ne veux pas vous déranger. J'ai juste une question.

— Oui ?

— La femme qui était chez vous tout à l'heure, c'est qui ?

Viktor était surpris qu'il fût aussi direct. D'ordinaire, Halberstaedt était plutôt calme et poli, et il respectait la vie privée des habitants de l'île.

— Non pas que ça me regarde. Mais, à votre place, je serais prudent.

Halberstaedt fit une courte pause, le temps de cracher une giclée de jus de chique sur le chemin sableux.

— Drôlement prudent !

Viktor plissa les yeux, comme s'il était ébloui par le soleil, et observa le maire. Ce qu'il disait ne lui plaisait pas. Ni le ton ni le message.

— Puis-je vous demander ce que vous voulez insinuer par là ?

— Rien du tout. Je le dis comme je le pense. Cette femme n'est pas nette. Il y a quelque chose qui cloche chez elle.

Viktor connaissait la méfiance des gens sains d'esprit à l'égard des malades mentaux. Mais il s'étonnait que Halberstaedt eût remarqué aussi vite qu'Anna n'était pas en bonne santé.

Mais le suis-je encore moi-même ? Non, plus maintenant.

— Ne vous faites pas de souci au sujet de cette dame… commença-t-il.

— Ce n'est pas pour elle que je me fais du souci, mais pour vous. Je crains qu'il vous arrive quelque chose.

Soudain, son obsession était de retour. *Josy.* La parenthèse ouverte par Anna et son affreuse histoire était à présent close. Il y avait des millions d'impressions qui pouvaient raviver en lui le souvenir de sa fille, comme par réflexe. Le son d'une voix menaçante comme celle du maire en faisait partie.

— Mais qu'est-ce que vous voulez dire par là ?

— C'est comme je vous le dis. Je crois que vous êtes en danger. Ça fait quarante-deux ans que j'habite sur cette île, et j'ai vu passer pas mal de gens. Certains étaient les bienvenus. Des gens bien, qu'on voudrait voir rester plus longtemps. Comme vous, docteur. Tandis qu'avec d'autres j'ai senti dès le premier instant qu'il allait y avoir des problèmes. Je ne peux pas vous l'expliquer. Ça doit être un sixième sens. En tout cas, quand j'ai vu cette bonne femme arriver ici, je n'ai eu aucun doute.

— Enfin, essayez d'être plus clair ! Qu'est-ce qu'elle a bien pu vous dire, pour vous inquiéter comme ça ?

— Elle ne m'a rien dit. Je ne lui ai même pas parlé. Je l'ai juste observée de loin, puis suivie quand elle est venue chez vous.

Étrange, pensa Viktor. *Anna m'a raconté tout autre chose. Mais pourquoi me mentirait-elle à propos d'une conversation avec Halberstaedt ?*

— Hinnerk a aussi raconté qu'elle s'était comportée d'une façon drôlement bizarre, il y a deux heures, quand elle est venue dans sa quincaillerie.

— Bizarre dans quel sens ? demanda Viktor.

— Elle lui a demandé une arme.

— Pardon ?

— Oui. Au début, elle voulait un harpon. Finalement, elle a acheté un grand couteau de cuisine et plusieurs mètres de fil de pêche. Là, on se demande quand même ce qu'elle prépare !

— Je n'en ai aucune idée, répondit Viktor, perdu dans ses pensées.

Il n'en savait vraiment rien. Qu'est-ce qu'une malade mentale pouvait bien faire d'une arme sur cette paisible petite île ?

Halberstaedt remit la capuche de sa parka noire.

— Bon. Il faut que j'y aille. Excusez le dérangement.

— Pas de problème.

Halberstaedt descendit les marches du perron. Une fois arrivé devant le portillon du jardin, il se retourna une dernière fois vers Viktor.

— Encore une chose, docteur. Ça fait longtemps que je voulais vous le dire : je suis vraiment désolé.

Viktor hocha la tête, sans rien dire. Au bout de quatre ans, les gens qui lui disaient être désolés n'avaient même plus besoin de préciser pourquoi. C'était trop évident.

— Mais votre séjour ici vous fera du bien, je pense. J'étais vraiment content, quand je vous ai déposé sur l'île. Quand je vous ai vu mettre pied à terre. J'espérais que ça vous changerait les idées. Que vous auriez bientôt meilleure mine. Mais…

— Mais quoi ?

— Vous êtes encore plus pâle qu'il y a une semaine. Il y a une raison ?

Oui. Un cauchemar qui s'appelle « ma vie ». Et ce n'est pas ta visite qui va le rendre plus supportable, songea Viktor. Mais au lieu de dire tout haut ses pensées, il se contenta de secouer la tête, ce qui eut pour effet de lui faire perdre à nouveau son équilibre.

Halberstaedt referma le portillon derrière lui et le regarda d'un air inquiet.

— Tant pis. Je peux me tromper. Peut-être que tout ça n'est pas si grave. Mais quand même : si vous revoyez cette femme, pensez à ce que je vous ai dit.

Viktor hocha la tête.

— Je suis sérieux, docteur. Faites attention à vous, j'ai un mauvais pressentiment.

— C'est entendu, merci.

Viktor referma la porte et observa à travers le judas le départ de Halberstaedt, jusqu'à ce que ce dernier eût disparu de son champ de vision.

Mais qu'est-ce qui se passe, ici ? pensa-t-il. *Qu'est-ce que tout ça signifie ?*

Quatre jours devaient encore s'écouler avant qu'il apprît la vérité. À un moment où, malheureusement, il serait déjà trop tard pour lui.

7

Parkum, quatre jours avant la vérité.

B : Avez-vous encore de l'espoir ?

Pour Viktor, la deuxième question de l'interview était la pire de toutes. Après une nuit agitée et un petit déjeuner rapidement expédié, il s'était assis à 10 heures devant son ordinateur. Une demi-heure plus tard, son écran était toujours vierge, mais, aujourd'hui, il avait au moins une excuse. Plus de doute, il semblait bel et bien couver une grippe. Ses vertiges avaient certes quasiment disparu, mais, depuis son réveil, il était enrhumé et avait de légères difficultés à avaler. Malgré tout, il cherchait maintenant à rattraper le temps perdu la veille.

De l'espoir ?

Il aurait voulu riposter par une autre question :

Espérer quoi ? Que Josy soit encore en vie ou qu'on retrouve son cadavre ?

Une violente bourrasque fit trembler les vitres de la fenêtre. Viktor se souvenait vaguement d'une alerte qu'il avait entendue à la météo. Une tempête causée par le cyclone « Antoine » devait atteindre l'île dans l'après-midi. Déjà, la pluie commençait à tomber sur la mer, tel un mur gris et menaçant qui barrait l'horizon. Le thermomètre avait brutalement chuté au cours de la nuit, et le feu de cheminée ne remplissait plus seulement une fonction décorative : sa chaleur était devenue indispensable, l'énergie fournie par le vieux générateur ne suffisant plus à maintenir une température agréable. Visiblement, les pêcheurs avaient eux aussi pris les bulletins d'alerte au sérieux. Viktor regarda par la fenêtre et vit qu'il n'y avait plus le moindre bateau parmi les vagues, qui s'élevaient toujours plus haut en direction du ciel.

Il se tourna à nouveau vers son écran.

De l'espoir.

Viktor serra les poings au-dessus de son clavier, puis rouvrit les mains sans effleurer les touches. Quand il avait lu cette question pour la première fois, elle avait fait sauter un barrage imaginaire dans son cerveau, et le premier souvenir qui était alors lentement remonté à la surface avait été celui des derniers jours de son père. À l'âge de soixante-quatorze ans, Gustav Larenz avait été victime d'un cancer des ganglions, et il n'avait pu supporter les douleurs incessantes qu'à l'aide de fréquentes doses de morphine. Mais une fois qu'il fut arrivé au stade terminal, même les comprimés ne suffisaient plus à supprimer complètement la souffrance. « Je me sens comme sous une cloche emplie de brouillard… » C'était ainsi que son père décrivait l'effet de ses violentes migraines, que les médicaments ramenaient toutes les deux heures à un niveau d'intensité tout juste tolérable.

Mon espoir aussi est maintenant enfermé sous une cloche emplie de brouillard. C'est comme si j'étais assailli à mon tour par les mêmes symptômes que mon père. Une maladie contagieuse. Sauf que le cancer ne s'attaque pas à mes ganglions, mais à ma raison, et que ses métastases prolifèrent dans mon âme.

Viktor respira profondément et commença enfin à écrire.

Oui, il avait encore un espoir. L'espoir que, un jour, sa bonne lui annoncerait un visiteur qui l'attendrait dans l'entrée et refuserait de s'installer au salon. Il espérait que cet homme, qui aurait ôté la casquette de son uniforme, le regarderait dans les yeux sans rien dire. Et que, enfin, il saurait. Longtemps avant d'entendre ces mots fatals : « Je suis désolé. »

Tel était son espoir.

Isabel, au contraire, priait tous les soirs pour que cela n'arrivât pas. Elle portait en elle une inébranlable certitude. Il ne savait pas d'où lui venait cette force. Mais au plus profond d'elle-même, elle avait une vision. Un jour, elle reviendrait comme à son habitude d'une promenade à cheval et elle verrait le vélo de Josy renversé par terre. Et avant même qu'elle pût le ramasser, Josy arriverait en riant, de retour du lac. Hors d'haleine, tenant son père par la main. Radieuse et en bonne santé. « Qu'est-ce qu'on mange ? » lui crierait-elle de loin, et tout serait à nouveau comme avant. Isabel ne manifesterait pas le moindre étonnement. Elle ne demanderait pas non plus à Josy où elle avait été pendant toutes ces années. Elle caresserait simplement ses longs cheveux blonds et elle accepterait les choses comme elles sont. Elle accepterait qu'elle fût revenue. Que la famille fût à nouveau réunie. Tout comme elle avait accepté cette séparation. Pendant des années. Tel était son secret espoir.

Alors, vous êtes satisfaite de ma réponse ?

Viktor se rendit compte qu'il était à nouveau en train de se livrer à un monologue. Cette fois, c'était Ida von Strachwitz qui faisait office d'interlocuteur imaginaire. C'était la journaliste du magazine *Bunte*, à qui il devait renvoyer ses réponses par e-mail dès le surlendemain.

L'ordinateur de Viktor fit un bruit comparable à celui d'une vieille cafetière crachant un dernier filet d'eau dans le filtre. Il décida d'effacer ce qu'il venait d'écrire. Mais il se rendit compte avec agacement qu'il n'y avait presque rien à effacer. Depuis une demi-heure, il n'avait écrit qu'une seule phrase. Et celle-ci ne semblait pas avoir grand-chose à voir avec la question :

Du doute à la certitude, il n'y a qu'un pas,
celui qui sépare la vie de la mort.

Viktor ne devait plus parvenir à compléter cette unique phrase, car le téléphone se mit soudain à sonner. Pour la première fois depuis qu'il était arrivé à Parkum. Il sursauta malgré lui en entendant ce bruit strident déchirer le silence de la petite maison. Il laissa passer quatre sonneries avant de décrocher le lourd combiné du vieil appareil à cadran, qui reposait sur une petite table basse à côté de la bibliothèque. Comme presque tous les objets qui se trouvaient là, il datait de l'époque de son père.

— Je vous dérange ?

Viktor retint un profond soupir. Il s'y attendait presque. Tout à coup, les vertiges de la veille l'assaillirent à nouveau.

— Mademoiselle Spiegel, n'avions-nous pas conclu un marché ?

— Si, répondit-elle d'une voix penaude.

— Vous deviez repartir ce matin, non ? Quand la navette part-elle ?

— C'est justement pour ça que j'appelle. Je ne peux pas partir.

— Écoutez !

Énervé, Viktor leva les yeux au plafond, découvrant au passage plusieurs toiles d'araignées dans les coins.

— Nous en avions pourtant discuté. En ce moment, vous êtes dans une phase calme, et vous pouvez parfaitement rentrer à Berlin dans l'état où vous vous trouvez. Quand vous serez arrivée, vous irez immédiatement voir le professeur Van Druisen, et moi...

— Je ne peux pas, l'interrompit Anna sans forcer la voix.

Avant même qu'elle poursuivît, il sut ce qu'elle allait lui dire.

— La navette. Elle est annulée à cause du mauvais temps. Je suis bloquée sur l'île.

8

Avant même d'avoir raccroché, il avait compris. C'était sa voix qui l'avait trahie. À l'entendre, on aurait dit qu'elle avait lancé elle-même cette tempête, rien que pour pouvoir continuer à l'empêcher de travailler et de faire son deuil. Et, visiblement, elle avait quelque chose à lui raconter. Quelque chose de si important qu'elle s'était donné la peine de venir de Berlin jusqu'ici pour le lui dire. Pour une raison qui lui échappait, elle ne le lui avait pas confié hier soir. Viktor ne savait pas de *quoi* il s'agissait, mais il savait qu'elle ne quitterait pas cette île tant qu'elle ne lui aurait pas tout révélé. Et c'était pour ça qu'elle devait revenir. En prévision de sa visite, il avait pris une douche et mis des vêtements propres. Dans la salle de bains, il avait bu à jeun un verre d'eau dans lequel il avait dissous un cachet d'aspirine. Il avait l'impression d'avoir une barre qui lui appuyait contre les yeux. Un signe qui annonçait certainement des maux de tête à venir. Peut-être même de la fièvre. Avec de tels symptômes, Viktor aurait d'ordinaire pris deux analgésiques. Mais ceux-ci l'auraient rendu somnolent, et quelque chose lui disait qu'il valait mieux avoir l'esprit au clair pour se confronter à son hôte indésirable. Au moins n'était-il pas fatigué lorsque, en début d'après-midi, un grognement sourd de Sindbad l'alerta qu'Anna était arrivée sur le pas de la porte.

— J'étais en train de me promener quand j'ai vu de la lumière dans votre salon, lui dit-elle en souriant après qu'il lui eut ouvert.

Viktor plissa le front. *Se promener ?* Même ceux qui avaient un chien ne le sortaient qu'à contrecœur par un temps pareil. Certes, il ne pleuvait pas des cordes, mais il tombait néanmoins un crachin persistant. Et avec son ensemble en fine laine et ses talons aiguilles, Anna n'était vraiment pas habillée en conséquence. Du village jusqu'à la maison, il fallait marcher au moins un quart d'heure sur un mauvais chemin déjà couvert de flaques d'eau. Pourtant, il n'y avait aucune trace de boue sur ses escarpins élégants. Quant à ses cheveux, ils étaient parfaitement secs, bien qu'elle n'eût ni parapluie ni foulard.

— Je vous dérange ?

Viktor se rendit compte qu'il n'avait encore rien dit et qu'il s'était contenté de la fixer d'un air hébété.

— Oui. Enfin, je... bégaya-t-il. Excusez-moi. Je suis un peu fatigué. Et je me suis sans doute enrhumé.

Et ce que Halberstaedt m'a raconté sur ton compte ne m'encourage pas franchement à t'accueillir chez moi.

— Oh, j'en suis désolée.

Le sourire d'Anna avait disparu.

Un éclair illumina un bref instant le paysage. Peu après, on entendit gronder le tonnerre. La tempête se rapprochait, et Viktor en était fâché. À présent, il lui était impossible de renvoyer cette intruse à l'auberge. Par politesse, il lui faudrait supporter Anna, au moins jusqu'à ce que l'averse fût passée.

— Bien, puisque vous vous êtes donné la peine de venir jusqu'ici, allons donc boire une tasse de thé, lui proposa-t-il à regret.

Sans hésiter, Anna accepta. Son sourire était revenu, et Viktor crut même discerner comme une légère expression de triomphe sur son visage. Comme chez un enfant qui, après d'interminables lamentations, a réussi à convaincre sa mère de lui acheter des sucreries.

Elle le suivit jusqu'au salon, où chacun reprit sa place de la veille. Elle sur le canapé, les jambes croisées. Lui assis à son bureau, dos à la fenêtre.

— Servez-vous, je vous en prie.

Il souleva sa propre tasse et fit un signe en direction du rebord de la cheminée, où la théière attendait sur son réchaud.

— Pas pour le moment, merci.

Le mal de gorge de Viktor avait empiré, et il but une longue gorgée. Le thé semblait devenir un peu plus amer à chaque nouvelle tasse.

— Vous ne vous sentez pas bien ?

Encore la même question que la veille. Viktor était agacé qu'elle l'eût percé à jour aussi facilement. C'était tout de même lui, le médecin.

— Je me sens très bien, je vous remercie.

— Alors, pourquoi avez-vous l'air si mécontent, depuis mon arrivée, docteur ? Vous m'en voulez ? Je vous assure, je comptais vraiment prendre la navette de ce matin. Mais malheureusement, il n'y en aura plus jusqu'à nouvel ordre.

— On vous a dit quand le trafic reprendrait ?

— Non, pas précisément. Peut-être dans deux jours. Voire d'ici à vingt-quatre heures, si tout va pour le mieux.

Et beaucoup plus longtemps si tout allait mal. Viktor était déjà resté coincé ici avec son père pendant une semaine entière.

— Peut-être que, finalement, nous pourrions mettre à profit le temps qui nous reste pour une nouvelle séance de thérapie ? lui demanda-t-elle sans hésitation, avant de lui sourire à nouveau avec douceur.

Elle veut me confier quelque chose, pensa Viktor.

— Si vous croyez que notre discussion d'hier était une séance thérapeutique, vous faites erreur. Ce n'était qu'une simple conversation. Vous n'êtes pas ma patiente. Et ce n'est pas la tempête qui y changera quelque chose.

— Très bien, dans ce cas, poursuivons simplement notre conversation d'hier. Elle m'a fait beaucoup de bien.

Elle veut me confier quelque chose. Et elle ne me laissera pas tranquille tant qu'elle ne l'aura pas fait.

Viktor la fixa longuement dans les yeux et finit par acquiescer, lorsqu'il vit qu'elle ne détournerait pas le regard.

— Bon, très bien...

... *Puisque nous avons commencé, finissons-en,* poursuivit-il en pensée, tandis qu'Anna, satisfaite, prenait ses aises sur le canapé.

Elle lui raconta alors l'histoire la plus horrible qu'il eût jamais entendue.

9

— Sur quel livre travaillez-vous, en ce moment ? lui demanda-t-il pour commencer.

C'était la première question qui lui était venue à l'esprit, le matin au réveil.

Quels seront les prochains personnages à venir peupler vos cauchemars ?

— Je n'écris plus. Ou, du moins, pas dans le sens où vous l'entendez.

— C'est-à-dire ?

— Je n'écris plus que sur moi-même. Mon autobiographie, si l'on peut dire. Ainsi, je fais d'une pierre, trois coups. Premièrement : je peux m'adonner à mon penchant artistique. Deuxièmement, cela m'aide à surmonter mon passé. Et, troisièmement, j'empêche que des personnages de roman fassent irruption dans ma vie en me rendant folle.

— Je vois. Dans ce cas, parlez-moi de votre dernière grande crise. Celle qui vous a menée à la clinique.

Anna expira profondément et joignit les mains, comme pour une prière.

— Bien. Le dernier de mes personnages à avoir pris son autonomie était l'héroïne d'un conte moderne pour enfants.

— De quoi parlait l'histoire ?

— D'une petite fille, Charlotte. C'était un petit ange blond et fragile, comme on en voit dans les publicités pour les marques de biscuits ou de chocolat.

— Comme compagnon imaginaire, il y a pire.

— Oui, c'est vrai. Charlotte était adorable. Tous ceux qui la voyaient se mettaient immédiatement à l'aimer. C'était la fille unique d'un roi et elle vivait dans un petit château, sur une île.

— En quoi consistait l'intrigue ?

— Il s'agissait d'une quête. Un jour, Charlotte tomba soudainement malade. Une maladie très grave.

Viktor s'apprêtait à boire une nouvelle gorgée de thé, mais il reposa sa tasse sur la soucoupe. Toute son attention se focalisait maintenant sur ce que disait Anna.

— Elle souffrait d'accès de fièvre inexplicables, elle s'affaiblissait et s'amaigrissait à vue d'œil. Tous les médecins du royaume se rassemblèrent et l'examinèrent, mais aucun ne put dire ce qui lui manquait. Ses parents désespéraient chaque jour un peu plus. Et, chaque jour, l'état de la petite empirait.

Viktor retenait sa respiration et se concentrait sur chaque mot qu'elle prononçait.

— Un jour, la petite Charlotte décida de prendre son destin en main et partit de chez elle.

Josy.

Viktor avait essayé de refouler cette pensée, mais il n'y était pas parvenu.

— Je vous demande pardon ?

Anna le regardait d'un air irrité. Viktor avait visiblement dit quelque chose sans même s'en rendre compte. Il se passa nerveusement la main dans les cheveux.

— Rien. Je ne voulais pas vous interrompre. Continuez, je vous en prie.

— Donc, elle se mit à la recherche de l'origine de sa maladie. D'une certaine manière, ce conte est une parabole. L'histoire d'une petite fille malade qui, plutôt que de se résigner, préfère agir et affronter elle-même le vaste monde.

C'est impossible. Je dois rêver. Viktor était incapable de retrouver ses esprits. Il connaissait ce sentiment. Il l'avait ressenti pour la première fois dans le cabinet du docteur Grohlke. Et, depuis, il l'avait accompagné chaque jour de sa vie, jusqu'à ce qu'il se décidât à abandonner définitivement ses recherches.

— Vous êtes sûr que vous vous sentez bien, docteur Larenz ?

— Comment ? Oh...

Viktor regarda les doigts de sa main gauche, qui tambourinaient nerveusement sur le vieux bureau en acajou.

— Excusez-moi, j'ai sans doute bu trop de thé. Mais dites-m'en plus sur Charlotte. Comment l'histoire se termine-t-elle ? Que lui arrive-t-il ?

Qu'est-il arrivé à Josy ?

— Je ne sais pas.

— Comment ? Vous ne connaissez pas la fin de votre propre livre ?

Viktor posa sa question plus fort qu'il ne l'aurait voulu, mais Anna ne sembla pas s'en étonner.

— Je vous l'ai dit : je ne suis jamais arrivée au bout. Cette histoire est restée à l'état d'ébauche. C'est justement pour ça que Charlotte ne m'a jamais laissée en paix et m'a entraînée dans ce cauchemar.

Un cauchemar ?

— Comment cela ?

— Comme je vous le disais, Charlotte a été le dernier personnage à s'introduire dans ma vie. Ce sont les choses horribles que j'ai vécues avec elle qui ont provoqué ma crise, puis mon internement.

— Reprenons. Que s'est-il passé exactement ?

Viktor savait que son comportement était inadapté. Sa patiente n'en était pas encore arrivée au point où elle aurait pu parler de son traumatisme. Mais il devait savoir. Quand il vit qu'Anna gardait les yeux rivés sur le sol et qu'elle ne réagissait pas, il se remit à la questionner avec un peu plus de prudence.

— Quand avez-vous eu votre première vision de Charlotte ?

— C'était il y a quatre ans, à Berlin. En hiver.

— *Le 26 novembre*, compléta Viktor, inaudible.

— Je m'apprêtais à faire les courses. J'étais dans la rue quand j'ai entendu un grand fracas derrière moi. D'abord des crissements de pneus, puis un choc violent, des vitres qui éclatent. Un accident de voitures. « Espérons que personne ne soit blessé », ai-je pensé. C'est là que j'ai vu la petite fille. Elle était debout au milieu de la rue, comme paralysée. Visiblement, c'était elle qui était à l'origine de l'accident.

Viktor se raidit dans son fauteuil.

— Soudain, comme si quelqu'un lui avait fait signe, elle s'est tournée vers moi et m'a souri. C'est là que je l'ai reconnue. Charlotte. La petite fille malade de mon roman. Elle a couru vers moi et m'a prise par la main.

Ses petits bras. Si fragiles.

— J'étais complètement pétrifiée. D'un côté, je savais qu'elle n'existait pas. Qu'elle ne pouvait pas exister. Mais, en même temps, elle semblait tellement réelle. Je n'ai pas pu faire autrement. J'ai dû l'accepter. Et je l'ai suivie.

— Où ça ? Où est-ce que ça s'est passé, exactement ?

— Qu'est-ce que ça peut faire ?

Anna cligna plusieurs fois des yeux, l'air hagard. Il semblait qu'elle n'avait soudain plus envie de continuer.

— Rien, rien. Excusez-moi. Continuez.

Anna se racla la gorge et se leva.

— Si ça ne vous ennuie pas, docteur Larenz, je voudrais faire une pause. Je sais bien que c'est moi qui ai insisté pour que nous ayons cette discussion. Mais, maintenant, je me rends compte que je ne suis peut-être pas encore prête. Ces hallucinations ont vraiment été pour moi quelque chose d'horrible. Et j'ai finalement plus de mal à en parler que je ne le pensais.

— Bien sûr, dit Viktor, malgré son impatience à entendre la suite.

Il se leva également.

— À partir de maintenant, je ne vous embêterai plus. Peut-être que je pourrai rentrer chez moi dès demain.

Non !

Viktor cherchait désespérément une solution. Alors que, quelques minutes plus tôt, il la pressait encore de partir, il ne pouvait plus à présent accepter l'idée qu'elle disparût à jamais.

— Une dernière question.

Viktor restait planté au milieu de la pièce.

— Comment s'appelait votre livre ?

— Il n'avait pas encore de titre définitif. Juste un titre de travail : *Neuf.*

— Pourquoi *Neuf* ?

— Parce que Charlotte avait neuf ans lorsqu'elle est partie.

— Ah.

Trop jeune !

Viktor fut surpris de l'effet que ces quelques paroles avaient eu sur lui. Au fond, il souhaitait ardemment que les hallucinations de cette patiente schizophrène eussent un rapport avec la réalité.

Quand Viktor s'approcha lentement d'elle, il sentit que sa fièvre était montée. Les maux de tête persistaient eux aussi, en dépit de l'aspirine qu'il avait prise après sa douche. La douleur cognait contre ses tempes, et ses yeux commençaient à se mouiller de larmes. Tout à coup, il ne vit plus d'Anna qu'une silhouette floue, comme s'il la contemplait à travers un verre d'eau. Viktor cligna des yeux et, lorsqu'il y vit à nouveau clair, il lut dans le regard d'Anna quelque chose qu'il ne put d'abord s'expliquer. Puis une certitude s'imposa à lui : il la *connaissait.* Il l'avait déjà rencontrée, un jour, il y avait très longtemps. Mais il ne pouvait associer son visage ni à une personne ni à un nom. Comme quand on reconnaît un acteur au cinéma sans se rappeler comment il s'appelle ni dans quel film on l'a déjà vu jouer.

Maladroitement, il l'aida à remettre son manteau et l'accompagna jusqu'à la porte. Anna avait déjà mis un pied dehors lorsqu'elle se retourna une dernière fois. Sa bouche était à présent toute proche du visage de Viktor.

— Ah, j'oubliais. Puisque vous avez posé la question.

— Oui ?

Viktor fit un pas en arrière et ressentit soudain la même tension qu'au début de la conversation.

— Je ne sais pas si ça a une quelconque importance. Mais le livre avait aussi un sous-titre. Assez curieusement, il n'a absolument aucun lien avec l'histoire. Il m'est venu alors que j'étais dans ma baignoire, et je l'ai trouvé joli.

— Et quel est-il ?

Viktor se demanda un bref instant s'il voulait vraiment le savoir. Mais il était déjà trop tard.

— *Le Chat bleu,* lui répondit Anna. Ne me demandez pas pourquoi. Je pensais que ce serait joli, s'il y avait un chat bleu sur la couverture.

10

— Juste pour vérifier que je te suis bien…

Viktor pouvait aisément imaginer la tête du corpulent détective privé qui lui parlait à l'autre bout de la ligne. Il l'avait appelé aussitôt après le départ d'Anna.

— Tu dis qu'une malade mentale est venue te voir à Parkum sans prévenir ?

— Oui.

— Et cette femme prétend être poursuivie par des personnages de romans qu'elle a elle-même inventés ?

— C'est à peu près ça.

— Et je suis censé vérifier si les hallucinations de cette mademoiselle… euh…

— Désolé, Kai, mais je ne te révélerai son nom que si c'est absolument nécessaire. Même si je n'exerce plus officiellement, elle reste quand même ma patiente, et je tiens donc à respecter le secret médical.

Du moins, tant que cela sera possible.

— Comme tu veux. Mais tu crois vraiment que les hallucinations de cette nouvelle patiente pourraient avoir un lien avec la disparition de ta fille ?

— Oui.

— Tu imagines ce que ça m'inspire ?

— Bien sûr, répondit Viktor, tu dois penser que j'ai définitivement perdu la raison.

— Ça, c'est le moins qu'on puisse dire.

— Je te comprends, Kai. Mais réfléchis un peu. Toutes ces choses qu'elle m'a racontées, ça ne peut pas être un hasard.

— Ou alors, tu ne veux pas que c'en soit un.

Viktor ignora la repartie.

— Une petite fille atteinte d'une maladie inexplicable, qui disparaît au grand jour en plein Berlin...

— D'accord, concéda Kai. Mais si elle t'avait menti ? Si elle avait bel et bien entendu parler de Josy ?

— Tu oublies que nous n'avons jamais révélé sa maladie aux médias. Elle ne peut pas être au courant.

C'était la police qui leur avait donné ce conseil, afin d'éviter que la presse à sensation ne fît ses choux gras des mystérieux symptômes de Josy.

« Et en plus, nous disposons ainsi d'une information que seul le vrai kidnappeur peut nous fournir, leur avait expliqué l'enquêteur. Grâce à cela, nous pourrons le distinguer de tous ceux qui chercheront simplement à vous soutirer de l'argent en prétendant avoir enlevé votre fille. »

De fait, après avoir lancé les avis de recherche, ils avaient reçu les appels de nombreux charlatans qui, lorsqu'on leur demandait comment allait Joséphine, répondaient invariablement « très bien », ou encore « bien, compte tenu des circonstances ». Et c'était à l'évidence la mauvaise réponse : même lorsqu'elle n'était pas entre les mains de dangereux criminels, la fillette faisait au moins un collapsus cardiovasculaire par jour.

— OK, docteur, poursuivit le détective. Une petite fille malade fait une fugue. À Berlin. Jusque-là, ça concorde à peu près. Mais le reste ? Qu'est-ce que tu fais de cette histoire de fille du roi qui vit dans un château sur une île ?

— Je te rappelle que Schwanenwerder est vraiment une île, qui n'est rattachée au quartier de Zehlendorf que par un pont. Quant à notre demeure du XIXe siècle au bord du lac, tu t'amusais toi-même à la qualifier de « château ». Et pour ce qui est de cette histoire de fille du roi, Isabel appelait... enfin, elle *appelle* souvent Josy « ma princesse ». Tu vois, encore un parallèle.

— Écoute, Viktor. Ça fait quatre ans que je travaille pour toi, et nous sommes devenus amis. Et en tant qu'ami, je te le dis franchement : ce que cette femme t'a raconté, ça me fait penser à un horoscope dans un magazine : ça reste tellement vague que n'importe qui peut y trouver ce qu'il cherche.

— Quand même. Je ne pourrai jamais me pardonner si je ne fais pas tout ce qui est en mon pouvoir pour retrouver Josy.

— OK, c'est toi le patron. Mais laisse-moi mettre les choses au clair : le dernier témoignage crédible que nous ayons eu venait d'un couple de retraités. Ils ont vu une petite fille sortir du cabinet avec un homme. Comme ils pensaient que c'était un père accompagnant sa fille, ils ne se sont pas inquiétés. Cette information a été confirmée par le vendeur du kiosque au coin de la rue. C'est un homme d'âge mûr qui a enlevé ta fille. Et non une femme. Et, en plus, Josy avait douze ans, et pas neuf.

— Et qu'est-ce que tu fais du chat bleu ? Tu connais la peluche préférée de Josy : le chat bleu Nepomuk.

— Très bien. Mais, malgré tout, ça n'a pas de sens. Et en admettant qu'il y ait un lien, qu'est-ce que cette femme te veut ? Qu'est-ce qui se cache derrière tout ça ? Si c'est elle qui a enlevé Josy, pourquoi ne continue-t-elle pas à se cacher et te poursuit-elle jusqu'à Parkum ?

— Je ne dis pas que ma patiente est dans le coup. Je dis juste qu'elle sait quelque chose. Quelque chose que je vais essayer de découvrir lors des prochaines séances de thérapie.

— Donc, tu veux la revoir ?

— Oui, je l'ai invitée à revenir demain matin. J'espère qu'elle viendra, vu que je n'ai pas été très sympathique avec elle aujourd'hui.

— Et pourquoi tu ne lui poserais pas directement la question ?

— Comment ça ?

— Montre-lui une photo de Josy. Demande-lui si elle la reconnaît. Et, si c'est le cas, tu ferais mieux d'appeler tout de suite la police.

— Je n'ai pas de photo d'elle sur moi. Juste la photocopie d'une vieille coupure de journal.

— Je peux t'en faxer une.

— Si tu veux. Mais je ne pourrai pas l'utiliser. Pas encore.

— Pourquoi pas ?

— Parce qu'il y a au moins un point sur lequel elle dit la vérité : elle est malade. Et si elle souffre vraiment de schizophrénie, j'ai besoin de sa confiance, en tant que médecin. Elle ne veut déjà plus parler de tout ça, elle me l'a fait comprendre. Si, demain, j'insinue en plus que je la tiens pour la complice d'un enlèvement, elle se taira définitivement. Et il sera alors impossible de lui arracher la moindre information. Je ne veux pas courir ce risque, aussi longtemps qu'il me reste un infime espoir de retrouver Josy vivante.

Un espoir.

— Tu sais quoi, Viktor ? L'espoir, c'est comme un éclat de verre planté dans ton pied. Tant qu'il reste enfoncé dans ta chair, il te fait souffrir à chaque pas. Tandis que si on te l'enlève, ça saignera pendant un moment, ça prendra un bout de temps avant que la plaie soit guérie, mais, au bout du compte, tu pourras réapprendre à marcher normalement. C'est ce qu'on appelle le deuil. Et je crois que tu devrais finir par t'y mettre. Bon sang ! Ça fait presque quatre ans, et on a déjà eu des indices plus sérieux que ceux fournis par cette femme qui s'est fait elle-même enfermer dans un asile !

Sans le savoir, Kai Strathmann venait de donner à Viktor la réponse à la deuxième question de l'interview.

— Entendu, Kai. Je te promets d'arrêter définitivement les recherches, si tu me fais une dernière faveur.

— À savoir ?

— Vérifie s'il y a eu un accident de la route à côté du cabinet de Grohlke le 26 novembre. Entre 15 h 30 et 16 h 30. Tu peux faire ça ?

— Oui. Mais d'ici là, tu as intérêt à te tenir tranquille et à écrire les réponses de cette stupide interview, compris ?

Viktor le remercia tout en évitant de répondre à sa dernière remarque. Il ne voulait mentir que si c'était absolument nécessaire.

11

Parkum, trois jours avant la vérité.

B : En dehors de votre famille, qu'est-ce qui vous a le plus aidé dans ces temps difficiles ?

Viktor se mit à rire. Anna devait arriver d'une minute à l'autre pour une nouvelle séance. Mais il n'était pas sûr qu'elle viendrait. La veille, en partant, elle ne lui avait pas donné de réponse définitive, et il cherchait maintenant à se changer les idées en travaillant à son interview. Pour parvenir enfin à penser à autre chose qu'à Charlotte (*ou Josy ?*), il avait choisi la plus facile de toutes les questions.

Ce qui m'a le plus aidé ?

Pas besoin de réfléchir longtemps. La réponse tenait en un seul mot : l'alcool.

Au fur et à mesure que l'absence de Josy se prolongeait, il s'était mis à boire de plus en plus, pour oublier sa souffrance. Durant la première année, il s'était encore contenté d'une gorgée par idée noire ; par la suite, même un verre entier n'y suffisait plus. L'alcool ne permettait pas seulement d'oublier. Il offrait aussi des solutions. Mieux, il *était* la solution.

Question : Si j'avais fait plus attention, serait-elle encore en vie ?

Réponse : Vodka.

Question : Pourquoi suis-je resté si longtemps dans la salle d'attente sans rien faire ?

Réponse : Peu importe la marque, pourvu que j'aie ma dose.

Viktor renversa la tête en arrière et se remémora la conversation de la veille. Kai ne l'avait pas encore rappelé pour lui dire ce qu'il avait trouvé au sujet de cet accident. Mais Viktor ne pouvait pas attendre. Il voulait absolument connaître la suite de l'histoire d'Anna ; il avait besoin de nouveaux indices à vérifier et à recouper, aussi absurdes qu'ils pussent paraître. Et il avait besoin de boire.

Viktor rit à nouveau. Bien sûr, il aurait pu se convaincre que, compte tenu de son rhume, il aurait été tout à fait indiqué de se préparer un petit grog. Et peut-être cela lui aurait-il fait du bien. Mais, fort heureusement, il avait été raisonnable et avait laissé sur le continent son compagnon des moments difficiles. Il était venu à Parkum sans une goutte d'alcool dans ses bagages. Et avec raison. Jim Beam et son compère Jack Daniels avaient été ces dernières années les seuls patients avec lesquels il avait eu de longues conversations. Tellement longues que, certains jours, il ne pensait plus qu'à une seule chose : le moment où il boirait la gorgée suivante.

Dans un premier temps, Isabel avait essayé de le détourner de l'alcool. Elle le raisonnait et l'encourageait, pleine de compassion. Puis elle s'était mise à le supplier.

Plus tard, après de nombreuses scènes de ménage, elle avait fait ce que toutes les associations d'entraide conseillent aux proches des personnes alcooliques : elle l'avait laissé tomber. Elle était partie à l'hôtel sans crier gare et n'avait plus donné signe de vie. Il ne s'était rendu compte de son départ qu'après avoir terminé sa dernière bouteille, alors qu'il n'avait plus la force de parcourir tout seul le chemin qui le séparait de la station-service.

Affaibli, il se laissa bientôt envahir par de douloureux souvenirs.

Les premières dents de Josy.

Ses anniversaires.

Son premier jour d'école.

Le vélo qu'ils lui avaient offert pour Noël.

Les tours en voiture.

Et Albert.

Albert.

Viktor contempla par la fenêtre les eaux sombres de la mer. Il était tellement plongé dans ses pensées qu'il n'entendit même pas les pas qui se rapprochaient derrière lui.

Albert.

C'était le vieil homme qui l'avait poussé à arrêter de boire.

Autrefois, du temps où il avait encore une vie, il rentrait tous les jours du travail vers 17 heures, en empruntant l'autoroute A100 en direction de la Spanische Allee. Peu après la tour radio, à hauteur de la vieille tribune désaffectée depuis laquelle le public suivait jadis les courses de voitures, il y avait toujours un homme d'un certain âge qui attendait là avec son vieux vélo déglingué, non loin de la Deutschlandhalle. Il profitait d'un trou dans le grillage qui séparait l'autoroute de la ville pour observer le trafic. De Wedding à Potsdam, c'était le seul tronçon où l'on n'avait pas construit de mur antibruit. Chaque fois que Viktor le voyait, il se demandait ce qui pouvait bien pousser cet homme à suivre des yeux les phares arrière de ces innombrables voitures. À bord de sa Volvo, Viktor passait toujours beaucoup trop vite. À tel point que, pendant toutes ces années, il n'avait jamais pu observer l'expression de son visage. Alors qu'il le voyait chaque jour, il n'aurait jamais pu le reconnaître s'ils avaient été face à face.

Josy aussi avait remarqué le vieil homme, un jour qu'ils rentraient en famille d'une fête de l'amitié franco-allemande.

— Qu'est-ce qu'il fait là, le monsieur ? avait-elle demandé en se retournant pour le suivre du regard.

— Il est un peu dérangé, avait sobrement diagnostiqué Isabel.

Mais Josy avait ignoré cette réponse.

— Je crois qu'il s'appelle Albert, murmura-t-elle comme pour elle-même.

Viktor l'avait entendue.

— Pourquoi *Albert* ?

— Parce que c'est un vieux monsieur et qu'il est tout seul.

— Ah... Et les vieux messieurs tout seuls s'appellent Albert ?

— Oui, s'était-elle contentée de répondre, mettant ainsi un terme à la conversation.

Dès lors, l'inconnu du bord de l'autoroute eut un nom, et Viktor se surprenait parfois à lui faire un signe de la tête lorsqu'il passait devant lui au volant de sa voiture.

— Bonjour, Albert !

Ce n'est que beaucoup plus tard, après s'être réveillé sur le carrelage en marbre de la salle de bains, au lendemain d'une nuit d'ivresse, qu'il avait compris qu'Albert était lui aussi à la recherche de quelque chose. Quelque chose qu'il avait perdu quelque part et qu'il espérait retrouver dans les voitures qui fonçaient sur l'autoroute. Albert était comme son double. À peine cette idée lui était-elle venue qu'il s'était mis au volant de sa Volvo et était parti en direction de la Deutschlandhalle. Mais il avait tout de suite vu que, ce jour-là, Albert n'était pas à son poste. Et le vieil homme solitaire ne s'était pas plus montré les jours suivants, alors que Viktor guettait sa venue.

Il aurait voulu lui demander : « Excusez-moi, mais qu'est-ce que vous cherchez ? Vous aussi, vous avez perdu quelqu'un ? »

Mais Albert n'avait jamais réapparu.

Comme Josy.

Quand, au bout de la dix-huitième fois, il était rentré à nouveau bredouille à la maison, Isabel l'attendait sur le pas de la porte, une lettre à la main. C'était la demande d'interview du magazine *Bunte*.

— Docteur Larenz ?

Viktor fut soudain arraché à ses rêveries. Il se leva si brusquement qu'il se cogna le genou droit contre le bureau et avala son thé de travers. Il se mit à tousser.

— Je dois à nouveau vous présenter mes excuses, dit Anna, qui était debout juste derrière lui.

Elle restait là sans bouger ni chercher à lui venir en aide.

— Je ne voulais pas vous effrayer encore, mais j'ai frappé plusieurs fois à la porte, et celle-ci a fini par s'ouvrir toute seule.

Viktor eut un hochement de tête compréhensif, bien qu'il fût certain d'avoir fermé la porte à clé. Il porta la main à son visage et se rendit compte qu'il avait le front en sueur.

— Votre état ne semble pas s'être amélioré depuis hier, docteur. Il vaut sans doute mieux que je m'en aille.

Viktor remarqua qu'Anna le regardait avec insistance, et il se rendit compte qu'avec toute cette frayeur il n'avait encore rien dit.

— Non, dit-il un peu plus fort qu'il ne l'aurait voulu.

Anna tendit l'oreille, comme si elle avait mal compris.

— Non, reprit Viktor, au contraire, vous ne me dérangez pas du tout. Je vous en prie, asseyez-vous. Je suis content que vous soyez là. J'ai plusieurs questions à vous poser.

12

Anna ôta son manteau et son châle et s'installa confortablement sur le canapé. Viktor n'avait pas bougé de son bureau. Il faisait semblant de chercher dans son ordinateur un fichier contenant des notes sur son cas. En vérité, il avait toutes les informations en tête et ne cherchait qu'à gagner un peu de temps, afin de retrouver son calme et de pouvoir commencer à l'interroger.

Une fois que son pouls eut retrouvé sa vitesse normale, il prit conscience qu'il lui faudrait aujourd'hui rassembler toutes ses forces pour suivre attentivement le récit d'Anna. Il se sentait comme au lendemain d'une nuit blanche : somnolent, affaibli, lessivé. Pour couronner le tout, il avait de plus en plus mal à la tête et à la nuque. Il mit les mains contre ses tempes brûlantes et regarda par la fenêtre en direction de la mer.

Les vagues déchaînées étaient d'un noir d'encre, et le tableau s'assombrissait encore à mesure que les nuages s'accumulaient dans le ciel. La visibilité ne dépassait pas vingt milles, et l'horizon semblait se rapprocher sans cesse de l'île.

Dans le reflet de la fenêtre, Viktor vit qu'Anna s'était servi du thé et qu'elle était maintenant prête à commencer. Il fit pivoter son siège vers elle et lui dit :

— Je voudrais reprendre là où nous en sommes restés hier.

— Bien sûr.

Anna porta la tasse à ses lèvres, et Viktor se demanda si son discret rouge à lèvres laisserait des traces sur la fine porcelaine.

— Vous disiez que Charlotte était partie de chez elle sans prévenir ses parents ?

— Oui.

Jamais Josy n'aurait fait une chose pareille, pensa Viktor. Il y avait réfléchi toute la nuit et était parvenu à la conclusion que la disparition de sa fille ne pouvait avoir une explication aussi banale. *Elle n'avait pas fugué.*

— Charlotte avait délibérément choisi de quitter la maison afin de chercher la cause de sa maladie, dit Anna. Maintenant, vous savez tout du début de mon livre, de la page 1 à la page 23. La maladie de Charlotte, l'échec des médecins et sa fuite. Voilà où j'en étais arrivée, mais depuis, je n'ai plus écrit la moindre ligne.

— Oui, c'est ce que vous disiez. Mais y avait-il une raison particulière ?

— Oui. La réponse est très simple : je ne savais tout simplement pas comment l'histoire devait continuer. J'ai donc enregistré le tout sur mon ordinateur et j'ai fini par oublier ce fichier inachevé.

— Jusqu'à ce que Charlotte prenne vie ?

— Exactement. Et là, c'est devenu horrible. Comme vous le savez, j'avais déjà eu de nombreuses crises par le passé. Je voyais des couleurs irréelles, j'entendais des voix et des sons imaginaires. Mais, avec Charlotte, ça a vraiment pris une autre dimension. De tous les personnages de mes livres, c'est elle qui est devenue la plus réelle.

Trop réelle ?

Viktor but une gorgée de thé et se rendit compte que le rhume commençait déjà à affecter son goût et son odorat. Il ne savait plus si c'était le thé qui était mauvais ou si cette saveur amère provenait des gouttes pour le nez qu'il prenait régulièrement.

— Vous m'avez dit aussi que Charlotte avait failli être renversée par une voiture.

— Oui, c'est là que j'ai pris conscience de sa présence pour la première fois.

— Et ensuite, vous avez quitté le lieu de l'accident avec Charlotte ?

— Non, répondit-elle en secouant la tête. Ce n'est pas *moi* qui suis partie avec Charlotte, c'est elle qui m'a priée de la suivre.

— Et pourquoi ?

— Elle voulait que j'écrive enfin la suite de son roman. Mot pour mot, elle m'a dit : « Pourquoi il n'y a que deux chapitres ? Quelle est la suite ? Je ne veux pas être malade pour toujours. »

— Le personnage que vous aviez vous-même inventé vous a priée de mener l'histoire à son terme ?

— Tout à fait. Et j'ai commencé par dire la vérité à Charlotte. Je lui ai avoué que je ne pouvais rien faire pour elle, car j'ignorais moi-même la fin du roman.

— Comment a-t-elle réagi ?

— Elle m'a pris la main et m'a dit : « Viens, je vais t'aider. Je vais te montrer l'endroit où tout a commencé. Peut-être que là, tu trouveras comment notre histoire se termine. »

Notre histoire ?

— Et où était cet endroit ?

— Je ne sais pas. Quelque part aux alentours de Berlin. Je ne me souviens que par bribes du chemin qui nous y a conduites.

— Essayez tout de même de me le décrire le plus précisément possible, lui demanda Viktor.

— Avec ma voiture, je crois, nous avons pris l'A100 vers l'ouest. Ne me demandez pas quelle sortie nous avons prise. Par contre, je me souviens bien que Charlotte avait mis sa ceinture de sécurité. Vous comprenez ? Rien ne m'a autant marquée que le fait que mon hallucination pouvait avoir peur d'un accident.

Oui, je comprends. Josy était bien élevée. Isabel y avait toujours veillé.

— Combien de temps a duré le voyage ?

— Une bonne heure. Nous avons traversé une assez grande localité ; sur le bord de la route, il y avait une sorte de petit village russe, classé monument historique. Enfin, si je me souviens bien.

Viktor était de plus en plus crispé, comme s'il avait été assis sur le fauteuil d'un dentiste.

— Ce qui est sûr, c'est qu'il y avait une église orthodoxe sur une butte au milieu de la forêt. Ensuite, nous avons passé un pont et, après avoir suivi la route pendant un moment, nous avons pris un chemin qui pénétrait dans la forêt.

Mais c'est…

— À peu près un kilomètre plus loin, nous nous sommes arrêtées dans une petite clairière où j'ai garé la voiture.

Mais c'est impossible…

Viktor avait du mal à se contrôler ; il était prêt à bondir de son siège pour lui hurler au visage les questions qu'il avait à lui poser. Il connaissait par cœur le chemin qu'elle lui décrivait. À l'époque, il l'empruntait lui-même très fréquemment. Presque tous les week-ends.

— Où êtes-vous allées, après avoir laissé la voiture ?

— Nous avons pris un petit sentier, si étroit que nous étions obligées de marcher l'une derrière l'autre. Au bout, il y avait un petit bungalow en bois, une sorte de chalet, mais en plus moderne. Le cadre était idyllique

En plein milieu de la forêt, songea Viktor, qui anticipait déjà la suite du discours d'Anna.

— Il n'y avait pas de voisins. Où que l'on regarde, on ne voyait que des pins, des hêtres et des boulots. C'était l'automne, les arbres venaient de perdre leurs feuilles, qui s'entassaient à nos pieds en un épais tapis multicolore. Malgré le froid, particulièrement vif pour un mois de novembre, la forêt avait quelque chose de chaleureux. C'était magnifique. À tel point que je me demande aujourd'hui si c'était la réalité ou si c'était une hallucination. Comme Charlotte.

En cet instant, Viktor ne savait plus lui-même ce qu'il aurait préféré : soit les hallucinations schizophrènes d'Anna avaient vraiment un rapport avec la disparition de sa fille, soit c'était tout simplement lui qui se montait la tête. Jusque-là, on pouvait encore penser que tout cela n'était qu'un macabre hasard. Après tout, ce n'était pas les résidences secondaires qui manquaient dans ce coin du Brandebourg.

Mais il n'y en avait qu'une où...

— Vous rappelez-vous avoir entendu quelque chose, lorsque vous êtes arrivées devant le bungalow ?

— C'est important pour ma thérapie ?

Non. Mais pour moi, oui.

— Oui.

— Pour être franche, je n'ai rien entendu. Absolument rien. Tout était parfaitement silencieux, comme au sommet d'une montagne, à deux mille mètres d'altitude.

Viktor hocha la tête. C'était exactement la réponse à laquelle il s'attendait. Il savait maintenant où Charlotte avait conduit Anna. Le calme qui régnait dans la forêt de Sacrow, entre Spandau et Potsdam, était si impressionnant, presque palpable, que c'était généralement la première chose que les citadins remarquaient à leur arrivée.

Anna semblait pouvoir lire dans les pensées de Viktor.

— Bien sûr, j'ai demandé à Charlotte où nous étions, mais elle m'a regardée d'un air irrité. « Mais tu connais cet endroit, m'a-t-elle répondu, perplexe. C'est la maison où nous passons les week-ends en famille. Avec mes parents, je venais ici tous les étés. Et c'est ici que j'ai connu les derniers jours heureux de ma vie. Avant que tout commence. »

— Que commence quoi ? demanda Viktor.

— Sa maladie, j'imagine. Mais, à ce stade, elle ne voulait pas m'en dire plus. Au contraire. Elle a fait un signe en direction du bungalow et m'a dit, presque furieuse : « Qui est l'écrivain, ici ? À toi de me dire ce qui s'est passé là-dedans ! »

— Et vous le saviez ?

— Non, malheureusement. Mais, entre-temps, Charlotte m'avait bien fait comprendre qu'elle continuerait à me hanter jusqu'à ce que je termine le livre qui racontait son histoire. Il fallait donc que je voie l'intérieur de la maison. J'ai brisé un carreau de la porte, et je suis entrée comme un cambrioleur.

Ça n'a pas de sens, pensa Viktor. *Josy aurait su où les clés étaient cachées.*

— J'ai fait tout ça dans l'espoir de trouver un indice qui me révélerait l'origine de la maladie de Charlotte.

— Et alors ? Vous avez trouvé quelque chose ?

— Encore une fois, non. Mais je ne savais pas vraiment ce que je devais chercher. La seule chose qui m'a immédiatement frappée, c'était la taille du bungalow. Vu de l'extérieur, j'aurais cru qu'il y avait trois pièces au maximum. Mais en plus des deux salles de bains, de la grande cuisine et du salon avec cheminée, on comptait encore au moins deux chambres à coucher.

Trois, corrigea Viktor en silence.

— J'ai fouillé les commodes, les armoires, les étagères et même le réservoir de la chasse d'eau. Heureusement, ça a été très rapide, car l'ameublement de la maison était spartiate. Sobre, mais cher.

Du Philippe Starck, un peu de Bauhaus. C'était Isabel qui avait tout aménagé.

— Au fait, que faisait Charlotte pendant que vous fouilliez la maison ? demanda Viktor.

— Elle attendait dehors. Elle m'avait expliqué qu'elle n'y remettrait plus jamais les pieds, parce qu'il s'y était passé quelque chose de mal. Mais elle n'arrêtait pas de me donner des indications, qu'elle criait depuis le pas de la porte.

Quelque chose de mal ?

— Par exemple ?

— Tout ça était très mystérieux. Elle s'exprimait par des énigmes. Par exemple : « Ne regarde pas ce qu'il y a. Concentre-toi sur ce qui manque ! »

— Vous avez compris ce qu'elle voulait dire par là ?

— Non. Et, malheureusement, je n'ai plus eu le loisir de le lui demander.

— Pourquoi ?

— Parce qu'il est soudain survenu quelque chose dont je préférerais ne pas me souvenir, docteur Larenz.

— Quoi donc ?

Viktor lisait dans les yeux d'Anna la même réticence que la veille, lorsqu'elle avait interrompu la conversation.

— Ne pourrions-nous pas en parler demain ? Je ne me sens plus très bien.

— Non. Il vaut mieux aller jusqu'au bout, maintenant, insista Viktor.

Il était effrayé de la facilité avec laquelle il avait prononcé ce mensonge. Ce qu'il faisait là n'avait plus rien à voir avec une séance de thérapie ordinaire. C'était un interrogatoire.

Anna le regarda pendant plusieurs secondes, hésitante. Viktor crut d'abord qu'il l'avait à nouveau perdue et qu'elle allait se lever et partir de chez lui. Mais, finalement, elle joignit les mains sur ses genoux, poussa un léger soupir et poursuivit son histoire.

13

— Tout à coup, le bungalow s'est trouvé plongé dans l'obscurité. Il devait être environ 16 h 30. La nuit tombe vite, fin novembre. Je suis donc retournée au salon prendre un briquet pour éclairer le couloir. Dans la faible lueur de la flamme, j'ai alors vu qu'il restait une pièce que je n'avais pas encore fouillée, tout au fond. Je crois que c'était un cagibi.

Ou bien la chambre de Josy.

— Je m'apprêtais à aller vérifier, quand j'ai soudain entendu des voix.

— Quel genre de voix ?

— En fait, il n'y en avait qu'une seule. Et elle ne disait rien. J'entendais un homme qui pleurait. Pas des sanglots. Plutôt une sorte de gémissement, qui provenait de cette pièce au bout du couloir. Le bruit devenait de plus en plus fort à mesure que j'approchais.

— Vous n'avez pas eu peur ?

— Si. Mais je n'ai vraiment commencé à paniquer que lorsque j'ai entendu Charlotte crier dehors.

— Pourquoi criait-elle ?

Viktor se mit la main sur la gorge ; lorsqu'il parlait, il ressentait à présent des douleurs insupportables.

— Elle voulait m'alerter. « Il arrive ! hurlait-elle. Il arrive ! »

— Qui ça ?

— Je ne sais pas. J'étais arrivée devant la porte de la pièce, quand, soudain, j'ai remarqué que les gémissements avaient cessé. Puis j'ai vu que quelqu'un tournait lentement la poignée de l'intérieur. Et quand le courant d'air eut éteint la flamme du briquet, je restai comme paralysée par l'effroi. Charlotte m'avait prévenue trop tard : *il* était déjà là.

Alors que Viktor s'apprêtait à lui poser une nouvelle question, le téléphone sonna. Il décida d'aller décrocher l'autre appareil, qui se trouvait dans la cuisine. Isabel avait insisté pour qu'on installât au moins un téléphone moderne à touches dans leur maison de vacances.

— Allô ?

— J'ai du nouveau, et je ne sais pas si c'est une bonne ou une mauvaise nouvelle.

Kai ne s'embarrassait jamais de politesse et aimait entrer tout de suite dans le vif du sujet.

— Vas-y, ne tourne pas autour du pot, murmura Viktor, qui voulait éviter qu'Anna ne surprît leur conversation.

— J'ai mis un de mes meilleurs collaborateurs sur le coup, et j'ai aussi fait des recherches de mon côté. Il y a deux choses qui sont sûres : premièrement, il y a bel et bien eu un accident de voitures ce jour-là dans l'Uhlandstraße.

Le cœur de Viktor s'arrêta l'espace d'une seconde, avant de recommencer à battre à un rythme accéléré.

— Deuxièmement, il est exclu que cet accident ait un quelconque rapport avec l'enlèvement.

— Je ne comprends pas, pourquoi en es-tu si sûr ?

— Parce que c'est un ivrogne qui a trébuché au milieu de la route et qui a failli être écrasé. Plusieurs témoins l'ont confirmé. Il n'y avait pas d'enfant en jeu dans cette histoire.

— Ça signifie que…

— … que ta patiente est peut-être malade, mais qu'elle n'a absolument rien à voir avec notre affaire.

— Josy n'est pas une affaire !

— Excuse-moi. Bien sûr que non. C'était idiot de ma part.

— OK, ça va. Je suis désolé. Je ne voulais pas être agressif. C'est juste que je pensais avoir enfin trouvé un indice.

— Je comprends.

Non. Tu ne comprends pas, pensa Viktor. *Et, d'ailleurs, je ne t'en veux même pas. Car tu n'as pas vécu tout ce que j'ai dû endurer. Tu n'as jamais été désespéré au point de te raccrocher à la moindre piste, si improbable soit-elle.*

— Et on a retrouvé le type ?

— Quel type ?

— L'ivrogne. On l'a retrouvé ?

— Non. Mais ça ne change rien au fait que personne n'a vu de femme ni d'enfant. Tous les témoignages concordent pour dire que le type est ensuite entré en titubant dans le parking du centre commercial. On ne l'a jamais retrouvé. Il s'est sans doute fondu dans la foule des clients d'un grand magasin. Qu'est-ce que j'en sais…

— Très bien, Kai. Merci pour l'information. Je dois raccrocher.

— Tu es avec elle ?

— Oui, elle m'attend dans le salon.

— Et tel que je te connais, tu as continué à la cuisiner.

— Oui.

— OK, épargne-moi les détails. Tu as sans doute déjà une nouvelle mission à me confier. J'imagine que tu as trouvé de nouveaux parallèles entre elle et Josy. Je me trompe ?

— Hmm.

— Alors, écoute-moi bien, je vais te donner un conseil : je ne sais pas qui est cette femme, mais ce qu'elle fait là n'est pas bon pour toi. Renvoie-la chez elle ! Tu voulais rester seul sur cette île, et c'est ce que tu devrais faire. Il y a bien d'autres psychiatres qui pourront l'aider.

— Je ne peux pas la renvoyer chez elle. Nous sommes coincés ici. À cause de la tempête, il n'y a plus de navette pour le continent.

— Dans ce cas, arrête au moins de la voir.

Viktor savait que Kai avait raison. Il était venu à Parkum pour prendre un peu de recul et, au lieu de ça, toutes ses pensées se concentraient sur Josy. Lors de la séance d'aujourd'hui, il ne s'était à nouveau intéressé qu'aux détails qui allaient dans le sens de ce qu'il cherchait. Et il avait systématiquement ignoré tous les éléments qui contredisaient sa vision des choses. Que Charlotte avait neuf ans, et pas douze. Que Josy n'aurait jamais fait de fugue, et qu'elle aurait su où trouver les clés du bungalow.

— Alors ?

Viktor n'avait pas écouté ce que Kai venait de lui dire.

— Alors quoi ?

— Tu m'avais promis d'arrêter définitivement tes recherches si je remplissais cette dernière mission. Une fois vérifiée cette histoire d'accident, tu voulais arrêter de rouvrir sans cesse ces vieilles plaies.

— Oui, je sais. Mais...

— Non, il n'y a pas de « mais » qui tienne.

— ... mais je dois encore tirer une chose au clair, poursuivit Viktor sans se laisser interrompre.

— Quoi ?

— Il n'y a pas de *vieilles* plaies à rouvrir, Kai. Elles saignent encore comme au premier jour. Depuis quatre ans.

14

Viktor raccrocha doucement et retourna au salon en titubant, comme s'il avait été à bord d'un bateau secoué par la houle.

— De mauvaises nouvelles ?

Anna était déjà debout et s'apprêtait à partir.

— Je ne sais pas, répondit-il sans mentir. Vous voulez partir ?

— Oui. Cette séance a été encore plus éprouvante que je ne le pensais. Je crois que je vais aller me reposer une heure à l'auberge. Pouvons-nous continuer demain ?

— Oui. Peut-être.

Après sa conversation avec Kai, Viktor ne savait plus trop ce qu'il voulait.

— Le mieux est que vous m'appeliez avant de passer. Je suis un peu en retard sur mon travail. Et puis, vous le savez : normalement, je n'exerce plus.

— Très bien.

Viktor avait l'impression qu'Anna cherchait à lire dans son visage ce qui avait pu provoquer ce nouveau changement d'humeur. Mais elle ne laissa rien paraître de sa surprise.

Lorsqu'elle fut enfin partie, Viktor essaya de joindre sa femme à New York. Mais avant même qu'il eût retrouvé le numéro de l'hôtel dans le répertoire de son Palm, le téléphone se remit à sonner.

— J'ai oublié quelque chose, Viktor.

Kai.

— Ça n'a rien à voir avec notre... euh, enfin, avec Josy. Mais il vaut mieux que je te le dise tout de suite, avant que les intempéries n'aggravent encore les dégâts.

— Qu'est-ce qu'il y a ?

— Ta société de gardiennage m'a appelé, parce qu'ils n'arrivaient pas à vous joindre, toi et Isabel.

— On a été cambriolé ?

— Non, pas de cambriolage. Juste un acte de vandalisme. Et rassure-toi, il ne s'agit pas de la propriété de Wannsee.

— Mais... ?

— Le bungalow, à Sacrow. Il y a un rôdeur qui a brisé un carreau de la porte.

15

Il voyait tout. Il avait beau se trouver à quatre cent soixante-deux kilomètres de distance et être séparé du continent par près de cinquante milles marins, il voyait tout. Kai dans le bungalow. Les bruits que lui transmettait le téléphone lui suffisaient pour visualiser tout ce que le détective privé faisait dans sa résidence secondaire de la forêt de Sacrow. Lors de leur dernière conversation, Viktor l'avait immédiatement envoyé là-bas pour évaluer les dégâts. Et pour vérifier si l'histoire d'Anna était vraie.

— Là, je suis dans la cuisine.

Depuis Parkum, Viktor entendait les semelles de ses baskets crisser sur le sol.

— Et alors ? Tu remarques quelque chose de particulier ?

Viktor coinça le combiné entre son épaule et sa mâchoire et, le lourd appareil à la main, il se dirigea vers le canapé. Mais le fil étant légèrement trop court pour l'atteindre, il dut rester debout au beau milieu du salon.

— Je ne vois rien de spécial. Vu l'odeur et la couche de poussière qu'il y a, j'imagine que ça fait longtemps que vous n'avez plus organisé de petite fête ici.

— Ça fait quatre ans, lâcha sèchement Viktor.

Il savait que Kai devait s'en mordre la langue.

— Je suis désolé.

Kai pesait cent vingt kilos, et la courte distance qu'il avait dû parcourir de sa voiture jusqu'au bungalow l'avait déjà mis en nage. Viktor entendait son souffle rauque à travers le téléphone.

— Bon, pour l'instant, la seule chose qui cloche ici, c'est le carreau cassé. Mais quoi qu'ait pu dire Anna, je doute que tout ça ait un quelconque rapport avec Josy.

— Pourquoi ?

— Parce que les traces sont encore trop fraîches. Cela fait seulement quelques jours que la vitre a été brisée. Pas des mois, et encore moins des années.

Pendant que Viktor lui posait une nouvelle question, Kai se mit à ouvrir tous les placards, ainsi que le frigo.

— Comment peux-tu déterminer quand il a été brisé ? En examinant les débris de verre ?

— Pas les débris, non. Le parquet. Si le carreau était cassé depuis longtemps, les intempéries auraient dû laisser des traces sur le bois. Le trou est si grand que la pluie ou la neige auraient pu pénétrer sans problème. Or il n'y a aucune trace d'humidité et l'entrée est aussi poussiéreuse que le reste de la maison. En plus, je ne vois aucune bestiole qui…

— Ça va, ça va. Je te crois.

Viktor retourna s'asseoir sur la banquette à côté de la cheminée, car l'appareil commençait à devenir trop lourd pour lui.

— Selon les visions d'Anna, Charlotte l'a envoyée dans le bungalow pour voir s'il y manquait quelque chose. Tu peux vérifier ça ?

— Mais qu'est-ce que tu t'imagines, Viktor ? Je n'ai pas la liste complète de tous les objets censés se trouver chez vous. Peut-être qu'il manque une cafetière à moka dans la cuisine ? Ou un Picasso dans le salon ? Comment veux-tu que je le sache ? En tout cas, je peux te dire qu'il n'y a plus de bières dans le frigo.

— Commence par la chambre de Josy, dit Viktor en ignorant sa plaisanterie. Elle est au fond du couloir, en face de la salle de bains.

— À vos ordres.

Les semelles de Kai cessèrent de crisser, car il ne marchait plus sur du linoléum, mais sur un revêtement en pierre. Viktor ferma les yeux et compta les quinze pas que le détective devait faire pour arriver jusqu'à la porte.

« Mes amis sont les bienvenus. » Voilà ce qu'annonçait le panneau en plastique accroché à la porte que Kai s'apprêtait sans doute à ouvrir. Le grincement des gonds lui confirma qu'il avait vu juste.

— J'y suis.

— Et alors ?

— Tout a l'air en ordre.

— Décris-moi ce que tu vois.

— Une chambre d'enfant tout ce qu'il y a de plus normale. Un vieux lit à baldaquin, parallèle à la fenêtre. Devant, un tapis flokati, qui, soit dit en passant, est devenu un vrai refuge à acariens. J'imagine que c'est de là que vient cette odeur de renfermé.

— Qu'est-ce que tu vois d'autre ?

— Un poster d'Ernest et Bart. Un très grand format, dans un cadre à bords noirs. Il est accroché de telle manière qu'on puisse le voir quand on est allongé sur le lit.

— C'est...

Du revers de la main, Viktor essuya la larme qui avait jailli de son œil droit et interrompit sa phrase, afin d'éviter que Kai n'entendît sa voix brisée.

... un cadeau que je lui ai fait.

— C'est les personnages de *1, rue Sésame*, je sais. Et, juste à gauche en entrant, il y a l'incontournable étagère Ikea, avec ses peluches. Un éléphant, des trucs de Disney...

— Attends, attends... l'interrompit Viktor.

— Quoi ?

— Le lit. Allonge-toi dessus.

— Pour quoi faire ?

— Rends-moi service, allonge-toi !

— Bon, c'est toi le patron.

Viktor entendit Kai faire trois pas, suivis d'un long grincement.

— J'espère que ça va tenir le coup. Le sommier montre déjà des signes de faiblesse.

— Bon, reprenons depuis le début. Qu'est-ce que tu vois ?

— À gauche, la forêt. Enfin, j'imagine, parce que la vitre est vraiment très sale. Et devant moi, comme je te le disais, il y a ce poster au mur.

— Rien d'autre ?

— À droite, il y a l'étagère, et…

— Non, non, l'interrompit Viktor. Juste en face de toi. Il n'y a rien d'autre ?

— Non. Et maintenant, je pense…

Un bruit parasite interrompit brièvement sa phrase.

— … je… me relever, d'accord ?

— D'accord.

— Bon, assez plaisanté. Tu vas me dire ce que je suis censé découvrir dans cette chambre ?

Viktor ferma les yeux pour se transporter plus facilement jusqu'à Sacrow. En une fraction de seconde, il y était : il ouvrait la porte d'entrée et enlevait ses chaussures, avant de les ranger dans l'armoire. Il faisait un signe de la main à Isabel, en train de lire *Gala* au coin du feu, bien installée dans son canapé Rolf Benz. Il sentait l'odeur des branches de sapins en train de brûler. Il se laissait envahir par cette impression chaleureuse que dégagent les maisons habitées par des gens heureux. Et il entendait la musique provenant de la chambre de Josy. Elle devenait de plus en plus forte à mesure qu'il approchait. Il tournait la poignée de la porte et, lorsqu'il entrait, il était ébloui par la lumière qui pénétrait par la fenêtre. Et là, il la voyait. Josy, assise devant sa petite table de maquillage, essayant le vernis à ongles orange emprunté à sa meilleure amie. La musique était si forte qu'elle ne l'avait pas entendu entrer. Elle écoutait…

— Alors, qu'est-ce qui manque ?

Kai avait interrompu le cours de ses pensées. Viktor rouvrit les yeux.

MTV.

— Une télé.
— Une télé ?
— Oui, une Sony.
— Non. Pas de télé ici.
— Et une table à maquiller, avec un miroir rond en cristal.
— Non plus. Pas dans cette pièce, en tout cas.
— Voilà ce qui manque.
— Une table à maquiller pour enfants et une télé ? Ne le prends pas mal, Viktor, mais tu avoueras que ça ne ressemble vraiment pas à un cambriolage ordinaire.
— Justement, ça n'en est pas un.
Parce qu'il y a un rapport entre l'histoire d'Anna et Josy. Forcément. Et je trouverai lequel.
— D'accord. Mais tu vas quand même appeler la police, Viktor ? Il y a eu un vol.
— Non, pas pour le moment. Mais, maintenant, je te prie de vérifier les autres pièces. À moins qu'il y ait encore quelque chose qui attire ton attention dans la chambre de Josy ?
— Eh bien…
Viktor entendit un bruissement dans le combiné et supposa que Kai devait être en train de se gratter derrière la tête. Le seul endroit où il avait encore des cheveux.
— Quoi ?
— Ça peut paraître idiot, mais…
— Allez, accouche.
— Il me semble qu'il manque plus qu'un simple meuble dans cette chambre.
— Quoi d'autre ?
— Il manque une certaine ambiance.
Kai toussa nerveusement.
— Pardon ?
— Je ne sais pas comment dire. Mais je ne serais pas un bon limier si je ne me fiais pas à mon instinct. Et mon instinct me dit que ça n'est pas la chambre d'une fille de douze ans.
— Explique-toi ! rétorqua Viktor.

— Écoute, je n'ai pas d'enfant, mais ma nièce Laura aura treize ans la semaine prochaine. La dernière fois que je lui ai rendu visite, sa chambre, c'était son domaine privé. Sur la porte, il n'y avait pas écrit « Mes amis sont les bienvenus », il y avait marqué « *No Entry* ».

— Ce n'était pas le style de Josy. Elle n'était pas rebelle.

— Je sais. Mais, chez Laura, les murs sont couverts de posters de *boys bands*. À côté du miroir, elle a épinglé les tickets des concerts pop où elle est allée. À côté des cartes postales de Majorque que lui ont envoyées des garçons plus vieux qu'elle. Tu comprends ce que je veux dire ?

Quelque chose manque.

— Non.

— Ce que je vois, ce n'est pas la chambre d'une adolescente qui s'émancipe et découvre progressivement la vie, Viktor. Sur l'étagère, il y a une peluche de Babar. Et cette image de *1, rue Sésame*, quand même... Ma nièce a un poster d'Eminem, pas d'Ernest !

— C'est qui, Eminem ?

— Tu vois. C'est exactement là où je voulais en venir. C'est un rappeur. Et je préfère ne pas t'expliquer de quoi parlent ses chansons.

— Je ne comprends toujours pas ce que tu veux me dire.

— J'essaie de te dire qu'il manque vraiment quelque chose, ici. Pas de posters de stars. Pas de coffret pour ranger les premières lettres d'amour. Et, effectivement, pas de table à maquiller.

— Mais, en entrant, tu disais que c'était une chambre d'enfant tout à fait normale.

— Oui, mais normale pour une fille de huit ans. Josy en avait déjà douze, à l'époque.

— Tu oublies que c'est juste une résidence secondaire. Ce n'était pas sa chambre principale.

— Peut-être. Tu m'as demandé ce que je remarquais, je te réponds.

Le détective s'était remis en mouvement en soufflant bruyamment. Viktor l'entendit refermer la porte de la chambre derrière lui. Soudain, l'image de la pièce disparut de son esprit. Le contact avec Kai et le bungalow s'était soudain interrompu.

— Où est-ce que tu vas ?

— Excuse-moi, mais je dois aller pisser. Je te rappelle tout de suite.

Avant que Viktor eût pu protester, la communication cessa. Il avait raccroché.

Viktor resta debout à côté du téléphone, comme cloué sur place, et essaya d'y comprendre quelque chose.

Qu'est-ce que tout cela pouvait bien signifier ? Le carreau de la porte qui avait été brisé récemment. La chambre qui ne ressemblait pas à celle d'une adolescente.

Sa réflexion fut de courte durée : comme convenu, Kai le rappela, plus vite qu'il ne l'aurait cru.

— Viktor ?

À en juger par le bruit de fond, il était déjà ressorti du bungalow et se trouvait à présent dehors, dans la forêt.

— Qu'est-ce qui se passe ? Pourquoi es-tu ressorti ? Je n'avais pas...

— Viktor !

La voix du détective se faisait maintenant plus pressante. Il semblait avoir du mal à se contrôler.

— Qu'est-ce que tu as ?

— Je crois qu'il va *quand même* falloir appeler la police.

— Pourquoi ? Qu'est-ce que...

Josy.

— Quelqu'un est entré dans la salle de bains. C'était il y a quelques heures tout au plus, les traces sont encore fraîches.

— Bon Dieu, Kai, mais quelles traces ?

— Des traces de sang. Sur le carrelage, dans le lavabo, dans les toilettes.

Kai respirait difficilement.

— Toute la salle de bains est pleine de sang.

16

Chambre 1245, clinique de Wedding.

Après avoir parlé une heure sans interruption, Larenz marqua une pause dans son récit. À peine s'était-il tu que le bipeur du docteur Roth se mit à sonner.

— N'oubliez pas ce que vous alliez me dire, docteur, dit le médecin-chef en ouvrant la lourde porte qui menait au couloir.

Oublier ? songea Viktor tandis que Roth sortait précipitamment de la chambre pour aller prendre un appel.

Mon problème, c'est justement que je ne peux pas oublier. Même si je ne souhaite rien de plus au monde.

Au bout de deux minutes, Roth était déjà de retour et avait repris place sur l'inconfortable chaise pliante en plastique blanc qui faisait partie de l'équipement de base de toutes les chambres de la clinique. Dans ce service, on ne les utilisait guère : vu l'état des patients, rares étaient les gens qui se risquaient à une visite.

— J'ai une bonne et une mauvaise nouvelle pour vous, dit-il à Viktor.

— La mauvaise d'abord !

— On commence à me chercher. Le professeur Malzius se demande où je suis passé.

— Et la bonne nouvelle ?

— Vous allez avoir de la visite. Mais pas avant 18 heures.

Viktor hocha la tête. Il devinait bien qui seraient ses visiteurs, et l'expression du visage de Roth le confortait dans son idée.

— Donc, il nous reste encore quarante minutes ?

— Quarante minutes pour terminer votre histoire.

Larenz s'étira comme il put, en dépit des sangles qui l'entravaient.

— Être déjà cloué au lit à quarante-sept ans... plaisanta-t-il.

Le docteur Roth ne réagit pas. Il savait ce que Larenz attendait de lui, mais il ne pouvait satisfaire ce souhait. Il préféra reprendre le cours de la conversation :

— Après cette découverte dans votre résidence secondaire, pourquoi ne pas avoir appelé la police ?

— Parce que, durant quatre ans, la police ne m'avait été d'aucune aide. Maintenant que j'avais enfin trouvé une piste moi-même, je voulais garder toutes les cartes en main.

Roth hocha la tête d'un air compréhensif.

— Vous êtes donc resté sur l'île, Kai demeurant votre seul lien avec le monde extérieur.

— Oui.

— Et combien de temps est-ce que ça a duré ? Je veux dire, avant que vous ne découvriez qui était vraiment Anna et ce qui était arrivé à Josy ?

— Deux jours. Moi-même, je ne comprends pas comment ça a pu durer aussi longtemps. À ce stade, tout aurait déjà dû être clair. Si ma vie avait été une vidéo, si j'avais pu faire un retour en arrière, j'aurais compris plus vite. Toutes les pièces du puzzle étaient devant moi, mais je demeurais aveugle.

— Vous disiez que la salle de bains était pleine de sang.

— Oui.

— Et ensuite ? Qu'est-ce qui s'est passé ?

— Ce jour-là, plus grand-chose. J'ai fait mes bagages afin de quitter l'île. Je voulais immédiatement rentrer à Berlin pour voir Kai et me faire ma propre idée. Mais c'était impossible. La tempête était de plus en plus violente. Et mon rhume ne cessait d'empirer. Vous savez comment c'est, quand on a l'impression d'avoir attrapé un coup de soleil sur tout le corps ?

Roth hocha la tête.

— Il y a une publicité pour un médicament qui dit : « Contre les maux de tête et les douleurs musculaires. » Vous avez déjà réfléchi à ce qui vous reste, quand vous avez mal à la tête et à tous les muscles ?

— La conscience ?

— Exactement. Pour l'endormir, j'ai pris du Valium en priant pour que la navette reprenne son service le lendemain.

— Et ça n'a pas été le cas ?

— Non. Le cyclone « Antoine » avait fait de moi le prisonnier de ma propre maison. Les messages d'alerte recommandaient à tous les habitants de l'île de ne quitter leur domicile qu'en cas de force majeure. En ce qui me concerne, un tel cas se présenta malheureusement dès mon réveil, le lendemain.

— Qu'est-ce qui s'était passé ?

— Une nouvelle fois, quelqu'un avait disparu, presque sous mes yeux.

— Qui ça ?

Larenz releva un peu la tête et fronça les sourcils.

— Avant de poursuivre, docteur Roth, j'aimerais vous proposer un marché : moi, je continue mon histoire, et vous…

— Quoi ?

— Vous me rendez ma liberté.

Le docteur Roth eut un rire nerveux. Ils avaient déjà eu une longue discussion à ce sujet.

— Vous savez bien que c'est impossible, après ce que vous avez fait. Non seulement je perdrais mon travail et mon habilitation à exercer, mais je serais passible de poursuites pénales.

— Oui, oui, vous me l'avez déjà dit. Je vais vous faire une autre proposition ; je suis prêt à courir le risque.

— Quel risque ?

— Je vais vous raconter toute l'histoire. Mon histoire. Et quand j'aurai terminé, vous pourrez décider vous-même si vous me libérez ou non.

— Je vous ai déjà expliqué plusieurs fois que je n'avais pas la possibilité de le faire. Je peux vous écouter et vous tenir compagnie. Mais je ne peux pas vous rendre la liberté comme vous me le réclamez depuis plusieurs jours.

— Vraiment ? Alors écoutez bien ce qui va suivre. Je suis sûr qu'après ce que je vais vous raconter, vous allez changer d'avis.

— Ça m'étonnerait.

S'il n'y avait eu ses liens, Larenz aurait levé la main en signe d'apaisement.

— À votre place, je n'en serais pas si sûr.

Il ferma à nouveau les yeux, tandis que le docteur Roth s'inclinait en arrière pour écouter la suite. La suite de la tragédie.

17

Parkum, deux jours avant la vérité.

Les effets du médicament commençaient à se dissiper, et Viktor fut bientôt tiré de son sommeil. Il aurait aimé demeurer encore un peu dans cet état neutre et indolore dans lequel le Valium l'avait plongé. Mais les substances actives qui avaient endormi son esprit ne remplissaient plus leur rôle et laissaient à nouveau libre cours à ses idées noires.

Anna

Charlotte

Josy

Le sang !

Viktor se redressa lentement, luttant contre l'envie de se laisser immédiatement retomber dans son oreiller. La sensation qu'il eut en essayant de se lever lui rappela une journée de plongée aux Bahamas, avec Isabel. Il portait un gilet stabilisateur bien lesté, dont il sentait à peine le poids lorsqu'il était sous l'eau. Mais, au moment de remonter à la surface et de gravir l'échelle du bateau, il avait eu l'impression que les bouteilles d'oxygène et les poids en plomb l'attiraient irrésistiblement vers le bas. Voilà l'effet que lui faisait à présent le Valium, à moins que ce ne fût quelque virus.

Merveilleux, songea Viktor, tandis qu'il rassemblait toutes se forces pour se redresser.

Voilà où tu en es. Tu ne sais même plus si c'est ton rhume ou les effets secondaires de ton médicament qui t'ont transformé en épave.

Bien qu'il transpirât dans son pyjama, Viktor avait froid et enfila un peignoir de soie. Tout tremblant, il se traîna ensuite jusqu'à la salle de bains. Heureusement, celle-ci se trouvait au même étage que sa chambre à coucher, de sorte qu'il n'eut pas à emprunter les escaliers, du moins pour le moment.

Lorsqu'il vit son visage dans le miroir, il eut un sursaut de frayeur. Il n'y avait plus de doute, il était bien malade. Des cernes profonds soulignaient la pâleur de sa peau. La sueur perlait sur son front et il avait le regard vitreux. Mais il n'y avait pas que ça.

Quelque chose a changé.

Viktor regarda son reflet et essaya de fixer ses propres yeux. Mais il n'y parvenait pas. Plus il se concentrait, plus l'image devenait floue.

« Maudites pilules », marmonna-t-il tout en mettant la main sur le mitigeur de la douche. Il tira le levier et laissa couler le jet un moment. Comme toujours, le vieux générateur avait besoin d'un certain temps pour chauffer l'eau, mais aujourd'hui, sa femme n'était pas là pour s'en agacer.

Pendant ce temps, Viktor continuait de regarder le grand miroir au-dessus du lavabo en marbre. Il se sentait envahi par une profonde lassitude, et le morne bruissement de l'eau se mariait parfaitement à ses pensées.

Quelque chose a changé, mais je ne parviens pas à déterminer quoi. Tout est… si flou.

Il détourna à nouveau le regard, alla chercher une serviette de bain, puis ouvrit la porte en verre et pénétra dans la cabine, qui dégageait maintenant une épaisse vapeur. Le parfum de l'eau de Cologne lui fit du bien et, après sa douche, il se sentit beaucoup plus détendu. Le jet d'eau chaude avait rincé son corps de toutes ses douleurs. Mais, malheureusement, il n'était pas venu à bout de ses pensées.

Quelque chose a changé. Quelque chose n'est plus comme avant. Mais quoi ?

Viktor sortit un vieux Levi's 501 de son armoire et enfila un polo bleu. Il savait pourtant qu'Anna passerait aujourd'hui, il l'espérait même, car il voulait écouter la suite de son histoire. Et peut-être la fin. Mais il se sentait si mal qu'Anna allait devoir s'accommoder de cette tenue décontractée. À supposer qu'elle y attachât une quelconque importance.

Viktor descendit les escaliers en s'agrippant à la rampe de bois. Dans la cuisine, il remplit la bouilloire d'eau et sortit des sachets de thé du placard. Puis il s'empara d'une tasse ventrue qui pendait à un crochet en bois, entre la cuisinière et l'évier. Il essaya de se concentrer sur la préparation de son petit déjeuner en évitant de regarder par la fenêtre le ciel de Parkum, noir comme par un jour d'enterrement. Mais les tâches routinières qu'il accomplissait dans la cuisine ne suffisaient pas à lui changer les idées.

Qu'est-ce qui se passe, ici ? Qu'est-ce qui ne va pas ?

Lorsqu'il se tourna vers le frigo pour aller chercher du lait, il posa le regard sur la surface polie des plaques de cuisson en vitrocéramique. À nouveau, il vit son reflet, cette fois encore plus flou. Presque déformé. Et, soudain, il comprit.

Mais où est… ?

Son regard descendit le long de la cuisinière et glissa sur le sol au revêtement de pierre.

Voilà que ça recommençait. Le même mauvais pressentiment que lorsqu'il avait guidé Kai à distance à travers le bungalow.

Quelque chose manque.

Viktor laissa tomber sa tasse et courut jusqu'au salon. Il ouvrit brutalement la porte et jeta un œil à son bureau.

Ses dossiers. L'e-mail avec les questions de *Bunte*, qu'il avait imprimé. Son ordinateur. Tout était en ordre.

Non. Il manque quelque chose.

Viktor ferma les yeux, dans l'espoir que tout serait à nouveau à sa place quand il les rouvrirait. Mais il s'était trompé. Lorsqu'il regarda à nouveau, rien n'avait changé.

En dessous. Sous le bureau. *Rien.*

Sindbad avait disparu.

Il se précipita à nouveau vers la cuisine et regarda par terre.

Toujours rien.

Aucune trace de Sindbad. Et il manquait aussi son écuelle, son bol d'eau, la nourriture pour chien et la vieille couverture sur laquelle il dormait sous le bureau. Comme s'il ne l'avait jamais accompagné sur l'île. Mais, dans son agitation, Viktor ne s'était pas encore rendu compte de tous ces détails.

18

Debout sur la plage, Viktor laissait les gouttes de pluie dégouliner le long de son visage, sans broncher. Il réfléchissait. Ce qui l'étonnait le plus, c'était que la disparition de son chien ne l'affectait finalement pas plus que cela. Bien sûr, il était triste. Mais pas autant qu'il ne l'avait imaginé dans ses nombreux cauchemars. Il avait en effet toujours eu très peur qu'une telle chose se reproduisît. D'abord Josy, puis Sindbad. Disparus, comme ça, sans laisser de trace.

C'était pour cette raison qu'il ne conseillait jamais à ses patients endeuillés de se procurer un animal domestique. Trop souvent, le teckel qui était censé les consoler de la disparition d'un proche était lui-même victime d'un accident, quelques jours seulement après l'enterrement.

Ou alors, il disparaissait.

Sindbad était introuvable. Et, pourtant, Viktor ne fit pas de dépression nerveuse, il ne se mit pas à courir à travers le village en lançant des appels désespérés à tout le voisinage. Il s'était contenté d'informer Halberstaedt en lui laissant un message sur son répondeur. À présent, il cherchait des traces du golden retriever sur la plage, située à deux cent cinquante mètres de la maison. En vain. Si jamais il était passé par là, il n'en restait plus aucun témoignage.

— Sindbad !

Il savait qu'il était parfaitement inutile de l'appeler. Quand bien même il se serait trouvé dans les parages, il n'aurait pas réagi. Sindbad était un froussard. Les craquements du bois dans la cheminée suffisaient à le faire sursauter, et la nuit du Nouvel An, il fallait ajouter des calmants à ses croquettes pour éviter qu'il eût une crise de panique au premier bruit de pétard. Un jour, à Grunewald, un unique coup de fusil tiré par un chasseur avait suffi pour qu'il rentrât à la maison tête baissée, sans prêter la moindre attention aux ordres de ses maîtres.

Le vacarme des vagues l'aurait sans doute terrorisé. Cela rendait sa disparition d'autant plus mystérieuse : pourquoi était-il sorti dans la tempête ? Et comment avait-il fait, alors que toutes les portes étaient fermées ?

Viktor avait fouillé la maison de fond en comble. Sans résultat. Il avait même ouvert la vieille cabane qui abritait le générateur, pour vérifier que le chien ne s'y trouvait pas. Il était pourtant impossible qu'il y fût entré, ne serait-ce qu'en raison du verrou qui bloquait la porte. *De même qu'il est impossible de disparaître sur une île sans laisser de trace*, pensa Viktor. *Sindbad ne serait jamais sorti tout seul, à moins que…*

Viktor se retourna brusquement, tournant le dos aux vagues. Il reprit brièvement espoir lorsqu'il aperçut quelque chose qui bougeait, une centaine de mètres plus loin. Un animal se dirigeait vers lui, qui semblait bel et bien être de la taille d'un chien. Mais sa joie s'évanouit aussitôt lorsqu'il vit que la bête n'avait pas de fourrure claire. Et qu'il ne s'agissait pas d'un animal, mais bien d'un être humain portant un manteau sombre.

Anna.

— Je suis contente de vous voir prendre un peu l'air, lui dit-elle d'une voix forte, alors qu'elle était presque arrivée à sa hauteur.

Bien qu'elle fût maintenant toute proche, il avait du mal à la comprendre, car le vent emportait avec lui la moitié de ce qu'elle disait.

— Mais pour une promenade le long de la plage, vous n'avez pas choisi le bon moment.

— Ni la bonne occasion, lui cria-t-il en réponse.

Soudain, les maux de gorge qu'il avait presque oubliés depuis la disparition de Sindbad se rappelèrent à son souvenir.

— Qu'est-ce que vous voulez dire ?

À présent, elle n'était plus qu'à quelques pas de lui, et Viktor s'étonna à nouveau de voir que ses petits escarpins étaient toujours parfaitement propres, en dépit du chemin qu'elle avait dû parcourir du village jusqu'ici. Ils auraient dû être couverts de sable et de boue.

— Je cherche mon chien. Il a disparu.

— Vous avez un chien ? demanda Anna en retenant son foulard de la main droite afin qu'il ne s'envolât pas.

— Bien sûr. Un golden retriever. Vous l'avez déjà vu, d'ailleurs, il était allongé à nos pieds lors de nos dernières conversations.

— Non. Anna secoua la tête. Je ne l'ai pas remarqué.

Cette réponse inattendue fit plus d'effet sur Viktor que les bourrasques incessantes qui tournoyaient autour de lui. Il commençait à entendre un sifflement dans son oreille droite, tandis que son vide intérieur cédait subitement la place à un profond sentiment de peur.

Quelque chose ne tourne pas rond chez cette femme.

Des gouttes de pluie lui tombaient à présent dans les yeux, et le visage d'Anna devint flou. En même temps, des bribes de leurs conversations passées lui revenaient à l'esprit : « ... j'ai continué à le rouer de coups jusqu'à ce que le sang se mette à couler de sa gueule et qu'il ne reste plus rien de lui qu'un morceau de viande inerte, dont toute vie s'était échappée. »

— Vous dites ?

Apparemment, Anna venait de lui dire quelque chose, mais, au lieu de l'écouter, Viktor n'avait prêté attention qu'aux mouvements de ses lèvres, tout absorbé qu'il était par cette histoire d'animal torturé à mort.

— Et si on rentrait ? reprit-elle. Il reviendra sûrement de lui-même, par un temps pareil.

Anna fit un signe de la tête en direction de la maison et le prit par la main. Viktor retira celle-ci un peu trop précipitamment et hocha la tête.

— Oui, vous avez peut-être raison.

Il se mit lentement en mouvement et prit les devants.

Comment pouvait-elle ne pas avoir vu ce gros chien ? Pourquoi mentait-elle ? Est-ce qu'elle avait un lien non seulement avec la disparition de Josy, mais aussi avec celle de Sindbad ?

À force de se poser toutes ces questions, Viktor en avait oublié la règle élémentaire que son mentor et ami, le professeur Van Druisen, lui avait enseignée. « Écoute tes patients. Ne tire pas de conclusion hâtive, mais consacre-leur toute ton attention. »

Au lieu de cela, Larenz épuisait toutes les forces qui lui restaient à empêcher que l'insupportable certitude qu'il portait en lui remontât jusqu'à sa conscience. La vérité était déjà évidente. Elle était là, devant lui, tel un noyé qui n'aurait été séparé de ses sauveteurs que par une fine couche de glace. Mais cette glace, Viktor Larenz n'était pas prêt à la briser.

Du moins, pas encore.

19

— Nous nous sommes enfuies.

La conversation avait débuté de manière hésitante. Viktor s'efforçait de ne plus penser à Sindbad et n'avait pas écouté ce qu'Anna lui avait dit durant les premières minutes. Heureusement, elle avait commencé par résumer son précédent récit : le voyage jusqu'à la maison au milieu des bois, le cambriolage qu'elle avait été forcée de commettre, alors que Charlotte se refusait à entrer dans le bungalow. Et le moment où elle avait entendu un homme dans la pièce au bout du couloir.

— Qu'est-ce qui vous poussait à fuir ? demanda Viktor, qui avait à présent retrouvé le fil.

— À ce moment-là, je ne le savais pas moi-même. Je sentais seulement que l'être qui m'attendait dans la chambre était à présent à nos trousses. Tenant Charlotte par la main, j'ai remonté en courant le chemin enneigé qui menait à la voiture. Nous ne nous sommes pas retournées. Parce que nous avions trop peur, mais aussi pour ne pas déraper sur le sol gelé.

— Reprenons : qui était dans la maison ? Et qui vous poursuivait ?

— Je n'en suis toujours pas sûre. Lorsque nous avons enfin regagné la voiture, verrouillé les portières et repris au plus vite notre route vers Berlin, j'ai posé la question à Charlotte. Mais la petite ne s'exprimait que par énigmes.

— Quel genre d'énigmes ?

— Elle disait des choses comme : « Je ne peux pas te donner de réponse, Anna. Je ne peux que te montrer des indices. C'est à toi de comprendre leur signification. C'est toi qui écris l'histoire, pas moi ! »

Viktor devait reconnaître que les histoires d'Anna devenaient toujours plus irréalistes, ce qui n'était que trop compréhensible, compte tenu de sa maladie. Mais il espérait malgré tout que ses délires avaient un rapport avec la réalité, même infime. Ce faisant, il se refusait à considérer combien son propre comportement était pathologique.

— Et ensuite, où êtes-vous allées ?

— Jusqu'au prochain indice que Charlotte voulait que j'interprète. Elle m'a dit : « Je viens de te montrer où tout a commencé. »

— La maison dans la forêt ?

— Oui.

— Et ensuite ?

— Ensuite, Charlotte m'a dit quelque chose que je n'oublierai jamais.

Anna pinça les lèvres et imita la voix d'une petite fille en train de chuchoter : « Maintenant, je vais te montrer où habite la maladie. »

— Où *habite* la maladie ? insista Larenz.

— C'est ainsi qu'elle s'est exprimée.

Larenz frissonna. Depuis qu'ils étaient rentrés dans la maison, il était frigorifié. Mais maintenant qu'Anna avait transformé le son de sa voix, c'était encore pire.

— Et où était-ce ? poursuivit-il. Où *habitait* la maladie ?

— Charlotte m'a indiqué la route pour rentrer à Berlin, en passant par le pont de Glienick. Pour être franche, je ne sais plus vraiment comment nous sommes arrivées jusqu'à cette immense propriété. C'est un coin de la ville que je ne connais pas si bien. En plus, Charlotte a détourné mon attention, car elle s'est à nouveau sentie très mal.

Viktor sentit son estomac se nouer.

— Qu'est-ce qu'elle avait ?

— Elle a commencé par saigner du nez. Je me suis donc arrêtée sur le bord de la route, je crois que c'était à hauteur d'un café, au bord du lac de Wannsee. Elle s'est allongée sur la banquette arrière, mais les saignements avaient à peine cessé…

… qu'elle s'est mise à trembler…

— … qu'elle a commencé à trembler violemment. Elle était traversée de frissons d'une telle intensité que j'aurais voulu l'emmener immédiatement à l'hôpital.

Anna eut un petit rire forcé.

— Mais je me suis vite rendu compte que je pouvais difficilement conduire un fantôme aux urgences.

— Vous ne lui êtes donc pas venue en aide ?

— Si. Au début, je ne voulais pas. J'avais la ferme volonté de ne pas céder à mes hallucinations. Mais ensuite, les souffrances de Charlotte sont devenues toujours plus aiguës. Elle tremblait de tout son corps et me suppliait en sanglotant d'aller à la pharmacie pour lui procurer un médicament…

… de la pénicilline…

— … Elle voulait un antibiotique. Quand je lui ai dit que je n'en obtiendrais pas sans ordonnance, elle a eu son premier accès de fureur. Elle s'est mise à hurler.

— Elle criait ?

— Oui, aussi fort qu'elle le pouvait, de sa petite voix maigrelette. C'était affreux. Un mélange de pleurs, de sanglots et de hurlements.

— Qu'est-ce qu'elle vous disait ?

— « C'est toi qui m'as inventée. C'est toi qui m'as rendue malade. Alors maintenant, guéris-moi ! » Et même si je savais que tout ça n'était qu'une vision, même si j'étais parfaitement consciente que Charlotte n'existait pas, je suis allée dans une pharmacie acheter une boîte de comprimés de paracétamol, pour lutter contre ses maux de tête. Et il m'a fallu user de tout mon charme pour convaincre le pharmacien de me donner aussi de la pénicilline. « C'est pour mon enfant malade », lui ai-je dit en promettant bien de lui apporter l'ordonnance le lendemain pour régulariser la situation. Au fond, je faisais tout cela pour moi, car je savais que toutes ces voix et ces images dans ma tête ne disparaîtraient qu'une fois que j'aurais suivi les ordres de Charlotte.

— Et ensuite ?

— De fait, la situation s'est améliorée après mon retour de la pharmacie. Pas pour Charlotte, mais bien pour moi.

Viktor attendit qu'elle poursuivît d'elle-même.

— Elle a pris deux comprimés, mais ils n'ont eu aucun effet. Je dirais même que son état a empiré. Elle avait l'air encore plus pâle, encore plus apathique. Mais, au moins, elle se taisait et ne me faisait plus de reproches. Néanmoins, je suis restée tellement sous le choc que je ne sais plus à présent comment nous sommes arrivées jusqu'à cette grande maison au bord de l'eau.

— Décrivez-la, s'il vous plaît.

— C'était la plus belle propriété que j'aie jamais vue à Berlin. Je ne soupçonnais même pas qu'une telle chose puisse exister dans une métropole. C'était un terrain de plusieurs milliers de mètres carrés qui descendait en pente douce jusqu'au lac, avec une plage privée et un ponton auquel était accroché un bateau. La maison proprement dite était très vaste, l'architecture inspirée de la Renaissance italienne. Il y avait des tourelles, des encorbellements et toutes sortes d'ornements. Pas étonnant que Charlotte désignât la maison comme « le château ».

Schwanenwerder.

Viktor en était certain, à présent. Les nombreux détails concordants qui émaillaient son récit ne pouvaient être dus au hasard.

— Mais ce qui était vraiment frappant, ce n'était ni la taille de la propriété ni l'architecture de la maison, poursuivit-elle. Le plus curieux, c'était l'agitation qui y régnait. Nous avons été obligées de laisser la voiture devant un petit pont, car de nombreux camions de livraison nous bloquaient le passage.

— Des camions de livraison ?

— Oui, des gros et des petits. Ils semblaient tous vouloir aller…

… *sur l'île…*

— … dans la même direction, et nous bloquaient ainsi la route. Des gens allaient et venaient en tous sens, l'air affairé. La plupart d'entre eux attendaient devant l'entrée de la propriété, sur le trottoir. Personne ne nous a remarquées quand nous nous sommes approchées. Leurs regards étaient rivés sur le lourd portail. Certains avaient des jumelles, ou même des caméras. Partout, des portables sonnaient, les gens faisaient des photos. Deux hommes avaient même grimpé sur un arbre de l'allée pour avoir une meilleure vue sur le château. Pour couronner le tout, un hélicoptère est passé en vrombissant au-dessus de nos têtes.

Viktor savait parfaitement où elles avaient dû se trouver. Et il connaissait aussi le scénario qu'Anna lui décrivait. Les premiers jours après la disparition de Josy, l'agitation des médias devant leur maison avait été pour sa famille une épreuve insupportable.

— Soudain, la foule a reculé, car quelqu'un a ouvert la porte et est sorti.

— Qui ça ?

— Aucune idée, j'étais trop loin pour voir. J'ai demandé à Charlotte où nous étions. Elle m'a dit : « Nous sommes maintenant chez moi. À la maison, chez mes parents. » Je lui ai alors demandé ce que nous faisions là, et elle m'a répondu : « Mais tu le sais bien. C'est là que j'habite. Et c'est aussi là qu'habite le Mal. »

— La maladie ?

— Oui. Apparemment, elle cherchait à me faire comprendre que l'origine de sa mystérieuse maladie se trouvait là, chez elle. Et que c'était pour ça qu'elle avait quitté le château. Pas seulement pour chercher la cause de son mal, mais aussi pour le fuir.

La maladie de Josy trouve son origine à Schwanenwerder ?

— Soudain, Charlotte s'est mise à me tirer par la main ; elle voulait revenir en arrière. Au début, je n'avais pas envie de la suivre. Je comptais attendre, afin de voir qui venait de sortir de la grande porte pour aller à la rencontre de la foule. Cette personne était encore trop loin, et je ne pouvais pas distinguer s'il s'agissait d'un homme ou d'une femme. Mais il y avait dans sa manière de bouger quelque chose qui m'était familier. Puis Charlotte m'a dit quelque chose qui m'a convaincue de la suivre immédiatement.

— Quoi donc ?

— « On ferait mieux de partir. Le Mal est de retour. Il nous a rattrapées. »

20

— Puis-je utiliser la salle de bains ?

Anna s'était levée sans plus attendre, visiblement décidée à interrompre son récit à cet endroit.

— Bien sûr.

Ce n'était pas la première fois que Viktor était frappé par son langage soigné, qui offrait un contraste frappant avec les événements horribles qu'elle avait dû affronter. Il essaya de se lever, mais il sentit sur ses épaules un poids accablant qui le maintint assis sur sa chaise de bureau.

— La salle de bains est…

— … à l'étage, à côté de la chambre à coucher, je sais.

Elle avait dit ça en sortant de la pièce, et elle ne remarqua donc pas le regard incrédule de Viktor.

Je sais… Mais comment ?

Il rassembla toutes ses forces et parvint à se relever lentement, afin de la suivre. Avant de quitter le salon, il jeta un œil sur le manteau de cachemire noir qu'elle avait soigneusement étendu sur une chaise, à côté du canapé. Il était encore humide, de l'eau gouttait sur le parquet, où une petite flaque commençait à se former. Viktor le ramassa pour le mettre à sécher. Il était lourd. Trop lourd, même pour un manteau détrempé par la pluie.

À l'étage, Viktor entendit qu'on tournait un verrou. Anna avait gagné la salle de bains.

Il secoua le manteau et entendit un bruit métallique provenant de la poche droite. Sans plus réfléchir, il suivit son instinct et plongea la main dedans. La poche était étonnamment profonde. Viktor sentit d'abord sous ses doigts un mouchoir, puis un assez gros portefeuille en cuir. C'était un modèle pour homme de chez Étienne Aigner, plutôt lourd. Voilà qui ne collait pas du tout avec le goût d'Anna, elle qui portait des vêtements très féminins, aux couleurs toujours bien assorties.

Mais qui est-elle ?

Il perçut le bruit de la chasse d'eau. La salle de bains se trouvait juste au-dessus du salon, et Viktor entendait nettement le claquement de ses talons sur le sol en marbre. Sans doute s'était-elle approchée du lavabo afin de se laver les mains. De fait, elle tourna le robinet, et l'eau se mit bientôt à couler dans la vieille tuyauterie.

Il fallait faire vite. Viktor ouvrit le portefeuille, mais il ne contenait ni passeport ni carte d'identité. Durant un bref instant, son cœur cessa de battre. Il avait eu l'espoir de découvrir enfin qui se cachait derrière Anna. Au lieu de cela, rien, pas même une carte de crédit ou quelques billets de banque.

Soudain, ses mains se mirent à trembler fébrilement. Quelques mois plus tôt, alors qu'il venait d'arrêter de boire, cela lui arrivait sans cesse, son système nerveux en redemandait. Mais, en cet instant, ce n'était pas le manque d'alcool qui le faisait trembler. C'était le silence. En haut, le robinet avait cessé de couler.

Viktor referma le portefeuille pour le remettre au plus vite dans la poche du manteau. À ce moment précis, le téléphone se mit à sonner. Il sursauta, lâchant l'objet dont il s'était indûment emparé. Le portefeuille tomba à grand bruit sur le parquet, juste entre deux sonneries. Paniqué, Viktor comprit alors pourquoi il était si lourd : d'innombrables pièces de monnaie se répandaient à présent sur le sol.

Merde !

À l'étage, Anna venait de sortir de la salle de bains. Dans quelques secondes, elle serait de retour et verrait toute sa monnaie étalée par terre.

À genoux sur le parquet, Viktor essayait désespérément de ramasser l'argent, tandis que le téléphone continuait à sonner sans répit. En raison de ses ongles courts et de ses mains tremblantes, il n'arrivait guère à saisir les pièces.

Il se mit à transpirer, et un vieux souvenir vint s'ajouter à son sentiment de panique. Des années plus tôt, son père lui avait montré sur ce parquet comment ramasser de la monnaie à l'aide d'un aimant. Comme il aurait aimé avoir à portée de main un de ces fers à cheval rouge et noir pour se tirer d'embarras !

— Vous pouvez décrocher, docteur Larenz, cria Anna depuis le premier étage.

Elle était en haut de l'escalier et s'apprêtait à descendre. À cause du bruit du téléphone, il ne parvenait plus à entendre ses pas.

— Oui, lui cria-t-il en retour.

Il était conscient de l'absurdité de sa réponse. Il y avait encore au moins dix pièces éparpillées devant lui ou sous le canapé. L'une d'elles avait même roulé jusqu'à la cheminée.

— Vous pouvez y aller, ça ne me dérange pas du tout si nous interrompons la séance.

La voix d'Anna était maintenant toute proche. Il s'étonnait qu'elle ne fût pas déjà arrivée depuis longtemps dans le salon quand, soudain, quelque chose le frappa. Les pièces. Ce n'était pas de l'argent qu'il ramassait fiévreusement. Ou plutôt, c'était de l'argent, mais qui avait perdu toute valeur : il s'agissait de vieux marks, dont l'usage avait disparu avec l'introduction de l'euro. Isabel possédait bien encore une de ces vieilles pièces, qu'elle mettait dans son Caddie au supermarché. Mais Anna en avait au moins deux douzaines sur elle.

Pourquoi ?

Qui était-elle ? Qu'est-ce qu'elle pouvait faire de toute cette ferraille ? Pourquoi n'avait-elle sur elle ni papiers ni carte de crédit ? Quel lien avait-elle avec Josy ? Et pourquoi ne revenait-elle pas dans le salon ?

Sans réfléchir, Viktor se hâta de remettre le portefeuille à moitié vide dans la poche du manteau, avant de pousser toutes les pièces sous le canapé. Il n'y avait plus qu'à espérer qu'elle n'avait pas compté son argent et qu'elle ne jetterait pas un coup d'œil sous le sofa.

Alors qu'il regardait fébrilement autour de lui pour vérifier qu'il n'avait oublié aucune pièce, il remarqua un petit bout de papier plié en deux. Il était visiblement tombé par terre en même temps que l'argent et avait atterri dans la petite flaque d'eau, sous la chaise où elle avait déposé son manteau. Comme dans un état second, Viktor s'en empara et le glissa dans la poche de son jean. Au moment où il allait se relever, une voix retentit :

— Qu'est-ce qui se passe ?

Viktor se retourna et dévisagea Anna. Elle avait dû se glisser jusqu'au salon sans faire de bruit, et il ne l'avait pas entendue ouvrir la porte, bien que celle-ci grinçât considérablement d'ordinaire.

— Je... je... j'étais juste...

D'un seul coup, il prit conscience du ridicule de la situation. Il était accroupi par terre devant le canapé, en sueur, alors qu'elle n'avait fait que quitter la pièce trois minutes pour aller aux toilettes. Comment trouver une explication plausible ?

— Je suis...

— Je veux dire, le téléphone ? J'espère qu'il n'y a rien de grave ?

— Le téléphone ?

Il comprit enfin pourquoi elle n'était pas rentrée.

Dans sa hâte, il n'avait même pas remarqué que le téléphone avait cessé de sonner. Anna avait sans doute cru qu'il avait décroché, et elle avait donc attendu poliment dans l'entrée pour ne pas le déranger durant sa conversation.

— Ah, le téléphone ? répéta-t-il.

Il se sentait complètement stupide.

— Oui ?

— Juste un faux numéro.

Il s'était à peine relevé qu'il sursauta à nouveau, car le téléphone se remit à sonner.

— Eh bien, en voilà un qui insiste, dit Anna en souriant, avant de se rasseoir sur le canapé. Vous ne voulez pas répondre ?

— Moi ? Si, si. Je vais... bégaya Viktor.

Il parvint enfin à retrouver sa contenance.

— Je vais prendre la communication dans la cuisine. Veuillez m'excuser.

Anna lui sourit à nouveau et Viktor quitta la pièce.

Lorsqu'il décrocha le combiné dans la cuisine, il sut qu'il avait oublié quelque chose. Quelque chose d'important. Quelque chose qui pourrait lui faire perdre la confiance d'Anna.

La pièce. Devant la cheminée.

Mais il n'eut pas le temps de réfléchir à ce qui se passerait si Anna la découvrait. Alors qu'il pensait que sa journée n'aurait pu être pire, ce qu'il entendit au téléphone vint lui prouver le contraire.

21

— Pas de doute, il s'agit du sang d'une personne de sexe féminin, Viktor.

— Quel âge ?

— Pas si facile à dire, répondit Kai, dont la voix résonnait bizarrement.

— Pourquoi ?

— Parce que je suis un fin limier, mais pas un généticien !

Viktor porta la main à sa nuque, mais cela ne soulagea nullement son mal de tête.

— Où est-ce que tu es, là ? demanda-t-il au détective.

— Je suis dans un couloir de l'hôpital de Westend, devant le laboratoire d'un bon copain à moi. Normalement, je n'ai pas le droit de t'appeler avec mon portable, ça risque de perturber le fonctionnement de leurs appareils.

— Oui, oui, je sais. Alors, donne-moi vite toutes les informations.

— Bon. Cet ami est biochimiste. Pendant sa pause déjeuner, il a analysé l'échantillon de sang que j'ai prélevé dans la salle de bains de ton bungalow. Vu toutes les traces qu'il y avait, ça n'a pas été trop difficile.

— D'accord. Et alors ? Qu'est-ce qu'il a trouvé ?

— Eh bien, comme je te le disais, le sang est celui d'une femme. Une femme âgée de plus de neuf ans et de moins de cinquante ans. Plutôt beaucoup moins.

— Josy avait douze ans lorsqu'elle a disparu.

— Je sais. Mais ce n'est certainement pas le sang de ta fille, Viktor.

— Et pourquoi pas ?

— Parce que les traces sont trop fraîches. À peine deux jours, trois au maximum. Ta fille a disparu il y a quatre ans.

— Pas besoin de me le rappeler, rétorqua Viktor.

Tout en parlant, il avait entrebâillé la porte de la cuisine. Celle du salon était toujours fermée, mais il ne pouvait néanmoins exclure qu'Anna fût en train de l'écouter. Il poursuivit à voix basse.

— Bon. Ce n'est pas le sang de Joséphine. Mais, alors, dis-moi ce que je dois penser d'Anna et de ses histoires. Elle m'a livré une description parfaite de ma fille, de notre bungalow à Sacrow et même de notre propriété de Schwanenwerder. Tout concorde, Kai. Elle y était. Chez moi. Elle m'a même décrit les journalistes qui faisaient le siège de la maison le jour de l'enlèvement.

— Anna ?

— Oui.

— Anna comment ?

Viktor respira profondément.

— Elle s'appelle…

Il fut pris d'une quinte de toux et dut écarter le combiné de sa bouche avant de pouvoir poursuivre.

— Excuse-moi, je me suis enrhumé. Écoute-moi bien, je vais te dire tout ce que je sais d'elle. Elle s'appelle Anna Spiegel, elle écrit des livres pour enfants, avec beaucoup de succès apparemment, surtout au Japon. Son père travaillait à l'AFN, et il est mort très tôt d'une thrombose, à la suite d'une erreur médicale. Enfant, elle vivait à Steglitz, et elle a passé les quatre dernières années à la clinique psychiatrique de Dahlem.

Le détective répéta lentement ce qu'il venait de dire en prenant des notes.

— Bon, je vais vérifier tout ça.

— Mais avant, tu dois me rendre un service.

Il entendit un soupir à l'autre bout du fil.

— Quoi ?

— Tu as toujours les clés de Schwanenwerder ?

— Tu veux dire, la carte digitale qui donne accès à la propriété ?

— C'est ça.

— Oui, je l'ai.

— Bon. Il faut que tu ailles dans mon bureau. Là, ouvre le coffre. Le code, c'est la date de naissance de Josy à l'envers. Ensuite, prends tous les CD-Rom que tu trouves. Tu verras, il y en a toute une pile.

— Qu'est-ce qu'il y a dessus ?

— La police nous avait demandé de conserver tous les enregistrements de vidéosurveillance du premier mois ayant suivi l'enlèvement.

— Oui, je me souviens. Ils espéraient que le kidnappeur se mêlerait à la foule des curieux.

— Exactement. Prends les enregistrements de la première semaine et visionne-les.

— Mais plusieurs experts les ont déjà examinés... Sans résultat.

— Parce qu'on cherchait un homme.

— Et qu'est-ce qu'ils étaient censés chercher ?

— Anna. Cherche une femme menue, blonde, qui était devant l'entrée avec les journalistes. Avec les renseignements que je t'ai donnés, tu trouveras sûrement une photo d'elle sur Internet.

Lorsque Kai reprit la parole, Viktor sentit que la qualité de la communication s'était améliorée. Sans doute avait-il quitté le couloir de l'hôpital pour retourner dans le laboratoire.

— D'accord. Parce que c'est toi. Je vais vérifier les informations sur Anna et regarder les bandes. Mais je ne veux pas te donner de faux espoirs. Les histoires qu'elle te raconte semblent intéressantes, mais elles sont trop lacunaires. Et puis, n'oublie pas : le cambriolage n'a eu lieu que la semaine dernière.

— Ça va, je sais ce que tu en penses. Mais alors, si tout ça n'a rien à voir avec Josy, peux-tu m'expliquer ce qui s'est passé ? Tu as dit que la salle de bains était pleine de sang. Tu vas me dire que ce n'est pas Josy qu'on a massacrée là, mais une autre jeune fille ?

— Premièrement : il n'est pas sûr qu'il s'agisse du sang d'une jeune fille. Deuxièmement : non.

— Comment ça, « non » ?

— Personne n'a été massacré dans ta salle de bains, Viktor, car le sang ne provient pas d'une blessure.

— Comment veux-tu que ma salle de bains soit pleine de sang, si personne n'a été blessé ? hurla Viktor.

Il était épuisé, à bout de nerfs, à tel point qu'il ne se préoccupait plus de savoir si Anna l'écoutait dans le salon ou non.

— C'est ce que j'essaie de t'expliquer depuis tout à l'heure. Dans le sang, on a retrouvé des cellules de muqueuse.

— Qu'est-ce que ça signifie ? demanda Viktor, le souffle court. Tu veux dire que quelqu'un...

— Oui. Calme-toi, je t'en prie. Le laboratoire est formel. C'est du sang menstruel.

22

Chambre 1245, clinique de Wedding.

Dehors, la nuit était tombée. Dans les couloirs de la clinique, l'éclairage s'était mis en marche automatiquement ; dans la lumière blanche des néons, le docteur Roth paraissait encore plus pâle que d'habitude. Pour la première fois, Viktor Larenz remarqua que les tempes du médecin-chef étaient particulièrement dégarnies pour son âge. Jusque-là, il était parvenu à les masquer grâce à une coiffure bien étudiée. Mais, au cours de l'heure qu'il venait de passer à écouter le récit de Viktor, il n'avait cessé de se passer la main dans les cheveux, découvrant ainsi la peau de son crâne.

— Vous êtes nerveux, docteur Roth ?

— Non. Juste curieux d'entendre la suite.

Viktor lui demanda un verre d'eau, que Roth lui tendit avec une paille, afin qu'il pût boire tout en gardant ses mains attachées au lit.

— Mais j'ai plusieurs questions, poursuivit Roth, tandis que Viktor aspirait sa première gorgée.

— Par exemple ?

— Pourquoi n'avez-vous pas cherché Sindbad partout ? Si mon chien disparaissait, je ne pourrais pas rester une minute à la maison sans rien faire.

— Vous avez tout à fait raison. Je m'étonnais moi-même de ce comportement presque indifférent. Mais je crois que j'avais déjà épuisé toutes mes forces et toutes mes émotions dans la recherche de ma fille. Je me sentais comme un vétéran qui a déjà vu exploser tellement d'obus qu'il ne réagit même plus au sifflement des projectiles autour de lui, restant tranquillement assis dans sa tranchée. Vous comprenez ?

— Oui. Mais pourquoi n'avoir pas au moins prévenu votre femme des événements qui se jouaient à Parkum ? Lorsque le chien a disparu, vous auriez quand même dû décrocher votre téléphone !

— Mais je l'ai fait. J'essayais de la joindre presque quotidiennement. Au début, c'est vrai, je n'étais pas trop sûr de devoir lui parler d'Anna. Elle était déjà opposée à cette interview à laquelle je ne travaillais même plus. Si en plus elle avait appris que je me livrais à des séances thérapeutiques, elle serait revenue de New York le jour même. Mais chaque fois que je l'appelais, je tombais sur la standardiste. Tout ce que je pouvais faire, c'était laisser des messages à la réception.

— Et elle n'a jamais rappelé ?

— Si. Une fois.

— Et alors ?

Viktor fit un signe de tête en direction de la table de nuit, et le docteur Roth lui tendit à nouveau le verre d'eau.

— Combien de temps… ?

Viktor interrompit sa phrase pour boire une longue gorgée.

— Combien de temps nous reste-t-il ?

— Vingt minutes, je pense. Vos avocats sont déjà arrivés et sont en train de discuter avec le professeur Malzius.

Mes avocats.

Viktor essaya de se rappeler quand il avait eu besoin d'une assistance juridique pour la dernière fois. Le spécialiste du code de la route qui lui avait sauvé son permis de conduire en 1997 ne lui serait d'aucune utilité au cours des semaines à venir. Cette fois, il lui fallait de vrais pros. Il ne s'agissait plus d'une simple histoire de tôle froissée.

Il s'agissait de sa vie.

— Et alors, ils sont vraiment bons ?

— Les avocats ? Oui. D'après ce que j'ai compris, ce sont les meilleurs experts en droit pénal que l'on puisse se payer en Allemagne.

— Et ils veulent que je leur dise ce qui est arrivé à Anna ?

— Entre autres. Ils sont d'ailleurs bien obligés, s'ils veulent pouvoir vous défendre. Il s'agit tout de même d'un meurtre.

Un meurtre.

Le mot était enfin lâché. Jusque-là, ils avaient tourné autour du pot, mais ils le savaient tous les deux : le docteur Larenz allait aller en prison. À moins que la fin de son histoire ne convainquît le juge qu'il n'avait pas eu d'autre choix que de tuer.

— Meurtre ou pas, je ne pense pas que j'aurai la force de reprendre tout mon récit depuis le début aujourd'hui. Et puis, j'ai toujours bon espoir que, dans vingt minutes, je pourrai partir d'ici.

— Oubliez ça.

Le docteur Roth lui reprit son verre et se passa la main dans les cheveux.

— Racontez-moi plutôt la suite. Qu'est-ce que ce sang menstruel venait faire là ? Et qu'est-ce qu'Anna vous a raconté d'autre, une fois de retour dans le salon ?

— Rien.

Roth le regarda d'un air suspicieux.

— Pendant que j'étais au téléphone avec mon détective privé, elle a quitté la maison sans que je le remarque. Elle avait laissé un mot sur le bureau : « Je ne veux pas vous déranger. Vous avez beaucoup à faire. Nous continuerons demain. » J'étais vraiment à bout de nerfs. Maintenant qu'elle était partie, il me fallait à nouveau attendre une nuit entière avant d'obtenir de nouvelles informations.

Sur Charlotte. Sur Josy.

— Alors, vous êtes allé vous coucher ?

— Non. Pas tout de suite. J'ai d'abord reçu une autre visite, tout à fait inattendue.

23

Dix minutes après la fin de sa discussion avec Kai, quelqu'un frappa à la porte. Viktor crut d'abord qu'Anna était revenue. Mais cet espoir vola en éclats lorsqu'il constata qu'il s'agissait en fait de Halberstaedt. Le maire avait à nouveau bravé la tempête pour lui rendre visite, et il se tenait à présent face à lui, l'air grave. Cette fois encore, il refusa d'entrer ; au lieu de cela, il tendit à Viktor un petit paquet.

— Qu'est-ce que c'est ?

— Un pistolet.

Viktor fit un pas en arrière, comme si Halberstaedt avait été atteint de quelque maladie contagieuse.

— Mais qu'est-ce que vous voulez que j'en fasse ?

— C'est pour vous protéger. Ça vaut mieux pour vous.

— Mais me protéger de quoi ?

— D'elle.

Halberstaedt fit un geste de la main derrière lui, en direction du chemin.

— J'ai vu qu'elle était revenue vous voir.

Viktor secoua la tête, perplexe.

— Écoutez. Vous savez que je vous aime bien.

Il sortit un mouchoir de sa poche et essuya son nez qui coulait.

— Mais je suis psychiatre. Je ne peux pas tolérer que vous espionniez mes patients.

— Et moi, je suis le maire et je me fais du souci pour vous.

— C'est vrai et je vous en suis très reconnaissant, vraiment. Mais je ne toucherai pas à ce pistolet tant que je n'aurai pas de raison valable de le faire.

Il voulut lui rendre le paquet, mais Halberstaedt garda les mains dans les poches de son pantalon de velours élimé.

— Il y a une raison, marmonna-t-il d'une voix sourde.

— Quoi ?

— Il y a une raison pour laquelle vous feriez mieux d'avoir une arme chez vous. Je me suis renseigné, au sujet de cette femme. J'ai parlé avec tous ceux qui l'ont vue sur l'île.

— Et alors ?

Visiblement, Kai Strathmann n'était pas la seule personne à chercher des informations sur Anna.

— Elle a fait drôlement peur à Burg.

— Michael Burg ? Celui qui conduit la navette ? Qu'est-ce qui a bien pu faire peur à un type de sa trempe ?

— Elle lui a dit qu'elle avait un compte à régler avec vous, docteur.

— Pardon ?

— Oui. Et que vous alliez payer de votre sang.

Tout est plein de sang.

Halberstaedt haussa les épaules.

— Croyez-moi si vous voulez, ça m'est égal. En tout cas, je dormirai plus tranquille en vous sachant armé, comme elle.

Viktor n'avait aucune idée de ce qu'il pouvait lui répondre. Quelque chose lui revint alors à l'esprit et il retint Halberstaedt par la manche, alors que celui-ci s'apprêtait à partir.

— Autre chose. Vous n'avez pas vu mon chien ?

— Sindbad est mort ?

La brutalité de la question le prit totalement au dépourvu. C'était comme si la terre s'était mise à trembler autour de lui.

— Qu'est-ce qui vous fait dire ça ? Je veux dire... Non. Du moins, j'espère. Il a juste disparu. Je vous ai laissé un message sur votre répondeur, ce matin.

— Mmh, je vois, dit Halberstaedt en hochant doucement la tête. Je vous avais bien dit qu'il y a quelque chose qui cloche chez cette femme.

Viktor s'apprêtait à lui dire qu'il n'y avait aucune preuve qu'Anna eût un quelconque rapport avec la disparition de Sindbad, mais il se ravisa et garda sa réponse pour lui.

— Je vais garder les yeux grands ouverts, lui promit Halberstaedt.

Viktor eut le sentiment qu'il ne pensait pas vraiment ce qu'il venait de dire.

— Merci.

— Et vous feriez mieux de faire pareil. Pas seulement à cause du chien. Cette femme est dangereuse.

Le maire repartit sans le saluer.

Après l'avoir suivi des yeux durant une minute, Viktor commença à avoir très froid, comme un petit garçon qui est resté trop longtemps dans la piscine et qui se met à claquer des dents. Il referma la porte au plus vite, pour éviter que le vent ne fît entrer encore plus d'humidité dans la maison.

Dans l'entrée, il se demanda s'il ne valait pas mieux jeter tout de suite le pistolet dans la benne à ordures. Finalement, il rangea le paquet dans le dernier tiroir de la commode en acajou, bien décidé à le rendre à Halberstaedt dès le lendemain.

Perdu dans ses pensées, il passa les minutes qui suivirent à fixer la braise qui s'éteignait doucement dans l'âtre en se demandant comment il fallait interpréter les derniers événements.

Sindbad avait disparu.

Quelqu'un, une jeune femme, peut-être une jeune fille, avait cambriolé son bungalow et y avait eu ses règles.

Et le maire de l'île était venu lui apporter une arme à feu.

Viktor retira ses chaussures, puis s'allongea sur le canapé. Il fouilla dans sa poche et avala son dernier comprimé de Valium, qu'il avait pourtant gardé pour la nuit suivante. Ensuite, il attendit que le médicament fît son effet en espérant que cela atténuerait les symptômes de sa grippe. Il ferma les yeux et essaya de faire abstraction de cette pression qu'il ressentait tout autour de son crâne. Durant un bref instant, il y parvint même, et comme l'une de ses narines n'était plus bouchée, il sentit à nouveau le parfum capiteux d'Anna qui, une demi-heure plus tôt, était encore assise à cet endroit précis.

Viktor réfléchit. Il ne savait pas ce qui lui faisait le plus peur à présent : le comportement étrange d'Anna ou les mystérieuses prophéties du maire.

Il n'était pas encore parvenu à trancher, lorsqu'un cauchemar prit possession de son esprit.

24

Ce rêve le poursuivait depuis la disparition de Josy. Il revenait le hanter de manière irrégulière, tantôt plusieurs fois par semaine, tantôt une fois par mois. Mais son déroulement restait toujours le même. Ça se passait au milieu de la nuit, Viktor était au volant de sa Volvo, avec Josy assise à côté de lui. Viktor avait entendu parler d'un spécialiste d'Allemagne du Nord qui aurait pu venir en aide à son enfant. Voilà plusieurs heures qu'ils étaient en route vers son cabinet, qui se trouvait au bord de la mer. La voiture roulait bien trop rapidement, mais Viktor ne parvenait pas à ralentir. Josy avait beau le lui demander, il n'y arrivait pas. Heureusement, la route était toute droite. Pas de virages, pas d'embranchements. Nulle part on ne voyait de feu rouge ni de carrefour. De temps à autre, ils croisaient un autre véhicule, mais la voie était suffisamment large et, en dépit de leur vitesse excessive, ils ne semblaient jamais être en danger. Au bout d'un moment, Viktor demandait à Josy s'ils n'auraient pas dû être arrivés à la mer depuis longtemps. Sa fille haussait les épaules. Elle aussi semblait s'étonner de la durée du voyage. À ce rythme, ils auraient dû atteindre la plage beaucoup plus tôt. Il n'y avait plus aucun véhicule en vue, et ce n'était pas la seule chose bizarre : dehors, il se mettait à faire de plus en plus sombre. Plus ils avançaient, moins il y avait de lampadaires. Au lieu de cela, la vue était bouchée par des arbres toujours plus nombreux. Au bout d'un moment, il n'y avait plus aucun éclairage et la route, toujours plus étroite, s'enfonçait dans une épaisse forêt.

À ce moment de son rêve, Viktor était toujours parcouru par un premier frisson d'horreur. Ce n'était pas de la crainte ni même de la peur, mais un indéfinissable sentiment d'épouvante, qui le paralysait et gagnait en intensité alors qu'il s'apercevait qu'il ne pouvait pas ralentir. Il appuyait sur le frein, mais cela n'avait aucun effet. Au contraire, la voiture roulait toujours plus vite sur cette route sans virages. Viktor allumait alors la lampe de la Volvo et Josy se mettait à chercher l'itinéraire sur la carte. Mais elle ne parvenait pas à repérer la route sur laquelle ils se trouvaient.

Finalement, elle avait un rire de soulagement et faisait un signe vers l'horizon.

— Là-bas, il y a de la lumière. Il doit y avoir quelque chose.

Au loin, Viktor apercevait lui aussi une faible lueur, qui devenait de plus en plus claire à mesure qu'ils approchaient.

— C'est sûrement un carrefour ou un village. Peut-être déjà la plage. Il suffit de continuer tout droit.

Viktor hochait la tête, retrouvant un peu de son calme. Là-bas, ils seraient en sécurité. Il se mettait alors délibérément à accélérer, pressé de quitter cette sombre forêt.

Mais soudain, l'horreur, l'épouvante le saisissait à nouveau.

Car, d'un seul coup, il reconnaissait tout ce qui les entourait. Il savait quelle était cette lumière qui les attendait au loin. Il comprenait l'erreur de Josy et la sienne, qui avait commencé par sa décision d'entreprendre ce voyage au milieu de la nuit. Joséphine commençait elle aussi à avoir peur et jetait des regards inquiets par la fenêtre.

Au bord de la route, les arbres avaient disparu. Il n'y avait plus rien. Seulement de l'eau, à perte de vue. Noire, froide et infiniment profonde.

Mais Viktor savait qu'il avait compris trop tard.

Cela faisait près d'une heure qu'ils roulaient sans s'en douter sur une longue jetée. Ils avaient cherché la mer, alors qu'elle se trouvait en fait déjà sous leurs pieds. La côte était plusieurs kilomètres derrière eux, et ils fonçaient vers les feux situés au bout du quai, sans aucune possibilité de s'arrêter.

Viktor essayait de tourner le volant, mais il ne fonctionnait pas non plus. Ce n'était plus lui qui conduisait la voiture, celle-ci avançait toute seule.

La Volvo roulait à tombeau ouvert jusqu'à l'extrémité de la jetée et poursuivait sa course dans le vide au-dessus de la mer, avant d'amorcer sa chute. Tétanisé, Viktor regardait à travers le pare-brise, essayant d'y voir quelque chose dans la lueur des feux. Mais, devant lui, il n'y avait rien d'autre que la mer infinie qui s'apprêtait à les engloutir. Josy, la voiture et lui.

Viktor se réveillait toujours au moment précis où la voiture allait heurter la surface de l'eau. C'était le pire moment de son cauchemar. Non pas parce qu'il allait bientôt se noyer avec sa fille unique, mais parce que, juste avant le choc, il faisait l'erreur de regarder dans le rétroviseur. Et ce qu'il y voyait le faisait hurler de terreur, réveillant ainsi toute la maisonnée. C'était sa pire vision d'horreur. Il n'y avait rien.

Le rétroviseur était vide.

La jetée sur laquelle il avait si longtemps roulé s'était évanouie, comme si elle n'avait jamais existé.

25

Viktor se réveilla en sursaut et constata que son pyjama était trempé de sueur, de même que ses draps. Durant son cauchemar, ses maux de gorge avaient encore empiré.

Mais qu'est-ce que j'ai ? songea-t-il en attendant que son rythme cardiaque revînt à la normale. Il ne se rappelait pas s'être levé du canapé pour monter se coucher. Et encore moins s'être déshabillé. Et il y avait autre chose qu'il ne pouvait s'expliquer : la température de la chambre. Cherchant à tâtons dans le noir, Viktor alluma le rétro-éclairage du réveil portatif qu'il avait laissé à droite de son lit. Il était à peine 3 h 30 et le thermomètre intégré dans l'appareil indiquait seulement 8 °C. Visiblement, le générateur était tombé en panne. Viktor essaya d'allumer la lampe de chevet et, de fait, il ne se passa rien. La pièce resta plongée dans l'obscurité.

Bon sang ! D'abord Sindbad, puis Anna, le rhume, le cauchemar et maintenant...

Viktor repoussa sa couverture et s'empara de la lampe torche qu'il gardait auprès de son lit pour ce genre de situation. Il descendit en tremblant les vieux escaliers en bois. Bien qu'il ne fût pas d'un naturel peureux, il eut comme un mauvais pressentiment en voyant le faisceau lumineux de la lampe glisser sur les photos de famille accrochées au mur. Sa mère, souriante, promenant les chiens sur la plage. Son père, la pipe aux lèvres, installé devant la cheminée. Toute la famille réunie, admirant le poisson qu'il rapportait de la pêche.

Comme au début d'une anesthésie, des souvenirs surgissaient dans son esprit, l'espace d'une seconde, avant de disparaître aussitôt dans l'obscurité.

Lorsque Viktor ouvrit la porte d'entrée, un vent violent pénétra dans la maison, portant avec lui des gouttes d'eau et quelques feuilles mortes. *Formidable*, pensa-t-il. *J'avais déjà la grippe, il ne me manquait plus qu'une pneumonie.*

Il mit ses chaussures de sport et passa un K-way par-dessus son pyjama. Ainsi équipé, il courut jusqu'à la cabane abritant le générateur, qui se trouvait à vingt mètres environ de la terrasse, derrière la maison. Sous l'effet de la pluie, le chemin sableux était devenu difficilement praticable : il était déjà couvert de flaques, que la faible lueur de sa lampe ne lui permettait guère de repérer. Aux deux tiers du parcours, ses chaussures étaient déjà complètement trempées, ainsi que le bas de son pantalon. Malgré la pluie qui lui fouettait le visage, Viktor se força à ralentir le pas, afin de ne pas risquer de glisser dans l'obscurité. Dans sa trousse de voyage, il y avait tout juste les médicaments qu'il fallait pour traiter un rhume, mais pas le matériel nécessaire pour guérir une éventuelle fracture. Se casser une jambe en pleine nuit, sur une île perdue en proie à la tempête, voilà bien la dernière chose dont il avait besoin.

La cabane de tôle se trouvait à la limite entre sa propriété privée et la plage publique, lesquelles étaient séparées par une palissade blanche décrépite.

Viktor se souvenait très bien de la corvée qui consistait à repeindre cette barrière pour la protéger des intempéries. Toute la famille devait s'y mettre. Le bois – déjà en état de décomposition à l'époque – était d'abord poncé, puis recouvert de laque protectrice, avant de recevoir une couche de peinture blanche à la puanteur insupportable. Et, à chacune de ces étapes, il fallait prêter assistance à son père. Mais aujourd'hui, après des années de négligence, la palissade était en tout aussi mauvais état que le générateur que Viktor espérait remettre en route.

Du revers de la main, il essuya les gouttes de pluie qui dégoulinaient sur son front. À peine avait-il posé la main sur la poignée en plastique qu'il comprit son erreur : les clés. Elles étaient accrochées dans la cave, à côté de la boîte à fusibles, et il avait oublié de les prendre.

Merde !

Furieux, Viktor donna un violent coup de pied contre la porte en métal. Le vacarme qui en résulta le fit sursauter.

— Bah, dit-il comme pour lui-même, qu'est-ce que ça peut faire ? Personne ne peut m'entendre, ici, surtout par ce temps.

Malgré le froid, il transpirait. Viktor enleva sa capuche. Durant une fraction de seconde, il eut soudain l'impression que tout tournait au ralenti. C'était comme si quelqu'un avait arrêté son horloge interne.

Trois choses remontaient maintenant à sa conscience. La première, c'était le bruit qu'il entendait, maintenant que ses oreilles n'étaient plus recouvertes par la capuche : le générateur vrombissait.

Comment peut-il faire du bruit, s'il ne fonctionne pas ?

La deuxième, c'était la lumière. Viktor se retourna et vit que sa chambre était éclairée. La lampe de chevet qu'il avait vainement tenté d'allumer quelques minutes plus tôt jetait maintenant une douce lumière sur la pièce.

Et la troisième, c'était une silhouette. Elle se tenait debout dans sa chambre et regardait par la fenêtre. Juste dans sa direction.

Anna ?

Viktor jeta sa lampe par terre et se mit à courir. Mais c'était une erreur. Alors qu'il avait parcouru la moitié du chemin menant au perron, la lumière s'éteignit dans la chambre, et tout fut de nouveau plongé dans l'obscurité la plus totale. Viktor dut chercher à tâtons l'endroit où il avait laissé tomber la lampe avant de pouvoir regagner la maison. Il y faisait toujours un noir d'encre, que seule atténuait la lueur fantomatique de sa lampe torche. Il fonça vers l'escalier et monta jusqu'à sa chambre. Rien.

Hors d'haleine, Viktor inspecta tous les coins de la pièce. Tout était en ordre : les fauteuils près de la fenêtre étaient bien à leur place, tout comme l'antique commode, la coiffeuse d'Isabel sur laquelle il avait laissé ses CD, et l'imposant lit conjugal qu'il avait hérité de ses parents. Il n'y avait personne, comme Viktor put s'en assurer en allumant enfin la lumière. Visiblement, le générateur fonctionnait à nouveau.

À supposer qu'il soit jamais tombé en panne...

Viktor s'assit sur le rebord du lit et essaya de souffler un peu et de reprendre ses esprits. Qu'est-ce qui lui arrivait ? Est-ce que tout ça était trop pour lui ? Anna, Josy, Sindbad ? Il venait de sortir en pleine tempête, alors même qu'il était malade ; il s'était rendu jusqu'à un générateur prétendument en panne, qui s'était subitement remis à fonctionner ; et, pour finir, il s'était lancé à la poursuite d'un fantôme.

Viktor se leva et fit le tour du lit. Son regard resta fixé sur le réveil : 20,5 °C, tout était parfaitement normal.

Tout, sauf mon comportement, songea-t-il en secouant la tête. *Mais qu'est-ce que j'ai ?*

Il redescendit fermer la porte à clé.

Tout ça vient sûrement de mon cauchemar, de la disparition de Sindbad ou de mon rhume, se rassura-t-il. À peine le verrou poussé, Viktor rouvrit la porte. Il se pencha vers le pot de fleurs et ramassa la clé de secours qui était cachée dessous. *On n'est jamais trop prudent.* Lorsqu'il eut vérifié que les volets du rez-de-chaussée étaient eux aussi bien fermés, il se sentit mieux.

De retour dans son lit, il avala une bonne rasade de sirop contre la toux et s'endormit pour quelques heures d'un sommeil agité.

Conformément aux prévisions météorologiques, le vent soufflait toujours plus violemment sur la petite île. Il propulsait des vagues de plusieurs mètres de haut vers la côte, qui allaient éclater contre les dunes. Les bourrasques brisaient les branches des arbres, faisaient trembler les fenêtres des maisons et effaçaient toutes les empreintes dans le sable. Y compris celles qu'une femme de petite taille avait laissées derrière elle en quittant la maison du docteur Larenz.

26

Parkum, un jour avant la vérité.

Peu avant 8 heures, Viktor fut réveillé par la sonnerie du téléphone. Il se traîna péniblement jusqu'au rez-de-chaussée pour décrocher le combiné, s'attendant à entendre enfin la voix d'Isabel. Mais il se trompait.

— Vous avez lu le mot que je vous ai laissé ?

Anna.

— Oui.

Viktor se racla la gorge, puis se remit à tousser. Il lui fallut plusieurs secondes avant de pouvoir reprendre la conversation.

— Hier, je ne voulais pas vous déranger, mais cette nuit, j'ai encore beaucoup réfléchi.

Et tu es allée te promener, c'est ça ? Peut-être jusque dans ma chambre ?

— Et maintenant, je crois que j'ai enfin la force de vous parler de la fin.

La fin de Josy.

— Très bien, dit Viktor d'une voix éraillée.

Il s'étonnait qu'Anna n'eût pas encore fait de commentaire sur la dégradation de son état de santé. À en juger par le son de sa voix, elle n'était pas non plus très en forme ce matin-là, mais cela pouvait tout aussi bien venir de la mauvaise qualité de la ligne. On entendait un bruit de friture qui rappelait les communications transatlantiques des années 1970.

— Si ça ne vous ennuie pas, je voudrais vous en parler dès maintenant, au téléphone. Je ne me sens pas assez bien pour venir vous voir aujourd'hui. Mais j'aimerais quand même me libérer de ce poids.

— Bien sûr.

Viktor jeta un œil sur ses pieds nus, agacé de ne pas avoir eu au moins le temps de mettre ses chaussons et d'enfiler un peignoir.

— Je crois que je vous ai raconté que nous avons dû fuir de ce château où habitait Charlotte ?

— Oui. Pour échapper au « Mal », c'est ça ?

À l'aide de son pied, Viktor fit glisser jusqu'à lui un petit tapis en laine qui se trouvait d'ordinaire sous la table basse, afin de ne plus être pieds nus sur le parquet.

— Nous avons couru jusqu'à la voiture et nous sommes parties pour Hambourg. Charlotte ne m'a pas expliqué pourquoi il fallait aller là-bas. Elle me donnait simplement des indications quant à la route à suivre, et je lui obéissais.

— Que s'est-il passé à Hambourg ?

— Nous avons pris une chambre au Hyatt, dans la Mönckerbergstraße. C'est moi qui avais choisi cet hôtel de luxe ; en des jours meilleurs, c'était là que j'avais mené avec succès les premières négociations avec mon nouvel agent. J'espérais que l'ambiance feutrée du lieu raviverait en moi de bons souvenirs.

Viktor hocha la tête. Il était lui-même souvent descendu dans ce cinq étoiles, si possible dans la grande suite.

— Malheureusement, c'est le contraire qui est arrivé. Je me sentais toujours plus déprimée, toujours plus nerveuse. J'étais dans une confusion totale. Pour ne rien arranger, la présence de Charlotte me pesait de plus en plus. Elle n'allait pas bien du tout. Et je me faisais sans cesse des reproches. J'ai donc fini par lui redonner des médicaments, et lorsqu'elle s'est endormie, je me suis remise au travail.

— Pour écrire la suite de votre livre ?

— Oui. Il me fallait écrire la fin, si je ne voulais pas vivre indéfiniment dans ce cauchemar. Du moins, c'est ce que je croyais. Et, après avoir longuement réfléchi, j'ai trouvé un semblant de fil rouge pour les chapitres suivants.

— À savoir ?

— Je devais trouver la cause de la maladie de Charlotte en prenant en compte tous les indices qu'elle m'avait montrés. Elle avait dit que tout avait commencé dans le bungalow. J'ai donc d'abord pensé que je devais écrire l'histoire de telle sorte que les premiers symptômes apparaissent dans cette maison au milieu des bois.

Non, songea Viktor. *Tout a commencé avec le médecin de garde, le lendemain de Noël. Pas à Sacrow, mais à Schwanenwerder.*

— Mais ensuite, j'ai compris que, lorsqu'elle disait que tout avait « commencé » là, cela devait signifier tout autre chose. Elle m'avait envoyé dans le bungalow pour voir s'il y manquait quelque chose.

La table de maquillage ? La télévision ? Le poster de boys band ?

— Il fallait que je trouve ce qui avait changé. Je savais que quelque chose de mal avait dû se passer là. Quelque chose de si terrible que Charlotte refusait à présent d'entrer dans la maison. Et cela devait avoir un lien avec la personne qui se trouvait dans la chambre, au moment où je voulais y entrer.

Viktor patienta jusqu'à ce qu'il fût sûr qu'Anna ne continuerait pas d'elle-même.

— Et alors ?

— Comment ça, alors ?

Il faillit lui hurler de terminer enfin son histoire sans se faire prier, mais il parvint à se contrôler. Il fallait absolument éviter d'interrompre la conversation à un moment décisif, comme cela avait été le cas les jours précédents.

— Qu'avez-vous écrit, finalement ?

— Vous vous le demandez encore ? Mais enfin, tous les indices sont devant vous.

— Comment ça ?

— Vous ne comprenez toujours pas ? Pourtant, vous êtes psychiatre. Il vous suffit de combiner tous ces éléments entre eux.

— Je ne suis pas écrivain.

— Ne commencez pas à ergoter comme Charlotte, plaisanta Anna.

Mais Viktor ne réagit pas. Il attendait qu'elle lui donnât une réponse.

Voilà la situation dans laquelle il se trouvait depuis quatre ans : il attendait. Dévoré par la peur. À la recherche de réponses. Il avait imaginé des centaines de milliers de variantes différentes concernant la mort de sa fille et, chaque fois, il avait souffert avec elle. Aussi, il pensait être préparé à tout. Mais quand il entendit finalement la réponse d'Anna, il sut qu'il s'était trompé.

— Charlotte a été empoisonnée, évidemment !

Viktor n'était pas préparé à ça. Le sentiment d'horreur qui l'envahissait n'était tempéré que par le froid glacial qui émoussait ses sens. Il aurait eu envie de se lever et de courir aux toilettes pour vomir. Mais il n'en avait pas la force.

— Docteur Larenz ?

Il savait qu'il fallait lui dire quelque chose. N'importe quoi qui pût la laisser dans l'illusion qu'il n'était qu'un simple psychiatre, et non le père de la fille qui hantait ses visions. Charlotte n'était qu'une hallucination, le résultat d'une réaction chimique anormale dans son cerveau.

Pour gagner un peu de temps, il finit par lui sortir l'expression favorite de tous les psychologues :

— Continuez.

Mais c'était une erreur. Car ce qu'Anna lui dit alors fut encore plus difficile à supporter.

27

— Empoisonnée ?

Si flegmatique d'ordinaire, le détective privé avait tout de suite haussé la voix. Viktor était parvenu à joindre Kai dans sa voiture, alors qu'il revenait de Schwanenwerder pour regagner son bureau du centre-ville.

— Comment est-ce que cette Anna Spiegel a pu avoir une idée pareille ?

— Je ne sais pas. Apparemment, elle est arrivée à cette hypothèse en recoupant les faits qu'elle avait à sa disposition.

— Les faits ? Ses hallucinations, tu veux dire !

Viktor entendit un coup de klaxon impatient. Sans doute Kai téléphonait-il encore sans son kit mains-libres, alors qu'il était au volant sur l'autoroute.

— Exactement. Elle m'a dit qu'il s'était passé quelque chose dans le bungalow. Quelque chose de très grave, qui a provoqué un changement profond chez Josy.

— Chez Charlotte, rectifia Kai.

— Bien sûr. Mais imaginons un instant qu'il s'agisse vraiment de ma fille. Dans ce cas, cela signifie que Joséphine a vécu dans cette maison quelque chose qui l'a traumatisée. Quelque chose de mal. C'est comme ça que tout a commencé.

— Comment ça ? Quelqu'un serait venu et l'aurait empoisonnée ?

— Oui.

— Et qui donc, je te prie ?

— Josy elle-même.

— Répète-moi ça !

Le bruit de fond sur la ligne diminua légèrement. Sans doute Kai s'était-il rangé sur la bande d'arrêt d'urgence.

— Josy. Elle s'est empoisonnée elle-même. Voilà le clou de l'histoire d'Anna. L'expérience qu'elle a vécue a dû être si horrible qu'elle a décidé de mettre fin à ses jours. Lentement, à coups de petites doses réparties sur plusieurs mois, afin que les médecins ne se rendent compte de rien.

— Attends. Qu'est-ce que tu racontes ? *Pourquoi* est-ce qu'elle aurait fait une chose pareille, bon sang ?

— Tu n'es pas psychiatre, mais tu as peut-être déjà entendu parler du syndrome de Münchhausen ?

— C'est quand on ment de manière pathologique ?

— Presque. Les patients atteints de ce syndrome se font eux-mêmes du mal pour que les autres s'occupent d'eux. Ce sont des gens qui ont découvert qu'on leur accorde plus d'attention s'ils sont en mauvaise santé.

— Et qui prennent du poison pour ça ? Juste pour qu'on vienne à leur chevet ?

— Exactement. Ils aiment qu'on leur offre des cadeaux, qu'on leur cuisine de bons petits plats, et surtout qu'on prenne soin d'eux et qu'on s'apitoie sur leur sort.

— Mais c'est fou.

— Ces gens-là sont même très gravement malades. Il est difficile de les soigner, car ce sont souvent d'excellents acteurs. Ils peuvent simuler les pires maladies de manière crédible, et même les médecins et les psychologues les plus expérimentés tombent dans le panneau. Au lieu de s'intéresser aux troubles psychiatriques de leurs patients, ils se focalisent sur leurs symptômes imaginaires. Voire sur leurs symptômes réels, car certains n'hésitent pas, par exemple, à boire du désherbant pour rendre plus crédibles leurs histoires de mal de ventre.

— Attends, tu... tu ne crois quand même pas que ta propre fille... Bon Dieu, elle avait seulement onze ans, quand la maladie s'est déclarée !

— S'il s'agit bien d'une maladie... Écoute, je ne sais moi-même plus très bien quoi penser. J'en suis réduit à me fier aux hallucinations d'une malade mentale. Alors, je peux me satisfaire de n'importe quelle explication, même la plus improbable, pourvu qu'elle jette un peu de lumière sur le chapitre le plus noir de mon existence. Donc, oui, je pense que c'est une explication possible. La seule que nous ayons trouvée à ce jour, aussi horrible qu'elle puisse paraître...

— Bon. Oublions un instant que ce que nous sommes en train de faire est complètement fou.

Kai avait redémarré et roulait de nouveau sur l'autoroute.

— Admettons qu'Anna parle vraiment de Josy. Et admettons qu'elle ait raison en affirmant que ta fille s'est elle-même empoisonnée. Dans ce cas-là, ce que j'aimerais savoir, c'est *avec quoi*. Et ne me dis pas qu'une fille de douze ans est en mesure de savoir quel produit utiliser pour se faire mourir à petit feu pendant près d'un an, sans qu'aucun médecin découvre le pot aux roses.

— Ça, je n'en ai aucune idée. Mais écoute-moi bien : peu m'importe que l'histoire d'Anna soit exacte ou non, ce que je veux savoir, c'est si elle a quelque chose à voir avec la disparition de ma fille. Et je te prie de continuer tes recherches en ce sens.

— Très bien, je vais essayer de t'aider, d'autant que je ne suis pas resté inactif ces derniers jours...

— Tu as regardé les vidéos ?

Viktor avait des sueurs froides, et il ne pouvait déterminer si c'était la peur ou la maladie.

— Oui. J'ai rempli la dernière mission que tu m'as confiée : je suis allé chercher les enregistrements de la caméra de surveillance, dans ton coffre-fort à Wannsee. Eh bien, tiens-toi bien...

— Elles ont disparu ?

— Non. Mais les CD-Rom des premières semaines ont été effacés.

— C'est impossible, il y avait une protection. On ne peut pas les effacer. Seulement les détruire.

— N'empêche. Je les ai sortis du coffre hier et j'ai tout visionné ce matin. Il n'y a rien dessus.

— Tous les CD sont effacés ?

— Non, justement, c'est ça qui est bizarre. Seulement ceux de la première semaine. Je viens de retourner chez toi pour vérifier que je n'avais rien oublié.

Viktor s'agrippa au rebord de la cheminée, car il craignait de perdre l'équilibre.

— Alors, qu'est-ce que tu dis de ça ? demanda-t-il au détective. Tu crois toujours que tout ça n'est qu'une coïncidence ?

— Non, mais...

— Il n'y a pas de « mais ». C'est la première piste depuis quatre ans, alors n'essaie pas de m'en détourner.

— Je n'en ai pas l'intention. Seulement, il faut que tu saches qu'il y a bel et bien un « mais ».

— À savoir ?

— Le « mais » en question, c'est *Anna Spiegel*.

— Qu'est-ce qu'elle a ?

— Il y a quelque chose qui cloche chez elle.

— Oh, tu ne vas pas recommencer...

— Il ne s'agit pas de ça. J'ai fait mes devoirs, tu sais. On a tout vérifié sur elle.

— Et alors ?

— Rien.

— Comment ça ?

— On n'a rien trouvé à propos de cette femme, absolument rien.

— Et alors, ça ne te paraît pas bon ?

— Non. Ça ne me paraît pas bon du tout, parce que ça signifie que cette femme n'existe pas.

— Qu'est-ce que tu veux dire par là ?

— C'est comme je te le dis : il n'y a pas d'écrivain qui porte ce nom. Et encore moins d'auteur à succès. Même pas au Japon. Son père n'était pas animateur radio à l'AFN. Et elle n'a jamais vécu à Steglitz ni même à Berlin.

— Bon sang, et son passage à la clinique, tu as vérifié ça ?

— Pour l'instant, ils refusent de répondre. Je n'ai pas encore eu le temps de trouver quelqu'un, dans cet hôpital de luxe, qui accepte de trahir le secret médical pour un peu d'argent de poche. En attendant, je comptais interroger ton successeur, Van Druisen.

— Non.

— Comment ça, « non » ?

— Ça, j'en fais *mon* affaire. Je suis médecin. Ce sera plus facile pour moi de soutirer des informations à Van Druisen ou à l'hôpital. De ton côté, continue tes recherches et examine la chambre de Josy. Comme tu le sais, personne n'y est plus entré depuis sa disparition. Peut-être que tu y trouveras des indices.

Du poison ? Des comprimés ?

Viktor n'eut pas besoin de préciser ce qu'il avait en tête.

— OK.

— Vérifie aussi si le personnel de l'hôtel Hyatt à Hambourg se souvient d'une femme blonde qui aurait habité là quelque temps avec une enfant malade, il y a quatre ans, pendant l'hiver.

— Pour quoi faire ?

— Fais-moi confiance.

— Il y a quatre ans ? Ça m'étonnerait que je trouve quelqu'un qui travaillait déjà là à l'époque.

— Fais-le quand même.

— D'accord. Mais maintenant, à moi de te demander quelque chose.

— Vas-y.

— Fais attention à toi. Évite-la. Ne laisse pas cette Anna Spiegel rentrer chez toi, aussi longtemps qu'on ne saura pas qui elle est vraiment. Elle peut être dangereuse.

— On va voir.

— Écoute, je suis sérieux. C'est ma condition : moi, je remplis les missions que tu m'as confiées, mais toi, tu évites tout contact direct avec elle.

— Bon, je vais essayer.

Après avoir raccroché, Viktor n'avait plus qu'une seule idée en tête :

Fais attention à toi. Cette femme est dangereuse.

En l'espace de vingt-quatre heures, il avait entendu ces paroles de la part de deux personnes différentes. Et peu à peu, il commençait lui-même à y croire.

28

— Clinique psychiatrique de Dahlem, Karin Vogt, j'écoute ?

— Bonjour, docteur Viktor Larenz à l'appareil. Je suis actuellement en charge du traitement d'une de vos anciennes patientes et je voudrais m'entretenir avec le collègue qui était responsable d'elle chez vous.

— Et comment s'appelle le collègue en question ? demanda Karin d'une voix mélodieuse.

— Justement, j'ai un petit problème. Je ne sais pas de qui il s'agit. Je peux seulement vous donner le nom de la patiente.

— Dans ce cas, je crains que ce soit impossible, monsieur. Comme vous le savez, les données concernant les patients sont soumises au secret médical et doivent rester strictement confidentielles. Cela concerne aussi le nom du médecin traitant. Mais puisqu'il s'agit de votre patiente, pourquoi ne lui posez-vous pas la question ?

Parce que je ne sais pas où elle est. Parce que je ne veux pas qu'elle soit au courant de mes recherches. Parce qu'elle a peut-être enlevé ma fille.

Il préféra lui donner une réponse moins louche :

— Dans son état, il n'est pas possible de lui parler.

— Dans ce cas-là, regardez dans le dossier médical.

Sa voix était déjà nettement moins mélodieuse.

— On ne m'a pas donné son dossier, elle est venue me voir d'elle-même. Écoutez, j'apprécie que vous cherchiez à protéger la vie privée de vos patients et je ne voudrais pas vous déranger dans votre travail. Je ne vous demanderai donc qu'un tout petit service : regardez dans votre ordinateur si vous trouvez le nom que je vais vous donner et, si c'est le cas, passez-moi directement le service concerné. Comme ça, vous aiderez cette patiente sans avoir à trahir le secret médical.

Viktor imaginait sans peine la standardiste indécise, en train de balancer la tête de gauche à droite.

— S'il vous plaît.

Il souriait en lui parlant. Visiblement, ce ton affable eut l'effet souhaité. Viktor entendit son interlocutrice taper sur son clavier.

— Comment s'appelle-t-elle ?

— Spiegel, répondit-il du tac au tac. Anna Spiegel.

Elle cessa instantanément de taper et, de mélodieuse, sa voix devint glaciale.

— C'est une mauvaise plaisanterie, je présume ?

— Pourquoi ?

— Et qui voulez-vous que je cherche, encore ? Elvis Presley ?

— Je crois que je ne comprends pas...

— Écoutez, si c'est une plaisanterie, elle est de très mauvais goût. Et je vous rappelle que la loi interdit d'enregistrer des conversations téléphoniques sans autorisation.

Viktor, surpris par la tournure de la conversation, décida de contre-attaquer :

— Faites bien attention à ce que je vais vous dire : je suis le docteur Viktor Larenz, et il n'est pas dans mes habitudes de faire des plaisanteries au téléphone. Si vous ne me donnez pas immédiatement le renseignement que je vous demande, je me plaindrai personnellement auprès du docteur Malzius, la prochaine fois que nous irons jouer au golf ensemble.

Viktor détestait autant le directeur de la clinique que le golf, mais ce mensonge ne manqua pas de faire son petit effet.

— Bon, je suis désolée de m'être emportée, docteur Larenz, mais votre question est macabre. Du moins, de mon point de vue.

— Macabre ? Qu'est-ce que ça a de macabre, si je vous demande des renseignements concernant Mlle Spiegel ?

— C'est moi qui l'ai trouvée. Vous ne lisez pas les journaux ?

Trouvée ?

— Où était-elle ?

— Par terre. C'était horrible. Écoutez, je suis désolée, mais je dois arrêter. J'ai trois appels en attente.

— Qu'est-ce que vous voulez dire par « c'était horrible » ?

Viktor essayait désespérément de trouver un sens à tout ce qu'elle lui disait, mais sans succès.

— Eh bien, qu'est-ce que vous diriez, vous, si vous trouviez une femme étouffée par son propre sang ?

Morte ? Anna est morte ? Mais comment est-ce possible ?

— C'est impossible. Anna est encore venue me voir hier. Chez moi.

— Hier. Ça m'étonnerait. Il y a six mois que j'ai retrouvé son corps dans la salle des infirmières, alors que je devais prendre la relève.

Il y a six mois ? Prendre la relève ? Dans la salle des infirmières ?

— Mais qu'est-ce qu'une patiente peut bien faire dans la salle des infirmières ?

De toutes les questions qu'il voulait lui poser, ce fut la première qui sortit de sa bouche.

— Bon, je ne sais pas si vous êtes sérieux, mais sachez qu'Anna n'était pas une patiente. C'était une étudiante qui faisait un stage chez nous. Et, maintenant, elle est morte. Quant à moi, je suis encore en vie et je dois travailler, d'accord ?

— D'accord.

Non, pas du tout.

— Une dernière question, je vous prie. Comment est-elle morte ?

— Empoisonnée. Anna Spiegel a été empoisonnée.

Viktor laissa tomber le combiné et regarda par la fenêtre en direction de la mer. Tout devenait de plus en plus confus, de plus en plus obscur.

Comme le ciel noir et pluvieux au-dessus de Parkum.

29

Lorsqu'il fut pris de vertiges, de diarrhée et même de troubles visuels, Viktor aurait dû comprendre qu'il ne pouvait s'agir d'une grippe ordinaire. L'aspirine enrichie en vitamine C et le spray nasal Kamillosan ne lui étaient d'aucune aide. Quant au thé, qui avait toujours atténué son mal de gorge, il semblait maintenant provoquer l'effet inverse. Chaque nouvelle tasse paraissait un peu plus amère que la précédente, comme si Viktor avait laissé les feuilles de thé infuser beaucoup trop longtemps.

L'avant-dernière visite d'Anna marqua le début de la fin. Elle arriva sans prévenir, le tirant de sa sieste fiévreuse.

— Ça ne va toujours pas mieux ?

Telle fut la première question qu'elle lui posa en le voyant entrouvrir la porte en robe de chambre. Il ne savait pas depuis combien de temps elle avait frappé. Au bout d'un moment, il s'était rendu compte que le bruit de marteau-piqueur qu'il entendait dans son rêve provenait en fait des coups répétés de heurtoir contre la porte d'entrée.

— Ça va, ça va. Est-ce que nous n'avions pas pris rendez-vous pour ce soir ?

— C'est vrai, je suis désolée. D'ailleurs je ne vais pas vous déranger plus longtemps. Je voulais juste vous donner ça.

Viktor vit qu'elle avait quelque chose dans les mains et ouvrit un peu plus largement la porte. Son aspect l'effrayait un peu. Elle avait beaucoup changé et avait l'air beaucoup moins en forme que lors de ses visites précédentes. Les cheveux en bataille, le chemisier légèrement froissé. Elle jetait des regards autour d'elle, l'air perdu, tandis que ses longs doigts souples tambourinaient contre la surface d'une enveloppe de papier kraft qu'elle tenait des deux mains.

— Qu'est-ce que c'est ?

— La fin de l'histoire. Les dix derniers chapitres, tels que je les ai vécus avec Charlotte. Je les ai couchés sur le papier ce matin, de mémoire, alors que je n'arrivais pas à m'endormir.

Quand ça ? Avant que nous ne nous parlions au téléphone ? Après être entrée chez moi par effraction ?

Elle lissa le papier du bout des doigts, comme s'il s'agissait d'un cadeau bien emballé. Viktor hésita. La voix de la raison lui dictait de ne pas laisser entrer Anna chez lui.

Cette femme est dangereuse.

Toutes les informations dont il disposait semblaient indiquer que cette femme n'était pas ce qu'elle prétendait être. Elle avait tout de même pris le nom d'une étudiante assassinée. D'un autre côté, il avait maintenant à portée de main la clé qui lui permettrait de comprendre le sort de Josy. Il pouvait la prier d'entrer et lui poser enfin toutes les questions qui menaçaient de lui faire perdre la raison.

Son vrai nom. Quel genre de compte ils avaient à régler.

Et il pouvait le faire sans courir le risque de ne pas entendre la fin de l'histoire de Charlotte.

— Attendez !

Viktor avait pris sa décision et ouvrit grand la porte.

— Entrez au moins quelques instants, pour vous réchauffer un peu.

— Merci !

Anna secoua ses cheveux mouillés et avança timidement dans l'entrée.

Il la laissa passer devant lui et se diriger vers le salon, restant pour sa part debout à côté de la commode. Il ouvrit le tiroir où se trouvait le paquet de Halberstaedt, caressa du bout des doigts l'emballage froissé, puis dénoua la grosse ficelle marron du carton.

— Est-ce que je peux vous demander du thé ?

Viktor sursauta et laissa immédiatement retomber le paquet. Anna se tenait devant lui, dans l'encadrement de la porte. Elle avait déjà retiré son manteau et portait une jupe-culotte noire et un chemisier gris clair qu'elle avait mal boutonné.

— Bien sûr.

Il sortit un mouchoir du tiroir et le referma. Si elle avait vu le paquet, elle n'en laissait en tout cas rien paraître. Viktor la pria de s'installer dans le salon et revint bientôt avec une théière à moitié vide. Il était si diminué physiquement qu'il lui aurait été rigoureusement impossible de la porter jusqu'au salon si elle avait été pleine.

— Merci.

Anna ne prêtait pas attention à Viktor et ne s'étonna pas des grosses gouttes de sueur qu'il épongea de son front, avant de se traîner lentement jusqu'à son bureau.

— Je crois qu'il vaut mieux que je m'en aille, dit-elle, alors qu'il était à peine assis.

— Mais vous n'avez même pas bu votre thé.

Il tira la première feuille de l'enveloppe et lut le titre de l'histoire : *La Traversée.*

Il remarqua immédiatement qu'elle avait dû utiliser une imprimante laser. Elle était sans doute venue avec son ordinateur portable, et Trudi, la gérante de l'auberge, avait dû la laisser imprimer dans son bureau.

— Non, vraiment, il faut que j'y aille.

— D'accord, je lirai ça plus tard.

D'une main hésitante, Viktor remit la feuille dans l'enveloppe.

— Mais avant que vous ne partiez, il faut que je vous parle, à propos d'hier...

Anna fixait le plafond, nerveuse, serrant les poings. Elle était comme métamorphosée et semblait en proie à une profonde agitation intérieure. Viktor n'avait qu'une envie : l'interroger au sujet de la nuit dernière. Lui avait-elle rendu visite ? Et pourquoi lui mentait-elle au sujet de son nom ? Mais, vu l'état dans lequel elle se trouvait, il n'osait prendre le risque de la troubler encore davantage. Si cruciales que fussent ces questions, Anna demeurait sa patiente. Et il voulait éviter de déclencher chez elle une nouvelle crise. En tant que médecin, il fallait qu'il se penche enfin sur la cause de ses multiples visites : sa schizophrénie.

— Encore combien de temps ? lui demanda-t-il doucement.

— Jusqu'à ma prochaine crise ?

— Oui.

— Une journée ? Douze heures ? Je ne sais pas. Les premiers symptômes sont déjà là, répondit-elle d'une voix faible.

— Les couleurs, c'est ça ?

— Oui. D'un seul coup, tout me semble plus coloré, sur cette île. C'est comme si les arbres avaient été peints. Et la mer est sombre, mais scintillante. Malgré la pluie, les couleurs sont si intenses, si lumineuses, que je n'en ferme plus les yeux. Et il y a autre chose : les odeurs. Je sens beaucoup plus nettement qu'avant les effluves salés de l'écume. Toute l'île est emplie d'un délicieux parfum que je suis la seule à percevoir.

Viktor s'en était douté : Anna était peut-être dangereuse, mais elle était bel et bien malade. Et la perspective de se retrouver en tête à tête sur cette île avec une patiente en proie à des crises hallucinatoires n'avait rien de réjouissant.

— Entendez-vous déjà des voix ?

Anna secoua la tête.

— Pas encore. Mais ce n'est plus qu'une question de temps. Chez moi, tout se déroule comme dans les manuels de psychiatrie. D'abord les couleurs, puis les voix, et enfin les hallucinations. Au moins, cette fois, je suis sûre que Charlotte ne reviendra pas me tourmenter.

— Et pourquoi ?

— Parce que Charlotte ne reviendra plus. Elle ne reviendra jamais.

— Comment pouvez-vous en être aussi sûre ?

— Lisez ce que j'ai écrit, et alors…

Viktor n'entendit pas la fin de sa phrase, car le téléphone se mit à sonner.

— Qu'est-il arrivé à Charlotte ? demanda-t-il sans se laisser déranger.

— Allez décrocher, docteur Larenz. Je me suis déjà habituée à ce qu'on vous appelle pendant que je suis chez vous. D'ailleurs, je pensais rentrer à l'auberge.

— Non. Pas pour le moment. Je ne peux pas vous laisser partir dans cet état. Vous êtes à deux doigts d'avoir une crise, il vous faut de l'aide.

Et moi, j'ai besoin d'informations. Qu'est-il arrivé à Charlotte ?

— Attendez au moins que j'aie terminé la conversation, lui dit Viktor.

Anna fixa le parquet tout en grattant nerveusement l'ongle de son pouce droit, qui commençait déjà à rougir.

— Très bien, je reste, finit-elle par céder. Mais je vous en prie, faites enfin cesser ces sonneries insupportables.

30

Viktor décrocha le téléphone dans la cuisine.

— Enfin, pas trop tôt ! Écoute, il s'est passé quelque chose d'incroyable ! débita Kai, bouillant d'impatience.

— Attends.

Viktor reposa le combiné, retira ses chaussons et traversa en silence le couloir, pieds nus, tout en faisant mine de téléphoner.

— Oui, oui… hmm… D'accord, c'est noté.

Satisfait, il vit à travers l'entrebâillement de la porte qu'Anna n'avait pas bougé.

— Bon, qu'est-ce qu'il y a ? demanda-t-il une fois de retour dans la cuisine.

— *Elle* est encore chez toi ?

— Oui.

— On n'avait pas conclu un marché ?

— Elle est revenue sans prévenir. Vu la tempête, je pouvais difficilement la mettre dehors. Alors ? Qu'est-ce qui se passe ?

— Aujourd'hui, j'ai reçu un fax au bureau.

— De qui ?

— Je ne sais pas exactement. Je pense qu'il faudrait que tu regardes ça toi-même.

— Comment ça ? Qu'est-ce qu'il y a écrit ?

— Rien.

— Tu as reçu un fax sur lequel il n'y a rien ? C'est ça que tu voulais me dire ?

— Non, pas vraiment. Il y a bien quelque chose. Mais c'est une image.

— Une image ? Et pourquoi veux-tu que je la regarde ?

— Parce qu'il me semble que ça vient de ta fille. Je crois que c'est un dessin de Josy.

Tremblant, Viktor s'appuya contre le réfrigérateur et ferma les yeux.

— Quand ?

— Le fax ?

— Oui. Quand est-ce que tu l'as reçu ?

— Il y a une heure. Et c'est arrivé par ma ligne privée. À part toi, il n'y a que très peu de gens qui connaissent ce numéro.

Viktor respira profondément, puis se remit à tousser.

— Je ne sais pas quoi dire, Kai.

— Tu as un fax, à Parkum ?

— Oui, dans le salon.

— Très bien. Je t'envoie ça dans dix minutes. D'ici là, tâche de la mettre dehors. Je te rappelle plus tard, tu me diras ce que tu en penses.

Viktor lui donna son numéro de fax, puis raccrocha.

Lorsqu'il retourna dans le couloir, il vit que la porte du salon était fermée. Il laissa échapper un juron, s'attendant au pire. Avait-elle à nouveau pris la fuite ? Il ouvrit aussitôt la porte et se rendit compte avec soulagement qu'il s'était trompé. Anna. Elle était là, dos à lui, face à son bureau.

Mais soudain, son soulagement se mua en horreur. Car Anna n'avait pas remarqué son retour et ne manifestait aucune intention de se retourner. Au lieu de cela, elle était en train de verser discrètement une substance blanche dans son thé.

31

— Sortez de chez moi, immédiatement !

Anna se retourna lentement et le regarda sans comprendre.

— Oh ! Vous m'avez fait peur, docteur. Qu'est-ce qui vous a pris ?

— Ce serait plutôt à moi de vous le demander. Cela fait des jours que je me demande pourquoi mon thé a un goût bizarre. Et depuis que vous êtes sur l'île, je me porte de plus en plus mal. Mais maintenant, je comprends pourquoi.

— Mais enfin, docteur, asseyez-vous et reprenez vos esprits. Vous semblez vraiment à bout de nerfs…

— Et ça vous étonne ? Qu'est-ce que vous avez mis dans mon thé ?

— Pardon ?

— Qu'est-ce que c'est ? cria Larenz.

Sa voix se brisa, chaque mot qu'il prononçait le faisait souffrir.

— Ne soyez pas ridicule, lui répondit-elle posément.

— QU'EST-CE QUE C'EST ? hurla-t-il.

— Du paracétamol.

— Du para… ?

— Oui, contre le rhume et les états grippaux. Voyez vous-même. Depuis cette histoire avec Charlotte, j'en ai toujours sur moi.

Elle ouvrit son élégant sac à main gris.

— Vous aviez l'air si mal en point que j'ai voulu vous aider. Évidemment, je vous aurais prévenu avant que vous ne buviez la première gorgée. Enfin, vous ne croyiez tout de même pas que j'allais vous empoisonner ?

Viktor n'avait plus aucune idée de ce qu'il devait croire ou non.

Sindbad avait disparu. Il était pris de fièvre et de frissonnements. Tous les symptômes d'une mauvaise grippe. *Ou d'un empoisonnement.* Ses médicaments n'avaient aucun effet.

Et deux personnes l'avaient plusieurs fois mis en garde.

Fais attention à toi. Elle est dangereuse.

— Vous croyez peut-être que je veux me suicider au passage ? lui demanda Anna. Regardez. Comme je ne me sens pas très bien non plus, j'en ai mis aussi dans ma tasse. Et j'en ai déjà bu une longue gorgée.

Viktor continuait à la fixer d'un air hébété ; la tension l'empêchait de trouver ses mots.

— Je ne sais vraiment pas ce que je dois penser, se mit-il à hurler. Je ne sais pas non plus si vous m'avez cambriolé la nuit dernière. J'ignore pourquoi vous avez demandé une arme chez le quincaillier et pourquoi vous avez acheté un grand couteau et du fil de pêche. Et je ne sais pas quel genre de compte nous avons à régler.

Viktor se rendait bien compte combien ses paroles devaient paraître confuses, bien que toutes ces questions fussent pleinement justifiées.

— Bon Dieu, je ne sais même pas qui vous êtes !

— Et moi, je ne sais pas ce que vous me voulez, docteur Larenz. De quoi parlez-vous ? Qu'est-ce que c'est que cette histoire de compte à régler ?

— Aucune idée. C'est vous qui avez dit à Michael Burg que j'allais payer de mon sang…

— Vous avez de la fièvre ?

Oui, songea-t-il, *et je comprends enfin pourquoi.*

— Je n'ai pas échangé le moindre mot avec Burg, quand il m'a déposée sur l'île.

Elle aussi commençait à élever la voix.

— Je ne vois vraiment pas de quoi vous parlez.

Anna se leva et passa les mains sur sa jupe.

Encore une fois, quelqu'un mentait. Soit Anna, soit Halberstaedt.

— Mais si c'est l'opinion que vous avez de moi, je pense qu'il est inutile que nous poursuivions notre thérapie.

Pour la première fois, Viktor voyait sa patiente en colère.

Elle prit son manteau et son sac à main et se rua vers la porte. À peine sortie du salon, elle revint pourtant en arrière. Et avant que Viktor eût le temps de réagir, elle fit la pire chose imaginable.

Elle se saisit de l'enveloppe brune qui était sur le bureau et la balança dans la cheminée, où elle prit immédiatement feu.

— Non !

Viktor aurait voulu bondir vers l'âtre pour sauver le manuscrit, mais il était si faible qu'il ne put faire le moindre mouvement.

— Puisque nous arrêtons les séances, j'imagine que tout ça n'a plus de valeur pour vous.

— Attendez ! lui cria-t-il.

Mais Anna avait déjà fait demi-tour et claqué la porte de la maison derrière elle.

Elle était partie. Et, avec elle, il perdait son unique espoir de jamais découvrir la vérité sur Josy. Celle-ci était partie en fumée, une fumée qui s'échappait à présent lentement par le conduit de la cheminée.

32

Viktor se laissa retomber dans le canapé en gémissant.

Mais qu'est-ce qu'il y a ? Qu'est-ce qui se passe sur cette île ?

Il croisa les bras et remonta les genoux jusqu'au menton.

Merde.

Non seulement il transpirait, mais il était à nouveau saisi de tremblements.

Mais qu'est-ce que j'ai ? Maintenant, je ne saurai jamais la vérité sur Josy.

Elle voulait t'empoisonner, lui disait une petite voix intérieure. *Du paracétamol*, répondait sa mauvaise conscience.

Au bout d'un moment, les tremblements perdirent en intensité et il parvint à se relever sans trop de difficultés.

Viktor mit la porcelaine pleine de thé froid sur un petit plateau et se dirigea vers la cuisine. Alors qu'il jetait un regard perplexe sur les deux tasses, il trébucha pardessus le seuil de la porte, laissant tout tomber sur le parquet du couloir. À présent, il lui était impossible de vérifier ses soupçons. Mais il était certain de ce qu'il avait vu, juste avant que le thé ne se renversât. Les tasses : elles étaient toutes les deux pleines à ras bord. Il aurait pu jurer qu'Anna n'avait pas touché à son thé.

Avant même qu'il eût le temps d'aller chercher une serpillière dans la cuisine, il entendit le ronronnement caractéristique de son vieux téléfax.

Sans plus se soucier des débris qui jonchaient le sol, il retourna au salon. Avant même de s'approcher, il vit que quelque chose ne tournait pas rond. Il prit lentement l'unique feuille que l'appareil venait de recracher et la plaça sous la lumière de la lampe. Mais il avait beau la retourner dans tous les sens, il n'y avait rien à voir. Pas d'image. Nulle trace d'un dessin de sa fille. Juste un grand rectangle noir.

33

Lorsque Halberstaedt vint lui apporter l'affreuse nouvelle, Viktor était déjà tellement à bout qu'il ne se rappelait même plus son propre numéro de téléphone. Et encore moins celui de Kai. Le détective n'avait pas tenu parole : au bout de vingt minutes, il n'avait toujours pas rappelé et Viktor décida d'essayer de le joindre lui-même. Mais la fièvre qui montait affectait visiblement sa mémoire. C'était comme si quelqu'un avait mélangé toutes les informations stockées dans son cerveau pour en faire une informe bouillie de chiffres. Aussi, il ne put informer Kai que son fax n'était pas passé.

Mais, dans l'immédiat, c'était bien le cadet de ses soucis. Il avait une peur panique du poison. Son dos le faisait souffrir comme s'il avait pris un coup de soleil et un violent mal de crâne était venu s'ajouter à ses douleurs à la nuque. Il n'y avait aucun médecin sur l'île, hormis lui-même. Vu la violence du vent et la mer déchaînée, même un hélicoptère de l'armée ne se serait risqué jusque-là qu'en cas d'extrême urgence. Et Viktor ne savait pas même s'il se trouvait dans un tel cas. Anna avait-elle dit la vérité ? Ou avait-elle menti et l'avait-elle bel et bien empoisonné par petites doses au cours des derniers jours ?

Comme Charlotte ? Comme Josy ?

En avait-elle même eu la possibilité ? Viktor décida d'attendre quelques heures. En aucun cas il ne voulait risquer la vie des médecins urgentistes, alors que la tempête du siècle faisait rage. Peut-être ceux-ci se seraient-ils ensuite rendu compte qu'ils avaient bravé les éléments à cause d'une simple grippe. Et, heureusement, il avait sur lui du charbon actif et d'autres médicaments contre les intoxications, qu'il s'empressa d'avaler.

Plus tard, Viktor songea que l'état déplorable dans lequel il se trouvait l'avait peut-être aidé à supporter l'horrible nouvelle que Halberstaedt lui avait apportée. La maladie et les effets secondaires des médicaments avaient embrumé son esprit, à tel point qu'il n'était plus en mesure de réagir à l'image de mort qu'il découvrit sur son perron.

— Je suis désolé, docteur, dit le maire.

Il tenait des deux mains sa casquette noire, qu'il faisait nerveusement tourner sur elle-même.

Viktor tituba en se penchant sur le cadavre de son chien.

— J'ai retrouvé Sindbad à côté d'une benne à ordures, derrière l'auberge.

Viktor avait l'impression d'entendre les paroles de Halberstaedt comme à travers un épais rideau de théâtre. Il s'agenouilla et caressa doucement ce qui restait de son golden retriever. Il n'y avait pas besoin d'être vétérinaire pour constater que, à l'évidence, l'animal avait été battu à mort. Deux de ses pattes étaient brisées, de même que la mâchoire et la colonne vertébrale.

— Vous savez qui y habite ?

— Quoi ?

Tout en essuyant ses larmes, Viktor leva les yeux vers le maire. Sindbad avait aussi été étranglé. Autour de son encolure, un fil de pêche pénétrait profondément dans sa chair.

— Cette femme. Elle habite à l'auberge. Et si vous voulez mon avis, c'est elle qui a fait ça.

La première réaction de Viktor fut d'acquiescer. Il faillit lui dire de l'attendre, le temps de chercher son arme pour aller l'abattre. Mais il se reprit aussitôt.

— Écoutez, je ne peux pas vous parler maintenant. Et encore moins vous entretenir du comportement de ma patiente.

Elle n'est pas nette. Du fil de pêche…

— Parce que c'est toujours votre patiente ? D'après ce que j'ai vu, elle est revenue de chez vous en larmes, hors d'elle.

— Ça non plus, ça ne vous regarde pas, répondit Viktor d'une voix entrecoupée de sanglots.

— Très bien, docteur. Restons calmes. En tout cas, vous avez bien mauvaise mine.

— Ça vous étonne ?

— Je ne sais pas. Même pour quelqu'un qui vient de perdre son chien… Je peux vous aider ?

— Non.

Viktor se pencha à nouveau par-dessus le corps supplicié de son chien. Il vit alors qu'il avait aussi des plaies au ventre. Des plaies profondes.

Comme si on lui avait donné des coups de couteau.

— Enfin, si. Vous pouvez faire quelque chose pour moi.

Viktor se releva.

— Vous pourriez enterrer Sindbad ? Pour moi, c'est trop dur, physiquement et moralement.

— Pas de problème.

Halberstaedt remit sa casquette et en tapota la visière du bout des doigts.

— Je sais où trouver la pelle, docteur, dit-il en faisant un signe vers la cabane à outils. Mais avant de le faire, il faut que je vous montre quelque chose. Peut-être que ça vous fera comprendre combien la situation est grave.

— Et quoi donc ?

— Regardez.

Halberstaedt lui tendit un papier verdâtre maculé de sang.

— J'ai trouvé ça dans la gueule de Sindbad.

Viktor déplia la feuille chiffonnée.

— Mais c'est un…

— … un relevé de compte bancaire, effectivement. Et si je ne me trompe pas, il s'agit du vôtre.

Viktor gratta un peu de sang séché sur le coin droit du document, faisant ainsi apparaître le logo de sa banque. Il s'agissait du compte sur lequel Isabel et lui déposaient leurs économies.

— Regardez-le bien, lui dit Halberstaedt.

En haut à gauche, il déchiffra la date et le numéro du relevé.

— Mais c'est *aujourd'hui* !

— Exactement.

— Mais comment est-ce possible ? se demanda Viktor.

Il n'y avait pas un seul distributeur de billets sur l'île. Mais c'est au moment de lire le solde du compte qu'il fut vraiment pris de panique.

Deux jours plus tôt, le compte était encore créditeur de 450 322 euros.

La veille, quelqu'un avait retiré tout l'argent d'un coup.

34

Chambre 1245, clinique de Wedding.

— Vous ne vous étiez jamais interrogé sur le comportement d'Isabel auparavant ?

Au mépris du règlement intérieur, le docteur Roth avait allumé une cigarette. Il laissait Larenz en tirer quelques bouffées au fil de son récit.

— Non. Et l'idée qu'elle ait pu être liée à tout ça était si effrayante que j'ai préféré ne plus y penser.

— Mais, à part vous, elle était pourtant la seule à pouvoir accéder à votre compte.

— C'est exact. Elle avait accès à tous mes comptes. S'il n'y avait pas eu d'erreur de la part de la banque, c'était elle qui avait dû effectuer le retrait. Du moins, c'est ce que je pensais.

Le bipeur du docteur Roth se remit à sonner mais, cette fois-ci, il préféra ignorer le signal et demeura dans la chambre.

— Vous n'y allez pas ?

— Ce n'est pas important.

— C'était votre femme ?

Roth ignora la plaisanterie.

— Parlons plutôt de la vôtre, docteur. Pourquoi n'avez-vous pas chargé Kai de surveiller Isabel de plus près ?

— Vous vous souvenez de l'affaire du journal intime de Hitler ? Ce document falsifié que le magazine *Stern* avait publié en le croyant authentique ?

— Bien sûr.

— Il y a très longtemps, j'ai eu une discussion avec un journaliste qui travaillait chez eux et qui avait été directement mêlé au scandale.

— Je suis curieux d'entendre la suite.

— Je l'ai rencontré dans les coulisses d'un talk-show auquel j'étais invité. Au début, il ne voulait pas parler de tout ça, mais, après l'émission, deux ou trois bières à la cafétéria ont fini par le rendre plus loquace. Et là, il m'a avoué quelque chose que je n'oublierai jamais.

— À savoir ?

— Il m'a dit : « Dans cette histoire de journal intime, nous étions allés si loin qu'il était devenu inimaginable pour nous que tout cela ne soit pas vrai. Aussi, nous avons systématiquement ignoré tout ce qui indiquait que nous avions été roulés par un faussaire. Au contraire, nous consacrions tous nos efforts à chercher des indices prouvant que ce journal était authentique. »

— Qu'est-ce que vous voulez dire par là ?

— J'avais la même attitude vis-à-vis d'Isabel : quand vous ne voulez pas que quelque chose soit vrai, alors ça n'est pas vrai, un point c'est tout.

— Et c'est pour ça que vous n'avez pas fait de recherches à son sujet ?

— Si, je l'ai fait. Mais pas tout de suite. Dans l'immédiat, j'avais bien d'autres soucis.

Viktor tira encore une fois sur la cigarette que lui tendait le docteur Roth.

— Il me fallait d'abord sortir vivant de cette île.

35

— Aide-moi !

Deux mots. Et la première pensée qui traversa la tête de Viktor fut qu'Anna venait de le tutoyer pour la première fois.

Le temps était toujours plus menaçant. Un épais massif nuageux se dressait au-dessus de l'île, tel un mur de béton gris, et semblait s'approcher toujours plus près de la maison. À présent, la tempête faisait rage. Quand Viktor sortit du lit pour aller voir qui tambourinait contre la porte, la météo annonçait un vent de force 10 à 11. Mais ces intempéries n'avaient guère d'effet sur Viktor. Peu avant, il avait pris un puissant somnifère, afin d'échapper quelques heures durant à sa maladie et à tous ses problèmes. Maintenant, ses sens étaient émoussés par les barbituriques. Au moment où il ouvrit la porte, toute son attention se porta sur une catastrophe qui n'avait rien de météorologique : contre toute attente, Anna était revenue, et jamais Viktor n'aurait cru possible que l'état de santé d'une personne se dégradât aussi rapidement. Cela ne faisait qu'une heure et demie que, furieuse, elle était partie de chez lui. À présent, son visage était blafard, ses cheveux pendaient en mèches désordonnées, et ses pupilles semblaient dilatées par la peur. Elle faisait peine à voir, d'autant plus que ses vêtements étaient trempés et maculés de boue.

— Aide-moi !

Ces deux mots furent les derniers qu'elle prononça ce jour-là. Anna s'écroula sous les yeux de Viktor en essayant dans un ultime réflexe de s'agripper à son pull-over bleu. Il crut d'abord qu'elle avait une crise d'épilepsie. Il n'était pas rare que l'épilepsie fût à l'origine de la schizophrénie. Mais il écarta bientôt cette hypothèse : Anna n'était pas saisie de spasmes, et elle n'avait pas non plus la bave aux lèvres. Elle n'avait pas tout à fait perdu connaissance, mais elle paraissait absente, comme si elle avait consommé des drogues dures.

Viktor décida de la porter dans la maison. Lorsqu'il la souleva du plancher en bois du perron, il fut surpris de constater combien elle était lourde. Son poids ne correspondait pas du tout à son allure gracile.

Je ne suis vraiment plus très en forme, pensa-t-il en traînant péniblement Anna jusqu'à la chambre d'amis du premier étage.

Sa tête bourdonnait de plus en plus fort, à mesure qu'il montait l'escalier. Sous l'effet des somnifères, son propre corps s'alourdissait de seconde en seconde.

La chambre d'amis se trouvait juste en face de la sienne, à l'autre bout du couloir. Heureusement, il avait fait préparer tous les lits avant son arrivée. Après avoir allongé Anna sur le drap en lin blanc, il lui retira son manteau de cachemire et dénoua le foulard en soie qu'elle portait autour du cou, afin de pouvoir prendre son pouls.

Tout est normal.

Se fiant à son intuition, il ouvrit successivement ses paupières et examina ses yeux à l'aide d'une petite lampe de poche. Pas de doute. Anna n'allait vraiment pas bien. Ses pupilles ne réagissaient à la lumière qu'avec un long retard. Cela n'était pas forcément inquiétant en soi et pouvait provenir de la prise de médicaments. En tout cas, cela prouvait qu'Anna ne faisait pas semblant. Elle était malade ou, du moins, complètement épuisée. Exactement comme lui. Mais pourquoi ?

Avant même de chercher la réponse, Viktor décida de lui ôter ses vêtements trempés. Bien que cette décision fût pleinement justifiée d'un point de vue médical, il ne put réprimer une certaine gêne en lui retirant son pantalon, son chemisier et ses élégants sous-vêtements de soie. Très vite, il l'enveloppa dans un peignoir blanc, puis la recouvrit d'une fine couverture. Anna était tellement à bout de forces qu'elle s'était endormie avant même qu'il eût terminé.

Viktor l'observa encore un moment, concentrant son attention sur sa respiration lente et régulière. Visiblement, il s'agissait d'un simple collapsus cardiovasculaire. Anna ne courait donc aucun danger.

Néanmoins, cette situation ne lui plaisait guère. Il était lui-même malade et complètement épuisé. Il avait maintenant dans sa chambre d'amis une patiente schizophrène qui avait peut-être pour intention de le tuer. Et qu'il devait faire parler dès son réveil. À propos du relevé bancaire, de Sindbad, de Josy.

Si les somnifères et les antibiotiques ne lui avaient pas ravi toutes ses forces, il aurait pris le risque de ramener lui-même Anna au village, sans plus tarder.

Viktor réfléchit un instant, puis décida de descendre appeler de l'aide.

Au moment précis où il décrocha le téléphone, un éclair illumina la plage. Viktor reposa immédiatement le combiné et commença à compter lentement. Il n'était arrivé qu'à quatre quand la maison fut secouée par un violent coup de tonnerre. L'orage devait être à moins de deux kilomètres. Il fit vite le tour de toutes les pièces en débranchant tous les appareils électriques, afin d'éviter qu'ils fussent endommagés. Après s'être occupé du petit téléviseur qui se trouvait dans la chambre d'Anna, il constata que celle-ci bougeait dans son sommeil en poussant de profonds soupirs. Son état semblait s'améliorer de minute en minute. D'ici à une ou deux heures, elle serait à nouveau sur pied.

Bon sang. Elle va sûrement se réveiller une fois que je serai endormi.

Il fallait à tout prix éviter ça. En aucun cas il ne voulait être livré à elle, sans défense, dans sa propre maison. Il redescendit l'escalier, mais dut s'asseoir au milieu des marches pour ne pas perdre l'équilibre.

Lorsqu'il atteignit le téléphone, Viktor était tellement à bout de forces qu'il lui fallut plusieurs secondes pour se rendre compte qu'il n'y avait pas de tonalité. La ligne était coupée. Il eut beau décrocher et raccrocher plusieurs fois le vieux combiné, rien à faire.

— Putain de tempête. Putain d'île.

Visiblement, les intempéries avaient coupé la ligne. Viktor s'assit sur le canapé et chercha désespérément une solution. Une patiente dangereuse était allongée sur le lit de la chambre d'amis. Il n'avait pas la force de marcher jusqu'au village. Et les médicaments qui coulaient dans ses veines étaient en train d'étourdir ses sens.

Que faire ?

Au moment où il trouva la solution, il s'endormit.

36

Cette fois, le rêve se déroula de manière un peu différente. Il fonçait toujours vers la mer déchaînée mais, à présent, ce n'était plus Josy qui l'accompagnait. Au début, il ne parvenait pas à reconnaître la passagère qui était assise à côté de lui. Il cherchait désespérément à identifier cette jeune femme qui tambourinait du bout des doigts sur le tableau de bord. Il la reconnut enfin et ouvrit la bouche pour crier son nom.

Anna.

Mais il ne put émettre le moindre son, car une main se plaqua soudain contre sa bouche pour l'empêcher de parler.

Mais qu'est-ce que… ?

Terrifié, Viktor se rendit compte que son cauchemar cédait la place à une réalité plus atroce encore. Il était allongé sur le canapé, mais il ne dormait plus. Il s'était réveillé, et la main sur sa bouche était bien réelle.

Je n'ai plus d'air, pensa Viktor en essayant de repousser son agresseur. Mais les somnifères et la maladie jouaient en sa défaveur : il parvenait à peine à bouger les mains, comme si un poids invisible le maintenait plaqué sur le sofa.

J'étouffe. C'est foutu. Halberstaedt avait raison.

Dans un ultime effort, Viktor parvint à se tourner sur le côté et se mit à donner des coups de pied dans tous les sens. Le poids se fit d'abord plus écrasant encore. Puis son pied toucha quelque chose de mou. Un craquement, un cri étouffé, puis plus rien. Soudain, la main avait disparu, de même que le poids qui l'écrasait. Ses poumons se remplirent d'air et Viktor se mit à tousser violemment.

— Anna ?

Toujours allongé sur le canapé, Viktor avait crié son nom de toutes ses forces en agitant les bras comme un noyé appelant à l'aide.

— Anna ?

Pas de réponse.

Est-ce que je rêve ou est-ce que tout ça est bien réel ?

L'apathie dans laquelle l'avaient plongé la fièvre et les somnifères cédait à présent la place à un sentiment de panique.

Au secours ! La lumière ! Il me faut de la lumière !

— Aaannaaaaa ! !

Viktor entendit son propre cri. Il avait l'impression d'être un plongeur remontant lentement à la surface.

Où est ce putain d'interrupteur ?

Viktor était parvenu à se lever et cherchait le bouton à tâtons. Il finit par le trouver, et le plafonnier jeta sur le salon une lumière d'une clarté irréelle. Lorsque ses yeux s'y furent habitués, il regarda autour de lui.

Rien. Je suis seul. Il n'y a personne.

Il se dirigea lentement vers la fenêtre, mais celle-ci était fermée. À peine avait-il atteint le bureau qu'il entendit claquer une porte derrière lui. Il se retourna d'un coup et entendit quelqu'un monter précipitamment les escaliers, pieds nus.

— Aide-moi !

Les deux mots que son hôte indésirable lui avait dits quelques heures plus tôt, c'était maintenant lui qui les prononçait. Après un bref répit, la terreur était de retour. Il se traîna en boitant jusqu'à la porte.

Qu'est-ce qui se passe ici ? Qu'est-ce que c'était ? Seulement un rêve ?

Viktor ouvrit brusquement le tiroir de la commode et chercha le pistolet. *Il avait disparu.*

À l'étage, quelqu'un traversait le couloir d'un pas lourd.

Pris de panique, il fouilla à nouveau dans le tiroir et finit par trouver dans un coin le paquet à moitié ouvert, caché sous ses mouchoirs en lin. Les mains tremblantes, il arracha l'emballage et chargea l'arme. Stimulé par une poussée d'adrénaline, il monta alors les escaliers en courant.

Il avait atteint la dernière marche lorsqu'il entendit claquer la porte de la chambre d'amis, à l'autre bout du couloir.

— Anna, mais qu'est-ce que...

Viktor retint sa respiration, ouvrit brusquement la porte de la chambre et pointa son pistolet en direction du lit. Il était à deux doigts de tirer. Mais la surprise lui ôta ses dernières forces.

Il baissa son arme.

Je ne peux pas le croire, se dit-il en refermant la porte derrière lui, complètement essoufflé.

C'est impossible. Absolument impossible !

Quelque chose ne tournait pas rond, mais il était incapable de dire quoi. Il ne savait qu'une chose : cette chambre dans laquelle Anna dormait encore paisiblement quelques heures plus tôt, et où il venait de l'entendre se réfugier, était vide. Et il n'y avait nulle trace d'elle ailleurs dans la maison.

Une demi-heure plus tard, alors que Viktor avait terminé de contrôler une nouvelle fois toutes les portes et fenêtres, sa fatigue avait disparu. Les médicaments commençaient à perdre de leur effet, et Anna en avait fait assez pour l'empêcher de se rendormir. Elle l'avait agressé puis avait fui, bravant l'orage et la tempête. Et nue, de surcroît ! Car tous ses vêtements étaient là, éparpillés sur le sol de la chambre d'amis. Même le peignoir. Elle n'avait rien emporté.

Tandis que Viktor se préparait un café bien serré, les mêmes questions tournaient sans relâche dans sa tête :

Qu'est-ce qu'Anna voulait de lui ?
Et si cette agression n'avait été qu'un rêve ?
Mais alors, pourquoi avait-elle disparu ?
Et qui était-elle ?

À 4 h 30, il prit deux comprimés de Tylenol et un cachet d'ibuprofène, afin de se donner des forces. Pour lui, la journée ne faisait que commencer.

37

Parkum, le jour de vérité.

Dans certaines circonstances, même les personnes les plus intelligentes se montrent parfois incapables de réfléchir avec logique. Tel était le cas de Viktor : l'épuisement et la maladie faisaient fonctionner son cerveau au ralenti, et il se laissait envahir par des pensées obsédantes dont il ne pouvait se débarrasser. Les événements de la nuit passée ne lui laissaient aucun répit. Tout cela était inexplicable. Il avait beau se creuser la tête sans relâche, il ne trouvait aucune réponse satisfaisante aux nombreuses interrogations qui le taraudaient.

Charlotte, Sindbad, Josy, le poison.

Au final, tout cela renvoyait à une seule et unique question : *qui était Anna Spiegel ?* Il lui fallait trouver la solution, avant qu'il ne fût trop tard. Il envisagea un temps de faire appel à la police. Mais qu'est-ce qu'il allait leur raconter ? Son chien était mort, il était souffrant, quelqu'un avait essayé de le tuer et son compte avait été vidé. Mais il ne pouvait fournir aucune preuve sérieuse qu'Anna eût un lien avec tout ça.

Comme on était dimanche, il lui fallait patienter jusqu'au lendemain pour joindre sa banque et essayer d'annuler la dernière opération. Mais il ne pouvait attendre aussi longtemps. Il lui fallait donc agir seul, dès aujourd'hui. Malgré l'agression qu'il avait subie, il se sentait un peu mieux. Cela pouvait s'expliquer par le fait qu'il n'avait plus bu de thé depuis la veille et que les médicaments antipoison commençaient à faire leur effet.

Il était dans la salle de bains lorsqu'un bruit inhabituel le fit à nouveau tressaillir. Quelqu'un était devant la porte. Mais ce n'était ni le son des bottes en caoutchouc de Halberstaedt ni celui des talons aiguilles d'Anna. Saisi d'une crainte soudaine et irrationnelle, il sortit le pistolet qu'il portait maintenant sur lui en permanence, se glissa jusque dans l'entrée et jeta un coup d'œil à travers le judas. Qui pouvait bien venir le déranger de si bon matin ?

Personne.

Viktor se mit sur la pointe des pieds, puis plia les genoux. Mais quel que fût l'angle par lequel il regardait dehors, il ne voyait pas âme qui vive. Alors qu'il s'apprêtait à tourner la lourde poignée en laiton afin d'entrouvrir la porte, il entendit un bruit de papier froissé sous son pied droit. Il se baissa et ramassa une enveloppe que quelqu'un avait visiblement glissée sous la porte.

C'était un télégramme. Autrefois, avant l'invention du fax et de l'e-mail, il recevait souvent des messages par cette voie. Mais maintenant que tout le monde était joignable sur son portable jusque dans le moindre village, il avait cru que ce moyen de communication avait définitivement disparu. Certes, il n'y avait pas de réseau GSM sur l'île, mais il avait tout de même son téléphone fixe, et les informations importantes lui étaient accessibles par Internet. Qui donc pouvait lui envoyer ainsi un télégramme ?

Viktor rangea le pistolet dans la poche de son peignoir et ouvrit la porte pour voir si le facteur était encore là. Mais il n'y avait rien ni personne, hormis un chat noir trempé qui marchait en direction du village. Si quelqu'un avait gravi les marches de son perron quelques minutes plus tôt, il avait dû disparaître au plus vite dans la forêt toute proche. Les noires branches des sapins ployaient sous le poids des gouttes de pluie et semblaient engloutir le moindre rayon de lumière.

Tremblant, Viktor referma la porte à clé. Il ne savait plus si c'était le froid, la peur ou la maladie qui le faisait ainsi frissonner. Il ôta son peignoir trempé de sueur et le laissa négligemment tomber par terre. Après avoir enfilé un épais gilet de laine qu'il avait sorti du placard, il déchira hâtivement l'enveloppe blanche et en sortit le télégramme. Il ne comportait qu'une seule phrase. Ce n'est qu'au bout de la troisième lecture qu'il en comprit le sens, et il en eut le souffle coupé.

TU DEVRAIS AVOIR HONTE !

Voilà ce qui était écrit en lettres majuscules sur le papier de la poste. Et puis il y avait le nom de l'expéditeur. Il dut s'asseoir. Son regard s'obscurcit. L'expéditeur était *Isabel*. Mais qu'est-ce que cela signifiait ? Viktor avait beau réfléchir, tout cela restait parfaitement incompréhensible. Pourquoi était-il censé avoir honte ? Qu'est-ce que sa femme avait bien pu découvrir sur lui, alors qu'elle se trouvait à Manhattan ? Et pourquoi lui avait-elle envoyé un télégramme, au lieu de lui téléphoner ? Qu'est-ce qui avait pu mettre sa femme en colère au point qu'elle refusât de lui parler, alors qu'il avait justement besoin d'elle de toute urgence ?

Viktor décida d'essayer de rappeler New York. Il se dirigea vers le téléphone et décrocha le combiné mais, comme la veille, il ne se passa rien. La ligne dont il avait absolument besoin pour joindre Isabel était toujours coupée.

Mais qu'ont donc fait les techniciens depuis hier ? Ils ont joué aux cartes ? pensa Viktor, agacé. On pouvait supposer que la tempête avait fait tomber un poteau ou endommagé la ligne sous-marine qui reliait le réseau de l'île au continent. Mais il découvrit bientôt une explication beaucoup plus triviale. Il fut d'abord soulagé, car le problème était simple à résoudre. Mais, très vite, il fut envahi par une terrible angoisse : jusqu'à l'appel de Kai, deux jours plus tôt, le téléphone avait fonctionné. Ensuite, il avait cessé de sonner. Pour une raison très simple : quelqu'un l'avait débranché.

38

Comme Isabel n'était pas joignable, il décida d'agir. Il ne pouvait rester assis là face au téléphone à attendre un hypothétique appel de sa femme, de Kai ou d'Anna. Alors qu'il n'avait fait jusque-là que subir les événements, il était grand temps pour lui de passer à l'offensive.

Il lui fallut plusieurs minutes avant de parvenir à ouvrir le tiroir du haut de la commode dans le couloir. Là, il trouva le vieux calepin rouge dans lequel son père avait jadis noté tous les numéros de téléphone importants de l'île. Il trouva celui qu'il cherchait à la lettre A, comme « auberge ». Il laissa sonner exactement vingt-trois fois, avant de se résigner à raccrocher.

Quel est le point commun entre l'hôtel Marriott Marquis à Times Square et l'auberge Ankerhof à Parkum ? songea-t-il, non sans ironie. Il réessaya, dans l'espoir de s'être trompé en composant le numéro la première fois, mais rien n'y fit.

Personne.

Il regarda par la fenêtre. Derrière le dense rideau de pluie, on distinguait à peine les sombres lames brisantes qui s'écrasaient sans répit sur la plage.

Il se mit à tourner nerveusement les pages du calepin, jusqu'à la lettre H.

Cette fois, il eut plus de chance. Contrairement à Isabel et à Trudi, Halberstaedt décrocha.

— Excusez-moi de vous déranger pendant votre temps libre, monsieur le maire. Mais j'ai réfléchi à ce que vous m'avez dit ces derniers jours. Et, finalement, je crois que je vais bel et bien avoir besoin de votre aide.

— Comment ça ? Je ne vous comprends pas.

Halberstaedt semblait quelque peu déboussolé.

— Je serais allé moi-même à l'auberge, s'il n'avait pas tant plu, mais puisque vous habitez juste à côté, j'ai pensé que…

— Quoi ?

— Il faut d'urgence que je parle à Anna.

— Qui ?

— Anna, répondit Viktor. Vous savez bien, cette femme. Anna Spiegel.

— Ça ne me dit rien.

Un léger sifflement se mit à résonner dans l'oreille droite de Viktor, avec une intensité croissante.

— Voyons, nous avons parlé d'elle plusieurs fois, ces derniers temps. Cette femme que vous avez à l'œil et que vous soupçonnez d'avoir tué mon chien.

— Je ne vois pas de quoi vous voulez parler, docteur.

— Mais c'est une plaisanterie ou quoi ? Vous n'avez cessé de me mettre en garde contre elle. Hier encore, quand vous avez ramené Sindbad…

— Vous ne vous sentez pas bien, docteur Larenz ? Je ne vous ai pas vu de toute la semaine. Et je n'ai pas touché à votre chien.

Le sifflement résonnait à présent dans ses deux oreilles.

— Écoutez…

Viktor s'interrompit au milieu de sa phrase, lorsqu'il entendit une voix familière derrière Halberstaedt.

— C'était elle ?

— Qui ?

— Anna ? Elle est chez vous ?

— Je ne connais pas d'Anna, docteur. Et je suis seul chez moi.

Viktor s'agrippait au combiné comme un noyé à sa bouée.

— Mais c'est… Enfin…

Il ne savait plus quoi dire, quand il eut soudain une idée.

— Un instant.

Viktor courut dans l'entrée et ramassa le peignoir par terre. À son grand soulagement, le pistolet chargé se trouvait toujours là, dans la poche droite. C'était bien la preuve qu'il n'était pas devenu fou.

Viktor retourna en courant jusqu'au téléphone.

— Bon, Patrick, je ne sais pas à quoi vous jouez. Mais moi, j'ai dans la main l'arme que vous m'avez donnée.

— Oh !

— Comment ça, « oh » ? lui cria Viktor. Est-ce que quelqu'un peut m'expliquer ce qui se passe, ici ?

— C'est... Enfin... Je...

Halberstaedt s'était soudain mis à bégayer. À présent, Viktor avait la certitude que quelqu'un se tenait derrière lui et lui donnait des indications.

— Tant pis. Écoutez, Patrick, je ne sais pas ce que tout ça signifie. Nous réglerons ça plus tard. Mais, maintenant, il faut que je parle à Anna, de toute urgence. Dites-lui donc que je vais me mettre en chemin et que je souhaite la voir dans sa chambre à l'auberge, d'ici à une heure tout au plus. Et tant que nous y sommes, venez aussi. Nous pourrons régler ça tous ensemble.

À l'autre bout de la ligne, il entendit un profond soupir. Lorsque Halberstaedt reprit la parole, sa voix était transformée : sa gêne avait cédé la place à une arrogance sans bornes.

— Une dernière fois, docteur. Je ne connais pas d'*Anna*. Et, même si c'était le cas, je ne pourrais pas faire ce que vous me demandez.

— Et pourquoi ?

— Parce que l'auberge de Trudi est fermée depuis des semaines. Plus personne n'y habite.

Et la communication s'interrompit.

39

La vérité est comme un puzzle, à ceci près que le nombre d'éléments qui la constituent n'est pas connu à l'avance. Or elle ne peut apparaître qu'une fois que tous les morceaux de la mosaïque ont été assemblés.

Viktor était déjà parvenu à reconstituer les bords du puzzle. Il lui fallait maintenant compléter le tableau en trouvant des réponses à toutes les interrogations qui l'obsédaient :

Qui avait tué Sindbad ?

Pourquoi était-il lui-même tombé malade ?

Quels rapports Halberstaedt entretenait-il avec Anna ?

Et surtout : qui était Anna Spiegel ?

Viktor décida de passer le coup de fil décisif qui lui permettrait de répondre enfin à cette dernière question. Mais au moment précis où il s'apprêtait à décrocher, le téléphone sonna.

— Qui est-elle ? lui demanda-t-on.

Viktor était si soulagé d'entendre cette voix qu'il en resta d'abord muet.

— Dis-moi *tout de suite* de qui il s'agit !

— Isabel ! s'écria Viktor, surpris par ce ton agressif. Je suis content que tu appelles, j'ai essayé de te joindre, mais la réceptionniste disait...

— *Toi*, tu as essayé de *me* joindre ?

— Oui. Pourquoi es-tu en colère ? Je ne comprends plus rien. Pourquoi m'as-tu envoyé un télégramme ?

— Ha !

Le rire méprisant d'Isabel fut suivi d'un silence tendu. On n'entendait plus que le bruit de friture sur la ligne.

— Mais chérie, reprit Viktor avec hésitation, qu'est-ce qui se passe ?

— Arrête de m'appeler « chérie ». Après ce que tu as fait…

À présent, Viktor passait nerveusement le combiné d'une main à l'autre. Il sentait la colère monter en lui.

— Est-ce que tu aurais l'obligeance de me donner enfin des explications, au lieu de me crier dessus ?

— Très bien. Puisque tu veux continuer ton petit jeu, allons-y. Commençons par une question très simple : qui est cette salope ?

Soulagé, Viktor se mit à rire : il se sentait soudain libéré d'un grand poids. Visiblement, Isabel s'imaginait qu'il profitait de son séjour sur l'île pour se livrer à des infidélités.

— Arrête de rigoler comme un gamin, Viktor. Et ne me prends pas pour une conne.

— Oh, oh, oh… Isabel, je t'en prie. Tu ne crois quand même pas que je te trompe ? C'est n'importe quoi ! Comment peux-tu penser une chose pareille ?

— Je t'ai dit de ne pas me prendre pour une conne. Dis-moi qui est cette salope, qu'on n'en parle plus !

— Mais de quoi tu parles ?

La colère de Viktor était de retour.

— Je te parle de la femme qui a décroché ce putain de téléphone quand je t'ai appelé hier ! cria-t-elle dans le combiné.

Irrité, Viktor plissa les yeux et essaya de comprendre ce qu'elle lui disait.

— Hier ?

— Oui, hier. À 14 h 30, heure de Parkum, si tu veux tout savoir.

Anna. Elle était là, hier après-midi. Mais comment aurait-elle pu décrocher… ?

Les idées se bousculaient dans sa tête. Durant un bref instant, Viktor eut l'impression de perdre l'équilibre, comme s'il avait le mal de mer.

— Ça fait longtemps que vous êtes ensemble ? Hein ? Tu prétends que tu as besoin de recul, que tu dois écrire les réponses à cette interview... Et tu profites de la disparition de notre fille pour aller en *baiser* une autre ?

Je ne l'ai pourtant jamais laissée seule. Jamais, sauf...

La cuisine. Le thé.

Viktor dut s'asseoir lorsque ce souvenir lui revint, tel un boomerang.

Mais ça n'a duré que quelques minutes...

— Anna.

— Anna, d'accord. Et son nom de famille ?

— Quoi ?

Plongé dans ses pensées, il avait prononcé son prénom sans même s'en rendre compte.

— Écoute, Isabel, il s'agit d'un malentendu. Je vais tout t'expliquer.

Bon Dieu, on croirait vraiment entendre un mari qui vient de tromper sa femme avec sa secrétaire : « Chérie, ce n'est pas ce que tu crois ! »

— Anna est ma patiente !

— Tu baises une patiente ? hurla-t-elle, hystérique.

— Mais bon sang, bien sûr que non ! Il ne s'est rien passé entre nous.

— Ha !

Encore ce rire méprisant.

— Non, bien sûr, il ne s'est rien passé entre vous. Elle est juste passée te voir dans notre maison de vacances. Alors même que tu n'exerces plus et qu'elle ne pouvait absolument pas savoir que tu te trouvais à Parkum ! Oh, et puis merde ! Je vais raccrocher, c'est trop humiliant.

— Isabel, je t'en prie. Je peux te comprendre, mais donne-moi au moins une chance de m'expliquer, s'il te plaît.

Silence à l'autre bout de la ligne. Juste le bruit perçant d'une sirène d'ambulance, de l'autre côté de l'Atlantique.

— Écoute, je ne comprends moi-même plus très bien ce qui se passe. Mais il y a une chose dont tu peux être sûre : je n'ai certainement pas couché avec la femme que tu as eue hier au bout du fil. Et je n'ai aucune intention de te tromper, crois-moi. Pour le reste, laisse-moi t'expliquer : il y a cinq jours, une femme du nom d'Anna Spiegel est venue frapper à ma porte et m'a demandé de la prendre pour patiente. Apparemment, elle écrit des livres pour enfants et elle souffre de schizophrénie. Je ne sais pas du tout comment elle a su que j'étais ici. Toujours est-il que son histoire était tellement intéressante, tellement hors du commun, que j'ai finalement décidé de faire une expérience et de lui accorder un premier entretien thérapeutique. Si elle est toujours sur l'île en ce moment, c'est parce qu'une tempête s'est levée et qu'il n'y a donc plus aucune navette pour le continent.

— Jolie histoire. Bien inventée, persifla Isabel.

— Ce ne sont pas des histoires. C'est la vérité. J'ignore pourquoi elle a décroché le téléphone hier après-midi. Peut-être que j'étais justement dans la cuisine, en train de faire du thé, et qu'elle en a profité lorsque le téléphone s'est mis à sonner.

— Le téléphone n'a pas sonné.

— Quoi ?

— Elle a décroché avant même la première sonnerie. Elle devait attendre à côté du téléphone.

Viktor avait le sentiment de perdre pied. Décidément, il se passait quelque chose d'anormal. Quelque chose d'inexplicable.

— Isabel, je ne comprends pas pourquoi elle a fait ça. Depuis qu'elle a débarqué ici, il m'arrive les choses les plus bizarres. Je suis malade. Quelqu'un m'a agressé. Et je crois qu'Anna a des informations sur Josy.

— Quoi ?

— J'ai essayé de te joindre plusieurs fois pour te dire que j'avais peut-être une piste. Kai est déjà sur le coup. Et quelqu'un a vidé notre compte en banque. Je n'y comprends plus rien et je voulais en parler avec toi. Mais ça fait des jours que je n'arrive pas à te mettre la main dessus. Et, au lieu de m'appeler, tu m'envoies ce télégramme.

— Je t'ai envoyé un télégramme parce que je n'arrivais pas à *te* joindre.

La prise.

— Je sais. Quelqu'un a débranché la ligne hier soir.

— Oh, je t'en prie, Viktor, arrête de me fatiguer avec tes histoires. Une femme sortie de nulle part qui débarque chez toi, te donne des informations sur notre fille, décroche notre téléphone, échange quelques mots avec moi, puis débranche la ligne ? Tu en as d'autres, comme ça ? Si tu m'avouais que tu t'étais saoulé, avant de passer la nuit avec une pute, ce serait tout de même plus crédible, non ?

Viktor n'entendit même pas la fin de sa phrase. Les premiers mots avaient suffi pour l'alerter.

— De quoi avez-vous parlé ?

Elles ont échangé quelques mots.

— Elle, au moins, ne m'a pas menti. Elle m'a dit que tu étais sous la douche.

— Elle ment. J'étais dans la cuisine. Ensuite, j'ai passé un coup de fil à Kai et je l'ai mise dehors.

À présent, c'était Viktor qui frôlait l'hystérie et hurlait dans le combiné.

— Je n'ai rien à voir avec cette femme, je la connais à peine !

— Ah, mais elle, par contre, elle te connaît très bien.

— Pourquoi ça ?

— Elle t'appelait par ton petit nom. Celui que tu détestes tant et qui n'est connu que de ta mère et moi.

— *Diddy* ?

— Exactement, Diddy. Et tu sais quoi, *Diddy* ? Tu peux aller te faire foutre !

Sur ces mots, elle raccrocha, et Viktor n'entendit plus que le bruit pénétrant et continu de la tonalité.

40

Aussi loin qu'il se souvînt, Viktor ne s'était jamais senti étranglé par une telle angoisse. Il avait certes déjà eu des problèmes avec certaines de ses patientes mais, chaque fois que l'une d'elles s'était mêlée de sa vie privée, il avait toujours su expliquer ses actes par une pathologie bien identifiable. Le cas d'Anna était différent : son comportement demeurait incompréhensible, ce qui la rendait d'autant plus menaçante. Que voulait-elle ? Pourquoi prenait-elle le nom d'une étudiante assassinée ? Pourquoi avait-elle menti à sa femme ? Et surtout : quel rapport avait-elle avec Josy ?

Viktor se rendait bien compte que quelque chose lui échappait. Tous les événements des derniers jours étaient liés. Ils semblaient s'enchaîner selon un plan secret qu'il ne parvenait pas à reconstituer.

Physiquement, au moins, il se sentait un peu mieux, car il n'avait plus bu de thé depuis la veille. Il prit une longue douche avant de se changer.

Il serait temps de faire une machine, songea-t-il alors qu'il s'apprêtait à remettre le jean qu'il avait déjà porté deux jours plus tôt. Il retourna toutes les poches et jeta les mouchoirs qui s'y étaient accumulés. Ce faisant, il fit tomber un petit bout de papier par terre. C'est en le ramassant qu'il se souvint : il s'agissait du billet qui était tombé du portefeuille d'Anna et qu'il avait mis dans une poche en toute hâte, pour finalement l'oublier. On aurait dit un de ces petits mots que les écoliers font discrètement circuler dans les rangs pendant la classe. Il ne savait pas à quoi s'attendre, mais il fut néanmoins déçu de découvrir que le papier ne comportait qu'une série de chiffres. Cela aurait pu être n'importe quoi : la combinaison d'un coffre-fort, un compte en banque, un mot de passe ou, tout simplement, un *numéro de téléphone*.

Viktor dévala les escaliers, se rua dans la cuisine et décrocha le combiné. Lentement, il composa le numéro, prêt à raccrocher immédiatement dès qu'il entendrait une voix à l'autre bout du fil.

41

— Docteur Larenz, enfin ! Quel soulagement de vous avoir !

La surprise de Viktor fut telle qu'il en oublia de raccrocher. Il ne s'attendait vraiment pas à être reçu ainsi, ne serait-ce que parce que sa ligne de téléphone analogique ne permettait pas d'identifier l'appelant. Qui était son interlocuteur ? Et pourquoi celui-ci semblait-il attendre désespérément son appel ?

— Oui ?

Viktor ne voulait pas encore trahir son identité et avait donc fait la réponse la plus vague possible.

— Je suis vraiment désolé de vous importuner ainsi, après tout ce que vous avez déjà dû subir.

Cette voix avait quelque chose de familier.

— Mais j'ai pensé qu'il valait mieux que je vous informe au plus vite, afin d'éviter que les choses n'empirent.

Van Druisen ! Viktor l'avait enfin reconnu. Mais comment le numéro de téléphone de son mentor avait-il pu atterrir dans le portefeuille d'Anna ?

— Mon cher professeur, expliquez-vous : qu'est-ce qui vous alarme ainsi ?

— Comment, vous n'avez pas lu mon dernier e-mail ?

Un e-mail ? Ces derniers jours, Viktor avait complètement oublié de consulter sa boîte. Celle-ci devait être pleine de messages du magazine *Bunte*, car il avait dépassé la date à laquelle il était censé leur envoyer son interview.

— Non, je ne suis pas encore allé sur Internet depuis que je suis ici. Que se passe-t-il ?

— La semaine dernière, j'ai été cambriolé, docteur Larenz.

— J'en suis désolé, mais qu'est-ce que ça a à voir avec moi ?

— Eh bien, ce n'est pas le cambriolage lui-même qui m'inquiète, mais plutôt l'objet du vol. Le cambrioleur n'a ouvert qu'une seule armoire, dans laquelle il n'a pris qu'un unique dossier.

— Lequel ?

— Je l'ignore. Mais il s'agissait de l'armoire contenant les dossiers de vos patients. Vous savez, ceux que vous m'avez laissés lorsque j'ai racheté votre cabinet. J'ai bien peur qu'il s'agisse d'un acte de malveillance à l'égard de l'un de vos anciens malades.

— Comment pouvez-vous être sûr qu'il manque un dossier, si vous ne savez pas lequel ?

— J'ai retrouvé un classeur vide, par terre, dans le couloir. L'étiquette en a été arrachée, de sorte qu'il n'est plus possible d'identifier de quel cas il s'agit. En tout cas, tout ce qu'il contenait a disparu.

Viktor ferma les yeux, comme si cela pouvait l'aider à mieux comprendre ce qu'il venait d'entendre. De quel ancien patient pouvait-il bien s'agir ? Et qui pouvait donc aller jusqu'à cambrioler un cabinet pour se procurer un vieux dossier ? Viktor devina une réponse et rouvrit les yeux.

— Écoutez-moi bien, professeur : connaissez-vous une certaine Anna Spiegel ?

— Mon Dieu, vous êtes donc au courant ?

— Comment ça ?

— Eh bien, la… Enfin…

C'était bien la première fois que Viktor entendait ce vieux professeur distingué bégayer de la sorte.

— De quoi suis-je censé être au courant ?

— Eh bien, vous m'avez demandé si je la connaissais…

— Oui. Anna Spiegel. Est-ce vous qui lui avez dit de venir me voir ici, à Parkum ?

— Grand Dieu, elle est *chez vous* ?

— Oui. Et alors ?

— Je le savais. Tout cela est ma faute, jamais je n'aurais dû…

La voix de Van Druisen s'apparentait à présent à un gémissement désespéré.

— Professeur, sauf votre respect, pouvez-vous m'expliquer ce qui se passe ?

— Vous êtes en danger. En grand danger, mon cher ami.

Viktor serrait le combiné dans sa main, comme si sa vie en dépendait.

— Qu'est-ce que vous voulez dire ?

— Anna Spiegel était ma patiente. Au début, je ne voulais pas la soigner, mais comme un confrère me l'avait envoyée…

— Est-elle schizophrène ?

— C'est ce qu'elle vous a raconté ?

— Oui.

— C'est un peu sa lubie, si vous me permettez l'expression.

— Elle n'est donc pas malade ?

— Si, si. Et comment. Mais elle n'est pas schizophrène. C'est presque le contraire. Sa maladie consiste à *prétendre* qu'elle l'est.

— Je ne comprends pas.

— Elle vous a raconté l'histoire du chien qu'elle a battu à mort ?

— Oui, Terry. Elle m'a dit que ça avait été sa première hallucination.

— C'est faux. Elle a vraiment tué ce chien. C'est bel et bien arrivé. Mais elle prétend être schizophrène, parce que cela l'aide à surmonter la réalité.

— Cela signifie donc que tout ce qu'elle m'a raconté…

— … est vrai, en effet. Elle a effectivement vécu tous ces événements horribles. Et elle se réfugie dans sa supposée maladie, pour ne pas avoir à affronter la vérité. Vous comprenez ?

— Oui.

Tout est vrai : Charlotte, le cambriolage du bungalow, le voyage à Hambourg, le poison…

— Mais pourquoi lui avoir dit de venir me consulter ?

— Jamais je n'ai fait une chose pareille, docteur Larenz. Moi-même, je ne voulais plus m'occuper de son cas ; pourquoi vous l'aurais-je envoyée, alors que vous n'exercez plus ? En fait, c'est elle qui a subitement cessé de me consulter. Et ce qui rend la chose très mystérieuse, c'est qu'elle a disparu précisément le jour du cambriolage. Je suis sûr qu'il y a un lien.

— Pourquoi ?

— Parce qu'au cours des dernières séances elle n'a pas arrêté de me parler de vous, docteur. Elle disait que vous aviez un compte à régler. Une fois, elle a même parlé de vous empoisonner.

Viktor avala sa salive et se rendit compte que cela lui était moins douloureux qu'au cours des jours précédents.

— M'empoisonner ? Mais pourquoi ? Je ne la connais même pas.

— Certes. Mais elle, en revanche, semble très bien vous connaître.

Viktor dut penser à Isabel, qui venait de lui dire presque la même chose.

— Mlle Spiegel n'arrêtait pas de parler de vous. Mon Dieu, combien je regrette de ne pas vous avoir prévenu ! Je crois qu'elle est très dangereuse… Non, j'en suis sûr. Elle me racontait souvent les choses affreuses qu'elle avait faites à d'autres gens. Notamment à cette pauvre petite fille.

— Charlotte ?

— Oui. Je crois que c'est ça. Oh, docteur Larenz, pardonnez-moi, je vous en prie. Si seulement j'avais écouté ma petite voix intérieure, j'aurais arrêté de la soigner. Il aurait fallu l'envoyer dans un établissement spécialisé.

— Et pourquoi ne l'avez-vous pas fait ?

— Comment ? bégaya le professeur. Mais vous savez bien…

— Quoi donc ?

— Je ne pouvais interrompre ainsi la thérapie d'Anna.

— Et pourquoi pas ?

— Mais parce que j'avais fait une promesse à votre femme. Je voulais tenir parole.

— À ma femme ?

Viktor fut pris de vertiges et dut s'appuyer contre la porte du réfrigérateur.

— Oui, Isabel. C'est elle qui m'a demandé de continuer à soigner Anna. Qu'est-ce que je pouvais faire ? Il s'agit tout de même de sa meilleure amie.

42

Isabel. Anna. Josy. Il commençait à comprendre. Pourquoi Isabel était restée si calme, à l'époque, quand Josy avait disparu. Pourquoi elle semblait moins souffrir que lui. Elle avait pu continuer à travailler sans problème, alors que lui avait dû vendre son cabinet. Il avait toujours considéré cela comme une preuve de sa force de caractère. Mais ne pouvait-on pas aussi interpréter son comportement comme de l'indifférence ?

Viktor voyait à présent tous ces événements sous un jour nouveau. Maintenant qu'il y repensait, il se rendait compte qu'elle n'avait jamais vraiment été en deuil. Pas comme lui, en tout cas. Et avait-elle vraiment trouvé Sindbad par hasard, ou bien était-elle allée le chercher à la SPA pour remplacer Josy ? Connaissait-il vraiment sa femme ? Ce qui était sûr, c'est qu'elle n'avait pas répondu à ses appels des derniers jours, alors qu'il se trouvait dans une profonde détresse.

C'était elle qui avait envoyé Anna chez Van Druisen.

Et puis, il y avait aussi cette histoire d'argent.

Viktor alla dans le salon et alluma son ordinateur afin de consulter son compte en banque sur Internet. Était-ce possible ? Isabel avait-elle bel et bien vidé leur compte ? Est-ce qu'elle faisait donc cause commune avec Anna pour le faire sombrer dans la démence ?

Il s'apprêtait à lancer Internet Explorer lorsqu'il remarqua la barre d'outils en bas de l'écran. Perplexe, il passa la souris sur cette zone, mais cela ne changea rien.

Tous les symboles avaient disparu.

Il ouvrit le navigateur en utilisant le menu « démarrer », mais le résultat fut le même. Son ordinateur était vide. Toutes les données avaient été effacées de son disque dur.

Quelqu'un s'était donné la peine de supprimer tous ses documents et tous ses dossiers médicaux. Les réponses à l'interview de *Bunte* avaient également disparu, et même la corbeille était désespérément vide.

Viktor se leva d'un bond, renversant son fauteuil en cuir qui tomba avec grand fracas à côté de l'étagère. Cette fois, il en avait assez. Il n'était plus temps de passer des coups de téléphone, et cette histoire de compte en banque pouvait attendre.

Il se saisit du pistolet que lui avait donné Halberstaedt, enleva la sécurité et le rangea dans la poche intérieure de son imperméable. Il allait en avoir besoin.

Maintenant.

Il allait braver la tempête pour aller jusqu'au village, où il espérait trouver deux choses : Anna Spiegel et des réponses à ses questions.

43

Certaines personnes ne parviennent pas à s'endormir la nuit parce qu'elles ont toujours froid aux pieds. Elles ont beau les frotter l'un contre l'autre sous leurs couvertures, rien n'y fait. D'autres ont le nez glacé du matin jusqu'au soir.

Chez Viktor, c'était plutôt les oreilles. Dès qu'il sortait par temps froid, elles lui faisaient mal. Mais le pire venait ensuite, lorsqu'il rentrait au chaud et qu'elles se mettaient à « dégeler » : les douleurs se muaient alors en épouvantables maux de tête, contre lesquels même l'aspirine ou l'ibuprofène ne pouvaient rien. Lorsqu'il prit le chemin du village, Viktor enfonça donc sa capuche sur son crâne, non pas tant pour se protéger de la pluie que pour garder ses oreilles au chaud.

La tempête faisait rage, et un mélange de sable et de feuilles mortes tourbillonnait dans les airs. À cause de sa capuche et du sifflement du vent, Viktor ne pouvait entendre la petite mélodie synthétique qui sortait de la poche de son imperméable. S'il ne s'était pas réfugié quelques instants dans la vieille baraque désaffectée de la douane, il ne l'aurait sans doute jamais remarquée, car il n'avait aucune raison de prêter attention à son téléphone portable. Étant donné qu'il n'y avait pas de réseau à Parkum, celui-ci ne pouvait en effet fonctionner. Pourtant, une fois sa capuche enlevée, Viktor dut constater à sa grande surprise qu'il sonnait bel et bien.

Le numéro de téléphone qui apparaissait à l'écran lui était vaguement familier.

— Allô ?

Viktor boucha son oreille gauche avec un doigt afin de ne pas être gêné par le bruit du vent, mais il n'entendit rien. Il semblait qu'il n'y avait personne à l'autre bout de la ligne.

— Qui est là ?

En tendant l'oreille, il crut entendre un sanglot.

— Anna ? C'est vous ?

— Oui, je suis désolée, je…

Viktor ne put entendre la suite, car une branche d'arbre tomba avec fracas sur le toit de son abri.

— Anna, où êtes-vous ?

— … je… auber…

Viktor parvenait à peine à saisir quelques bribes de ce qu'elle lui disait. Il chercha néanmoins à poursuivre la conversation.

— Je sais que vous n'êtes pas à l'auberge, Anna. Patrick Halberstaedt me l'a dit. Alors, je vous en prie, envoyez-moi un SMS en m'indiquant précisément où vous vous trouvez. Je serai auprès de vous d'ici à quelques minutes, et nous pourrons parler de tout ça face à f…

— Elle est de retour ! hurla-t-elle.

Après une brève accalmie, la tempête redoublait à présent d'intensité.

— Qui est de retour ?

— … elle… près de moi… Charlotte…

Viktor n'avait pas besoin d'entendre le reste de sa phrase. Il savait parfaitement ce qu'elle essayait de lui dire. Ses hallucinations étaient de retour. Charlotte était revenue à la vie.

Au bout d'un moment, Viktor se rendit compte que la communication avait été interrompue. Bien que l'écran de son Nokia indiquât clairement qu'il n'y avait pas de réseau, un signal sonore lui annonça bientôt l'arrivée d'un SMS :

« Ne me cherchez pas. C'est MOI qui vous trouverai. »

44

La plupart des automobilistes détestent les embouteillages, car ils leur donnent un sentiment d'impuissance. Dès que l'on voit se profiler au loin une longue file de voitures immobilisées, on cherche instinctivement une échappatoire. Et même lorsqu'on ne connaît pas la région, il n'est pas rare que l'on mette son clignotant pour emprunter la première sortie venue.

En cet instant, Viktor était confronté au même dilemme que le conducteur qui, bloqué dans les embouteillages du soir, a le choix entre rester sur l'autoroute ou s'aventurer dans des contrées inconnues. Comme beaucoup de gens, il décida d'agir plutôt que de rester là à attendre. Il lui fallait absolument trouver Anna, même si celle-ci lui avait défendu de la chercher. Il ne pouvait se résoudre à patienter jusqu'à ce qu'elle revînt vers lui. Le risque était trop grand.

Il remit donc sa capuche et reprit sa marche tête baissée le long de la route en essayant d'éviter les profondes flaques d'eau et de se protéger du vent du mieux qu'il pouvait. Il se trouvait à environ cinq cents mètres du port et avait déjà laissé sur sa gauche l'unique restaurant de l'île, lorsqu'il s'arrêta brusquement pour regarder autour de lui. Il aurait juré avoir vu quelqu'un.

Du revers de la main, Viktor essuya les grosses gouttes de pluie qui couraient sur son visage.

Là.

Il ne s'était pas trompé. À une vingtaine de mètres, une silhouette enveloppée dans un imperméable bleu traversait la tempête, traînant visiblement quelque chose derrière elle.

Il ne parvenait pas à déterminer s'il s'agissait d'un homme ou d'une femme, ni même si la personne était de face ou de dos. Même à cette distance, la pluie empêchait de distinguer le moindre détail. Lorsqu'un éclair illumina brièvement la scène, Viktor parvint enfin à reconnaître l'individu qui se dirigeait vers lui : c'était Michael Burg, le vieux marin qui conduisait d'ordinaire la navette entre l'île et le continent.

— Michael, est-ce que c'est vous ? lui cria-t-il.

Il n'était plus qu'à quelques pas de lui, mais le vacarme de l'ouragan était tel qu'il ne pouvait toujours pas l'entendre. Viktor dut attendre qu'il vînt lui serrer la main pour commencer la conversation.

Michael Burg était un homme de soixante et onze ans, que le temps n'avait pas épargné. Le vent et l'eau salée avaient creusé de profonds sillons dans la peau épaisse de son visage. En dépit de son âge, il avait toujours la carrure athlétique de ceux qui ont consacré la plus grande partie de leur existence à de rudes travaux, tout en respirant le bon air de la mer.

Michael lui tendit la main gauche. Dans l'autre, il tenait une laisse, au bout de laquelle frissonnait une grosse bête noire trempée jusqu'aux os.

— C'est ma femme qui m'a obligé à sortir le chien, docteur Larenz, lui cria-t-il.

Il secoua la tête, avec l'air de se demander comment on pouvait bien avoir des idées pareilles. Viktor eut une pensée douloureuse pour Sindbad.

— Mais vous, par tous les diables, qu'est-ce qui vous pousse à sortir par ce temps ?

Un nouvel éclair illumina le ciel et, durant une fraction de seconde, Viktor crut déceler dans le regard du marin une profonde méfiance.

Il décida de lui dire la vérité. Non pas tant par honnêteté que parce qu'aucune autre explication plausible ne lui venait à l'esprit pour justifier son étrange promenade à travers la tempête du siècle.

— Je cherche quelqu'un. Peut-être que vous pourriez m'aider.

— Ah bon ? Et de qui s'agit-il ?

— Elle s'appelle Anna. Anna Spiegel. Une femme petite, blonde, trente-cinq ans environ. Vous l'avez déposée sur l'île, il y a trois jours.

— Il y a trois jours ? C'est impossible.

Impossible. Viktor essaya de compter combien de fois il avait entendu ou pensé ce mot au cours des dernières heures.

Pendant ce temps, le chien tremblait de plus en plus au bout de sa laisse. Il ne semblait guère avoir envie de se promener, et encore moins de s'arrêter en chemin.

— Comment cela, *impossible* ?

Viktor avait l'impression de devoir crier toujours plus fort pour être entendu.

— Cela fait trois semaines qu'il n'y a plus de navette. Vous êtes la dernière personne que j'ai déposée ici. Depuis, plus personne n'a demandé à traverser.

Michael haussa les épaules.

— Mais il doit bien y avoir une explication, protesta Viktor, alors que Michael faisait mine de vouloir s'en aller.

— Peut-être qu'elle est arrivée à bord d'un autre bateau, mais ça m'étonnerait. On en aurait entendu parler. Comment dites-vous qu'elle s'appelle ?

— Anna Spiegel, répéta Viktor.

— Jamais entendu ce nom, répondit Michael en secouant la tête. Désolé. Maintenant, il faut que j'y aille, sinon je vais attraper la crève.

Comme pour lui donner raison, un long roulement de tonnerre retentit et Viktor s'étonna quelque peu de ne pas avoir vu l'éclair qui l'annonçait. Mais, à présent, il lui importait avant tout de percer cette nouvelle énigme : comment Anna était-elle venue sur l'île si elle n'avait pas pris la navette ? Et pourquoi avait-elle menti aussi sur ce point ?

— Euh, docteur Larenz…

Le vieux marin était revenu quelques pas en arrière, interrompant les réflexions de Viktor.

— Je sais que ça ne me regarde pas, mais qu'est-ce que vous lui voulez, à cette femme ?

Là, ce soir, dans la tempête, alors que vous êtes un homme marié ? Voilà ce que semblait sous-entendre sa question, qui resta suspendue dans l'air orageux.

Viktor haussa les épaules et se détourna de lui.

Je veux comprendre ce qui est arrivé à ma fille.

45

L'Ankerhof était une auberge pittoresque, comme on peut en voir dans les dépliants touristiques des îles de la mer du Nord. Située juste en face du port, cette maison à colombages de trois étages faisait partie des plus hauts bâtiments de l'île, abstraction faite du phare. Depuis que Trudi avait perdu son mari, sa maigre pension et les rares clients qui s'égaraient à Parkum durant la haute saison lui permettaient tout juste de s'en sortir. Mais son établissement n'en restait pas moins une véritable institution, et les habitants de l'île auraient tout fait pour éviter sa fermeture. S'il l'avait fallu, ils seraient allés jusqu'à y passer la nuit eux-mêmes. Les bons jours, quand une régate était organisée au départ de Parkum, l'établissement pouvait accueillir une vingtaine de personnes. En été, lorsque le temps le permettait, Trudi installait des tables dans le jardin et servait de la limonade maison ou du café frappé à ses clients et à ses amis. En automne, les vieux villageois se réunissaient devant la cheminée du petit hôtel et se racontaient des histoires de marins, tout en dégustant ses délicieux gâteaux. Parfois, cependant, Trudi décidait d'aller passer l'hiver chez sa famille, là où le climat était moins rude. Elle fermait alors boutique et ne rouvrait qu'au printemps. C'était le cas, cette année. Après sa mystérieuse conversation avec Halberstaedt, Viktor ne fut pas surpris de découvrir à son arrivée que les volets de l'auberge étaient fermés, et que nulle fumée ne s'échappait de la cheminée.

Mais qu'est-ce que je fais là ?

Il regarda autour de lui, à la recherche d'un signe de vie de la part d'Anna. Il dut se retenir de crier son nom, histoire de s'assurer qu'elle n'était pas entrée par effraction dans l'auberge pour y poursuivre ses petits jeux.

Soudain, son portable se remit à sonner. Cette fois, c'était un autre signal, celui qu'il réservait à sa famille et à ses amis proches.

— Allô ?

— Dis donc, tu te fous de ma gueule ?

— Kai ? Qu'est-ce qui se passe ?

Viktor fit quelques pas vers l'est pour rejoindre la route tout en essayant de comprendre ce que le détective lui disait.

— À quoi tu joues ?

— Moi ? De quoi tu parles ?

— Je te parle du fax.

— Ah bon ! Tu fais bien d'appeler, justement, parce qu'il n'y avait rien dessus.

— Rien dessus ? Allons donc, tu sais mieux que moi ce qu'il y avait dessus !

— Comment ça ? Mais qu'est-ce que tu as ?

Alors que Viktor se tournait en direction du vent, une bourrasque lui projeta une giclée d'eau de mer en plein visage. Vue d'ici, l'auberge ressemblait à un vieux décor de cinéma délabré.

— J'ai fait vérifier le numéro d'où m'a été envoyé ce dessin. Je voulais savoir qui m'avait envoyé ce chat.

Le chat bleu Nepomuk.

— Et alors ?

— Eh bien, ça venait de chez toi. De ta maison à Parkum. Ce fax, tu me l'as envoyé toi-même.

C'est impossible, songea Viktor.

— Kai, je ne sais pas ce que…

Il fut interrompu au milieu de sa phrase par un double signal sonore, suivi d'une voix anonyme : « Vous vous trouvez hors de portée de notre réseau GSM. Merci de réitérer votre appel plus tard. »

— Merde.

À présent, il avait perdu son dernier contact avec le continent. Il se retourna et s'immobilisa, regardant dans toutes les directions, à la recherche d'une réponse à toutes les questions qui l'assaillaient. Finalement, il resta les yeux rivés sur le ciel noir et menaçant.

À qui pouvait-il parler, à présent ? Chez qui pouvait-il chercher de l'aide ? Une goutte d'eau tomba en plein sur sa pupille. Viktor se frotta les yeux, comme il le faisait, enfant, quand il prenait son bain et que du shampoing lui coulait sur le visage. Lorsqu'il eut terminé, il eut l'impression de distinguer plus nettement ce qui l'entourait. C'était comme si un opticien lui avait enfin donné la paire de lunettes qu'il lui fallait. Et, soudain, il sut ce qu'il avait à faire.

46

Comme il s'y attendait, la lumière était encore allumée dans la petite maison du maire. Viktor gravit d'une traite les marches du perron et sonna à la porte de Halberstaedt.

Quelque part dans la nuit, un chien aboyait, sans doute celui de Michael Burg. Non loin de là, une porte claqua, à moins que ce ne fût un volet mal fermé. Toujours est-il que Viktor n'avait pas pu entendre si la sonnette avait fonctionné ou non. Il attendit encore une minute, pour voir si Halberstaedt avait entendu.

Mais quand, après avoir sonné une deuxième fois, Viktor ne vit toujours personne venir, il perdit patience. Il se saisit du lourd heurtoir et se mit à cogner contre la porte en bois de cèdre. Halberstaedt vivait seul. Deux ans plus tôt, sa femme était partie à Munich avec un *golden boy* qui avait fait fortune dans les nouvelles technologies.

Peut-être qu'il ne m'entend pas, avec tout ce boucan, songea Viktor en faisant le tour de la maison. Celle-ci était très bien située, juste à côté de l'auberge, avec vue sur le port. Mais le terrain n'allait pas jusqu'à la mer, et il n'y avait donc pas de ponton où accrocher un bateau. Pour atteindre la plage, il fallait d'abord traverser la petite route qui longeait la côte. Sur une aussi petite île, ça n'était pas un problème. Mais selon Viktor, quitte à habiter à la mer, il valait mieux être juste au bord. Sinon, on pouvait tout aussi bien acheter une belle maison de campagne sur le continent et se rendre en voiture jusqu'au lac le plus proche.

Une fois arrivé derrière la maison, Viktor se trouva enfin à l'abri des bourrasques provenant du large. Le long chemin qu'il avait emprunté le long de la côte pour venir jusqu'ici n'était parsemé que de rares sapins rabougris, qui pliaient sous le vent et n'offraient aucune protection, de sorte que Viktor était resté pleinement exposé à la violence de la tempête. À présent, la pluie commençait enfin à diminuer, et il put calmement reprendre son souffle. Après ce bref répit, il se mit à la recherche du propriétaire des lieux.

La grande fenêtre devant laquelle il se trouvait donnait sur le bureau de Halberstaedt. Manifestement, il devait se trouver à l'étage en ce moment. Son bureau était couvert de papiers manuscrits, et un petit ordinateur portable était ouvert sur un tabouret, mais il n'y avait nulle trace de lui. Le feu de cheminée était éteint. Hormis la lumière crue émanant de la lampe de bureau, rien n'indiquait que Halberstaedt avait travaillé là auparavant.

Je ne savais pas que Patrick avait besoin d'un bureau, et encore moins d'un ordinateur, s'étonna Viktor en regardant autour de lui.

À l'étage, on ne distinguait aucune lumière, ce qui ne voulait pas forcément dire que Halberstaedt ne s'y trouvait pas. Peut-être s'était-il couché, ou bien il avait fermé les rideaux.

Viktor devait admettre qu'il en perdait son latin. Jusque-là, sa promenade sous la pluie ne lui avait rien appris de nouveau. Ce n'était d'ailleurs pas étonnant, car il ne savait pas lui-même où il devait chercher, et encore moins ce qu'il aurait fait s'il avait effectivement trouvé Anna ou Halberstaedt.

Ne me cherchez pas. C'est MOI qui vous trouverai.

Viktor s'apprêtait à frapper une dernière fois à la porte, lorsque son regard se posa sur la cabane à outils qui se trouvait de ce côté-ci du jardin.

En temps normal, la maigre lueur que l'on voyait briller sous la porte en tôle n'aurait pas attiré son attention. Mais l'effort qu'il avait dû fournir avait affûté tous ses sens, de sorte qu'il perçut immédiatement plusieurs choses : qu'il y avait de la lumière dans le cabanon, qu'on avait cloué des planches en travers de l'unique fenêtre pour la condamner, et que de la fumée s'échappait de la petite cheminée.

Qu'est-ce que Halberstaedt pouvait bien faire dans sa cabane, par un temps de chien pareil ? Et pourquoi cherchait-il à éviter que la lumière fût visible du dehors, alors même qu'il avait laissé sa lampe de bureau allumée ?

Viktor ignora la peur qu'il sentait monter en lui et traversa la pelouse détrempée, bien décidé à aller voir ce qui se tramait dans le petit cabanon.

47

La porte n'était pas fermée à clé. Lorsqu'il l'ouvrit, la première chose qui le frappa fut l'odeur, ce mélange d'huile, de bois mouillé et de chiffons sales que l'on trouve dans toute cabane à outils mal rangée. Mis à part la poignée de cafards et de cloportes qui s'enfuirent à son arrivée, il n'y avait pas ici la moindre trace de vie. Pas de Halberstaedt.

Mais il y avait autre chose que Viktor se serait attendu à trouver ici : des outils. Or il n'y avait rien de la sorte : ni matériel de jardinage, ni brouette, ni pots de peinture. Mais il y avait pire que cette étrange absence. Pour la première fois depuis qu'il avait quitté sa maison, Viktor se sentit envahi par un froid glacial qui remontait lentement le long de son dos, jusqu'à ce que tout son corps fût gagné par la chair de poule.

Pourquoi la mort est-elle toujours glacée ?

Viktor secoua ses membres, tant pour se prouver qu'il ne rêvait pas que pour essayer de chasser les affreuses pensées qui l'assaillaient, maintenant qu'il avait compris ce qui se trouvait dans ce cabanon.

Une vision d'horreur.

Comme il aurait aimé être chez lui en cet instant, que ce fût à Wannsee ou à Sacrow. Seul avec sa femme, au coin du feu ou dans un bon bain chaud, avec des bougies allumées sur le rebord de la baignoire. À l'abri, derrière les portes solides et les fenêtres fermées de sa maison, protégé des dangers du monde. Il aurait voulu être n'importe où, sauf ici, au milieu de toutes ces affreuses photos et de ces articles de journaux.

Il ne savait pas qui avait fait cela, Halberstaedt, Anna ou quelqu'un d'autre. Toujours est-il que cette personne avait décoré les murs d'un épouvantable montage d'images, de coupures de presse et de caractères découpés. Si les photos étaient si choquantes, ce n'était pas parce qu'elles représentaient des perversions sadiques, des morceaux de cadavre ou d'autres choses du même acabit. Viktor était rempli d'horreur parce qu'il voyait partout le même visage. Sur tous les articles et toutes les photographies qui étaient collés aux murs ou aux étagères, on reconnaissait la même personne : Josy.

Il se sentait comme prisonnier d'une forêt de souvenirs, contraint de regarder sa fille dans les yeux, où qu'il tournât la tête. Quelqu'un avait dû consacrer tout son temps libre à la reconstitution de cet enlèvement. Viktor se trouvait dans une sorte de temple païen, où Josy faisait l'objet d'un culte grotesque qui dépassait l'entendement.

Le premier choc passé, il commença à distinguer les détails du collage, à la lueur de la vieille ampoule qui pendait du plafond.

Il crut d'abord qu'il se trompait mais, en regardant bien, il se rendit compte que certaines photos étaient bel et bien recouvertes d'empreintes digitales sanglantes. Il semblait s'agir d'une petite main : rien à voir avec les grosses pattes de Halberstaedt.

Si Viktor avait eu besoin d'une preuve supplémentaire que tout cela était l'œuvre d'un malade mental, il l'aurait trouvée en commençant à déchiffrer les titres des journaux qui, soigneusement découpés et soulignés au marqueur, étaient collés au-dessus des différentes images.

Afin de pouvoir les lire plus facilement, Viktor enveloppa sa main droite dans son écharpe et saisit l'ampoule brûlante pour l'orienter en direction du mur.

Disparition de la fille du psychiatre Viktor Larenz
Un psychiatre sombre dans la folie
Le docteur Larenz abandonné par sa femme
La petite Josy a-t-elle été empoisonnée ?
Décision de l'ordre des médecins : le docteur Larenz interdit d'exercice

Mais qui est le malade qui va inventer des choses pareilles ? se demanda Viktor. Certains titres étaient authentiques. Mais la plupart étaient à l'évidence des faux, qui allaient toujours plus loin dans l'absurde.

Ou devrais-je plutôt dire : qui est la malade… ?

Cela avait dû prendre des heures. Quelqu'un avait imaginé ces textes, avant de les taper à l'ordinateur, de les mettre en page en imitant la maquette d'un journal, puis de les imprimer pour les coller au mur. D'où venaient donc toutes ces photos de Josy ? Certaines lui étaient familières et avaient sans doute été téléchargées sur Internet. Mais il y en avait d'autres qu'il n'avait encore jamais vues.

Est-ce qu'elle avait épié sa famille ? Fait des photos de sa fille en cachette ? Bien qu'il n'y eût aucune preuve formelle, il était maintenant évident pour Viktor que cela devait être l'œuvre d'Anna.

Sans doute ces titres permettent-ils de deviner son objectif, la logique selon laquelle elle agit, songea Viktor en orientant l'ampoule plus à gauche.

S'il n'avait pas fait cela, peut-être les événements auraient-ils pris une autre tournure. Il n'aurait pas poussé un cri d'horreur, mais aurait entendu les bruits provenant de dehors. Plutôt que de se concentrer sur ce qu'il voyait sur le mur, il aurait entendu les craquements de branches dans le jardin. Peut-être se serait-il alors retourné et aurait-il vu venir le danger. Peut-être.

Au lieu de ça, il lâcha l'ampoule et arracha un morceau de papier qui pendait à un vieux clou rouillé. Peu lui importait ce qui était marqué dessus. Il avait immédiatement identifié de quel genre de document il s'agissait. Il en avait vu un similaire, quelques minutes plus tôt. Le même papier recyclé grisâtre, la même écriture. Pour Viktor, il n'y avait aucun doute : ce bout de papier provenait du tas qu'il avait vu à quelques pas de là, sur le bureau de Patrick Halberstaedt. Celui qui avait réalisé ce collage monstrueux était à l'œuvre non seulement dans le cabanon, mais aussi dans la demeure du maire de l'île.

Fort de cette certitude, Viktor fonça vers la maison, son pistolet chargé à la main.

48

Il n'eut besoin que de quelques minutes pour trouver la cachette. Halberstaedt avait lui aussi une clé de secours, dissimulée sous un pot de fleurs sur le perron.

Après avoir ouvert la porte, Viktor cria d'abord le nom du propriétaire, avant de traverser toutes les pièces en courant pour s'assurer que son instinct ne l'avait pas trompé. Il n'y avait personne. Viktor pria pour qu'il ne fût rien arrivé à Halberstaedt. En dépit de la conversation surréaliste qu'ils avaient eue un peu plus tôt et de ce qu'il venait de voir dans la cabane à outils, il ne pouvait tout simplement pas se résoudre à admettre que Halberstaedt fût le complice d'Anna. Il le connaissait depuis trop longtemps. Mais dans ce cas, qu'était-il devenu ? En tout cas, Anna était à l'évidence une menace bien réelle, et il en était réduit à espérer que, dans sa folie, elle ne ferait de mal à personne d'autre qu'à elle-même.

Il s'approcha du bureau à grands pas, sans se soucier des traces de boue qu'il laissait derrière lui, sur le parquet en bois clair.

Il examina la pile de papiers à côté de l'ordinateur. De quoi pouvait-il s'agir ? À quoi Halberstaedt ou Anna travaillaient-ils ? Cette fois, il était certain de tenir enfin la réponse à toutes ses interrogations.

Viktor ôta son manteau et posa son pistolet sur le bureau, à côté de la pile, avant de s'asseoir pour lire les premières pages.

B : Comment vous sentiez-vous juste après la tragédie ?

L : J'étais mort. Je respirais certes encore, je buvais et mangeais de temps à autre. Il m'arrivait même de dormir une ou deux heures par nuit. Mais je n'existais plus. Je suis mort le jour où Joséphine a disparu.

Il eut beau relire ces lignes, il n'était toujours pas sûr que tout cela fût bien réel. Il ne s'agissait pas là de l'une des histoires d'Anna. C'était son interview. Sa réponse à la première question du magazine *Bunte*.

Viktor chercha d'abord à comprendre comment Anna avait eu accès à ce document, et il se rappela que quelqu'un avait vidé son disque dur. Elle avait dû mettre à profit un moment d'inattention pour lui voler toutes ses données. Peut-être la veille, pendant qu'il dormait.

Mais pourquoi se donnait-elle la peine de recopier ces phrases à la main ? Pourquoi ne les avait-elle pas tout simplement imprimées ? Pourquoi cette montagne de feuilles couvertes d'inscriptions au stylo ? Et quelle était cette écriture bizarre, qui semblait plutôt masculine et ne cadrait pas du tout avec cette petite femme menue ? Était-ce donc quand même Halberstaedt ? Non. Le maire n'était jamais entré dans sa maison. Il ne pouvait avoir eu accès à ses documents.

Viktor feuilleta fiévreusement les pages et dut se rendre à l'évidence : Anna avait bel et bien tout recopié à la main. Chaque question. Chaque réponse. Mot pour mot. Phrase après phrase. Absolument tout ce qu'il avait tapé jusque-là.

Il jeta un regard sur l'ordinateur portable allumé sur le bureau. C'était un Vaio, le même modèle que le sien. Viktor toucha la souris pour faire disparaître l'économiseur d'écran. Il voulait, ou plutôt, il devait voir sur quel document Anna avait travaillé dernièrement.

Un fichier Word apparut à l'écran et Viktor vit immédiatement de quoi il s'agissait. C'étaient les questions de *Bunte*. Exactement les mêmes que la rédaction lui avait envoyées par e-mail.

Viktor se concentra à nouveau sur la pile de papiers. Il savait qu'il était théoriquement possible qu'Anna lui eût volé toutes ses données informatiques. Peut-être même avait-elle eu accès à certains dossiers à Berlin. Mais elle n'avait pu lui prendre ce document que la veille au soir. Et elle était dans une très mauvaise forme physique. Elle n'avait donc eu que très peu de temps pour se livrer à ce travail de copie.

Était-ce possible ?

Un souvenir lui revint à l'esprit, l'une de ses premières rencontres avec Anna. Lorsqu'elle était venue jusque chez lui à pied, sous la pluie. Pas la moindre trace de boue sur ses escarpins élégants.

Il paraissait invraisemblable qu'elle eût pu écrire autant en si peu de temps. D'autant que la pile lui paraissait autrement plus épaisse que ce qu'il avait lui-même tapé sur son ordinateur.

Viktor sortit les deux pages qui se trouvaient en bas du tas et retint son souffle. Il n'avait jamais écrit ça. La folie d'Anna allait visiblement encore plus loin qu'il ne l'aurait cru. Elle ne s'était pas contentée de recopier ses réponses, elle les avait aussi complétées.

Viktor lut :

Je me sens coupable de la mort de ma fille. Et je me sens coupable d'avoir laissé mon mariage voler en éclats. Si seulement tout était à recommencer, il y a beaucoup de choses que je ferais autrement.

Comment ai-je pu ainsi tromper Isabel ?

Viktor resta les yeux rivés sur la feuille de papier, incrédule. Était-ce la preuve qu'Anna et Isabel étaient de mèche ? Mais pourquoi ? Dans quel but ? Il avait espéré trouver enfin des réponses, mais tout semblait devenir de plus en plus confus.

Sans prêter attention aux pas qui résonnaient derrière lui, Viktor tourna la page et poursuivit sa lecture :

J'aurais mieux fait d'écouter ma femme. Elle a toujours pris les bonnes décisions. Comment ai-je pu croire qu'elle était contre moi ? Comment ai-je pu m'éloigner d'elle ? Maintenant qu'il est trop tard, je me rends compte combien j'ai eu tort de la rendre responsable de tout ce qui arrivait à Josy. Et combien, ce faisant, j'ai mis notre fille en danger.

Viktor relut encore et encore ces deux dernières lignes. Tout cela était du chinois pour lui, il n'y comprenait rien. Il songea à s'emparer de la pile et à quitter immédiatement la maison.

Mais il était déjà trop tard.

49

— Vous comprenez, à présent ?

Viktor sursauta et laissa retomber la pile qu'il tenait entre ses mains. Il connaissait cette voix. L'effroi l'étreignit, comme un serpent qui se serait enroulé autour de son cou. Et comme il ne trouvait plus son pistolet sous le monceau de papiers éparpillés sur le bureau, il finit par se retourner les mains vides, sans défense. Anna, elle, était armée. Elle tenait un grand couteau de cuisine, qu'elle serrait dans son poing aussi fort qu'elle le pouvait. Malgré son air menaçant, elle était aussi belle qu'au premier jour. Elle semblait aller mieux. Ses cheveux étaient parfaitement coiffés, et son tailleur noir impeccable mettait en valeur sa silhouette voluptueuse. Même ses escarpins étaient soigneusement cirés.

Ne me cherchez pas. C'est MOI qui vous trouverai.

— Écoutez...

Viktor avait décidé de tenter une fuite en avant en feignant d'abord d'ignorer qu'elle le menaçait d'un couteau.

— Anna, je peux vous aider !

Elle n'est pas schizophrène. Elle fait juste semblant.

— Vous voulez m'aider ? Vous ? Alors même que vous avez détruit votre propre famille ? Votre enfant, votre femme, votre vie ?

— Vous connaissez ma femme ?

— C'est ma meilleure amie. À présent, nous habitons ensemble.

Viktor aurait préféré voir la folie briller dans ses yeux. Mais l'impassibilité de son joli minois rendait ses paroles encore plus insupportables.

— Quel est votre nom ? demanda Viktor tout en cherchant à lire quelque émotion sur son visage.

— Vous connaissez mon nom, Viktor. Je m'appelle Anna. Anna Spiegel.

— Écoutez, Anna. Je sais que ça n'est pas vrai. J'ai téléphoné à la clinique psychiatrique de Dahlem.

Anna eut un sourire cynique.

— Vous les avez appelés ? Vous étiez curieux ?

— Oui, et on m'a dit que vous n'avez jamais été leur patiente. Par contre, il y avait une étudiante qui portait votre nom. Et elle est morte.

— Quelle drôle de coïncidence, vous ne trouvez pas ? Et comment a-t-elle été assassinée ?

Viktor préféra mentir.

— Je l'ignore, répondit-il. Mais je vous prie d'être raisonnable.

Viktor cherchait désespérément une solution pour se tirer d'affaire. Après un incident autrement moins dramatique, on avait installé dans son cabinet de la Friedrichstraße un bouton d'alarme, situé sous son bureau. *Et c'est aussi pour ça que, à l'époque, je ne recevais jamais mes patients en dehors de mon cabinet,* songea-t-il. À présent, il lui fallait trouver une autre stratégie.

— Anna, vous m'avez dit que tous les personnages que vous imaginiez pour vos livres devenaient réels.

— C'est exact. Bien écouté, docteur.

Il faut que j'arrive à la faire parler. Jusqu'à ce que Halberstaedt rentre à la maison. Jusqu'à ce qu'il se passe quelque chose. N'importe quoi.

Viktor décida de continuer à faire semblant de croire à son histoire de schizophrénie.

— Eh bien, il me semble qu'il y a une explication toute simple à cela. Tout à l'heure, vous me disiez que quelqu'un était « de retour ». Et vous vouliez dire par là que l'un de vos personnages avait à nouveau fait irruption dans votre vie, c'est bien ça ?

Anna fit un petit hochement de tête en guise d'approbation.

— Je crois que tout cela vient tout simplement du fait que vous avez recopié mon interview.

— Non.

Anna secoua énergiquement la tête.

— Vous avez recopié mes réponses et, ce faisant, vous avez pour ainsi dire fait de moi l'un de vos personnages. Mais j'existe bel et bien. Vous comprenez ?

— Non. Vous vous trompez.

— Anna, je vous en prie. Tout cela est très simple : j'existe. Je ne suis pas une créature sortie tout droit de votre imagination, ni le personnage fictif d'un de vos livres. Le manuscrit sur lequel vous travailliez parle de moi. Et c'est *moi* qui l'ai écrit, pas vous !

— Mais c'est n'importe quoi ! hurla Anna.

Elle se mit à agiter son couteau dans tous les sens, obligeant Viktor à reculer, jusqu'à heurter le bord du bureau.

— Vous ne comprenez donc pas ce qui se passe ? Vous ne voyez pas les indices ?

Ses yeux lançaient des éclairs. Elle le fixait d'un air mauvais.

— Qu'est-ce que vous voulez dire ? De quels indices voulez-vous parler ?

— Oh, monsieur le psychologue en chef, vous vous croyez très malin, hein ? Vous vous imaginez que je vous vole, que j'entre chez vous par effraction et que je téléphone à votre femme, c'est ça ? Vous n'avez toujours pas compris ? Oui, c'est ça, vous n'avez toujours rien compris.

Anna avait soudain retrouvé son calme. Toute tension avait disparu de son visage et elle était redevenue la jolie jeune femme aux habits démodés dont Viktor avait fait la connaissance quelques jours plus tôt.

— Très bien, poursuivit-elle en souriant. Dans ce cas-là, nous n'avons pas d'autre choix que de faire un dernier voyage ensemble.

— Comment ça ?

Une terreur sans limite s'était emparée de Viktor. Il pouvait à peine respirer.

Un dernier voyage ?

— Venez là et regardez dehors !

De son couteau, Anna fit un signe vers la fenêtre qui donnait sur la route. Viktor lui obéit et s'approcha.

— Qu'est-ce que vous voyez ?

— Une voiture. Une Volvo.

Viktor peinait à en croire ses yeux. Non seulement les véhicules privés étaient interdits sur l'île, mais cette voiture semblait rigoureusement identique à celle qu'il avait lui-même laissée au parking, avant de traverser jusqu'à Parkum.

— Allez, grouille-toi !

Anna était déjà à la porte.

— Et où allons-nous ?

— On va faire une petite virée. Notre chauffeur attend.

De fait, Viktor put distinguer une silhouette assise au volant de la voiture, dont le moteur tournait déjà.

— Et si je refuse de vous suivre ? tenta de protester Viktor en la regardant droit dans les yeux.

Sans un mot, Anna plongea la main dans la poche de son manteau et en sortit le pistolet qu'il avait cherché en vain, quelques minutes plus tôt, sur le bureau de Halberstaedt.

Résigné, il s'avança lentement vers la sortie.

50

L'intérieur de la Volvo sentait le cuir neuf. On aurait dit que les banquettes venaient d'être traitées à la cire d'abeille. Lorsqu'il pénétra dans le véhicule, Viktor fut assailli de souvenirs, au point qu'il en oublia un instant le danger auquel il était exposé. Cette voiture était exactement du même modèle que celle qu'il avait prise pour gagner la côte trois semaines plus tôt. Tout correspondait, tout lui était familier. Et bien que cela fût parfaitement impossible, Viktor aurait juré que quelqu'un avait amené sa propre voiture du continent jusqu'ici, au mépris de la tempête.

— Qu'est-ce que c'est que ce cirque ? finit-il par demander.

Sa question s'adressait non seulement à Anna, qui avait pris place à côté de lui sur la banquette arrière, mais au conducteur assis devant lui, dont il n'apercevait que la silhouette.

— Comme je vous le disais, on va faire une petite virée.

Anna frappa dans ses mains et la Volvo se mit lentement en mouvement.

Quelle que soit notre destination, songea Viktor, *on ne peut pas aller bien loin. Il n'y a que deux routes sur l'île. D'ici à cinq minutes tout au plus, nous aurons atteint le phare, et il n'y aura plus qu'à faire demi-tour.*

— Et où allons-nous ?

— Mais Viktor, vous le savez très bien. La solution est là, sous vos yeux !

La voiture commençait à prendre de la vitesse et, malgré la pluie qui fouettait le pare-brise, le conducteur ne manifestait nulle intention de mettre les essuie-glaces.

— Tenez, lisez !

Anna lui avait remis trois feuilles couvertes d'inscriptions au stylo bleu. À l'évidence, c'était elle qui en était l'auteur, et Viktor commença à craindre le pire.

— Qu'est-ce que c'est ?

— Le dernier chapitre de l'histoire de Charlotte. La fin. C'est bien ce que vous vouliez lire, non ?

Viktor vit que les rebords des feuilles étaient légèrement brûlés. Comme si Anna avait effectué un voyage dans le temps pour les retirer au dernier moment de la cheminée.

— Lisez !

Anna pointa son pistolet vers les feuilles, sur lesquelles il jeta un premier regard.

La Fuite

— Pourquoi ne pas tout simplement me raconter ce que…

— Lisez ! l'interrompit-elle avec fureur.

Hésitant, Viktor commença à déchiffrer les premières phrases.

La nuit que nous avons passée à l'hôtel Hyatt fut affreuse. Charlotte saignait sans arrêt du nez, et nous avons dû faire monter des draps et des serviettes propres. Je n'avais plus de médicaments, mais Charlotte me suppliait de ne pas la laisser seule : je ne pouvais donc me rendre à la pharmacie de nuit pour en acheter. Lorsqu'elle s'endormit enfin, je ne voulus pas prendre le risque de la réveiller en envoyant le réceptionniste acheter du paracétamol et de la pénicilline. En frappant à la porte de notre chambre, il l'aurait certainement tirée de son sommeil.

Sa lecture fut interrompue par une violente secousse : la voiture venait de passer sur un nid-de-poule rempli d'eau. Viktor ne savait que penser. Pour l'instant, rien de ce qu'il avait lu ne lui permettait de comprendre la situation absurde dans laquelle il se trouvait : enfermé avec une folle armée d'un pistolet, qui l'obligeait à lire le témoignage manuscrit de ses divagations.

Elle n'est pas schizophrène. Elle fait juste semblant.

Le conducteur restait muet et semblait bien décidé à battre un record de vitesse, alors même que la tempête ne permettait pas d'y voir à plus de quatre mètres. La voiture roulait si vite que, lorsque Viktor regarda par la fenêtre, il ne parvint pas à distinguer où ils se trouvaient.

— Continuez !

Anna avait immédiatement remarqué son petit moment d'inattention. Afin de donner plus de poids à son injonction, elle enleva la sécurité du pistolet.

— Ça va ! Ça va ! Je lis, Anna, je lis.

Une nouvelle fois, Viktor dut se plier à son destin. Et une nouvelle fois, il fut saisi d'horreur par ce qu'il découvrit.

51

Le lendemain, après un rapide petit déjeuner, Charlotte et moi quittâmes l'hôtel pour la gare. Là, nous prîmes le train pour Westerland. Une fois arrivées là-bas, nous parvînmes au bout d'une heure à convaincre un vieux pêcheur de nous déposer à Parkum. Je ne savais pas pourquoi Charlotte voulait m'y emmener, mais je pressentais que c'était là, sur cette île isolée, que notre histoire devait trouver sa conclusion.

Une fois que nous eûmes mis pied à terre, Charlotte sembla aussitôt retrouver des couleurs. Comme si l'air marin et le climat vivifiant de la mer du Nord lui faisaient du bien. Et, comme pour confirmer ce changement, elle me fit la demande suivante : « À partir de maintenant, ne m'appelle plus Charlotte. Ici, sur ma petite île, j'ai un autre prénom. »

— Josy ?

Viktor leva les yeux et vit qu'Anna souriait.

— Évidemment. Depuis le début, nous savions tous les deux de qui il s'agissait, non ?

— Mais c'est impossible. Vous n'avez pas pu venir à Parkum avec Josy. On vous aurait remarquées. On m'en aurait parlé…

— Oui, c'est vrai.

Anna le regardait comme s'il était un patient un peu faible d'esprit, l'air de dire : « Mais oui, tout va bien se passer. »

— Continuez à lire, vous verrez.

Et Viktor obéit.

52

Nous nous installâmes dans une petite maison au bord de l'eau, à dix minutes à pied du village et du port. Josy me dit qu'autrefois elle était souvent venue ici avec ses parents. Chaque fois qu'ils voulaient prendre de longues vacances, plutôt que de se contenter d'un week-end à Sacrow.

Nous nous apprêtions à allumer un feu de cheminée et à préparer du thé, quand Josy me prit par la main.

— Maintenant, je vais te donner le dernier indice, Anna, me dit-elle.

Je la suivis jusqu'à la fenêtre du salon, qui offrait une vue merveilleuse sur la plage et la mer.

— Le Mal n'a pas cessé de nous poursuivre, m'expliqua-t-elle. Nous n'avons pas pu nous en débarrasser, ni à Berlin ni à Hambourg. Et, à présent, il est avec nous sur cette île.

Je ne compris d'abord pas ce qu'elle voulait me dire par là. Mais, bientôt, j'aperçus à environ cinq cents mètres une minuscule silhouette qui marchait le long de la plage. Plus elle s'approchait, plus mes doutes se trouvaient confirmés.

Le Mal vivait effectivement chez Josy, à Schwanenwerder. Et il nous avait suivies jusqu'ici. Je pris Josy par la main et nous nous précipitâmes dans l'entrée. Je n'avais pas de plan particulier, mais j'étais sûre d'une chose : si je ne parvenais pas à trouver une cachette pour la petite fille, il se passerait quelque chose d'horrible. Je courus donc avec elle jusqu'à la petite cabane qui abritait le générateur, à quelques mètres du perron.

Nous entrâmes. L'atmosphère y était glaciale et puante, comme dans une vieille cabine téléphonique sentant le tabac froid. Mais tout valait mieux que d'attendre dehors. Je fermai la porte : il était moins une.

Car, à ce moment-là, Isabel était déjà à moins de cent mètres de nous.

— Ma femme ?

Viktor n'osait plus regarder Anna dans les yeux.

— Oui.

— Qu'est-ce qu'elle a fait ?

— Continuez à lire, vous comprendrez.

Le moteur de la Volvo vrombissait de plus en plus en fort. Viktor ne savait plus si l'adrénaline qu'il sentait monter en lui provenait de la menace que représentait Anna ou de la vitesse démentielle à laquelle la voiture fonçait sur cette route mal entretenue. Sans doute les deux. Il s'étonnait lui-même d'être encore en mesure de penser, et même de lire, dans une telle situation de danger. *Heureusement que je ne fais jamais de malaise quand je lis en voiture*, songea-t-il, avant de chasser immédiatement cette pensée triviale.

Et il reprit sa lecture.

53

Malheureusement, on ne pouvait fermer la porte à clé de l'intérieur de la cabane. J'ignorais les projets d'Isabel, le pouvoir dont elle disposait, et je ne savais pas ce qu'elle voulait faire à Josy. Mais je sentais bien que nous serions perdues s'il lui venait à l'idée de nous chercher ici. La cabane n'avait pas de fenêtre, et on pouvait en balayer l'intérieur d'un seul coup d'œil. J'imaginai que nous pourrions nous cacher derrière le générateur, dont le bourdonnement recouvrait heureusement tous les bruits que nous faisions. Mais il n'y avait pas assez d'espace entre le moteur et le mur, pour que nous puissions nous y réfugier toutes les deux.

— Qu'est-ce qu'elle t'a fait ? demandai-je à Josy tout en réfléchissant à un moyen de nous échapper de ce piège.

— Regarde les indices, répondit-elle, sans grande conviction.

— Nous n'avons plus le temps, lui rétorquai-je. Josy, si tu veux que je t'aide, il faut que tu me dises ce qui nous attend ! Qu'est-ce que ta mère t'a fait ?

— Elle m'a empoisonnée, répondit la fillette d'une voix éteinte.

Je sursautai, car j'avais cru entendre un bruit dehors, devant la cabane.

— Mais pourquoi ? lui demandai-je tout en m'approchant de la porte.

— J'ai été méchante. Je me suis mal comportée, à Sacrow.

— Qu'est-ce que tu as fait ?

— J'ai saigné. Et maman ne veut pas que je saigne. Elle préfère que je reste sa petite fille chérie. Il ne faut pas que je grandisse et que je lui donne des soucis.

Horrifié, Viktor laissa tomber les feuilles sur le sol de la Volvo.

— Vous comprenez, maintenant ? lui demanda Anna.

— Oui, je crois, souffla Viktor.

Soudain, tout faisait sens. Le sang dans la salle de bains. Le poison. Isabel. Était-ce possible ? Est-ce que sa femme ne pouvait vraiment pas accepter que sa propre fille devînt adulte ? Était-elle donc à ce point malade ? Avait-elle vraiment empoisonné Josy afin qu'elle restât pour toujours cette petite fille sans défense dont elle aimait tant prendre soin ?

— Comment l'avez-vous appris ? demanda Viktor. Qu'est-ce que vous avez à voir avec tout ça ?

— Je ne peux pas vous répondre, dit Anna. Pour comprendre, il faut lire la suite.

Viktor ramassa les feuilles à ses pieds, bien décidé à découvrir enfin comment se terminait le cauchemar dans lequel il vivait depuis plus de quatre ans.

54

J'entrouvris la porte, et ce que je vis me glaça d'horreur. Isabel était debout sur le perron, armée d'un grand couteau de cuisine. Elle regarda autour d'elle, puis se mit à descendre lentement les escaliers.

— Comment t'a-t-elle empoisonnée, Josy ? Avec quoi ? lui demandai-je tout en refermant la porte.

— J'ai une allergie, murmura la petite fille d'une voix sourde. Je ne supporte ni le paracétamol ni la pénicilline. Et personne n'est au courant. Sauf elle.

Je n'eus pas le temps d'analyser ce qu'elle venait de me dire. Il me fallait d'abord trouver une issue. Mais que faire ? Je n'osais allumer la lumière et décidai donc d'utiliser mon briquet, même si je savais que cela pouvait être dangereux, dans cet espace confiné qui puait le carburant.

Désespérée, je regardais autour de moi tout en serrant la main de Josy afin qu'elle ne cherchât pas à s'enfuir dehors, sous l'effet de la panique.

— C'est inutile, Anna, murmura-t-elle. Elle va nous trouver et elle va nous tuer. J'ai été méchante.

J'ignorai sa remarque et continuai à scruter les murs et le plafond, consciente qu'Isabel pouvait faire irruption à tout moment, le couteau à la main.

Je l'entendais déjà qui appelait sa fille.

— Josy, Josy ! Ma chérie, où es-tu ? Viens ici. Je cherche seulement à t'aider !

Sa voix mielleuse était toute proche et Josy se mit à pleurer. Heureusement, le vacarme du générateur continuait à masquer tout autre bruit. Dans la lueur tremblotante de mon briquet, j'examinais toujours la cabane, regardant dans tous les sens. Je finis enfin par trouver une solution. Mon regard s'arrêta une nouvelle fois sur le vieux moteur rouillé. Je suivis des yeux un long tuyau qui sortait du coin droit de l'appareil et s'enfonçait dans le sol, juste à mes pieds. Le réservoir à fioul !

Comme je m'y attendais, le générateur n'était pas aux dernières normes de sécurité. Le réservoir était encastré dans le plancher de la cabane, juste sous nos pieds. C'était une sorte de cuvette en plastique d'environ deux mètres de diamètre, dont le couvercle dépassait légèrement du sol. Je fis sauter la fermeture et repoussai cette plaque de béton sur le côté. Au début, je crus que je n'y arriverais pas, c'était trop lourd. Avec mes pieds, je pris appui contre le mur de la cabane et, avec l'énergie du désespoir, je parvins à faire bouger le couvercle d'une quarantaine de centimètres. C'était suffisant pour permettre à Josy et moi d'entrer dans la cuvette.

— Je ne veux pas entrer là-dedans.

Nous fixions toutes les deux ce large trou noir, d'où émanait une écœurante odeur de mazout.

— Il le faut, lui dis-je. C'est notre seule chance.

Comme pour donner plus de poids à mes paroles, la voix d'Isabel se rapprocha encore de la cabane.

— Josy ? Viens voir maman ! Sois une gentille fille.

Elle n'était plus qu'à quelques pas.

— Viens, reprit-elle. Tu n'es pas toute seule. Je suis là !

Josy était paralysée par la peur, ce qui me facilita les choses. Je pus la prendre dans mes bras et la faire descendre dans la cavité sans qu'elle opposât la moindre résistance. Le réservoir faisait environ un mètre cinquante de profondeur et n'était qu'à moitié rempli, de sorte qu'il n'y avait pas de risque que Josy se noyât. Dès qu'elle fut descendue, je me ruai sur la porte pour en bloquer la poignée avec une vieille chaise de jardin. Puis je pris un pied-de-biche et brisai l'ampoule qui pendait du plafond. Dans l'obscurité quasi totale, je retirai le tuyau d'alimentation du générateur. Puis je glissai la tige en métal sous la plaque pour faire levier. Rassemblant mes dernières forces, je tentai de la soulever. Mes rotules et mes vertèbres craquèrent… mais je finis par y parvenir : le couvercle se souleva et retomba avec un bruit sourd devant le réservoir, à côté du générateur.

Surmontant mon dégoût, je me plongeai à mon tour dans le mazout épais et visqueux. Il était temps. Mes pieds avaient à peine touché le fond qu'Isabel se mit à secouer la porte.

— Josy ? Tu es là ?

Pour le moment, la chaise résistait encore, mais il n'y en avait plus que pour quelques secondes avant qu'elle ne cédât.

— Pourquoi tu as fait ça ? Pourquoi tu as enlevé le couvercle ? demanda Josy en sanglotant, tout en prenant ma main pleine de fioul dans la sienne.

— Parce que c'est moins voyant, lui répondis-je. Je n'aurais jamais pu refermer le couvercle de l'intérieur. Comme ça, on peut espérer qu'elle ne remarquera rien et qu'elle ne nous verra pas.

J'avais conscience que mon plan était de la pure folie et qu'il n'avait aucune chance d'aboutir.

La porte en tôle s'ouvrit avec fracas et je sentis un vent froid souffler jusqu'à nous.

— Josy ?

Je savais qu'Isabel était maintenant dans la pièce, mais je ne pouvais entendre ses pas, car le bruit du générateur redoubla encore.

Je constatai avec soulagement qu'Isabel n'avait pas de lampe de poche. Seule la lumière du crépuscule éclairait faiblement l'intérieur de la cabane. Je priai en silence pour qu'elle ne remarquât pas que le réservoir était ouvert. Et quand bien même : sans lampe, elle n'aurait pas pu nous voir. Et elle n'allait tout de même pas utiliser une allumette pour regarder ce qu'il y avait dans ce réservoir à fioul…

J'ordonnai à Josy de s'accroupir et elle obéit. Seule sa tête dépassait encore du mazout, son corps était à présent entièrement enveloppé dans cette masse froide. Je voulus lui caresser la tête, mais je ne fis que salir ses cheveux.

— Reste calme. Tout ira bien, lui chuchotai-je.

Mais mes paroles n'eurent pas l'effet escompté. Josy tremblait de plus en plus et pleurait sans retenue. Je lui mis la main sur la bouche tout en prenant garde qu'elle pût continuer à respirer par les narines. Elle me mordit. En dépit de la violente douleur qui traversa tout mon corps, je ne lâchai pas prise. Pas tant qu'Isabel était encore au-dessus de nous.

Je ne sais pas combien de temps je restai ainsi : paniquée, accroupie dans un réservoir sombre et puant, en train d'essayer de maîtriser une petite fille hystérique. Une minute ? Cinq minutes ? J'avais perdu toute notion du temps. À un moment, j'eus la certitude qu'Isabel était partie. La lumière avait disparu. Elle avait dû refermer la porte.

Soulagée, je relâchai mon étreinte. Josy était toujours secouée par les sanglots.

— J'ai peur, papa, me dit-elle.

J'étais contente qu'elle s'adressât à moi comme à son père. Cela montrait au moins qu'elle avait confiance en moi.

— Moi aussi, lui dis-je en la serrant très fort contre moi. Tout ira bien.

Et de fait, tout aurait pu aller bien. Je le savais. Isabel était repartie.

Sans doute était-elle retournée dans la maison. Peut-être pour y chercher une lampe de poche. Cela aurait pu nous laisser du temps. Pour sortir du réservoir, courir jusqu'au village, chercher de l'aide… Bref, pour nous tirer d'affaire.

Mais, soudain, Josy se mit à pleurer. C'en était trop pour elle, de rester ainsi dans cette cuve visqueuse, où il faisait plus noir que dans une tombe. Puis elle se mit à crier. Sans retenue. Je ne pouvais rien faire pour l'en empêcher. Nous étions prisonnières de ce réservoir et rien ne pouvait la calmer. Mais ce n'était pas là le pire. J'avais commis une erreur fatale en enlevant le tuyau d'alimentation du générateur. Je ne le compris que lorsque le moteur se mit à tourner au ralenti, avant de s'arrêter subitement.

À présent, le moindre bruit que nous faisions devenait audible, même de l'extérieur de la cabane.

55

Viktor sentit les larmes lui monter aux yeux.

Sa petite fille chérie, enterrée vivante dans un tombeau puant. Il regarda Anna, respira l'odeur de la Volvo, sentit les vibrations du moteur. Il était prisonnier de son cauchemar.

— Qu'est-ce qui lui est arrivé ? Où est-elle ?

— Lis la suite !

La porte se rouvrit et, cette fois, j'entendis ses pas. Je n'avais pas d'autre choix. Je m'attendais à tout moment à voir le visage d'Isabel apparaître au-dessus de nous, et il ne me semblait plus impossible qu'elle allumât un briquet pour vérifier si nous n'étions pas dans le réservoir. Il ne me restait plus qu'une chose à faire pour éviter que Josy ne trahît notre présence. J'attrapai la petite et plongeai avec elle dans le fioul.

Le mazout nous enveloppait comme le noir manteau de la mort. Le liquide collant traversait tous nos vêtements et fermait tous les orifices de nos visages. Il nous bouchait les narines et les oreilles, de sorte que je n'entendais plus rien. Je me sentais comme une mouette prisonnière d'une marée noire, qui essaye désespérément de se débarrasser du pétrole qui souille son plumage.

Essayant de maîtriser le réflexe de survie qui me poussait à remonter à la surface, je restais plongée dans la cuve tout en appuyant sur la tête de Josy pour la maintenir en bas. Je n'avais plus d'air. Je ne savais pas ce qui se passait au-dehors. Je ne voyais ni n'entendais rien, et je sentais mes dernières forces m'abandonner. Lorsque, enfin, je n'y tins plus, je remontai à la surface, avec Josy dans mes bras. Je n'aurais pas pu faire autrement. Même s'il avait été trop tôt et qu'Isabel avait été encore là. Je n'aurais pas tenu une seconde de plus.

Mais il n'était pas trop tôt.

Il était trop tard.

Josy gisait sans vie dans mes bras. J'essuyai le mazout de sa bouche, écartai ses lèvres et la secouai. Je voulais lui faire du bouche-à-bouche, mais cela ne servait plus à rien. Je le sentais. Je le savais.

Jusqu'à ce jour, je ne sais pas si c'est le choc, la peur ou le fioul qui l'a tuée. Mais ce que je sais, c'est que c'est moi qui lui ai donné la mort, et pas Isabel.

— Non ! C'est un MENSONGE !

Viktor chercha à crier, mais seul un râle s'échappa de sa bouche.

— Non. C'est la vérité, répondit froidement Anna en jetant un bref regard par la fenêtre de la Volvo.

Viktor essuya du revers de la main les larmes qui coulaient sur son visage et releva la tête.

— Dis-moi que ce n'est pas vrai.

— Non, je ne peux pas.

— Mais tout ça, c'est des conneries ! T'es complètement folle !

— Oui, c'est vrai, Viktor. Je suis désolée.

— Pourquoi tu me tortures ? Pourquoi tu vas inventer tout ça ? Josy n'est pas morte !

— Si.

Elle n'est pas schizophrène, docteur Larenz. Elle a vraiment fait tout ce qu'elle raconte.

Le moteur se mit à rugir. Viktor regarda par la fenêtre et vit une rangée de lumières apparaître au loin.

— N'aie pas peur, c'est bientôt fini.

Elle le prit par la main.

— Qui es-tu ? lui cria-t-il. D'où est-ce que tu sais tout ça ?

— Je suis Anna. Anna Spiegel.

— Non, arrête ! Qui es-tu vraiment ? Qu'est-ce que tu veux de moi ?

Les lumières se rapprochaient de plus en plus, et même sans essuie-glaces, il parvint à distinguer où ils se trouvaient.

La Volvo roulait sur une jetée au-dessus de l'eau et fonçait vers la mer déchaînée.

— Dis-moi enfin qui tu es ! hurla Viktor.

— Je suis Anna Spiegel. C'est moi qui ai tué Josy.

Les lumières n'étaient plus qu'à deux cents mètres. La voiture avait déjà dû parcourir au moins un kilomètre et s'apprêtait à plonger dans l'immensité glacée de la mer du Nord.

— QUI ES-TU ?

La voix de Viktor se brisa et disparut sous le vacarme conjugué du moteur, du vent et des vagues.

— Je suis Anna. Anna Spiegel. Mais pourquoi perdre son temps avec ces enfantillages ? L'histoire n'est pas encore finie. Il te reste encore une page à lire.

Viktor secoua la tête et essuya un peu du sang qui lui coulait par le nez.

— Très bien, reprit-elle. Puisque c'est comme ça, je vais te faire une dernière faveur et te lire la fin.

Anna prit la dernière feuille des mains de Viktor.

Et tandis que la voiture poursuivait sa course sans répit, elle commença sa lecture.

56

Josy était morte. Il n'y avait aucun doute. Je serrai son petit corps sans vie contre moi, prête à hurler. Mais une fine pellicule de mazout collait à ma bouche et m'empêcha de laisser libre cours à mon désespoir. Désormais, peu m'importait qu'Isabel m'entendît ou non. Elle avait atteint son but. Josy, sa propre fille, était morte.

Je me relevai et sortis du réservoir. J'ouvris la porte, essuyai le fioul de ma bouche et me mis à crier son nom.

Isabel. Puis plus fort. Isabel !

Je fis quelques pas en direction du perron.

Isabel ! ASSASSIN !

Soudain, j'entendis un craquement. Derrière moi. Presque rien. Je me retournai et la vis sortir de la cabane. Et là, je sus qu'elle ne l'avait jamais quittée. Elle avait attendu patiemment que son enfant étouffât.

Lentement, je m'approchai d'elle. Je pouvais tout juste distinguer sa silhouette, car j'avais encore du fioul plein les yeux. Mais lorsqu'elle ne fut plus qu'à quelques pas de moi, tout devint clair.

Elle me tendit sa main couverte de mazout et là, je compris enfin mon erreur. Je m'étais trompée. Tout du long. Tout cela n'était qu'une gigantesque erreur. Et tout était de ma faute. Car j'étais face à…

… Viktor regarda Anna dans les yeux, dans l'attente du dénouement. Et tout à coup, il comprit.

Au moment où la voiture atteignit le bout de la jetée et prit son envol au-dessus de la mer, le brouillard qui obscurcissait ses pensées s'évapora.

Le générateur. L'ampoule au plafond. La chambre.

Soudain, tout était clair.

... le panneau en métal, le linoléum marron, la perfusion.

Il comprenait, à présent.

Anna Spiegel !

La certitude prenait possession de son esprit.

J'étais face à...

Tout faisait sens : Anna. On pouvait lire ce prénom aussi bien à l'endroit qu'à l'envers. Comme dans un miroir : *Spiegel*, en allemand.

— Toi, c'est moi ! s'écria-t-il.

La voiture disparut lentement et céda la place à une chambre d'hôpital.

— Oui.

Viktor sursauta une dernière fois en entendant sa propre voix, comme un animal qui se reconnaît en voyant son reflet. Il répéta la phrase une dernière fois, comme pour être sûr de ne pas se tromper.

J'étais face à...

J'étais face à moi-même !

Puis, le silence se fit.

On était le lundi 26 novembre et un clair soleil hivernal brillait à travers la fenêtre grillagée d'une chambre de la clinique psychiatrique de Wedding, à Berlin. C'est là que le docteur Viktor Larenz, psychiatre célèbre et spécialiste de la schizophrénie renommé, se réveilla pour la première fois en quatre ans, deux semaines après qu'on eut cessé de lui donner ses médicaments.

C'était un bel après-midi d'automne ensoleillé. Le vent était retombé, les nuages s'étaient dispersés et la tempête des jours précédents n'était plus qu'un mauvais souvenir.

57

Neuf jours plus tard.

Il n'y avait pas foule, à l'auditorium de la clinique psychiatrique de Wedding. Deux hommes installés au premier rang faisaient face à un orateur de petite taille, aux tempes grisonnantes. Hormis eux, il n'y avait pas âme qui vive dans cette salle qui pouvait accueillir jusqu'à cinq cents personnes. On avait baissé la lumière et les portes étaient toutes fermées à clé.

Les deux auditeurs comptaient parmi les meilleurs juristes du pays, et ce que le professeur Malzius avait à leur dire était strictement confidentiel.

— Durant de longues années, le docteur Larenz a dirigé un cabinet dans la Friedrichstraße, qui marchait très bien. Je suppose qu'il est inutile que je m'étende davantage sur sa personne, compte tenu du fait que vous le connaissez déjà au travers de ses publications et de ses nombreuses apparitions médiatiques, même si celles-ci datent maintenant d'il y a quelques années.

Les deux avocats se raclèrent la gorge et le professeur passa à la diapositive suivante. La première image, qui représentait le docteur Larenz au meilleur de sa forme, debout devant un rayonnage de livres dans son cabinet, céda la place à une seconde photographie autrement moins flatteuse : on voyait le psychiatre nu, recroquevillé en position fœtale, allongé sur un simple lit d'hôpital.

— Il est entré dans notre clinique en état de choc, juste après la disparition de sa fille. Au début, nous pensions que ce serait provisoire. Mais son état n'a cessé d'empirer depuis, de sorte que nous l'avons gardé jusqu'à ce jour.

La diapositive suivante représentait une coupure de journal.

L'Allemagne à la recherche de Josy.
Toujours pas de nouvelle de la fille du docteur Larenz.

— La fille du docteur, âgée de douze ans, a disparu il y a maintenant quatre ans, au mois de novembre. Auparavant, elle avait souffert durant onze mois d'une mystérieuse maladie. L'origine de ce mal, la cause de sa disparition, l'identité de son ravisseur, rien de tout cela n'a pu être tiré au clair.

Malzius laissa planer un silence lourd de sous-entendus, avant d'ajouter :

— Du moins, jusqu'à aujourd'hui.

— Veuillez m'excuser.

L'un des deux avocats, un petit homme aux boucles blondes, s'était levé pour prendre la parole, comme il est d'usage de le faire au tribunal.

— Pourriez-vous peut-être condenser quelque peu votre propos ? Comme vous pouvez l'imaginer, tous ces détails nous sont déjà parfaitement familiers.

— C'est bien noté, maître Lahnen. Je suis bien sûr au courant que vous et votre collègue, maître Freymann, n'avez que peu de temps à me consacrer.

— Bien. Vous savez donc aussi que d'ici à une demi-heure, votre patient sera transféré à l'hôpital carcéral de Moabit, où le premier interrogatoire aura lieu demain. Nous aimerions donc lui parler dès aujourd'hui. Maintenant qu'il a retrouvé ses esprits, il va devoir répondre d'accusations graves, peut-être même de meurtre.

— C'est exact. Aussi, il importe d'autant plus que vous m'écoutiez avec attention, afin de pouvoir le défendre au mieux, répliqua le professeur Malzius, qui ne goûtait guère d'être ainsi interrompu dans son propre auditorium, qui plus est par des gens qui n'étaient même pas médecins.

Lahnen se mordit la lèvre inférieure et finit par se rasseoir, tandis que Malzius poursuivait comme si de rien n'était.

— Durant quatre ans, notre patient est resté inconscient. Durant quatre ans, il a vécu dans son monde intérieur, jusqu'à ce que, voilà trois semaines, nous prenions une mesure courageuse, inhabituelle, je dirais même radicale. Je vous épargne les détails techniques, pour en venir tout de suite à ce que nous avons découvert.

Les deux avocats hochèrent la tête avec reconnaissance.

— Il faut d'abord que vous sachiez que Viktor Larenz souffrait de deux maladies simultanées : le *syndrome de Münchhausen* et la *schizophrénie*. Je voudrais d'abord vous parler de la première, qui n'est guère connue du grand public. Ce syndrome porte le nom du fameux baron menteur, Münchhausen. Les patients concernés mentent en effet à leurs proches et à leurs médecins en leur faisant croire qu'ils souffrent de symptômes imaginaires, dans le but d'attirer leur attention et leur compassion. On connaît des cas où des personnes en parfaite santé ont simulé des crises d'appendicite avec un tel réalisme qu'on a fini par les opérer. Ensuite, les patients frottent la plaie chirurgicale avec de l'excrément ou des ordures, pour éviter qu'elle ne guérisse.

— C'est complètement malade, murmura Lahnen, révulsé.

À en juger par l'expression de son visage, son collègue partageait pleinement son avis.

— Exactement, confirma Malzius. Et c'est une maladie qui est très difficile à diagnostiquer. Pourtant, elle n'est pas aussi rare qu'on pourrait le penser. En Angleterre, certaines unités de soins intensifs sont maintenant placées sous surveillance vidéo. Mais même ce genre de précaution n'aurait été d'aucune utilité dans le cas du syndrome de Münchhausen tel qu'il s'est déclaré chez Viktor Larenz. Car celui-ci ne détruisait pas sa propre santé, mais celle de son alter ego. Sa fille Joséphine, dite Josy.

Le professeur prit le temps de savourer l'effet de cette révélation sur son auditoire.

— En tant que père de famille, Larenz était le seul à savoir que sa fille était violemment allergique à deux médicaments, le paracétamol et la pénicilline, ce qu'il a mis à profit pour exécuter son projet meurtrier. Il lui prescrivait des doses toujours plus importantes de ces médicaments. D'une certaine manière, le crime était presque parfait. Comme Larenz n'avait révélé son allergie à personne, tous trouvaient normal qu'il lui donne d'abord du paracétamol contre ses maux de tête, puis de la pénicilline pour soigner les mystérieuses infections qui se déclaraient. Ses proches pensaient qu'il s'occupait de sa fille avec amour et qu'il faisait de son mieux pour la guérir. La vérité était tout autre : par son comportement, il contribuait activement à aggraver l'état de santé de Joséphine, jusqu'à provoquer chez elle des chocs anaphylactiques potentiellement mortels.

Le professeur fit une nouvelle pause, le temps d'avaler une gorgée d'eau, puis poursuivit.

— Le marathon de consultations médicales qu'il fit subir à Josy est un autre symptôme caractéristique du syndrome de Münchhausen par procuration, également appelé syndrome de Meadow. La folie meurtrière du docteur a été déclenchée par un événement bien précis. Larenz passait des vacances avec sa femme et sa fille, dans leur bungalow de la forêt de Sacrow. À cette époque, Joséphine avait onze ans, et jusque-là, elle avait eu avec son père une relation très étroite, presque fusionnelle. Mais cela était en train de changer. Joséphine s'était mise à fermer la porte à clé lorsqu'elle allait dans la salle de bains. Elle se rapprochait de sa mère et tendait à éviter son père. La raison en était simple : elle venait d'avoir ses premières règles. Cet événement tout à fait normal dans la vie d'une jeune fille a plongé Larenz dans une spirale de démence. Il avait compris que Joséphine était en train de passer lentement à l'âge adulte et que, un jour ou l'autre, elle finirait par quitter définitivement le foyer familial. Personne n'avait remarqué que les sentiments de Larenz vis-à-vis de sa fille étaient excessifs et maladifs. Et personne n'a remarqué comment il a fait en sorte de la maintenir dans sa dépendance : en l'empoisonnant. Ça, c'est le versant « Münchhausen » de sa maladie. Jusqu'alors, on n'avait diagnostiqué ce genre de cas que chez des mères. À notre connaissance, c'est la première fois qu'un père fait une telle chose à sa fille.

— Professeur Malzius, l'interrompit Freymann. Tout cela est certes très intéressant. Mais il nous faut avant tout savoir si notre homme a agi ou non de manière préméditée. Or la méthode employée semble suggérer que c'est le cas, non ?

— Pas forcément. N'oubliez pas : Larenz est un menteur pathologique, qui souffre du syndrome de Münchhausen. Mais il y a plus. Il ne se contente pas de raconter des mensonges, il y croit vraiment. C'est là qu'intervient sa deuxième maladie, la schizophrénie.

Malzius jeta un regard à ses deux auditeurs.

— C'est ce qui le rend complètement imprévisible.

58

Les portes de l'auditorium étant fermées, le docteur Roth dut sortir dans la cour pour pouvoir regarder par la fenêtre ce qui se passait dans la salle. Après que Larenz lui eut raconté la fin de son histoire, il s'était hâté de descendre pour voir où en étaient le professeur Malzius et les deux avocats. Il avait le secret espoir que, une fois encore, le professeur se laisserait aller à de longues digressions, comme toujours lorsqu'il s'exprimait en public. Cet espoir semblait se confirmer. Lorsqu'il vit que Malzius en était encore à ses premières diapositives, Roth calcula qu'il avait encore un quart d'heure devant lui. Néanmoins, il se hâta de remonter, d'autant qu'il avait prévu un petit détour par la pharmacie de l'hôpital. Trois minutes plus tard, il arriva tout essoufflé devant la chambre 1245. Il se passa la main dans les cheveux et jeta un regard furtif à travers le judas aménagé dans la porte en métal. Rien n'avait bougé. Larenz était toujours ligoté sur son lit et fixait le plafond. Pourtant, Roth hésita un instant. Puis il sortit la lourde clé en métal de sa poche et l'introduisit lentement dans la serrure. Lorsqu'il la tourna, la porte s'ouvrit d'elle-même.

— Vous êtes donc revenu.

Larenz releva un peu la tête et regarda en direction du médecin. Celui-ci avait plongé la main gauche dans la poche de sa blouse, afin que Larenz ne vît pas ce qu'il y avait dedans.

— Oui.

— Donc, vous avez fini par changer d'avis ?

Roth avança jusqu'à la fenêtre grillagée et contempla sans un mot la sombre cour enneigée. Les premiers flocons étaient tombés ce matin, masquant la laideur et le dénuement de cet espace bétonné.

— Vous avez apporté ce que je vous ai demandé ?

— Oui, mais…

— Il n'y a pas de « mais » ! Il ne peut pas y en avoir, si vous avez écouté attentivement ce que je vous ai raconté.

Larenz avait raison. Et le docteur Roth le savait. Malgré tout, il hésitait toujours. Son plan était trop dangereux. Et il ne voulait pas lui faciliter trop les choses.

— Allons, dépêchons-nous. Nous n'avons plus le temps, mon jeune ami. Cela fait déjà une demi-heure qu'ils devraient être ici.

— Très bien. Je vais vous faire une dernière faveur, docteur Larenz. Pour vous remercier de vous être confié aussi ouvertement à moi. Mais je ne peux vraiment pas faire plus.

Roth lâcha la boîte de médicaments, sortit la main gauche de sa poche et, en quelques gestes, détacha les sangles qui maintenaient Viktor attaché sur le lit. Soulagé, celui-ci se mit à se frotter les mollets et les poignets, enfin libérés.

— Merci. Vous êtes mon bienfaiteur.

— Il n'y a pas de quoi. Il ne nous reste plus que dix minutes. Ensuite, je devrai à nouveau vous attacher. Est-ce que vous voulez en profiter pour aller aux toilettes et vous laver un peu ?

— Non. Ce que je veux, vous le savez très bien.

— La liberté ?

— Oui.

— C'est impossible. Je ne peux pas faire ça, je vous l'ai déjà dit.

— Mais enfin, pourquoi ? Je ne comprends pas. Maintenant que vous connaissez toute mon histoire…

— Vraiment ?

— Mais bien sûr. Je vous ai tout raconté.

— Non, je ne crois pas.

Le docteur Roth secoua la tête en respirant bruyamment par le nez.

— Je suis plutôt d'avis que vous m'avez caché quelque chose d'essentiel. Et vous savez parfaitement de quoi je veux parler.

— Vraiment ? répondit Larenz avec un sourire ironique.

— Qu'est-ce qui vous fait rire ?

Le sourire de Larenz s'élargit encore.

— Rien, rien. Je me demandais juste combien de temps il vous faudrait avant que vous ne vous en rendiez enfin compte.

59

Le professeur toussota et but une nouvelle gorgée d'eau. Puis il reprit son discours, toujours sur le même ton monocorde dont il avait le secret.

— Grâce à sa schizophrénie, Larenz pouvait se réfugier dans des mondes imaginaires. Au début, cela ne lui arrivait que de temps en temps. Plus tard, c'est devenu son état normal. Ses hallucinations l'aidaient à refouler tout ce qu'il avait fait à Josy. Un réflexe de survie, si vous voulez. Il se cachait à lui-même le fait qu'il empoisonnait sa fille en lui donnant des médicaments auxquels elle était allergique. Il croyait lui-même à l'image qu'il renvoyait aux autres : celle d'un père aimant qui était prêt à sacrifier sa carrière pour mieux soigner sa fille et qui cherchait désespérément l'origine de ses maux. Il consultait toutes sortes de médecins mais n'a jamais emmené sa fille chez l'allergologue, ce qui aurait pourtant été recommandé dans un cas pareil. Plus la maladie de sa fille progressait, plus ses hallucinations empiraient. Ses relations avec sa femme Isabel se sont détériorées, et il s'est mis soudain en tête que cette dernière pouvait avoir quelque chose à voir avec la mauvaise santé de Joséphine. Dans sa folie, il est donc allé jusqu'à soupçonner Isabel, alors qu'il était lui-même coupable.

— Si ce que vous nous dites est vrai, cela signifie que le docteur Larenz n'était pas responsable de ses actes.

Cette fois, c'était Freymann qui avait pris la parole. C'était un colosse de deux mètres, vêtu d'un blazer bleu à boutons dorés. Son ventre ressortait un peu au-dessus de son pantalon de flanelle, auquel pendait la chaîne d'une montre de gousset.

Malzius lui répondit sur un ton de remontrance, comme s'il s'adressait à un enfant mal élevé :

— Je ne peux que vous décrire les faits, messieurs. D'un point de vue médical, la situation est telle que je vous l'ai décrite, pour autant que nous puissions en juger. Après, à vous d'en tirer les conclusions juridiques qui s'imposent. Mais c'est vrai, je partage votre opinion : Viktor Larenz ne peut pas être considéré comme une personne responsable. En tout cas, son crime n'était certainement pas prémédité. Il n'a jamais eu l'intention de tuer sa fille. Il voulait simplement qu'elle reste dépendante de lui. D'ailleurs, ce n'est pas le poison qui l'a tuée. C'est lui qui l'a étouffée par mégarde.

Le professeur Malzius appuya sur la télécommande pour passer à la diapositive suivante. Cette fois, on voyait la propriété familiale de Schwanenwerder, au bord du lac de Wannsee.

— Voilà la maison, ou plutôt la propriété de la famille.

De nouveau, les deux avocats hochèrent la tête, sans cacher leur impatience.

— Lors d'une de ses crises de schizophrénie, le docteur Larenz a eu une vision fatale. Il s'est imaginé qu'il se trouvait à Parkum, une petite île de la mer du Nord. En fait, il était dans le jardin de sa maison et jouait avec Josy, lorsque les hallucinations ont commencé. Il entendait des voix et voyait sa femme Isabel, qui était en fait en train de travailler en ville. Comme je vous le disais, il s'était entre-temps mis dans la tête qu'Isabel était une menace pour Joséphine. Il était persuadé qu'elle voulait lui faire du mal, et il a donc traîné sa fille jusqu'à l'abri à bateaux, pour se cacher.

La diapositive suivante représentait une charmante maisonnette en rondins de bois, juste au bord du lac.

— Il a ordonné à Joséphine de ne pas faire de bruit, afin qu'Isabel ne puisse pas les entendre. Comme elle refusait de lui obéir et se mettait à crier, il l'a poussée entre les bateaux et l'a plongée dans l'eau en lui plaquant la main sur la bouche, jusqu'à ce qu'elle étouffe.

Au premier rang, les avocats avaient recommencé à murmurer et Malzius put saisir quelques bribes telles que « article 20-63 du Code pénal » ou encore « internement préventif ».

— Si vous permettez, je voudrais attirer votre attention sur un élément important, les interrompit Malzius. Je ne suis certes pas juriste, mais vous me disiez que le tribunal allait devoir juger s'il s'agissait d'un meurtre ou d'un accident.

— Entre autres, oui.

— Eh bien, comme je vous le disais, c'est un fait que Larenz n'a jamais voulu tuer sa fille. Il l'aimait beaucoup trop pour faire ça. Lorsqu'il a pris conscience de ce qu'il avait fait, il s'est réfugié dans une nouvelle hallucination. Il voulait tout effacer, revenir en arrière. La maladie de Joséphine. Ses souffrances. Et surtout sa mort. Aussi, son cerveau a fait revenir son enfant à la vie. Il est allé consulter un allergologue de l'Uhlandstraße en s'imaginant que Josy l'accompagnait. Personne n'a remarqué qu'il était arrivé au cabinet sans sa fille. Lorsqu'il s'est présenté, nul ne s'est étonné qu'il n'ait pas de rendez-vous, car on venait d'embaucher une jeune assistante médicale qui commettait encore souvent des erreurs. Ni le médecin, le docteur Grohlke, ni la police, qui est arrivée par la suite, n'avaient de raison de mettre en doute sa version, selon laquelle Joséphine avait été enlevée dans la salle d'attente pendant qu'il était aux toilettes. Alors qu'il était encore dans le cabinet, il a fait un collapsus et a été interné chez nous. Nous avons essayé de le soigner pendant de longues années, sans succès. Nous pensions que son état était dû à la disparition de sa fille, et nous ne comprenions pas pourquoi le traitement médicamenteux habituel ne le guérissait pas. C'est même le contraire qui est arrivé : son état se détériorait de jour en jour, puis de mois en mois. Comme nous ignorions qu'il était lui-même responsable de la disparition de Joséphine, il faut bien admettre que nous avions choisi la mauvaise voie. Nous avons d'abord cherché à soigner ses dépressions, mais cela n'a fait qu'aggraver son cas. Au bout d'un moment, il a cessé de parler, restant figé dans une immobilité catatonique. Nous savons à présent qu'il s'était réfugié dans son univers fictif et qu'il avait l'illusion de vivre en permanence sur l'île de Parkum. Il y vivait avec son chien Sindbad, rencontrait de temps à autre un maire du nom de Halberstaedt et un pêcheur du nom de Burg, et travaillait à une interview. Mais rien de tout cela n'était réel.

— Mais s'il était vraiment si malade… l'interrompit Freymann tout en consultant sa montre. Et s'il est resté inconscient pendant quatre ans, pourquoi s'est-il finalement réveillé, il y a neuf jours ? Tout à l'heure, vous nous avez dit vous-même qu'il avait retrouvé tous ses esprits. Alors ?

— Excellente question, admit Malzius. Regardez donc les photos suivantes : vous voyez là toute l'évolution de sa maladie, depuis le premier jour, où il fixe l'objectif d'un air perturbé, jusqu'à son effondrement final, où il ne fait plus que végéter, replié sur lui-même.

Les diapositives se succédèrent rapidement.

— Nul besoin d'être un spécialiste pour s'en rendre compte : tout ce que nous avons entrepris pour le guérir n'a fait qu'aggraver son cas. Jusqu'à ce qu'un de nos jeunes médecins propose une solution pour le moins osée. Vous l'avez deviné, il s'agit du docteur Martin Roth. Sur sa proposition, nous avons arrêté du jour au lendemain de lui donner ses médicaments.

— Et lorsqu'il n'a plus reçu ses piqûres… poursuivit Lahnen, impatient.

— … son esprit s'est pour ainsi dire guéri lui-même. Dans ses hallucinations, il s'était inventé un thérapeute : Anna Spiegel.

Lahnen siffla entre ses dents, ce qui lui attira un regard réprobateur de Freymann. À l'évidence, il existait une hiérarchie implicite entre les deux hommes.

— Au début, le docteur Larenz croyait que c'était elle qui était sa patiente. Mais c'était en fait exactement l'inverse. C'était lui le patient, et Anna Spiegel était son psychothérapeute. Elle lui tendait un miroir pour qu'il puisse voir de quoi il s'était rendu coupable : tuer sa propre fille. Il s'agit ainsi du premier patient schizophrène connu qui se soit lui-même soigné, à l'aide de ses propres hallucinations.

La lumière se ralluma et les deux avocats comprirent avec soulagement que la séance était enfin terminée. Cela faisait déjà une heure qu'ils auraient dû être auprès de leur client, et ils auraient largement préféré que le professeur Malzius se contentât d'un rapport écrit. Néanmoins, ils venaient de recueillir plusieurs informations importantes qui permettaient la mise au point d'une stratégie de défense plausible.

— Est-ce que cet exposé vous a été utile ? demanda Malzius en raccompagnant ses invités dans le hall.

— Oui, bien sûr, répondirent Freymann et Lahnen d'une seule voix.

— C'était vraiment très instructif. Cependant…

— Oui ?

Malzius avait haussé les sourcils. Il ne s'attendait pas à ce que sa petite conférence suscitât autre chose qu'un concert de louanges sans nuance.

— Eh bien, tout ce que vous nous avez dit repose, en dernière analyse, sur ce que Viktor Larenz vous a lui-même raconté, après avoir retrouvé ses esprits. C'est bien ça ?

Malzius hocha la tête.

— C'est à peu près ça. Jusque-là, il n'a pas été très causant. Nous avons dû reconstituer tout ça à partir de quelques vagues allusions.

Au téléphone, le professeur avait déjà prévenu les avocats que le patient était très peu communicatif. Hormis le docteur Roth, il refusait de parler à qui que ce fût, de sorte que les médecins n'avaient encore qu'une vision lacunaire de tout ce qui s'était vraiment joué dans sa tête.

— Mais si, comme vous nous le disiez vous-même, le docteur Larenz est un menteur pathologique, victime du syndrome de Münchhausen, comment pouvez-vous donc être sûr que toutes ces histoires ne sont pas elles aussi de son invention ?

Malzius consulta d'abord sa montre, puis regarda la grande pendule qui était accrochée au mur derrière eux. Lorsqu'il fut assuré que les deux avocats avaient bien compris qu'il n'avait pas de temps à perdre avec ce genre de questions, il répondit sèchement :

— À ce stade, nous n'avons bien sûr aucune certitude. Mais j'estime très peu probable qu'un patient atteint du syndrome de Münchhausen simule quatre ans durant une crise de schizophrénie, juste pour rendre un de ses mensonges plus crédible. À présent, si vous n'avez pas d'autres questions, je dois…

— Non ! l'interrompit brusquement Freymann.

L'avocat avait à peine levé la voix, mais cela avait suffi à retenir Malzius de leur tourner le dos.

— Quoi encore ? demanda le professeur, sans plus cacher son agacement.

— Une dernière question.

Malzius fronça les sourcils et regarda tour à tour Lahnen et Freymann.

— Et laquelle ? Quelle est donc la question à laquelle je n'ai pas encore répondu ?

— Eh bien, la plus importante. Celle pour laquelle nous sommes venus ici.

Freymann esquissa un sourire débonnaire.

— Où est le cadavre ?

60

— Bravo !

Larenz battit faiblement des mains.

— Excellent. Une question simple, mais ô combien pertinente !

— Alors ? Où est le cadavre de votre fille ? insista le docteur Roth.

Larenz arrêta d'applaudir, se frotta les poignets et jeta un regard sur le sol en linoléum marron, auquel l'éclairage artificiel donnait un léger reflet verdâtre.

— Très bien, souffla-t-il. Mais, dans ce cas-là, il faut que vous acceptiez notre marché.

— Vous me racontez toute l'histoire et je vous rends la liberté ?

— Oui.

— Non !

Viktor poussa un long soupir.

— Je sais que je suis coupable. J'ai commis le pire crime que l'on puisse imaginer. J'ai tué la personne que j'aimais le plus au monde. Ma propre fille. Mais vous savez que je suis malade. Très malade. Pour moi, il n'y a pas de guérison possible. Ça va être un show médiatique sans précédent. D'abord le procès et, ensuite, on m'enfermera. Si j'ai de la chance, ce sera dans une clinique psychiatrique. Mais vous croyez vraiment que cela apportera quelque chose à la société ?

Le docteur Roth haussa les épaules.

— Du point de vue de la société, je suis un meurtrier, c'est vrai. Mais on pourrait tout aussi bien me relâcher, étant donné que je ne referai plus jamais une chose pareille. Tout simplement parce que je n'aimerai plus jamais quelqu'un comme j'ai aimé ma fille. Je vous en supplie. Vous ne croyez pas que je suis déjà assez puni ? À qui cela va-t-il servir ?

Roth secoua la tête en signe de refus.

— Vous avez peut-être raison. Mais je n'ai pas le droit de faire ça. Cela se terminerait devant le tribunal.

— Mais, bon Dieu, je ne vous demande pas de me faire sortir d'ici, docteur Roth. Martin ! Soyons sérieux ! Je resterai là. Tout ce que je souhaite, c'est que vous me redonniez mon cocktail de médicaments, afin que je puisse retourner à Parkum.

— À Parkum ? Mais pourquoi voulez-vous retourner là-bas ? Après toutes les choses affreuses que vous y avez vécues et que vous venez de me raconter durant des heures...

— C'est seulement au cours des dernières semaines que les choses ont pris cette tournure. Avant, je vivais sur une île de rêve !

Viktor rit de son propre jeu de mots.

— Le climat était doux, ma femme m'appelait tous les jours et parlait de venir me rendre visite. Halberstaedt s'occupait de mon générateur et Michael m'apportait du poisson frais qu'il avait pêché en mer. Sindbad était allongé à mes pieds. Et surtout : Josy était avec moi. Jusque-là, tout était parfait. La tempête ne s'est déclarée qu'au moment où vous avez arrêté de me donner mes médicaments.

Le docteur Roth plongea la main dans sa poche et en sortit une petite boîte de pilules. Les paroles de Larenz l'avaient ému.

— Je ne sais pas... Je ne devrais pas faire ça.

— Très bien.

Larenz se redressa dans son lit.

— Je vais vous faciliter les choses, docteur Roth. Je vais répondre à votre dernière question. Vous révéler où se trouve le cadavre de Josy. Mais à une condition : que vous me donniez d'abord les pilules.

— Non, l'inverse, répondit le médecin, en passant nerveusement la main sur ses tempes dégarnies. Vous m'apportez la réponse maintenant, et je vous donne les médicaments ensuite.

— Pas question. Jusqu'à présent, je n'ai cessé de parler, sans jamais être sûr que j'aurais une contrepartie. Maintenant, c'est à votre tour de faire un effort. Ayez confiance en moi et donnez-moi ces pilules. Il faudra au moins deux minutes avant qu'elles fassent leur effet. Cela suffira largement pour que je vous indique le lieu où elle se trouve.

Le docteur Roth resta debout à côté du lit et réfléchit. Il savait que ce qu'il allait faire contredisait tout ce qu'il avait appris au cours de son existence. Mais il ne pouvait agir autrement. La curiosité l'emportait sur la raison.

Il tendit la main à Viktor et lui donna la petite boîte blanche contenant les médicaments. C'était exactement le mélange qu'ils lui avaient régulièrement injecté pendant des années, avant d'y renoncer trois semaines plus tôt.

— Merci beaucoup.

Larenz ne perdit pas de temps et étala immédiatement huit pilules sur la paume de sa main. Le médecin-chef le regarda faire, impassible. Au moment où son patient porta la main à la bouche, il voulut le retenir, afin d'effacer son erreur. Mais il était trop tard. Larenz avait déjà tout avalé.

— N'ayez crainte. Ayez confiance, docteur Roth. Vous avez pris la bonne décision. C'est un moment tout à fait plausible pour une rechute. Personne n'ira pratiquer d'analyse sanguine, lorsqu'on me retrouvera inanimé sur mon lit. Mes avocats s'en assureront. Leur but, c'est que je ne puisse jamais être interrogé par un juge. Quant au professeur Malzius, il pensera que ma petite thérapie personnelle n'a pas été suffisante, et il reviendra au traitement médicamenteux classique. Après tout, ce n'était pas son idée d'arrêter les piqûres.

— À moins qu'il ne décide au contraire de vous faire un lavage d'estomac.

— C'est un risque avec lequel je dois vivre... et mourir.

Viktor expira profondément et se laissa retomber sur le lit. Il avait pris une double dose, ce qui commençait déjà à se ressentir dans les accents de sa voix. Faiblement, il fit signe au docteur Roth de s'approcher. Celui-ci se pencha sur lui, afin qu'il pût lui parler à l'oreille.

Larenz plissa les yeux et le docteur Roth eut peur qu'il n'emportât la vérité avec lui à Parkum.

— Où est Josy ? lui demanda-t-il en le secouant par l'épaule. Où est le cadavre ?

Les paupières de son patient papillonnèrent un instant, puis son regard redevint clair.

Larenz prononça ses dernières paroles d'une voix claire et assurée.

— Écoutez-moi bien, dit-il.

Le docteur Roth se rapprocha encore de lui.

— Écoutez-moi bien, mon jeune ami. À présent, je vais vous révéler quelque chose qui vous rendra célèbre.

ÉPILOGUE

Six mois plus tard, sur la Côte d'Azur.

La suite 910 du Vista Palace de Roquebrune ne se distingue pas seulement par la vue spectaculaire qu'elle offre sur le Cap Martin et Monaco. Outre ses trois chambres à coucher et ses deux salles de bains, elle est également équipée d'une petite piscine privative, ce qui évite aux clients distingués qui y résident de devoir se mêler à la plèbe des hommes d'affaires, qui pataugent tous dans le même bassin.

Isabel Larenz était installée sur une chaise longue au bord de l'eau et profitait des avantages qu'offre le room service. Elle avait commandé du filet de bœuf accompagné de pommes de terre grenailles, ainsi qu'une coupe de champagne. Un serveur en costume blanc venait de lui apporter son plat dans une lourde assiette en porcelaine, tandis qu'un autre était en train de sortir un fauteuil pour l'installer devant la table de la terrasse, où elle entendait prendre son déjeuner. Les chaises de jardin ne lui convenaient pas.

— Quelqu'un sonne, madame.

— Quoi ?

Irritée qu'un de ces domestiques osât lui adresser la parole, Isabel reposa la dernière édition du magazine *InStyle* et leva la main pour protéger ses yeux du soleil.

— Quelqu'un sonne à la porte. Dois-je ouvrir ?

— Oui, oui.

Isabel lui fit signe de disparaître de sa vue et se leva. Elle avait faim et espérait que les deux serveurs allaient enfin la laisser en paix. Avant de se mettre à table, elle trempa encore le gros orteil droit dans l'eau de la piscine et décida que, cet après-midi, elle se ferait à nouveau faire une pédicure. Le vernis à ongles qu'elle avait choisi la veille n'était pas assorti à la tenue qu'elle voulait mettre ce soir.

— Bonjour, madame Larenz.

Isabel se retourna à regret et vit un inconnu la rejoindre sur la terrasse. Il était de taille moyenne, vêtu simplement, les cheveux en bataille. Et il parlait allemand.

— Qui êtes-vous ?

Entre-temps, les deux serveurs avaient disparu, sans attendre leur pourboire et sans même avoir terminé leur service. Un vrai scandale.

— Mon nom est Roth. Docteur Martin Roth. Je suis le médecin en charge de votre mari.

— Ah oui ?

Isabel resta debout au bord de la piscine. Elle aurait préféré s'asseoir et commencer à manger. Mais il lui aurait alors fallu proposer quelque chose à son hôte indésirable.

— Je suis venu vous dire quelque chose. Quelque chose de très important, que votre mari m'a confié juste avant de reperdre connaissance.

— Je ne comprends pas très bien pourquoi vous vous donnez tant de peine. Vous êtes venu de Berlin jusqu'ici, uniquement pour me parler ? Pourquoi ne pas avoir tout simplement téléphoné ?

— Parce qu'il me semblait qu'il valait mieux que nous en parlions face à face.

— Très bien, docteur Roth. Tout cela me paraît très curieux, mais pourquoi pas. Voulez-vous vous asseoir ? ajouta-t-elle avec un semblant de politesse.

— Non, merci. Je ne vous dérangerai pas longtemps.

Le docteur Roth passa devant la piscine et s'arrêta sur le gazon de la terrasse, au soleil.

— Vous êtes bien installée.

— C'est assez agréable, oui.

— Vous prenez souvent des vacances ici ?

— Non, c'est la première fois depuis quatre ans que je remets les pieds en Europe, docteur Roth. Mais venons-en à ce qui vous amène. Mon déjeuner est en train de refroidir.

— Buenos Aires, c'est ça ? répondit-il en faisant mine d'ignorer sa remarque. Vous avez quitté l'Allemagne peu après la mort de Josy.

— J'avais mes raisons, que vous devinerez peut-être, si vous avez vous-même une famille.

— Bien sûr.

Roth scruta son visage.

— Bien. Comme vous le savez, votre mari a avoué qu'il avait lentement empoisonné votre fille, avant de l'étrangler dans un accès de folie.

— Je sais, mes avocats m'ont mise au courant.

— Et comme vous le savez, peu après cet aveu, votre mari est retombé dans son délire…

— … et ne s'est plus réveillé depuis, en effet.

— Mais, avant ça, il a tenu à m'indiquer où se trouvait votre fille.

Isabel demeura impassible. Elle remit sur son nez les lunettes de soleil Gucci qu'elle avait remontées dans ses cheveux.

— Et alors ? demanda-t-elle, sûre d'elle. Il vous l'a dit ?

— Oui, nous savons maintenant où est votre fille.

— Et où ça ?

Pour la première fois, sa voix trahissait une émotion. Sa lèvre inférieure tremblait légèrement. Martin Roth traversa la pelouse et s'appuya sur le rebord de la terrasse. En dessous de lui, la roche descendait à pic jusqu'à la mer, sur plusieurs centaines de mètres.

— Si vous voulez bien me rejoindre…

— Et pourquoi donc ?

— Venez. Il me sera plus facile de vous le dire d'ici.

Hésitante, Isabel s'approcha.

— Vous voyez, là-bas, la piscine commune à tous les clients de l'hôtel ?

Le docteur Roth fit un signe en direction de la terrasse en dessous d'eux.

— Oui.

— Pourquoi n'y nagez-vous pas ?

— Je ne vois vraiment pas le rapport avec mon mari. Mais comme vous pouvez le constater, j'ai ma propre piscine.

— Oui, c'est exact, répondit Roth sans quitter des yeux l'agitation qui régnait autour du grand bassin.

— Mais alors, pourquoi ce monsieur est-il allongé là, en bas ?

Le docteur Roth désigna un homme svelte vêtu d'un maillot de bain à carreaux rouge et blanc. Il devait avoir la petite quarantaine et était justement en train de déplacer sa chaise longue pour se mettre à l'ombre.

— Qu'est-ce que vous voulez que j'en sache ? Je ne le connais pas.

— Il habite dans la suite voisine de la vôtre. Il est médecin, comme moi. Et il dispose lui aussi d'une piscine privative. Comme vous. Et, pourtant, il s'est installé là, en bas.

— Docteur Roth, je suis d'un naturel très patient. Mais je croyais que vous étiez censé me dire quelque chose d'important concernant l'endroit où se trouve ma fille, au lieu de quoi vous vous entretenez avec moi des habitudes de baignade de parfaits inconnus.

— C'est vrai, vous avez raison. Je suis désolé. Seulement...

— Seulement quoi ?

Isabel ôta ses lunettes de soleil et lui lança un regard furieux.

— Seulement, il se pourrait que cet homme soit descendu à la piscine commune tout simplement parce qu'on y voit de belles femmes. Tenez, par exemple, cette jeune fille qui est allongée un peu plus loin. À côté de la douche. Vous la voyez ?

— Oui, mais je ne la connais pas. Et je ne suis pas disposée à poursuivre...

— Vraiment ?

Roth porta deux doigts à sa bouche et siffla en direction de la piscine.

Plusieurs clients levèrent la tête. La jolie jeune fille blonde regarda elle aussi vers eux, mit son livre de côté et, hésitante, répondit au geste du docteur Roth, qui lui faisait un grand signe depuis la terrasse.

— *¡Holà!* cria-t-elle.

Elle se leva et fit quelques pas dans leur direction.

La jeune fille avança jusqu'au pied du bâtiment, en regardant tour à tour le docteur Roth et Isabel, qui semblait paralysée.

— *¡Holà! ¿Qué pasa?* reprit-elle en espagnol. *¿Quién es el hombre, mami?*

Roth s'attendait à ce qu'elle prît la fuite. Mais Isabel avait à peine atteint le salon que la porte de la suite s'ouvrit, laissant apparaître un policier français.

— Je vous arrête pour entrave à la justice et dénonciation mensongère, récita l'agent dans un allemand approximatif.

— Mais c'est ridicule, s'emporta-t-elle.

Les menottes se refermèrent sur ses poignets.

— C'est une erreur ! cria-t-elle alors qu'on l'emmenait.

Le policier marmonna quelque chose dans sa radio. Quelques secondes plus tard, on entendit un hélicoptère survoler l'hôtel en vrombissant.

— Je dois admettre que votre plan était très habile, madame Larenz, dit le docteur Roth en suivant le cortège qui sortait dans le couloir de l'hôtel.

Il savait qu'elle l'écoutait.

— Josy n'était pas morte. Elle avait simplement perdu connaissance, quand vous l'avez trouvée dans l'abri à bateaux. Vous avez caché votre fille avant de l'envoyer discrètement en Amérique du Sud. Ainsi, vous pouviez utiliser la maladie mentale de votre mari à votre avantage. Vous l'avez conforté dans l'idée qu'il était un meurtrier. Il a cru qu'il avait tué son propre enfant et a été victime d'une grave crise qui a conduit à son internement. Vous avez pu le faire mettre sous tutelle et prendre ainsi le contrôle de toute sa fortune. Vos avocats ont travaillé dur et, en Argentine, personne ne posait de questions au sujet de cette jeune fille, du moment que vous donniez un peu d'argent aux bonnes personnes. Pas mal pensé. Mais, à la longue, ça ne pouvait pas fonctionner. Et vous n'auriez pas dû prendre le risque de rentrer en Europe avec Josy, même si vous étiez persuadée que Viktor ne se réveillerait plus jamais après son aveu.

Le policier était monté avec Isabel jusque sur le toit de l'hôtel, qui servait d'ordinaire de piste d'atterrissage pour les clients les plus fortunés. Mais, cette fois, ce n'était pas un hélicoptère privé qui attendait, mais un appareil de la gendarmerie. Dans les escaliers, Isabel n'avait pas dit un mot, et elle continuait à ignorer les questions que le docteur Roth criait derrière elle :

— Qu'est-ce que vous avez raconté à Josy ? Qu'il valait mieux partir à Buenos Aires pour fuir les médias allemands ? Que là-bas personne ne poserait de questions si elle changeait de nom ? Et combien de temps a-t-il fallu avant qu'elle cesse de poser des questions sur son père ?

Isabel restait muette. Elle ne répondait pas aux questions de Roth et n'en posait pas elle-même. Elle ne demanda pas à voir son avocat. Elle n'émit pas même le souhait de faire ses adieux à sa fille qu'une policière était déjà en train de prendre en charge au bord de la piscine. Elle était sortie sans rien dire sur le toit de l'hôtel et se laissa conduire sans résistance jusqu'à l'hélicoptère.

— Votre mari avait au moins une excuse, hurla Roth en essayant de couvrir le bruit des rotors. Viktor est malade. Mais vous… Vous ne pensez qu'à l'argent.

À ces mots, elle s'immobilisa et se tourna vers lui. Sans hésiter, le policier pointa son arme vers elle. Isabel posa une question, mais Roth ne pouvait pas l'entendre et il fit un pas dans sa direction.

— Comment Viktor a-t-il deviné ?

Cette fois, il était assez près d'elle pour la comprendre.

— Comment est-ce que mon mari a su ?

Oh, Viktor le savait depuis longtemps, songea Roth. Dès son réveil, il avait compris, bien avant qu'on ne lui demandât pour la première fois où se trouvait le cadavre. Le fait que la police n'avait rien trouvé dans l'abri à bateaux ne pouvait avoir qu'une seule explication : Josy n'était pas morte. À partir de là, il n'avait pas eu de mal à deviner la suite. Le docteur Roth s'était d'abord demandé pourquoi il avait malgré tout voulu retourner dans son monde de rêves, alors qu'il savait que sa fille était encore en vie. Puis il avait vite compris que Larenz avait peur. Peur de lui-même. Il avait déjà grièvement blessé sa fille. Il avait failli la tuer. Et en tant que psychiatre, il était bien placé pour savoir que ses chances de guérison étaient infimes. Aussi, il avait choisi de retourner dans le seul lieu au monde où Josy serait toujours protégée de lui. Parkum.

— Comment Viktor a-t-il découvert que Josy était encore en vie ? cria à nouveau Isabel.

— Elle le lui a dit ! hurla Roth.

Durant un instant, il resta lui-même surpris de la réponse qu'il venait de donner. Mais sans doute était-ce celle que Viktor aurait souhaitée.

— Quoi ? *Qui* le lui a dit ?

— Anna.

— Anna ?

Le policier se mit à pousser Isabel pour l'obliger à avancer. Elle obtempéra, mais essaya plusieurs fois de se retourner tout en s'approchant de l'hélicoptère. Elle voulait poser une dernière question au docteur Roth. Mais, bientôt, celui-ci n'entendit plus un mot de ce qu'elle disait. D'ailleurs, il n'en avait pas besoin. Il lui suffisait de lire sur ses lèvres.

Mais qui est cette Anna ?

Son regard vide, son expression d'impuissance, voilà les dernières choses que Martin Roth vit d'elle, juste avant que l'hélicoptère ne décollât. Et cette image devait rester à jamais gravée dans sa mémoire.

Il se retourna lentement et quitta la terrasse. En descendant les escaliers, il savait que le plus dur était encore à venir. Dans les mois à venir, il allait devoir prouver que sa réputation de psychiatre n'était pas usurpée. Une nouvelle patiente attendait sa thérapie. Il ferait tout son possible pour lui expliquer la vérité. Il en avait fait la promesse à son père.

Remerciements

Pour commencer – et je ne dis pas ça à la légère – c'est vous, lecteur, que je voudrais remercier. Pour m'avoir lu. Nous avons un point commun, vous et moi ; l'écriture comme la lecture sont en effet des activités solitaires, qui relèvent donc du domaine de l'intime. Vous m'avez offert ce que vous avez de plus précieux : un peu de votre temps. Beaucoup, même, puisque vous allez jusqu'à lire ce « générique » de fin. Si le cœur vous en dit, n'hésitez pas à me faire part de votre opinion sur ce livre, soit en allant sur mon site Internet (www.sebastianfitzek.de), soit en m'adressant directement un e-mail (fitzek@sebanstianfitzek.de).

Ensuite, je ressens le besoin impérieux de remercier tous ceux qui m'ont aidé à « accoucher » de mon premier roman :

Mon agent littéraire Roman Hocke, en premier lieu, qui, alors que je n'étais qu'un petit nouveau, m'a tout de suite traité avec les mêmes égards que les nombreux auteurs confirmés qu'il représente.

Je voudrais remercier Mme Andrea Müller, qui m'a accueilli dans la grande famille des éditions Knaur et a fortement contribué à l'amélioration de mon manuscrit.

Je remercie mon ami Peter Prange, pour m'avoir fait généreusement profiter de son expérience d'auteur de best-sellers. Avec sa femme Serpil, il m'a suggéré de nombreuses modifications, dont j'espère avoir tenu compte à bon escient.

Clemens, merci pour les renseignements d'ordre médical. Il est bien pratique d'avoir un frère spécialiste en neuroradiologie. Au moins un dans la famille qui a fait des études sérieuses ! S'il subsiste quelques erreurs scientifiques, elles restent bien sûr de mon fait. Si jamais on t'adresse des critiques à ce sujet, réponds que je ne t'ai pas tout fait relire.

Tout roman est précédé d'un long cheminement. Le mien a commencé auprès de mes parents, Christa et Freimut Fitzek. Je vous remercie pour votre amour et votre soutien sans faille.

Les histoires ne valent rien, s'il n'y a personne à qui les raconter. Gerlinde, merci d'avoir écouté au moins six versions successives de *Thérapie* et de les avoir toutes couvertes de louanges. Sans doute l'amour l'a-t-il emporté sur l'objectivité…

Enfin, je voudrais remercier une foule de gens que je ne connais même pas, mais sans qui ce livre n'aurait pu exister. Ceux qui en ont créé la magnifique couverture, qui l'ont imprimé, distribué et mis dans les étagères des librairies où vous avez pu l'acheter.

Et bien sûr, je remercie Viktor Larenz, où qu'il puisse se trouver aujourd'hui…

Sebastian Fitzek,
Berlin, janvier 2006.

TU NE TE SOUVIENDRAS PAS

LA RENCONTRE

« La vérité sort de la bouche des enfants. »
Proverbe

1

Quand, quelques heures plus tôt, Robert Stern avait accepté cette rencontre insolite, il ignorait qu'il avait pris rendez-vous avec la mort. Il se doutait encore moins que celle-ci mesurerait un mètre quarante-trois, aurait des baskets aux pieds et ferait irruption dans son existence en souriant, sur une friche industrielle perdue au bout du monde.

— Non, elle n'est pas encore là. Et je commence à en avoir marre de l'attendre.

Excédé, Stern, à travers le pare-brise noyé de pluie de sa limousine, jeta un coup d'œil sur un bâtiment d'usine sans fenêtre, une centaine de mètres devant lui, et maudit son assistante. Elle avait oublié de décommander le rendez-vous avec son père et, en cet instant précis, celui-ci devait l'incendier sur l'autre ligne.

— Appelez Carina et demandez-lui ce qu'elle fabrique, bon sang !

Stern appuya sur un bouton du volant en cuir. Il y eut un bip, puis il entendit le vieil homme tousser dans le haut-parleur. À soixante-dix-neuf ans, son père fumait encore comme un pompier. Il avait même profité des quelques secondes d'attente en ligne pour s'en allumer une.

— Désolé, papa, dit Stern, je sais, on devait manger ensemble ce soir. Mais on va être obligés de remettre ça à dimanche. On m'a appelé pour un rendez-vous totalement imprévu.

Il faut que tu viennes. Je t'en prie. Je ne sais plus que faire.

Jamais encore Carina n'avait eu une voix si angoissée au téléphone. Si c'était de la comédie, elle méritait un Oscar.

— Pour avoir l'honneur de te voir, je devrais peut-être te payer cinq cents euros de l'heure, grogna son père, toujours furieux.

Stern soupira. Il lui rendait visite trois fois par semaine, mais ça n'aurait servi à rien de le lui rappeler maintenant. Les centaines de procès qu'il avait gagnés et tous les combats perdus au cours de sa vie conjugale, désormais anéantie, ne lui avaient pas enseigné comment sortir vainqueur d'un conflit avec son père. Dès qu'il discutait avec lui, il redevenait un petit garçon médiocre à l'école et oubliait qu'il était Robert Stern, quarante-cinq ans, avocat du cabinet Langendorf, Stern et Dankwitz, le numéro un du droit pénal sur la place de Berlin.

— Franchement, je n'ai pas la moindre idée de l'endroit où je me trouve, dit-il, histoire de faire baisser la tension. Comme ça, au hasard, je dirais quelque part en Tchétchénie. Mon GPS a eu toutes les peines du monde à me conduire jusqu'ici.

Il alluma ses phares, illuminant une partie de l'esplanade non pavée où s'empilaient des poutrelles métalliques brisées, des bobines pour câbles rouillées et autres déchets industriels. À en croire la montagne de barils, on avait dû fabriquer là, à une autre époque, des peintures et des vernis. Avec le mur délabré de la baraque en briques pour arrière-plan, ce bric-à-brac faisait songer à des accessoires ayant servi au tournage d'un film d'apocalypse.

— J'espère que ton GP machin-chose te guidera un jour jusqu'à ma tombe, toussa son père.

Stern se demanda si cette amertume était héréditaire. En tout cas, depuis déjà dix ans, elle avait commencé à s'insinuer en lui.

Depuis Felix.

Il s'était mis à ressembler à son père depuis le traumatisme qu'il avait subi à la maternité. Une ressemblance physique aussi. Stern avait vieilli prématurément. Avant, il passait ses moments libres sur un terrain de basket à parfaire sa technique de tir au panier. Aujourd'hui, c'était tout juste s'il réussissait à atteindre la corbeille à papier quand il voulait se débarrasser d'une canette vide sans se lever de son siège.

La plupart des gens, à condition de ne pas l'approcher de trop près, se laissaient peut-être abuser par sa silhouette mince et élancée. En réalité, ses costumes sur mesure parfaitement coupés dissimulaient une musculature qu'il avait cessé d'entretenir depuis longtemps, son hâle naturel et persistant masquait les cernes sous ses yeux et sa coiffure dissimulait habilement ses cheveux noirs quelque peu clairsemés au-dessus des tempes. Le matin, il lui fallait près d'une heure pour effacer les marques de fatigue sur son visage et, en sortant de la salle de bains, il se sentait de plus en plus réduit à l'état de meuble design restauré dont on ne remarque les défauts qu'après l'avoir installé dans son salon, sous la lumière impitoyable du plafonnier.

Nouveau bip sur la ligne.

— Excuse-moi, je suis à toi dans un instant, dit Stern, qui en prenant l'appel de sa secrétaire s'évitait d'autres reproches paternels.

— Laissez-moi deviner : Carina a annulé le rendez-vous ?

Cela n'aurait rien eu d'étonnant. Elle était irréprochable dans son travail d'infirmière, mais se montrait versatile et désorganisée aussi bien dans ses relations amicales que dans sa vie amoureuse. Leur liaison avait beau n'avoir duré que quelques semaines et s'être achevée trois ans auparavant, ils se téléphonaient encore régulièrement et prenaient parfois un café ensemble, même si leurs conversations se terminaient souvent en dispute.

— Non, malheureusement je n'ai pas réussi à joindre Mme Freitag.

— OK, merci.

Stern enclencha l'allumage électronique ; il sursauta quand le vent d'automne projeta brusquement un paquet de pluie sur son pare-brise. Il actionna les essuie-glaces et ses yeux s'attardèrent une seconde sur une feuille d'érable brun-rouge collée en dehors de la surface balayée. Puis, regardant derrière lui, il recula lentement ; les pneus crissèrent sur les gravillons.

— Si Carina donne signe de vie, dites-lui que je ne peux pas attendre ici plus longtemps...

Stern s'interrompit au moment où il s'apprêtait à passer la première. À environ deux cents mètres, un véhicule fonçait droit sur lui, signaux de détresse allumés, et ce n'était pas la petite voiture déglinguée de Carina. La fourgonnette blanc et rouge grimpait la rampe d'accès aussi vite que le lui permettaient les nids-de-poule.

L'espace d'un instant Stern crut que le conducteur voulait l'emboutir, mais l'ambulance obliqua légèrement et s'arrêta à côté de sa voiture.

— Papa ? dit-il en reprenant l'autre ligne après avoir remercié sa secrétaire. Mon rendez-vous est arrivé, il faut que je te quitte, expliqua-t-il, bien que son père ait déjà raccroché.

Puis il ouvrit péniblement la portière en luttant contre une rafale de vent.

Mais, bon sang, qu'est-ce qu'elle fabrique avec une ambulance ?

Carina jaillit du siège conducteur, sautant à pieds joints dans une flaque d'eau qui éclaboussa d'une boue noirâtre sa blouse d'infirmière. Elle ne sembla pas s'en soucier. Ses longs cheveux roux étaient noués en une stricte queue-de-cheval. Stern la trouva si éblouissante qu'il eut envie de la prendre dans ses bras. Mais quelque chose dans son regard l'en empêcha.

— Je suis dans la merde jusqu'au cou, dit-elle en sortant un paquet de cigarettes. Je crois que cette fois j'ai vraiment déconné.

— Mais à quoi rime tout ce cinéma ? Pourquoi tu m'as donné rendez-vous ici... sur ce champ de bataille, et pas dans mon cabinet ?

À présent qu'il n'était plus confortablement assis dans sa limousine, il sentait le froid désagréable du vent d'octobre. Il rentra les épaules en frissonnant.

— Ne perdons pas de temps, tu veux ? J'ai emprunté l'ambulance et il faut que je la ramène sans tarder.

— OK, mais si tu as fait quelque chose de travers, ce serait mieux d'en parler dans un endroit civilisé.

— Non, non, non ! s'écria Carina en secouant la tête et en levant la main en signe de refus. Tu ne comprends pas ! Ce n'est pas moi qui suis en cause ce coup-ci.

Elle contourna l'ambulance d'un pas assuré, ouvrit la portière arrière et lui montra l'intérieur.

— Ton client est couché là-dedans.

Stern, du coin de l'œil, regarda Carina d'un air perplexe. Il avait déjà vécu nombre de situations étranges, et, pour lui, cela n'avait rien de nouveau de rencontrer un braqueur de banque touché par une balle, la victime d'un règlement de comptes entre bandes criminelles ou bien un client louche qui avait besoin de son aide mais désirait surtout garder l'anonymat. La seule question qu'il se posait, c'était ce que Carina avait à voir là-dedans.

Comme elle ne lui en disait pas plus, il monta lentement le plan incliné menant à l'intérieur de l'ambulance. Son attention fut aussitôt attirée par un corps allongé sur la civière.

— Qu'est-ce que ça signifie ? demanda-t-il en se retournant brusquement vers Carina qui, restée dehors, était en train d'allumer une cigarette, ce qu'elle ne faisait qu'en état d'extrême nervosité. Tu trimballes jusqu'ici un jeune garçon ? Pourquoi ?

— Il te le dira lui-même.

— Le gosse ne me paraît pourtant pas en mesure de... *parler*, voulut continuer Stern, car l'enfant, pâle comme un mort, lui avait paru inerte.

Mais, se retournant, il constata que celui-ci s'était redressé et assis au bord de la civière, les jambes ballantes.

— Je ne suis pas un gosse, protesta-t-il. J'ai dix ans ! C'était mon anniversaire il y a deux jours.

L'enfant était vêtu d'un T-shirt noir avec une tête de mort thermocollée et d'un blouson fourré en velours côtelé. Son jean rapiécé flambant neuf était beaucoup trop grand au goût de Stern. Mais qu'est-ce qu'il y connaissait, après tout ? C'était sans doute la mode qui voulait que les écoliers retroussent leurs jambes de pantalon et portent des chaussures de skateboard peinturlurées au stylo-feutre.

— Vous êtes avocat ? demanda le gamin d'une voix un peu éraillée, comme s'il n'avait pas bu depuis longtemps.

— Oui. Pénaliste pour être précis.

— Bien.

Le gosse sourit, découvrant des dents étonnamment égales et blanches. Pour faire fondre le cœur de sa grand-mère, il n'avait vraiment pas besoin d'avoir des fossettes sur les joues. Ses longs sourcils noirs et ses lèvres pleines, un peu gercées, y suffisaient amplement.

— Très bien, répéta-t-il en descendant prudemment de la civière, geste qui lui fit tourner le dos à Robert pendant un instant.

Ses cheveux châtains et légèrement bouclés lui descendaient jusque sur les épaules, si bien que, vu de dos, il aurait aisément pu passer pour une fille. Robert remarqua que ses cheveux dissimulaient mal un sparadrap gros comme une carte de crédit sur la nuque. Quand le garçon lui fit de nouveau face, il souriait toujours.

— Je m'appelle Simon. Simon Sachs.

Il tendit une main délicate que l'avocat hésita à serrer.

— Bon, et moi, c'est Robert Stern.

— Je sais. Carina m'a montré une photo de vous. Elle l'avait dans son sac à main. Elle dit que c'est vous le meilleur.

— Merci beaucoup, murmura maladroitement Stern. (D'aussi loin qu'il s'en souvînt, il n'avait jamais eu une conversation aussi longue avec un mineur.) Que puis-je pour toi ?

— J'ai besoin d'un avocat.

— Quoi de plus normal !

Stern lança par-dessus son épaule un regard intrigué à Carina qui, impassible, avalait la fumée de sa cigarette. Pourquoi lui jouait-elle un tour pareil ? Pourquoi lui donner rendez-vous sur une friche industrielle et le mettre en présence d'un gamin de dix ans, alors qu'elle savait combien il était peu à l'aise avec les enfants, et avec quel soin il les évitait depuis que la tragédie avait détruit son couple d'abord, et lui ensuite ?

— Et pourquoi penses-tu avoir besoin d'un avocat ?

Il eut du mal à contenir la colère qui montait en lui. Peut-être au moins cette situation grotesque pourrait-elle lui servir à meubler les conversations pendant les pauses au cabinet. Stern montra du doigt le sparadrap sur la nuque de Simon.

— C'est à cause de ça ? Quelqu'un t'a frappé dans la cour de l'école ?

— Non, ce n'est pas ça.

— Quoi alors ?

— J'ai tué quelqu'un.

— Pardon ?

Stern ne posa la question qu'après un silence, tellement il était convaincu que ces mots ne pouvaient pas sortir de la bouche d'un enfant de dix ans. Comme le spectateur d'un match de tennis, il tournait alternativement la tête vers Carina et vers le gamin. Jusqu'au moment où ce dernier articula à haute voix :

— J'ai besoin d'un avocat. Je suis un assassin.

Un chien aboya au loin, et son hurlement se mêla à l'incessant grondement de l'autoroute, mais Stern n'entendit ni l'un ni l'autre. Pas plus qu'il n'entendait le tambourinement irrégulier de la pluie sur le toit en tôle de l'ambulance.

— OK. Tu crois que tu as tué quelqu'un ? dit-il après un nouveau silence.

— Oui.
— Je peux te demander qui ?
— Je ne sais pas.
— Ah bon, tu ne sais pas. (Stern eut un bref éclat de rire.) Et tu ne sais pas non plus, sans doute, comment, pourquoi et où ça s'est passé, parce que tout ça, c'est une blague de petit con et que…
— Avec une hache, chuchota Simon.
On eut néanmoins un instant l'impression qu'il allait crier.
— Pardon ?
— Avec une hache. Sur la tête d'un homme. Je n'en sais pas beaucoup plus. Ça fait longtemps déjà.
Robert cligna nerveusement des yeux.
— Qu'entends-tu par longtemps ? C'était quand ?
— Le 28 octobre.
L'avocat regarda la date sur sa montre.
— C'est aujourd'hui, dit-il avec irritation. Mais tu viens de dire que ça faisait longtemps. Alors, quand était-ce ? Il faut que tu choisisses.
Stern se dit pendant un instant qu'il aurait voulu n'avoir affaire qu'à des témoins aussi peu retors lors des interrogatoires serrés. Des enfants qui s'empêtrent dans leurs contradictions dès la première minute de leur déposition. Mais son rêve ne dura pas.
— Vous ne me comprenez pas, constata Simon en hochant la tête avec tristesse. J'ai tué un homme. Ici, très exactement ici !
— Ici ? demanda Stern en écho.
Décontenancé, il vit Simon le repousser avec douceur, passer devant lui, descendre de l'ambulance et scruter les alentours. Stern eut l'impression que ses yeux s'étaient arrêtés sur une remise en ruine, à environ cent mètres de là, près d'un bosquet d'arbres.
— Ah, voilà, c'était ici, confirma Simon sur un ton satisfait en prenant Carina par la main. C'est là que j'ai tué un homme. Le 28 octobre. Il y a quinze ans.

2

Robert sortit à son tour de l'ambulance et pria Simon d'attendre un peu. Puis il attrapa rudement Carina par le poignet et l'entraîna à l'arrière de sa limousine. Si le crachin avait diminué, il faisait maintenant plus sombre et, le vent ayant forci, plus froid aussi. Ni Carina avec sa blouse d'infirmière, ni lui dans son costume noir n'étaient correctement vêtus pour affronter ce temps de chien. Elle, pourtant, ne paraissait pas avoir froid.

— Petite question, chuchota-t-il, bien que Simon ne pût certainement pas l'entendre à cette distance, d'autant plus que le vent et le grondement de l'autoroute couvraient tous les autres bruits. Lequel de vous deux est le plus fêlé ?

— Simon est un patient de mon service, en neurologie, répondit-elle comme si cela pouvait expliquer quoi que ce soit.

— Il serait peut-être entre de meilleures mains en psychiatrie, siffla Stern. C'est quoi cette connerie de meurtre vieux de quinze ans ? Il ne sait pas compter ou bien il est schizo ?

Il ouvrit le coffre avec la télécommande de sa clé de voiture et alluma en même temps la lumière de l'habitacle afin d'y voir un peu mieux dans la pénombre de cette soirée pluvieuse.

— Il a une tumeur au cerveau, dit Carina en dessinant un cercle avec son pouce et son index pour en indiquer la taille. On lui donne à peine quelques semaines. Peut-être quelques jours seulement.

— Bon Dieu ! Et c'est ce truc qui a *ces* effets secondaires ?

Il sortit un parapluie du coffre.

— Non. Ça, c'est ma faute.

— Ta faute ?

Il leva les yeux vers elle, se désintéressant du parapluie tout neuf qu'il n'arrivait pas à ouvrir. Il ne trouvait même pas le poussoir.

— Oui, j'ai fait une connerie. Il faut que tu saches : cet enfant est extrêmement intelligent et incroyablement sensible et cultivé pour son âge, ce qui, pour moi, tient du miracle compte tenu de ses origines. À quatre ans, on l'a enlevé à sa mère, une marginale. On l'avait trouvé dans un appartement à l'abandon, à demi mort de faim dans la baignoire, à côté d'un rat crevé. On l'a alors placé dans un foyer où il n'est pas passé inaperçu, vu qu'il préférait consulter les dictionnaires à se bagarrer avec les gamins de son âge. Les éducateurs trouvaient normal qu'un enfant qui réfléchissait autant eût tout le temps mal à la tête. Mais on a ensuite découvert ce truc dans son cerveau et, depuis qu'il est dans mon service, plus personne ne se soucie de lui, à l'exception du personnel de l'hôpital. En fait, il n'a que moi.

Carina frissonnait de froid à présent ; ses lèvres s'étaient mises à trembler.

— Je ne vois pas où tu veux en venir.

— Avant-hier, Simon a fêté son anniversaire et j'ai voulu lui offrir un cadeau spécial. Je sais bien qu'il n'a que dix ans, mais ce qu'il a vécu et sa maladie l'ont rendu beaucoup plus mûr que les autres enfants de son âge. Alors, j'ai pensé qu'il n'était pas trop jeune pour ça.

— Pour quoi ? Qu'est-ce que tu lui as offert ?

Ayant fini par renoncer à ouvrir le parapluie, Stern le pointait, telle une baguette d'instituteur, contre la poitrine de Carina.

— Simon a peur de la mort, alors je lui ai organisé une régression.

— Une *quoi* ? demanda Robert, bien qu'ayant récemment vu à la télévision un documentaire sur le sujet.

C'était tout Carina, ça, de succomber à cette mode ésotérique ! Manifestement, l'idée d'avoir eu une existence antérieure fascinait des gens de tout âge. Cette aspiration au surnaturel offrait à des thérapeutes douteux un terrain d'action idéal. Aussi les voyait-on se répandre comme des champignons après la pluie ; ils proposaient, moyennant des honoraires substantiels, ce genre de « régression » qui consistait à faire une incursion dans son passé, un passé bien antérieur à sa naissance, pour apprendre, le plus souvent sous hypnose, qu'on avait brûlé sur un bûcher six cents ans plus tôt ou bien qu'on avait été roi de France !

— Ne me regarde pas comme ça ! Je sais ce que tu penses. Tu ne lis même pas ton horoscope.

— Comment as-tu pu soumettre ce gamin à une telle charlatanerie ?

Stern était sincèrement indigné. À la télévision, ils avaient mis en garde contre d'éventuels troubles psychiques : souvent les personnalités fragiles ne supportaient pas qu'on leur fourre dans la tête ces idées farfelues, qu'on les persuade qu'il existait un lien entre leurs problèmes psychologiques du moment et un conflit dans une existence antérieure qui n'aurait pas trouvé de solution.

— Je voulais juste montrer à Simon qu'après ce n'est pas fini. Après la mort. Qu'il ne doit pas être triste d'avoir une vie si courte, parce que ça continue éternellement.

— Dis, tu me charries, là ?

Elle fit non de la tête.

— Je l'ai emmené chez le Dr Tiefensee. C'est un psychologue qui donne des cours à l'université. Ce n'est donc pas un charlatan, contrairement à ce que tu crois certainement.

— Que s'est-il passé ?

— Il a hypnotisé Simon. Et, en fait, il ne s'est pas passé grand-chose. Sous hypnose, Simon n'a pour ainsi dire rien vu. Après, il a seulement dit qu'il était dans une cave sombre où il avait entendu des voix. Des voix horribles.

Stern fit une grimace. Le froid qui lui montait le long du dos était de seconde en seconde plus désagréable, mais ce n'était pas l'unique raison qui le poussait à vouloir quitter les lieux dans les plus brefs délais. Au loin, un train de marchandises se dirigeait vers la gare suivante, et maintenant, comme Stern au début de leur conversation, c'était Carina qui chuchotait.

— Quand Tiefensee a essayé de le faire sortir de son état d'hypnose, il n'y est pas arrivé. Simon était tombé dans un profond sommeil. À son réveil, il nous a dit ce qu'il vient de te raconter. Il croit qu'il a tué quelqu'un.

Stern se sentit les mains humides ; il voulut les essuyer sur ses épais cheveux bruns, mais eux aussi étaient trempés.

— Tout ça est pure folie, Carina. Et tu le sais aussi bien que moi. Ce que je me demande, c'est ce que j'ai à voir avec ça.

— Simon possède un sens incroyable de la justice et il veut absolument se rendre à la police.

— Exactement !

Robert et Carina se retournèrent brusquement vers le garçon qui s'était approché sans qu'ils s'en aperçoivent. Le vent faisait flotter ses cheveux ondulés, et Stern se demanda comment il pouvait encore en avoir, alors qu'il avait certainement subi une chimiothérapie.

— Je suis un assassin. Et ce n'est pas bien. Je veux me constituer prisonnier. Mais je ne parlerai plus qu'en présence de mon avocat !

Carina sourit, l'air triste.

— Il a péché cette expression à la télévision. Et malheureusement tu es le seul avocat que je connaisse.

Stern évita de la regarder en face. Il préféra fixer le sol boueux, comme si ses mocassins cousus main pouvaient lui indiquer la bonne réaction à avoir face à une telle absurdité.

— Alors ? entendit-il Simon l'interroger.

— Alors quoi ? répliqua-t-il en le regardant droit dans les yeux, étonné de le voir sourire à nouveau.

— Êtes-vous maintenant mon avocat ? Je peux vous payer.

Simon extirpa un peu théâtralement de la poche de son pantalon un petit porte-monnaie.

— J'ai de l'argent.

Stern secoua la tête. D'abord imperceptiblement, puis avec de plus en plus de vigueur.

— Si, si. J'en ai, protesta Simon. C'est vrai.

— Non, dit Stern, mais sans le regarder, toisant en revanche Carina d'un air furibond. Il n'en est pas question, n'est-ce pas ? Tu ne m'as quand même pas convoqué ici en tant qu'avocat ?

C'était elle qui, à présent, gardait les yeux baissés.

Stern prit une profonde inspiration et jeta le parapluie inutile dans le coffre. Puis, déplaçant une serviette en cuir, il ôta un revêtement latéral en plastique et sortit une lampe torche posée à côté de la mallette de secours. Il vérifia la puissance du pinceau lumineux en le dirigeant vers la remise de guingois que Simon leur avait désignée peu avant.

— Bon, allez, finissons-en !

Il caressa la tête de Simon de sa main libre, et eut toutes les peines du monde à croire que c'était lui qui disait à un enfant de dix ans :

— Montre-moi donc exactement où tu as, paraît-il, tué un homme.

3

Simon les mena de l'autre côté de la remise. À cet endroit avait dû s'élever, des années auparavant, un bâtiment de chantier de deux étages. Puis il avait brûlé, et seuls quelques pans de mur calcinés se dressaient encore vers le ciel de plomb.

— Tu vois, il n'y a rien ici.

Stern balayait lentement les ruines avec sa lampe de poche.

— Il doit se trouver quelque part par là, répondit Simon comme s'il parlait d'un gant perdu et non d'un cadavre.

Il était équipé d'un minuscule stylet lumineux, une tige en plastique qui devenait fluorescente quand il la pliait.

— Il l'a pris dans sa mallette de magicien, expliqua Carina.

Outre la séance de « régression », il avait donc aussi reçu des cadeaux d'anniversaire plus adaptés à son âge.

— Je crois que c'est là-dessous, dit Simon, tout excité, en faisant un pas en avant.

Stern éclaira l'endroit que le garçon montrait de son bras tendu, découvrant un ancien escalier dont on ne voyait plus que la partie qui donnait accès à la cave.

— Mais on ne peut pas descendre, c'est trop dangereux.

— Comment ça ? s'étonna le gamin en grimpant sur un tas de briques instable.

— Reste ici. Tout peut s'écrouler, mon trésor.

La voix de Carina était inhabituellement soucieuse. Autrefois, en présence de Robert, elle avait toujours été la gaieté personnifiée. Un peu comme si elle avait voulu, par un excès de joie de vivre, compenser la mélancolie qui couvait en permanence en lui. Or, elle donnait maintenant l'impression d'être terrorisée de voir Simon se comporter comme un jeune chien fou à qui l'on a ôté sa laisse. Celui-ci continua comme si de rien n'était.

— Regardez, on peut passer par ici ! cria-t-il soudain.

Et, tandis que les deux adultes protestaient, sa tête bouclée disparut derrière une poutrelle en béton armé.

— Simon ! cria Carina.

Stern, d'un pas mal assuré, se dépêcha de traverser les gravats pour rejoindre les deux autres. Dans l'obscurité, il se tordit le pied à plusieurs reprises, et son pantalon s'accrocha à un fil de fer rouillé. Quand il parvint enfin à l'entrée de la cave, où descendait un escalier de bois noir de suie, le gamin tournait déjà le coin, vingt marches au-dessous de lui.

— Sors immédiatement de là ! cria Stern dans la cage béante, se maudissant aussitôt d'avoir étourdiment employé ces mots-là.

Il avait instantanément compris que les souvenirs éveillés par cette expression étaient pires que tout ce qui pouvait lui arriver ici.

Sors de là, chérie, je t'en prie ! Je peux t'aider...

Ce n'était pas l'unique mensonge qu'il avait alors lancé à Sophie à travers la porte des toilettes fermée à clé. Sans succès. Pendant quatre ans, ils avaient l'un et l'autre tout tenté. Essayé toutes les techniques et tous les traitements, jusqu'au moment où ils avaient enfin reçu de la clinique l'appel tant désiré. Le test était positif. Elle était enceinte. Ce jour-là, presque dix ans plus tôt, il avait eu l'impression qu'une puissance supérieure avait réorienté la boussole de son existence. L'aiguille indiquait subitement le bonheur, un bonheur parfait. Elle n'était, hélas, restée en place que le temps de confectionner à l'aide d'autocollants lumineux un ciel semé d'étoiles au plafond de la chambre d'enfant et de choisir la layette en compagnie de Sophie. Felix ne l'avait jamais portée. On l'avait enterré dans la barboteuse dont les infirmières de la maternité l'avaient habillé.

— Simon ! cria l'avocat, si fort qu'il en fut arraché à ses sombres pensées. Il sursauta quand Carina, à côté de lui, l'imita.

— Je crois que j'ai trouvé quelque chose !

La voix de l'enfant, assourdie, monta jusqu'à eux. Stern jura et du pied tâta la première marche.

— Inutile de crier. Il faut descendre là-dedans !

Ces mots lui rappelèrent à nouveau le moment le plus horrible de son existence. Quand Sophie s'était réfugiée dans les toilettes de l'hôpital, son bébé mort dans les bras, refusant de le rendre. « Mort subite du nourrisson », tel avait été le diagnostic. Elle ne l'avait pas accepté. C'était deux jours après l'accouchement.

— Je viens avec toi, déclara Carina.

— Pas question, dit Stern en posant prudemment un deuxième pied à côté du premier, afin de voir si l'escalier, qui avait supporté trente-cinq kilos, résisterait au double. Nous n'avons qu'une lampe et il faut que quelqu'un puisse aller chercher de l'aide si on n'est pas remontés dans deux minutes.

Le bois vermoulu craquait à chaque pas comme le gréement d'un voilier par faible houle. Stern ne savait pas si c'était son sens de l'équilibre qui lui jouait des tours ou bien si le branlement de la rampe augmentait effectivement à mesure qu'il descendait.

— Simon ! lança-t-il au moins pour la cinquième fois, mais, en guise de réponse, il n'entendit qu'un bruit métallique à quelque distance ; on aurait dit que le jeune garçon frappait avec un tournevis contre un tuyau de chauffage.

Peu après, parvenu au pied de l'escalier le cœur battant, il regarda autour de lui. L'obscurité dehors était maintenant si grande qu'il ne distinguait même plus la silhouette de Carina au-dessus de lui. Il éclaira la partie droite de la cave, là où elle se divisait en deux galeries recouvertes de cinq centimètres d'une eau boueuse peu ragoûtante.

C'est à peine croyable que ce gamin ose s'aventurer dans ce cloaque.

Stern choisit la galerie de gauche, car, dans l'autre, une boîte à fusibles renversée barrait le chemin au bout de quelques mètres.

— Où es-tu ? demanda-t-il, les chevilles plongées dans l'eau glaciale, comme prises dans un étau.

Simon ne répondit pas, mais il donna au moins signe de vie. Il toussa. À quelques pas seulement de lui. Robert ne parvint pourtant pas à le voir dans le faisceau de sa lampe.

Je vais attraper la crève, pensa-t-il en sentant l'humidité remonter le long de son pantalon, le tissu absorbant l'eau comme un buvard. Son téléphone portable se mit à sonner à l'instant où, environ dix mètres devant lui, il discernait une paroi de bois.

— Où est-il ? demanda Carina d'une voix qui frôlait l'hystérie.

— Aucune idée. Dans une galerie latérale, je crois.

— Qu'est-ce qu'il dit ?

— Rien. Il tousse.

— Oh, mon Dieu ! Sors-le de là ! hurla-t-elle d'une voix stridente.

— Que crois-tu que j'aie l'intention de faire ? lui rétorqua-t-il.

— Tu ne comprends pas. La tumeur. C'est ce qui arrive quand ça revient.

— Qu'est-ce que tu veux dire ? Il arrive quoi ?

Stern entendit tousser à nouveau. Cette fois plus près encore.

— Des spasmes bronchiques précèdent l'évanouissement. Il va bientôt perdre connaissance, hurla Carina si fort qu'il l'entendit dans le portable et hors du portable en même temps.

Et il va tomber la tête la première dans l'eau. Et mourir étouffé. Comme...

Stern fonça et, dans sa panique, ne vit pas une poutre noire qui lui barrait la route. Sa tête la heurta de plein fouet. Pourtant, il eut beaucoup plus peur que mal. Croyant être attaqué, il leva les deux bras dans un réflexe de défense. Quand il s'aperçut de son erreur, il était trop tard. La lumière de la lampe de poche tremblota encore deux secondes sous l'eau, puis elle s'éteignit là où il l'avait laissée tomber.

— Merde !

Il tendit les doigts vers la droite jusqu'à toucher le mur de la cave. Puis il avança à tâtons, pas à pas, soucieux de ne pas perdre l'orientation dans cette obscurité. Mais ce n'était pas sa plus grande préoccupation, car pour l'instant il avait avancé en ligne droite. Il était bien plus inquiet de ne plus entendre Simon tousser.

— Hé, tu es encore là ? lança-t-il.

Soudain, il y eut un craquement dans son oreille. Tel un passager d'avion au moment de l'atterrissage, il dut avaler sa salive à plusieurs reprises pour soulager ses tympans. Puis il entendit de nouveau un râle. Devant lui. Au-delà de la paroi en bois, à dix mètres à peu près, derrière un angle du mur. Il fallait qu'il arrive jusque-là. Jusqu'à Simon. Pataugeant dans l'eau, il voulut aller trop vite et provoqua une funeste réaction en chaîne.

— Simon, est-ce que tu peux me... Aaah !

Il bascula la tête la première. Son pied s'était pris dans un vieux câble de téléphone qui, à la manière d'un piège pour sangliers, avait formé un nœud coulant sous l'eau puante. Ses doigts essayèrent de trouver une prise dans le mortier humide du mur, mais il ne réussit qu'à se casser deux ongles avant de percuter quelque chose devant lui.

Au moment du choc, il eut le temps d'enregistrer qu'il était certainement arrivé au bout de la galerie, car il ne tomba pas dans l'eau. Ses mains, au contraire, trouvèrent appui contre une paroi de bois. Il y eut un craquement, un peu comme plus tôt sur la première marche de l'escalier, mais beaucoup plus fort, et son corps passa au travers d'un obstacle qui, au bruit, devait être un panneau de contreplaqué. Ou bien une porte. Dans sa terreur, il se vit tomber dans une galerie de mine non étayée ou dans un puits sans fond, mais sa chute fut stoppée net au bout de quelques centimètres. Il était sur un sol de terre battue. Le seul aspect positif dans cette nouvelle situation, c'est que l'eau n'était pas encore arrivée dans ce coin de cave. En revanche, des choses indéfinissables se détachaient du plafond et des murs et tombaient sur lui.

Oh mon Dieu !

Stern n'osait pas toucher l'objet rond, de taille moyenne, qui venait d'atterrir avec rudesse sur ses genoux, tant il était certain, prisonnier de son cauchemar, qu'il allait palper des lèvres bleuies et un visage boursouflé : le visage mort de Felix.

Puis, autour de lui, une faible clarté se fit. Clignant des yeux, il lui fallut un certain temps avant de comprendre d'où provenait cette lumière inattendue. C'est seulement à l'instant où elle fut en face de lui qu'il reconnut Carina. S'aidant de l'écran de son portable qui diffusait une lueur verdâtre, elle éclairait tant bien que mal le réduit dans lequel il était tombé.

Stern la vit hurler avant de l'entendre. L'espace d'une seconde, elle avait ouvert la bouche sans émettre un son, avant que les murs de béton ne répercutent son cri strident. Stern ferma les yeux.

Il finit néanmoins par prendre son courage à deux mains et les rouvrit.

Il crut alors qu'il allait vomir.

La tête, sur ses genoux, était rattachée au reste d'un cadavre en partie réduit à l'état de squelette. C'est avec un mélange d'incrédulité, de dégoût, d'horreur et de stupeur que Stern s'avisa de la fente béante que la hache avait laissée dans le crâne martyrisé.

4

Le policier avait beau cligner frénétiquement des yeux, ils se remplissaient aussitôt de larmes. Martin Engler gémit, la bouche fermée, rejeta la tête en arrière et, tâtonnant d'une main, à l'aveuglette, sur la table de la salle d'interrogatoire, finit par saisir ce qu'il cherchait. *In extremis*, il parvint à déchirer l'emballage, extirpant un mouchoir qu'il se plaça devant le nez.

Atchoooummm...

— Pardon.

Le commissaire de la brigade criminelle se moucha, et Stern se demanda si Engler, en même temps qu'il éternuait, n'avait pas proféré un « idiot » à peine perceptible.

Cela n'aurait rien eu d'étonnant. L'avocat, qui avait obtenu l'acquittement de plusieurs personnes qu'il avait arrêtées lui-même, ne figurait pas au nombre de ses amis intimes.

L'homme assis à côté d'Engler se racla la gorge. Stern se tourna un bref instant vers ce flic obèse dont le double menton n'arrivait pas à cacher une pomme d'Adam impressionnante. En entrant dans la salle d'interrogatoire aveugle, il s'était présenté sous le nom de Thomas Brandmann. Sans préciser son grade ou sa fonction. Et, à l'exception des grognements que depuis cet instant son larynx émettait toutes les cinq minutes, il n'avait pas prononcé un mot. Stern ne savait qu'en penser. S'il connaissait bien Engler depuis plus de vingt ans, il n'avait encore jamais vu ce colosse. Son peu de goût pour la communication pouvait signifier que c'était lui qui dirigeait l'enquête. Ou bien exactement le contraire.

— Vous en voulez ? proposa Engler en brandissant un tube d'aspirine. Vous avez une tête à en avoir besoin.

— Non, merci, dit Stern en secouant la tête.

Il tâta sur son front la bosse où le sang battait douloureusement. Son crâne résonnait encore de la chute dans le souterrain, et il était furieux de voir que le commissaire, malgré ses yeux rougis et son nez qui coulait, donnait finalement l'impression d'une plus grande vitalité que lui. Des séances de solarium et des joggings matinaux avaient à l'évidence des effets autrement spectaculaires que de longues nuits passées dans son bureau, devant un ordinateur.

— Bien, alors je résume, déclara le policier en prenant son bloc-notes.

Stern ne put réprimer un sourire ironique quand Brandmann s'éclaircit une nouvelle fois la voix alors qu'il n'avait toujours rien dit.

— Vous avez trouvé le cadavre cet après-midi, vers 17 h 30. C'est un jeune garçon, Simon Sachs, qui vous a conduits, vous et l'infirmière Carina Freitag, sur le lieu de la découverte. Ledit Simon a dix ans, souffre d'une tumeur cérébrale et suit présentement un traitement... (Engler tourna une page)... dans le service de neurologie de l'hôpital Seehaus, à Westend[1]. Il affirme avoir lui-même assassiné la victime dans une vie antérieure.

— Il y a quinze ans, oui, confirma Stern. Si je ne me trompe pas, c'est bien la huitième fois que je vous le dis.

— Oui, effectivement, mais...

Engler s'interrompit au beau milieu de sa phrase et, au grand étonnement de Stern, rejeta une nouvelle fois la tête en arrière, comprimant du pouce et de l'index les ailes de son nez.

— Ne faites pas attention, dit-il d'une voix nasillarde qui faisait penser à celle d'un personnage de dessin

1. Banlieue résidentielle à l'ouest de Berlin. *(Toutes les notes sont du traducteur.)*

animé. Putain de saignement de nez ! Ça m'arrive chaque fois que je suis enrhumé.

— Dans ce cas, vous devriez arrêter de prendre de l'aspirine.

— Ça fluidifie le sang, je sais. Mais où en étions-nous ?

Engler s'adressait toujours au plafond gris de la pièce.

— Ah oui, huit fois. Exact. C'est bien le nombre de fois où vous m'avez servi cette histoire de fous. Et je me suis chaque fois demandé si je ne devais pas vous soumettre à un toxicotest.

— Ne vous gênez surtout pas. Si vous souhaitez violer encore un peu plus mes droits, allez-y, railla Stern en présentant au commissaire, d'un air engageant, les paumes de ses mains qui semblaient ainsi porter un plateau. Je n'ai certes plus guère l'occasion de m'amuser dans la vie, mais porter plainte contre vous et votre institution serait à coup sûr une distraction fort plaisante.

— Gardez votre calme, s'il vous plaît, monsieur Stern.

Robert sursauta.

Un miracle, pensa-t-il. *Le tas de viande assis à côté d'Engler est doté de la parole.*

— Vous n'êtes pas ici en tant que suspect, déclara Brandmann.

Stern se demanda s'il n'avait pas entendu un « encore » se glisser entre les lignes.

— À seule fin de dissiper d'emblée tous les doutes, reprit-il en résistant à la tentation de se racler la gorge lui aussi, je précise que je suis avocat, mais pas cinglé. Je ne crois pas à la métempsycose, à la réincarnation et à toutes ces conneries ésotériques. Je ne gaspille pas non plus mon temps libre à déterrer des squelettes. Interrogez le gamin, mais pas moi.

— Nous le ferons dès qu'il sera réveillé, acquiesça Brandmann.

Carina et lui avaient trouvé Simon inconscient dans la galerie suivante. Par chance, la perte de connaissance n'avait pas été aussi brutale que lors de la crise initiale, deux ans plus tôt. Ce jour-là, Simon s'était écroulé dans sa classe, alors qu'il allait au tableau, et s'était ouvert le front contre le pupitre du maître. Aujourd'hui, il avait eu le temps de trouver un appui, si bien qu'avant de s'évanouir il avait pu s'asseoir dans la galerie inondée, le dos contre la paroi. Bien que plongé dans un profond sommeil, il paraissait aller bien.

Carina l'avait ramené le plus vite possible à l'hôpital, et Stern était donc seul sur les lieux quand Engler était arrivé avec ses hommes et l'équipe de la police scientifique.

— Vous feriez mieux de vous occuper du thérapeute, conseilla Stern. Qui sait ce que ce Tiefensee a fait croire à Simon sous hypnose ?

— Hé, mais c'est que c'est une bonne idée. Le psychologue ! Mon vieux, jamais je n'y aurais pensé tout seul !

Engler eut un sourire ironique. Il ne saignait plus du nez et fixait de nouveau Stern dans les yeux.

— Vous dites que le type assassiné se trouvait là-bas depuis quinze ans.

Stern poussa un gémissement.

— Non. Ce n'est pas moi qui dis ça, c'est Simon. Mais il a vraisemblablement raison sur ce point.

— Pourquoi ?

— Eh bien, je ne suis pas un spécialiste en anatomopathologie, mais la cave était humide et le cadavre se trouvait dans un réduit en bois sans lumière, comme enfermé dans un cercueil, sans oxygénation directe. Et pourtant il avait sur certaines parties du corps des phénomènes de putréfaction presque totale. Malheureusement aussi sur la tête que j'ai eu le loisir de tenir entre mes mains. Et ça signifie...

— ... que ce n'est pas hier qu'on s'est débarrassé du cadavre. Exact !

Stern, étonné, se retourna pour regarder derrière lui. Il n'avait pas entendu entrer l'homme qui, dans une pose volontairement décontractée, s'appuyait au chambranle de la porte. Avec ses cheveux poivre et sel et ses lunettes teintées à bordure dorée, Christian Hertzlich avait plus l'air d'un entraîneur de tennis vieillissant que du chef d'un service de la police judiciaire. Stern se demanda depuis combien de temps le supérieur direct d'Engler assistait à leur explication tumultueuse.

— Grâce aux méthodes modernes de la médecine légale, nous saurons très vite la date exacte de la mort, dit Hertzlich. Mais peu importe qu'elle remonte à cinq, quinze ou cinquante ans… (Il fit un pas en avant)… il y a en tout cas une chose certaine, c'est que Simon n'y est pour rien.

— C'est exactement comme ça que je vois aussi les choses. Ce sera tout ?

Stern se leva et retroussa, avec un air excédé, la manche de sa chemise à manchettes pour regarder ostensiblement la montre à son poignet. Il était près de 22 h 30.

— Mais bien sûr, vous pouvez partir. J'ai de toute façon à discuter d'une urgence avec ces deux messieurs.

Hertzlich prit en main une chemise en carton qu'il tenait jusque-là roulée sous le bras et la tendit à ses collaborateurs comme un trophée.

— Il y a des développements nouveaux, très surprenants.

5

Martin Engler attendit que l'avocat eût refermé la porte derrière lui. Incapable de contenir plus longtemps sa colère, il se leva alors si brusquement que sa chaise de bois se renversa.

— Qu'est-ce que c'était que ce bordel ?

Brandmann s'éclaircit la voix et sembla vouloir dire quelque chose. Mais c'est Hertzlich qui cette fois lui coupa la parole en posant la chemise sur la table, le verso tourné vers le haut.

— Comment ça ? Ça a pourtant marché de manière absolument fantastique.

— Foutaises ! Ce n'est pas comme ça qu'on mène un interrogatoire, rétorqua Engler à son supérieur. Plus jamais je ne participerai à une pareille connerie.

— Pourquoi vous vous énervez comme ça ?

— Parce que je viens de me ridiculiser. Il n'y a plus un seul abruti pour se laisser prendre à ce numéro « du bon et du mauvais flic ». Et surtout pas un type du calibre de Robert Stern.

Hertzlich jeta un coup d'œil sur ses chaussures en cuir, non cirées comme toujours et aux lacets désespérément emmêlés. Puis il hocha la tête d'un air étonné.

— Je pensais que vous aviez pigé la méthodologie, Engler.

La méthodologie ! Quelle ânerie ! Engler écumait de rage.

Depuis que Brandmann avait rejoint le service, il ne s'était pas passé une semaine sans qu'il fût contraint de participer à au moins un séminaire sur la conduite psychologique des débats. Il y avait vingt jours que, dans le cadre d'un programme de perfectionnement, ce poupon géant avait été mis à leur disposition provisoire par le BKA, la direction générale de la police judiciaire, où il travaillait comme profileur particulièrement versé dans le domaine de la psychologie. Officiellement, il n'avait été affecté à l'équipe d'Engler qu'en qualité de conseiller, mais tout semblait indiquer que son statut venait d'être revu à la hausse, faisant de lui un « enquêteur extraordinaire ». En tout cas, Engler devait se le coltiner en permanence, même pendant les interrogatoires.

— Je dois donner raison au commissaire principal Hertzlich, lança avec affabilité le psychologue, insensible à la tension ambiante. En fait, tout a marché comme ça ne se passe généralement qu'en théorie. (Il s'éclaircit la voix.) L'attente a d'abord mis Stern sur les nerfs. Ensuite, à cause de mon silence, il n'a pas pu me ranger dans un camp concret. C'est là d'ailleurs, monsieur Engler, que réside la différence avec la tactique dépassée de l'interrogatoire telle que vous venez de la décrire.

Brandmann observa une pause calculée, et Martin se demanda pourquoi ce type se sentait obligé de le regarder avec un sourire stupide. Comme si se voir infliger pareil camouflet ne suffisait pas !

— C'est justement parce que je n'ai *pas* joué les « bons flics » que la nervosité de Stern s'est transformée en désarroi. Il a cherché à créer avec vous une connivence. Ayant échoué, il a fini par exploser. Et puis nous avions besoin de connaître sa fluctuation émotive pour exploiter son analyse du réflexe de clignement.

Analyse du réflexe de clignement, eye-tracking, oculométrie, pupillométrie. Toutes ces conneries à la mode ! Depuis une semaine, la morne salle des interrogatoires où ils s'étripaient était bourrée de câbles. L'une des trois caméras cachées était braquée sur les yeux de la personne interrogée. En théorie, un coupable se trahissait par un clignement renforcé des yeux, des contractions de l'iris et des modifications de l'angle visuel en fonction des questions posées. Engler n'y voyait pas d'objections de principe, mais il estimait qu'un enquêteur expérimenté n'avait pas besoin de tous ces gadgets techniques pour déceler un mensonge.

— Espérons seulement que Stern ne va pas découvrir que nous l'avons filmé en cachette, dit-il en montrant le mur derrière lui. Ce type est l'un des avocats les plus redoutables de la ville.

— Et, éventuellement, un assassin, ajouta Hertzlich.

— Vous n'y croyez pas vous-même !

Engler avala sa salive, se demandant un bref instant s'il passerait devant une pharmacie de garde en rentrant chez lui. Il avait un besoin urgent d'un anesthésique local à se pulvériser dans la gorge.

— Ce mec a un QI plus élevé que l'Everest. Il ne serait pas con au point de nous mener jusqu'au cadavre d'un homme qu'il a tué de ses mains.

— Ce serait là justement l'habileté de la manœuvre.

Le chef releva un peu ses lourdes lunettes pour frotter les marques qu'elles avaient laissées sur son nez. Engler ne se rappelait pas avoir jamais réussi à regarder son chef les yeux dans les yeux. Au poste, certains pariaient même qu'il ne quittait pas ces monstruosités quand il se mettait au lit.

— Peut-être aussi qu'il a pété les plombs, réfléchit à haute voix Hertzlich en se tournant vers Brandmann. Cette histoire du garçon et de sa deuxième existence n'est pas très nette, pour moi en tout cas.

— Ce type donne l'impression d'être psychologiquement instable, approuva le profileur.

Engler roula des yeux incrédules.

— Je vous le répète : nous perdons notre temps et nous nous trompons de bonhomme.

Hertzlich se tourna vers lui d'un air étonné.

— Je croyais que vous ne pouviez pas le sentir ?

— Oui, Stern est un trou du cul. Mais pas un assassin.

— Et qu'est-ce qui vous fait dire ça ?

— Vingt-trois ans d'expérience. J'ai le pif pour ce genre de choses.

— En effet, nous entendons tous comme il fonctionne à merveille aujourd'hui !

Hertzlich fut le seul à rire de sa plaisanterie, et Engler dut verser au crédit de Brandmann qu'il n'en était manifestement pas encore à lui lécher les bottes jusque sous les semelles. Il n'eut malheureusement pas le temps d'expliquer pourquoi il considérait Stern comme incapable de tuer un homme à coups de hache. Son nez se mit soudain à couler comme une fontaine. La cellulose de son mouchoir se colorant de rouge, il fut obligé de rejeter à nouveau la tête en arrière.

— Ah non, ça ne va pas recommencer…

Hertzlich le toisa d'un air soupçonneux.

— J'ai d'abord cru que vos saignements de nez faisaient partie du show. Êtes-vous vraiment en mesure de diriger l'enquête ?

— Oui, ce n'est qu'un petit rhume. Pas de problème.

Arrachant au mouchoir deux morceaux encore secs, il les roula en mèches et les enfonça dans ses narines.

— C'est fini.

— Bien, très bien. Alors réunissez l'équipe et soyez dans mon bureau dans dix minutes.

Engler, soupirant intérieurement, regarda sa montre. Il était 22 h 45. Il n'y avait pas que son rhume, il fallait aussi qu'il aille promener Charlie. Le pauvre chien l'attendait depuis déjà plus de dix heures, seul dans le petit appartement.

— Ne faites pas une gueule pareille, Engler. Ça ne durera pas longtemps. Lisez ce dossier. Vous comprendrez pourquoi je tiens à ce que vous ne lâchiez pas Stern et que vous le travailliez au corps.

Engler prit la chemise sur la table.

— Comment ça ? Qu'est-ce qu'il y a là-dedans ? lança-t-il en direction de Hertzlich qui sortait de la pièce.

— Le nom d'une vieille connaissance.

Hertzlich se retourna.

— Nous savons maintenant qui est le mort.

6

De retour dans sa villa le lendemain peu après 23 heures, Stern fut tiré de ses pensées par la voix triste qui sortait de sa boîte vocale. Pendant vingt-quatre heures, Carina avait tenté de le joindre à plusieurs reprises, mais lui avait laissé un seul message. Entre-temps, elle avait elle-même été interrogée et, ce matin, son directeur l'avait suspendue de ses fonctions.

— Simon va bien. Il demande de tes nouvelles. Mais j'ai bien peur que tu aies à présent deux clients au lieu d'un, essaya-t-elle de plaisanter d'un ton las. Est-ce qu'ils peuvent vraiment me coller sur le dos un rapt d'enfant pour avoir sorti Simon de l'hôpital ?

Elle eut un rire nerveux avant de raccrocher.

Stern appuya deux fois sur le sept pour effacer le message. Il la rappellerait demain samedi. S'il la rappelait. En réalité, il ne voulait plus entendre parler de cette affaire. Il avait assez de problèmes comme ça.

Sans ôter son manteau, il passa dans le salon, son courrier sous le bras. La lumière du plafonnier révéla une pièce quasi vide, comme si une bande organisée avait emporté le mobilier de valeur et tous les objets précieux. Il resta un instant immobile puis éteignit, car ce spectacle lui rappelait fâcheusement la pièce nue où Engler et Brandmann l'avaient interrogé la veille. Après les événements de la semaine, la pénombre l'aidait à supporter l'état de désolation de son domicile.

Les murs nus répercutaient le bruit de ses pas sur le parquet en cerisier. Il se dirigea vers le canapé, évitant une chaise de jardin renversée et ignorant une plante d'appartement desséchée. Il n'y avait ni étagères, ni rideaux et pas plus d'armoires que de tapis. Seul un lampadaire gris argenté, sans abat-jour, était posé de guingois à côté de la banquette. Même allumé, il n'aurait pu éclairer la vaste pièce car il lui manquait trois ampoules sur quatre. L'antique téléviseur à tubes, posé directement par terre, deux mètres en avant de la cheminée vide, était donc généralement l'unique source lumineuse de la salle de séjour.

Stern s'assit sur le canapé, actionna la télécommande et ferma les yeux quand l'écran se mit à scintiller et à bourdonner.

Dix ans, se dit-il en laissant sa main glisser sur l'emplacement libre à côté de lui. Caressant le cuir rugueux, il toucha du doigt la trace de brûlure laissée par le cierge magique que Sophie, dans un accès de rire, avait laissé échapper lors du réveillon de la Saint-Sylvestre. Il y avait dix ans de cela. Elle avait deux semaines de retard dans ses règles.

Après la mort de Felix, Sophie, contrairement à lui, avait réussi à fuir le passé. Elle avait choisi de se réfugier dans un second mariage. Deux enfants étaient nés de cette union, des jumelles. C'était sans aucun doute grâce à ces fillettes que Sophie n'avait pas sombré dans la dépression.

Ce qui n'est pas mon cas.

Stern rouvrit les yeux pour couper le fil des souvenirs. Puis il enleva le bouchon de la bouteille à moitié vide qui, depuis plusieurs jours, était posée à même le sol. Ce vin était infect, mais il remplissait sa fonction. N'attendant jamais de visites, Stern n'avait de toute façon rien d'autre dans son frigidaire : même si l'un de ses collègues s'était égaré jusque chez lui – ce qui n'était encore jamais arrivé –, il ne l'aurait pas laissé entrer.

Ce n'était pas pour rien qu'il chargeait tous les ans une société de sécurité d'équiper ses fenêtres et ses portes des systèmes les plus sophistiqués. La maison ne renfermant aucun objet de valeur, il n'ignorait pas, bien sûr, que les techniciens le prenaient pour un fou.

Mais ce n'était pas un cambriolage que Stern redoutait. Il craignait d'être percé à jour par des gens curieux de savoir ce qui se cachait derrière la façade qu'il s'était fabriquée. Il y avait mis le prix : costumes onéreux, voitures de fonction étincelantes, bureaux impeccablement rangés, avec vue sur la porte de Brandebourg... Il ne fallait pas que ces gens découvrent le vide qui habitait Robert Stern.

Il but une nouvelle gorgée au goulot, laissant maladroitement tomber un peu de vin rouge sur sa chemise blanche. Le souvenir de la tache de vin lui traversa brutalement l'esprit quand il contempla les dégâts. C'était Sophie qui l'avait découverte la première à l'instant où elle avait pris Felix dans ses bras. On venait de laver le nourrisson et de lui ôter la couverture qui l'enveloppait. Les parents avaient d'abord craint qu'il ne s'agît d'une altération cutanée maligne sur son épaule, mais les médecins les avaient rassurés.

— On dirait la carte de l'Italie, avait ri Sophie tout en l'enduisant d'huile pour bébé.

Ils avaient ensuite solennellement décidé de passer leurs premières vacances familiales à Venise. Mais, en définitive, ils n'étaient pas allés plus loin que le cimetière.

Stern écarta la bouteille de ses lèvres et parcourut son courrier. Deux lettres « valeur déclarée », une contravention et le relevé hebdomadaire de son compte en banque. Le plus personnel, dans tout ça, était le dernier DVD loué par Internet. Depuis qu'on pouvait se faire envoyer des films par la poste, il n'allait même plus à la vidéothèque le week-end. Il ouvrit le petit emballage en carton sans prêter attention au titre du film. Il l'avait sans doute déjà vu. Il commandait par principe uniquement des films ne mettant pas d'enfants en scène et très peu de séquences d'amour. Le choix était donc assez limité.

Après avoir introduit le DVD dans le lecteur, il retira sa veste et la jeta distraitement par terre avant de se laisser retomber dans les coussins. Il était vanné et ne tarderait pas à s'endormir sur le canapé, comme si souvent le week-end. Heureusement que personne ne risquait de le surprendre là le lendemain matin ! Pas de famille. Pas d'amis. Pas même une femme de ménage.

L'avocat appuya sur la touche « play », s'attendant à voir paraître l'une de ces ridicules mises en garde que l'on ne peut passer et qui menacent de prison quiconque s'aviserait de copier illégalement le film.

Au lieu de quoi l'image tressauta à plusieurs reprises comme s'il s'agissait d'une vidéo amateur. Stern fronça les sourcils et se redressa. Il venait de reconnaître le décor et cela l'avait tiré de son demi-sommeil. D'une seconde à l'autre, tout ce qui l'entourait disparut de son champ de vision. Il ne sentit pas la bouteille lui glisser des mains ni son contenu se répandre sur lui. Tous les stimuli externes disjonctèrent : il n'y avait plus que lui et le téléviseur. Et ce dernier s'était lui aussi métamorphosé. Stern n'avait plus l'impression de regarder un écran, mais une fenêtre poussiéreuse donnant sur une pièce dans laquelle il n'avait plus jamais voulu entrer de sa vie. Quand la caméra se rapprocha en zoomant, il eut peur d'avoir perdu la raison. Une fraction de seconde plus tard, il en était certain.

7

L'image verdâtre de la maternité se figea quand une voix contrefaite prononça une première phrase :

— Croyez-vous à une vie après la mort, monsieur Stern ?

Les mots sortant des enceintes, malgré leur sonorité métallique, avaient une telle présence que Robert fut tenté de se retourner pour vérifier s'ils n'étaient pas prononcés par un être en chair et en os, juste derrière lui.

Au bout d'un instant de stupeur, il glissa du canapé et s'avança lentement sur les genoux vers le téléviseur. Incrédule, il toucha la surface de verre chargée d'électricité statique et appuya le doigt, comme si c'était du braille, sur la date en écriture digitale.

Pourtant, même sans cela, il savait parfaitement où et quand cette bande avait été enregistrée : dix ans auparavant, à l'hôpital où Felix, avec ses magnifiques joues rouges, avait découvert le monde que, vingt-huit heures plus tard, il devait quitter, les lèvres bleuies par la mort.

Les doigts de Stern tâtonnèrent jusqu'au centre de l'écran, là où son fils était couché dans une espèce de baquet en plexiglas, au milieu de nombreux autres berceaux. Felix vivant ! Il remuait ses petits bras comme pour toucher les minuscules balles en coton du mobile au-dessus de lui. C'étaient Sophie et lui qui l'avaient confectionné longtemps avant sa naissance, et l'avaient fixé au cadre métallique du lit.

— Croyez-vous à la métempsycose, à la réincarnation ?

Robert eut un sursaut de recul, comme si c'était l'esprit de son fils en personne qui l'avait interrogé. L'image floue de l'enfant dans sa grenouillère bleu clair sollicitait ses sens au point qu'il en avait presque oublié la voix métallique.

— Vous n'avez pas la moindre idée de ce qui vous tombe dessus, n'est-ce pas ?

Stern, en état de transe, fit non de la tête, comme s'il pouvait effectivement communiquer avec l'interlocuteur anonyme dont l'intonation évoquait celle d'un cancéreux obligé de recourir à un laryngophone.

— Je ne peux malheureusement pas vous révéler mon identité, pour des raisons que vous allez comprendre très vite. Il m'a donc paru plus judicieux de vous contacter par ce moyen. Vous avez transformé votre maison en forteresse, monsieur Stern. À une exception près : votre boîte aux lettres. J'espère que vous ne m'en voudrez pas d'avoir, par cet échange de DVD, quelque peu perturbé votre distraction rituelle du vendredi. Mais, croyez-moi, ce que je vais vous montrer sera pour vous beaucoup plus captivant que le documentaire animalier que vous aviez commandé.

Une larme tomba des yeux de Stern qui n'avait pas quitté Felix du regard.

— Je vais à présent vous demander une concentration toute particulière.

Quand le cadrage de l'image se réduisit, faisant du même coup grandir le visage de Felix, Stern eut l'impression de recevoir un coup de pied dans l'estomac.

Qui a filmé ça ? Et pourquoi ?

Une seconde plus tard, il était hors d'état de formuler d'autres questions, même en pensée. Il voulut se détourner, courir aux toilettes et vomir, avec son maigre déjeuner, tous ses souvenirs, mais un étau invisible l'obligea à regarder droit devant lui. Aussi lui fallut-il se résoudre à contempler les images de son fils, qui se mit soudain à écarquiller les yeux. Des yeux immenses, pleins d'étonnement. Incrédules. Comme si le bébé devinait que son corps minuscule allait bientôt perdre toutes ses fonctions vitales. Felix se mit à respirer avec difficulté et à trembler, à bleuir comme s'il venait d'avaler de travers une grosse arête.

Stern ne put se retenir plus longtemps. Il vomit sur le parquet. Quand, quelques secondes plus tard, pantelant, la main devant la bouche, il regarda à nouveau l'écran, tout était terminé. Son fils, qui respirait encore à l'instant, avait à présent la bouche entrouverte et fixait d'un œil vide la caméra dont le champ embrassait de nouveau la maternité dans sa totalité : quatre lits, tous occupés. Mais dans l'un d'eux régnait un calme insupportable.

— Je suis navré. Je sais que ces ultimes images de Felix sont certainement très douloureuses pour vous.

Les mots, grinçants, étaient aussi coupants que des lames de rasoir.

— Mais c'était nécessaire, monsieur Stern. J'ai quelque chose d'important à vous dire. Je veux que vous me preniez au sérieux. Je pense maintenant disposer de votre pleine et entière attention.

8

Robert Stern eut l'impression que jamais plus il n'aurait les idées claires. Il lui fallut un petit moment avant de prendre conscience que le voile de brume devant ses yeux était dû aux larmes, ce que la voix impitoyable avait manifestement prévu.

Est-ce vrai ? Ai-je réellement assisté aux dernières secondes de vie de mon fils ?

Il eut envie de se lever, d'arracher le DVD du lecteur, de balancer le téléviseur par la fenêtre d'un coup de pied, mais il se savait dans un tel état de choc qu'il n'aurait pas été en mesure de lever la main. Le seul geste dont son corps était encore capable était indépendant de sa volonté : ses jambes étaient agitées d'un tremblement incontrôlé.

Qui m'inflige ça ? Et pourquoi ?

Les images changèrent. Son angoisse augmenta.

La maternité fit place à une vue extérieure de la friche industrielle où il avait attendu Carina la veille. Les photos devaient être un peu plus anciennes. Elles avaient été prises par une journée ensoleillée de printemps ou d'été.

— Hier, vous avez trouvé un cadavre sur ce terrain d'une ancienne fabrique de peintures.

La voix fit une nouvelle pause. Stern cligna des yeux et reconnut la remise à outils.

— Nous avons très longtemps attendu que cela arrive. Quinze ans, pour être précis. Sur ce point, le garçon dit effectivement la vérité. Au bout d'un tel délai, nous imaginions que ce serait plutôt un vagabond ou un chien qui découvrirait par hasard le cadavre. Et c'est vous qui êtes venu ! Avec un esprit de détermination. Accompagné. Vous voilà donc désormais impliqué, monsieur Stern. Que vous le vouliez ou non.

La caméra décrivit un cercle de trois cent soixante degrés et montra brièvement, à côté du bâtiment délabré, une camionnette sans raison sociale, puis elle s'immobilisa, se focalisant sur la bâtisse incendiée où quelques heures plus tôt Robert avait suivi Simon.

— Je voudrais apprendre de vous qui a assassiné l'homme que vous avez trouvé hier dans cette cave.

Stern hocha la tête avec stupéfaction.

Qu'est-ce que ça veut dire ? Qu'est-ce que tout ça a à voir avec Felix ?

— Qui a tué cet homme ? Pour moi, la réponse à cette question est d'une urgence extrême.

Stern fixait l'annonce digitale bleuâtre du lecteur de DVD comme si le boîtier métallique argenté était à l'origine de ses tourments psychiques.

— Je veux que vous vous occupiez du cas de Simon. Si vous saviez qui je suis, vous comprendriez pourquoi je ne peux m'en charger moi-même. C'est pourquoi il faut que ce soit *vous*, vous qui êtes son avocat. Découvrez comment il a appris l'existence de ce cadavre.

La voix eut un léger rire.

— Mais comme je sais que les avocats ne travaillent pas sans contrepartie, voici ma proposition. Votre éventuelle acceptation dépend entièrement de votre réponse à ma première question, monsieur Stern : croyez-vous qu'il soit possible de ressusciter ?

Il se mit à neiger sur l'écran comme s'il s'agissait d'un antique téléviseur en noir et blanc dont l'antenne intérieure aurait été mal orientée. Puis la qualité de l'image s'améliora subitement. L'usine en ruine avait disparu. À en croire les chiffres incrustés, ces nouvelles prises de vue en couleurs dataient d'à peine quelques semaines. Stern eut de nouveau envie de vomir. Le chiffre de l'année mis à part, la date indiquée était exactement celle de la naissance de son fils.

9

— Alors, vous le reconnaissez ?

Le garçon, bronzé et dont les cheveux légèrement bouclés tombaient sur les épaules, était torse nu, à l'exception d'un collier de corail noir. Il savait qu'on le filmait et fixait la caméra d'un air plein d'attente. Il se leva brusquement de sa chaise et s'en alla. Le cœur de Stern s'arrêta de battre quand il aperçut la tache dans son dos. Il avait une envie d'un violet foncé sur l'épaule gauche, en forme de petite botte.

Ce n'est pas vrai. Ce n'est pas possible !

Les joues de Robert le brûlaient comme si on venait de le gifler. Le gamin aux traits à la fois inconnus et douloureusement familiers reparut, un couteau à la main. Quelqu'un, hors cadre, sembla lui crier quelque chose. Il sourit, confus, aspira profondément et ses lèvres pleines firent la moue. La caméra descendit alors d'une vingtaine de centimètres, et le gâteau d'anniversaire posé sur une table entra dans le champ. Une forêt-noire. L'enfant dut s'y prendre à deux fois pour souffler les dix bougies fichées dans la crème.

— Regardez bien, monsieur Stern. Songez aux images de Felix que vous venez de voir. Souvenez-vous du petit cercueil que vous avez vous-même porté en terre. Et répondez ensuite à une question toute simple : croyez-vous à une vie après la mort ?

Robert leva les mains et, un bref instant, fut tenté d'appuyer les doigts sur le verre dépoli. Tandis qu'il perdait peu à peu le contrôle de sa respiration et de son cœur, il fut submergé par une impression d'une totale irréalité : celle de regarder dans un miroir rajeunissant.

Est-ce… Ce n'est pas possible. Felix est mort. Il était froid quand je l'ai enlevé des bras de Sophie. Je l'ai enterré moi-même et…

— On pourrait se mettre à douter en voyant ces images, n'est-ce pas ?

… je viens de le voir mourir. À l'instant même !

Stern, suffoquant, toussa. Dans sa terreur, il avait retenu sa respiration, mais ses poumons avaient maintenant besoin d'oxygène. Les images incroyables continuaient à défiler impitoyablement. Le garçon, sur l'écran, découpait le gâteau.

Mais ce ne peut être que… C'est forcément une coïncidence.

Le gamin de dix ans était gaucher. Comme Robert.

Stern se mit à trembler de tout son corps. Il croyait voir son double. Gamin, il en était la copie conforme. Tout concordait. Les cheveux, les yeux un peu trop écartés, le menton légèrement proéminent, la fossette se creusant sur la joue droite quand il souriait. En fouillant les caisses du déménagement dans la cave, il aurait sûrement pu trouver une photo jaunie où il fixait l'appareil de la même façon.

Et il a la tache de vin.

Bien entendu, elle était maintenant plus grande. Mais sa forme correspondait exactement à la tache que Sophie avait découverte quand elle avait pour la première fois tenu Felix nu dans ses bras.

— Voici le marché que je vous propose.

La voix, plus inhumaine encore, exigeait de nouveau l'attention de Stern.

— J'échangerai une réponse contre une autre. Dites-moi qui a tué l'homme à coups de hache il y a quinze ans, et je vous dévoilerai s'il y a une vie après la mort.

Sur ces mots, l'enfant disparut de l'écran et Robert se retrouva précipité dix ans en arrière, dans la pièce de la maternité. Deux arrêts sur image se succédèrent à un rythme atroce. Felix dans son lit. Vivant, puis mort.

— Trouvez l'assassin, et je vous ferai parvenir le nom et l'adresse du garçon que vous venez de voir.

Vivant. Mort. Vivant…

Stern tenta de se lever pour hurler sa douleur, mais il avait perdu toute force.

Mort.

— Une réponse contre une réponse. Occupez-vous de Simon. Nous nous chargeons du thérapeute. Vous avez cinq jours devant vous. Pas une heure de plus. Si vous laissez passer ce délai, vous n'entendrez plus jamais parler de moi et vous ne saurez jamais la vérité. Ah oui, autre chose.

La voix paraissait à présent celle de quelqu'un qui s'ennuie. Celle qui, à la fin d'un spot pour des produits pharmaceutiques, met en garde contre les risques et les effets secondaires.

— N'allez pas prévenir la police. Sinon, je tuerai les jumelles.

Puis l'écran devint tout noir.

10

— Tu as bu ?

Sophie était pieds nus dans le couloir, devant la chambre à coucher d'où elle était sortie le téléphone en main pour ne pas réveiller son mari. Patrick devait partir dans quelques heures en voyage d'affaires au Japon et il avait besoin de dormir. Il était un peu plus de minuit et demi, et elle aurait eu le plus grand mal à lui expliquer, s'il le lui avait demandé, pourquoi son ex lui téléphonait en pleine nuit, alors qu'il ne l'avait pas fait depuis plusieurs années, même pas pour son anniversaire.

— Je suis navré de te déranger. Je sais, les enfants dorment. Elles vont bien ?

Bien qu'il eût ignoré sa question, sa voix lui fournit la réponse. Une voix épouvantable.

— Oui, évidemment qu'elles vont bien. Elles dorment. Profondément, comme tout être normal à une heure pareille. Qu'est-ce que tu me veux ?

— Aujourd'hui j'ai... (Il s'interrompit et reprit :) Je suis navré, mais il faut que je te demande quelque chose.

— Maintenant ? Ça ne peut pas attendre jusqu'à demain matin ?

— Ça attend depuis bien trop longtemps.

Se dirigeant vers le salon, Sophie s'immobilisa sur le tapis de sisal.

— De quoi tu parles ?

L'heure, sa voix, les allusions, en un mot tout dans son coup de téléphone l'inquiétait, et qu'elle frissonne n'avait donc rien d'étonnant. D'autant moins qu'elle n'avait mis, à son habitude, qu'un T-shirt et un slip pour aller au lit.

— À l'époque, est-ce que tu t'es demandé si...

Sophie ferma les yeux tandis qu'il poursuivait. Aucun autre mot que ce « à l'époque » ne pouvait susciter en elle autant de sentiments négatifs. Surtout sortant de la bouche de l'homme qui lui avait enlevé Felix des bras.

— Je veux dire qu'en fait il n'y avait aucune raison pour que...

— Où veux-tu en venir ?

La colère commençait à la gagner.

— Tu n'as pas fumé pendant la grossesse, Felix n'était pas trop vêtu et il était dans une grenouillère l'empêchant de se tourner sur le ventre.

— Je préfère raccrocher.

Sophie ne comprenait pas pourquoi Robert la tirait du lit pour lui énumérer les facteurs de risque concernant la mort subite du nourrisson. Ce mystérieux terme générique avait beau désigner environ quarante pour cent des cas de mortalité postnatale, les causes du phénomène restaient largement inconnues. Ce chiffre n'avait pas de quoi surprendre en réalité puisque l'on rangeait dans cette horrible catégorie tous les décès restés inexpliqués d'enfants apparemment en bonne santé.

— Attends encore un peu, je t'en prie ! Ne réponds qu'à cette seule question.

— Laquelle ?

S'apercevant dans la glace de la garde-robe, Sophie fut effrayée par l'expression de son visage où se lisait un mélange de tristesse, de désespoir et de lassitude.

— Je sais que tu me détestes depuis ce qui s'est passé.

— As-tu de la fièvre ? demanda Sophie, car Robert, loin de seulement bégayer, semblait également très enrhumé.

— Non, je n'ai besoin de rien, que d'une réponse.

— Mais je ne comprends pas ce que tu cherches.

Ayant commencé sa phrase à haute voix tellement elle était furieuse, elle s'efforça ensuite, à chaque mot, de baisser le ton afin de ne réveiller ni Patrick ni les jumelles.

— Il ne respirait plus, il était déjà un peu rigide quand tu as ouvert la porte de la salle de bains.

Il y eut un bruit de fond pendant que Robert observait un bref silence.

— Voici ma question : pourquoi n'étais-tu malgré tout pas certaine ? Pourquoi, en dépit de tout, as-tu pensé que Felix vivait encore ?

Sophie interrompit la conversation d'une pression du doigt et, privée de toute force, l'écouteur à la main, laissa retomber le bras. Sa lassitude avait cédé la place à un état d'hébétude que seuls lui procuraient d'ordinaire les somnifères. Elle avait en même temps l'impression qu'elle venait de surprendre un cambrioleur en train de farfouiller dans ses sous-vêtements. *Et c'est exactement ce qui s'est passé,* se dit-elle en se dirigeant lentement vers la chambre des enfants. Avec son appel, Robert était entré par effraction dans son monde et avait ouvert un compartiment de sa psyché, tiroir qu'au prix d'un pénible travail de plusieurs années, avec l'aide de son nouveau mari, des merveilleuses jumelles et d'un psychanalyste, elle était parvenue à clouer et à barricader.

Elle ouvrit la porte et retint sa respiration. Frida, en gigotant, avait repoussé sa couverture au pied du lit et rêvait paisiblement, entourant d'un bras un pingouin en tissu. Le petit torse de Natalie aussi se soulevait et s'abaissait à intervalles réguliers. Durant l'année critique qui avait suivi leur naissance, Sophie avait fait sonner le réveil toutes les deux heures pour jeter un œil sur elles. À présent, elle vérifiait que tout allait bien uniquement quand elle se réveillait pour aller aux toilettes. Et la peur oppressante qui, autrefois, ne la quittait pas s'était muée en une routine affectueuse. Jusqu'à cet instant. Jusqu'au coup de fil de Robert.

Pourquoi as-tu pensé que Felix vivait encore ?

Le matelas moelleux céda sous son poids quand Sophie s'assit sur le lit de Natalie pour lui ôter du front les cheveux mouillés de sueur.

— Parfois je le pense toujours, chuchota-t-elle.

Puis elle embrassa tendrement sa fille sur le front et se mit à pleurer sans bruit.

LA RECHERCHE

« De même que, dans notre vie présente, nous vivons des milliers de rêves, cette vie présente n'est que l'une des milliers dans lesquelles nous sommes entrés, venant d'une autre vie, plus réelle encore, et vers laquelle nous retournerons après la mort. »

Léon Tolstoï

« Chaque être humain représente quelque chose de nouveau dans le monde, quelque chose qui n'a encore jamais existé, quelque chose d'inédit et d'unique. »

Martin Buber

« Les cicatrices de naissance et les envies sont les preuves des existences terrestres successives de l'homme. »

Ian Stevenson

1

Ce fut peut-être la conséquence de son épuisement. Sans doute la bousculade se produisit-elle parce que, au lieu de regarder devant lui, il dévidait en pensée le DVD.

La veille, il n'avait pas eu le courage de le regarder à nouveau. Tout du moins, pas entièrement. Il ne voulait pas revoir l'agonie de Felix. Aussi avait-il sauté le début pour aller directement au passage de l'anniversaire. Il l'avait fait passer et repasser, ne quittant pas des yeux le jeune garçon sans nom. Au ralenti, avec arrêts sur image et en avance rapide. Quand il l'eut revu dix fois, il avait les yeux si irrités qu'il crut apercevoir sur le DVD le rouge des signes d'usure.

Après une nuit blanche, Stern s'était senti ce matin aussi désemparé et anéanti que le jour de l'enterrement de Felix. Il avait perdu tout point d'ancrage dans le réel. Son cerveau rationnel de juriste était habitué à toujours considérer les problèmes sous deux aspects : ou bien un client était coupable, ou bien il ne l'était pas. De ce point de vue, le cauchemar où il avait été précipité la veille n'était pas différent des tragédies qu'il lui fallait assumer sur le plan professionnel. Là aussi, il n'existait que deux possibilités : Felix était mort ou vivant. La première était la plus vraisemblable. La ressemblance frappante entre le gamin à la tache de vin et Stern était loin de constituer une preuve.

Une preuve de quoi ? se demanda-t-il en sortant de l'ascenseur de l'hôpital. Chaque fois qu'il réfléchissait à un problème complexe, se dressait devant lui, en pensée, un mur blanc et nu contre lequel il fixait des « Post-It » imaginaires portant ses principales hypothèses. Il y avait dans son cerveau une sorte de case, à l'écart, qu'il réservait aux cas difficiles et utilisait chaque fois qu'il voulait faire un tri dans ses idées. « FELIX VIT » : l'inscription en majuscules sur le plus grand des bouts de papier attirait l'attention.

Mais comment serait-ce possible ?

Bien sûr, longtemps après l'enterrement, il s'était souvent demandé s'il n'y avait pas eu, par hasard, un échange de bébés. Mais Felix était à ce moment-là le seul garçon à la maternité. Les trois autres mères avaient accouché d'une fille. Toute confusion était donc exclue. Et puis il s'était assuré, avant l'autopsie, que c'était bien leur garçon qu'ils pleuraient. Aujourd'hui encore il se souvenait de ce qu'il avait ressenti quand il avait soulevé le petit corps de la table métallique afin de caresser du bout des doigts, en guise d'adieu, la tache de vin.

Alors renaissance, réincarnation ?

Stern déchira le bout de papier avant d'avoir eu le temps de vraiment le fixer. Il était avocat. Pour résoudre des problèmes, il avait recours à des articles de loi, non à la parapsychologie. Aussi douloureux que cela fût, il resta ferme sur sa position. « FELIX = MORT », écrivit-il sur un troisième Post-It, et il s'apprêtait à le fixer mentalement quand ses pensées basculèrent à nouveau.

Mais pourquoi quelqu'un jette-t-il le doute sur sa mort ? Et que vient faire Simon dans cette histoire ? Où diable ce gamin avait-il appris l'existence de ce cadavre dans le sous-sol d'une usine ?

Stern se demanda ce que pouvait révéler de sa santé mentale sa venue à l'hôpital Seehaus, un samedi matin, pour répondre à cette dernière question. Plongé dans ses pensées, il n'entendit pas arriver le soignant qui conduisait un vieil homme en chaise roulante à la physiothérapie. Tous deux fredonnaient en chœur le refrain de « Money, Money, Money », du groupe Abba, lorsque, tournant au coin du couloir, Stern leur rentra dedans sans crier gare.

Il percuta le côté du fauteuil métallique et, perdant l'équilibre, chercha désespérément à se rattraper. Une de ses mains ayant glissé sur la manche du garde-malade, il n'eut d'autre recours que de prendre appui sur la tête du patient, puis, finalement, d'agripper le poignet de ce dernier pour ralentir sa chute. Si bien que, avant de s'effondrer sur le linoléum couleur menthe, il lui arracha le cathéter de sa perfusion.

2

— Mon Dieu, monsieur Losensky ?

Inquiet, le soignant barbu s'agenouilla devant le patient, mais celui-ci, paraissant presque s'amuser, fit signe que ce n'était pas grave.

— Ce n'est rien, ce n'est rien ! De toute façon, j'ai un ange gardien ! dit le vieil homme en tirant de sous son T-shirt un collier avec une croix en argent. Occupez-vous plutôt de notre ami qui est par terre.

Stern se frotta les paumes des mains qu'il s'était écorchées contre le revêtement de sol rugueux. Il ignora les élancements douloureux de ses genoux pour ne pas donner de lui une image encore plus pitoyable.

— Je suis absolument désolé, s'excusa-t-il une fois debout. Ça va ?

— Si on veut, grommela le soignant en relevant avec précaution la manche du patient jusqu'à la saignée du bras. Il va falloir lui reposer le cathéter, murmura-t-il en inspectant le dos de la main constellé de taches de vieillesse.

Il pria Losensky de tenir un bout de coton pressé contre l'endroit de la piqûre, puis tâta le bras décharné à la recherche d'une ecchymose ou d'un hématome. Bien que doté de mains de boxeur, il avait des gestes très doux, presque tendres.

— Vous êtes en cavale ou quoi ? Pourquoi foncer comme ça dans un service de neurologie ?

Stern fut soulagé de constater que l'homme n'avait rien trouvé de grave.

— Mon nom est Robert Stern, je vous prie de m'excuser mille fois, monsieur…

Il ne parvint pas à déchiffrer le badge rayé fixé sur la blouse.

— Franz Marc. Comme le peintre. Mais tout le monde m'appelle Picasso, parce que je préfère sa peinture.

— Je comprends. Encore une fois, je suis navré. J'étais dans la lune.

— Ce n'est pas l'impression qu'on a eue, n'est-ce pas, Losensky ?

D'épais favoris ressemblant à des bandes Velcro descendaient le long des joues de Picasso avant de se perdre dans un bouc châtain. Le sourire du soignant découvrit à cet instant une puissante denture. Il avait tout d'un casse-noix géant.

— Je paierai bien entendu tous les dégâts que j'ai occasionnés.

Stern sortit son portefeuille de la poche intérieure de son costume.

— Non, non, non… ce n'est pas comme ça que ça marche ici, protesta Picasso.

— Vous vous trompez. Je voulais seulement vous donner ma carte de visite.

— Vous pouvez la laisser où elle est, n'est-ce pas, Losensky ?

Le vieux approuva de la tête dans son fauteuil roulant, tout en tortillant d'un air réjoui un de ses sourcils broussailleux. Contrastant avec ses cheveux clairsemés, ils évoquaient, au-dessus des orbites enfoncées, deux énormes touffes de paille de fer.

— Je crains de ne pas comprendre.

— Vous nous avez flanqué une sacrée frousse. Et, depuis son deuxième infarctus, Frederick n'est plus ce qu'il était, n'est-ce pas ?

Le vieil homme opina.

— Alors, au cas où vous désireriez partir d'ici sans vous faire remarquer, quelques billets ne suffiraient certainement pas.

— Quoi alors ?

Stern grimaça nerveusement, se demandant s'il avait affaire à deux fous.

— Nous voudrions vous voir plier l'échine.

Robert se disposait à se toucher le front du doigt et à s'en aller quand il comprit la plaisanterie. Il sourit, se baissa et rendit au malade la casquette de base-ball noire qu'il avait dû faire tomber.

— Parfait. Nous voilà quittes.

Picasso se mit à rire, tandis que son vieux protégé gloussait comme un petit écolier.

— Vous êtes un fan ? s'enquit Stern tandis que le vieux rajustait sa casquette des deux mains, très soigneusement.

Sur la visière s'étalait en lettres d'or l'inscription ABBA.

— Évidemment. Leur musique est divine. Lequel de leurs tubes préférez-vous ?

Le vieil homme souleva un bref instant la visière pour faire rentrer sous le couvre-chef une mèche de cheveux d'un blanc de neige.

— Je ne sais pas, répondit Stern, un peu dépassé.

Il était venu rendre visite à Simon pour parler des événements de la veille. Il n'était pas dans de bonnes dispositions pour entreprendre un brin de causette sur la musique pop des années soixante-dix.

— Moi non plus, ricana Losensky. Ils sont tous excellents. Autant les uns que les autres.

Les pneus flambant neufs glissèrent avec un léger sifflement sur le sol luisant quand Picasso se remit à pousser le fauteuil.

— Qui voulez-vous voir exactement ? demanda le soignant en se retournant.

— Je cherche la chambre 217.

— Simon ?

— Oui, vous le connaissez ?

Stern revint vers eux.

— Simon Sachs, notre orphelin, dit le soignant qui, au bout de quelques pas, s'immobilisa devant une porte gris foncé portant un panneau « Physiothérapie ». Bien sûr que je le connais.

— Qui ne le connaît pas ? murmura le vieil homme tandis qu'on le faisait entrer dans une pièce claire, au sol recouvert de plusieurs nattes isolantes, équipée d'espaliers et de nombreux appareils de gymnastique. On aurait dit qu'il était vexé que la conversation ne tournât plus seulement autour de lui.

— C'est notre rayon de soleil, s'enthousiasma Picasso en arrêtant le fauteuil devant un banc de massage.

— Un sale truc, ce qu'il a. D'abord, il a fallu que l'État assume le droit de garde car son asociale de mère le laissait quasiment mourir de faim, et voilà que, par-dessus le marché, on lui trouve une tumeur dans la tête. Bénigne, disent les médecins, sous prétexte qu'elle ne fait pas de métastases. Peuh !

Stern crut un instant que le soignant allait cracher par terre.

— Je ne pige pas ce qu'il peut y avoir là-dedans de bénin, vu que le machin n'arrête pas de grossir et qu'il va finir par lui coincer le cerveau.

La porte communiquant avec un bureau voisin s'ouvrit, livrant passage à une Asiatique en kimono, chaussée de minuscules chaussures orthopédiques. À l'évidence, elle plut à Losensky, qui se remit à siffloter l'air d'Abba. Mais cette fois on aurait dit, à le voir siffler son « Money, Money, Money », un maçon dévorant des yeux une blonde à la poitrine généreuse passant devant son échafaudage.

Revenu dans le couloir qui s'était entre-temps un peu animé, Picasso tendit le bras pour désigner la deuxième porte à gauche, à côté de la salle des infirmières.

— Au fait, c'est là-bas.

— Quoi ?

— Eh bien, la 217. La chambre de Simon. Mais vous ne pouvez pas entrer comme ça.

— Et pourquoi ?

— Vous n'avez pas de cadeau.

— Pardon ?

— Quand on vient en visite, on apporte soit des fleurs, soit des chocolats. Pour un enfant de dix ans, une revue musicale ou un truc du même genre peut faire l'affaire, à la rigueur. Mais vous ne pouvez pas arriver les mains vides devant un enfant qui ne sera peut-être plus en vie la semaine prochaine…

Picasso n'eut pas le temps de finir sa phrase. Stern, du coin de l'œil, s'était rendu compte d'un phénomène anormal. Il se tourna vers la gauche pour localiser précisément le signal d'alarme. Quand il découvrit la lampe rouge clignotant au-dessus d'une porte, il suivit en toute hâte le soignant qui se dirigeait déjà vers l'urgence. Il le rattrapa peu avant la chambre 217.

3

Il s'était réveillé une première fois peu avant 4 heures et avait sonné pour appeler l'infirmière. Carina n'était pas venue, ce qui l'avait contrarié beaucoup plus qu'une sourde envie de vomir. Le matin, il sentait ça quelque part dans son œsophage, plus exactement entre le larynx et l'estomac, et l'on en venait généralement à bout grâce à quarante gouttes d'une solution de métoclopramide. Mais quand il se réveillait trop tard et que les maux de tête avaient déjà resserré leur étau sur ses tempes, il lui fallait parfois plusieurs jours pour revenir à un « quatre » sur l'échelle des douleurs.

C'était ainsi que Carina appréciait son état général. Tous les matins, elle commençait par lui demander d'énoncer un chiffre, « un » signifiant absence de douleur et « dix » représentant l'intolérable.

Simon ne se rappelait pas quand il avait eu moins de « trois » pour la dernière fois. Mais peut-être cela se produirait-il aujourd'hui si l'homme triste restait encore un peu près de son lit. Il était heureux de revoir son visage.

— Je regrette de vous avoir fait peur. Je voulais seulement allumer la télévision.

— C'est bon.

L'émotion avait cédé la place à un grand soulagement quand il était apparu que Simon avait actionné l'appel d'urgence par inadvertance. Après s'être assuré que tout allait bien pour l'enfant, Picasso l'avait laissé seul avec cet avocat un peu excité.

— Carina vous aime bien, commença Simon. Et moi, j'aime bien Carina. Donc je vous trouve sympa.

Le gamin ramena les jambes vers sa poitrine, dessinant un V à l'envers sous la couverture.

— Elle a congé aujourd'hui ?

— Euh, non. C'est-à-dire que je n'en sais rien.

Avec une application exagérée, Stern rapprocha une chaise du lit et s'assit. Simon remarqua qu'il portait presque les mêmes vêtements que l'avant-veille, quand ils s'étaient rencontrés devant l'usine. Il avait manifestement dans son armoire plusieurs exemplaires semblables de ce complet sombre.

— Vous n'allez pas bien ? demanda l'enfant.

— Comment ça ?

— Carina dirait que vous n'avez pas l'air dans votre assiette.

— J'ai mal dormi.

— Ce n'est pas une raison pour faire la tête.

— Parfois, si !

— Ah, je sais ce qui vous dérange. Excusez-moi.

Simon sortit sa perruque en cheveux naturels du casier de sa table de nuit.

— Vous ne vous étiez aperçu de rien avant-hier, hein ? Ce sont d'ailleurs mes propres cheveux. On me les a coupés avant que le professeur Müller ne commence à me soigner avec son effaceur.

— Un effaceur ?

Simon coiffa sa perruque d'un geste habile. Elle cacha le léger duvet de son crâne.

— Oui, ils me traitent parfois comme un petit enfant, ici. Je sais bien entendu ce qu'est une chimiothérapie, mais le médecin-chef me l'a expliqué comme à un bébé. Il m'a dit que j'avais dans la tête une grande tache foncée et que les cachets effaceraient cette tache. Comme un effaceur, quoi !

Simon observa l'avocat fouiller du regard la surface de rangement près du lit.

— Je ne prends plus d'interféron. Le médecin a pensé que je pouvais m'en passer maintenant. Mais Carina m'a dit la vérité.

— Et c'est ?

— Les effets secondaires sont trop néfastes, expliqua Simon avec un petit sourire amer tout en soulevant sa perruque. Ils ne peuvent pas effacer le truc sans me tuer du même coup. Il y a un mois, j'ai même attrapé une pneumonie et on a dû me conduire en réanimation. Après, on a arrêté la chimio et la radiothérapie.

— Je suis désolé.

— Pas moi. Au moins je ne saigne plus du nez maintenant, et je n'ai envie de vomir que le matin.

Il se redressa dans son lit et se coinça un coussin gonflable dans le dos.

— Mais à vous maintenant, dit-il en s'efforçant de prendre le ton d'un adulte de série policière. Vous vous occupez de mon affaire ?

L'avocat se mit à rire et eut pour la première fois l'air d'une personne qu'on pouvait aimer.

— Je ne sais pas encore.

— C'est que voilà, j'ai peur d'avoir mal agi. Je ne veux pas...

... mourir avant de savoir si je suis réellement responsable, voulait-il dire. Mais les adultes réagissaient de manière toujours si bizarre quand il parlait de la mort. Ils devenaient tristes et lui mettaient la main sur la bouche ou bien changeaient subitement de sujet. Simon se tut, estimant que l'avocat l'avait de toute façon compris.

— Je suis venu te poser quelques questions, dit alors ce dernier.

— Allez-y.

— Eh bien, j'aimerais savoir ce que tu as fait exactement le jour de ton anniversaire.

— Vous voulez parler de la régression chez le Dr Tiefensee ?

— Oui, c'est ça.

L'avocat ouvrit un carnet relié en cuir et prit des notes à l'aide d'un petit stylo-bille.

— Je voudrais tout savoir à ce sujet. Ce que tu as vécu alors et également tout ce que tu sais sur le cadavre.

— Quel cadavre ?

Simon cessa de sourire quand la stupeur envahit le visage de Robert Stern.

— Eh bien, l'homme que nous avons trouvé. Celui que tu as, euh...

— Ah bon, vous voulez dire le type que j'ai tué à coups de hache, dit Simon, soulagé que le malentendu soit levé.

Son avocat, en revanche, paraissait toujours un peu perplexe. Aussi Simon essaya-t-il de lui répondre, et il ferma les yeux. C'était comme cela qu'il réussissait le mieux à se concentrer sur les voix dans sa tête et sur les images horribles qui devenaient nettes après chaque perte de connaissance.

L'homme étouffé par un sac en plastique dans un garage.

L'enfant qui hurlait sur la plaque chauffante.

Le sang sur les parois du camping-car.

Il ne supportait ces scènes que parce qu'elles remontaient très loin en arrière. Des dizaines d'années.

Dans une autre vie.

— C'est qu'il n'y a pas qu'*un* cadavre, dit-il à voix basse en rouvrant les yeux. J'ai tué beaucoup de gens.

4

— Attends un peu. Pas si vite, très lentement au contraire, et dans l'ordre.

Stern alla à la fenêtre et toucha du doigt un dessin collé sur la vitre. À l'aide de crayons en cire, Simon avait dessiné, avec beaucoup de relief, une église devant laquelle s'étendait une pelouse à l'herbe grasse et très verte. Pour une raison quelconque, il avait signé son dessin du nom de « Pluto ».

Stern se retourna vers lui.

— Est-ce que tu as déjà eu, avant, ces... euh... ces mauvais souvenirs ? demanda-t-il sans trouver de meilleure expression.

Il se demanda comment il pourrait expliquer cette conversation à une tierce personne. À l'évidence, Simon croyait non seulement à la possibilité de renaître, mais également au fait qu'il avait été un tueur en série.

— Non, c'est seulement depuis mon anniversaire.

Le gamin prit sur sa table de nuit une brique de jus de pomme et enfonça la paille dans l'ouverture prévue à cet effet.

— C'est la première fois que je subissais une régression.

— Raconte un peu comment ça s'est passé.

— J'ai trouvé ça marrant. Le seul truc embêtant, c'est que j'ai dû enlever mes baskets toutes neuves.

Stern sourit à Simon dans l'espoir de détourner son flot de paroles vers des aspects plus intéressants.

— Le docteur travaille dans un immeuble génial. Il m'a dit que la tour de télévision était tout à côté, mais je ne l'ai pas vue pendant qu'on était là-bas.

— Il t'a donné quelque chose quand tu étais dans son cabinet ?

Des médicaments quelconques ? Des drogues ? Des psychotropes ?

— Oui. Du lait chaud avec du miel. Ça aussi, c'était super. Ensuite, j'ai dû m'allonger sur un matelas bleu posé par terre. Carina était avec moi et m'a emmitouflé dans deux couvertures. J'étais bien au chaud et c'était confortable. Il n'y avait que ma tête qui dépassait.

— Qu'a fait ensuite le docteur ?

Stern eut une hésitation au moment de recourir au titre universitaire, tant il était persuadé que Tiefensee l'avait soit usurpé, soit acheté.

— En fait, rien du tout. Je ne l'ai d'ailleurs plus vu.

— Mais il était encore dans la pièce ?

— Oui, bien sûr. Il parlait. Il a parlé incroyablement longtemps. Il avait une voix très douce et très belle. Comme le type de mes pièces radiophoniques, tu vois ?

Stern nota que Simon venait de le tutoyer pour la première fois et il fut heureux de cette marque de confiance.

— Qu'est-ce que M. Tiefensee racontait ?

— Il a dit : « Normalement je n'opère pas avec des enfants de ton âge. »

Tu parles d'une consolation, se dit Stern avec dérision. *Ce requin n'escroque que des adultes.*

— Mais, à cause de ma maladie et de Carina, il a fait une exception.

Carina. Stern écrivit le nom sur son bloc-notes et remplit au stylo-bille les vides des lettres. Il décida de l'interroger, immédiatement après cette conversation, sur les rapports qu'elle entretenait avec un tel charlatan. Il était certain qu'elle n'avait pas choisi ce Tiefensee au hasard.

— Il m'a posé beaucoup de questions. Il a voulu savoir quel était mon meilleur souvenir. Où j'aimais être. En vacances, chez des amis ou à la fête foraine. Puis j'ai dû ne plus penser qu'à l'endroit du monde le plus chouette et fermer les yeux.

Plonger le sujet de l'expérience dans un état de somnambulisme. Stern opina inconsciemment du chef quand, tout en écoutant le récit de Simon, il se souvint du cliché auquel, la nuit dernière, il n'avait cessé de se heurter sur Internet. Après son coup de fil irréfléchi à Sophie, il s'était assis devant son ordinateur. Dès sa première demande de recherche, il était tombé sur des milliers de pages Web écrites par des cinglés de la parapsychologie et des accros de l'ésotérisme. Ensuite pourtant, il avait trouvé des sources traitant de manière sérieuse le sujet de la régression. La plupart signalaient les dangers de l'entreprise. De manière étonnante, nombre d'entre elles ne mettaient pas en doute la possibilité d'une réincarnation en tant que telle, mais mettaient en garde contre les conséquences, contre d'éventuelles perturbations psychiques, par exemple si l'un des candidats à la régression revivait pendant la séance un fort traumatisme de son passé.

— J'ai pensé à une belle plage où je ferais la fête avec mes amis, dit Simon. On mangerait tous des glaces.

— Et qu'est-ce qu'il s'est passé ensuite ?

— J'ai été très fatigué. Et, à un moment, le docteur m'a demandé si je voyais un grand interrupteur.

Simon se mit à battre des yeux, et Stern eut peur que, sous le seul effet de son récit, le jeune garçon reperde connaissance. Mais il n'avait pas encore toussé. Stern savait par Carina que, depuis la pneumonie de Simon, il y avait toujours un signe précurseur d'une crise d'épilepsie ou d'un évanouissement. Comme l'avant-veille, dans la cave.

— J'ai cherché un interrupteur dans ma tête. Comme ceux avec lesquels on allume ou on éteint la lumière.

— Tu l'as trouvé ?

— Oui. Ça a pris un peu de temps, mais il a fini par arriver. C'était un peu flippant, parce que j'avais tout de même les yeux fermés.

Stern savait ce qui allait suivre. Afin de pouvoir manipuler les patients, le thérapeute devait désactiver leur conscience. Mettre la raison hors circuit en suscitant l'image d'un interrupteur imaginaire était, à cet effet, une méthode très en vogue. Le parapsychologue pouvait ensuite tranquillement persuader son patient de n'importe quoi. La seule chose qu'ignorait Stern, c'étaient les raisons qui avaient pu pousser Tiefensee à agir ainsi. Pourquoi Simon ? Pourquoi s'en prendre à un gamin à l'article de la mort, affligé d'une tumeur cérébrale inopérable ? Et pourquoi Carina s'était-elle laissé avoir ? Elle était peut-être un peu toquée de croire aux phénomènes surnaturels, mais jamais elle n'aurait accepté qu'un enfant soit utilisé à des fins dégueulasses. Et surtout pas un enfant dont elle était professionnellement responsable.

— D'abord, je n'y suis pas arrivé. Je ne réussissais pas à actionner l'interrupteur, poursuivit Simon d'une voix paisible. Il n'arrêtait pas de revenir en arrière. C'était marrant, mais le Dr Tiefensee m'a donné un bout de scotch.

— Du scotch ?

— Oui. Mais pas en vrai. Seulement dans mon imagination. Il fallait que, dans ma tête, je colle l'interrupteur avec de la bande adhésive. Et ça a marché ! L'interrupteur est resté en place et je suis entré dans un ascenseur.

Stern garda le silence pour ne pas distraire le garçonnet en cet instant décisif. Car commençait maintenant la régression proprement dite. Le voyage dans le subconscient.

5

— Dans l'ascenseur, il y avait une plaque en cuivre jaune avec beaucoup de boutons. J'ai eu le droit d'en choisir un et j'ai appuyé sur le onze. Il y a eu alors des secousses et on a commencé à descendre. Ça a duré très longtemps. Quand les portes se sont enfin ouvertes, j'ai fait un pas en avant. Je suis sorti et j'ai vu…

… *le monde avant ma naissance,* compléta Stern en pensée, très surpris d'entendre Simon la terminer tout autrement.

— … qu'il n'y avait rien. Je ne voyais rien du tout. Tout était noir autour de moi.

Simon avait retrouvé un regard très clair. Il but encore une gorgée de jus de pomme. Quand il reposa la brique sur la table de nuit, son T-shirt se releva, et Stern tressaillit intérieurement. Une fraction de seconde il avait vu luire au-dessus de l'os iliaque de Simon une envie oblongue.

La cicatrice des réincarnés ! pensa-t-il malgré lui. L'altération cutanée ne présentait aucune ressemblance avec celle de Felix. Ni avec celle du garçon du DVD. Mais elle lui remit invinciblement en mémoire l'article sur Ian Stevenson qu'il avait lu le matin même. Le professeur et éminent psychiatre de l'université de Virginie, mort entretemps, avait été l'un des rares chercheurs s'intéressant à la réincarnation dont des scientifiques reconnus aient accepté de discuter des travaux, des études de cas pour l'essentiel. Stevenson pensait que les cicatrices et les envies étaient des sortes d'atlas psychiques, révélant les blessures subies par les êtres humains au cours de leurs existences antérieures. Ayant rassemblé des centaines de dossiers médicaux et de rapports d'autopsie concernant des enfants prétendument réincarnés, le Canadien y avait trouvé des concordances frappantes entre leurs récits et les altérations cutanées qu'ils présentaient.

— Il y a une chose que je ne comprends pas, intervint Stern, qui essayait de se concentrer à nouveau pleinement sur ce que disait Simon. Comment as-tu pu avoir connaissance de ce cadavre si tu ne l'as pas vu chez le Dr Tiefensee ?

— Ben, j'ai bien vu quelque chose. Mais seulement quand je me suis réveillé. Carina a dit que j'avais dormi plus de deux heures. Je me rappelle comme j'ai été triste. C'était mon anniversaire et, d'un coup, il faisait nuit dehors.

— Et c'est à ton réveil que ces mauvais souvenirs te sont revenus ?

— Pas tout de suite. C'était dans l'auto, quand Carina m'a demandé comment ça s'était passé. Je lui ai parlé de ça. Des images.

— Quelles sortes d'images ?

— Celles qui sont dans ma tête. Elles sont toutes floues. Dans l'obscurité. Comme lorsque je rêve et que je vais me réveiller. Tu connais ça ?

— Oui, peut-être.

Stern savait de quoi Simon parlait, mais ses rêves éveillés étaient loin d'être aussi macabres. Sauf s'il pensait à Felix.

Simon tourna la tête vers la fenêtre et regarda dehors d'un air pensif. Stern crut d'abord qu'il ne s'intéressait plus à leur conversation et allait bientôt prendre un jeu vidéo dans sa table de nuit. Mais il vit ses lèvres bouger sans émettre un son. Simon cherchait à l'évidence à trouver les mots qu'il fallait pour mieux lui expliquer ses impressions.

— Un jour, au foyer, il a fallu que je change l'ampoule de la cave, commença-t-il à voix basse. Aucun de nous ne voulait le faire. Nous avions tous peur de descendre.

Alors nous avons tiré à la courte paille et c'est tombé sur moi. C'était vraiment sinistre. L'ampoule était nue et suspendue au plafond par un fil. Elle ressemblait à une balle de tennis. Jaunâtre, recouverte d'une véritable fourrure de toiles d'araignées et de poussière. Et elle faisait des bruits. Comme Jonas. C'est un ami à moi. Il sait faire craquer très fort les jointures de ses doigts. C'était exactement le même bruit. La lampe s'allumait et s'éteignait, et chaque fois ça claquait comme lorsque Jonas se tire sur les doigts. Jusqu'au jour où un adulte a parlé de goutte et de rhumatisme et qu'il a dû cesser.

Stern se garda de l'interrompre, se contentant de regarder ses propres mains dont les doigts s'étaient croisés inconsciemment, comme pour prier.

— Quand je suis allé dans la buanderie, les craquements étaient très forts, et la lampe tremblotait. Allumée, éteinte. Parfois il y avait, pas longtemps, un peu de clarté, puis c'était la nuit. Mais même quand il y avait de la lumière, je n'arrivais pas à bien voir. L'ampoule était trop sale de toute façon. Et puis aussi, comme elle tremblotait, tout bougeait. Je savais bien sûr que les draps étaient suspendus d'un côté pour qu'ils sèchent, avec les serviettes. Et que, de l'autre côté, étaient rangées les corbeilles avec nos pantalons et nos T-shirts. Mais la lumière tremblait encore plus fort que moi, et j'avais peur qu'un homme soit caché derrière les draps et qu'il m'emporte. J'étais à cette époque beaucoup plus petit qu'à présent et j'ai failli faire pipi dans ma culotte.

Stern haussa les sourcils tout en approuvant de la tête. Il pouvait s'imaginer la trouille du gamin, mais il comprenait aussi peu à peu ce qu'il essayait de lui expliquer par là.

— Et maintenant, c'est de nouveau comme ça ? Quand tu vois ces images ?

— Oui. Quand je me rappelle ma première vie, ça fait comme ce jour-là, au foyer. Je suis de nouveau dans la cave, et la lampe sale tremblote.

Crac, crac.

— C'est pour ça que je ne vois que des silhouettes, des ombres. C'est flou... Mais je crois que la lumière devient plus forte chaque nuit.

— Tu veux dire que tu te souviens de mieux en mieux à chaque réveil, le matin ?

— Oui, hier par exemple je n'étais plus très sûr d'avoir vraiment tué l'homme. Avec la hache. Mais ce matin c'était très net. Exactement comme ce chiffre.

Crac.

— Quel chiffre ?

— Le six. Il est juste peint.

— Où ?

Crac. Crac.

— Sur une porte. En métal. Près de l'eau.

Stern eut soudain besoin de boire quelque chose. Il avait sur la langue un goût désagréable qu'il lui fallait chasser. Exactement comme l'horrible pressentiment montant en lui au récit de Simon.

— Que s'est-il passé ? demanda-t-il, bien qu'il eût préféré ne pas le savoir.

Que s'est-il passé derrière la porte ? La porte avec le numéro six ?

Dehors, dans le couloir, un homme se mit à siffler, et l'on entendit des pas s'éloignant, mais le cerveau de Stern filtra toutes les diversions acoustiques jusqu'à ne laisser passer que les phrases du garçon. Des phrases décrivant l'agonie d'un homme que Simon prétendait avoir assassiné douze ans plus tôt.

Deux ans avant sa naissance.

Stern espérait ardemment que quelqu'un vînt les déranger afin de ne pas avoir à entendre tous les détails. Par exemple le couteau à dents de scie avec lequel la victime avait réussi à blesser son agresseur avant de mourir. À peu près là où Simon avait aujourd'hui une envie couleur café au lait.

Robert regarda d'un air désemparé vers la porte, mais elle demeura fermée. Pas un médecin, pas une infirmière pour interrompre les descriptions épouvantables que faisait Simon, d'un ton frôlant l'indifférence. Il avait à nouveau fermé les yeux.

— Connais-tu l'adresse ? demanda Robert d'une voix haletante quand le garçon eut terminé.

Le sang bourdonnait si fort dans ses oreilles qu'il s'entendit à peine parler.

— Je ne pense pas. Si. Peut-être.

Simon ne prononça qu'un seul mot, mais il suffit à donner la chair de poule à Stern des pieds à la tête. Il connaissait l'endroit. Il y était allé autrefois se promener. Avec Sophie. Quand elle était enceinte.

6

— Non, je n'ai pas de mandat de perquisition. D'ailleurs je ne suis pas de la police.

Stern se demanda si le type au piercing dans le nez et aux cheveux sales était jamais allé à l'école. Sa lèvre supérieure, très retroussée, découvrait la gencive, ce qui, s'ajoutant à une forte proéminence de la mâchoire supérieure, donnait l'impression qu'il ricanait continuellement.

— Alors, pas question, bredouilla Sly en allongeant les jambes sur le bureau.

Le type s'était présenté sous ce pseudonyme prétentieux et ridicule, quand Stern était entré dans la petite pièce au rez-de-chaussée de l'entreprise de transport.

— Vous cherchez quoi au juste dans le six ? Je crois que nous ne louons plus les garages à un seul chiffre.

À l'hôpital, un peu plus tôt, Simon ne s'était souvenu de l'adresse que de manière fragmentaire. Mais le nom de « Garages de la Spree » avait amplement suffi. Stern connaissait les entrepôts vétustes au bord du canal, à Moabit. La vieille firme berlinoise avait son siège dans un bâtiment en briques, couleur sable, directement au bord de l'eau. Un peu en arrière se trouvaient les remises que quelques clients utilisaient pour entreposer provisoirement des meubles, des appareils électriques ou tout autre bric-à-brac. Comme les affaires périclitaient depuis que des manœuvres étrangers transportaient des machines à laver pour 2,50 euros de l'heure, le propriétaire avait cessé de rénover son bien ces dernières années. Il régnait dans le bureau crasseux une odeur de fumée et de toilettes, ce qui était certainement dû à la présence d'un désodorisant pendentif que Sly avait accroché à la lampe du plafond pour se dispenser d'aérer régulièrement. Rien d'étonnant donc à ce que les bandes de moisissure, sur les stores vénitiens fermés, montent jusqu'au plafond. Stern n'arrivait pas à s'expliquer pourquoi, par une journée d'automne aussi pluvieuse et sombre, quelqu'un pouvait éprouver le besoin de préserver sa pièce du peu de lumière du jour qui subsistait.

— Je suis exécuteur testamentaire et à la recherche des héritiers d'une fortune qui pourrait être considérable, dit Stern, débitant l'histoire qu'il avait bricolée durant le trajet depuis l'hôpital. Nous pensons trouver dans le garage six des indices qui pourraient nous être utiles.

Tout en continuant à parler, il ouvrit son portefeuille et en sortit deux billets. Sly enleva les pieds de la table et son sourire niais s'élargit.

— Je ne vais tout de même pas risquer de perdre mon job pour cent tickets, protesta-t-il avec une indignation feinte.

— Si, justement.

Stern se retourna vers l'homme hors d'haleine qui venait d'entrer bruyamment dans le bureau et remit les billets dans son portefeuille.

— Putain, mais ça pue là-dedans comme dans un sauna pour rats, jura le chauve en sueur dont l'aspect évoquait la silhouette d'un bouddha ayant oublié de s'asseoir. Les épaules d'Andi Borchert étaient si larges que l'on aurait facilement pu y poser un téléviseur grand écran.

— Qui êtes-vous ? demanda Sly en sautant sur ses pieds.

On aurait dit que son sourire avait été effacé au fer à repasser.

— Te dérange pas, tu peux rester assis tranquillement.

Borchert se contenta de repousser le loubard sur sa chaise et alla au tableau des clés accroché au mur à côté d'une carte de Berlin aussi grande qu'une affiche.

— De quel garage il s'agit, Robert ?

— Le six.

Stern commença à douter qu'il ait été judicieux de sa part de donner un coup de fil à son ancien client pour lui demander son aide. Il connaissait les méthodes très personnelles auxquelles recourait Andréas Borchert pour résoudre un problème, des méthodes qui, deux ans plus tôt, avaient failli l'envoyer en prison. À l'époque, Borchert était encore producteur de « films pour adultes » bon marché. Des pornos hard et dégueulasses grâce auxquels il avait amassé une petite fortune, jusqu'au jour où une actrice avait été sauvagement violée sur un plateau. Tout portait à croire que l'auteur du viol était Borchert, jusqu'à ce que, au cours d'un procès qui avait défrayé la chronique, Stern réussisse à persuader le tribunal du contraire. Acquitté, Andi avait ensuite découvert et tabassé le coupable au point de le mettre dans l'incapacité de déposer. Un second procès avait eu lieu, au cours duquel Stern, manœuvrant habilement, était parvenu à faire considérablement réduire la peine encourue par Borchert, si bien que ce dernier s'en était tiré avec du sursis et que les deux hommes s'étaient retrouvés à tu et à toi.

— Si tu appelles les flics, n'oublie pas que nous avons rendez-vous avec toi, lança Andi, toujours haletant, à l'attention de Sly, en même temps qu'il prenait au tableau la clé voulue. Un rendez-vous chez toi, c'est clair ?

Stern ne put réprimer un sourire quand son ex-client sortit du bureau sans autre forme de procès, sans même attendre le hochement de tête résigné de l'employé de la maison de transport.

Stern le rejoignit et le suivit sur le mauvais chemin de cailloux menant aux garages.

— Bon, eh bien maintenant, en deux mots mets au parfum quelqu'un qu'a pas le bac.

Borchert semblait ne prêter aucune attention au fait qu'il maculait ses bottes blanches dans une flaque d'eau tous les deux pas. Des gouttes de sueur coulaient sur ses tempes. Il avait la particularité de se mettre à suer au moindre effort, ce qui lui avait valu des tas de surnoms : Rubens, le Sumo, la Glande... Il les connaissait tous, bien que personne ne se fût jamais risqué à en prononcer un en sa présence.

— Tout ce que j'ai compris au téléphone, c'est que tu as besoin d'aide parce qu'un gamin de dix ans a tué un homme.

— Plusieurs, pour être exact.

Tout en avançant, Stern lui raconta l'histoire insensée, son débit s'accélérant à mesure que l'incrédulité se peignait sur les traits de son ancien client. Ils s'immobilisèrent finalement à hauteur d'un conteneur couleur rouille destiné à recueillir les déchets. Un chat noir était en train de l'escalader.

— Il les a tués ? Il y a quinze ans, dans une vie antérieure ? Tu te fous de ma gueule ou quoi ?

— Crois-tu que je ferais appel à toi si j'avais le choix ?

Stern se passa la main sur les cheveux et fit signe à Borchert de le suivre.

— Depuis que j'ai trouvé ce cadavre hier, Martin Engler est sur l'affaire. Le commissaire qui voulait ta peau à l'époque.

— Je me souviens de cette ordure.

— Et lui n'a pas oublié comment j'ai foutu son enquête en l'air.

Lors de ses investigations, Engler avait négligé de jeter un œil dans les dossiers médicaux de Borchert. Depuis sa jeunesse, ce dernier souffrait de dysfonction érectile partielle. Énoncé de manière plus simple, cela voulait dire qu'il était pratiquement impuissant et qu'il n'obtenait d'érection, s'il en obtenait une, qu'après de longs préliminaires et dans un cadre familier. Andi ne pouvait donc pas avoir violé la jeune fille.

Borchert vouait à Stern une reconnaissance éternelle d'avoir obtenu non seulement son acquittement, mais de surcroît une audience à huis clos. Un producteur de films porno incapable de bander – il serait devenu la risée du milieu ! Bien que, grâce à Stern, rien n'eût filtré de ce détail savoureux, Borchert tourna le dos au monde du film X après le procès, et il était actuellement à la tête de plusieurs discothèques florissantes à Berlin et dans les environs.

— Il aurait le plus grand plaisir à me coller quelque chose sur le dos.

— Je veux bien t'aider, mais je ne pige rien. Pourquoi tu te laisses embarquer là-dedans ? s'étonna Borchert en donnant un coup de pied dans une canette de bière vide devant lui.

— J'ai pris en charge l'affaire de ce garçon, OK ? éluda Stern.

Il n'avait pas encore l'intention de parler du DVD à Borchert, bien que cela eût aussitôt expliqué pourquoi il avait besoin d'un protecteur à ses côtés. Andi était le seul parmi ses connaissances à avoir assez peu de scrupules pour accepter de se rouler dans la merde pour lui sans exiger de trop longues explications. À vrai dire, il craignait que son ancien client ne le prît pour un fou s'il lui avouait la raison exacte qui le poussait à suivre le sentier prétendument emprunté par Simon dans une existence antérieure.

Et peut-être que je le suis ? se dit-il. Il était devenu fou. Il y avait d'un côté cette vidéo de deux minutes et, d'un autre, les lois de la nature qui s'inscrivaient toutes en faux contre l'idée que Felix fût encore vivant. Mais elles s'inscrivaient aussi en faux contre le fait que Simon se souvînt d'assassinats intervenus longtemps avant sa naissance.

— Bien. Pas d'autre question, monsieur le juge, rigola Borchert en levant les mains comme si Stern pointait sur lui un revolver. Mais ne viens pas me dire que nous cherchons ici un autre cadavre.

— Si. J'étais auprès de Simon à l'hôpital tout à l'heure, et il m'a donné cette adresse.

La bruine avait un peu diminué et Stern pouvait de nouveau regarder devant lui sans devoir constamment cligner des yeux. La porte métallique du garage, à cinquante mètres d'eux tout au plus, appartenait à un bloc d'appentis ne payant pas de mine, à un jet de pierre de la Spree.

— Simon dit qu'il lui a scié les deux jambes pour le faire tenir dans le frigo.

7

Stern n'avait pas une idée précise du spectacle qui s'offrirait à lui quand il ouvrirait la porte. Peut-être un amas de rats rongeant un bras sur le dallage, ou bien un essaim bourdonnant de grosses mouches, nuage noir agité de soubresauts au-dessus d'un réfrigérateur entrouvert. Mais il s'était préparé intérieurement à tout signe annonciateur de mort, et c'est pourquoi ce qu'il vit le plongea dans une tristesse indicible.

Pourtant, la vue du garage vide aurait dû le soulager. Pas un meuble. Pas un appareil électrique. Pas un livre. Une ampoule couverte de poussière n'éclairait que deux petites caisses pleines de vieille vaisselle et une chaise de bureau râpée. Rien d'autre. Stern sentit s'ouvrir en lui une valve laissant échapper ses espoirs. Il se rendit douloureusement compte de la violence irrationnelle avec laquelle il avait souhaité trouver quelque chose de macabre dans ce garage. Plus les souvenirs de Simon se seraient, de manière inexplicable, concrétisés dans la réalité et plus il aurait eu de raisons de croire en l'existence d'un rapport entre Felix et un garçon de dix ans avec une tache de vin sur l'épaule.

Stern avait du mal à concevoir que son subconscient ait pu effectivement poser une telle équation.

— Et au temps pour ton bordel de feng shui ! ronchonna Borchert.

Robert ne se donna pas la peine de lui expliquer que la philosophie chinoise de l'organisation des bâtiments et des garages n'avait rien à voir avec la métempsycose ou la réincarnation. Pour le propriétaire de discothèques, tout ce qu'il ne pouvait pas toucher du doigt n'était que débilité psycho machin-chose, inventée par des gens n'ayant rien de mieux à faire.

C'était justement cette conception simpliste de la vie qui l'avait jusqu'ici rendu sympathique aux yeux de Stern.

— Bon alors, qu'est-ce qu'on va encore faire maintenant ? s'inquiéta Borchert en voyant Stern se mettre à quatre pattes pour inspecter le sol du garage.

Celui-ci ne lui répondit pas sur-le-champ, continuant à chercher à tâtons des rainures dans la poussière. Il prit conscience de la vanité de son entreprise avant d'y mettre fin.

— Bide intégral, finit-il par déclarer en se relevant et en tapotant son manteau en poils de chameau pour en faire tomber la poussière. Pas de faux plancher. Rien.

— C'est bizarre. Ton histoire paraissait si sensée jusqu'ici, se moqua Borchert.

Pour une raison inconnue, des gouttes de sueur se formèrent à nouveau sur son front, bien qu'il n'eût pas bougé d'un iota durant la minute écoulée.

En sortant, Stern jeta un dernier regard songeur derrière lui, puis il éteignit la lumière, laissant à son accompagnateur le soin de fermer l'énorme porte.

— Je me demande, murmura-t-il, parlant dans sa barbe. Il y a quelque chose qui cloche.

— Maintenant que tu le dis, moi aussi ça me frappe, répliqua Borchert en retirant la clé de la serrure et en regardant Stern avec un sourire narquois. Peut-être que c'est d'être là, sous la bruine, à chercher un cadavre dans un garage ?

— Non, ce n'est pas ce que je veux dire. Si tu avais été là-bas avant-hier, tu me comprendrais. Je veux dire que ce garçon n'a été qu'à l'hôpital ces derniers mois et avant il était dans un foyer. Comment pouvait-il être au courant de la présence d'un mort au fond d'une cave d'usine ? Il connaissait même la date approximative du décès.

— Ça a été confirmé ?

— Oui, fit Stern sans indiquer par qui. Pour l'instant, il était obligé de se fier à la voix du DVD.

— Alors, il faut qu'il le tienne de quelqu'un.

— C'est aussi ce que je pense, mais néanmoins tout ne colle pas.

Borchert haussa les épaules.

— J'ai entendu dire que des petits enfants ont des amis invisibles avec qui ils parlent.

— Peut-être quand ils ont quatre ans. Simon n'est pas schizophrène, si c'est ce que tu crois. Il n'a pas de fantasmes. Le type au crâne fendu était on ne peut plus réel. C'est moi-même qui l'ai trouvé. Et ici. Ce numéro six, ajouta Stern en montrant, sur la porte, le chiffre à la peinture très écaillée. Il est exactement tel que Simon l'a décrit.

— Alors, c'est qu'il est venu ici un jour et qu'il l'a vu.

— Il était placé en foyer. À Karlshorst. À près d'une heure en voiture. C'est tout à fait invraisemblable. Et quand bien même. Cela n'aurait aucun sens. Comment Simon peut-il croire être un assassin si quelqu'un s'est contenté de lui en parler ?

— À quoi on joue là ? C'est un quiz ou quoi ? Qu'est-ce que tu veux que j'en sache ? renâcla Borchert.

Mais Stern n'y prêta pas attention. Il posait ces questions davantage pour mettre de l'ordre dans ses idées que dans l'attente de réponses pertinentes.

— OK. Admettons que quelqu'un utilise Simon… Mais alors pourquoi l'assassin est-il allé chercher un petit garçon pour nous conduire jusqu'au cadavre ? Pourquoi se donner tant de peine ? Alors qu'il n'a qu'à décrocher et appeler la police ?

— Hé, vous là-bas ! entendirent-ils soudain brailler de l'entrée du bâtiment principal.

Un petit homme en bleu de travail se dirigeait vers eux, traversant le terrain détrempé en se dandinant, le corps légèrement de travers.

— C'est le vieux. C'est à lui qu'appartient la société de transport, expliqua Borchert. Faut pas faire attention, il a transbahuté trop de caisses et, depuis sa hernie discale, il marche un peu de traviole.

— Qu'est-ce que vous foutez sur mon terrain, tas d'emmerdeurs ? cria-t-il en gesticulant, tandis que Stern se préparait à l'inévitable explication qui allait suivre.

C'est alors que le patron s'immobilisa soudain, partant d'un rire guttural.

— Ah, c'est toi, Borchert ! Je comprends à présent pourquoi mon bon à rien de neveu a chié dans son froc.

— Tu n'étais pas là, et nous étions pressés, Giesbach.

— C'est bon, c'est bon. Tu aurais aussi pu téléphoner.

Le vieux prit la clé des mains de Borchert et regarda Stern.

— Numéro six, hein ?

Robert aurait aimé pouvoir étudier plus à fond le visage tanné du patron, mais il fut obligé de détourner la tête en apercevant les épais filets de salive que les lèvres de Giesbach aspiraient à chaque mot. On aurait dit qu'il était en train de sucer un morceau de pizza au fromage.

— Qu'est-ce que vous cherchiez là-dedans ?

— Mon pote cherche un deux pièces, ricana Borchert.

— Je m'interroge seulement. Pourquoi justement le six ?

— Comment ça *justement* ? s'étonna Stern.

— C'était la seule remise louée à demeure.

— À qui ?

— Eh, petit, tu crois que je m'intéresse à ça, quand un type me paye en liquide ? Dix ans d'avance ?

— Mais pourquoi louer un garage vide ?

— Vide ?

À l'instant où retentit le rire moqueur du vieil homme, il revint à l'esprit de Stern ce qui lui avait échappé dans le garage. *Les traces. Dans la poussière.*

— C'était plein jusqu'au plafond. On l'a débarrassé la semaine dernière, à la fin du contrat.

— Hein ? s'exclamèrent Borchert et Stern d'une seule voix. Où avez-vous mis les meubles ?

— À leur place. Avec les encombrants.

Stern sentit son cœur s'arrêter le temps de deux battements en voyant où se dirigeait le regard du transporteur. D'un seul coup, il était de nouveau là, l'espoir !

— Ça faisait déjà deux ans que nous aurions dû le faire. Déblayer tout ça. On ne s'était pas aperçu que le contrat était périmé parce que les garages à un chiffre ne se louaient plus, en fait. Il vaudrait mieux les abattre.

Robert fit demi-tour et se dirigea lentement, comme au ralenti, vers le conteneur devant lequel ils étaient passés tout à l'heure. Quand il fut assez près pour regarder à l'intérieur, il vit que le chat noir était toujours là. Assis sur un tas de vieux journaux, devant un grand cube métallique dont le blanc avait passé, il était manifestement fasciné par un liquide jaune pâle qui suintait d'une fuite de l'appareil. En tout cas, il ignora Stern quand celui-ci grimpa dans le conteneur, continuant de lécher comme si de rien n'était le joint en caoutchouc de l'antique réfrigérateur, un modèle qui était sans nul doute retiré du marché depuis douze ans.

8

— Comment vois-tu les choses ?

Carina referma la portière du pied et, son portable à l'oreille, grimpa en courant la rampe d'accès à l'hôpital. Elle avait été obligée de garer sa voiture à l'extérieur, car les places du parking réservé étaient occupées par des véhicules vraisemblablement en stationnement irrégulier. En fait, pour être exact, elle n'avait aucun droit de se garer aux emplacements officiels. En principe mise en congé, elle pouvait officieusement se mettre en quête d'un nouvel emploi.

— L'hôpital n'est tout de même pas un quartier de haute sécurité ! entendit-elle Stern objecter.

Sa voix hachée était par moments recouverte par le bruit de la circulation à l'arrière-plan.

— Il doit bien y avoir un moyen d'en faire sortir Simon.

La conversation prenait un tour désagréable. Durant deux jours, elle avait attendu en vain que Robert lui donnât signe de vie. Et voilà qu'au lieu de discuter calmement avec elle de ces événements inexplicables, il s'était manifestement mis en tête de rendre encore plus pénible la situation difficile où elle se trouvait.

— Qu'est-ce que tu comptes faire avec Simon ?

— Ce que tu m'as demandé. Je vérifie ses dires.

Tout simplement merveilleux !

C'était sa faute maintenant ! Certes, c'était elle qui les avait mis en relation et qui avait voulu qu'il s'occupât du gamin.

Mais pas comme ça !

Pas pour lui servir d'avocat. En réalité, elle avait succombé à un rêve des plus naïfs quand elle avait arrangé cette rencontre. Bien sûr, elle avait d'abord eu en vue d'aider Simon. Après sa stupide idée de régression, des inquiétudes plus grandes encore étaient venues se greffer chez lui sur sa peur de la mort. Il croyait être un assassin, et elle était contrainte de le sortir de ce mauvais pas.

Elle n'aurait pourtant pas eu besoin de Robert pour descendre dans cette cave. Picasso aurait sans doute été plus utile en pareille circonstance. Non, c'est à Robert qu'elle avait voulu présenter Simon, dans le réel espoir qu'ils noueraient une relation permettant à l'avocat d'apaiser les inquiétudes de l'enfant et d'en être récompensé par le fendillement progressif de sa cuirasse affective. Simon possédait en effet une faculté véritablement inexplicable : en dépit de sa maladie, par sa seule présence, il parvenait, à l'hôpital, à faire éclore un sourire sur les lèvres des personnes les plus tristes et à dissiper un peu le voile de brume dont leur dépression et leur mélancolie les entouraient.

Eh oui, je suis assez bête pour ça, se dit-elle. Une gaffe à chaque pas.

Regardant sa montre, Carina se demanda s'il n'y avait vraiment que quarante-deux heures que cette folie avait commencé. Il était peu avant 11 heures, et elle ne se souvenait pas de s'être jamais trouvée à l'hôpital si tôt.

— Qu'est-ce que tu veux qu'il te raconte encore ? chuchota-t-elle d'une voix éraillée, le portable à l'oreille.

D'un bref geste de la main tenant son sac de sport vide, elle salua une collègue qui passait. Carina n'était revenue que pour récupérer ses effets personnels dans son placard et prendre congé de ses collègues. Ce que Stern réclamait d'elle maintenant n'entrait certainement pas dans son programme de la journée.

— Je suis passé le voir ce matin, et il m'a livré un nouvel indice. Tu ne vas pas le croire : nous en avons effectivement trouvé un autre.

— Un autre *quoi* ?

Carina monta jusqu'à l'accueil le plan incliné pour les fauteuils roulants. Une rafale de vent lui rabattit les cheveux sur le front et, ayant l'impression que quelqu'un lui soufflait de l'air humide sur la nuque à l'aide d'un brin de paille, elle frissonna.

— Un cadavre. Il était enfermé dans un frigo. Étouffé dans un sac plastique, exactement comme Simon l'avait indiqué.

Le sourire forcé que Carina s'apprêtait à adresser au portier s'effaça de son visage et elle pressa le pas en direction des ascenseurs.

La tête lui tournait. Elle avait toujours pressenti que sa relation avec Robert Stern la plongerait un jour ou l'autre dans de sérieuses difficultés. Depuis trois ans, elle ne tenait aucun compte des voix qui, en elle-même ou venant de connaissances, la mettaient en garde contre le risque de contagion psychique. La mélancolie de cet homme agissait à la manière d'un rayonnement radioactif, invisible mais provoquant les effets secondaires les plus néfastes chez ceux qui y étaient exposés. Bien que redoutant de subir une surdose d'énergie négative si elle s'engageait trop avant avec lui, elle s'obstinait à rechercher sa présence, sans tenue de protection. Cette fois pourtant, elle semblait avoir joué avec le feu. Leurs aventures communes avaient dépassé de loin le stade où elles ne menaçaient que le psychisme.

— Et nous avons trouvé autre chose près du cadavre.

Nous ? pensa-t-elle, mais elle posa la question qui s'imposait :

— Quoi ?

Quand elle appuya sur le bouton d'appel de l'ascenseur, son doigt y laissa une empreinte humide.

— Un bout de papier. Il était près du mort. Plus exactement, celui-ci le tenait entre ses doigts putréfiés.

— Qu'est-ce qu'il y a dessus ? demanda-t-elle alors qu'elle aurait préféré ne pas le savoir.

— Tu l'as déjà vu.

— Hein ?

— Chez Simon. Dans sa chambre.

— C'est une blague.

La porte de l'ascenseur s'ouvrit comme au ralenti, et Carina se mit à tambouriner nerveusement du bout des doigts contre la paroi d'aluminium. Elle aurait voulu disparaître le plus vite possible dans le cocon de la cabine.

— C'est un dessin d'enfant. Une prairie avec une petite église.

Ce n'est pas possible.

Carina appuya sur le bouton de l'étage de la neurologie et ferma les yeux.

Le dessin sur la fenêtre de Simon. Il l'avait peint il y a trois jours seulement. Après la régression.

— Tu comprends maintenant pourquoi je dois le voir ?

— Oui, chuchota Carina, alors qu'en réalité elle ne comprenait plus rien du tout.

Elle se sentait dans le même état que trois ans plus tôt, le jour de leur rupture. Le jour où Stern avait actionné le frein de secours parce que tout était allé trop vite.

— S'il te plaît, emmène Simon au zoo, dit Stern. Nous nous retrouverons dans une heure et demie à la porte des éléphants. Avec un enfant, nous passerons inaperçus.

— Pourquoi tant de complications ? Pourquoi tu ne viens pas le voir à l'hôpital ?

— Il y a maintenant deux cadavres et chaque fois je suis le premier sur les lieux de la découverte. Tu peux t'imaginer quel rang j'occupe pour Engler sur la liste des suspects.

— Je comprends, souffla Carina.

Les portes s'ouvrirent et Carina dut faire un effort pour ne pas redescendre purement et simplement au rez-de-chaussée. Pour l'instant, elle n'avait qu'un désir : disparaître.

— J'ai donc mis les voiles avant l'arrivée de la police. Mais ce n'est qu'une question d'heures avant qu'ils ne découvrent que je suis de nouveau à l'origine de la découverte macabre. Je n'ai qu'une petite avance, mais je veux la mettre à profit.

— Pour faire quoi ?

Il prit une profonde inspiration avant de répondre et Carina crut percevoir un soupçon de méfiance dans sa voix tandis qu'elle ouvrait la porte de la chambre 217.

— J'ai encore un rendez-vous. Avec un de tes amis.

Normalement, elle aurait dû lui demander ce qu'il voulait dire. Mais les mots lui manquèrent. Elle savait que Simon regardait toujours la rediffusion de son feuilleton policier préféré à cette heure-ci. Mais, pour l'instant, il n'y avait que le téléviseur allumé dans la chambre.

Le lit était vide.

9

— Vous voulez donc le soumettre à un interrogatoire ?

Le professeur H. J. Müller griffonna une signature illisible sur une lettre adressée à un collègue de Mayence et referma la chemise du courrier, puis, à l'aide d'un coupe-papier, il enleva une peluche bleuâtre sous l'ongle de son pouce.

— Interrogatoire n'est certainement pas le mot qui convient en l'occurrence, énonça avec un raclement de gorge le policier qui avait pris place en face de lui. Nous voulons seulement lui poser quelques questions.

Tu parles, pensa Müller en examinant l'homme qui s'était présenté comme le commissaire Brandmann. Les chances d'en rester à une séance de questions normales étaient minces.

— Je ne sais vraiment pas si je peux approuver ce genre de méthode. Est-ce même autorisé ?

— Oui, bien entendu.

Réellement ? Müller avait peine à imaginer que l'on n'eût pas besoin, pour cela, d'autorisations extraordinaires. Accordées par un haut responsable de la police ou au moins par un procureur.

— Au fait, où est votre équipier ? s'inquiéta Müller en consultant son planning de bureau devant lui. Ma secrétaire n'avait-elle pas annoncé un M. Dengler ?

— Engler, corrigea Brandmann. Mon collègue vous prie de l'excuser. On a eu besoin de lui sur un autre crime qui semble directement lié à notre affaire.

— Je comprends, opina le médecin-chef avec la grimace accompagnant chez lui un examen médical.

Un bref instant, l'obèse assis devant son bureau perdit sa qualité de policier pour n'être plus qu'un patient à qui, outre un régime, il aurait conseillé, compte tenu de sa pomme d'Adam proéminente, un examen de la thyroïde. Il hocha la tête et posa le coupe-papier sur son bloc d'ordonnances.

— Non. Ma réponse est non. Je ne veux pas exposer le gamin à un stress inutile. Je suppose que vous connaissez le diagnostic le concernant ? répondit Müller en joignant ses mains fines. Simon Sachs souffre d'un S-PNET, une tumeur neuroectodermique primitive au niveau supratentoriel du cerveau. Elle grossit lentement, depuis la partie cervicale droite jusqu'à la gauche. En d'autres termes, elle a déjà atteint le corps calleux. C'est moi-même qui ai effectué la biopsie et constaté, après trépanation, que la tumeur n'était pas opérable.

Le médecin-chef s'efforça visiblement de sourire avec courtoisie avant de poursuivre :

— Autrement dit, si vous me permettez de m'exprimer de manière un peu plus compréhensible pour le profane que vous êtes : Simon est gravement malade.

— C'est justement pour cela que nous voudrions réaliser ce test aussi vite que possible. Cela lui épargnerait beaucoup de questions fatigantes et, pour nous, ce serait un gain de temps considérable. J'ai entendu dire que ce garçon a déjà failli mourir d'une pneumonie.

Tiens, tiens, voilà d'où souffle le vent.

L'enfant était leur témoin principal. Ils voulaient l'interroger tant que cela leur était possible.

La chimiothérapie et la radiothérapie ayant provoqué une pneumonie très dangereuse, le professeur Müller, contre l'avis de ses collègues, avait décidé d'interrompre ce traitement agressif. Une mesure qui ne prolongerait certes pas la vie du patient, mais qui allégeait ses souffrances.

— C'est exact, répondit le professeur. Actuellement, Simon ne prend que de la cortisone contre l'œdème cérébral et de la carbamazépine contre ses crises. Je l'ai convoqué pour un nouvel examen de contrôle, afin de voir si nous pourrions éventuellement reprendre les irradiations, mais les chances sont extrêmement faibles.

Se levant de son bureau, le neurologue se dirigea vers un pupitre imposant, près de la fenêtre.

— Où en êtes-vous par ailleurs de vos autres investigations ? Savez-vous qui est l'individu assassiné que vous avez trouvé hier grâce à Simon ?

— Permettez que je formule ainsi les choses..., commença Brandmann en tournant, telle une tortue, son cou plein de bourrelets en direction du professeur. Si Simon est réellement un personnage réincarné, il nous a rendu un grand service dans son existence antérieure.

— Vous voulez dire que le mort était un criminel ?

— Oui. Et de la pire espèce ! Harald Zucker a disparu de la circulation sans crier gare il y a quinze ans. Depuis cette date, Interpol le soupçonnait d'être mêlé à des crimes et à des tortures atroces en Amérique du Sud. En fait, il semble bien qu'il n'avait pas quitté le territoire.

— Zucker ? répéta Müller en feuilletant d'un air distrait des notes manuscrites destinées à une conférence posées sur le pupitre.

On frappa à la porte. Elle s'ouvrit avant qu'il ait le temps de dire d'entrer. Il aperçut le soignant que tout le monde, dans la maison, appelait Picasso, mais, pour sa part, il n'avait jamais rien décelé qui lui fasse penser à un artiste chez cet homme à l'apparence grossière. La main droite de Picasso était posée sur l'épaule d'un petit garçon, comme pour le faire entrer dans le bureau en le poussant délicatement.

— Hello, Simon.

Brandmann, ayant réussi à s'extraire de sa chaise, accueillit le gamin avec la familiarité d'une vieille connaissance. Simon se contenta de hocher timidement la tête. Il portait un jean bleu clair avec des poches plaquées, une veste en velours côtelé et des tennis flambant neuves. Les écouteurs d'un lecteur MP3 se balançaient autour de son cou.

— Comment vas-tu aujourd'hui ? s'enquit le médecin-chef en sortant de derrière son pupitre.

Le garçonnet avait bonne mine, mais c'était peut-être sa perruque qui faisait oublier sa pâleur.

— Tout est OK. Je suis juste un peu fatigué.

— Parfait, approuva Müller, qui s'étirait tout en lui parlant, essayant manifestement par ce geste de combler son déficit de taille par rapport au commissaire.

— Ce monsieur est de la police judiciaire et il aimerait te poser des questions sur les événements d'hier. Plus exactement, il voudrait te soumettre à un test, mais je me demande si je peux t'imposer ça.

— Quelle sorte de test ?

Brandmann se racla la gorge et fit un effort pour décocher au gamin un sourire engageant.

— Simon, sais-tu ce qu'est un détecteur de mensonge ?

10

Vers le Hackescher Markt[1], il n'y a que dans les mauvais films que l'on trouve des places pour se garer quand on en a besoin. Aussi Borchert, au volant de son 4 × 4, resta-t-il en double file quand ils arrivèrent devant le cabinet de la Rosenthaler Strafèe. Stern avait profité du trajet entre Moabit et le centre-ville pour donner des coups de fil, notamment pour interroger les renseignements téléphoniques qui lui proposèrent immédiatement plusieurs numéros et adresses pour un Dr Johann Tiefensee. À sa grande surprise, l'homme n'était pas que psychologue, il était aussi psychiatre – il avait donc fait des études de médecine – et chargé de cours sur l'hypnose médicale à l'université Humboldt.

— Un instant, Robert.

La main de Borchert se resserra comme un étau sur le poignet de Stern, tandis que celui-ci détachait sa ceinture.

— Tu peux peut-être rouler cette Carina dans la merde, mais moi je ne tomberai pas dans le panneau.

— Je ne te comprends pas.

Stern essaya vainement de libérer sa main.

— Pourquoi tu joues les fossoyeurs ? L'avocat que je connais quitte sa villa uniquement quand il peut le facturer à quelqu'un. Il ne travaille en aucun cas pour des enfants à l'esprit dérangé. Arrête, laisse-moi finir !

---

1. Anciennement à Berlin-Est, c'est actuellement le quartier branché de la capitale.

Stern sentait son bras s'engourdir sous la poigne de fer d'Andi. Ce dernier ne prêtait pas la moindre attention aux coups de klaxon des voitures qui les doublaient.

— Je ne suis pas idiot. Des avocats comme toi ne fuient pas la police sans raison. Tu vas donc me dire pourquoi nous n'avons pas attendu chez le transporteur.

— Je voulais simplement ne pas avoir d'ennuis avec Engler.

— Conneries. Des ennuis, tu en auras deux ou trois fois plus si le vieux Giesbach l'ouvre. Alors, qu'est-ce qu'il se passe ?

Par la vitre teintée du siège passager, Stern laissa son regard parcourir le large trottoir de cette rue animéâ. On n'était qu'à la fin octobre, mais il y avait déjà un arbre de Noël dans la vitrine du café à l'angle.

— Tu as raison, finit-il par soupirer.

Les doigts gourds, il ouvrit sa veste après avoir retrouvé l'usage de sa main. Borchert haussa les sourcils quand il lui mit le DVD sous le nez.

— J'ai trouvé ça dans ma boîte aux lettres hier.

— Qu'est-ce qu'il y a dessus ?

Sans répondre, Robert glissa la disquette dans la fente du lecteur de CD et le petit écran du système de navigation s'alluma.

— Regarde par toi-même.

Fermant les yeux, il attendit que la voix sinistre se répande comme du gaz toxique dans l'habitacle. Mais il n'entendit qu'un craquement, puis plus rien.

— Tu te fous de ma gueule, Robert ?

Stern, déconcerté, ouvrit les yeux et regarda l'écran plein de taches rouges.

— Je ne comprends pas.

Il appuya sur une touche, retira vivement le DVD du lecteur et chercha sur les deux faces s'il y avait des éraflures.

— Il doit être foutu ! Hier tout était encore dessus.

Ou bien les signes d'usure n'étaient pas une illusion d'optique ?

— Tout ? C'est quoi, tout ?

— Eh bien, tout. La voix, la maternité… (Stern, sentant monter la panique en lui, était pris de fébrilité)… les images de la mort de Felix. Et un jeune garçon qui paraît être mon fils.

Voyant l'air ahuri d'Andi, il reprit depuis le début et lui expliqua de son mieux le choc qu'il avait eu la veille en voyant ces images.

— Voilà pourquoi je ne peux pas aller voir la police. Il tuerait les jumelles. Il faut donc que je découvre seul comment Simon est au courant de ces assassinats. Il me reste quatre jours, conclut-il en se trouvant tout à coup absolument ridicule. Si, deux jours plus tôt, quelqu'un lui avait raconté une histoire aussi farfelue, il se serait moqué de lui et l'aurait envoyé au diable.

Sans commentaire, Andi lui prit le DVD des mains et éclaira l'habitacle. Dehors, en raison de la bruine incessante, l'obscurité était aussi grande que dans un bain de vapeur turc.

— Qu'est-ce que tu en penses ? demanda Robert avec prudence, Borchert n'ayant toujours rien dit au bout d'une minute.

— Je te crois, finit-il par déclarer en lui rendant le disque argenté.

— Vraiment ?

— Je veux dire que je te crois quand tu dis qu'il y avait quelque chose là-dessus hier encore. Ce truc est une EZ-D.

— Une quoi ?

— Une disquette jetable. Quand j'étais encore dans le film business, ça n'existait que sous forme de prototype. Ça a une couche spéciale de polycarbonate qui réagit à l'oxygène. Quand on la sort du magnétoscope après usage, elle devient inutilisable sous l'effet de la lumière et de l'oxygène. En fait, elle a été fabriquée pour les vidéothèques afin d'éviter aux gens de devoir rapporter le film après l'avoir loué.

— D'accord, c'est donc une preuve. Qu'ai-je à faire d'un DVD jetable ? Il y avait là-dessus des informations qu'on ne voulait pas me voir transmettre.

— Robert, ne m'en veux pas, mais... d'abord nous trouvons ce cadavre, et ensuite il y a un inconnu qui te fait chanter et qui prétend que ton fils est vivant, objecta Borchert en grattant son occiput dénudé. Et si par hasard cette voix n'existait que dans ta tête ?

Stern considéra le visage de Borchert, ses joues rouges, et comprit que la question était totalement justifiée.

Peut-être la disparition de son fils lui avait-elle dérangé le cerveau avec dix ans de retard ? Ce devait être ça. Tous les faits objectifs prouvaient sans ambiguïté que Felix était mort. Mais la voix cruelle du DVD et les souvenirs de Simon avaient mis au jour au fond de lui-même quelque chose dont il n'avait jamais soupçonné l'existence. Une fibre manifestement réceptive aux phénomènes surnaturels. Sous le choc de cette révélation, Stern dut s'avouer que l'absence de toute explication rationnelle lui aurait été indifférente si une puissance supérieure lui avait permis de revoir son fils. Borchert avait raison.

Il était effectivement sur le point de disjoncter. Ses yeux s'emplirent de larmes tandis qu'il posait la main sur l'épaule d'Andi.

— Je ne l'ai tenu que trois fois dans mes bras, tu comprends ?

Stern ne savait lui-même pas pourquoi il venait de dire cela.

— Et une de ces trois fois, il était mort.

Les mots jaillissaient sans contrôle.

— Parfois je me réveille la nuit. Cette nuit encore. Et je la sens toujours. Son odeur. Le petit corps de Felix était déjà froid quand Sophie a enfin accepté d'en détacher ses doigts. Mais il avait conservé l'odeur qu'il avait le matin où je l'avais porté pour la première fois et enduit de lotion pour bébé.

— Et tu veux à présent sérieusement découvrir s'il...

Stern entendait combien Borchert avait de la peine à continuer.

— ... s'il *vit à nouveau* ?

— Oui. Non, dit Robert en reniflant. Je ne sais pas, Andi. Mais je dois avouer que je n'arrive pas à m'expliquer rationnellement une telle ressemblance.

Il évoqua la tache de vin du garçon qui soufflait les bougies de son gâteau d'anniversaire.

— Elle est exactement à l'endroit où Felix en avait une. Sur l'épaule. Et c'est très rare, généralement on les a sur la figure ou sur la nuque. Elle est bien sûr beaucoup plus grande, mais le plus incroyable, c'est sa forme. Elle ressemble à une botte.

— Et Felix..., fit Borchert en hésitant, je veux dire le bébé que vous avez enterré, est-ce qu'il avait lui aussi cette tache de vin ?

— Oui, je l'ai vue de mes propres yeux. Avant et après sa mort.

Stern ferma les yeux comme pour faire disparaître le mur des souvenirs contre lequel il se cognait. Il ne parvint pas à chasser l'image de la chambre de malade et de la table d'autopsie sur laquelle reposait son fils.

— Je suis navré.

Stern se passa nerveusement la main sur le front, hésita un bref instant, puis descendit de voiture.

— Je peux comprendre que tu ne me croies pas et que tu ne veuilles plus entendre parler de cette histoire de fou.

Il claqua la portière et se dirigea vers l'entrée de l'immeuble sans attendre la réaction de Borchert.

Un coup d'œil sur la plaque discrète fixée sur la porte d'entrée en fer lui confirma qu'il était à la bonne adresse. Cinquième étage gauche. Stern s'apprêtait à sonner, quand il remarqua la cale empêchant la porte de se refermer. Ne sachant si, comme dans de nombreux immeubles locatifs de Berlin, il fallait une clé pour faire marcher l'ascenseur, il prit les escaliers et il lui fallut donc un petit moment avant d'atteindre l'étage mansardé. Hors d'haleine, il s'appuya sur la rampe usée et, effrayé, s'immobilisa. Ce n'était pas sa mauvaise condition physique qui le tracassait, mais la porte du cabinet.

Elle était grande ouverte.

11

— Ça va, Simon ? demanda le professeur Müller tout en tenant enfoncée la touche de conversation.

À travers la vitre épaisse, il pouvait voir la pièce voisine et un appareil blanc comme la neige, un appareil à RMN. Vêtu d'un T-shirt et d'un boxer-short, Simon était allongé dans l'espèce de tunnel où, quelques minutes plus tôt, on l'avait littéralement enfourné. C'était la cinquième fois en deux ans qu'il devait subir cet examen d'une demi-heure. Ses IRM n'avaient malheureusement montré jusqu'ici qu'un développement anarchique des cellules de son cerveau. Aujourd'hui, exceptionnellement, sa tumeur n'était pas l'objet de l'examen.

— Oui, tout est OK.

La voix de Simon, sortant du haut-parleur, était claire et distincte.

— Et ça fonctionne vraiment ?

Müller avait relâché la touche du micro afin que le jeune garçon n'entende pas leur conversation dans l'autre pièce. C'était uniquement parce qu'il était curieux de vivre personnellement une expérience neuroradiologique dont il ne connaissait que ce qu'il en avait lu, que Simon avait accepté de se soumettre au test. Outre lui et le commissaire, il y avait aussi dans la salle informatique une blonde androgyne. On la lui avait présentée comme une spécialiste des interrogatoires, ayant reçu une formation médicale et travaillant pour le compte de la police judiciaire du Land. Elle était en train de s'affairer à ses pieds, sous la table supportant le moniteur.

— Oui, cette méthode est même beaucoup plus précise qu'un test effectué à l'aide des polygraphes traditionnels. De plus, vous n'auriez certainement pas permis que Simon quitte l'hôpital dans l'état où il se trouve. C'est pourquoi nous avons recours au détecteur de mensonges appartenant à l'hôpital, expliqua Brandmann dans un éclat de rire. Vous ignoriez que votre établissement possédait une pareille merveille, n'est-ce pas ?

— Professeur Müller ? appela Simon par l'interphone.

— Oui.

— Ça chatouille.

— Ne t'inquiète pas. Tu peux encore bouger.

— Il parle de quoi ? s'enquit Brandmann.

— La protection antibruit dans son oreille. Ça démange toujours quand les trucs en mousse s'échauffent au bout d'un moment.

— OK, je pense être prête.

La blonde, qui mâchait un chewing-gum, s'extirpa à quatre pattes de sous le pupitre, ayant à l'évidence réussi à connecter son ordinateur avec celui de l'hôpital. Tirant à elle une chaise de bureau, elle s'assit devant la table roulante supportant un petit moniteur gris, puis appuya sur le bouton de l'interphone.

— Hello, Simon, je m'appelle Laura.

Elle avait, contre toute attente, une voix agréable.

— Hello.

— Je vais tout de suite te poser quelques questions. La plupart du temps, tu ne devras répondre que par oui ou par non, d'accord ?

— C'était déjà la première question ?

Les adultes ne purent s'empêcher de sourire.

— Bien, nous nous comprenons. Alors, on peut y aller. Un dernier point : quoi qu'il arrive, tu ne dois en aucun cas ouvrir les yeux.

— C'est bon.

— Messieurs, invita Laura, joignant le geste à la parole.

D'une main experte, Müller mit en route le système électronique de l'appareil RMN, et l'examen commença, avec les bruits de choc monotones évoquant des coups de masse sur un pieu. Bien que la porte antibruit fût fermée, ils pouvaient, de l'antichambre, non seulement entendre mais aussi sentir ce martèlement qui, au bout de quelques minutes, céda la place à des basses provoquant des élancements dans l'estomac.

— Commence par me dire ton nom et ton prénom, s'il te plaît, demanda Laura.

— Simon Sachs.

— Quel âge as-tu ?

— Dix ans.

— Comment s'appelle ta mère ?

— Sandra.

— Et ton père ?

— Je ne sais pas.

Laura regarda Müller qui haussa laconiquement les épaules.

— C'est un enfant de l'Assistance. Sa mère l'a abandonné. Il n'a pas connu son père.

La criminaliste posa encore dix questions appelant des réponses par oui ou par non, avant de passer à la seconde partie du test.

— Bon ! Simon, voilà que commencent les choses sérieuses. Je voudrais à présent que tu me dises un mensonge.

— Pourquoi ?

— Tu as déjà vu les images informatiques de ton cerveau ? demanda-t-elle en retour.

— Oui. On dirait des noix coupées en deux.

La policière se mit à rire.

— Exactement. Pour le moment, nous faisons de nouveau ce genre de photos de noix. Après, tu pourras les regarder en film vidéo. Et si tu me dis maintenant un mensonge, tu pourras alors y voir quelque chose de super.

— Très bien.

Laura jeta un bref regard à Brandmann et au professeur, puis elle continua à poser ses questions.

— As-tu le permis de conduire ?

— Oui.

Absolument fasciné, Müller avait les yeux rivés sur les images 3D haute définition. Lors des réponses précédentes, il ne s'était rien passé. Et là, soudain, il y avait eu une altération rouge au niveau du néocortex antérieur.

— Qu'est-ce que tu as comme voiture ?

— Une Ferrari.

— Et où habites-tu ?

— En Afrique.

— Vous voyez ? chuchota Laura à l'adresse de Müller. Activité cérébrale accrue au niveau du thalamus et des amygdales. Observez également les valeurs d'autres zones responsables des émotions de Simon, de sa régulation des conflits, du contrôle de ses pensées.

Elle effleura de la pointe de son stylo à bille tout rongé une autre tache rouge qui battait sur l'écran.

— C'est tout à fait typique. Quand quelqu'un dit la vérité, il ne se passe rien à ce niveau. Mais, quand il ment, le sujet est obligé de faire un effort d'imagination et donc de se concentrer plus fortement. Notre logiciel colore en rouge ces flux cérébraux et les rend ainsi visibles en tant que mensonges.

— C'est fantastique ! ne put s'empêcher de s'écrier Müller.

Ce nouveau système était de loin supérieur aux détecteurs de mensonges traditionnels, et ce n'était pas étonnant. Un polygraphe normal se contentait de mesurer les variations du pouls, de la pression artérielle, de la respiration et de la sudation. Des sujets bien entraînés parvenaient à maîtriser certains de ces réflexes. Mais personne n'était en mesure de contrôler les processus biochimiques de sa propre activité cérébrale. En tout cas, pas sans une préparation de plusieurs années.

Laura avala son chewing-gum et réactiva l'interphone.

— Très bien, tu fais ça à merveille, Simon. Maintenant viennent les dernières questions, et puis ce sera terminé. Mais il faut de nouveau dire la vérité, d'accord ?

— Pas de problème.

— Qu'as-tu eu comme cadeaux pour ton anniversaire ?
— Des baskets.
— Quoi encore ?
— Une régression.
— Chez le Dr Tiefensee ?
— Oui.
— C'est Carina qui te l'a offerte ?
— Oui.
— Tu as été hypnotisé ?
— Je ne sais pas. Je crois que je me suis endormi avant.
— Qui te l'a dit ?
— Carina et le docteur. Mais vous pouvez le vérifier vous-même.
— Comment donc ?

Laura avait à présent l'air ébahie, tout comme le commissaire Brandmann. Ils ne s'attendaient pas à cette réponse.

— Le Dr Tiefensee a enregistré toute la séance sur vidéo. Vous pouvez la regarder.
— OK, merci pour cette indication. Et qu'est-ce qui s'est passé quand tu t'es réveillé ?
— J'avais ce souvenir dans ma tête.
— Lequel ?
— Celui du cadavre. Dans la cave.
— Tu avais déjà eu ce souvenir avant ?
— Non.
— Est-ce que quelqu'un a un jour prononcé en ta présence le nom de Harald Zucker ?
— Non.
— Qui t'a dit d'aller à l'usine ?
— Personne. J'ai demandé à Carina si elle pouvait me trouver un avocat.

Müller jeta un coup d'œil à Brandmann qui n'arrivait pas à détacher le regard du moniteur. Jusqu'ici, il n'y avait pas eu la moindre altération.

— Pourquoi voulais-tu un avocat ?
— Je veux aller voir la police. J'ai fait quelque chose de mal. Il faut bien que je le dise à quelqu'un. Mais, dans les

films, ils commencent toujours par demander à avoir un avocat.

— Bien, nous en avons presque fini. Maintenant, ma question la plus importante, Simon : as-tu assassiné un homme ?

— Oui.

— Quand est-ce arrivé ?

— Le premier, il y a quinze ans, l'autre trois ans plus tard.

Millier avança d'un pas en direction de l'écran, comme s'il était subitement devenu myope.

— Simon, je te demande maintenant de penser à toutes les personnes avec qui tu as parlé ces dernières semaines et ces derniers mois. Que ce soit ici à l'hôpital ou à l'extérieur. Pense à Robert Stern, à Carina Freitag, au Dr Tiefensee, à tes médecins, à qui tu voudras. Une de ces personnes t'a-t-elle dit que tu devais nous raconter cette histoire ?

— Non. Je sais, vous pensez que je raconte des bobards, dit Simon d'une voix marquée par la fatigue et qui trahissait plus de tristesse que d'indignation. Que je veux faire le malin ou je ne sais quoi. Que je ne fais que répéter comme un perroquet ce qu'un autre me souffle.

Laura et Brandmann se surprirent réciproquement à approuver de la tête.

— Mais ce n'est pas ça, poursuivit Simon de plus en plus fort. C'était moi. C'est moi qui ai tué. La première fois, il y a quinze ans. Le premier je l'ai tué à coups de hache et l'autre, je l'ai étouffé. Et puis après, il y en a eu quelques autres, mais je ne sais plus très bien combien.

Décontenancée, Laura se tourna vers Brandmann et Müller en hochant la tête.

Ce qui se déroulait sur son écran était proprement inconcevable.

12

Une entrée d'immeuble non fermée n'a rien d'inhabituel à Berlin quand cet immeuble abrite un cabinet médical. Un accueil désert et une salle d'attente vide, en revanche, sont une vision plus insolite. Stern dut refouler son instinct de conservation pour entrer dans les salles de soins en prononçant à haute voix le nom du psychiatre.

— Docteur Tiefensee ? Êtes-vous là ?

Si, dès l'entrée, la plaque en verre du cabinet et sa lumière douce tranchaient avec la manière dont les professionnels de la santé attirent généralement l'attention d'éventuels patients, l'aménagement intérieur, d'un confort douillet, était lui aussi fort différent des cabinets que Stern avait fréquentés jusqu'ici. Cela était sensible dès le hall d'accueil, où les patients pouvaient s'installer à leur aise dans des fauteuils à oreilles dignes d'une maison de campagne anglaise.

Stern composa sur son portable le numéro que les renseignements lui avaient donné. Quelques secondes plus tard, une sonnerie retentit dans l'une des pièces du fond. Il laissa sonner dix coups jusqu'au déclenchement du répondeur automatique. Il entendit alors la voix grave du psychiatre à la fois dans son écouteur et, avec un infime décalage, à une vingtaine de pas de lui.

À peu près en son milieu, le couloir tournait à gauche. L'angle une fois dépassé, l'annonce de Tiefensee devint plus nettement audible. Le médecin était en train d'indiquer ses heures de consultation. Aujourd'hui, un samedi, il ne recevait que sur rendez-vous.

Peut-être est-il en réunion ? Est-ce pour cela qu'il laisse sonner ?

Stern frappa à la première porte fermée, pensant que s'y trouvait le répondeur automatique qui entre-temps s'était tu. Personne ne se manifestant, il entra et reconnut la pièce décrite par Simon le matin même. Il y avait par terre le tapis de sport bleu clair. Tout était méticuleusement rangé et nettoyé. En dépit de la lumière d'automne qui avait peine à se frayer un passage à travers les fenêtres, il régnait dans cette pièce une atmosphère d'agréable convivialité.

— Il y a quelqu'un ? tenta à nouveau Stern.

Puis il tourna sur lui-même en entendant un craquement sourd dans la pièce voisine.

Qu'est-ce que ça peut être ?

Le bruit recommença. Un bruit sec, un peu comme si un os était tombé sur le parquet. Stern regagna le couloir en toute hâte et s'immobilisa devant la porte d'à côté. Il appuya sur la poignée en laiton. En vain. La pièce était fermée.

— Docteur Tiefensee ?

Fléchissant les jambes, il regarda par le trou de la serrure. Il fallut un instant à ses yeux pour s'habituer au contraste de luminosité, car la lampe de bureau du psychiatre l'aveuglait. Il cligna des yeux, ce qui lui permit de mieux voir. Une chaise. Renversée, le dossier contre le sol. Une fraction de seconde, il hésita à reconnaître d'où provenait l'ombre qui allait et venait par terre, pareille à un rideau se balançant au vent. Mais, quand il entendit le râle, il ne perdit pas une seconde de plus. Il secoua la poignée de toutes ses forces. En vain. Il se jeta contre la porte. Une fois. Puis une seconde fois en prenant de l'élan. La porte de pin vernie trembla et les charnières gémirent, mais elle ne céda qu'à la quatrième tentative.

Stern entendit un fort craquement, puis son veston s'accrocha à un long éclat de bois quand, suivant la porte dans sa chute, il s'effondra dans le cabinet de consultation.

13

Ah non, ça ne va pas recommencer !

Figé, la main devant la bouche pour ne pas crier, Stern ne pouvait détacher son regard des jambes de Tiefensee. Dans un pantalon de flanelle fraîchement repassé, elles étaient agitées de spasmes, un mètre au-dessus du sol. Puis il réussit à lever les yeux mais fut tenté de les détourner aussitôt, incapable de supporter la vue des yeux exorbités qui soudain le fixèrent avec désespoir. Mais ce qui devait à l'avenir hanter ses pires cauchemars, ce furent les mains du psychiatre. Les doigts de Tiefensee ne cessaient de glisser sur le nœud coulant profondément enfoncé dans la chair de son cou.

Le crochet fixé au plafond en stuc pour l'accrochage d'un lustre, habituel dans ces immeubles anciens, supportait sans problème le poids du médecin, malgré sa forte carrure.

Stern perdit de précieuses secondes à relever la chaise. Pour une raison mystérieuse, le psychiatre était pendu trop haut. Ses pieds ne touchaient pas le siège d'où il avait sauté.

Ou bien d'où on l'avait poussé ?

Il voulut lui attraper les jambes, mais elles s'agitaient spasmodiquement. Il ne parvint pas non plus à les poser sur ses épaules pour les soulever ensuite.

Merde, merde, merde...

— Tenez bon, cria-t-il à Tiefensee en tirant le lourd bureau Biedermeier pour le glisser sous l'agonisant qui râlait de plus en plus faiblement. Quelques secondes supplémentaires s'écoulèrent et Stern ne se détourna du bureau que lorsque les mouvements désespérés du psychiatre se ralentirent. Il grimpa alors sur la chaise, entoura de ses bras les jambes de Tiefensee au niveau des genoux et hissa le corps.

— Trop tard.

La voix déformée sortant du téléphone surprit Stern au point qu'il faillit lâcher prise.

— Qui est là ? demanda-t-il en toussant, incapable, dans sa position, de se retourner.

— Vous ne me reconnaissez pas ?

Bien sûr que si. Même si je le voulais, je ne pourrais jamais plus oublier ta voix.

— Où êtes-vous ?

— Ici. Juste à côté de vous.

Stern fixa, au-dessous de lui, le bureau qu'il n'avait pas réussi à déplacer l'instant d'avant. La webcam du moniteur était dirigée sur lui. Le tueur conversait avec lui via Internet !

— Qu'est-ce que ça signifie ? demanda Stern hors d'haleine.

Tiefensee pesait de plus en plus lourd et il ne savait pas combien de temps il tiendrait encore.

— Je crois que vous pouvez lâcher maintenant, conseilla la voix.

Stern leva les yeux. La tête de Tiefensee, inerte, pendait dans sa direction, la bouche ouverte pour un ultime cri. Toute vie s'était éteinte dans son regard. Robert refusa pourtant de le lâcher. Abandonner maintenant aurait été comme une trahison.

— Mais que veut dire tout ça ? hurla-t-il, désespéré.

— La question est plutôt de savoir ce que vous cherchez ici. Nous avions pourtant passé un accord. Vous vous occupiez du garçon et nous du thérapeute.

— Pourquoi l'avez-vous tué ?

— Je ne l'ai pas tué. Je lui ai loyalement laissé sa chance. S'il m'avait livré le nom de l'assassin, il serait encore en vie.

— Espèce de salopard !

— Je vous en prie. Ne nous laissons pas emporter par nos émotions ! Nous nous sommes entretenus très amicalement avec cet homme.

Les bras de Stern le brûlaient comme s'il les avait appliqués contre une plaque chauffante. N'en pouvant plus, il abandonna Tiefensee. Sous le poids, le crochet fit entendre un grincement.

— Tiefensee aurait pu très simplement mettre un terme à son martyre. Mais il est resté inébranlable. Mes collaborateurs l'ont donc installé sur le dossier de la chaise, ce qui m'a permis d'observer tranquillement de chez moi combien de temps il garderait l'équilibre sur la pointe des pieds. Ça a duré douze minutes et quarante-quatre secondes. Pas mal pour un homme de son âge.

— Vous êtes un pervers. Complètement taré.

Stern alla vers l'ordinateur en titubant.

— Comment ça ? En réalité, vous devriez être content. Croyez-moi, si Tiefensee avait su comment Simon avait appris où étaient cachés les cadavres, il me l'aurait dit. Au plus tard quand il a commencé à se balancer.

Le portable de Stern vibra dans la poche de son pantalon, mais il l'ignora.

— Pour vous, c'est un suspect de moins. À vrai dire, vous devriez mieux utiliser votre temps.

— Qui êtes-vous ?

Robert se saisit de la souris, et l'économiseur d'écran disparut du moniteur. Mais il ne put rien distinguer en dehors d'une interface utilisateur normal. Il allait vérifier le navigateur quand la diode électroluminescente de la webcam s'éteignit. La « voix » avait coupé la liaison. En même temps, un programme externe avait effacé les enregistrements du navigateur et stoppé l'ordinateur. La « voix » supprimait ses traces digitales.

Bordel de merde.

Stern, trempé de sueur, se laissa choir sur le siège du bureau et regarda fixement le corps inanimé du psychiatre qui, figure de l'horreur, pendait du plafond. C'est seulement quelques secondes plus tard qu'il s'aperçut qu'une ligne du téléphone devant lui était toujours occupée.

— Vous êtes encore là ? demanda-t-il.

— Bien sûr, répondit la voix. Mais il vaudrait mieux pour vous que vous raccrochiez.

— Pourquoi ?

— Vous n'entendez pas ?

Stern se leva, s'écarta du bureau d'un pas et se tourna vers la porte.

Effectivement. On entendait dans la cage d'escalier comme un bruit de métal qu'on étire.

L'ascenseur.

— Vous avez de la visite. Jetez donc un œil sur l'agenda devant vous.

Les pupilles de Stern se dilatèrent quand il lut l'inscription soulignée en rouge : INTERROG. POL. – COMM. MARTIN ENGLER.

Il regarda sa montre. La voix se mit à rire.

— Je pense qu'il sera ici dans environ trente secondes.

Putain. Pourquoi Borchert ne m'a-t-il pas prévenu ? Stern sortit son portable. Il se sentit mal quand il vit les nombreux appels en absence. Il avait dû le couper par inadvertance.

À l'instant même, il se remit à clignoter. Puis il sonna. Beaucoup plus fort que jamais auparavant. L'alarme stridente remplit non seulement la pièce mais aussi toutes celles du cabinet, couloir et hall d'accueil compris. Stern, sous le choc, eut besoin d'une seconde avant de comprendre que ce n'était pas son portable qui était à l'origine de ce bruit, mais la sonnette de la porte d'entrée. Engler était déjà là.

14

— Hello ? Docteur Tiefensee ?

La voix du commissaire se répercuta tout au long du couloir, jusqu'à la salle de soins. Son rhume avait nettement empiré depuis l'avant-veille et il avait gagné les bronches. Enroué, il avait manifestement de la peine à élever la voix pour appeler le psychiatre.

— Et maintenant ? chuchota Stern dans l'écouteur.

Il avait débranché son haut-parleur pour ne pas attirer l'attention du policier. Le commissaire était toujours dans le hall d'accueil. Mais il n'allait pas tarder à suivre le couloir, tourner l'angle et apercevoir la porte enfoncée. *Et alors...*

— Il y a quelqu'un ? cria à nouveau Engler, avant de se mettre à tousser.

Une poignée de porte mal graissée grinça légèrement. Stern pressa l'écouteur encore plus fort contre son oreille. La panique faisait battre le sang avec tant de force dans ses conduits auditifs qu'il avait du mal à entendre la voix contrefaite.

— Et c'est moi qui dois vous venir en aide ? rit le maître chanteur. Justement moi ?

— Si vous ne voulez pas que je parle à la police, vous avez intérêt à me tirer de là, siffla Stern furieux. Existe-t-il une sortie à l'arrière ?

— Non. Et n'essayez pas de passer par les fenêtres. Elles sont à bascule.

— Comment faire alors ?

Engler devait porter des bottes cloutées à en juger par la manière dont le parquet craquait sous ses pas.

À l'évidence, il était déjà dans le couloir. Stern entendit un claquement sourd de porte.

— Allez jusqu'à la porte et placez-vous juste à côté de l'armoire à médicaments.

Bon, d'accord.

Robert traversa la pièce en faisant attention à ne pas faire de bruit. Il faillit glisser sur un classeur tombé par terre. Ne réussissant à reprendre son équilibre que de justesse, il heurta le corps de Tiefensee. Le crochet du plafond crissa de manière menaçante quand le cadavre reprit son balancement.

— Et maintenant ? demanda-t-il quand, ayant atteint la porte, il se retrouva, le souffle court, entre le chambranle et une armoire blanche aux vitres à biseaux.

— Ouvrez l'armoire.

Stern obéit. Trois pièces plus loin, une autre poignée fut actionnée. Engler procédait donc de manière systématique. Une pièce du cabinet après l'autre. Cette porte fut elle aussi refermée avec un claquement de dépit.

— Vous voyez les ciseaux courbes dans le deuxième casier à partir du bas ?

— Oui.

Stern se saisit de l'outil brillant et froid.

— Bien. Prenez-le et attendez qu'Engler arrive près de vous. (La voix, à présent, chuchotait elle aussi.) Attendez le moment où il verra le cadavre afin de profiter de l'effet de surprise.

— Et alors ?

— Alors, enfoncez-lui les ciseaux dans le cœur.

— Vous êtes fou ou quoi ?

D'un seul coup, le métal lui brûla la main comme s'il était incandescent. Était-ce un rêve ou la réalité ? Était-il réellement une arme à la main en pleine conversation avec un psychopathe, dans une pièce où un cadavre se balançait, accroché au plafond ?

— Vous avez mieux à proposer ?

— Non, mais je ne tuerai pas quelqu'un !

— C'est parfois la meilleure solution.

Il y eut un nouveau craquement dans le couloir. Engler inspectait une autre pièce.

La voix déformée partit d'un rire froid.

— Bon, je vois. Alors il va falloir que je vous donne un petit coup de main.

Stern sentit un courant d'air sur son visage en sueur comme si on avait ouvert une fenêtre quelque part. Ce ne pouvait pas être Engler car il était en train de suivre le couloir. Deux pas encore. Trois tout au plus. Alors il tournerait à l'angle et remarquerait les éclats de bois sur le parquet. Stern s'attendait à tout instant à voir apparaître sur le seuil les bouts de chaussure du policier.

— Hello ? entendit-il soudain.

Son cœur parut s'arrêter de battre, son sang s'était figé dans ses veines.

Ce n'est pas vrai !

La « voix ». Elle avait tout le temps été là. À une pièce de distance seulement. Contrairement à celles d'Engler, les semelles de caoutchouc de l'assassin étaient quasiment silencieuses sur le plancher.

— Vous me cherchez ?

Stern retint sa respiration, contracté au point que ses oreilles craquaient. Soudain, il entendit beaucoup plus nettement les bruits autour de lui. Il ne réussit toutefois pas à attribuer un visage connu à cette voix nouvelle.

— Excusez mon accoutrement, je suis en pleine expérience, dit l'homme sans contrefaire cette fois sa voix.

Mais elle était assourdie, comme s'il parlait au travers d'un mouchoir.

— Vous êtes le Dr Tiefensee ? demanda avec méfiance le commissaire dans le couloir.

— Non, le docteur vient juste de partir manger un morceau. Mais stop, qu'est-ce que je raconte ? Vous avez de la chance. Le voilà.

— Où ? fit Engler, et ce fut le dernier son que Stern lui entendit prononcer.

Ensuite, il y eut un bref cri étouffé, aussitôt interrompu par un claquement électrostatique. On aurait dit une ampoule électrique qui grille, mais en plus fort.

Un électrochoqueur, se dit Robert, tandis que tout en lui le poussait à courir jusqu'à la porte afin de se faire une idée de ce qui se passait dans le couloir. Mais il avait trop peur. Pas d'Engler. Pas d'être arrêté. Il avait peur du dément dont il venait pour la première fois d'entendre la véritable voix.

Il écarta de son visage la main dont il ignorait comment elle était venue se plaquer sur sa bouche. Puis il entendit des pas. Des semelles de caoutchouc s'éloignant avec des flops légers pareils à ceux d'un ballon qui rebondit.

Prudemment, Stern détacha son dos du mur et se glissa dans le couloir, les jambes tremblantes. Assez vite pour distinguer la silhouette d'un homme aux cheveux longs qui faisait claquer derrière lui la lourde porte d'entrée. Stern tressaillit et baissa les yeux sur Engler. Comme il s'y attendait, l'enquêteur était allongé, immobile, dans une position peu naturelle, comme s'il avait été éjecté d'un véhicule roulant à pleine allure.

Stern se pencha pour lui prendre le pouls. Soulagé de constater qu'il était vivant, il se faufila prudemment jusqu'à l'entrée. Une fois la porte franchie, il accéléra un peu le pas. Il se mit à courir au niveau du troisième étage, se tenant à la rampe. Mais quand il déboucha dans la rue animée, il s'aperçut qu'il était trop tard. L'homme aux cheveux longs et en blouse blanche qui avait assassiné Tiefensee et venait de mettre Engler hors de combat avait depuis longtemps disparu dans la foule de touristes, d'hommes d'affaires et de passants. Et, avec lui, la vérité sur Felix.

15

Les installations destinées aux animaux nocturnes se trouvaient au sous-sol de la ménagerie. L'obscurité diffuse qui les accueillit rappela à Stern ce que l'on ressent au cinéma quand, arrivé après le début du film, on doit trouver sa place pendant qu'une scène particulièrement sombre passe à l'écran. Son nez, en revanche, capta les émanations humides et chaudes qui assaillent un visiteur dans une ménagerie surchauffée.

— C'est super !

Simon l'entraîna en direction d'une vitre épaisse derrière laquelle plusieurs boules de fourrure s'affairaient, les yeux écarquillés. Pour on ne sait quelle raison, les gens parlaient généralement à voix basse dès qu'ils pénétraient dans un lieu obscur, et le jeune garçon chuchotait lui aussi :

— Ils ont l'air forts !

« Loris paresseux pygmées », lut Stern sur le tableau d'affichage faiblement lumineux, sans même accorder un regard aux minuscules primates. Il était encore sous le choc. Après sa fuite du cabinet médical, Borchert l'avait conduit ici pour y rencontrer Carina comme convenu. Il se trouvait à présent dans le bâtiment des animaux nocturnes du zoo de Berlin. Son cerveau était hors d'état d'assimiler des impressions nouvelles. Comme en circuit fermé, c'étaient toujours les mêmes questions sans réponse qui tournaient dans sa tête :

Qui est la « voix » ? D'où Simon connaît-il l'existence de ces cadavres ? Qui a assassiné tous ces hommes dans le passé ? Et pourquoi quelqu'un assassine-t-il à présent pour découvrir ce meurtrier ?

Stern dut s'avouer avec surprise que ces questions l'intéressaient pour une unique raison : les réponses pouvaient lui ramener son fils. Il ferma les yeux.

Quelle absurdité !

Entre-temps, il s'était mis à espérer pour de bon que les souvenirs de Simon pouvaient être la preuve de sa renaissance. Et donc la preuve que Felix était vivant. Contre toute réalité objective.

— Excuse-moi, que disais-tu ?

Stern se pencha vers Simon qui le tirait par la manche. Les paroles du gamin s'étaient perdues quelque part dans l'obscurité avant d'atteindre ses oreilles.

— Est-ce que Carina va bientôt nous rejoindre ? répéta Simon.

Robert fit signe que oui. Pour l'instant, elle s'était réfugiée aux toilettes pour pouvoir pleurer à son aise.

Quand ils s'étaient retrouvés tout à l'heure à la porte des éléphants, elle avait été furieuse contre lui comme elle l'avait rarement été jusque-là. Elle n'avait réussi à faire sortir en douce Simon de l'hôpital qu'avec l'aide d'un soignant de ses amis. Aussi avait-elle exigé qu'il lui explique sur-le-champ pourquoi il lui avait fait courir un tel risque. Pendant qu'ils traversaient le zoo au milieu de la foule, il lui avait tout raconté, en chuchotant afin que Simon n'entende pas : le DVD, le garçon à la tache de vin et la sinistre mission que la « voix » lui avait imposée. Contrairement à Borchert, Carina sembla le croire aussitôt. Stern sentit qu'elle s'ouvrait à la possibilité d'une réincarnation de Felix beaucoup plus rapidement qu'il n'y avait été lui-même disposé.

Mais elle comprit le danger auquel ils étaient exposés en apprenant la fin épouvantable de Tiefensee. Carina n'avait certes pas perdu contenance quand elle s'était arrachée à ses bras. Il savait pourtant ce qu'elle ressentait. Et que cela aurait été une erreur de chercher à la rattraper alors qu'elle voulait être seule.

— Oui, elle va bientôt nous rejoindre, murmura Robert tandis qu'ils se dirigeaient vers une autre enceinte.

— Bien, répondit Simon. Picasso a dit que nous devions être rentrés avant quatre heures. Sinon, il nous cafardera.

Picasso ? Il fallut une seconde à Stern pour que lui apparaisse l'image du soignant barbu. Il l'avait télescopé pas plus tard que ce matin, lui et son vieux fan du groupe Abba, et la scène lui semblait pourtant s'être passée dans une autre existence. De ce point de vue, il avait quelque chose en commun avec Simon.

— Ne te fais pas de soucis, dit-il en passant la main sur la perruque du jeune garçon. Et ne t'en fais pas non plus à cause du détecteur de mensonges.

« J'ai réussi le test », lui avait dit Simon en l'accueillant d'un air triste peu de temps auparavant.

Stern savait ce que le petit éprouvait. Le résultat le lavait certes du soupçon d'avoir menti, mais faisait en même temps de lui un assassin. Simon disait la vérité. Robert eut presque un peu honte de se réjouir à cette nouvelle. Mais plus le mystère de Simon devenait opaque, plus grandissait son espoir de revoir Felix.

— Il ne faut vraiment pas te faire de soucis, répéta Robert en même temps qu'ils faisaient halte devant un terrarium abritant des dègues, si semblables à des rats.

— Pourquoi je m'en ferais ? Ils sont enfermés.

— Je ne parle pas d'eux. Je parle de tes mauvais souvenirs. Ils ne te font pas peur ?

— Si, bien sûr, mais…

— Mais quoi ?

— Peut-être que c'est pour me punir.

— De quoi ?

— Peut-être que c'est à cause de cela que je suis malade. Parce que j'ai fait des choses aussi graves autrefois.

— Il ne faut pas penser cela, tu m'entends ? rétorqua Stern en empoignant le petit par les épaulettes de sa veste de velours. Je ne sais pas qui a tué ces hommes, mais le Simon Sachs que j'ai là devant moi n'en est pas responsable.

— Mais c'est qui alors ?

— C'est ce que j'essaye de découvrir. Et, pour ça, j'ai besoin de ton aide.

Stern était heureux que le pavillon des animaux nocturnes fût encore moins fréquenté que le reste du zoo, car au moins personne ne surprenait leur conversation grotesque. Il décida de se prêter un instant aux élucubrations « transmigratoires » de Simon.

— Est-ce que tu t'appelais autrement dans le temps, je veux dire il y a quinze ans ?

— Je ne sais pas.

— Tu avais une autre apparence ?

— Aucune idée.

Il laissa Simon tranquille. Le gamin tapa de la jointure de l'index contre la vitre d'un petit terrarium où l'on ne voyait qu'une butte et diverses plantes désertiques, mais pas d'animal.

Carina les avait rejoints et se tenait un peu en retrait comme pour ne pas déranger leur conversation. L'idée traversa l'esprit de Stern que ce n'était probablement pas un hasard s'ils parlaient de perceptions inexplicables devant l'enceinte des chauves-souris. Les prétendus vampires volants qui végétaient là ne « voyaient » leur réalité qu'en captant la réflexion d'ultrasons qu'ils émettaient.

— Sais-tu pourquoi tu as tué ces hommes ?

Un passant qui aurait entendu par hasard cette question aurait à coup sûr alerté le service de sécurité.

— Je ne sais pas. Je crois qu'ils étaient méchants.

Clac ! Clac !

Stern ne put s'empêcher de penser à la lampe de la cave que Simon lui avait décrite le matin même.

Allumée. Éteinte.

Avant qu'il ait pu lui demander s'il se souvenait de quelque chose, Simon toussa une fois. Stern, effrayé, regarda Carina à qui cette toux sèche n'avait pas échappé. Elle se précipita vers eux.

— Tout va bien ? demanda-t-elle, inquiète, en touchant le front du garçon pour voir s'il avait de la fièvre.

Puis elle l'emmena près d'un grand tableau d'affichage au milieu du hall, où les visiteurs pouvaient avoir une vue d'ensemble des animaux que l'on montrait ici. C'était l'endroit le mieux éclairé de ce souterrain. Lisant le soulagement sur la figure de Carina, Stern fut lui aussi soulagé. Simon souriait. Il avait seulement avalé de travers.

Robert profita de l'occasion pour sortir de la poche de son manteau une feuille de papier. Bien que restée plus de dix ans dans la main d'un mort, elle était en relativement bon état.

— Simon, regarde un peu ça. Tu reconnais ?

Carina fut obligée de faire un pas de côté pour ne pas projeter d'ombre sur le dessin.

— Ce n'est pas de moi, constata Simon.

Clac.

— Je sais. Mais ton dessin de l'hôpital ressemble beaucoup à celui-ci.

— Un peu.

— Quand l'as-tu dessiné ?

Clac.

— À mon réveil. Le lendemain de la régression. J'avais rêvé de ça.

— Mais pourquoi ? demanda Stern en regardant Carina qui se contenta de hausser les épaules. Pourquoi ce pré ?

— Ce n'est pas un pré, objecta Simon en toussant à nouveau.

Il ferma les yeux et Stern n'eut alors plus de doute. La lampe poussiéreuse de la cave s'était remise à vaciller, projetant sa lumière grasse sur les souvenirs de Simon.

— C'est quoi alors ?

Une porte se ferma quelque part et une petite fille pouffa.

— Un cimetière, dit Simon.

Clac.

— Et qui y repose ?

Clac. Clac.

Stern ne sentait plus que la main qui, sur son épaule, à travers le manteau, s'agrippait à lui comme pour empêcher un pickpocket de s'enfuir. Il sut gré à Carina de lui infliger cette douleur qui le détourna un peu de l'horreur que suscitèrent en lui les propos de Simon :

— Je crois qu'il s'appelle Lucas. Je peux vous mener à lui, si vous voulez, mais…

— Mais quoi ?

— Il n'y a que sa tête dans la tombe.

16

Il était tellement las. D'abord toutes ces questions, puis les bruits dans le tunnel qui donnaient envie de dormir, ensuite l'air frais et, pour finir, cette pâle lumière dans le pavillon des animaux nocturnes. Il voulait rester éveillé et écouter. Mais il avait de plus en plus de peine, d'autant plus que la voiture sentait bon et que les vibrations étaient douces et agréables.

Simon posa la tête sur le bras de Carina et ferma les yeux. Il entendit l'estomac de celle-ci gargouiller et comprit qu'elle ne se sentait pas bien. Elle n'allait plus très bien depuis qu'elle avait tremblé dans les bras de Robert. Peut-être aussi qu'elle ne pouvait pas supporter le gros conducteur que son avocat appelait « Borchert » et qui haletait d'une façon si étrange en parlant ? Il avait beau faire très frais dehors, il ne portait qu'un T-shirt mince avec des auréoles en demi-lune sous les aisselles.

— L'un de vous est déjà allé à Ferch ? demanda Robert assis à l'avant.

Simon cligna des yeux en entendant le nom qu'il leur avait cité au zoo. En fait, il n'était plus si certain que cela que le cimetière fût là. Pour l'instant, ce n'était plus qu'une vague impression. Ferch. Les cinq lettres étaient comme des points d'exclamation étincelants devant ses yeux, dès qu'il les fermait.

— Oui. c'est au bord du lac de Schwielow, juste derrière Caputh.

— Comment se fait-il que tu saches ça ? demanda Stern d'un ton soupçonneux au conducteur.

— Parce que le Titanic se trouve dans les parages. C'était ma plus grande discothèque autrefois.

Simon sentit Carina déplacer le poids de son corps à côté de lui.

— Y arriverons-nous avant 16 heures ?

— Le GPS indique que nous y serons dans quarante-cinq minutes. Ce sera juste. Nous n'aurons guère le temps de trouver notre chemin, dit Stern avec un soupir.

Sa voix était à présent plus distincte, comme s'il s'était retourné vers Carina, à l'arrière.

— Le gamin dort ?

— Je crois, oui.

— Bien, alors je vais te poser une question. Mais réponds-y sincèrement, s'il te plaît. J'ai le sentiment de perdre peu à peu la raison. Tu crois vraiment à ça ?

— À quoi ?

— À la métempsycose, à la réincarnation. À l'idée que nous ayons déjà vécu une fois.

— Eh bien, moi..., répondit Carina en hésitant à la manière de celui qui attend la réaction de son interlocuteur avant de s'engager définitivement. Oui, je pense que oui. Il existe même des preuves solides à ce sujet.

— Lesquelles ? demanda l'avocat.

— Connais-tu le cas de ce garçon de seize ans, un dénommé Taranjit Sing ?

Personne ne répondant, Simon supposa que Stern avait dit non de la tête.

— Il vit en Inde, à Jalandhar. Cela s'est vraiment produit ; j'ai vu un reportage sur ce cas récemment. La réincarnation est une composante essentielle de l'hindouisme. Les hindous postulent que tout être humain possède une âme immortelle qui, après la mort, migre dans un autre corps, parfois même dans celui d'un tigre ou d'une plante.

— Je n'arrive pas à croire que ce genre de trucs m'intéresse à présent, murmura Stern plus pour lui-même qu'à l'intention de Carina et si doucement que Simon le comprit à peine.

— Taranjit n'est en Inde qu'un cas de réincarnation parmi de nombreux autres attestés. Un chercheur reconnu, Ian Stevenson, a interrogé là-bas, de son vivant, plus de trois mille enfants.

Stern poussa un grognement d'approbation.

— J'ai déjà entendu parler de lui.

— Et qu'est-ce qu'il s'est passé avec ce Tanjuk ? intervint Borchert.

— Taranjit, corrigea Carina. Le garçon affirmait qu'il était la réincarnation d'un enfant du village voisin qui avait péri en 1992 dans un accident de voiture. Il se souvenait de détails incroyables alors qu'il n'avait jamais quitté son propre village.

— Alors, c'est qu'il a entendu ses parents parler de ce drame. Ou bien il l'a lu dans le journal.

— Oui, ce sont les tentatives d'explication courantes, mais voici le plus beau.

Simon sentit que le cœur de Carina battait plus fort.

— Un criminologue célèbre en Inde, Raj Singh Chauhan, voulait obtenir une preuve objective. Qu'est-ce qu'il a fait, à votre avis ?

— Un test au détecteur de mensonge, comme avec Simon ?

— Mieux que ça. Cet homme est un expert en matière d'analyse graphologique médico-légale. Il a comparé l'écriture de Taranjit avec celle du jeune défunt.

— Allez !

— Si. C'est vrai. Les écritures étaient identiques. Et trouve-moi une explication !

Simon n'entendit pas ce que répondait Stern. Malgré sa détermination à rester éveillé encore une minute au moins, il ne résista pas plus longtemps au sommeil. Il entendit le nom de Felix, il fut aussi question d'une voix dans un DVD, puis il sombra. Son rêve inquiétant commença comme d'ordinaire, mis à part le fait que la porte s'ouvrit plus facilement.

Et il eut aussi moins de mal que la première fois à descendre l'escalier menant à la cave obscure.

17

Simon fut réveillé par une brusque secousse qui le propulsa vers l'avant.

— Tu ne peux pas faire attention ? pesta Carina, parlant légèrement du nez comme si elle avait à nouveau pleuré.

— Navré. Je croyais que c'était vert pour tourner à droite, grommela Borchert.

Un peu plus tard, Simon sentit la force centrifuge lui presser la tête plus fort contre les seins de Carina. Après le virage, il y eut des cahots. Ils devaient rouler sur des pavés.

— Tu sais pourquoi tu as reçu ce film hier, Robert ?

Simon réprima un bâillement. Il n'avait pas la moindre idée de ce dont ils parlaient.

— Pour que je me tape le sale travail à la place de ces porcs. C'est moi qui dois trouver l'assassin.

— Des clous, oui, protesta Carina. Un type capable de fabriquer une bande vidéo comme ça, avec des photos vieilles de plus de dix ans, n'en est pas réduit à l'aide d'un avocat qui passe par là par hasard.

— La dame n'a pas tort, approuva Borchert.

— De quoi s'agit-il, à votre avis ?

— Quand quelqu'un se donne tant de mal après toutes ces années, de deux choses l'une : c'est soit pour du pognon, soit pour du pognon.

— Très drôle, Andi. Tu as une autre théorie un peu plus concrète ?

— Oui. Simon a bien dit que ces mecs étaient méchants. Des criminels donc. Peut-être qu'ils faisaient partie d'une même bande, d'un gang ou un truc dans le genre. Ils se sont sans doute fait un paquet de thunes dans une affaire de drogue mais l'un d'eux n'a pas voulu partager. Et il les a tous refroidis. Sauf un.

— La voix du DVD, dit Stern.

— Exactement. Maintenant il cherche l'assassin pour mettre la main sur leurs parts.

— C'est possible. Ça paraît même plausible. Mais comment Simon peut-il être au courant si vous niez qu'il puisse avoir une seconde vie ? Et qui est le garçon avec la tache de vin ? intervint Carina. On n'a pas de réponse à cela. Une seule chose est certaine, Robert, on se sert de toi. Il reste à savoir pourquoi.

— OK, les mecs, dit Borchert en freinant. On arrive.

Simon cligna des yeux puis son regard, s'arrêtant d'abord sur deux gouttes de pluie sur la vitre teintée, se porta ensuite sur le paysage qui s'offrait à lui : une haie soigneusement taillée derrière laquelle s'élevait en pente douce une colline couverte d'arbres aux feuillages fanés et dégoulinants de pluie.

Il distingua mieux ce qui l'entourait quand Borchert eut encore ralenti. Se libérant de l'étreinte de Carina, il appuya sa paume moite sur la vitre froide. Il ne se rappelait pas cette colline. Mais il avait déjà vu l'église couleur de grès. Elle ressemblait exactement à celle de son dessin collé à la fenêtre de l'hôpital.

18

— C'est pas vrai !

Borchert éclata de rire, ce qui lui attira le regard sombre d'une femme du cortège funèbre. Il lui tira la langue et, quand cette dame aux cheveux noirs et courts, à la raie soignée, détourna les yeux d'un air indigné, il ricana.

— Pas de doute, cette journée va rester dans l'histoire.

Stern dut lui aussi concéder que la situation ne manquait pas d'un certain sel.

Il y a dix minutes, quand ils étaient entrés dans l'église, ils n'en avaient d'abord cru ni leurs yeux ni leurs oreilles. Derrière un autel protestant sans ornements se tenait un homme aux cheveux ras et au regard aimable. Le pasteur n'était pas vêtu comme un ecclésiastique, mais portait un costume trois pièces bleu marine. En guise de cravate, il avait sur les épaules un foulard vert noué maladroitement qui, d'une certaine manière, le rendait sympathique. Aussi sympathique que son discours funèbre. Il était en train de relater l'habitude qu'avait le défunt de se rouler dans les crottes de sanglier lors de ses promenades en forêt et brandissait face à l'assemblée une photo du disparu plus grande que nature. L'assistance, des femmes pour la plupart, admira d'un œil mélancolique le basset marron brique qui avait dû peser au moins trente kilos de son vivant.

Service religieux œcuménique pour les animaux, avec le pasteur Ahrendt. Tous les quatrièmes samedis du mois, annonçait une affiche apposée sur la porte de l'église de telle sorte qu'ils n'avaient pu la lire qu'en sortant du lieu de culte, à la suite du cortège. Pour l'heure, ils défilaient tous, bravant la bruine, sur un chemin forestier derrière le bâtiment, et Stern se maudit pour la énième fois de ne pas avoir de parapluie. Sa chemise trempée lui collait à la poitrine comme s'il l'avait enfilée directement au sortir du lave-linge. Si cela continuait, il allait attraper une pneumonie comme Simon. Par chance, le petit était resté au chaud dans la voiture, avec Carina.

— J'hallucine ! s'exclama Andi avec un rire qui donnait l'impression qu'il toussait pour essayer de recracher une arête de poisson avalée par mégarde. Ils transportent vraiment ce tas de graisse dans un cercueil en bois !

— C'est normal. J'ai fait pareil avec mon premier chien.

— Tu te fous de moi !

— Non, pourquoi ? J'avais à peu près l'âge de Simon et j'étais heureux que mon père organise ces adieux pour moi. Mais à vrai dire, nous l'avons enterré dans le jardin et pas dans un vrai cimetière comme ici.

Ils s'approchaient d'une barrière plantée de travers qui séparait le terrain communal officiel du cimetière appartenant au refuge pour animaux.

Stern pressa le pas et rejoignit le pasteur qui tenait ouverte pour ses ouailles une porte de jardin lui arrivant aux hanches. Il salua Stern d'une poignée de main et d'un franc sourire. Soudain confronté à sa prothèse dentaire, Stern souhaita presque que l'ecclésiastique se montrât moins affable.

— Veuillez m'excuser. Peut-on aussi entrer par ici dans le cimetière officiel ?

— Ah, vous ne faites pas partie des proches d'Hannibal ? s'étonna Ahrendt.

— Hélas non. Nous cherchons la dernière demeure de, euh, eh bien, d'êtres humains.

Stern se fit l'effet d'un piètre menteur, bien qu'il n'eût en vérité rien dit de faux.

— Je vais vous décevoir. Le refuge a obtenu la location de ce terrain auprès de notre paroisse qui, par ailleurs, n'a pas assez d'argent pour entretenir un cimetière pour les humains. Vous allez devoir vous rendre au village voisin.

— Je comprends.

Stern suivit des yeux le pasteur. Ayant pris congé, celui-ci rattrapa le cortège funèbre qui l'attendait dans le coin le plus reculé du terrain, à côté d'un massif de rhododendrons.

Ayant saisi au vol la dernière phrase du pasteur, Borchert hocha la tête.

— Complètement dingue ! Il n'y a de vrai cimetière que dans la ville voisine, mais ici ils ont réservé tout un terrain de foot pour des animaux !

La remarque était certes quelque peu excessive, puisque le terrain mesurait tout au plus cinq cents mètres carrés. Il n'en paraissait pas moins étonnamment grand pour un tel usage. Stern eut peine à croire à l'existence d'un aussi vaste marché d'inhumations animales dans la région. En tout cas, le nombre de tombes dispersées sur le terrain paraissait lui donner tort. Telles des dents plantées de travers, elles émergeaient pêle-mêle du sol, séparées par des conifères. Stern décida d'explorer un peu les lieux avant de repartir.

— J'attends ici, cria derrière lui Borchert, qui avait trouvé un endroit sec sous un énorme chêne.

Vertigo, Fienchen, Mickey, Molly, Vanilla... Les noms inscrits sur les pierres tombales étaient aussi divers que l'aspect des tombes. Sur la plupart il y avait une croix blanche ou une plaque en granit portant une inscription sans enjolivure. Certains propriétaires plus fortunés sans doute avaient chargé quelqu'un de l'entretien. Devant l'inscription « Branko », on remarquait une couronne toute fraîche, flanquée de deux orchidées blanches. « Cleopatra », elle, devait avoir été effectivement la reine des chats avant d'être « assassinée par un automobiliste » six mois plus tôt, comme le rappelait une plaque en cuivre à côté d'une pyramide de Kheops en miniature.

— Ça ne sert à rien, entendit-il Borchert lui lancer. Il n'y a pas de Lucas ici.

— Qu'est-ce que tu en sais ? répliqua Stern en se retournant.

Borchert avait découvert une petite vitrine verte non loin du chêne et tapait du pouce contre la vitre fragile.

— Il y a là la liste complète de tous les animaux qui sont ici. Ça va d'Abakus à Zylie.

Des gouttes aussi grosses que des raisins secs frappaient la nuque de Stern à intervalles irréguliers, comme si quelqu'un secouait violemment un arbre trempé de pluie au-dessus de lui.

— Mais il n'y a pas de Lucas. Barrons-nous. On ne peut pas retourner ce terrain sans mettre ces bonnes femmes dans tous leurs états.

Stern regarda à nouveau dans la direction du pasteur qui, à une cinquantaine de mètres d'eux, prononçait une ultime allocution. Le vent d'automne se leva du côté du lac de Schwielow et emporta les derniers mots d'adieu au chien.

— D'accord, on y va, finit par concéder Stern.

De toute façon, j'ai eu mon compte de cadavres pour aujourd'hui. Il allait se baisser pour débarrasser la pointe de sa chaussure d'une feuille de chêne brunâtre quand il s'immobilisa.

Pas de Lucas ici, les dernières paroles de Borchert résonnèrent dans sa tête. Du plat de la main, il protégea ses yeux de la pluie, cherchant à trouver une cohérence entre les divers éléments de l'image qui s'offrait à lui. Il examinait ce qui l'entourait comme à travers un pare-brise balayé par des essuie-glaces usagés. Plus il clignait des yeux, plus le tableau d'ensemble devenait flou.

Le petit groupe avec le pasteur. La pyramide de Kheops. Les orchidées.

Il y avait quelque chose qui clochait là-dedans. Il avait vu un indice, mais n'arrivait pas à le ranger à la bonne place. Telle une note importante que l'on aurait écrite dans un calendrier, mais dans la mauvaise colonne.

— Qu'est-ce qu'il y a ? demanda Borchert, qui avait dû remarquer sa tension.

Stern, levant l'index de sa main gauche et prenant son portable de la droite, fit demi-tour pour retourner dans la partie du cimetière qu'il avait traversée un moment plus tôt.

— Est-ce que Simon dort ? demanda-t-il à Carina, qui avait décroché à la première sonnerie.

— Non, mais c'est bien que tu appelles.

Il n'entendit pas l'inquiétude dans sa voix, parce qu'il avait lui-même peur. Peur de la question qu'il allait poser à Simon.

— Passe-le-moi.

— Ce n'est pas possible pour l'instant.

— Pourquoi ?

— Il ne peut pas parler.

Stern s'agenouilla devant une pierre tombale bon marché. Une douleur lancinante apparue à l'arrière de son cerveau progressait vers ses yeux. Il redressa la tête.

— Il ne va pas bien ?

— Si. Que veux-tu savoir ?

— Demande-lui, s'il te plaît, ce qu'il y avait sur son dessin de l'hôpital. Je t'en prie, c'est très important. Demande-lui de quel nom il a signé.

L'écouteur fut mis de côté et Stern crut entendre comme une porte grincer. On entendait en arrière-plan des grésillements et des sifflements analogues à ceux d'une mauvaise réception radio. Il attendit au moins trente secondes avant d'entendre un bip sur la ligne. Par inadvertance, Carina avait appuyé sur une touche en reprenant le téléphone.

— Tu m'entends ?

— Oui.

Stern suivait d'un doigt tremblant l'inscription gravée sur le granit. Lettre après lettre. Il lut sur la pierre tombale le nom que Carina prononça.

— Pluto. Simon a écrit « Pluto » au bas du dessin. Mais tu ferais mieux de nous rejoindre le plus vite possible.

— Pourquoi ? demanda Stern à voix basse, les yeux toujours fixés sur la pierre portant le nom du personnage de dessin animé.

— Arrive immédiatement, lui ordonna Carina.

L'angoisse dans sa voix finit par déclencher un déclic dans la conscience de Stern. Il lui était momentanément impossible d'élucider ce qui était enfermé dans cette tombe, ni pourquoi.

Un animal ? Un homme ? Une tête ?

Impossible de découvrir pourquoi Simon les avait conduits en cet endroit grossièrement décrit par un dessin. Un dessin réalisé par des mains différentes, celles d'un garçon et celles d'un mort.

— Que se passe-t-il, bon sang ?

— C'est Simon, répondit Carina d'une voix hachée. Il dit qu'il va le refaire.

— Refaire quoi ? demanda Stern en se relevant et en regardant Borchert. Qu'est-ce qu'il veut faire ?

Et que signifie ce « refaire » ?

— Dépêche-toi. Je crois qu'il vaut mieux qu'il te le dise lui-même.

19

Il n'y avait plus personne. L'église était vide et Stern eut du mal à imaginer que des gens puissent trouver du réconfort dans cet environnement dépouillé. Il ôta son manteau trempé et le prit sur le bras. Il le regretta aussitôt. Il faisait froid à l'intérieur et il y avait des courants d'air où se mêlait une odeur de poussière et de vieux livres de cantiques. Par chance, le soleil ne brillait pas par les vasistas de couleur aujourd'hui, car, sinon, le crépi écaillé aurait été encore plus visible. Stern n'aurait pas été surpris que le sacristain ait accroché un Christ en croix à seule fin de masquer un défaut du mur. Ce n'était en tout cas pas en un tel lieu que pouvait naître une atmosphère d'intimité.

— ... je n'en sais pas plus. Est-ce bien ? Est-ce mal ? Est-ce que je dois le faire, ou bien est-ce que je...

Stern retint son souffle et concentra son attention sur le murmure étouffé qui venait de la deuxième rangée de sièges, devant lui. Il l'avait bien sûr aperçu dès qu'il était entré. Simon. À cette distance, on aurait dit un petit adulte. Un vieux petit bonhomme plongé dans ses pensées, en conversation avec le Créateur. Stern s'approcha avec précaution, mais ne put empêcher ses semelles de cuir de crisser sur le sol de pierre poussiéreux.

— ... je t'en prie, envoie-moi un signe pour que je sache si...

Simon s'interrompit et leva les yeux. Il dénoua ses mains jointes comme s'il lui était désagréable d'être surpris en train de prier.

— Je te prie de m'excuser, je ne voulais pas te déranger.

— Pas de problème.

Le gamin se poussa d'une place.

Pas étonnant que les gens aillent de moins en moins à la messe, si les bancs sont tous aussi durs, pensa involontairement Stern en s'asseyant.

— J'ai bientôt fini, chuchota Simon, les yeux tournés vers l'autel.

Stern eut envie de l'attraper et de sortir avec lui en toute hâte pour rejoindre Carina qui les attendait devant l'église en compagnie de Borchert.

— Tu es en train de prier ? lui demanda-t-il à voix basse.

Bien que seuls, ils chuchotaient comme dans le pavillon des animaux nocturnes.

— Tu demandes à Dieu quelque chose de particulier ?

— Oui et non.

— Pas de problème, d'ailleurs ça ne me regarde pas.

— Ce n'est pas ça. Je veux simplement dire que…

— Que veux-tu dire ?

— Ben… Tu ne peux pas comprendre. Tu ne crois pas en Dieu, toi.

— Qui te l'a dit ?

— Carina. Elle pense qu'il t'est arrivé quelque chose de moche et que, depuis, tu n'aimes personne. Même pas toi.

Stern le dévisagea. Dans le demi-jour de l'église, il comprit d'un seul coup ce que les gens des ONG voulaient dire quand ils parlaient du visage dénué de toute expression des enfants soldats. Des petits garçons à la peau sans rides, la mort dans les yeux. Il s'éclaircit la voix.

— Tu viens de parler d'un signe. Quelle sorte d'indication attends-tu de Dieu ?

— Je veux savoir si je dois continuer.

Il va le refaire. Stern se souvint de ce qu'avait dit Carina.

— Continuer quoi ?

— Eh bien, ça justement.

— Je crois que je ne te comprends pas.
— Je me suis endormi. Avant, dans la voiture.
— Tu as de nouveau rêvé ?
Clac. La bougie sur l'autel parut se transformer en une lampe de cave qui éclairait les souvenirs de Simon durant son sommeil.
— Oui.
— Des assassins ?
— Exactement.
Simon tourna vers le haut la paume de ses mains et leur jeta un regard à la dérobée. Comme s'il avait écrit au stylo-bille quelques mots sur sa peau en prévision d'une dictée. Mais, à part l'entrelacs des lignes de ses doigts, Stern ne vit aucune antisèche susceptible d'aider Simon à trouver les mots qu'il fallait.
— Je sais à présent pourquoi j'ai écrit « Pluto » sur le dessin.
Clac.
— Pourquoi ?
— C'était son animal en peluche préféré.
— De qui ?
— De Lucas Schneider. Il avait exactement le même âge que moi. À l'époque, je veux dire. Il y a douze ans.
— Tu penses que tu l'as tué ?
À l'époque. Dans ton autre vie ?
Le mal de tête de Stern empirait à mesure qu'il s'approchait en pensée de cette aberration.
— Non.
Simon le fusilla du regard. La vie était revenue dans ses yeux, même si c'était sous la forme de la fureur.
— Je n'ai tout de même pas tué des enfants !
— Je sais. Mais les autres, alors. Les assassins ?
— Exactement.
— Alors, tu étais une espèce de vengeur ?
— Peut-être.
Un tressaillement parcourut le buste de Simon.
Stern s'apprêtait déjà à aller chercher Carina dans l'espoir qu'elle avait sur elle les médicaments

indispensables au cas où il aurait une nouvelle crise. Puis il aperçut des larmes sur la joue du garçon.

— C'est bon, viens.

Il lui tendit la main d'un geste hésitant. Comme s'il craignait de se brûler contre son épaule.

— Allons-y.

— Non, pas encore, dit Simon en reniflant. Je ne suis pas prêt. Il faut d'abord que je lui demande si je dois vraiment le faire.

Clac, clac, clac.

Un bref instant, la lampe de la cave s'était calmée, mais elle paraissait à présent vaciller plus rapidement que jamais.

— Faire quoi ?

— Je n'ai pas terminé à l'époque.

— Je ne comprends pas, Simon. Qu'est-ce que tu veux dire ? Avec quoi n'en as-tu pas terminé ?

— Avec les hommes. J'en ai tué beaucoup autrefois. Je le sais très exactement. Pas seulement les deux que tu as trouvés. Il y en a eu d'autres. Beaucoup d'autres. Mais je ne les ai pas tous eus. Il en manque un.

Ce fut au tour de Stern de peiner à retenir ses larmes. C'était d'un psychologue que ce gamin avait besoin de toute urgence, pas d'un avocat.

— Et c'est pour ça que je suis revenu, je crois. C'est ma mission. Il faut que je recommence.

Non, je t'en prie. Cesse de parler ; s'il te plaît.

— À tuer. Une dernière fois. Après-demain, à Berlin. Sur un pont.

Simon se détourna et regarda en direction de la statuette de Jésus, au-dessus de l'autel. Il joignit les mains, ferma ses grands yeux innocents et se mit à prier.

LA DÉCOUVERTE

« La mort n'est pas une tranche de l'existence, elle n'est qu'une transition, le passage d'une forme de l'être infini à une autre. »

Wilhelm von Humboldt

« S'il y a migration des âmes, cela ne peut marcher que si le nombre d'êtres humains concernés reste constant. Mais il y en a aujourd'hui six milliards. Se partagent-ils des fragments d'âme ? Quatre-vingt-dix pour cent d'entre eux ne sont-ils que des récipients vides ? »

Extrait d'un forum de discussion sur Internet à propos de la réincarnation

« La science a établi que rien ne disparaît sans laisser de traces. La nature ignore l'anéantissement, ne connaît que la métamorphose. Tout ce que la science m'a enseigné et m'enseigne encore renforce ma foi en une perpétuation de notre existence spirituelle au-delà de la mort. »

Wernher von Braun

« Si tous ceux qui prétendent avoir assisté à la crucifixion du Christ dans une vie antérieure y avaient réellement assisté, il n'y aurait pas eu assez de place pour les soldats romains présents sur les lieux. »

Ian Stevenson

1

Quand Engler souleva le ruban élastique au-dessus de sa tête et fit signe au médecin légiste qu'il pouvait accéder au lieu de la découverte, les mots lui manquaient pour dire à quel point la situation lui cassait les pieds. Il avait prévu de passer l'après-midi dans son lit douillet devant la télévision, avec une grosse provision de mouchoirs, quatre aspirines et un pack de bières, pendant que d'autres feraient le travail à sa place. Et voilà qu'il était obligé de creuser sous une pluie torrentielle à la recherche d'un cadavre ! Plus exactement à la recherche de ce qu'il en restait. La tête qu'ils avaient trouvée dans la tombe d'un rottweiler était si petite qu'ils pourraient la transporter dans une boîte à chaussures dès que le relevé des indices serait terminé.

Jurant en traversant une flaque, Engler se rendit à la tente qui servait d'abri, juste derrière la barrière. Depuis leur arrivée, la pluie tombait de plus en plus fort, si bien que Brandmann devait donner des coups de bâton contre le toit à intervalles réguliers afin que l'eau accumulée s'écoule le long de la bâche en plastique.

— Merde ! pesta tout haut l'enquêteur extraordinaire.

Une partie de la cataracte s'était déversée dans son col, Engler se demanda une nouvelle fois comment un type aussi maladroit avait bien pu entrer à l'Office fédéral de la police criminelle. Il pousserait un ouf de soulagement quand ce bébé géant aurait disparu de la circulation. Ils pourraient enfin tous en revenir aux méthodes de travail habituelles, qui avaient fait leurs preuves.

— Comment va votre tête ? s'enquit Brandmann quand Engler, parcouru de frissons, parvint à se caser à côté de lui dans l'abri.

— Comment ça, ma tête ? Ce salopard m'a balancé l'électrochoqueur dans le dos.

— Et vous êtes certain que ce n'était pas Stern ?

— Combien de fois faudra-t-il que je vous le répète ?

Engler refoula l'envie de cracher par terre les glaires qu'il avait dans la bouche.

— L'homme portait un masque d'opération qui lui arrivait sous les yeux, une blouse de médecin et vraisemblablement une perruque de cheveux longs. Alors, non, je ne suis pas certain. Mais ce n'était pas sa voix, et le type paraissait plus petit.

— C'est bizarre. Je parie que nous allons trouver les empreintes digitales de Stern sur les lieux du crime.

— Et moi je parie que nous...

Engler s'arrêta au milieu de sa phrase, sortit de la poche de son pantalon son portable qui vibrait et regarda l'écran rayé. Appel inconnu.

Il posa son index sur ses lèvres bien que Brandmann n'eût pas la moindre intention de parler, et prit l'appel.

— Allô ?

— Avais-je raison ?

Il reconnut, à l'autre bout du fil, la voix de Stern.

2

Engler renifla et accepta avec gratitude le gobelet de café fumant que lui tendait une policière en uniforme.

— Oui, malheureusement. Il y avait un crâne dans le cercueil.

— Un crâne humain ?

— Oui. Mais pourquoi nous avoir informés ? De qui tenez-vous cette histoire de tombe ?

Stern fit une petite pause, comme si la réponse lui venait à l'esprit à l'instant.

— De Simon, finit-il par dire.

Engler réfléchit un bref instant, puis appuya sur la touche haut-parleur. Le dispositif mains libres de son téléphone de service était plus que médiocre, et Brandmann fut obligé de s'approcher un peu pour ne pas perdre un mot de la conversation.

— C'est de la foutaise, Stern. Allez, dites-moi comment vous êtes mêlé à tout ça.

— Je ne peux pas vous le dire.

Deux policiers discutant à haute voix s'approchaient de l'abri. Ils se turent en voyant les furieuses gesticulations d'Engler et tournèrent prudemment les talons.

— Et pourquoi rappelez-vous ?

— J'ai besoin de temps. Considérez le tuyau du cimetière comme la preuve que je n'ai rien à vous cacher. Simon est autant une devinette pour moi que pour vous. Mais je vais découvrir de quoi il retourne. Seulement, je ne pourrai le faire que si vous me laissez tranquille.

— J'ai bien peur qu'il ne soit trop tard.

— Pourquoi donc ? Je n'ai rien à me reprocher.

— Je vois les choses autrement. Nous avons trouvé votre voiture. Elle était comme par hasard garée à proximité d'une entreprise de transport de Moabit.

— Flanquez-moi une contravention si j'étais en stationnement interdit !

— La description de l'homme qui a ouvert le frigo là-bas peut fort bien s'appliquer à vous. C'est drôle, non ? Et à propos de stationnement interdit. Une jeep noire stationnait en double file aujourd'hui à Hackescher Markt. Devant le cabinet de Tiefensee. Vous étiez là-bas ?

— Non.

— Mais un certain Andi Borchert y était, lui. Nous avons vérifié la plaque d'immatriculation. Il semble que vous et le violeur soyez de nouveau comme les doigts de la main.

— Andi a été acquitté.

— O. J. Simpson aussi. Mais laissons cela. Le plus important c'est qu'à cause de vous j'ai de nouveau été obligé d'interdire l'accès au lieu d'un crime.

— Vous croyez que je vous aurais informé si j'avais la mort de ces hommes sur la conscience ?

— Non. Je ne pense pas non plus que vous soyez un assassin, Stern.

Ce furent les seuls mots qu'Engler n'eut pas de peine à prononcer.

— Mais quoi alors ?

Le soir était tombé et l'obscurité s'épaississait pendant leur conversation. Engler se réjouit qu'une lampe de chantier éclairât un peu l'abri. Hésitant, il interrogea Brandmann du regard.

Devait-il vraiment accéder à la demande de Stern ? Tout en lui se révoltait contre cette idée, mais le psychologue l'encouragea d'un signe de tête. Aussi Engler s'en tint-il à la stratégie mise au point peu avant, lors de la conférence en présence du commissaire principal Hertzlich.

— Bien, je vais vous confier quelque chose. Mais je le fais uniquement parce que ce sera demain dans tous les journaux : l'homme avec une hache dans la tête s'appelait Harald Zucker. Celui du frigo était Samuel Probtjeszki. Nous n'avions plus entendu parler du premier depuis quinze ans, et du second depuis douze. Voulez-vous savoir pourquoi nous nous en foutions jusqu'ici ?

— C'étaient des criminels.

— Exact. Et même de la pire espèce. Assassinats, viols, prostitution, torture. Ils ont commis tous les délits les plus graves sanctionnés par le code pénal, et ont laissé une traînée de sang derrière eux dans tout le pays. Nous n'avons jamais réussi à leur mettre la main dessus.

Engler entendit Brandmann s'allumer une cigarette.

— Nous pensons que Zucker et Probtjeszki faisaient partie d'une bande de psychopathes. Ils ne sont pas les seuls à avoir disparu sans laisser de traces ces dernières années. Nous avons au total sept affaires non élucidées.

Au loin, les gens de l'anthropométrie judiciaire fouillaient le sol humide à la lumière de spots à halogène. Deux d'entre eux, accroupis dans la boue en combinaison blanche intégrale, ouvraient une autre tombe. Au cas où Pluto n'aurait pas été le seul à héberger des cadavres dans la sienne. Engler ne put s'empêcher de penser à Charlie. Heureusement, une amie s'occupait de lui aujourd'hui et le promenait avec son labrador Gassi, même s'il n'était pas sûr que le pauvre chien appréciât particulièrement cette pluie.

— Et où en est-on avec la dernière découverte ? demanda Stern d'une voix un peu distraite, comme s'il lui fallait d'abord digérer la dernière information. Comment s'intègre-t-elle au tableau ? C'était un enfant, n'est-ce pas ?

— Oui. Nous supposons qu'il s'agit de Lucas Schneider. Il est à mettre au compte de Probtjeszki. Il a été victime d'une tentative ratée d'enlèvement avec demande de rançon opérée par la bande. Nous avons retrouvé son corps dans une décharge, il y a douze ans.

Nous avions cherché sa tête en vain. Jusqu'à aujourd'hui.

Engler chercha un mouchoir dans la poche de son pantalon en lin. Ne le trouvant pas à temps, il éternua en se bouchant le nez. Quelqu'un lui avait dit que la pression ainsi occasionnée pouvait déclencher une attaque d'apoplexie, mais il avait de la peine à croire que l'épée du destin le frapperait dans un cimetière pour animaux.

— Pourquoi me racontez-vous tout ça ? lui demanda Stern.

Engler hocha la tête en regardant Brandmann d'un air mauvais. C'était exactement la question qu'il avait posée lors de la réunion avec Hertzlich. Leur combine était si grossière que le premier imbécile venu la reniflerait. Stern mieux que quiconque.

— Parce que j'ai vu clair dans votre jeu, répondit-il à contrecœur, comme convenu.

— Tiens, je suis curieux de savoir ce que vous avez vu.

— Vous n'êtes pas un pro, Stern. Vous commettez beaucoup trop d'erreurs. La seule chose intelligente que vous ayez faite jusqu'ici a été d'échanger votre portable contre le téléphone par satellite avec lequel vous êtes en train de me parler. Mais c'est sans doute Borchert qui vous a fourni le tuyau.

— Je ne suis pas en fuite. Je n'ai assassiné personne.

— Ce n'est pas ce que je dis.

— Quoi alors ?

— D'accord. Récapitulons les faits. Premièrement : ces dernières années, sept psychopathes ont disparu de la circulation l'un après l'autre. Deuxièmement : vous nous avez ramené deux d'entre eux. À l'état de cadavres. Et troisièmement : vous êtes avocat pénaliste.

Stern fit entendre un gémissement à l'autre bout de la ligne.

— Où voulez-vous en venir ?

— À ce que votre profession vous amène à fréquenter la lie de la société. Tout cela n'a rien à voir avec Simon. Il est simplement mis en avant. Je présume que c'est un de vos clients pervers qui vous indique où découvrir les cadavres.

— Et dans quel but ce quidam agirait-il ?

— Peut-être a-t-il caché quelque chose auprès de ces victimes et compte-t-il sur vous pour le récupérer ?Je n'en sais rien. Mais c'est vous qui me le direz. Au plus tard quand je vous aurai arrêté.

— C'est ridicule. Totalement absurde.

Engler chassa de la main un nuage de fumée invisible censé provenir de la cigarette de Brandmann.

— Vous croyez ? Le juge, lui, a trouvé cette histoire fort plausible quand il a signé un mandat d'arrêt à votre encontre, il y a une demi-heure. D'ailleurs, pendant qu'il y était, il en a aussi signé un contre Carina Freitag et Borchert pour complicité d'enlèvement d'enfant.

Engler raccrocha d'un air furieux en se demandant pourquoi Brandmann lui tendait sa grosse patte grasse.

— Qu'est-ce que vous voulez ? demanda-t-il, furieux de cette conversation qui, à son avis, avait dès le début pris une mauvaise direction.

— Le portable, demanda Brandmann.

— Qu'est-ce que vous voulez en faire ?

— Le donner aux techniciens. Peut-être qu'ils arriveront à trouver quelque chose. Même pour des appels masqués…

— … il est possible de localiser l'appelant, je sais.

Engler lui lança son téléphone et s'approcha d'un pas.

— C'était la dernière fois. Je ne le ferai plus jamais, d'accord ?

— Quoi ?

— Le guignol. Peut-être que je me trompe et que Stern a effectivement à voir avec ces assassinats. Mais nous nous tirons une balle dans le pied en le mettant dans le secret de notre enquête.

— Ce n'est pas comme ça que je vois les choses. Vous n'avez pas remarqué sa voix ? Elle est devenue de plus en plus aiguë. Cela signifie que vous lui avez fait peur. Stern est un débutant. Un civil inexpérimenté et nerveux, en fuite, encombré d'un jeune garçon cancéreux. S'il perd encore plus le contrôle de ses nerfs, il commettra une erreur. Il trébuchera, tombera et alors – pour m'exprimer comme Hertzlich – nous pourrons… (Brandmann jeta sa cigarette sur le sol)… l'écraser comme une merde.

Pour éteindre son mégot rougeoyant, le psychologue le foula de son pied droit en mettant tout le poids de son corps, comme s'il voulait enfoncer un long clou dans une planche de bois. Puis il quitta l'abri sans un mot et, évitant plusieurs petites flaques, descendit pesamment la pente jusqu'à sa voiture. Engler le suivit des yeux. Tandis que le psychologue disparaissait lentement de son champ de vision, il se demanda s'il connaissait à l'Office fédéral de la police criminelle quelqu'un qui serait susceptible de lui communiquer le dossier personnel de cet étrange enquêteur extraordinaire.

3

Stern appuya son visage en feu contre le verre du miroir.

Ces dernières années, sept psychopathes ont disparu de la circulation l'un après l'autre.

Les paroles de l'inspecteur résonnaient dans sa tête pendant qu'il contemplait la piste de danse étincelante, vingt mètres en contrebas.

Le bureau du propriétaire de la discothèque trônait dans une sorte de nid d'aigle en verre au-dessus du cœur de l'établissement, qui avait dû être conçu par un architecte rêvant d'une carrière de capitaine dans la marine. Vue de l'extérieur, l'énorme bâtisse ressemblait à un navire. Son emblème, une cheminée de vapeur dont l'éclairage rose tranchait sur le blanc de la proue du bâtiment central, indiquait la route, à des kilomètres à la ronde dans la nuit brandebourgeoise, à la jeunesse éprise de danse. Borchert ayant conservé une clé, le Titanic pouvait leur offrir une cachette, au moins pour les trois heures à venir. Aussi longtemps que la discothèque ne serait pas officiellement ouverte au public.

Stern descendit rejoindre ses trois compagnons sur la vaste piste de danse. Comme dans un hôtel cinq étoiles, il monta dans une cabine d'ascenseur en verre, se demandant comment il allait leur annoncer la nouvelle. À partir de maintenant, ils étaient en fuite. Borchert était habitué à ce genre de situation. Mais c'était certainement une première pour Carina. Ce fut seulement quand la porte s'ouvrit qu'il entendit la musique tonitruante.

— Hé, il a bon goût le petit ! lui lança Andi qui roulait des hanches en mesure à côté de Simon à l'autre bout de la piste.

Le gamin riait d'enthousiasme, accompagnant de battements de mains la musique rock déversée par les enceintes.

— Il a branché l'iPod de Simon sur la sono de la boîte, lui expliqua Carina.

Stern tressaillit car il ne s'était pas rendu compte qu'elle était à côté de lui.

À quinze mètres de là, Borchert traînait derrière lui un micro imaginaire comme il l'aurait fait d'un chien au bout d'une laisse.

— Nous devons nous constituer prisonniers, dit Stern, allant droit au but.

Puis, sans chercher à enjoliver la situation ou à trouver des échappatoires, il informa Carina qu'ils étaient recherchés.

— Je suis désolé, dit-il pour conclure son résumé de la conversation qu'il avait eue avec Engler, cherchant en vain un signe d'inquiétude dans ses yeux.

— Il n'y a pas de raison. C'est moi qui suis à l'origine de tout. C'est moi qui vous ai mis en relation. Sans moi, tu ne serais pas dans ce pétrin.

— Comment peux-tu rester si calme ?

Stern se remémora soudain une scène vieille de deux ans, sur le parking d'un McDonald's. Le jour où il avait rompu et où elle avait souri malgré tout.

— C'est parce que ça en a valu la peine.

— Je ne comprends pas.

— Regarde un peu. Je connais Simon depuis un an et demi et je l'ai rarement vu aussi heureux.

Stern s'aperçut que Borchert lui faisait un signe de la main, et il se demanda s'il verrait jamais le monde avec les yeux de Carina. Ils se connaissaient à peine depuis dix jours quand il l'avait quittée. Juste à temps. Avant de tomber sérieusement amoureux d'elle. Quand, en guise d'adieu, elle lui avait caressé tendrement la joue, il avait appris quelque chose de capital sur lui-même. Il s'était rendu compte à cet instant qu'il lui manquait le filtre qui permettait à Carina, en toutes circonstances, de dépasser l'aspect négatif des choses. Elle était capable de découvrir avec ravissement une rose sur un champ de bataille.

Il retrouvait la lueur d'autrefois dans ses yeux, les ridules de son sourire. Pour Carina, en cet instant, il n'y avait ni assassin, ni tumeur cérébrale, ni chasse à l'homme. Elle était ravie de voir un garçon heureux de connaître le plaisir de danser en discothèque. Stern, quant à lui, était saisi de tristesse à l'idée qu'il n'aurait jamais d'enfant à réprimander pour s'être attardé en boîte avec son premier amour, un soir de week-end.

Une ballade, aux sons mélancoliques d'instruments à cordes mieux accordés à son humeur, se fit soudain entendre.

— Hé, c'est une chanson pour vous ! ricana Borchert en disparaissant derrière une colonne ionique.

Une seconde plus tard, il y eut un sifflement et un nuage de neige carbonique envahit la piste.

— C'est cool, exulta Simon en s'asseyant par terre.

Seule sa tignasse brune émergeait du nuage artificiel.

— Il faut que nous le ramenions à l'hôpital, protesta Stern quand il sentit la main de Carina.

— Viens donc. Une minute seulement.

Elle le conduisit sur la piste de la même façon que, leur première nuit, elle l'avait traîné jusque dans sa chambre. Comme alors, il s'abandonna. Sans savoir pourquoi.

— On ne peut pas, ici...

— Chut...

Elle posa un doigt sur ses lèvres et lui caressa doucement les cheveux. Puis, à la reprise du refrain, elle l'attira contre elle.

Il hésita avant de répondre à son étreinte prudente. Il se faisait l'effet d'un paquet portant l'étiquette « verre – fragile ». Il redoutait de provoquer des dégâts en lui s'il la serrait contre sa poitrine, et il osait à peine respirer.

Il ne put alors s'empêcher de penser à l'instant fugitif où, dans le rétroviseur, il avait vu Simon dormir dans ses bras. Dans un premier temps, il n'avait pas réussi à identifier ce qu'il ressentait. Maintenant il savait que ce mélange de regret et de remords l'habitait à nouveau. Il regrettait à la fois la disparition de Felix et le fait d'être privé de contacts aussi tendres. Ses remords venaient de ce que, en rompant brutalement, il avait privé Carina de l'un et de l'autre : avoir un enfant et prendre dans ses bras l'homme qui manifestement l'attirait toujours. Alors qu'il ne le méritait pour rien au monde.

Carina dut sentir les émotions contradictoires qui l'agitaient car elle renversa les dernières barrières physiques entre eux, en pressant de manière provocante son corps contre le sien. Stern ferma les yeux, et les remords disparurent. Pour un très bref instant malheureusement. La seconde magique durant laquelle il crut que le pouls de sa compagne allait battre à l'unisson de la musique fut subitement interrompue par un couinement. Il se figea dans les bras de Carina.

Comment est-ce possible ?

Borchert lui avait pourtant assuré que personne ne connaissait ce numéro. Quelqu'un venait néanmoins d'envoyer un SMS sur le téléphone satellitaire dans sa poche.

4

— Putain, qu'est-ce qu'il se passe ?
— Pas la moindre idée.
Borchert tapa une adresse Internet dans la zone de texte et cliqua sur Entrée.
— Tu avais bien dit que tu n'avais donné le numéro à personne ?
— Oui, oui, oui. Combien de fois je vais devoir le répéter ? Je n'utilise ce truc qu'en cas de nécessité. Et alors, c'est *moi* qui appelle. D'accord ?
À l'instar de certains restaurateurs berlinois, Borchert ne déclarait pas tout dans ses comptes. Lorsqu'il passait un accord illicite avec son comptable, un fournisseur de boissons véreux ou un travailleur au noir, il utilisait à titre de précaution son téléphone satellite. Dans la mesure où Carina avait suivi sa recommandation d'enlever la batterie de son portable, le massif téléphone de Borchert était leur seul lien avec le monde extérieur.
— Et maintenant qu'est-ce qu'il va y avoir *là ?*
— Je pense qu'on ne va pas tarder à le savoir.
Borchert se leva pour laisser la place à Stern devant l'écran plat. Ils étaient tous remontés dans le bureau directorial immédiatement après avoir lu le SMS qui ne comportait qu'une ligne :

http://gmtp. sorbjana. org/net. fmx/eu. html

Il ne se produisit rien dans un premier temps. Le navigateur affichait toujours la page d'accueil, le site de la discothèque Titanic.

Carina lut en bas à gauche l'annonce « Recherche des paramètres proxy ». Puis soudain l'écran se colora. Une barre de téléchargement apparut au centre de l'écran et, dix secondes plus tard, un champ vidéo gros comme une carte postale s'ouvrit. Stern ne parvint pas à y déceler quoi que ce soit de significatif. Rien, à part quelques lumières vacillantes traversant l'écran sombre à intervalles irréguliers, comme des étoiles filantes.

Borchert mit le son à plein volume. Sans succès.

— Pas d'image, pas de son, murmura-t-il. Qu'est-ce que c'est que cette…

Il prononçait le mot « connerie » quand le téléphone satellitaire sonna à nouveau. Il afficha « Appel masqué ».

L'estomac de Stern se mit à gargouiller quand il prit l'appel.

5

— Vous n'avez pas respecté notre accord.

La voix n'était plus déformée exactement de la même manière : plus humaine que sur le DVD, elle n'en était que plus effrayante.

Stern se demanda pourquoi son interlocuteur ne renonçait pas totalement à l'altération artificielle. Il avait de toute façon déjà entendu sa voix non déformée dans le cabinet du Dr Tiefensee. Même s'il ne s'était agi que de quelques mots.

— Pourquoi dites-vous ça ? demanda-t-il pour tenter d'éluder.

En vain.

— Ne vous avisez pas de me mentir. Gardez-vous même de seulement y songer ! Vous pouvez jouer à ça avec la police. Ils sont bornés. Pas moi.

— D'accord. J'ai appelé Engler. Mais uniquement parce que je voulais gagner du temps. Je n'ai rien dit à propos du DVD et de notre arrangement.

— Je sais. Sinon, vous ne seriez plus en vie.

Après une brusque secousse, une image apparut sur l'écran, puis la couleur se modifia. Pour Stern, ce fut comme si un caméraman avait placé un filtre coloré devant la lentille. D'un seul coup, les images vidéo prirent une teinte verte. Et Stern reconnut enfin ce qu'on leur montrait. Son estomac se contracta.

— Ma caméra à vision nocturne donne une image parfaite du cimetière, vous ne trouvez pas ? Reconnaissez-vous notre ami Engler, là, derrière ? demanda la voix. Et Brandmann, son équipier obèse, qui fume impassiblement une cigarette sans filtre ? Eh bien, j'ai la chance d'être bien au sec, tandis que, par votre faute, ces pauvres diables font des heures supplémentaires sous la pluie.

— Qui vous a donné ce numéro ?

De toutes les questions qu'il voulait poser, c'était celle-ci qui le tracassait le plus pour l'instant.

— Parfois, mon cher avocat, votre naïveté m'étonne. Vous devriez pourtant commencer à comprendre comment je gagne ma vie. Mon terrain d'action privilégié est l'Internet. C'est là que j'expose ma marchandise à la vente. Et c'est aussi de là que je tire mes informations. Demandez donc un peu à Borchert comment il paye sa facture de portable.

— En ligne, siffla ce dernier derrière Stern.

— Vous voyez. Je suis non seulement un expert dans l'art de brouiller mes traces sur la Toile, mais aussi un champion pour obtenir des informations.

— Pourquoi m'appelez-vous ?

— Je veux vous montrer quelque chose.

Il sembla à Stern qu'un vaisseau sanguin éclatait derrière son tympan. Un sifflement lui emplit l'oreille, qui se transforma en un bruit de fond et se termina en une pénible sensation de surdité.

— Vous reconnaissez les deux petites ?

Carina mit la main devant sa bouche. Les images nocturnes et vertes avaient disparu de l'écran. Ils assistaient à présent à un travelling d'une lenteur éprouvante qui commença par la vision de face d'une porte s'ouvrant comme poussée par une main invisible et se termina par un gros plan : deux fillettes endormies, Frida et Natalie.

Stern n'avait pas souvent eu l'occasion de voir les enfants de Sophie, mais il reconnut les jumelles sans erreur possible.

— Pourquoi me montrez-vous ça ?

— Pour vous prouver que j'en suis capable.

Le message était clair et net. La « voix » était omniprésente. Elle contrôlait chacun de ses faits et gestes. Et elle ne reculerait pas devant l'assassinat de deux fillettes de quatre ans pour atteindre son but. Carina avait raison : celui qui était à ce point dépourvu de scrupules et disposait par ailleurs d'autant de moyens ne devait a priori pas avoir besoin de ses services d'informateur. Que lui voulait donc réellement ce tueur ?

Au moment même où Stern se posait la question, le moniteur montra d'autres images, d'abord celle, floue, d'une surface de béton grise, comme si un joggeur filmait l'asphalte d'une rue en courant. L'image était grenue et de très mauvaise qualité, si bien que Stern ne put rien discerner, jusqu'à l'instant où la caméra zooma vers le haut.

— Là derrière, il y a une porte, dit Carina.

Dans la même seconde, Stern et Borchert la virent eux aussi.

— Qu'est-ce que ça signifie ? hurla Stern.

La voix se contenta de rire.

— Vous ne reconnaissez pas ?

— Non.

Il ne voyait que des images brouillées de quelqu'un courant en direction d'une porte fermée. Il n'avait pas la moindre idée de quoi il retournait, quand Borchert poussa soudain un gémissement.

— Merde, c'est pas possible quand même ! s'exclama-t-il en frappant du poing son crâne dénudé.

— Pourquoi, qu'y a-t-il ?

— Andi ?

Les cris de Stern et de Carina s'entrecroisèrent, mais Borchert ne s'en soucia pas. Il tira le tiroir du haut de son bureau, puis un autre. Il finit par trouver ce qu'il cherchait dans celui du bas et brandit un revolver 9 mm.

— De quelle porte s'agit-il ? hurla alors Stern, si fort que Simon, assis sur le canapé, se boucha les oreilles.

Borchert, sans répondre, désigna un bouton rouge sur le bureau, à côté de l'ordinateur. Il clignotait.

— L'entrée du personnel, croassa Borchert en montrant l'écran. Quelqu'un vient de sonner.

6

L'amour, c'est…

Une feuille de papier. Rien d'autre.

Lorsqu'ils avaient ouvert la porte et que Borchert avait bondi à l'extérieur son arme à la main, Stern avait réellement pensé qu'il allait être le témoin impuissant d'une exécution.

— Il n'est pas seul. Ils vont te descendre. Si tu sors, tu es un homme mort !

Borchert avait répondu à son avertissement par un regard qui lui fit se demander si son ancien client avait toute sa raison. Il semblait sous l'emprise de ses instincts les plus bas.

Pourtant, une fois dehors, Borchert n'avait vu personne. Rien, sinon une feuille couleur saumon, de format A4, déposée sur le paillasson. Stern la ramassa tandis que Borchert se défoulait en hurlant.

— Viens un peu là pour voir ! Ordure ! Dégonflé ! Je vais te dérouiller, moi !

Sa voix traversait l'arrière-cour noyée de pluie jusqu'au bois où l'homme de main avait dû se réfugier.

L'amour, c'est… (Stern déplia la feuille)… *quand on peut tout se dire.* Telle était la formule banale qu'il découvrit. Au-dessous, en majuscules d'imprimerie, on avait ajouté à la main : QUOI DE NEUF ?

— Eh bien, ma petite attention vous a-t-elle plu ? fit la « voix ».

Pendant leur course jusqu'à l'entrée du personnel, Stern avait gardé l'écouteur collé à l'oreille pour ne pas perdre une seule de ses paroles.

— À quoi rime cette comédie ? cracha-t-il avec dégoût dans le téléphone, s'apercevant seulement alors combien l'accès de rage de Borchert l'avait lui-même fait sortir de ses gonds.

Peut-être n'était-ce pas très malin d'insulter son assassin potentiel ? Mais il n'avait de toute façon plus rien à perdre. Il ajouta :

— Vous êtes un malade.

— Question de point de vue.

Malgré sa déformation artificielle, la voix était aussi lancinante que les basses dans un concert de rock.

— Le premier jour de votre ultimatum est déjà écoulé. Je serais curieux de savoir ce que vous avez découvert jusqu'ici.

Sur la ligne, la voix fut partiellement recouverte par le klaxon lointain d'un poids lourd.

— Pourquoi me le demander ? Vous savez déjà tout. L'homme dans le frigidaire. La tête d'enfant dans le cimetière. Dieu du ciel. Vous êtes même sur place ! Que puis-je vous raconter d'autre ?

— Ce qui me conduirait à l'assassin de Harald Zucker et de Samuel Probtjeszki. Réfléchissez-y. Qu'est-ce que le gamin vous a révélé aujourd'hui ?

— Pas grand-chose.

Stern avala sa salive. Il avait tant parlé que sa voix était enrouée. Peut-être même avait-il pris froid par ce temps de chien.

— Je ne sais pas moi-même ce que je dois en penser, poursuivit-il en hésitant. Simon a dit qu'il n'avait pas terminé. Il veut continuer à tuer.

Silence. Pour la première fois Stern eut l'impression d'avoir un temps d'avance sur son adversaire, même s'il ignorait sur quel terrain ils s'affrontaient.

— Passez-le-moi.

— Le gamin ?

— Oui. Je veux lui parler.

Stern leva les yeux. Pendant qu'il parlait au téléphone, il n'avait pas prêté attention à l'endroit où Carina et Borchert l'avaient entraîné. Ils étaient de nouveau au rez-de-chaussée, au bord de la piste de danse. Le lecteur MP3 de Simon était éteint, mais l'odeur douceâtre de la neige carbonique flottait toujours dans un air qui n'allait pas tarder à être enfumé par quelque trois mille clients.

— Ce n'est pas possible.

Stern regarda dans la direction de Simon qui avait pris place au bar à champagne et tournait sur un tabouret de cuir.

— Ce n'était pas une prière, lui intima la voix de plus en plus pressante. Passez-moi ce garçon au téléphone. Je veux lui parler. Tout de suite ! Ou bien allez-vous m'obliger à vous remontrer le film des jumelles ? Vous ne voulez tout de même pas qu'elles finissent comme Tiefensee ?

Stern ferma les yeux et serra si fort les paupières que l'obscurité fut traversée d'éclairs lumineux. À l'idée de ce qu'il allait faire subir à Simon, il eut envie de vomir.

7

— Oui, allô ?
— Allô, Simon.
La voix étrange surprit le jeune garçon.
— Vous avez une drôle de voix. Et comment connaissez-vous mon nom ?
— C'est Robert qui me l'a dit.
— Ah bon. Et comment vous vous appelez ?
— Je n'ai pas de nom.
— Hein ? Qu'est-ce que vous dites ? Tout le monde a un nom.
— Non. Pas tout le monde. Dieu par exemple, il n'en a pas.
— Mais vous n'êtes pas Dieu.
— Non, mais je lui ressemble beaucoup.
— Comment ça ?
— Parce que je fais parfois aussi mourir des gens. Comme ça ! Tu me comprends ? Des gens comme Carina et Robert. Tu les aimes bien, n'est-ce pas ?

Simon ouvrit et referma le poing de sa main gauche. Il avait une espèce de fourmillement dans le bras et il savait ce que cela signifiait. Les médecins prenaient toujours une mine soucieuse quand il leur en parlait. Ensuite, ils voulaient procéder à des tests et soumettaient ses doigts à des impulsions électriques. Il n'avait toujours pas réussi à comprendre pourquoi ses nerfs se détraquaient à gauche, alors que c'était dans la partie droite de son cerveau qu'était logée sa tumeur.

— Vous me faites peur, chuchota Simon en s'agrippant à la barre chromée qui faisait le tour du bar à champagne en acier inoxydable. Par précaution, il était descendu de son siège quand il s'était senti pris de vertige.

— J'arrêterai si tu réponds à une question.
— Et alors vous ne leur ferez rien ?
— Parole d'honneur. Mais il faut que tu me donnes un renseignement.
— Lequel ?
— Robert a dit que tu veux encore tuer quelqu'un. C'est vrai ?
— Non. Je ne veux pas. Mais je sais que ça va arriver.
— OK. Tu le sais. Et de qui s'agit-il ? Qui vas-tu tuer ?
— Je ne connais pas son nom.
— À quoi ressemble-t-il ?
— Je ne sais pas non plus.
— Pense à Robert et à Carina. Regarde-les bien, s'il te plaît. Tu ne veux tout de même pas qu'ils meurent, n'est-ce pas ?
Simon obéit à la voix et tourna la tête. Carina et Robert l'encadraient devant le comptoir. Le téléphone satellite n'avait pas de haut-parleur, aussi s'étaient-ils approchés le plus possible afin d'essayer de saisir des bribes de l'abominable dialogue.
— Non, je ne veux pas qu'ils meurent.
— Bien. Il faut que tu saches une chose. Qu'ils vivent ou non ne dépend que de toi. De personne d'autre.
Le fourmillement dans le bras de Simon allait et venait par vagues successives. En cet instant, c'était la marée montante.
— Mais qu'est-ce que je peux vous dire ? Je sais seulement quand ça va arriver.
— Quand ?
— Après-demain.
— Le 1er novembre ?
— Oui. À 6 heures du matin.
— Et où ?
— Je ne sais pas. Je vais rencontrer un homme. Sur un pont.
Simon écarta le téléphone de son oreille quand l'horrible ricanement devint trop fort.

8

— OK. Ça suffit à présent.

Stern avait repris le téléphone. La voix à l'autre bout paraissait atteinte d'une crise d'asthme. Puis Robert se rendit compte que l'on se moquait de lui.

— Qu'y a-t-il de si drôle dans ce que Simon vous a raconté ?

— Rien du tout. Adieu.

Boum.

On aurait dit qu'une porte s'était refermée en claquant à l'intérieur de lui. Puis il eut froid.

— Qu'est-ce que vous voulez dire ? Qu'est-ce que je dois faire maintenant ?

— Rien du tout.

— Et quand est-ce… que…, bégaya-t-il. Oui, quand est-ce que vous me referez signe ?

— Plus jamais.

Boum.

La porte était à présent verrouillée, lui bouchant définitivement le passage à tout ce qui s'était passé jusqu'ici.

— Mais… je ne comprends pas. Je ne vous ai pas livré de nom.

Stern aperçut du coin de l'œil Simon en train de se laisser tomber à la renverse sur un canapé.

— Oui, et c'est pourquoi notre marché vient de tomber à l'eau.

— Vous n'allez pas me dire ce que vous savez sur Felix ?

— Non.

— Mais pourquoi ? Qu'est-ce que j'ai fait de travers ?

— Rien du tout.

— Alors, laissez-moi le temps que vous m'avez promis. Vous avez dit que j'avais cinq jours devant moi. Aujourd'hui, on n'est que samedi. Je vous donnerai le nom de l'assassin et vous me direz qui est le garçon à la tache de vin.

Stern nota que Carina lui lançait un regard de surprise. Lui-même ne s'était encore jamais entendu parler sur un ton aussi implorant.

— Oh, ça, je peux vous le dire dès maintenant. C'est votre fils Felix. Et il vit dans un endroit merveilleux, chez des parents adoptifs.

— Hein ? Où ?

— Pourquoi devrais-je vous le dire ?

— Parce que de mon côté je respecte notre accord. Je vais vous conduire à l'assassin. Je vous le promets.

— Je crains que ce ne soit plus nécessaire.

— Mais comment ça ?

— Eh bien, faites donc un peu marcher vos méninges : l'homme sur le pont, après-demain, c'est moi.

— Je ne comprends pas.

— Si. Faites un effort ! C'est moi qui ai un rendez-vous après-demain à 6 heures. C'est moi que Simon veut tuer. C'est ce que vous venez de mettre au jour, et ça me suffit comme avertissement. Je n'ai plus besoin d'autres informations de votre part. Adieu, monsieur l'avocat.

Stern crut entendre un léger baiser avant que la conversation ne s'interrompe définitivement.

9

Les larges pneus de la voiture volaient sur le bitume mouillé de l'autoroute. Stern, assis à côté de Simon sur la banquette arrière, essayait d'apercevoir l'intérieur des appartements des immeubles gris devant lesquels ils passaient en trombe. Il voulait voir la vie réelle. Pas des gens en train d'ouvrir des cercueils ou de détacher des pendus. Mais des familles normales préparant le dîner, des foyers avec un téléviseur allumé ou recevant des visites pour le week-end. Les lumières de la vie quotidienne défilaient toutefois trop rapidement devant ses yeux.

Presque aussi vite que ses pensées confuses.

Des criminels de la pire espèce. Assassinats, viols, prostitution, torture. Ils ont commis les délits les plus graves sanctionnés par le code pénal.

— Qu'est-ce que tu veux dire ? demanda Carina, qui était en train de nouer en queue-de-cheval la masse de ses cheveux.

Stern ne s'était pas aperçu qu'il parlait à voix haute.

— Si Engler dit la vérité, ces gens assassinés étaient connus pour leur brutalité.

Ils ont laissé une trace de sang derrière eux dans tout le pays. Nous n'avons pas réussi à mettre la main sur eux.

— Jusqu'à ce que quelqu'un survienne et se mette à les liquider.

C'était Borchert qui se mêlait à la conversation, un bruit de salive dans la bouche.

Il en était à son troisième chewing-gum depuis qu'ils avaient quitté le Titanic en direction de Berlin et il avait la désagréable habitude de les coller sur le tableau de bord une fois qu'ils avaient perdu leur goût.

— Oui, un vengeur, à en croire Simon. Il les a liquidés les uns après les autres. Tous, sauf un, approuva Stern en se penchant en avant. La « voix » est même vraisemblablement le chef de la bande.

Il tâta sa nuque contractée. Les muscles étaient aussi durs que des os.

— Cela expliquerait en tout cas cette chasse impitoyable contre le meurtrier de ses potes, renchérit Borchert en regardant dans le rétroviseur. À en juger par l'énergie et les moyens qu'il y consacre, il doit avoir des motifs tout à fait personnels.

Cela signifierait d'ailleurs aussi que ce dangereux psychopathe est le seul qui soit au courant pour Felix. Qui le tient peut-être même en son pouvoir.

Stern garda pour lui ces considérations, bien qu'il ne doutât pas que Carina, avec sa grande sensibilité, les tournait elle aussi dans sa tête.

— Je dois continuer, dit-il à voix basse, plus pour lui que pour les autres. Je ne peux pas m'arrêter maintenant.

Il n'était pas dupe : sa décision reposait sur deux hypothèses démentes. Premièrement, il présumait que la vision d'un assassinat à venir qu'avait eue Simon se réaliserait comme avaient été confirmés ses souvenirs. Deuxièmement, il croyait la « voix » quand elle assurait que son fils était vivant. Pour absurdes qu'elles étaient, ces deux hypothèses paraissaient néanmoins fondées en raison de deux éléments objectifs : la « voix » connaissait le pont, et elle était au courant du rendez-vous !

— Crois-tu que Simon a de nouveau raison ? demanda Borchert, qui semblait lire dans les pensées de Robert, une aptitude que celui-ci n'avait jusqu'ici décelée que chez Carina.

— Je ne sais pas.

En effet, il était possible que quelqu'un surgisse sur ce pont après-demain. Avec l'intention de tuer.

Mais qui ?

Malgré tout, Stern n'était pas prêt à croire que Simon était la réincarnation d'un tueur en série revenant sur terre pour procéder à une ultime exécution. Il devait y avoir un autre assassin, un assassin en chair et en os. Et Stern devait le trouver s'il voulait percer à jour le mystère de Felix.

La clé, c'est le pont. Il faut que je le trouve.

Il allait échanger ses idées avec Robert et Carina quand, à côté de lui, le pied de Simon fut soudain pris de spasmes.

10

— Stop ! hurla Stern à Andi. Arrête-toi !

Ils étaient dans les environs de l'aéroport Tempelhof.

— Pourquoi ? Qu'est-ce qu'il y a… Oh merde !

Se retournant un bref instant, Borchert comprit pourquoi Simon donnait des coups de pied dans son dos. Il avait une crise. Stern avait beau appuyer sur sa jambe de toutes ses forces, elle ne cessait de frapper le siège avant. En même temps, le gamin roulait les yeux comme s'il était possédé.

— Je me range à droite, lança Borchert en mettant son clignotant.

— Non, ne bouge pas !

Carina détacha sa ceinture et passa sur le siège arrière tandis que la voiture poursuivait sa route sur la file de dépassement. Stern, concentré sur Simon, ne s'en aperçut d'abord pas. À chaque battement de cœur les contractions gagnaient en intensité. Une mousse d'écume se forma sur la bouche de l'enfant ; sa tête ballottait si fort que sa perruque glissa.

— Fais-moi un peu de place, ordonna Carina qui, sans attendre, se logea de force entre eux deux. Stern fut bien obligé de lui faire place, mais elle était tout de même à moitié assise sur ses genoux.

— Mon sac à main, souffla-t-elle. J'ai besoin de ce putain de… Merci.

Borchert le lui tendit. Elle en sortit un étui blanc, à peu près de la taille d'une trousse de toilette, dans lequel elle farfouilla.

— Pourquoi ne pas s'arrêter ? demanda Stern, éberlué.

— Avec une voiture volée sur la bande d'arrêt d'urgence ? Tu vois un peu le truc ?

Carina trouva dans la pochette une seringue jetable. Elle déchira avec les dents l'emballage de la canule et cracha le bout de plastique à ses pieds. Elle sortit ensuite du sac un petit flacon, l'agita et le renversa. Puis elle enfonça l'aiguille dans le bouchon.

— On continue à rouler. Sinon, on se ferait remarquer.

Borchert approuva de la tête. Il avait « seulement » emprunté le break dans le garage en sous-sol du *Titanic* et il n'était pas exclu que son propriétaire ait déjà averti la police.

— Remarquer ? cria Stern d'une voix suraiguë. Et c'est pour ça que tu préfères laisser mourir Simon ? Pour ne pas être arrêtée ?

— Robert ? répondit Carina en retirant l'aiguille du flacon et en l'agitant sous le nez de ce dernier.

— Oui ?

— Ferme-la donc une seconde !

Repoussant Simon du plat de la main contre l'appuie-tête, elle lui injecta d'une main experte le contenu de la canule dans la commissure droite des lèvres. Comme si elle avait retiré une fiche électrique invisible, le gamin s'apaisa au bout de quelques secondes. Son pied cessa de trembler, ses yeux se fermèrent et sa respiration se fit un peu plus paisible. Une minute plus tard, il s'endormait entre les bras de Carina.

— C'est de la folie. Il faut arrêter ça.

Comme Borchert ne faisait pas mine de vouloir s'arrêter, Stern était passé devant, à la place de Carina, pour reprendre la situation en main.

— Prends la prochaine sortie et va à l'hôpital. Vous l'avez vu de vos propres yeux, ce garçon a un besoin urgent de soins médicaux. Sa place est dans un hôpital et pas dans ce cauchemar.

— Ah oui ? Et pourquoi ?

— Pourquoi ? Es-tu aveugle ? Tu l'as vu de tes propres yeux...

— Tu sais ce que je déteste chez vous, les avocats ? le coupa Carina. Tas de donneurs de leçons que vous êtes, vous n'avez aucune idée du monde réel, mais il faut toujours que vous mettiez votre grain de sel partout. Ce n'était qu'une simple crise d'épilepsie. Ce n'est pas joli, joli, mais on n'a pas besoin d'un service de réanimation pour ça. Il aurait suffi de faire prendre à Simon sa carbamazépine un peu plus tôt pour lui éviter ce traitement d'urgence.

— Qu'est-ce que tu balances là comme conneries ? La question n'est pas de savoir ce qu'il a eu, mais *pourquoi* il a eu cette crise. Il a une tumeur qui grossit sous son crâne. Et on ne se balade pas avec ça au zoo, sans parler de déterrer des cadavres.

— Là aussi tu parles à tort et à travers. Tu n'as pas la moindre idée de ce dont souffre Simon. Tu ne t'es absolument pas renseigné sur sa maladie, je me trompe ? Simon a une tumeur frontale. Mais cela ne signifie pas qu'il a besoin d'une surveillance médicale de tous les instants. Il en a besoin uniquement en période de chimio ou de radiothérapie. Il vient toutes les six semaines à l'hôpital et pour quinze jours seulement. Si le professeur Müller n'était pas en train d'étudier s'il faut reprendre les irradiations, il dormirait dans un foyer d'enfants absolument normal.

— Même ça, ça vaudrait mieux que de courir d'une boîte de nuit à une autre.

Borchert avait proposé de passer la nuit dans la discothèque d'une de ses connaissances qui disposait d'une pièce secrète qu'aucun policier n'avait jamais découverte.

— Sais-tu ce que Simon nous dirait s'il était réveillé ? demanda Stern, furieux, et il donna sans attendre la réponse : « Laissez-moi tranquille ! »

Carina secoua la tête.

— Tout au contraire, il dirait : « Ne me laissez pas seul ! » Il m'a dit qu'il n'aimait pas la nuit. Il a peur. Que ce soit dans un foyer où à l'hôpital. Vous avez constaté vous-mêmes comme il était heureux au zoo, dans la voiture et quand il dansait.

— Et il a pleuré, vu des morts et eu des convulsions.

— Ces symptômes-là, il les a de toute façon. On peut les atténuer en étant auprès de lui quand il se réveille. Et puis tu sembles oublier une chose, Robert Stern : il n'est pas seulement question ici de toi et de Felix, mais d'abord de Simon. Ce gamin va mourir. Et je ne veux pas qu'il meure en croyant avoir été un assassin, tu piges ? C'est pour ça que je suis venue avec toi. On ne peut pas empêcher sa mort, mais on peut au moins le soulager de sa culpabilité. Tu n'imagines pas à quel point il est sensible. C'est une vraie torture pour lui de croire qu'il a fait du mal à quelqu'un. Et après la chienne de vie qui a été la sienne, il n'a pas mérité ça.

Ne trouvant rien à répondre après un tel jaillissement d'émotion, Stern garda les yeux rivés sur le pare-brise. Au fond, ses réflexions l'avaient amenée au même point que lui. Si l'idée de fuir la police en compagnie d'un enfant atteint d'un cancer afin de percer l'énigme de ses délires de réincarnation paraissait démente, celle de se rendre à la police en cet instant était tout aussi dénuée de sens. Engler les interrogerait des heures durant avant de tous les placer en détention préventive. Le commissaire ne les croirait pas et n'essaierait pas d'empêcher la rencontre imminente de deux assassins sur un pont. Et quand bien même… il y avait davantage de ponts dans la capitale qu'à Venise.

Quel que devait être le crime qui serait commis le surlendemain à 6 heures du matin, personne n'y assisterait. Stern ne pourrait ni l'empêcher ni apprendre ce qui s'était passé autrefois à la maternité s'ils se séparaient à présent de Simon et de son secret.

— Tu es vraiment capable de soigner seule ce petit ? s'enquit inopinément Borchert en jetant un coup d'œil à Carina dans le rétroviseur.

— Je ne peux pas le garantir absolument. Mais j'ai tout ce qu'il faut, de la cortisone, ses antiépileptiques et, en cas d'urgence, des suppositoires de diazépam.

Stern vit devant eux un motocycliste changer de file toutes les dix secondes comme s'il s'entraînait pour un slalom.

— Mais ce n'est pas suffisant, dit-il au bout d'un moment, croisant les bras derrière la tête.

— Et pourquoi ? interrogea Carina. Il a en permanence à ses côtés une infirmière, un avocat et un garde du corps. Que lui manque-t-il ?

— Tu vas le voir tout de suite.

Stern fit signe à Borchert de quitter l'autoroute à la sortie de Köpenick. Dix minutes plus tard, ils se garaient devant une porte qu'il aurait préféré ne jamais devoir franchir.

11

Quand elle l'eut giflé, il sut qu'elle ne les chassait pas. Le premier coup, contre la poitrine, sans conviction, était resté ridiculement sans effet, ce qui avait rendu Sophie plus furieuse encore. Puis elle avait levé la main. Il aurait pu se détourner, esquiver la gifle ou du moins la freiner, mais il se contenta de fermer les yeux, puis il sentit une brûlure allant de son oreille gauche à sa mâchoire.

— Mais comment *as-tu pu* oser ? demanda son ex-femme d'une voix donnant l'impression qu'elle avait une bille sous la langue.

Stern savait qu'elle lui posait trois questions en une : *Pourquoi m'as-tu pris Felix des bras alors que je ne voulais pas le lâcher ? Pourquoi arrives-tu chez moi, dix ans plus tard, en compagnie de cette traînée ? Et comment as-tu osé réveiller en moi ce souvenir douloureux en amenant un enfant mourant ?*

Il alla jusqu'à l'évier en céramique, plaça sous le jet d'eau froide un torchon qu'il appliqua ensuite sur sa joue écarlate. La cuisine d'une maison de campagne, avec ses meubles d'un bois chaud et clair, était le décor le plus incongru que l'on puisse imaginer pour une dispute comme celle-ci. Comme partout dans ce pavillon de Köpenick, il régnait dans cette pièce l'atmosphère paisible et insouciante que la nouvelle famille de Sophie avait su créer autour d'elle.

Pas étonnant qu'elle eût refusé de le laisser entrer quand, vingt minutes plus tôt, il s'était présenté à l'improviste sur l'escalier en brique de sa véranda. Borchert les avait déposés et était reparti pour chercher sa propre cachette. C'était parce que Robert portait un enfant endormi dans ses bras que Sophie avait hésité. Un poil trop longtemps. Stern en avait profité pour entrer, sans autre forme de procès.

— La police est déjà venue, annonça Sophie, épuisée, en s'appuyant contre le bloc de cuisson au milieu de la pièce.

Robert se demanda si les casseroles de cuivre d'apparence ancienne qui étaient suspendues au-dessus servaient véritablement ou si elles n'étaient là que pour la décoration. Mais l'époux qui rayonnait sur la photo posée sur le réfrigérateur avait la tête de l'amateur de cuisine qui sait manier ce genre d'ustensiles. Stern les imaginait faisant la popote ensemble après une journée de labeur, goûtant le jus du rôti et renvoyant en riant les jumelles quand elles venaient grignoter en cachette.

Ne serait-ce que pour cette raison, Sophie avait bien fait de le quitter. La seule fois où il avait voulu lui préparer quelque chose par surprise, il avait fait griller la pizza surgelée.

— Que leur as-tu dit ?

— La vérité. Un certain commissaire Brandmann est venu. Je n'avais pas la moindre idée de l'endroit où tu pouvais être et de ce que tu faisais. Et, franchement, Robert, je ne veux d'ailleurs pas le savoir.

— Maman ?

Sophie se retourna brusquement vers la porte où se tenait Frida, pieds nus, une poupée à la main. Le T-shirt Snoopy aux couleurs passées lui descendait au-dessous des genoux.

— Qu'y a-t-il, ma chérie ? Tu devrais être au lit depuis longtemps.

— Oui. J'y étais. Mais je voulais aussi montrer Cendrillon à Simon.

— Alors, fais vite.

— Mais elle n'a pas de chaussettes.

La fillette aux boucles blondes tendit à sa mère, d'un air boudeur, les pieds nus de sa poupée préférée. Sophie sortit d'un tiroir deux chaussettes en coton pas plus grandes qu'un dé à coudre.

— C'est celles-là que tu cherches ?

— Oui !

Rayonnante, Frida prit les chaussettes et quitta la cuisine.

— J'arrive tout de suite pour éteindre la lumière, lui lança Sophie.

Puis le sourire mourut sur ses lèvres et Robert se retrouva face au même visage en colère qu'avant la diversion. Pendant une minute, aucun d'eux ne desserra les dents, jusqu'au moment où il lui montra le téléphone au mur.

— Appelle la police si tu veux. Je peux comprendre que tu ne veuilles pas être mêlée à mes problèmes, encore moins aujourd'hui où ton mari est en voyage d'affaires.

Sophie pencha la tête et ses yeux s'assombrirent.

— Tu n'as pas changé, hein ? Tu crois toujours que, pour m'en sortir, j'ai besoin à la maison d'un homme qui me protège ?

— Je ne sais pas. En effet, je ne te connais plus.

— Pourquoi es-tu venu chez moi alors ?

— Parce qu'on me fait chanter.

— Qui ?

— Quelqu'un qui m'a fait parvenir un enregistrement sur lequel on voit Felix mourir.

Sophie blêmit à un tel point qu'il eut l'impression qu'elle allait devenir transparente.

— C'est donc ça ? C'est pour cette raison que tu m'as téléphoné en pleine nuit ?

Stern acquiesça et tenta de lui raconter l'histoire avec le plus de ménagements possible. Il lui parla du DVD, des dernières images de leur bébé et des exigences de la voix anonyme. Mais il omit soigneusement d'évoquer le garçon à la tache de vin. Il passa également sous silence les menaces du tueur contre les jumelles. Contrairement à lui, Sophie était presque parvenue à franchir le seuil d'une vie nouvelle. Se remettre à douter de la mort de

Felix l'enfoncerait dans un monde de dépression, d'inquiétude et d'apitoiement sur elle-même. Il ne fallait pas non plus qu'elle redoute la mort de ses enfants. Il lui mentit donc, lui racontant que la « voix » lui avait envoyé la vidéo comme preuve de sa toute-puissance et qu'il menaçait de tuer Simon si lui, Robert, ne coopérait pas.

Quand il eut achevé de raconter sa version toute personnelle des événements, Sophie avait l'air de quelqu'un dont la poitrine supporte une poutre en béton armé.

— Es-tu vraiment certain que..., commença-t-elle en hésitant, puis elle voulut reprendre sa question, mais, Robert ayant acquiescé de la tête, elle y renonça.

— Oui, je l'ai vu de mes propres yeux.

— Et comment ? Je veux dire, comment est-il... ?

— Comme les médecins nous l'ont dit. Il s'est simplement arrêté de respirer.

Une tache sombre s'élargit sur le chemisier en soie de Sophie et il fallut quelques secondes à Robert pour comprendre qu'elle était causée par les larmes qu'elle versait en silence.

— Mais pourquoi, sanglota-t-elle, pourquoi ai-je si mal veillé sur lui ?

Bien que s'attendant à se faire violemment repousser, il s'approcha d'elle et lui prit la main. Elle ne se déroba pas, mais ne répondit pas non plus à la pression de ses doigts.

— Tu étais fatiguée, l'accouchement avait été difficile.

Sophie passa sa main libre dans ses cheveux et fixa le carrelage à ses pieds.

— C'est à peine si je me souviens de son sourire ou de ses yeux collés ou de quoi que ce soit, dit-elle à travers un voile de larmes. Tout s'efface. Même ses cris, je ne les entends plus que très faiblement. Son odeur disparaît lentement. Tu sais, celle de cette crème française pour bébés, cette crème si chère ? Peut-être que c'est d'ailleurs à cause d'elle que je ne voulais pas me rendre à l'évidence. Il émanait de lui une telle odeur de vie quand je le tenais pour la dernière fois. Et à présent…

Stern comprit subitement l'effet que son histoire avait eu sur elle. Elle avait manifestement entretenu toutes ces années un espoir irrationnel qui venait de s'effondrer.

Se penchant vers elle, il la regarda droit dans les yeux et vit que ses larmes étaient taries. Il lâcha aussitôt sa main. En la tenant plus longtemps, il aurait eu l'impression de commettre un viol. Leur bref moment d'intimité était passé.

Ils restèrent un instant muets l'un en face de l'autre, puis il se détourna et la laissa seule dans la cuisine. Il descendit sans bruit l'escalier de la cave pour aller retrouver Simon et Carina, mais aussi en quête d'un endroit où dormir. Il entendait dehors les bourrasques froides et pluvieuses secouer les haies du jardin et les bardeaux. La nuit s'annonçait tempétueuse.

12

La chambre d'amis était au sous-sol. Stern se déchaussa et s'allongea tout habillé entre Simon et Carina qui dormaient déjà profondément. Ils étaient couchés chacun à un bout du grand lit, sous un mince couvre-lit, faisant songer à un vieux couple qui se serait endormi en boudant après une dispute.

Stern apprécia ce hasard heureux qui lui permettait de se glisser entre eux. Carina avait l'habitude de bouger dans son sommeil. S'il était arrivé quelques minutes plus tard, elle aurait certainement occupé toute la place, pelotonnée contre Simon.

Le chauffage marchait à fond. Pourtant, Stern frissonna quand lui revinrent à l'esprit les images de cette journée abominable.

Le cadavre dans le réfrigérateur. Tiefensee, le cimetière. Et, sans arrêt, Felix.

Il se tourna sur le côté et contempla Carina. Il eut envie de toucher de la main son épaule gauche qui émergeait d'un coin de la couette. En dépit de sa douceur et de sa fragilité, il lui semblait qu'elle lui conférerait une grande force, même s'il se contentait de l'effleurer. La chevelure abondante et légèrement ondulée de Carina s'étalait comme un éventail sur l'oreiller. Elle était allongée sur le côté.

Stern sourit. C'était dans cette même position qu'il l'avait vue pour la première fois. Les bras allongés, les jambes repliées et les yeux clos. Un soir, trois ans auparavant, alors qu'il rentrait dans sa villa vide, il avait cédé à une impulsion soudaine et s'était engagé dans le parking d'un magasin d'ameublement. Se promenant dans le rayon literie, il avait cru voir un mannequin couché sur l'un d'eux. Mais Carina avait ouvert les yeux à cet instant et lui avait souri.

— Dois-je l'acheter ? avait-elle demandé.

Une heure plus tard, il l'aidait à transporter le nouveau matelas dans son appartement mansardé de Prenzlauer Berg.

Il lui revint soudain à l'esprit la raison pour laquelle il l'avait quittée. Ce soir-là, après avoir fait l'amour, il était couché à côté d'elle et avait su ce que l'on ressentait quand on pouvait oublier. Quand une étreinte passionnée chassait de la tête les images douloureuses et ne laissait plus exister que le présent. Alors, comme aujourd'hui, il avait retiré la main de son corps, parce qu'il se sentait coupable. Il n'avait pas le droit d'entamer une existence dans laquelle les images de Felix pâliraient comme des photos sur la tablette d'une cheminée.

Le lendemain, il avait rompu avec Carina sous un prétexte futile avant qu'il fût trop tard. Avant de se perdre en elle.

Mille autres pensées tinrent Stern éveillé une demi-heure encore, puis l'épuisement l'entraîna finalement dans un sommeil sans rêve. Englouti dans cet oubli, il ne sentit ni l'agitation désordonnée de Carina à ses côtés, ni le regard grave sur sa nuque.

Simon attendit encore quelques instants. Quand la respiration de l'avocat devint régulière, il repoussa avec précaution la couette, ramassa sa perruque par terre et glissa vers la porte sur la pointe des pieds.

13

Quelque chose se brisa. Avant de parvenir amorti dans la chambre d'amis, le bruit intempestif avait dû traverser deux portes et un escalier, soit une bonne vingtaine de mètres. Stern gémit, ce qui le tira du sommeil. Seul son subconscient avait enregistré le fracas. Ce qui finit par le réveiller tout à fait, ce fut une main sur son visage. En rêvant, Carina avait de nouveau bougé, et la tête de Robert lui avait servi d'appui.

Encore hébété après ce repos trop bref, Robert se libéra de cette étreinte involontaire. Il s'étira, appuya son dos raidi sur le matelas et fut aussitôt en alerte. Il y avait quelque chose qui clochait. Il ne lui fallut pas longtemps pour découvrir ce qui avait changé dans la pièce.

Stern se retourna en sursaut, bondit du lit et courut dans la salle de bains attenante. Vide. Simon n'était plus là. Il n'était plus avec eux !

Il grimpa l'escalier en chaussettes. Il ignorait l'heure qu'il était et combien de temps il avait dormi. Il faisait nuit dehors, aucune lumière ne filtrait à travers les croisillons de la fenêtre, ce qui, l'automne, à Berlin, ne signifiait pas grand-chose : on pouvait être aussi bien en fin d'après-midi qu'à minuit, à 4 heures du matin... Tandis que ses yeux s'habituaient à l'obscurité du couloir, les signes de vie caractéristiques d'une maison endormie se frayaient un chemin jusqu'à sa conscience : les craquements du chauffage, l'horloge du salon, le bourdonnement du réfrigérateur.

Le frigo !

Stern fit un brusque demi-tour et aperçut la lumière. Au bout du couloir, une lueur filtrait sous la porte fermée de la cuisine.

— Simon ? appela-t-il, assez bas pour ne réveiller personne aux étages supérieurs, mais assez fort pour être entendu de celui qui l'attendait derrière la porte.

Tout en suivant le couloir à pas de loup, il essayait d'identifier le long bruit de frottement qu'il entendait à présent.

Stern regretta que Borchert ne soit pas à ses côtés. Il aurait de nouveau bondi en avant sans réfléchir. Lui-même ne se risqua pas sans hésitation à appuyer sur la poignée. Puis il entra et son cœur se mit à battre plus vite… de soulagement.

— Je suis désolé.

Simon, accroupi sur le carrelage, épongeait un liquide blanc à l'aide d'un torchon à vaisselle. Levant sur Robert des yeux craintifs, il se redressa.

— J'avais soif. Le verre m'a échappé.

— Ce n'est rien, le rassura Stern avec un sourire crispé, tentant de décontracter ses mâchoires.

— Viens, viens !

Il attira Simon à lui et appuya tendrement sa tête contre son ventre.

— Tu as eu peur ?

— Oui.

— Du vent dehors ?

— Non.

— De quoi alors ?

— C'est à cause de la photo.

Robert fit un pas en arrière et tenta de regarder Simon droit dans les yeux.

— Quelle sorte de photo ?

— Celle-là.

Simon ferma la porte du frigo en évitant la flaque de lait sur le sol. L'obscurité devint soudain aussi profonde que dans le couloir et Stern alluma une lampe à halogène au-dessus du bloc de cuisine.

— C'est un bébé, dit Simon.

Le cliché que Stern détacha de la porte du congélateur devait dater d'au moins quatre ans. Face à l'objectif, le mari de Sophie avait un sourire un peu las, tandis qu'il essayait d'empêcher les petits corps des jumelles de glisser dans l'eau de la baignoire en plastique.

— Qu'est-ce qu'elle a ? s'étonna Stern.

— Demain, sur le pont. Il s'agit d'un bébé.

La photo dans sa main se mit à trembler.

— C'est une chose que tu as rêvée, Simon ?

— Mmmoui, répondit l'enfant en approuvant de la tête.

Clac. Clac.

Tout en écoutant Simon, Stern fixait la lampe du plafond dont la lumière faisait danser des taches rouges sur sa rétine.

— Mais ça ne m'est revenu qu'en voyant la photo. Ça m'a fait peur et c'est pour ça que j'ai laissé tomber le lait.

Stern regarda de nouveau par terre. Les contours de la flaque lui rappelèrent la forme de l'Islande. Ce ne fut sans doute pas sans relation avec le froid qui s'empara soudain de lui.

— Sais-tu ce qu'ils veulent faire de ce bébé sur le pont ?

Simon, épuisé, fit signe que oui. Le torchon mouillé lui glissa de la main.

— Le vendre, dit-il. Ils vont le vendre.

LE COMMERCE

« Jamais l'âme ne meurt, elle échange au contraire son ancienne demeure avec un nouveau domicile où elle vit et agit.

Tout change, mais rien ne disparaît. »

Pythagore

« La doctrine de la réincarnation, c'est la menace de milliers de morts et de millions de souffrances. »

Prise de position officielle, sur le site d'une station radio chrétienne, à propos de la « réincarnation »

« Jésus lui répondit : "En vérité, en vérité, je te le dis, à moins de naître de nouveau, nul ne peut voir le Royaume de Dieu." »

Évangile selon saint Jean, 3 : 3-4

1

— Tu veux rire ou quoi ?

Stern, pendant une seconde, quitta la chaussée des yeux pour jeter un regard vers Borchert, qui était en train d'enfiler un maillot de football aux couleurs du Bayern de Munich.

— Pourquoi ? Ça a de la gueule, non ?

Son passager, qui transpirait de nouveau, baissa sa vitre. Stern apprécia lui aussi l'air frais du matin qui s'engouffra dans l'habitacle. Il calcula qu'il avait dû dormir moins de quarante minutes en tout et pour tout lors des dernières vingt-quatre heures. Ce matin, il avait à peine eu le temps de prendre une douche et de demander à son ex-femme de lui prêter une voiture de secours avant qu'il soit l'heure d'aller récupérer Borchert au rond-point de la Colonne de la Victoire. Contre toute attente, Sophie lui confia sans difficulté les clés de sa voiture, faisant preuve d'un esprit de coopération surprenant. Elle autorisa même Carina et Simon à rester à Köpenick jusqu'à ce que Stern eût vérifié si son plan fonctionnait.

— Écoute un peu, dit-il en élevant la voix à cause du bruit de l'air dans la voiture, nous sommes dans l'une des petites voitures les plus vendues au monde. En d'autres termes, il nous est impossible de passer plus inaperçus. Et voilà que tu veux chambouler tout notre camouflage en enfilant *ça* ici ?

— Ne va pas faire dans ton froc maintenant, se moqua Borchert en actionnant la manivelle pour relever la vitre qui coinçait un peu. Regarde donc plutôt sur ta gauche !

Ils passaient devant la Philharmonie. Sur le trottoir d'en face, devant la Staatsbibliothek, une file de jeunes hommes se dirigeait vers la Potsdamer Platz. Stern se crut victime d'une hallucination. Tous étaient en tenue de footballeur.

— Cet après-midi a lieu un des sommets de la Bundesliga, expliqua Borchert. Hertha Berlin contre le Bayern. Tourne-toi encore vers la gauche.

Stern obéit et sentit un tampon humide se coller contre sa joue droite.

— Qu'est-ce que c'est encore que ça ?

— Il faut que tu te déguises toi aussi, dit Borchert en éclatant de rire et en plaçant le rétroviseur de manière que Stern puisse voir sur sa joue le logo du club.

— Il n'y a plus une place libre au stade olympique et au moins trente-cinq mille supporteurs du club visiteur sont attendus en ville. Comme tu le vois, certains sont arrivés en avance et parcourent la ville en braillant. Dans la voiture, tu peux sans doute rester assis dans ton costume d'avocat. Mais à l'extérieur..., ajouta Borchert en montrant à travers le pare-brise la Potsdamer Strafêe devant eux. Dehors, il n'y a pas de meilleur camouflage aujourd'hui. D'ailleurs, le reste de notre costume est sur la banquette arrière.

Dingue. Complètement dingue, songea Stern en risquant un œil derrière lui. Borchert avait dû dévaliser une boutique de supporteurs. Tout était là, des écharpes jusqu'aux gants de gardien de but en passant par les pantalons de survêtement. Personne ne s'attendrait à les voir dans un tel accoutrement, personne ne les reconnaîtrait. Encore moins si plusieurs milliers de sosies déambulaient dans la ville.

— Mais je me demande s'ils nous laisseront entrer.

Stern tourna dans la Kurfürstenstraße et ralentit.

— Entrer où ça ?

Il fit part à Borchert de ses dernières cogitations D'après Simon, le lendemain matin, une rencontre devait avoir lieu sur un pont de Berlin, au cours de laquelle un bébé serait vendu. Robert estimait que la « voix » était le vendeur et qu'il savait à présent qu'il risquait d'être assassiné au cours de la transaction. Comme l'avaient été ses complices plusieurs années auparavant.

— Il faut trouver une personne qui nous dise qui fait le commerce de bébés. Grâce à elle, on saura alors de quel pont il s'agit et on pourra mettre la main sur la « voix ». Et pour ça, il faut qu'on aille dans certains établissements...

En se rendant soudain compte de ce qu'il venait de dire, il se sentit mal. Si le garçon à la tache de vin avait quelque chose à voir avec Felix – si ce garçon existait vraiment –, son sort dépendait donc du chef d'une bande de criminels qui, à l'évidence, pratiquait aussi le commerce d'enfants, d'un sadique pourchassé par un vengeur que Simon, dans ses rêves, confondait avec lui-même.

Une nouvelle fois, Stern se demanda s'il y avait une explication objective à cette histoire de fous, si Felix avait alors été échangé ou ranimé. Et une nouvelle fois, il fut contraint d'exclure toute tentative d'explication rationnelle. Il n'y avait pas d'autre garçon à la maternité, Felix avait été enterré après être resté une demi-heure dans les bras de Sophie, mort. Avec la tache de vin en forme d'Italie sur l'épaule gauche ! Lui-même avait jeté un dernier regard dans le cercueil avant que Felix ne fût livré aux flammes de l'incinérateur. Il avait beau tourner le problème dans tous les sens, la possibilité que son fils soit encore vivant était à peu près aussi plausible que le fait qu'un gamin ait connaissance de crimes commis bien avant sa naissance.

— Hello, y a personne ?

Stern n'avait pas remarqué que Borchert lui avait posé une question.

— Je voulais savoir combien de temps Sophie est restée aux toilettes ce jour-là ?

Robert considéra son assistant l'air perplexe.

— Tu veux dire à l'hôpital ? *Quand elle s'est réfugiée dans les WC ?*

— Oui. J'entends à côté de moi ton cerveau pétarader plus fort que le moteur de cette vieille caisse, et je me demande si tu y as pensé.

À quoi ? Que Sophie aurait quelque chose à voir avec ça ?

— Tu débloques. C'est absurde.

— Pas forcément plus absurde que de rechercher un bébé qui n'existe peut-être que dans l'imagination d'un petit garçon.

— Et, à ton avis, qu'aurait-il pu s'y passer ?

Stern avait du mal à contenir sa colère et il se demanda pourquoi il réagissait avec tant d'agressivité à cette hypothèse.

— Les toilettes étaient fermées à clé, poursuivit-il. Sans autre entrée. Tu suggères peut-être qu'elle y a donné naissance à un enfant mort-né et qu'elle s'est dépêchée de lui tatouer sur l'épaule la carte d'Italie ?

— OK, OK. Oublie ça ! concéda Andi avec un geste d'apaisement. Eh bien, cherchons le bébé. Mais à quoi bon alors parcourir pour ça les rues aux putes ?

Borchert suivit des yeux une prostituée aux jambes aussi minces que des allumettes qui marchait d'un air apathique sur le trottoir. Entre la Kurfürstenstraße, la Lützowstraße et la Potsdamerstraße, le quartier de la prostitution des mineures faisait depuis toujours partie des coins les plus mal famés de Berlin. La plupart des filles y avaient attrapé leur hépatite à douze ou treize ans et la refilaient ensuite assidûment à des épaves qui ne pouvaient nulle part ailleurs obtenir à si bas prix des rapports sexuels sans protection.

Il était 8 h 30 passées, mais les malheureuses mineures arpentaient déjà le pavé en ce jour où la ville était submergée de touristes. Leurs clients n'étaient pas seulement des clochards ou des marginaux désireux de se payer une pute avec leurs derniers sous, mais aussi des hommes d'affaires et des pères de famille qui, pour obtenir d'elles les trucs les plus indescriptibles, profitaient de ce que ces gosses en manque avaient perdu tout discernement.

— Un jour, j'ai failli défendre un pédophile, raconta Stern, toujours à la recherche d'une place où se garer. Ce type voulait fonder en Allemagne un parti des pédophiles avec l'objectif de dépénaliser les rapports sexuels entre adultes et enfants au-dessus de douze ans. Les gamins auraient pu tourner dans des pornos.

— C'est une blague ?

— Hélas non.

Stern mit son clignotant et s'engagea dans un créneau. Une fille jeune, en jean déchiré et en blouson bombardier vert, sauta d'un caisson électrique et se dirigea vers eux.

— Avant de refuser de le prendre comme client et de l'envoyer au diable, j'ai appris de ce type où il aimait traîner le week-end.

— Je crois avoir deviné.

— Exactement. Ici, on trouve de tout. De la drogue, des armes, des tueurs à gages, des putains mineures…

— Et des bébés.

Stern gara la voiture et Borchert ouvrit sa portière. Il fit une remarque entre ses dents à la prostituée en blouson, sur quoi celle-ci lui fit un doigt d'honneur et retourna à son caisson.

— Des mecs en voiture à qui une prostituée droguée refile son nouveau-né, ça existe, confirma Stern qui était sorti à son tour. J'admets que ce n'est pas ici, mais dans la zone de prostitution en plein air, à la frontière tchèque. Mais peut-être que cela va nous faciliter la tâche.

— Comment ça ?

— Même à Berlin, la vente de bébés, c'est encore un commerce un peu spécial. Si c'est parvenu jusqu'aux oreilles de Simon, ça doit aussi circuler dans le milieu. Il suffit donc de frapper à la bonne porte. Peut-être y trouvera-t-on quelqu'un qui nous livrera une information.

— Et tu comptes commencer par quelle porte ?

— Par celle-là, dit Stern en montrant du doigt une entrée d'immeuble de l'autre côté de la rue.

« Jackos Pizza », était-il écrit en grosses lettres noires collées n'importe comment sur une enseigne sale dans laquelle aucune ampoule ne devait plus fonctionner.

— Cela doit se trouver dans la seconde arrière-cour. Une sonnette privée. Premier étage à droite.

— Un bordel clandestin, je sais.

Borchert donna une tape sur sa nuque charnue, comme si un moustique venait de le piquer. En réalité, ce qui le démangeait, c'étaient les gouttes de sueur qui lui dégoulinaient dans le cou.

— Me regarde pas comme ça ! Tu sais bien avec quels films je gagnais ma vie autrefois. Dans ce métier, on apprend plus de choses qu'on ne le souhaiterait.

— Eh bien, tu sais maintenant pourquoi j'avais besoin de toi à mes côtés. J'espère que tu as une autre arme que tes poings.

— Oui.

Borchert montra dans la poche de son survêtement du Bayern le bout de la crosse d'un 9 mm.

— Mais nous n'entrons pas.

— Pour quelle raison ?

— J'ai une bien meilleure idée.

— C'est-à-dire ?

— Là, en face.

Stern considéra le grand magasin d'alimentation au coin de la rue vers lequel son compagnon se dirigeait.

— Ah, mais c'est bien vrai, s'exclama Robert, moqueur. J'avais complètement oublié. Ici, ils vendent même des bébés dans les supermarchés.

Borchert s'immobilisa au milieu de la rue et se retourna.

— Oui. Effectivement.

Son air, son attitude et, surtout, le ton de sa voix indiquèrent à Stern sans doute possible qu'il ne plaisantait pas.

2

C'est dans le quatrième magasin qu'ils trouvèrent ce qu'ils cherchaient. Le premier supermarché était fermé malgré la nouvelle législation qui autorisait les commerces à ouvrir le dimanche, notamment à l'occasion d'un grand événement sportif. Le second était ouvert, mais on n'y trouvait que les trucs habituels : leçons de piano et d'espagnol en petits groupes, une offre de covoiturage pour Paris et une cage à lapins. Dans la droguerie d'en face, c'étaient les appartements meublés, les réfrigérateurs et les leçons particulières qui remplissaient l'essentiel du tableau noir à l'entrée. Borchert, intrigué, s'était attardé devant l'une des petites annonces, la photo en couleurs d'une voiture d'enfant à vendre d'occasion pour trente-neuf euros. Il avait détaché l'une des dix découpures de papier portant le numéro de téléphone, mais avait lâché un grognement d'insatisfaction en lisant l'indicatif et ils avaient poursuivi leur chemin.

Ils se dirigeaient vers le dernier magasin, l'hypermarché le plus grand et le plus moderne du quartier, quand un automobiliste supporteur du Hertha Berlin les interpella grossièrement.

Stern, ayant échangé son costume sur mesure contre un maillot de goal à manches longues, était lui aussi déguisé à présent. Tout comme Borchert, il dissimulait son visage sous une casquette ridicule ; il se faisait l'effet d'une attraction foraine.

Un pénis en plastique sur ma tête attirerait moins les regards, se dit-il quand une femme âgée, qui était en train de ranger ses emplettes dans un sac en toile, le dévisagea longuement.

— Je n'avais jamais entendu parler de cette méthode, Borchert.

— C'est pour ça qu'elle marche.

Ils étaient à côté de la poubelle où, une fois faits ses achats, on peut se débarrasser des emballages et des piles usagées. Le panneau d'affichage en liège qui la surmontait était couvert d'une forêt de petites annonces.

— Je pensais que ça passait maintenant par Internet, ce genre de trucs.

— Effectivement. Mais surtout quand tu recherches des photos, des vidéos ou des petites culottes usagées.

Stern fit une grimace. Son expérience d'avocat pénaliste lui avait appris que les autorités avaient toujours un train de retard par rapport aux informaticiens professionnels au service de l'industrie pornographique à caractère pédophile. Il n'existait pas de brigade spécialisée à l'échelle internationale, pas de fondus d'informatique employés à demeure pour passer au crible les sites Web, les groupes ou les forums de discussion. Certains commissariats pouvaient même s'estimer heureux d'avoir un accès haut débit. Et même lorsque la police frappait un grand coup, les lois ne permettaient pas d'arrêter les pervers.

La semaine précédente encore, après avoir dépouillé des milliers et des milliers de transactions par cartes de crédit sur Internet, les policiers avaient identifié plusieurs délinquants pédophiles. Mais cet espionnage avait enfreint la législation concernant la protection des données personnelles, et les preuves accumulées avaient été déclarées sans valeur. La photo qu'on avait retrouvée sur le plus violent des disques durs saisis représentait un nouveau-né abusé par un vieil homme. En ce moment même, les gens qui avaient pris leur pied au spectacle de ces supplices dépassant l'imagination occupaient encore leurs cerveaux malades dans un cybercafé.

— La Toile est devenue trop dangereuse pour les rencontres non virtuelles, expliqua Borchert tout en soulevant la photocopie en couleurs d'une moto sous laquelle était dissimulée une petite fiche.

— Pourquoi ?

— Aujourd'hui, les policiers s'introduisent dans un forum de discussion en se faisant passer pour des filles mineures. Quand un pervers mord à l'hameçon, ils prennent rendez-vous avec lui. Le salopard arrive, s'attendant à rencontrer une élève de sixième portant un appareil dentaire, au lieu de quoi il se retrouve menotté.

— L'idée est bonne.

— Oui, si bonne que les pédophiles essaient de procéder autrement. Un peu comme ça, ici.

Borchert détacha du panneau une fiche DIN A5 bleu ciel.

— Recherche : couchage comme sur photo, lut Stern à haute voix. Le petit cliché au-dessous du texte avait été découpé dans le catalogue d'une maison de vente par correspondance. On y voyait un lit en bois étroit où était allongé un petit garçon qui fixait l'objectif en souriant de toutes ses dents. Au-dessous, il y avait le texte suivant avec l'écriture non identifiable d'une imprimante laser :

Convient à enfant entre 6 et 12 ans.
Lit confortable, propre et livr. fr. dom., svp.

Robert fut pris de nausée.

— Je n'arrive pas à y croire.

Borchert haussa les sourcils.

— Dis-moi franchement : la dernière fois que tu as mis une petite annonce sur le panneau réservé à la clientèle d'un supermarché, c'était quand ?

— Je ne l'ai jamais fait.

— Et des gens qui ont répondu à ce genre d'annonces, tu en connais combien ?

— Aucun.

— Pourtant ces panneaux sont pleins de ces papiers, exact ?

— Tu ne vas pas me dire que...

— Si. Pour une part, ça sert de marché aux contacts pour les malades et les dingues de notre ville.

— Je n'arrive pas à y croire, répéta Stern.

— Alors, regarde un peu mieux. Tu as déjà vu un numéro de téléphone aussi long ?

— Non, c'est pas habituel.

— Oui, hein ? Et je te parie que nous allons atterrir chez le propriétaire libanais d'une carte prépayée ou quelque chose comme ça. Un portable jetable. Tu n'as aucune chance de découvrir derrière un nom quelconque. Et ça..., ajouta Andi en montrant l'inscription sous la photo, c'est du jargon de pédophile tout craché. « confortable » signifie « avec accord des parents », « propre » : « si possible vierge ou test de dépistage du sida ». Et ils veulent une « livr. fr. dom. », c'est-à-dire une livraison franco à domicile.

— Tu es sûr de ce que tu dis ?

Stern se demanda si vomir dans le conteneur aux vieux papiers à côté de lui irait avec son camouflage de footballeur.

— Non. Mais nous n'allons pas tarder à le savoir.

Borchert sortit de sa poche un portable que Stern ne lui avait encore jamais vu, et il composa le numéro de dix-huit chiffres.

3

— Oui, allô ?

Les deux premiers mots suffirent à faire perdre contenance à Stern. Il s'attendait à tomber sur un homme d'un certain âge dont la voix trahirait la déchéance. Un homme peignant ses cheveux gras d'arrière en avant, vêtu d'un maillot de corps à fines côtes, et qui, tout en téléphonant, contemplerait les ongles de ses orteils rongés par les mycoses. Et voilà que c'était la musique d'une voix féminine claire et amicale qui chatouillait agréablement son oreille.

— Euh, eh bien, je…, bredouilla-t-il.

Sans crier gare, Borchert lui avait passé l'appareil dès qu'il avait entendu la tonalité. Il ne savait pas quoi dire.

— Excusez-moi, je crois que j'ai fait un mauvais numéro.

— Vous appelez pour l'annonce ? demanda l'inconnue d'une voix polie, cultivée, sans la moindre trace d'accent berlinois.

— Euh… oui ?

— Désolée, mais mon mari n'est pas là pour le moment.

— Ah bon.

Ayant quitté le supermarché, ils revenaient vers leur voiture. Stern était obligé de se concentrer sur chaque mot de peur qu'il ne soit englouti par le bruit de la circulation sur la Potsdamer Strafâe ou par la friture sur la ligne.

— Mais vous avez ce que nous cherchons ? s'enquit-elle.

— Peut-être.
— Quel âge a-t-il ?
— Dix ans, répondit Stern en pensant à Simon.
— Ça pourrait aller. Mais vous savez que nous cherchons un lit pour garçon.
— Oui. C'est ce que j'ai lu.
— Bien. Quand pouvez-vous le livrer ?
— À tout moment. Aujourd'hui, si vous voulez.
Ils repassèrent à côté du caisson gris où la prostituée était postée tout à l'heure. Elle avait disparu, sans doute assise à présent sur un siège passager, dans une rue latérale.
— Parfait. Alors je vous propose de nous rencontrer à 16 heures pour discuter du contrat. Connaissez-vous le « Madison » sur la Mexikoplatz ?
— Oui, répondit Stern mécaniquement bien qu'il n'y soit jamais entré. Allô, vous êtes toujours là ?
N'obtenant pas de réponse, il rendit le portable à Borchert.
— Et alors ? demanda aussitôt celui-ci.
Mais Stern dut reprendre sa respiration pour retrouver un peu de calme. Il finit par répondre comme en transe :
— Je ne sais pas. On aurait dit une conversation téléphonique normale. En fait, nous n'avons parlé que d'un lit.
— Mais ?
— Mais j'ai continuellement senti qu'il s'agissait d'autre chose.
Stern lui répéta l'entretien quasiment mot à mot.
— Tu vois, dit Borchert.
— Non. Pour le moment je ne vois rien du tout, mentit Stern.
En réalité, son regard sur le monde où il vivait venait de se modifier radicalement. Au supermarché, Borchert avait soulevé un voile et lui avait montré ce qui se passait derrière la scène, le côté obscur de l'existence, un monde où les gens se débarrassaient de leurs masques familiers,

faits de morale et de bonne conscience, et révélaient leur véritable visage.

Stern n'était pas naïf. Il était avocat et avait déjà rencontré le mal. Mais, pour lui, cet aspect de l'existence était resté dissimulé derrière des mémoires juridiques, des jugements et des textes de loi. Il ne pouvait dorénavant plus considérer à travers le filtre neutre du professionnel une horreur qui menaçait, tel un trou noir, de l'engloutir. C'est à lui-même qu'il devrait présenter la facture du traitement de ce dossier, et il était convaincu que le taux horaire allait dynamiter son budget émotionnel.

Borchert s'apprêtait à monter en voiture quand la question tranchante de Robert le fit s'immobiliser.

— D'où tiens-tu tes informations ?

Andi se gratta le crâne sous la casquette qu'il finit par ôter.

— Je te l'ai déjà raconté.

— Tu parles ! Un producteur de pornos ne peut pas être au courant des toutes dernières tendances dans le milieu de la délinquance pédophile.

Le visage de Borchert s'assombrit et il s'assit.

— Je te le redemande : comment es-tu au courant de tout ça ? fit Stern en s'asseyant dans le siège passager.

— Crois-moi, il vaut mieux que tu l'ignores.

Andi mit le contact et jeta un coup d'œil dans le rétroviseur. Des taches rouges apparurent sur son cou. Puis il regarda Stern en serrant les lèvres d'un air résigné.

— Bon, eh bien, il va falloir que nous fassions une visite à Harry.

— Qui est Harry ?

— Une de mes sources. Il va nous donner un conseil.

Borchert sortit du créneau et roula en respectant la limitation de vitesse afin de ne pas être contrôlé pour une peccadille.

— Quelle sorte de conseil, nom de Dieu ?

Cette fois-ci, Borchert manifesta un sérieux étonnement.

— Crois-tu par hasard que tu peux te pointer cet après-midi à ce café sans la preuve que tu es l'un des leurs ?

Stern accusa le coup.

L'un des leurs.

Se saisissant nerveusement de l'extrémité de son écharpe de supporteur, il la tira lentement vers le bas, sans s'apercevoir qu'elle lui serrait le cou de plus en plus fort. De toute façon, l'idée qu'il allait devoir faire quelque chose pour devenir membre de cette communauté de pervers lui coupait la respiration.

4

Des centaines de visiteurs de la capitale traversaient chaque jour en voiture le quartier où Harry tirait le diable par la queue. Les touristes passaient à quelques mètres de son logement de fortune, encore éprouvés par leur voyage mais se réjouissant déjà de ce que Berlin leur offrirait les jours suivants. Ils comptaient bien se plonger dans la vie nocturne, visiter le Reichstag ou tout simplement rester dans leur hôtel. Mais ils ne prévoyaient sûrement pas de faire un détour par les onze mètres carrés pleins d'immondices où Harry attendait la mort.

Sa caravane était garée juste au-dessous d'un pont d'autoroute, à un kilomètre tout au plus de l'aéroport Schönefeld. Stern avait peur que la Corolla de Sophie ne résistât pas aux nids-de-poule quand ils tournèrent dans ce qui servait de chemin. La voiture geignait comme un Cessna en phase d'approche.

Borchert finit par se rendre à la raison et ils se garèrent derrière un grillage tout tordu. Ils parcoururent à pied les cent mètres restants et Stern éprouva pour la première fois de la gratitude envers les solides chaussures de foot que Borchert l'avait obligé à porter. Il s'était remis à pleuvoir et le sol n'était plus qu'un champ de boue.

— Où se cache-t-il ? demanda Stern, qui n'avait toujours pas découvert le logement de Harry.

La seule chose visible était une décharge sauvage entre deux énormes piliers de béton. Le brouhaha des voitures, trente mètres au-dessus de leurs têtes, était presque aussi insupportable que l'odeur âcre qui augmentait à mesure qu'ils avançaient. Un mélange pénétrant de crotte de chien, de déchets alimentaires en putréfaction et d'eau croupie.

— Toujours tout droit. Nous allons tomber dessus.

Borchert rentra la tête dans les épaules. Comme Stern, il avait laissé dans la voiture son écharpe et sa casquette, et la pluie lui tombait dans la nuque.

Robert n'avait toujours pas aperçu la caravane jaune sale derrière la montagne d'immondices, quand un homme en peignoir feutré surgit de derrière un tas de pneus au rebut. Il était un peu plus grand que Borchert, mais nettement plus mince. À l'évidence, il n'avait pas encore aperçu les intrus, car il se gratta consciencieusement l'entrejambe, rota bruyamment et urina ensuite contre un siège cassé, la tête vers le ciel, laissant la pluie lui fouetter le visage.

— Déjà levé, Harry ?

L'homme se retourna brusquement. Ils étaient encore à quatre longueurs de voiture de lui, mais la peur qui s'inscrivit sur son visage à la vue de Borchert sautait aux yeux.

— Merde !

Harry, oubliant sa toilette matinale, détala et, malgré ses tongs éculées, parvint à atteindre la porte ouverte de sa caravane. Même s'il avait réussi à la verrouiller derrière lui, forcer un si faible obstacle aurait été un jeu d'enfant pour Borchert. Il aurait pu à lui seul pousser la roulotte jusqu'à la rue. Harry le savait et il eut l'air terrorisé quand les deux hommes le rejoignirent dans son véhicule.

— Beurk ! Y a un cadavre là-dedans ?

Comme Andi, Stern se boucha le nez, ne respirant plus que par la bouche. En un autre temps, la moquette de la caravane devait avoir été jaune. À présent, une moisissure verte recouvrait le sol et les murs en plastique. Dans le coin cuisine s'entassaient des assiettes ébréchées, de la vaisselle en carton et quelque chose qui avait été sans doute du salami, mais qui faisait penser à une plaie ouverte.

— Qu'est-ce que vous me voulez ? demanda Harry.

Il s'était réfugié tout au fond de la banquette d'angle plastifiée. Recouverte de vieux cartons à pizza, elle lui servait manifestement de couchette.

— Tu le sais bien.

Borchert avait l'art de créer en une phrase une atmosphère plus menaçante que certains films en quatre-vingt-dix minutes.

— Non. Qu'est-ce que ça veut dire ? Je ne vous ai rien fait.

Harry, osant à peine respirer, tentait de se faire aussi petit que possible, tandis que Borchert se décontractait les épaules à la manière d'un boxeur.

Stern n'en pouvait plus et avait envie de s'en aller, ne fût-ce que pour ne plus voir le visage épouvantable de cet homme. On aurait dit qu'il avait passé la nuit la tête plongée dans une touffe d'orties. Des pustules de petite vérole de toutes tailles lui parsemaient le front, les joues et le cou. Certaines étaient recouvertes d'une croûte, d'autres venaient d'être grattées.

— Nous disparaîtrons dès que tu nous auras donné ce que nous voulons.

— Quoi ?

— Qui parmi tes amis fait le commerce d'enfants ?

— Écoute, Andi, tu sais bien. Je ne m'occupe plus de ça. J'ai dételé.

— Ferme-la et réponds-moi : que sais-tu à propos d'un bébé ?

— Quelle sorte de bébé ?

— Un petit enfant doit être vendu lundi. À une canaille de malade mental comme toi. As-tu entendu parler de quelque chose à ce propos dans ton club ?

— Non. Je te jure. Je ne m'occupe plus de ça. Je n'ai plus de contacts, plus d'informations. *Nada*, rien ! *Sorry*, je te dirais tout, mais je ne sais rien. Plus personne ne m'adresse la parole depuis que j'ai été en taule. J'ai payé, non ?

Harry parlait par à-coups. Certains mots lui venaient sans peine, il en prononçait d'autres en traînant et Stern se demanda s'il avait toujours eu ce défaut d'élocution ou bien si c'était en rapport avec les menaces de Borchert.

— Ne me raconte pas de salades !

— C'est vrai, Andi. Je ne te bourre pas le mou. Pas à toi ! Vous savez, dit-il en tournant les yeux vers Stern dont les chances de s'esquiver s'envolèrent du même coup, j'ai merdé. Je croyais qu'elle avait seize ans, franchement. C'est une vieille histoire. Mais personne ne me croit. Parfois, ils viennent la nuit pour me tabasser. Vous voyez ça ?

Il ouvrit son peignoir et montra à Stern son torse couvert d'ecchymoses d'un bleu violet. Sans radiographie, c'était difficile de juger, mais Stern crut déceler au moins une côte cassée.

— Ce sont les jeunes du coin. Jamais les mêmes. Je ne sais pas qui leur a raconté. Ils me traînent dehors, me piétinent avec leurs bottes. Un jour, ils m'ont aspergé la figure d'acide de batterie.

Stern, à la fois sous l'effet de la pitié et du dégoût, recula d'un pas quand Harry approcha de lui son visage ravagé. Seul Borchert demeurait impassible. Ces histoires terribles ne paraissaient pas l'impressionner. Au contraire. Il sourit à Harry et lui balança son poing dans les dents.

Le coup fut si violent que la tête de Harry alla heurter la paroi en plastique de la caravane, y imprimant un léger creux.

— Merde, non, se plaignit doucement Harry en crachant une incisive sanguinolente.

Stern se mit à brailler lui aussi.

— Andi, arrête ! Mais tu es fou !

— Sors, s'il te plaît !

— Non, je ne sors pas. Tu dérailles complètement !

— Tu ne peux pas comprendre, dit Borchert en sortant son arme. Stern entendit un clic métallique et sut qu'Andi venait d'enlever le cran de sécurité.

— Disparais ! Et fissa !

— Non. Je ne te laisserai pas faire ça. Je me fous de ce que Harry a fait. La violence n'est pas une solution.

— Oh si !

Borchert leva son arme et la pointa sur le front de l'avocat.

— Je ne le redirai pas.

— Non, je vous en prie. Restez !

Les yeux de Harry faisaient l'aller-retour entre Borchert et Stern. L'homme en sang ressemblait à quelqu'un qui comprend qu'il est condamné à mort quelques secondes avant son exécution. Borchert, lui, avait une nouvelle fois pété les plombs. Comme la veille au Titanic, quand il s'était précipité vers la porte, ayant perdu toute inhibition. Il irait jusqu'au bout. Aucun obstacle ne l'en empêcherait. Si nécessaire, même contre son compagnon.

— Oh mon Dieu, je vous en prie, ne partez pas… Non !

Stern sut que cette voix implorante, déformée par la terreur, ne lui sortirait jamais de la tête, quand Borchert le poussa dehors et verrouilla de l'intérieur la porte de la caravane.

5

Lorsque des animaux en liberté adoptent des comportements totalement illogiques au cours d'un conflit, les scientifiques parlent d'activité de substitution. Une hirondelle de mer, par exemple, entreprendra de se nettoyer si devoir choisir entre défendre sa couvée ou prendre la fuite lui est impossible. En cet instant, Robert Stern aurait été un objet d'observation tout aussi instructif pour un spécialiste de l'éthologie.

Tournant le dos à la caravane qui tanguait, il hésitait, ne sachant s'il devait courir chercher de l'aide ou intervenir et, comme un fou, il fouillait parmi les détritus jonchant le sol. À la recherche d'un instrument pour se défendre, tentait-il de se persuader. D'un objet pointu ou d'une barre de fer qui lui permettrait, en s'en servant comme d'un levier, de forcer la porte derrière laquelle Harry avait cessé de crier depuis deux minutes. Au début, Stern comprenait ce qu'il disait. Puis les bribes de phrases hachées étaient devenues plus floues. Pour finir, il n'entendit plus qu'un gargouillis tandis que des coups sourds ébranlaient la caravane à intervalles réguliers.

Stern se mit à chercher de plus en plus vite, poussa sur le côté une batterie, extirpa le tuyau en caoutchouc d'une machine à laver antédiluvienne pour l'échanger aussitôt contre une boucle de fil de fer dont il ne sut pas davantage à quoi elle pourrait lui être utile. S'il ne trouvait pas un fusil à canon double chargé, il serait de toute façon dans l'incapacité de mettre fin à l'escalade à l'intérieur de la roulotte.

Stern n'en continua pas moins à fouiller parmi les détritus et ne cessa que lorsque le silence derrière lui devint insupportable. Il n'y avait soudain ni plaintes, ni gémissements, ni fracas de verre brisé, et les bruits de l'autoroute que recueillait cette cuvette de béton avaient retrouvé leur niveau initial.

Stern se retourna, en quête d'un signe lui indiquant que la bataille était terminée ou qu'il s'agissait d'une simple pause. Pataugeant dans la boue en direction de la caravane, il marcha sur un tas d'excréments de nature indéfinie et décida que tout cela, finalement, lui était égal. Bien que redoutant la vision qui l'attendait derrière la vitre en plastique toute rayée, il s'approcha le plus près possible de la fenêtre. Il se dressa sur la pointe des pieds et faillit glisser en arrière quand au même moment la porte s'ouvrit à la volée, à deux pas sur sa droite. Borchert sortit. Il avait tellement transpiré que son maillot carmin était à présent noir et lui collait au corps. Stern fut glacé d'effroi quand il le regarda en face. Des gouttelettes, comme vaporisées, lui couvraient le front et le nez. On aurait dit qu'il venait de rénover l'infect taudis de Harry et de peindre le plafond en rouge sang.

— Il ne sait vraiment rien. Partons, dit-il lapidairement en apercevant Stern.

Une grimace de douleur sur le visage – comme s'il venait de se pincer les doigts dans une porte –, il secouait sa main droite. À en juger par ses jointures ouvertes, il ne s'était pas contenté de frapper Harry, il avait dû aussi se cogner dans des barbelés.

— C'est fini. Ça ne peut pas continuer comme ça. J'arrête, répondit Stern en lui tournant le dos et en s'éloignant le plus vite possible.

— Tu arrêtes quoi ? entendit-il Borchert crier derrière lui.

— Ce cirque ! Il faut mettre un terme à tout ça. Je vais me rendre à la police. Et je vais aussi leur dire ce que tu viens de faire.

— Ah bon, quoi donc ? Qu'est-ce que j'ai fait ?

Stern se retourna.

— Tu as torturé un homme sans force et sans défense. Je n'ose même pas aller voir s'il est encore en vie.

— Il l'est. Malheureusement.

— Tu es fou, Andi. Même s'il en va de la vie de mon fils, tu ne peux pas tabasser des êtres humains innocents.

Borchert cracha sur le sol boueux.

— Tu te goures. Tu te goures même deux fois. Premièrement, il ne s'agit pas seulement ici de cette affaire de fous à propos de réincarnation et de ton Felix. Demain, un bébé doit être vendu, t'as déjà oublié. Et, deuxièmement... (Andi dessina des guillemets avec ses deux index)... cet *être humain* n'est pas innocent. Il a violé une fillette de onze ans. Y a pas pire ordure que ce type. Utiliser du papier-toilette serait du gaspillage pour évacuer un pareil tas de merde.

— Il dit qu'il a payé.

— Oui, il a fait de la taule. Quatre ans. Et ensuite ?

— Il a arrêté. Regarde un peu de quoi il a l'air. Il tombe en putréfaction devant toi. Cet homme n'a pas besoin que tu le cognes. Il est de toute façon en train de mourir.

— Trop lentement, malheureusement.

Borchert jeta des photos dans la boue aux pieds de Stern. Certaines restèrent plantées dans la terre détrempée. Robert se pencha et eut un sursaut comme si un serpent venimeux l'avait mordu.

— Oui, regarde-les. Prends ton temps. Je les ai trouvées chez ton pote Harry, sous le matelas.

Stern n'osait plus respirer ; il avait peur d'inhaler tout ce mal qui l'entourait.

— Eh bien ? demanda Borchert en se baissant à son tour et en retirant de la boue un des clichés en couleurs.

Les yeux écarquillés de la fillette sortaient de leur orbite aussi loin que la balle de caoutchouc émergeait de sa bouche.

— Ce bon Harry, hein ? Je parie que la petite n'avait pas plus de cinq ans. Et ce ne sont que les photos. Tu veux que je retourne et que je rapporte les vidéos ?

Stern savait qu'il était sans importance de savoir quand ces photos avaient été prises. Le seul fait que Harry les avait en sa possession suffisait à prouver qu'il n'avait pas cessé son activité.

Malgré tout, voulut-il dire, mais le mot ne franchit pas ses lèvres. Il était entre deux mondes : le monde d'un pédophile morbide et celui d'Andi, un univers où on ne parvenait à ses fins que par la violence. Le troisième, le sien, avait disparu.

— Et maintenant ? demanda-t-il une fois qu'ils furent revenus en silence à la voiture.

La pluie qui lui tombait dans les yeux l'empêchait quasiment de distinguer le chemin. L'eau semblait ne pas avoir de vertu purifiante. Au lieu de le débarrasser de toute la saleté ambiante, elle la faisait pénétrer de force dans les pores de sa peau.

— D'abord nous allons nous calmer un peu, et ensuite nous établirons un plan de bataille.

Borchert ouvrit la porte conducteur et prit place au volant de la Corolla. Tant que Stern ne l'eut pas rejoint, la voiture prit dangereusement de la bande.

— Il nous reste trois heures avant le rendez-vous de la Mexikoplatz.

Borchert mit le moteur en marche. Après un violent hoquet, celui-ci déclara forfait.

— Oh non, s'il te plaît, ne me joue pas ce tour-là.

Il réessaya. En vain. Le moteur était noyé.

— Et où se trouve la recommandation dont nous avons besoin ?

Pour le moment, Stern se fichait pas mal de la panne. De toutes les catastrophes des dernières heures, c'était la seule qui eût un caractère concret. Quand on entendait les visions de Simon ou les menaces de la « voix », on ne pouvait se contenter de lever le capot pour régler le problème en un tournemain.

— Ça y est, annonça Borchert en souriant.

Le moteur finit effectivement par démarrer quand il tenta à nouveau de mettre le contact, en appuyant à fond sur l'accélérateur.

— Notre recommandation, ce sont les photos, dit-il en tapotant la poche de sa veste où il avait rangé les clichés qu'il avait ramassés devant la caravane. On ne peut obtenir de recommandation sans contacts. Posséder de telles photos signifie qu'on connaît quelqu'un dans le milieu. Tu ne pourrais présenter de meilleure carte de visite à la lady tout à l'heure.

Stern attacha sa ceinture et enfouit son visage dans ses mains froides. Il essayait de ressentir autre chose que la nausée qui lui retournait l'estomac.

— Je te l'ai déjà demandé, commença-t-il au moment où la voiture bondit en avant. Comment se fait-il que tu connaisses si bien cette racaille ? Où as-tu appris tout ça ?

Le panneau des annonces du supermarché. Harry. Les photos.

— Tu ne lâches pas le morceau, hein ? D'accord, je vais te le dire. Je suis dans cette merde jusqu'au cou.

Stern eut un haut-le-corps.

— Oui, j'y suis en plein dedans. Tu veux savoir le nom de famille de Harry ?

Il le dit avant que Stern ait le temps de se demander s'il désirait réellement l'entendre.

— Borchert. Comme moi. Harry est mon charmant petit demi-frère.

Quand la voiture eut enfin regagné la rue, Stern eut le sentiment qu'il n'oublierait jamais cet endroit horrible. Même si Andi le conduisait maintenant à l'aéroport et même s'il quittait le pays, il emporterait avec lui un morceau de Harry, de sa caravane et de la décharge. Aussi, constatant qu'ils prenaient la direction de Zehlendorf, il n'éprouva que de l'indifférence.

6

L'aspect du café correspondait à l'humeur de Stern. Vide, désert, mort. Il resta un instant indécis devant la porte sur laquelle un groupe de lycéens avait placardé à la va-comme-je-te-pousse l'annonce d'un concert. Puis il se déplaça vers la droite, en direction de la vitrine. Sur un panneau portant l'adresse e-mail d'un agent immobilier, on avait écrit « À louer » en grosses lettres rouge et blanc. Stern essaya de voir l'intérieur de la pièce poussiéreuse. En dehors de chaises en bois posées à l'envers un peu partout sur de longues tables sans fioritures, il n'y avait pas grand-chose.

C'est bon, se dit-il. *Si elle m'attend vraiment là-dedans, il est évident que ce n'est pas un lit qu'elle veut acheter.*

Stern se retourna et laissa ses yeux errer sur le toit « Modem Style », en forme de bonnet pointu, de l'imposante station de métro. Il n'avait aucune peine à s'imaginer ce que les riverains, au cœur de Zehlendorf, pensaient de la présence dans leur dos de ce troquet abandonné, véritable flétrissure sur leur place magnifique. Il se demanda aussi comment on pouvait s'y prendre pour qu'un restaurant fasse faillite dans ce quartier aisé.

Une rame de la S-Bahn passa sur le pont et il faillit ne pas entendre le grincement derrière lui. Il finit néanmoins par s'en aviser et se retourna prestement. En effet, la porte d'entrée sans poignée, qui avait résisté à son coup d'épaule, était maintenant entrebâillée. Il jeta un regard circulaire. Comme aucun passant ne semblait faire attention à lui, il entra et sentit l'odeur caractéristique des locaux vides avant d'y déceler une note aussi typique qu'inattendue : un parfum pour dames mondialement connu.

À chacun de ses pas vers la femme en train de fumer auprès de la fenêtre, il corrigeait son estimation quant à son âge. Si, de l'entrée, elle lui avait semblé avoir la quarantaine, il lui donna au moins vingt ans de plus lorsqu'il prit place à la table en face d'elle. Il n'y avait pas le moindre doute : elle répondait de manière régulière, par le scalpel et le Botox, au processus de vieillissement dont elle était naturellement affectée. Réalité qui ne pouvait passer inaperçue dès qu'on la considérait de près. La raideur artificielle des muscles de son visage contrastait crûment avec les taches de vieillesse sur ses doigts. Le cou flasque réclamait lui aussi une remise en état. En dépit de ces caractéristiques, Stern eut la certitude que jamais il ne serait en mesure de reconnaître cette femme lors d'une confrontation organisée par la police. Ce n'était pas par hasard si elle portait une perruque de cheveux coupés à la Jeanne d'Arc et dissimulait ses yeux derrière des lunettes de soleil opaques qui lui donnaient l'apparence de la mouche Puck, l'amie de Maya l'abeille.

— Puis-je voir vos papiers, s'il vous plaît ?

Stern sortit son portefeuille, il s'attendait à cette première question.

Borchert l'avait prévenu. Dans certains milieux de pédophiles, renoncer à l'anonymat passait pour la meilleure des protections. Tout le monde connaît tout le monde. Comme dans la mafia, on veillait avec soin à ce qu'il commette un délit avant de laisser quelqu'un entrer dans la communauté. À cet effet, on photographiait le nouveau venu, sa carte d'identité dans une main, une revue porno interdite dans l'autre, et le document était stocké dans un fichier.

Stern se racla la gorge et, avant d'y être invité, posa les clichés sur la nappe à carreaux bruns et blancs.

— Je ne suis pas un débutant.

La seule réaction de la femme fut un bref tressaillement de la partie lisse de ses joues. De quoi il retournait véritablement ici était à présent évident. En voyant ces photos, tout être normalement constitué aurait appelé la police. Surtout s'il était venu pour une négociation anodine. Or la femme anguleuse continua impassiblement à tirer sur une cigarette aussi fine que les doigts qui la tenaient. Elle ne se donna même pas la peine de retourner par décence les horribles clichés.

— Je dois néanmoins vous prier de vous lever.

Stern obéit.

— Déshabillez-vous.

Cela non plus ne le prenait pas au dépourvu. Il pouvait en effet être de la police. Ou un agent provocateur que ne préoccupait pas le fait de commettre un délit. Ou bien posséder des papiers parfaitement falsifiés. Stern avait longuement discuté avec Borchert de ce qui se passerait s'ils découvraient qui il était en réalité. Un avocat recherché par la police. En fuite avec un enfant enlevé dans un hôpital. Borchert estimait que ce ne pourrait être qu'un avantage. En tant que criminel, il serait l'un des leurs. Mais, pour finir, la discussion avait été inutile. Il ne leur était tout simplement pas resté assez de temps pour se procurer de nouveaux papiers s'ils voulaient agir comme prévu.

— Le caleçon aussi.

La femme montrait du doigt les hanches de Stern. Quand, nu comme un ver, il tourna sur lui-même devant elle, elle eut un grognement de satisfaction. Elle ouvrit alors un sac à main en Skaï qu'elle avait jusqu'ici gardé sur les genoux et en sortit un bâtonnet noir.

— OK, souffla-t-elle après l'avoir soumis au test du détecteur de métal, comme à l'aéroport.

Puis elle renouvela l'opération avec les vêtements posés devant elle sur la table. Une demi-heure plus tôt, Stern s'était procuré à la hâte un complet, une chemise et des sous-vêtements dans un grand magasin bondé de la Schloßstraße. Il avait selon toute vraisemblance été filmé par une douzaine de caméras de vidéosurveillance, mais ils n'avaient pas le choix. Il lui était impossible de jouer de manière crédible le rôle d'un père vendant son propre fils à des étrangers pour des jeux sexuels pervers en arrivant au premier rendez-vous en tenue de footballeur.

— Très bien, dit-elle sans rendre ses habits à Stern, vous pouvez vous rasseoir.

Il haussa les épaules avec l'impression d'être chez un médecin. Il sentit sur ses fesses nues le froid du bois de la chaise.

— Où est le lit ? demanda-t-elle, le regard fixé sur son torse velu.

Stern se dégoûta lui-même en constatant que ses tétons durcissaient sous l'effet du froid. La femme l'interprétait certainement comme le signe d'une excitation sexuelle, et, rien que d'y penser, il en était malade.

— Il est dehors.

Elle suivit son regard. On pouvait tirer un rideau de dentelle à mi-hauteur de la vitrine brunâtre. Le monde derrière brillait des mille feux d'un rouge automnal que le soleil couchant jetait en ces dernières heures du jour, la pluie ayant cessé. Un couple tenant deux chiens en laisse traversait la magnifique place, jouissant à l'évidence du vent léger qui faisait danser les feuilles devant leurs pieds. Mais Stern n'était pas en état de profiter de toute cette beauté. La place s'assombrit devant ses yeux quand il aperçut la voiture garée dans laquelle Simon, assis sur la banquette arrière, attendait un signal.

7

Deux ans plus tôt, le soir précédant son premier examen RMN, Simon avait découvert un dictionnaire en deux volumes dans le réfectoire de son foyer. Il avait extrait le tome I des étagères branlantes et l'avait emporté dans sa chambre. Fasciné par les informations sur l'Afrique, l'Arctique ou l'astronomie, il avait décidé, juste avant de s'endormir, d'apprendre dorénavant un mot nouveau par jour, en procédant par ordre alphabétique. De A à Z.

Le lendemain matin, il n'avait été ni triste, ni furieux, ni même désespéré lorsque le professeur Müller l'avait convoqué dans son bureau de l'hôpital Seehaus, après avoir reçu la directrice du foyer. Il était surtout déçu qu'on lui explique des mots comme « défavorable » ou « tumeur » bien avant que leur tour alphabétique ne soit venu.

Aujourd'hui aussi, il avait appris un mot nouveau. *Pédophile*. Robert avait d'abord refusé de le lui répéter. L'expression lui avait échappé quand il lui avait expliqué ce qui allait se passer.

Reste toujours près de moi. Ne me quitte pas d'une semelle. Et quoi qu'il arrive, n'écoute que ce que je te dis, moi, tu comprends ?

Simon, en ouvrant la portière, avait encore dans les oreilles les recommandations de Robert.

Tu feras tout ce que je te dirai. Et ne parle pas aux gens que nous allons rencontrer, d'accord ? Ce sont des pédophiles. Des gens méchants. Peut-être qu'ils te souriront, qu'ils te tendront la main ou te toucheront. Mais ne te laisse pas faire.

Robert lui fit une nouvelle fois signe de la fenêtre, et Simon se dépêcha de descendre de voiture. L'avocat avait l'air triste. Il avait la même manière de le regarder que tous ceux qui entendaient parler de sa maladie. Simon aurait aimé lui dire de ne pas se faire de souci. Car il était dans un bon jour. Un trois dans l'échelle de son état. Pas de douleurs, un peu la nausée seulement. L'engourdissement de sa main gauche avait aussi diminué. Mais, comme souvent après une crise d'épilepsie, il était très, très fatigué. Aussi s'était-il endormi à plusieurs reprises durant le trajet.

Carina ne voulait pas le laisser partir et avait protesté bruyamment quand Borchert était arrivé chez Sophie pour les emmener l'un et l'autre. Quand la sonnette avait retenti à la porte de derrière, il était en train de regarder un dessin animé en compagnie des jumelles. Puis Carina et Andi étaient passés dans la pièce d'à côté et, entre les rires des filles et la musique du film, il n'avait saisi que des bribes de leur dispute.

« ... notre unique chance... non, il faut qu'il se montre... Pas de problème... il n'y a aucun danger... je te le garantis sur ma propre tête... »

Carina était finalement revenue dans le salon et, furieuse, lui avait fait mettre sa veste en velours. Durant le trajet, ils s'étaient arrêtés derrière sa Golf, puis Carina et Borchert étaient allés dans deux voitures différentes jusqu'à cette belle place où il avait été heureux de retrouver son avocat. C'était lui qui lui donnait à présent le signal convenu.

« Salut, Carina », aurait-il aimé lui dire avant de partir. Mais Robert le lui avait expressément interdit.

Ne regarde pas derrière toi. Pas d'au revoir !

Simon respecta les ordres et, regardant droit devant lui, se dirigea vers la porte du Madison Café. Poussant la porte de l'épaule, il entra dans la pénombre de la salle.

Une seule ampoule électrique était allumée, à gauche, dans le coin du fond. Robert avait un air bizarre quand, dans ce coin justement, il se leva. Ses cheveux étaient ébouriffés, son costume neuf était mal boutonné et un pan de sa chemise sortait de son pantalon. Comme s'il s'était bagarré. Mais ce ne pouvait pas être avec l'étrange bonne femme à lunettes de soleil qui se tournait vers lui au même moment. Son tailleur n'était absolument pas froissé et chacun de ses cheveux brillait sur sa tête, comme si elle les avait coiffés un par un.

Peu avant d'atteindre la table, Simon trébucha. Regardant par terre, il s'aperçut qu'un lacet de ses baskets était dénoué. Il se baissa et fut pris d'un léger vertige. Néanmoins, il entendit distinctement la drôle de voix de la bonne femme.

— Viens, mon garçon, montre-toi un peu.

Il dut prendre appui sur les deux mains pour se relever. Quand la femme lui fit face, il oublia toutefois sa fatigue et faillit éclater de rire. Elle lui rappelait des parachutistes qu'il avait vus à la télé. On aurait dit qu'un vent violent tirait vers l'arrière la peau de ses pommettes saillantes.

— Tu as quel âge ? lui demanda-t-elle.

Son haleine empestait la cigarette froide.

— Dix ans. Je viens de les avoir.

Il se mordit la langue et regarda Robert avec crainte.

Il m'avait pourtant interdit de parler.

Mais, heureusement, l'avocat ne semblait pas lui en vouloir.

— Bien. Très bien.

Soudain, la femme eut dans la main un bâtonnet de métal noir. Stern lui attrapa vivement le bras.

— Il ne va tout de même pas se…

— Non, non, dit-elle avec un sourire sournois. Je ne vais pas l'obliger à se déshabiller. Seulement quand mon mari nous aura rejoints. Nous réservons ce plaisir pour plus tard.

Simon ne comprit pas pourquoi elle agitait ce truc devant lui. Il ne comprit pas davantage pourquoi il dut ensuite mettre sur ses yeux ce bandeau qui l'empêchait de voir. Mais, Robert lui ayant donné l'exemple, il obéit à son tour. Il n'avait pas peur. Au moins tant que son avocat – qui paraissait d'ailleurs plus effrayé que lui – était avec lui.

De quoi pourrais-je avoir peur ? Tant qu'on est ensemble, il ne peut rien se passer.

C'est pourquoi il lui serrait la main très fort. Pas pour lui, mais pour tranquilliser Robert. La femme les conduisit alors dans la cour intérieure par l'entrée de service. La voiture dans laquelle ils s'installèrent avait une agréable odeur de neuf. Quand elle démarra, la main que tenait Simon se mit à trembler. Il l'attribua à la douce vibration du moteur.

8

— Tu les suis ?

— Oui, je suis juste derrière eux.

Borchert entendit distinctement Carina se laisser retomber avec soulagement sur le siège de sa voiture. Il s'était attendu à recevoir beaucoup plus tôt cet appel sur un numéro qu'il lui avait donné en cas de nécessité. La carte jetable n'était pas à son nom si bien que la police ne pourrait que difficilement repérer l'appareil. C'était exactement l'inverse pour le portable de Carina, ce qui expliquait pourquoi il tenait à ce que leur coup de fil fût aussi bref que possible.

— Où es-tu ?

— Potsdamer Chaussee, à hauteur de la station-service.

— Est-ce que je dois vous rattraper ?

— Non.

C'était totalement exclu. Ils avaient pris deux voitures différentes par simple mesure de précaution. Comme prévu, la « marchandise » avait été emportée par l'entrée de derrière où Borchert attendait dans la Corolla. Carina avait utilisé sa propre voiture pour surveiller l'autre entrée. Le risque d'être découvert augmenterait de manière dramatique si elle ne laissait pas sa voiture stationner un certain temps.

— Il aurait fallu intervenir aussitôt dans le café et…

— Non, lui rétorqua Borchert, interrompant brusquement une conversation qui durait décidément trop à son goût.

Il ne voulait passer à l'action que lorsque le mari se montrerait. Ils seraient bien avancés si la femme n'était qu'un intermédiaire ne disposant pas d'informations !

Il raccrocha et se concentra pour ne pas perdre de vue la limousine américaine munie de rideaux gris masquant la lunette arrière. Comme lui, la femme respectait scrupuleusement les limitations de vitesse.

Borchert chercha à tâtons son pistolet dans son pantalon de jogging. Toucher son 9 mm suffit à l'électriser. Il sentit le sang battre dans ses veines et savoura ces signes avant-coureurs. *Péter les plombs, disjoncter, débloquer…* La plupart des gens employaient ces expressions sans en connaître la véritable signification. Sans avoir jamais ressenti ce que lui éprouvait. Borchert grimaça un sourire et appuya légèrement sur l'accélérateur afin de réussir à passer au vert au croisement devant la station de la S-Bahn de Wannsee. Tandis qu'il accélérait, une décharge d'adrénaline lui parcourut le corps. Il allait leur faire leur fête à ces porcs, à ces malades ! Après, il serait peut-être incapable d'expliquer comment le sang et les éclats d'os avaient atterri sur son sweat-shirt, ce qui lui arrivait si souvent quand il perdait les pédales. Mais cela lui serait sans doute égal tant que les pervers…

Clac.

Sa préparation mentale à la bagarre fut brutalement interrompue. Il enfonça l'accélérateur, mais cela eut pour unique résultat de renforcer les claquements. Le bourdonnement dans ses oreilles se dissipa et le silence du moteur devint nettement perceptible. Derrière lui, les automobilistes donnèrent des coups de klaxon furieux, puis, s'apercevant que la voiture de Borchert n'avançait décidément pas plus vite, le dépassèrent.

Andi, inondé de sueur, actionna la clé de contact. Une fois, deux fois. Devant la caravane de Harry, cette saloperie de bagnole avait redémarré au troisième essai, mais à présent elle ne toussait même plus. Tandis que la limousine s'éloignait, la voiture de Borchert ralentissait toujours davantage et finit par s'immobiliser en beau milieu du carrefour.

Il prit son portable pour appeler Carina. Lui demander si elle connaissait un truc pour remettre en route sa vieille bagnole. Mais il s'avisa que ça ne servirait à rien. Cette voiture appartenait à Sophie, et il n'avait pas le numéro de l'ex-femme de Stern.

Que faire ? Il se mit à suer encore plus abondamment. Quand il descendit et fonça ouvrir le capot, il distinguait encore les feux arrière de la voiture où étaient montés Simon, Robert et la cinglée. Dix secondes plus tard, la limousine avait disparu de son champ de vision, quelque part entre Wannsee et Potsdam.

Au bout de cinq minutes, Borchert n'avait toujours pas découvert l'origine de la panne. Mais il s'en foutait. Il ne se souciait pas non plus de provoquer des bouchons sur les routes empruntées pour les départs en week-end. Il ne prêta même pas attention à son portable, qui lui indiquait pourtant que Carina l'avait appelé trois fois.

La seule chose qui le préoccupait, c'était de savoir ce qu'il allait bien pouvoir raconter à l'agent de la circulation qui lui demandait ses papiers.

9

Les bruits extérieurs avaient changé avant que la limousine ne s'arrêtât définitivement. Robert entendit d'abord plus distinctement le moteur, puis eut l'impression que des parois métalliques répercutaient les sons. En même temps, ce fut comme si on lui avait mis sur les yeux une épaisseur supplémentaire.

Il avait essayé de compter les virages, mais n'y était pas parvenu à cause des fréquents changements de file. Son horloge intérieure s'était elle aussi détraquée. Quand on lui ôta son bandeau et qu'il vit le garage, il était incapable de dire s'ils avaient roulé dix minutes ou davantage.

— Tout va bien ? demanda-t-il à Simon en s'efforçant de ne pas prendre un ton trop amical.

Il fallait quand même bien sauver les apparences. Le petit fit signe que oui et frotta ses yeux qui avaient du mal à s'habituer à la lumière du spot à halogène au-dessus de leurs têtes.

— Par ici, s'il vous plaît.

La femme était passée devant eux et avait ouvert une porte coupe-feu grise derrière laquelle un escalier menait à l'étage. Les marches étaient en marbre luisant, avec des veines faisant songer à de la glace à la vanille au caramel.

— Où allons-nous ? demanda Stern en s'éclaircissant la voix.

Pas un mot n'avait été échangé durant le trajet et il avait à présent la gorge sèche. D'excitation. Et de peur.

— Le garage a un accès direct à la maison, expliqua la femme tout en avançant.

En effet, les marches aboutirent dans un hall inondé de lumière artificielle. L'entrée au parquet de bois précieux rappelait à Stern sa villa. Sauf que, chez lui, il n'y avait pas de meubles garde-robe et encore moins de pots d'amaryllis. Il ne lui restait plus qu'à espérer que Borchert parvînt à se frayer un chemin jusqu'ici. Il lui faudrait se servir de son arme ou des ciseaux du coffre de la voiture, probablement des deux, pour venir à bout de la lourde porte aux ferrures en laiton. Les fenêtres étaient protégées de l'extérieur par des stores en alu opaques et antivol. Toutes, autant que Robert pouvait en juger. Aussi dans le salon où on les conduisit.

— Je vous en prie, asseyez-vous, mon mari va arriver tout de suite.

Stern poussa Simon vers un canapé de cuir blanc. Pendant ce temps, la femme se dirigea d'un pas maladroit sur ses talons aiguilles vers un petit secrétaire contenant des alcools et des amuse-gueule.

Étonné par sa démarche étrange, Stern se dit d'abord qu'elle ne voulait pas faire de bruit. Puis, tandis qu'elle se préparait un gin tonic, l'évidence lui sauta aux yeux : le problème n'était pas le bruit. Elle voulait éviter de rayer le parquet fraîchement ciré ! Cette maison n'était pas habitée. Il s'agissait d'une villa témoin, une construction ancienne, luxueusement rénovée et pas encore louée. Aménagée avec goût mais sans touche personnelle. Stern laissa errer son regard et remarqua alors certains détails. Le téléphone sans fil sur le bureau. Les dos des livres en cuir soigneusement alignés sur des rayonnages à demi vides. Le canapé en cuir sur lequel peu de locataires ou d'acheteurs potentiels avaient encore pris place. Stern aurait parié que le café de la Mexikoplatz figurait au nombre des offres du même agent immobilier.

— Puis-je vous offrir quelque chose ?

Il fit non d'un signe de tête. Toute la matière grise dont il disposait était en ébullition sous son crâne. Tout avait été prévu. La procédure suivie par le couple était d'une ingéniosité maladive. Il n'y avait rien ici dont une victime pourrait ultérieurement se souvenir. Aucun objet de valeur qui ne soit remplaçable s'il venait à être taché de sang ou d'autres liquides organiques, personne susceptible de s'étonner d'un nettoyage intensif de l'ensemble de la maison avant son occupation par de nouveaux propriétaires. Lesquels n'auraient ensuite aucune idée de ce qui s'était passé dans les pièces où, une fois emménagés, ils rêveraient d'un avenir heureux.

Stern se sentit mal quand il se rendit compte à quel point le décor trompeur de cette villa était symbolique de la situation dans laquelle il se débattait depuis quelques jours. On était en pleine mise en scène : l'inexplicable connaissance qu'avait Simon de crimes commis dans le passé et son intention absurde d'assassiner encore. Le DVD avec cette voix prétendant que son fils était toujours vivant. Et le trouble lien pédophile unissant ces deux représentations théâtrales dans chacune desquelles, à son corps défendant, il jouait un rôle principal, un rôle tragique.

Pris de violentes aigreurs d'estomac, Stern avala deux fois sa salive et observa du coin de l'œil Simon qui donnait l'impression de la plus parfaite tranquillité à côté de lui. Il était presque flegmatique. Contrairement à lui, le garçon ne tressaillit pas quand la porte du salon s'ouvrit et qu'un homme d'un certain âge entra avec un grand sourire. La soixantaine bien sonnée, il n'était plus guère séduisant, au sens classique du terme. L'âge avait éclairci, sur les tempes, des cheveux jadis fournis et dessiné autour de sa bouche un réseau de fines rides. Mais c'était justement cela qui lui conférait une certaine élégance, presque de la dignité. En dépit de son accoutrement.

— Ah, vous êtes là, fort bien !

Il avait une voix chaude et amicale. Parfaitement accordée à l'aura de sympathie qui émanait de lui. Il frappa deux fois dans ses mains d'un air enthousiaste et s'approcha lentement, les yeux rivés sur Simon. Le froufrou de sa robe de chambre recouvrit le bruit de ces applaudissements, de toute façon à peine audibles car l'individu portait d'épais gants de latex.

10

Carina dénoua sa queue-de-cheval en arrachant son serre-tête rouge framboise. Borchert lui avait conseillé de se déguiser en joggeuse. À son avis, il n'y avait pas de meilleur camouflage pour fuir d'éventuels poursuivants sans attirer l'attention.

Mais, pour l'instant, l'élastique serrait aussi fort qu'un collier en acier son crâne menaçant d'exploser.

Qu'est-il arrivé ? Pourquoi Borchert a-t-il cessé de téléphoner ? Où est Robert ?

À chaque battement de son cœur, ses craintes concernant Simon redoublaient. Elle attendit une minute de plus, puis prit sa décision. Elle ne pouvait rester plus longtemps sans rien faire.

Elle tourna la clé de contact.

Mais où aller ?

Elle passa la marche arrière, et ses pneus heurtèrent rudement la bordure du trottoir. *Ça ne fait rien.*

Elle allait sortir quand une fourgonnette d'un rouge pisseux se gara en double file juste à côté d'elle.

Putain, mais c'est quoi… ?

Baissant sa vitre, elle engueula le type en train de descendre du véhicule de livraison, chargé de deux cartons de pizza larges comme des roues de voiture.

— Tire-toi de là immédiatement ! hurla-t-elle.

L'étudiant eut un sourire malicieux, manifestement amusé au spectacle de son visage écarlate. Il lui envoya un baiser de la main.

— Une minute, ma douce. Je reviens tout de suite.

Carina sentit la panique l'étrangler. *Tout est permis*, pensa-t-elle, se rappelant les instructions que lui avait données Borchert avant de la quitter. *Le tout, c'est de ne pas se faire remarquer.*

Mais que faire à présent ? L'arrière de la fourgonnette n'empiétait que de la largeur d'un pneu sur l'espace dont elle avait besoin pour déboîter, mais cela suffisait à la bloquer momentanément. Derrière elle, la barrière protégeant un pin bloquait toute issue.

C'est quand même pas possible...

Carina klaxonna, mais l'étudiant se contenta d'un geste désinvolte à son intention, sans même se retourner.

Bon, d'accord. Pas se faire remarquer.

Elle passa en marche arrière en faisant grincer les vitesses et fit monter ses deux roues sur le trottoir. Puis, actionnant la première et levant le pied de la pédale du frein, elle accéléra à fond.

— Hé, hé, hé, la nénette...

La Golf heurta de biais la camionnette au niveau de l'arrière.

— Mais t'es complètement cinglée ! entendit-elle hurler l'étudiant qui laissa tomber ses cartons de pizza.

L'œil hagard, il contemplait son véhicule qui empiétait de travers sur la chaussée à présent. Le choc avait fait voler en éclats la vitre du hayon.

Exact, je suis cinglée, pensa Carina en recommençant la même manœuvre. Elle emboutit totalement l'aile et réussit à expulser l'obstacle du rayon dont elle avait besoin pour sortir de sa place de stationnement.

— Halte ! Stop !

Faisant hurler le moteur, elle remonta à tombeau ouvert l'Argentinische Allee, sans plus se soucier des cris du livreur qui, pivotant telle une toupie, cherchait un témoin ayant assisté à la scène.

À en juger d'après les frottements qu'elle entendait, sa voiture devait avoir elle aussi subi des dégâts, mais cela ne l'empêcha pas d'accélérer encore.

Qu'est-ce que Borchert a dit ?

Carina fonça en direction d'un feu rouge, se demandant fiévreusement quelle direction elle allait prendre au croisement.

Sur la Potsdamer Chaussee, à hauteur de la station-service. Les paroles d'Andi lui revinrent en mémoire.

Putain, Andi. Par ici, il y a une station-service à tous les coins de rue.

Brûlant le feu rouge, elle donna un brusque coup de volant à droite. Il lui sembla plus logique de s'éloigner du centre que de s'en rapprocher. Comme si le théâtre de l'horreur se situait plutôt devant que derrière les portes de la ville, ce qui, bien entendu, était totalement absurde. Mais il lui fallait bien prendre une décision, et elle ne pouvait que prier pour que le sort, exceptionnellement cette fois, distribue les cartes en sa faveur.

11

Mais qu'est-ce que fout Borchert ?

Stern était furieux contre son ancien client qui, pour une raison qu'il ignorait, prenait une nouvelle fois tout son temps. Il avait dit cinq minutes. Au maximum. Avant de pénétrer dans la maison et de maîtriser le couple. Après l'intermède dans la caravane de Harry, Stern ne doutait pas une seconde que Borchert saurait ensuite arracher à ces individus les informations dont ils avaient besoin. À condition qu'il y eût la moindre chose de valable dans leurs têtes de malades. Car il était évident que leurs chances étaient faibles. Stern avait décidé que cette dernière équipée serait l'ultime tentative pour vérifier la véracité des affirmations de Simon.

Et pour trouver Felix.

Peu importait la manière dont cette incursion se terminerait. Il appellerait ensuite Engler pour se constituer prisonnier. Il était avocat, pas un criminel. Et surtout pas un intermédiaire secret du milieu pédophile dont l'un des acteurs à plein-temps, assis sur le canapé à côté de lui, était en train de tapoter le genou de Simon.

— Combien ? demanda l'homme d'un ton enjoué sans accorder un seul regard à Stern.

Ce dernier chercha à déceler dans son profil quelque chose de diabolique, mais ne vit qu'un homme sympathique à qui il aurait volontiers donné un coup de main si sa voiture était tombée en panne sur une route.

— Nous n'avons pas encore parlé de ça, chéri, répondit la femme, un verre à la main devant le bar. Mais regarde-le de plus près, ce garçon me semble malade.

— Ah oui ? Tu es malade ?

L'homme souleva le menton de Simon. Le gant de latex était encore plus pâle que la peau de l'enfant.

— Nous avions pourtant dit que nous voulions de la marchandise saine. Qu'est-ce qui ne va pas chez lui ?

Stern eut une violente envie de lui attraper la main et de lui briser un doigt. Il ne pourrait se contenir encore longtemps en présence de ces malades mentaux. Si Andi n'intervenait pas bientôt, il s'en chargerait lui-même. Ce taré pesait une dizaine de kilos de moins que lui et avait l'air maladroit ; il n'aurait donc aucune difficulté à le maîtriser. Le serpent à lunettes de soleil ne serait pas un obstacle dans la mesure où le facteur surprise serait de son côté. Et la rallonge du fil de la lampe suffirait comme lien. Il ne restait que le problème…

L'agent immobilier ayant retiré sa main gantée de latex du genou de Simon sans qu'il eût à intervenir, Stern se sentit déconcerté. Puis il entendit un bourdonnement. La vibration de la sonnerie devint plus distincte quand le pédophile sortit de sa robe de chambre un téléphone portable ultraplat.

— Oui, merci, dit-il, après une formule de politesse anodine.

Le pouls de Stern s'emballa. Il n'entendait pas l'interlocuteur à l'autre bout du fil, mais les deux paraissaient bien s'entendre, car l'homme partit d'un bruyant éclat de rire et remercia encore deux fois. Puis son sourire s'éteignit brusquement tandis qu'il lançait un regard méfiant à Stern.

— Tout est clair, je comprends, dit-il en raccrochant.

Le canapé poussa un soupir d'aise quand le mari se leva et prit Simon par la main.

— C'est un avocat, la police le recherche et il a enlevé l'enfant dans un hôpital, annonça-t-il à sa femme.

— Qu'est-ce que c'est que ces conneries ? fit Stern en s'efforçant de rester calme et serein.

En réalité, il avait totalement perdu le contrôle de son cœur et de sa respiration. Ce fut encore pire quand la femme pointa une arme sur lui.

— Enlevez ce truc de mon visage, exigea-t-il en vain. Qu'est-ce qui se passe ici ?

— C'est ce que nous souhaitons savoir, monsieur Stern. Quel jeu jouez-vous ?

— Je ne joue aucun jeu. Je suis seulement venu chez vous pour…

Il s'interrompit, interloqué, car l'homme se leva et tendit la main à Simon.

— Nous montons un petit peu pendant que vous discutez, d'accord, ma chérie ? susurra-t-il à son épouse en mimant un baisemain dans sa direction.

— Robert ? demanda timidement Simon tandis que l'homme le faisait lever du canapé.

Stern voulut se lever lui aussi, mais l'expression qu'il lut dans les yeux de la femme l'en dissuada. Il cligna des yeux, les ferma une fraction de seconde pour reprendre ses esprits. Les idées se bousculaient inutilement dans sa tête.

Que faire ? Où est Borchert ? Mais que faire ?

Le mari n'était qu'à quelques pas de la porte du salon, et Stern ne voyait pas comment l'empêcher de quitter la pièce.

— Robert ? demanda Simon une seconde fois, d'une voix douce comme s'il demandait la permission de dormir ce soir-là chez un camarade de classe.

L'enfant avait toujours pleinement confiance en son avocat, qui lui avait promis de tirer son affaire au clair et de le protéger de tous les dangers. Quelle que soit la situation.

En outre, il était toujours fermement persuadé qu'il devait tuer quelqu'un sur un pont le lendemain. C'est pourquoi il ne pouvait rien lui arriver ici, aujourd'hui.

Stern comprit le raisonnement que se tenait Simon en cet instant. Il sut donc ce qui allait se passer s'il n'intervenait pas sur-le-champ.

Il restait peut-être cinq secondes avant que le vieux porc ne quittât le salon pour emmener Simon dans son repaire à l'étage.

Il se trompait. Les deux avaient disparu avant que quatre secondes ne s'écoulent.

12

Un radar fixe la flasha à quatre-vingt-dix kilomètres par heure à hauteur du cimetière de Waldfriedhof. Bien que n'y ayant pas prêté attention, elle dut lever un peu le pied, la circulation étant soudain devenue plus dense.

Qu'est-ce qu'il y a devant ?

Tout à coup, au niveau de Dreilinden, toutes les voitures qui la précédaient se rangeaient sur la file de droite.

Un bouchon ? À cette heure de la journée ?

Si ç'avait été le cas, il aurait dû se former du côté opposé, pour les retours de week-end des Berlinois.

Passant elle aussi sur la file de droite, elle réduisit sa vitesse et découvrit la cause de ce ralentissement. Une voiture de police, postée juste devant le feu de croisement, rétrécissait la file de dépassement.

Non, non, non. Pas ça !

Pourquoi fallait-il qu'elle tombe maintenant dans une souricière ?

Tandis qu'elle se rapprochait du gyrophare, elle chercha des yeux un agent portant un bâton blanc sur le côté de la chaussée. Mais elle ne vit personne et, pour un contrôle de la circulation, la colonne de voitures avançait de manière étonnamment régulière. La plupart des véhicules tournaient à droite, en direction de la gare de la S-Bahn pour ne pas…

Oh non !

Les yeux de Carina se remplirent de larmes. Lâchant le volant, elle mit les deux mains devant sa bouche. Derrière le véhicule de police, il y avait une petite voiture argentée dont le signal de détresse, à l'arrière, ne fonctionnait que d'un côté. Nulle trace de Borchert, mais aucun doute n'était permis quant à l'identité du propriétaire de la Corolla.

Andi a eu un problème. Il s'est arrêté. Oh mon Dieu...

Carina prit conscience avec retard de la pleine signification de cet incident ; durant quelques secondes sa raison se refusa à accepter la vérité. Ce n'était pas un contrôle routier. Personne ne lui fit signe de sortir, on ne l'arrêta pas. Quelque chose de bien plus grave était en train de se produire. En ce moment même. Sur la personne de Simon. En un lieu que seul Robert connaissait. Robert qui attendait une aide qui n'arriverait jamais.

Et maintenant ? Que faire maintenant ?

Carina n'était plus capable de penser autrement que par bribes de phrases. Elle recherchait un indice susceptible de lui révéler où Robert et Simon avaient été enlevés. Elle poursuivit sa route au pas, dépassa la Corolla, se laissant entraîner au-delà du carrefour par le flot des voitures qui la précédaient et la suivaient. Elle regarda dans le rétroviseur. Deux policiers vigoureux étaient en train de sortir de la route le véhicule de Sophie.

Carina eut soudain une idée. Elle se retourna et jeta un coup d'œil sur le radiateur de la Corolla.

C'est ça ! La voiture ! La direction !

L'avant de la Corolla lui indiquait qu'il fallait aller tout droit. Vers Potsdam. Ce n'était pas grand-chose, un point de départ infime pour continuer la poursuite. Mais c'était mieux que rien ! Une fois le croisement franchi, Carina accéléra, stimulée à l'idée de n'avoir pas commis d'erreur au moins jusqu'ici. Elle était sur la bonne route, dans la bonne direction. Un espoir irrationnel lui redonna courage, mais sur deux cents mètres seulement.

Et à présent ?

Carina dépassa comme une flèche la bifurcation menant au grand lac Wannsee, sans savoir si elle perdait ainsi la trace.

13

— Vous l'avez enlevé à l'hôpital ? Qu'a-t-il donc, ce pauvre petit ?

Cynique, la bonne femme adoptait le ton d'une tante soucieuse, tout en continuant à tenir Stern en respect avec son arme.

— Ce n'est pas contagieux au moins ?

Incapable de répondre, Robert avait toujours les yeux rivés sur le chambranle vide par où Simon avait disparu avec son accompagnateur lubrique. Il expira à fond et tenta de retenir son souffle.

La seule idée de partager le même air que cette femme, d'avaler à chaque inspiration un peu de ce que sa bouche avait exhalé, lui était intolérable.

— Vous savez que nous ne paierons pas pour de la marchandise avariée, n'est-ce pas ?

Le visage dissimulé derrière les lunettes de soleil émit un rire guttural. La femme alluma une autre cigarette. Stern entendit des pas dans l'escalier. Le crissement des mocassins de cuir recouvrait le petit couinement des chaussures de sport de Simon. Les bruits s'éloignaient, devenaient de plus en plus faibles.

— Ta-ta-ta, ne bougez pas, avertit la femme en tendant l'arme vers lui. Il n'y en a pas pour longtemps. Trois quarts d'heure à tout casser. Mon mari fera une première pause, et ce sera mon tour.

Ses lèvres peintes d'un rouge très brun esquissèrent un baiser.

Stern crut qu'il allait vomir et leva les yeux vers le plafond. Les pas retentissaient maintenant juste au-dessus de leurs têtes.

— Ça va commencer tout de suite.

Les lèvres de la femme se crispèrent en une grimace censée vraisemblablement être un sourire.

On entendit d'abord de la musique classique en provenance du premier étage. Le pédophile devait être amateur d'opéras. Stern distingua des bribes de *La Traviata*. Pour la première fois dans son existence, il souhaita que Verdi n'eût jamais composé les arias de Violetta.

— Bon, si vous voulez bien, dit-elle en regardant sa montre. Profitons de ce temps pour faire un brin de causette. Dites-moi ce que vous voulez exactement de nous ?

— N'est-ce pas évident ?

Stern espéra qu'elle ne remarquerait pas le tremblement de sa voix. Au-dessus d'eux, la soprano redoublait de dynamisme.

— Vous avez commandé un garçon. Je l'ai livré.

— C'est n'importe quoi !

Elle était maligne. Elle ne commit pas l'erreur de s'approcher de lui. À cette distance, elle pouvait vider son chargeur sur lui avant même qu'il eût parcouru la moitié du chemin qui les séparait. Les seules armes qu'il eût encore à lui opposer étaient sa voix et sa raison. Mais l'une et l'autre menaçaient de lui faire défaut.

Mais qu'est-ce que fout Borchert, bon sang ?

— Vous n'êtes pas un mouchard puisque vous êtes recherché par la police. Vous ne fréquentez pas notre milieu. Et vous ne vous comportez pas non plus comme un avocat. Pourquoi alors avoir répondu à notre annonce ?

— Je peux tout vous expliquer.

En réalité, il n'avait aucune idée de ce qu'il pouvait dire ou faire pour écarter le danger. Il entendit à nouveau des pas au-dessus de lui.

— Je vous écoute.

Stern chercha fébrilement une réponse plausible, une issue possible, alors que, là-haut, le temps commençait à être compté pour Simon. Extérieurement, il tentait de rester calme. Intérieurement, il se préparait à s'enfuir. Mais la situation était désespérée. S'il se levait maintenant, il était un homme mort.

— Eh bien, quoi ? Vous avez perdu votre langue ? C'est pourtant une question simple. Pourquoi avez-vous enlevé un enfant dans un hôpital pour nous l'amener ?

Robert remarqua que le piétinement au-dessus de sa tête obéissait à présent à un certain rythme. Le taré s'était mis à danser ! La cadence des pas glissés lui donna une idée. Il eut d'abord un peu de mal à la cerner, puis l'évidence lui sauta aux yeux. Il y avait une chose qu'il pouvait faire. Quelque chose de profondément répugnant et pervers pour lequel il aurait plus tard horreur de lui-même. Hochant la tête comme quelqu'un qui a une idée, il leva lentement la main. Avec douceur, précautionneusement. Afin de ne pas provoquer de réaction violente chez la femme.

— Qu'est-ce que vous faites ?

— Je réponds à votre question. Je vous montre ce que je cherche ici.

Elle haussa son sourcil gauche si haut qu'il dépassa le rebord de ses lunettes. Stern, ayant posé sa main droite sur sa poitrine, commença à défaire un bouton de sa chemise. Puis un second.

— Où voulez-vous en venir ?

— Est-ce que je peux ôter ma veste ?

— Si ça peut vous faire plaisir…

Il ne se contenta pas de faire glisser son veston de ses épaules. Il défit les boutons de sa chemise et, quelques secondes plus tard, il était torse nu sur le canapé.

— Qu'est-ce que vous avez en tête ?

En guise de réponse, il se passa la langue sur les lèvres. Puis il avala deux fois sa salive. Il espérait donner l'image de la lascivité. En réalité, il refoulait l'envie de vomir qui le tenaillait.

— Allons, allons, dit la femme en relevant l'arme qu'elle avait baissée une fraction de seconde. Vous pensez que je vais croire *ça* ?

— Pourquoi pas ? C'est pour ça que je suis ici.

Stern enleva ses chaussures l'une après l'autre, en s'aidant des pieds. Puis il défit la boucle de sa ceinture.

— Vous l'avez dit vous-même : je ne suis pas flic. Je ne suis pas non plus une taupe. J'ai simplement le sexe dans le sang, expliqua-t-il en ôtant sa ceinture et en la lui jetant. Approchez, venez vérifier par vous-même.

Ne pouvant voir ses yeux derrière les lunettes, Stern ne savait pas si sa théorie était exacte. Mais son expérience d'avocat lui avait appris qu'il y avait toujours un morceau de viande que l'on pouvait agiter sous le nez de l'adversaire afin qu'il se précipite comme un lévrier dans la direction souhaitée. Il suffisait de trouver le bon morceau. Chez la plupart des gens, c'était la cupidité qui leur faisait commettre des actes qu'ils regrettaient ensuite.

— Vous êtes cinglé, dit la femme en riant et en éteignant sa cigarette.

— Peut-être. Mais, si vous voulez, je peux vous prouver que je ne plaisante pas.

Ayant ôté ses chaussettes, Stern n'avait plus sur lui que son pantalon.

— Et comment ça ?

— Approchez. Venez toucher !

— Non, non, non.

Elle était toujours debout, mais c'était à présent son entrejambe qu'elle menaçait de son arme.

— Ce n'est pas mon truc. Mais je connais quelque chose de bien meilleur.

— Quoi ?

Stern ne put réprimer un sourire. Cette fois, il n'était pas feint. Elle avait mordu à l'hameçon. Ce n'était qu'une touche. Mais il vit qu'elle respirait plus vite et il entendit dans sa voix une pointe d'émotion. Il avait réussi à faire vibrer en elle une corde sensible. Restait à savoir si c'était la bonne.

— Levez-vous !

La femme recula vers la porte, veillant à ce qu'il eût toujours la même distance entre eux. Il obéit. Bouger lui fit du bien. Ça allait également dans le bon sens. Tout valait mieux que d'attendre sur ce canapé que les cris de Simon se mêlent à la voix de la soprano. C'est du moins ce qu'il pensait jusqu'au moment où la femme lui dit :

— Voyons un peu jusqu'où vous l'aurez dans le sang quand vous contemplerez mon mari à l'œuvre.

14

Prise de panique, Carina sentit ses entrailles se nouer.

Qu'allait-elle faire à présent ? Continuer tout droit, suivre la Königstraße ? Mais jusqu'où, jusqu'au pont de Glienick peut-être ? Ou tourner à droite vers le lac ? Elle aurait tout aussi bien pu s'engager sur l'une des nombreuses routes partant sur sa gauche.

Le portable sonna sur le siège passager. Il faillit glisser de ses doigts moites quand elle l'ouvrit.

— Borchert ? cria-t-elle beaucoup trop fort.

— Tu gèles.

La peur lui raidit les membres quand elle reconnut la voix contrefaite.

— Qui êtes-vous ? Qu'est-ce que vous me voulez ?

— Tu gèles.

À demi folle de terreur et d'angoisse pour Simon, elle essaya de garder les idées claires. Sur sa droite, il y avait l'Endestraße. Elle faillit la prendre. Le nom correspondait trop à sa situation [1].

— Qu'est-ce que ça veut dire ? C'est un jeu ? demanda-t-elle.

— Tu brûles.

Les doigts de sa main droite tambourinèrent malgré elle sur le volant. Était-ce possible ? Était-elle une marionnette manipulée par la « voix » dont Robert lui avait parlé ? Mais pourquoi ?

Elle vérifia son horrible soupçon à l'aide d'une simple question :

---

1. Endestraße, soit à peu près « cul-de-sac ».

— Est-ce que je roule dans la bonne direction ?

— Tu brûles.

Effectivement. Le fou a envie de jouer. Et c'est moi qui ai les yeux bandés.

— D'accord. Je vais jusqu'à Potsdam, non ?

— Tu gèles.

Donc il faut tourner avant.

— Je tourne ici, dans la Kyllmannstraße ?

— Tu gèles.

— Alors à gauche ?

— Tu brûles.

Carina se mit sur la file extérieure et se retrouva presque face à la voie opposée de la Königstraße.

— C'est bientôt là ?

— Tu brûles.

Elle regarda autour d'elle, mais il y avait devant et derrière elle au moins une douzaine de voitures, des camionnettes et deux motos.

Il était absolument impossible de découvrir un poursuivant parmi tant de véhicules.

— Le Grassoweg ? Je tourne dans le Grassoweg ?

La voix contrefaite lui donna un autre signal positif. Sans se soucier des voitures qui arrivaient en face, Carina braqua brusquement, évitant de justesse une collision frontale avec un camion. Le chauffeur écrasa le frein et partit en dérapage, son poids lourd oscillant de manière menaçante, en direction de la file parallèle qui était dégagée. Le concert de coups de klaxon furieux ne commença qu'une fois le danger passé, Carina fonçant déjà dans la petite allée bordée de villas.

— C'est là ? Dans cette rue ?

— Tu gèles.

Elle leva à nouveau le pied. L'éclairage public était si faible qu'elle eut de la peine à lire les inscriptions sur le panneau de l'embranchement suivant.

— Am Kleinen See ? finit-elle par déchiffrer.

— Tu brûles, la complimenta la voix qui, pour la première fois depuis le début de ce dialogue dément, laissa paraître une émotion.

L'homme se mit à rire.

Le numéro ? Quel numéro ?

Carina chercha la question à réponse par oui ou par non qui pourrait la rapprocher de son but et lui permettre de sauver Simon.

— Plus de cent ?

— Tu brûles.

— Cent cinquante ?

— Tu gèles.

Elle eut encore besoin de sept essais avant de s'arrêter devant une magnifique construction de quatre étages, au numéro 121.

15

C'était son père, et non la faculté de droit, qui avait enseigné à Stern la règle d'or qui permet de gagner un procès perdu d'avance face à un adversaire supérieur.

« Rechercher le point faible de l'adversaire dans sa force. Retourner contre lui son principal avantage », tel avait été son speech type d'entraîneur de football bénévole de l'équipe junior du club d'arrondissement.

Robert se demanda si cette devise pouvait lui être utile aujourd'hui, alors qu'il n'était pas question de buts, de passes ou de marquage, mais bien de vie et de mort. Tandis que, pieds et torse nus, il se voyait intimer l'ordre de sortir du salon, il analysa sa situation. Elle était désastreuse. La femme avait plusieurs atouts maîtres en main, le principal étant un pistolet 9 mm. Par ailleurs, pour autant qu'il pouvait en juger, la villa semblait parfaitement isolée. À l'évidence, dans un appartement destiné à la location ou à la vente, les fenêtres et les portes étaient toutes verrouillées et équipées d'une alarme. Même s'il tentait de profiter de la distance qui les séparait pour se précipiter dans le couloir menant à la sortie de derrière, il n'avait quasiment aucune chance de tomber sur une porte ouverte ou une fenêtre non barricadée.

Grande distance entre nous, arme pointée sur mon dos, moi-même enfermé comme dans un conteneur : où est le point faible de l'adversaire dans sa force ?

Stern avait les muscles de la nuque tétanisés comme chaque fois qu'il devait résoudre un problème insoluble. Lorsqu'il était dans son cabinet, c'était toujours le signe précurseur d'une migraine imminente.

Ici, il le savait, c'étaient des douleurs bien pires qui l'attendaient.

Les planches de chêne fraîchement poncées craquèrent quand il gravit les premières marches de l'escalier. À chaque pas, le volume de la musique à l'étage augmentait, mais on n'entendait plus les glissements de pieds.

Il ne danse plus.

Stern s'interdit d'imaginer ce que l'homme était en train de faire dans la pièce. Avec Simon.

— Ne vous retournez pas, gronda la femme alors qu'il ralentissait imperceptiblement afin de jeter un œil pardessus son épaule.

Mais il ne vit rien. Il ignorait à quelle distance exacte elle se tenait. Ou avançait. D'après sa voix, elle pouvait tout aussi bien l'avoir suivi ou être restée au pied de l'escalier. Tout ce qu'il apercevait pour l'instant, c'était un rai de lumière et des contours flous. Car son regard s'était malheureusement porté sur l'un des spots à halogène qui plongeaient toute la cage d'escalier dans une lumière d'un blanc d'autant plus irréel qu'elle se reflétait sur des murs de couleur crème. Il dut cligner des yeux à deux reprises pour chasser les ombres qui dansaient devant lui...

Et, soudain, il entrevit la solution, là, devant lui. Le point faible de son adversaire. Il était arrivé à peu près au milieu de l'escalier en spirale et s'approchait d'un moyen tout simple pour renverser la situation en sa faveur. Seulement, il n'était pas certain que cela fonctionnerait. Il ne pouvait que l'espérer.

Il devait prendre le risque de tenter ce qui serait peut-être la plus grande erreur de sa vie et, par conséquent, la dernière.

16

À peine sortie de la voiture, Carina chercha un signe de vie autour du bâtiment en face d'elle.

— Ici ?

Elle leva les yeux. Un toit à six pans s'arrondissait, telle la perruque d'un juge anglais, au-dessus d'une villa de la fin du XIXe siècle, restaurée récemment, d'un jaune éclatant. Aucune lumière, à aucun des étages. Les stores étaient tous baissés, les volets clos.

— Tu brûles, répondit la voix.

Malgré ses jambes engourdies, elle s'efforça de conserver l'équilibre en se dirigeant vers la porte du jardin en fer forgé. À sa grande surprise, celle-ci était ouverte.

Et maintenant ?

Elle ouvrit la fermeture éclair de la pochette en plastique qu'elle portait à la taille et qui faisait partie de sa tenue de jogging. Parmi les médicaments de Simon, un peu d'argent liquide et quelques menus objets que lui avait confiés Stern, il y avait un Röhm RG 70. Un « cadeau » de Borchert.

— En cas de besoin, avait-il dit. C'est petit et mignon. Comme fait pour les mains délicates d'une femme.

Un sentiment d'irréalité s'insinua en elle tandis qu'elle avançait sur le chemin de gravier. Elle n'avait jamais tenu une arme dans les mains. Et encore moins avec l'intention de la braquer sur quelqu'un.

— C'est ouvert ? demanda-t-elle après avoir atteint la porte d'entrée tarabiscotée.

Pour la première fois, elle n'obtint pas de réponse. Elle voulut pousser avec précaution le battant de bois, mais il était verrouillé.

Carina se retourna, mais ne vit personne dans le pâle demi-jour des antiques lampadaires. Pas un passant. Pas de poursuivant. Rien, hormis le bruit de fond en provenance de la Königsstraße toute proche.

— Comment entrer ? demanda-t-elle à l'inconnu à l'autre bout du fil. Par la porte de derrière ?

Pas de réponse. Juste un souffle rauque.

Jetant un œil vers l'entrée du garage souterrain, à droite, elle remarqua des traces de pneus imprimées dans les feuilles mouillées.

— Le garage ? C'est ça ? Il faut que j'essaie par le garage ? dit-elle, tournant le dos à la porte de la villa.

La « voix » resta muette. Le souffle s'était tu lui aussi.

Bon sang, pensa-t-elle. *Je ne vais pas perdre mon temps à explorer la propriété alors qu'on est peut-être en train de torturer Simon là-dedans, et...*

Serrant la crosse du pistolet, elle toucha de l'index gauche la sonnette en laiton. Elle n'était ni détective, ni policier de métier. Sur ce terrain, elle était de toute façon perdue. Elle ne pouvait pas gagner. Tout au plus déranger...

— Je vais sonner, dit-elle dans le portable avant de le refermer.

— Tu gèles, répondit une voix sonore juste à côté de sa tête.

Une explosion accompagnée d'un éclair, exactement entre ses deux tempes. Puis plus rien.

17

Chaque marche était une torture. Car chacun de ses pas le rapprochait d'une fin possible. Mais ce n'était pas lui l'enjeu. Sa mort ne lui vaudrait qu'un entrefilet dans les pages locales des journaux à scandale. À bon droit. La véritable tragédie se jouait à quelques mètres, dans une pièce où l'opéra italien résonnait avec toujours la même intensité.

Et tout est exclusivement de ma faute, pensa Stern.

Feignant de perdre légèrement l'équilibre, il s'appuya contre le mur à sa gauche.

— Alors ? Vous mollissez déjà alors que ça n'a pas encore vraiment commencé ?

OK. Elle est juste derrière moi. À quelques marches seulement. Elle veut sans doute éviter que je sorte de son champ de tir quand je tournerai à l'angle, en haut.

Stern songea que tout devait aller très vite à présent. Il continuerait donc à tenir sa gauche. Loin de la rampe. Cinq marches encore.

Il apercevait maintenant l'espace précédant le couloir dans lequel débouchait l'escalier. Le bac en terre cuite contenant une fougère artificielle, juste au-dessus de lui, à côté de la rampe, devenait à chaque pas plus imposant.

Souvent, ce sont les combines les plus simples qui ont le plus d'effet. Une autre maxime de son père lui vint à l'esprit. Seuls quatre petits carrés de plastique allaient décider de la réussite ou de l'échec de son plan rudimentaire.

Encore deux marches.

Il étira prudemment les doigts de sa main gauche. Comme un blessé à qui l'on vient enfin d'ôter son bandage, il sentit le sang lui brûler le bout des doigts. Il eut envie de les serrer avec la main droite, mais cela aurait attiré l'attention de la femme.

Une marche encore.

Il voyait à présent l'ensemble de l'espèce d'antichambre où, à part une desserte marron sur laquelle étaient disposés en éventail des prospectus immobiliers, il n'y avait aucun objet de valeur. Pas de fenêtre non plus. *Heureusement !*

Stern posa le pied sur cette dernière marche comme s'il s'était agi d'une plaque de glace flottante. Résistant à l'envie de regarder derrière lui, il retint son souffle, se concentrant de toutes ses forces sur les secondes à venir, chassant même de sa perception le murmure d'une voix d'homme qui leur parvenait, à demi recouvert par l'aria.

Simon ne peut pas être très loin.

— Tournez à gauche, la troisième porte sur votre droite. Vous entendez déjà la fête…

La femme n'eut pas le temps de terminer sa phrase. Un son perçant, répercuté par les murs nus, leur vrilla les oreilles.

Stern mit à profit cette diversion inattendue que lui apportait la sonnette d'entrée pour essayer de reprendre la main. Il appuya sur un des interrupteurs placés à hauteur d'épaule au bout de l'escalier. C'était en effet là que résidait le point faible dans sa position de force : elle lui avait ôté toute possibilité de fuite. Mais les stores anticambriolage faisaient aussi obstacle à la lumière du jour. Dès que les spots à halogène seraient éteints, toute la cage d'escalier serait plongée dans une obscurité totale. Une obscurité qui lui permettrait de tirer en arrière la fougère et de renverser la femme en projetant sur elle le bac en terre cuite.

Ça, c'était la théorie.

La pratique se révéla un peu différente. Dès le premier interrupteur, Stern reconnut son erreur. Car la lumière ne diminua pas, au contraire. Soudain, les ondes lumineuses gagnèrent également le couloir jusqu'ici resté dans le noir. Il n'avait pas éteint les spots, mais allumé des lampes supplémentaires au deuxième étage. Et, pour la psychopathe pédophile au-dessous de lui, c'était désormais un jeu d'enfant de le mettre en joue et de le descendre sans coup férir.

18

Il y avait tant de choses dans cette pièce qui stupéfiaient Simon ! À commencer par les drôles de bruits que faisaient ses chaussures de sport sur le plancher. Une fois assis sur le bord du lit métallique, il remarqua, à la lumière tamisée et rougeâtre de la pièce, que l'on avait collé un film plastique transparent sur tout le parquet.

L'homme retira la clé de la serrure et se dirigea vers un trépied noir sur lequel était fixée une petite caméra digitale, l'objectif tourné vers le lit où Simon avait pris place. L'homme appuya sur un bouton, et un petit point rouge s'alluma juste à côté de la lentille. Puis, à côté de l'unique fenêtre de la pièce, obturée par de lourds rideaux en caoutchouc vert-de-gris, il mit en route une minuscule chaîne stéréo.

— Tu aimes la musique ? demanda-t-il.

— Ça dépend, murmura Simon, mais l'homme ne l'écoutait déjà plus.

Il se balançait au rythme de l'air joué par la platine laser. Simon n'était pas sûr d'aimer ce chant. Il avait entendu quelque chose de semblable un jour, dans le bureau de la directrice du foyer, et cela ne lui avait pas tellement plu.

L'homme en robe de chambre avait les yeux clos et paraissait absent. Simon fut tenté de se lever et de s'en aller. On lui avait déjà parlé de ce genre de bonhomme. Une fois même, un policier était venu à l'école pour leur montrer des photos de types avec lesquels il était déconseillé d'aller. Celui-ci ne leur ressemblait en fait pas du tout.

Soudain la musique devint très forte et Simon fut pris d'un accès de toux. Ensuite, il eut soudain un peu sommeil. Il s'appuya contre le pied de lit jusqu'à ce que cette première sensation de faiblesse soit passée. C'est alors qu'il remarqua les nombreux instruments médicaux posés sur une table en verre, juste à côté du lit.

Qu'est-ce que c'est que ça ?

Elle était tout de même là, la peur, cette peur en réalité totalement injustifiée. Cet homme ne pouvait rien lui faire. À cause du lendemain matin. À 6 heures, il rencontrerait quelqu'un sur un pont. Tant qu'il se cramponnerait à cette pensée, il n'aurait pas à avoir peur.

Son angoisse grandit néanmoins quand il aperçut les seringues.

Il connaissait ce genre de trucs depuis l'hôpital, mais, même là-bas, il n'en avait jamais vu de si grandes. Et ce qu'il ne pouvait s'expliquer, c'était ce ruban de métal argenté entre le scalpel et la petite scie sur un tapis de feutre vert. Il ressemblait à une petite chaîne de vélo qui aurait eu des pinces à linge à chaque extrémité.

— Approche un peu !

Entre-temps, il avait dû s'écouler quelques minutes durant lesquelles l'homme avait dansé, inconscient de ce qui l'entourait. Il avait une voix amicale. Simon, qui avait fermé brièvement les yeux pour se reposer, les rouvrit avec difficulté et se dépêcha de regarder dans une autre direction. L'homme avait laissé glisser sa robe de chambre sur ses chevilles et était complètement nu, à l'exception de ses gants en latex.

— Allez, viens !

— Pourquoi ? demanda Simon tout en pensant à Robert.

— Apporte-moi ce qui est sur le lit, tu veux ?

Simon regarda ce que l'homme lui montrait. Il eut une nouvelle quinte de toux et se sentit encore plus faible. Il prit néanmoins l'objet en question sur le matelas taché et dépourvu de housse ou de draps.

Il se leva et, les jambes flageolantes, se dirigea vers l'homme. La faiblesse le gagnait à chaque pas, comme lorsqu'il faisait la course avec Jonas. Il avait de nouveau de légers fourmillements dans sa main gauche, et il espérait que Stern allait enfin le tirer de là.

— Tu fais ça très bien ! haleta l'homme en se figeant au beau milieu d'une figure de danse.

Tendant le bras qui enserrait jusque-là une cavalière invisible, il lui toucha doucement l'épaule. Il le toucha du doigt une fois, deux fois. Puis il se mit à rire, comme s'il avait dit une bonne plaisanterie.

— Tu sais que tu es très beau ?

Simon secoua la tête.

— Si, si. Mais tu pourrais être encore beaucoup plus beau.

— Je ne veux pas.

— Si, laisse-toi faire !

Simon sentit qu'il lui arrachait le sac des mains. Puis, soudain, il ne vit plus rien. Il voulut prendre une inspiration, mais impossible. Le film en plastique se retourna vers l'intérieur et pénétra de quelques millimètres dans sa bouche. Il mobilisa ce qui lui restait d'énergie et tenta de dégager sa tête en levant les bras, mais une main virile lui saisit les poignets, lui rabaissa les bras et les lui lia derrière le dos avec du scotch. Il voulut crier, mais l'air lui manqua. À la place de l'oxygène, il aspira une petite touffe de cheveux, les cheveux de sa perruque qui avait glissé quand l'homme lui avait passé le sac sur la tête.

— Oui, comme ça, c'est bien, entendit-il susurrer le type à poil qui le ramena brutalement sur le lit. Bien mieux.

Simon donna des coups de pied, à l'aveuglette, dans toutes les directions, rencontrant çà et là un obstacle mou ou un tibia, mais il se rendit vite compte qu'il était le seul à se faire mal.

Il se fatiguait et s'affaiblissait de plus en plus, tandis que ses poumons menaçaient d'exploser. Aussi ne fut-il guère surpris d'entendre une forte détonation qui recouvrit soudain la musique.

Au coup de feu dans le couloir, l'homme s'immobilisa une seconde, puis il eut un ricanement et arracha un long morceau de scotch afin de l'enrouler autour du sac et du cou du garçon. Alors seulement il aurait les deux mains libres. Et il en avait besoin pour ce qu'il avait à présent en vue.

19

Quand le coup partit, le monde explosa autour de Stern. La douleur qui s'ensuivit était intolérable, mais elle ne se propagea pas dans la région du corps qu'il aurait cru. Il bascula vers l'avant, sa tête venant s'écraser contre le vase de fleurs. En fait, s'il tomba, ce fut davantage par réflexe que sous l'effet d'une véritable nécessité. Il avait eu la certitude que, avant de mourir, il verrait une blessure s'ouvrir dans son ventre après l'impact du projectile dans son dos. En réalité, il n'entendait plus rien, toussait à fendre l'âme et, chaque fois qu'il avalait une bouffée d'air, sentait un véritable feu lui brûler les poumons. Au bout d'un moment qui lui parut une éternité, juste avant de croire qu'il avait perdu la vue, il comprit ce qui venait de se passer.

Du gaz lacrymogène !

Le pistolet n'était pas chargé pour tuer. Le couple pervers était peut-être pédophile, mais pas capable de tuer. À moins que ces tordus ne tuent d'une autre manière. On pouvait penser qu'une simple balle ne leur apportait pas de jouissance supplémentaire.

Quand la femme se mit elle aussi à tousser derrière lui, Stern comprit que toutes ses suppositions étaient fausses.

— Merde, dit-elle, mais cet unique mot fut lui-même à peine perceptible car les muqueuses de son nez n'étaient plus que d'énormes chutes du Niagara.

Stern roula sur le ventre et aperçut l'escalier au-dessous de lui. Ses yeux larmoyaient comme s'il les avait passés à l'eau de Javel, mais il réussit néanmoins à constater que la femme se tenait à seulement quelques marches plus bas. Elle se tordait en se frottant les yeux.

Elle ne savait donc pas avec quoi l'arme était chargée, en déduisit Stern. Les deux cinglés se donnaient l'air d'être à la coule. En fait, ils étaient inexpérimentés. Ils n'avaient sans doute jamais essayé le pistolet. Et leur premier essai était un four.

Stern essaya de se lever, et ce qui se produisit fut aussi peu voulu que le nuage de gaz chloré. Il chancela, le sol se déroba sous ses pieds et, croyant faire un pas dans le couloir, il marcha dans le vide et s'écroula dans l'escalier.

Une douleur cuisante lui scia le dos quand, deux marches plus bas, il percuta la femme. Le vacarme était maintenant tel dans la cage d'escalier qu'il n'arriva pas à distinguer quelles parties de son corps étaient à l'origine des coups sourds qu'il percevait. Pour la seconde fois, sa tête heurta quelque chose de dur, une marche sans doute. Le sang lui jaillit du nez. Puis il glissa à plat ventre vers le bas et sa jambe gauche, soudain, ne fut plus que douleur. Pendant sa chute, son pied s'était coincé dans la rampe, et c'était à présent sa cheville qui retenait tout le poids de son corps.

Déchirure ligamentaire. Étirement du ligament externe. Rupture de la capsule. À en juger par l'intensité des élancements, il avait tout cela à la fois, mais il s'en moquait. Après s'être libéré précautionneusement, il constata, malgré le voile de ses larmes, que son adversaire au pied de l'escalier s'en était tirée à moins bon compte : elle ne bougeait plus, et l'un de ses genoux, comme le reste du corps d'ailleurs, était tordu d'une manière qui n'avait rien de naturel. Stern se releva en s'accrochant à la rampe, eut un sursaut de recul, comme devant la fraise d'un dentiste, quand il voulut poser le pied gauche sur le sol et grimpa l'escalier à cloche-pied. Il avait l'impression que ses muqueuses se détachaient d'elles-mêmes comme de la peau brûlée.

La troisième porte à droite, avait-elle dit. L'indication était inutile. Dans l'état où il était, sa seule perception était d'ordre acoustique. On entendait toujours la musique d'opéra à travers la porte de chêne dont Stern secouait maintenant la poignée.

Fermée à clé.

Il prit sa décision en une fraction de seconde. Il recula en ignorant la douleur qui lui enfonçait des clous dans la jambe gauche à chaque pas. Puis, empoignant à grand-peine le bac rempli de cailloux et non de terreau, il le tira sur quelques mètres, le souleva au dernier moment et le projeta des deux mains, sans se soucier du craquement de ses vertèbres, à l'endroit de la porte qui lui parut le moins résistant. La poignée se brisa et, du même coup, la serrure céda. Stern donna un coup d'épaule nue contre le panneau. Une fois, deux fois. Jusqu'à ce que, titubant de douleur, il fasse irruption dans la pièce.

Le spectacle qui s'offrit à lui dépassait en horreur tout ce qu'il avait jamais vu. Il ne put que hurler intérieurement : *trop tard !*

20

Il vit d'abord l'homme. Nu comme un ver. En sueur et paralysé d'effroi. Son excitation, qui ne se dissipait que lentement, paraissait avoir annihilé en lui tout réflexe de fuite. Il se contentait de se protéger le visage des deux bras.

Stern se tourna vers le lit et reconnut Simon dans la forme sans visage, allongée immobile sur un matelas en mauvais état, la tête enveloppée d'un sac en plastique de supermarché.

— Je peux tout vous expliquer…, commença à balbutier le porc, tandis que Stern, aveuglé par les larmes, la fureur et la douleur, se dirigeait en clopinant vers la caméra.

Il prit le trépied à deux mains, comme une batte de base-ball, et d'une volée brisa la mâchoire de l'homme. Celui-ci s'affaissa en arrière, entraînant la chaîne stéréo dans sa chute. La musique de Verdi expira à l'instant où Stern se précipitait sur le lit pour percer un trou dans le sac.

Puis il faillit hurler. De soulagement, un soulagement infini. Il avait tout loupé, et pourtant, au bout du compte, il n'avait pas perdu. Pas Simon du moins. Le petit toussait sans pouvoir s'arrêter comme un naufragé que l'on vient de sortir de l'eau. Pour Stern, les sifflements et les aspirations par lesquels Simon alimentait ses poumons en oxygène étaient plus beaux que n'importe quelle symphonie.

— Je suis désolé, je suis absolument désolé, réussit-il à balbutier en attirant contre lui le garçon qui s'était rassis sur le lit.

Entre-temps, il l'avait totalement débarrassé du sac en plastique et tenait sa tête entre ses mains comme il aurait tenu un objet précieux, en faisant attention que son torse couvert de sang et de saleté ne le touche pas.

— Ça va… ça va bien, dit Simon à bout de souffle, en prenant une profonde inspiration.

Puis il recommença à haleter et à renifler. Stern s'écarta un peu. Par chance, le nuage de gaz lacrymogène était resté dans la cage d'escalier. Mais il craignait d'en avoir transporté sur lui, notamment dans ses cheveux, et d'incommoder encore davantage Simon.

— Fff afff, dit dans un râle le petit qui avait manifestement retrouvé assez de force pour se tenir assis, alors que Stern se serait volontiers allongé pour dormir s'il s'était écouté.

Simon ayant renouvelé son bredouillement incompréhensible, il se ressaisit.

Fais gaffe !

Il se retourna à temps, avant que l'homme au visage défoncé ait réussi à franchir le seuil.

— Reste ici ! cria Stern en saisissant de nouveau le trépied de la caméra.

Cette fois-ci, il lui faucha les tibias. L'homme se cassa en deux et, hurlant de douleur, s'aplatit sur le seuil.

— Pas un centimètre de plus. Sinon je te tue comme ta givrée de bonne femme.

Stern se pencha sur le pédophile qui s'étranglait à force de brailler. Il lui montra le scalpel qu'il avait pris sur la table, réfléchissant à la manière dont il allait s'y prendre. S'il avait suivi son premier mouvement, il lui aurait enfoncé la pointe dans le pied ou cassé la lame sous les ongles. Mais il ne pouvait infliger à Simon un spectacle pareil. Le gamin avait vu assez de violence comme ça – pis, il l'avait vécue dans sa chair.

Par sa faute, il devrait à l'avenir se soumettre à un suivi psychologique.

— Écoutez, nous pouvons arranger ça, bredouilla le type, recroquevillé par terre, sa mine si sympathique il y avait encore peu, désormais totalement modifiée par le désordre intervenu dans l'agencement de ses dents. J'ai de l'argent. *Votre* argent. Comme convenu.

— Ferme ta gueule. Je ne veux pas d'argent.

— Mais quoi alors ? Pourquoi êtes-vous ici ?

— Regarde ailleurs, s'il te plaît, Simon, ordonna Stern en soulevant une nouvelle fois le trépied.

L'homme replia les jambes jusque sous son menton, protégeant sa tête ensanglantée de ses deux mains.

— Non, ne me frappez pas, je vous en prie ! supplia-t-il. Je ferai tout ce que vous voudrez. Je vous en supplie.

Stern le laissa encore un instant trembler dans l'attente d'un autre coup, puis demanda :

— Où est le portable ?

— Hein ?

— Ton foutu portable. Où l'as-tu mis ?

— Là, répondit l'homme en indiquant sa robe de chambre devant le lit.

Stern fit un pas en arrière et la ramassa.

— Dans la poche de droite.

C'était à peine s'il parvenait à comprendre les gémissements du pédophile. Il finit par trouver l'appareil et le lui tendit.

— Qu'est-ce que je dois faire ?

— Appelle-le !

— Qui ?

— Ton contact. Celui avec qui tu parlais dans le salon. Vas-y. Je veux lui parler.

— Non, ce n'est pas possible.

— Pourquoi ?

— Parce que je n'ai pas son numéro. Personne n'a le numéro du « marchand ».

L'homme prononça ce dernier mot comme s'il s'agissait d'un nom propre. Même dans sa situation pitoyable, il ne pouvait se défaire de respect envers le puissant inconnu qui tirait les ficelles dans le milieu des pédophiles.

— Comment prends-tu contact avec lui alors ?

— Par e-mail. On lui écrit et il nous appelle. C'est ce qui s'est passé avec vous. Tina lui a... (Il haleta, épuisé)... envoyé par téléphone votre nom et votre numéro de carte d'identité pendant qu'elle était encore dans la voiture. Et il nous a appelés.

Tina ! L'horrible créature en train d'agoniser au pied de l'escalier avait à présent un nom.

— OK. Donne-moi son adresse mail.

— Elle est dans le portable.

— Où ?

Le téléphone émettait un couinement chaque fois que Stern appuyait sur une touche. Il connaissait ce modèle qu'il avait même utilisé pendant une courte période. Aussi son fonctionnement lui était-il familier.

Sans quitter des yeux l'homme au sol, il trouva le répertoire.

— C'est sous « Bambino », mais ça ne vous servira à rien.

— Comment ça ?

Stern n'essaya pas de mémoriser l'adresse : gulliver-qyx@23.gzquod.eu, qui était trop compliquée. De toute façon, il allait garder le téléphone.

— Parce que l'adresse change après chaque demande. Elle n'existe déjà plus.

— Et comment fais-tu la fois d'après ?

— Je ne peux pas le dire.

— Pourquoi ?

— Parce qu'ils me tueraient.

— Et moi, que crois-tu que j'aie l'intention de faire ? Dis-moi tout de suite comment tu obtiens la nouvelle adresse mail, sinon je t'envoie rejoindre ta femme en bas de l'escalier.

— D'accord, d'accord, d'accord...

L'homme leva le bras, ses yeux écarquillés ne quittant pas le trépied qui se balançait au-dessus de son crâne et menaçait de s'abattre sur lui à tout instant.

— Il a des tas d'adresses. Des milliers. Chacune ne sert qu'une fois. On doit ensuite en acheter une autre si on veut lui parler.

— Où ?

Stern lui cracha délibérément dessus quand il dut répéter la question.

— Où les achètes-tu ?

Quand il entendit la réponse, le scalpel lui échappa des doigts et alla se ficher dans le parquet recouvert d'un film en plastique.

— Qu'est-ce que tu as dit ? demanda-t-il, haletant, stupéfait.

Entre-temps, les coups de marteau sous son crâne, sa cheville enflée, son dos tordu et la brûlure dans ses poumons s'étaient fondus en une seule et infinie onde de douleur.

— Redis-le ! hurla-t-il.

— Sur le pont, répéta l'homme allongé nu à ses pieds, le visage ensanglanté, les larmes lui montant aux yeux parce qu'il trahissait là le secret sans doute le mieux gardé du milieu pédophile : On achète les adresses sur le pont.

21

Nombreuses sont les scènes d'horreur susceptibles d'inspirer des sentiments contradictoires. Ce ne sont d'ailleurs pas les indices les plus visibles d'une violence brutale qui suscitent chez le spectateur tout à la fois attirance et répulsion. Ni les taches de sang, ni les éclaboussures de cervelle contre le papier peint au-dessus du lit, ni les membres amputés à côté du coffre à linge à repasser. Ce qui engendre une fascination morbide chez le témoin extérieur, ce sont les signaux émis par une scène de crime. Dans une station de métro, une zone interdite, pleine de gens en temps normal, provoque par exemple le même effet qu'une place inhabituellement illuminée sur laquelle stationnent plusieurs véhicules de la police.

— Merde, râla Hertzlich en se frottant les yeux sans enlever ses lunettes à monture dorée.

D'un air renfrogné, il fit signe à Engler de s'approcher. Dans l'obscurité de cette soirée d'automne, le cabaret illuminé de la Mexikoplatz faisait penser à une ampoule attirant des nuées de moustiques. Il fallait tenir à l'écart des barrages les nombreux passants qui se rendaient à la gare de la S-Bahn. Exceptionnellement, il n'y avait ici rien à voir, comme l'annonçait aux curieux, à intervalles réguliers, l'agent en uniforme.

— Quelle foutue merde, répéta le chef à haute voix quand le commissaire l'eut rejoint.

L'affaire semblait échapper à tout contrôle, et c'est pour cette raison qu'il avait voulu venir sur place pour se faire une idée de la situation. Il n'avait pas envisagé qu'elle pût devenir aussi catastrophique.

— Mettez-moi au courant, ordonna-t-il en observant avec dégoût Engler prendre devant son nez un cachet effervescent d'aspirine vitaminée et le mâcher sans avaler une seule gorgée d'eau.

Il se demanda s'il ne ferait pas mieux de lui retirer la responsabilité de l'affaire.

— Borchert nous est tombé entre les pattes par hasard à cause d'une panne de voiture, résuma Engler. Il nous a amenés ici, Mexikoplatz, affirmant mordicus que Robert et le petit Simon avaient été enlevés. Et, par-dessus le marché, par une femme qu'il aurait rencontrée dans ce café. Le numéro d'immatriculation que Borchert dit avoir relevé ne figure pas au fichier. Le seul indice valable que nous ayons en notre possession est cette adresse e-mail, poursuivit Engler en montrant d'un air las le panneau de la vitrine du café. C'est celle d'une petite agence immobilière de Berlin-Steglitz. Un certain Theodor Kling la dirige avec sa femme Tina. Sa secrétaire s'apprêtait à quitter son travail, mais elle nous a tout de même dit qu'il était en train de visiter une maison. Elle nous a faxé la liste des biens immobiliers en vente actuellement dans cette agence. Nous sommes en train de les visiter tous.

— Et combien y en a-t-il ?

— Huit dans les environs. Pas beaucoup donc. Le problème, c'est qu'il est difficile d'entrer partout par effraction, pour... Euh, un instant, s'il vous plaît. Ce pourrait être Brandmann.

Engler ouvrit son portable et grimaça presque aussitôt, on aurait dit qu'il venait de mordre dans quelque chose d'amer.

Hertzlich haussa les sourcils d'un air interrogateur.

— Où diable êtes-vous ? demandait le commissaire avec tant de perplexité dans la voix qu'il était évident qu'il ne parlait pas à son collègue.

22

— Une ambulance au 121 zum Kleinen Wannsee ?

Engler répéta l'adresse qu'il n'avait que partiellement saisie quand Stern la lui avait donnée.

Hertzlich l'ayant lui aussi notée, il s'écarta un peu et prit son portable, sans doute pour expédier une équipe.

— OK. Attendez-nous là-bas. Ne bougez pas, ordonna Engler.

Il avait l'impression d'être obligé de parler avec une soufflerie dans le dos, tant la liaison était mauvaise.

Où diable a bien pu disparaître Brandmann, pour une fois qu'on a besoin de lui ?

— Pas possible. N'ai… temps… pour expli… (La ligne était si mauvaise que Stern semblait bégayer.) La… femme… morte… peut-être, l'homme vit… C'est lui… arrêter.

Engler ne comprenait toujours pas grand-chose.

— Comment va Simon ? dit-il, posant la question essentielle.

— C'est pour ça que je vous appelle.

L'avocat devait avoir quitté la zone sans réseau. Son débit, d'un seul coup, n'était plus haché, on le comprenait parfaitement.

— Écoutez, ça ne peut pas continuer comme ça. Vous devez vous constituer prisonnier, exigea Engler.

— Oui, c'est ce que je vais faire.

— Quand ?

— Maintenant. C'est-à-dire… Un instant !

Il y eut un déclic sur la ligne, et Engler crut entendre Simon à l'arrière-plan. Stern n'avait donc pas menti. Le gamin était vivant !

— Nous avons besoin d'environ quarante minutes, puis nous nous verrons. Mais juste nous deux. Personne d'autre.

— D'accord. Où ?

Les traits d'Engler s'affaissèrent quand Robert lui donna le lieu du rendez-vous.

23

Votre correspondant n'est pas joignable pour l'instant. Si vous désirez être informé par SMS dès que...

— Nom d'un chien ! Qu'est-ce qu'il se passe ? Pourquoi Carina ne répond-elle pas ?

Et qu'a-t-il bien pu arriver à Borchert ? Pourquoi est-ce qu'il nous a laissés tomber ?

Stern éteignit la voix enregistrée de la boîte vocale et, furieux, se retint d'envoyer valser le portable par la fenêtre de la limousine, sur le parking où ils s'étaient garés après une course folle à travers la ville. Il était profondément dégoûté à l'idée que ce pédophile avait collé son oreille moite de sueur contre ce même téléphone, quelques minutes plus tôt. Mais il allait encore en avoir besoin. Il avait d'abord passé le coup de fil le plus urgent afin d'informer Engler. Car il ne pouvait continuer comme ça, il devait se constituer prisonnier. Même au risque de ne jamais apprendre ce qu'il était advenu de Felix.

Mais c'était à présent secondaire. Leur jeu de piste insensé à la poursuite d'un fantôme devait prendre fin. Simon avait failli mourir assassiné. La réalité, c'était *ça*, et non ses élucubrations à propos de Felix et du garçon avec une tache de vin.

Stern perçut deux petits doigts sur son épaule.

— Tout est OK ? s'enquit Simon.

L'avocat sentit à nouveau ses yeux se remplir de larmes. Il venait d'abandonner ce gamin en plein enfer, en tête à tête avec un monstre ricanant. Et voilà qu'il s'inquiétait de savoir comment il allait, lui !

— Je vais bien, mentit Stern.

En réalité, il ne savait comment s'asseoir pour supporter ses douleurs. Il avait réussi par miracle à sortir de la villa sans s'évanouir dans le couloir. Par chance, Simon possédait manifestement un pouvoir de récupération incroyable, si bien qu'il avait pu descendre l'escalier par ses propres moyens, quand Stern avait attaché le pédophile au lit avec du ruban adhésif.

Tina n'avait pas bougé quand ils l'avaient enjambée au pied de l'escalier, mais Stern avait cru l'entendre respirer faiblement. Bien que chaque centimètre supplémentaire à parcourir fût une véritable torture, il avait rassemblé ses vêtements dans le salon avant de quitter les lieux par le garage, empruntant la voiture du même coup. Il avait remercié Dieu que la limousine fût un modèle automatique. Son pied gauche avait enflé au point de n'être plus qu'un bloc de chair parcouru d'élancements, qu'il pouvait à peine poser par terre et avec lequel débrayer aurait été impossible.

— Pourtant tu as une mine épouvantable, constata Simon d'une voix rauque.

— Et toi, on croirait entendre Kermit, tenta de plaisanter Stern.

Abaissant le pare-soleil, il se regarda dans le miroir et donna raison au gamin. Dans la boîte à gants, il trouva des lingettes humides destinées au pare-brise. Haussant les épaules, il en prit une et épongea le sang sur sa figure.

— Et toi, comment te sens-tu ? s'inquiéta-t-il tout en tamponnant avec précaution le pourtour de l'hématome qu'il avait sur le front.

— Ça va, ça va, concéda Simon en réprimant une quinte de toux.

— Je suis désolé, absolument désolé, répéta Stern pour au moins la huitième fois depuis leur départ de la villa. Mais je vais réparer ça. Je te le jure.

— Mais il ne s'est rien passé, répondit Simon avec lassitude.

Stern alluma le plafonnier pour mieux l'examiner. Les cils du garçon battaient légèrement et il ne pouvait s'empêcher de bâiller. Après ce qui s'était passé dans la journée, était-ce un bon ou un mauvais signe ? Il n'en avait pas la moindre idée.

— Tu as besoin de quelque chose ? D'eau ? De tes médicaments ?

— Non, je suis juste fatigué.

Simon toussa à nouveau. Sa jambe gauche tremblait un peu, ce que Stern n'avait pas remarqué pendant le trajet.

— Tu vas pouvoir aller tout seul jusqu'aux portes vitrées ?

— Bien sûr !

Simon ouvrit la portière du passager et hésita.

— Mais je préférerais rester avec toi.

Stern fit non de la tête et même ce simple geste lui fit mal.

— Je regrette.

— Mais peut-être que tu auras besoin de moi quand même ?

— Viens vers moi !

Stern attira Simon contre lui et, ignorant les protestations de son dos à la torture, il le serra très fort dans ses bras.

— Oui, j'ai besoin de toi. Grand besoin, même. Et c'est pourquoi il est très important que tu fasses exactement ce que je t'ai dit, d'accord ? Tu entres dans l'hôpital et tu te présentes aussitôt dans ton service, tu as bien entendu ?

Simon acquiesça dans ses bras.

— C'est bon. Et qu'est-ce que tu vas faire maintenant ?

Le petit parlait d'une voix sourde, la bouche contre la chemise de Robert.

— Je vais résoudre l'affaire.

Simon s'écarta un peu et leva les yeux.

— C'est vrai ?

— Vrai !

— Ça veut dire que je n'aurai pas à tuer quelqu'un demain ?

— Non, tu n'auras pas à le faire.

— Je n'ai pas du tout envie de ça, tu le sais ?

— Je le sais.

Stern fit glisser une mèche de cheveux derrière l'oreille de Simon et lui sourit faiblement.

— Tu vas vraiment y arriver seul ? s'inquiéta-t-il à nouveau.

— Oui, je vais bien. Je n'ai plus que la gorge qui me gratte.

— Et le tremblement de ta jambe ?

— Ce n'est rien. De toute façon, on va bientôt me donner quelque chose contre ça.

Simon avait déjà posé un pied par terre quand Stern lui mit une nouvelle fois la main sur l'épaule.

— Est-ce que tu te souviens du plus bel endroit du monde ? demanda-t-il. Ce que tu as dit au Dr Tiefensee quand il t'interrogeait dans son cabinet ?

— Oui, confirma Simon en souriant.

— Nous irons sur cette plage, d'accord ? lança-t-il à l'enfant qui s'éloignait déjà. Quand tout ça sera passé. Toi, Carina et moi. Et tu auras la plus grosse glace qui existe sur terre, d'accord ?

Simon eut un large sourire et lui adressa un signe de la main tout en marchant. Il n'avait que quelques mètres à parcourir entre le parking et l'entrée de l'hôpital, mais Stern ne le quittait pas des yeux, comme hypnotisé. Il mit le contact. Pas pour s'en aller, mais pour pouvoir être auprès de lui en une fraction de seconde en cas de nécessité. Bien entendu, dans le périmètre de l'hôpital Seehaus, il n'était plus sous la menace d'aussi grands dangers que durant les dernières heures. Mais la peur de Stern ne reflua qu'une fois Simon disparu derrière les portes coulissantes.

Il regarda sa montre et enclencha la marche arrière. Il était 18 h 46. Il devait se dépêcher s'il ne voulait pas arriver en retard à la fête foraine.

24

— OK, il est là maintenant. Qu'est-ce que je fais ?

Le barbu, dans la cafétéria de l'hôpital, remuait la mousse de son *latte macchiato* tout en regardant le gamin se diriger vers les ascenseurs.

— Simon semble vouloir rejoindre directement son service, confia-t-il à son portable, tout en retirant de son verre, pour la lécher, la longue cuillère.

Puis il parut pour la première fois s'animer.

— Un instant, dit-il, interrompant la voix à l'autre bout du fil. Ils viennent de le reconnaître. Un médecin. Oui, il parle avec Simon. Je suppose que ça ne va pas tarder à être l'enfer ici.

Ses mains énormes lâchèrent le verre cannelé et il se leva afin d'observer les aides-soignants, les infirmières et les médecins qui s'amassaient peu à peu autour de Simon. On entendait des exclamations. L'hôpital bruissait d'une activité trépidante.

— Vraiment ? Vous êtes certain ?

Devant les ascenseurs, les voix haussaient le ton, toutes vibrantes d'excitation, et l'homme avait du mal à saisir les instructions qu'il recevait au téléphone. Il demanda à son interlocuteur de parler un peu plus fort. Il finit par avoir tout compris et poussa un grognement d'assentiment.

— C'est parfait. Ce sera fait.

Picasso raccrocha et abandonna son café sans y avoir touché.

25

— Voooot biiiiiillléééé…

Les syllabes flottaient dans ses oreilles, comme bercées par des vagues. Artificiellement étirées – on aurait dit qu'elles provenaient d'une bande magnétique passant au ralenti –, elles s'assemblaient pour former des mots incompréhensibles.

Où est-ce que je suis ? Qu'est-il arrivé ?

Carina avait l'impression d'être assise sur un lave-linge en phase d'essorage. Le banc sur lequel elle était allongée la secouait comme un vieux sac. De temps en temps, une force invisible la poussait vers l'avant et, l'instant d'après, la repoussait contre l'inconfortable dossier.

Elle cligna fébrilement des yeux et eut la nausée. Elle s'avisa soudain de la puanteur qui l'enveloppait. Un mélange d'odeur d'alcool et de vomi.

Elle avait beau s'efforcer de tenir ses cils écartés, elle ne voyait toujours rien. En tout cas rien de nature à rendre plausible ce qui lui arrivait.

Un homme au visage émacié, moustachu, avec une raie sur le côté d'un brun de cannelle, était penché sur elle, lui tendant une carte plastifiée comme pour justifier de son identité.

— Qu'èche… qu'illl… m'est arrivé ? bredouilla-t-elle.

Mais ses propres paroles lui parurent encore plus incompréhensibles que celles de l'inconnu au visage sévère. L'homme s'adressa à elle d'une voix un peu plus forte cette fois, et elle comprit enfin ce qu'il lui disait. Même si ce n'était que sur le plan acoustique. La véritable signification de son injonction continuait à lui échapper.

— Votre billet, s'il vous plaît.

— Hein ? Quoi ?

Carina tourna la tête et, au prix d'un gros effort, regarda à côté du contrôleur. Face à elle, il y avait un autre banc, vide, à l'exception d'une dame âgée qui la dévisageait d'un air dégoûté et qui, avant de se replonger dans son magazine, roula des yeux méprisants.

— Je, j'ai... je me rappelle...

Carina sentit qu'elle était elle-même la source de la puanteur. Du gros rouge. Le sweat-shirt de son survêtement était couvert de taches.

Comment est-ce possible ?

La dernière chose dont elle se souvenait était cette horrible voix. *Tu gèles.*

Et puis la certitude de tomber dans un sommeil éternel, un sommeil sans rêve. *Mais maintenant ?*

Elle prit entre ses mains ses tempes où le sang battait. Elle s'aperçut avec surprise qu'elle n'avait pas de blessure. Même pas une bosse.

— Alors, vous vous dépêchez, ou faut-il qu'on vous fasse évacuer ?

À mesure que les secondes passaient, les détails autour d'elle s'assemblaient pour donner une image d'ensemble étrange. Les vitres rayées, les tubes de néon à la lumière vacillante au-dessus d'elle, les poignées pour les voyageurs. Elle voyait certes où elle se trouvait, mais n'arrivait pas à le comprendre. Elle aurait tout aussi bien pu se réveiller sur une plaque de glace dans l'Antarctique, ce n'aurait pas été plus irréel pour elle que ce wagon de la S-Bahn qui la transportait avec fracas à travers la nuit berlinoise.

— Je croyais que j'étais morte, dit-elle au contrôleur, ce qui arracha à ce dernier un petit ricanement.

— Non, tu parais seulement l'être.

Il saisit sa main droite avant qu'elle eût le temps de la retirer et prit quelque chose entre ses doigts.

— Ça y est, le voilà.

Il vérifia le compostage du billet et fut manifestement satisfait.

— J'ai rarement vu ça. Être assez bête pour se saouler la gueule, mais acheter un billet !

Il lui rendit ledit billet en lui conseillant d'y aller un peu moins fort le week-end suivant. Puis il poursuivit son contrôle.

Le train ralentit et déboucha sous la toiture d'une gare faiblement éclairée dont les panneaux étaient encore écrits en caractères à l'ancienne : gare de Grünewald.

Nous ne sommes qu'à deux stations de Wannsee.

Carina se leva, s'aperçut que les autres voyageurs lui faisaient place comme si elle était porteuse d'une maladie infectieuse, et descendit sur le quai en titubant.

Les bourdonnements dans sa tête étaient dignes d'une ruche. La « voix » devait lui avoir tenu sur la tempe un choqueur électrique, l'avoir aspergée de tord-boyaux et abandonnée dans la S-Bahn comme une SDF.

Mais pourquoi ?

À l'air libre, ses sens reprirent vie, mais cela eut pour résultat de réveiller de plus belle son angoisse. La question n'était en effet pas de savoir ce qui lui était arrivé à elle, mais à Simon. Et à Robert.

Elle s'arrêta, laissant passer les quelques voyageurs descendus en même temps qu'elle.

Et maintenant ?

Elle se sentait aussi désemparée qu'une heure plus tôt, quand elle ne savait où aller pour sauver Simon et Robert. Sauf qu'à présent elle se sentait beaucoup moins bien physiquement. Son crâne menaçait d'exploser, elle avait envie de vomir et son ventre se mit à gronder si fort qu'elle eut l'impression qu'il était le siège d'une vibration qui n'en finissait pas. Elle posa la main sur son estomac. Par hasard, celle-ci rencontra la sacoche en matière plastique. Les vibrations s'étaient à présent transmises à ses doigts ; simultanément, il y eut comme un couinement.

Carina dut s'y prendre à deux fois avant de réussir à ouvrir la fermeture éclair. Un bref instant, elle s'étonna de retrouver dans la banane la totalité de l'argent, les médicaments et même son arme, puis elle sortit l'agenda électronique qu'elle avait gardé pour le compte de Robert.

Ouvrant l'étui en cuir, elle considéra l'annonce clignotante. Un rendez-vous ! Le couinement devait rappeler à Robert un rendez-vous qu'il avait pris jeudi. Et à cause d'elle de surcroît.

Carina arrêta la sonnerie. Elle savait que cela ne pouvait être un hasard. Le jeu commencé trois jours auparavant sur une friche industrielle à côté de l'autoroute urbaine se poursuivait.

Frissonnante, elle se passa les bras autour du corps, se frottant le dos de haut en bas et de bas en haut comme pour briser les fils par lesquels le marionnettiste invisible la menait à travers cette histoire démente.

Au bout d'un petit moment, elle se mit en route d'un pas pesant. En se dépêchant, elle y arriverait. Le lieu du rendez-vous n'était pas très éloigné.

26

Quand on lui passa les menottes sur le parking de la Clayallee, Stern se souvint d'une phrase qu'une cliente lui avait dite il y avait des années de cela : *C'est comme si on déposait son existence au vestiaire.*

Certes la femme était impliquée dans une affaire de fausse monnaie et n'avait pas été arrêtée sans motif, contrairement à lui, mais il devait avouer qu'elle avait fort bien décrit ces premières minutes de détresse et de désespoir.

— Pourquoi ici ?

Engler, regardant dans le rétroviseur, répéta sa question à Stern :

— Pourquoi avez-vous absolument tenu à ce que nous nous donnions rendez-vous devant un parc d'attractions ?

Le commissaire était au volant de sa voiture de service banalisée. Seuls les initiés savaient que cette limousine grise était un véhicule de police.

— Pour voir si vous respecteriez notre accord.

Stern s'efforçait de garder les yeux ouverts. Il souffrait tellement qu'il aurait certes souhaité sombrer dans une inconscience bienfaisante, mais il était encore trop tôt pour cela.

— Je devais m'assurer que vous viendriez seul.

Stern conseilla à Engler de jeter un œil par la vitre arrière sur la grande roue clignotant de tous ses feux.

— La vue de là-haut est vraiment magnifique.

Lorsqu'il avait appelé le commissaire, il lui avait demandé de mettre en marche le signal de détresse de son véhicule. Après l'avoir localisé sur le parking des visiteurs, il avait fait trois autres tours avant de se décider à se rendre. Et, en effet, aucun auxiliaire sorti d'on ne sait où ne lui avait sauté dessus quand il était monté dans la voiture.

— Je vois, dit Engler en approuvant de la tête.

Il éternua brutalement.

— Mais vous vous êtes donné du mal pour rien, reprit-il quand son nez se fut calmé.

Il paraissait aussi enrhumé que lors de son premier interrogatoire, lequel, chose incroyable, ne remontait qu'à trois jours.

— Nous sommes suivis à la trace par GPS, toussa l'enquêteur. La centrale sait donc en permanence où nous sommes. Par ailleurs, je vous tiens pour un trou du cul, pas pour un homme dangereux, poursuivit-il en lui adressant un sourire mauvais dans le rétroviseur. En tout cas pas assez dangereux pour que je ne puisse venir à bout de vous par mes propres moyens.

Stern opina de la tête en considérant ses poignets, sur lesquels les menottes laissaient déjà des traces.

— Mais pourquoi vouliez-vous à tout prix me rencontrer ? Nous ne sommes pas précisément des amis.

— C'est justement pour cette raison. Mon père me disait toujours qu'il ne faut faire d'affaires qu'avec ses ennemis. Ils ne peuvent pas vous trahir. En outre, je trouve que ce Brandmann n'est pas très catholique. Je ne le connais pas.

— Un homme sage, votre père. De quel marché s'agit-il donc ?

— Je vais vous fournir des informations qui vous permettront d'arrêter au moins deux criminels, un marchand d'enfants et le vengeur, c'est-à-dire le type qui est responsable de tous les cadavres que nous avons retrouvés.

L'obscurité tomba brutalement. À droite et à gauche de la chaussée, les immeubles d'habitation disparurent derrière les vitres ruisselantes de pluie. Laissant derrière eux la partie éclairée du Huttenweg, ils empruntèrent une voie de raccordement entre Charlottenburg et Zehlendorf et traversèrent le quartier de Grûnewald.

— OK. Et que souhaitez-vous en échange ?

— Peu importe ce que vous croyez avoir contre moi et peu importe ce que je vais vous raconter, mais il faut que vous placiez immédiatement sous protection policière les enfants de mon ex-femme.

— Pourquoi ?

— Parce qu'on me fait chanter. Ce qui m'amène à ma deuxième exigence : il faut que vous me laissiez libre jusqu'à 6 heures demain matin.

— Vous déraillez ou quoi ?

— Peut-être. En tout cas moins que ces fous furieux. Tenez !

— C'est quoi, ça ?

Engler jeta un coup d'œil sur le siège passager. À cause des menottes, Stern avait sorti avec difficulté de sa veste une minuscule bande vidéo et l'avait lancée à l'intention du policier.

— C'est une bande que j'ai trouvée dans la chambre de l'agent immobilier de Wannsee. Jetez un peu un œil sur ce que sa femme et lui voulaient faire à Simon, si vous avez le cran de supporter ce spectacle.

— C'est lui qui tire les ficelles ?

— L'agent immobilier ? Non.

Stern expliqua brièvement à Engler ce qu'il avait découvert au cours de ces dernières heures.

— Demain matin, un bébé doit être vendu lors d'un rendez-vous de pédophiles. Simon se figure qu'il doit tuer le marchand d'enfants lors de la transaction. Par vengeance.

— Et vous croyez *ça* ?

— Non. Si cette histoire a un semblant de réalité, ce n'est pas Simon mais un autre vengeur qui doit se montrer sur le pont. Et il abattra le marchand dès que l'occasion se présentera.

Engler aborda lentement le carrefour entre le Hüttenweg et l'angle de la Koenigsallee.

— Bien, en admettant qu'il y ait quelque chose de vrai dans votre théorie abracadabrante, comment le gamin en a-t-il entendu parler ? objecta le commissaire avec méfiance.

Stern se retourna pour voir si on les suivait, mais, à part un motocycliste qui s'éloignait en direction de l'Avus, ils étaient seuls au feu rouge.

— Comment expliquer que votre client, Simon Sachs, puisse d'un seul coup non seulement lire dans le passé, mais aussi dans l'avenir ?

— Je n'en ai pas la moindre idée.

La pluie redoubla. Engler fit passer les essuie-glaces à la vitesse supérieure.

— Pas la moindre idée, c'est une mauvaise réponse si vous souhaitez que je vous relâche. Comment puis-je savoir si vous n'êtes pas vous-même impliqué ?

Ils s'étaient remis à rouler et Stern s'étonna un bref instant du bruit du moteur. On aurait dit qu'Engler avait fait le plein avec de l'essence à l'indice d'octane insuffisant.

— C'est la raison pour laquelle vous ne devriez pas m'enfermer. Je vous le prouverai demain matin. Sur le pont.

— Et ce fameux pont, il est où ?

— Concluons d'abord notre marché, et ensuite je vous donnerai l'adresse.

— Eh là ! Mais qu'est-ce qu'il y a encore ?

Stern, déconcerté, se pencha en avant. Il s'était trompé. Il n'y avait pas de problème avec le moteur. Le bruit de tondeuse à gazon qu'il entendait venait de l'extérieur. Et il devenait de plus en plus fort.

— Quelqu'un est-il au courant de notre rencontre ? demanda soudain Engler.

Il semblait nerveux et la tension gagna aussitôt Stern.

— Personne, répondit ce dernier avec hésitation.

— Et quel était le numéro ?

— Quel numéro ?

Robert tâta le téléphone dans la poche de sa veste. Il était toujours allumé. Cela voulait dire…

— Le numéro du portable avec lequel vous m'avez appelé. À qui appartient-il ?

Engler, de plus en plus stressé, ne cessait de se retourner tout en conduisant.

— À l'agent immobilier, mais pourquoi… ?

Les essuie-glaces glissèrent vers la droite et dispersèrent l'eau de pluie qui, pendant une fraction de seconde, eut un effet de loupe sur le pare-brise. Stern put alors voir devant lui.

Le motocycliste. Il avait fait demi-tour, éteint ses lumières et se dirigeait droit sur eux, sans casque et les bras écartés.

Le feu passa au vert et Engler enclencha une vitesse.

Oh, bon sang de bon sang ! Borchert nous avait pourtant expressément mis en garde. Localiser un portable est un jeu d'enfant et…

Il y eut une détonation. Stern cessa de penser.

27

Les trois coups de feu semblèrent tout à fait anodins, comme des pétards mouillés du Nouvel An dont la poudre noire se serait seulement à moitié consumée. Mais ce bruit étouffé était trompeur. Les projectiles traversèrent le pare-brise et firent exploser le verre de sécurité en milliers de confettis.

Stern n'aurait su dire lequel avait atteint en premier le commissaire dont la tête s'était affaissée sur le volant. Le feu était toujours au vert. Peu après, quand il passa à l'orange, l'intérieur de la voiture s'illumina, ce dont Robert, encore sous le choc, ne se rendit pas compte. Pour le moment, son cerveau était trop occupé à assimiler des images épouvantables : le conducteur sur la moto, le pare-brise brisé, la main du commissaire agitée de soubresauts.

Ses dents s'entrechoquaient. Il était glacé d'effroi. Le choc, les douleurs, la panique et aussi, tout à coup, une averse qui vint lui fouetter la figure. C'est alors seulement qu'il comprit pourquoi la lumière s'était soudain allumée au-dessus de lui. Sa portière. Quelqu'un l'avait ouverte.

— Vous n'avez pas respecté notre accord, siffla un homme dans l'obscurité.

Stern sentit quelque chose de froid contre sa tempe. Le motocycliste y pointait le canon de son arme.

— Vous avez le bonjour de la « voix ». C'est bien vous qui vouliez savoir s'il y a une seconde vie ?

Les yeux clos, Stern pressa encore plus fortement ses paupières. Il était si tendu que sa tête se mit à vibrer. Et il sut en cet instant que les descriptions que l'on fait habituellement des derniers instants de la vie ne s'appliquaient pas à lui. Pas de film déroulant ses images face à la mort ! Même pas un arrêt sur image ! En revanche, durant une infime fraction de seconde, il sentit chacune des cellules de son corps. Il perçut les battements sourds de ses capsules médullosurrénales déversant des quantités toujours plus grandes d'adrénaline dans son sang. Il entendit ses bronches se déployer. Les contractions sans cesse plus fortes de son cœur étaient comme de petites explosions dans sa cage thoracique. Simultanément, sa perception externe se modifia elle aussi. Le vent avait cessé d'être une sensation homogène : il avait au contraire l'impression qu'une sableuse lui projetait au visage d'innombrables atomes d'oxygène qui, mêlés aux gouttes de pluie, criblaient sa peau de milliers d'impacts.

Stern s'entendit crier. Jamais il n'avait ressenti une telle peur. Il éprouvait en même temps des émotions d'une violence inouïe. Comme si on voulait lui prouver une dernière fois quelles sensations extrêmes il aurait été capable de ressentir s'il avait laissé à la vie la moindre chance. Puis, peu avant la fin, il crut qu'il se liquéfiait. Il comprit que Robert Stern, créature composée d'atomes et de molécules, allait se désintégrer en ses divers éléments afin de faciliter l'entrée du projectile dans son corps. Et, tandis qu'une profonde tristesse l'enveloppait à la manière d'un manteau, le coup mortel le délivra.

La balle le frappa. Elle fit mouche, comme prévu. Au beau milieu de la tempe. Elle creusa dans son crâne un trou de la largeur d'un ongle d'où le sang s'échappa comme du ketchup d'une bouteille mal fermée.

Stern ouvrit les yeux. Se prit la tête dans les mains et, incrédule, tâta l'endroit où le tueur appuyait encore son arme l'instant précédent et où était restée la douleur provoquée par la pression du canon. Puis il regarda le bout de ses doigts, s'attendant à y voir du sang. Rien !

Il finit par regarder vers l'avant de la voiture. Il entendit l'arme d'Engler tomber sur le plancher. La moitié du visage du commissaire paraissait inondée de sang. Ce n'est que bien plus tard que Stern s'avisa que ce n'était qu'une apparence, une illusion due à la lumière du feu entre-temps passé au rouge.

Il m'a sauvé la vie ! se dit-il. *Il a réussi à prendre son pistolet et, rassemblant ses dernières forces, à se retourner pour…*

Pendant un instant, il espéra que le commissaire n'était pas trop grièvement blessé : toujours assis, à demi retourné comme un père vérifiant avant de démarrer que ses enfants sont bien attachés, il le regardait amicalement pour la première fois depuis qu'ils se connaissaient. Puis une goutte de sang tomba de ses lèvres. Engler ouvrit la bouche dans une expression de surprise, cligna une dernière fois des yeux et bascula soudain, sa tempe heurtant le volant. La main qui tenait le pistolet se relâcha en même temps que le reste du corps.

Le son du klaxon, qui n'arrêtait pas d'enfler, tira Stern de sa stupeur. Il reprit le contrôle de son corps. Le bourdonnement derrière ses oreilles disparut, et la vie coula de nouveau dans ses veines, réveillant ses douleurs. Il détacha sa ceinture, se glissa hors de la voiture et aperçut l'arme d'Engler. S'en emparant, il la braqua sur le tueur dès qu'il eut mis le pied par terre. Un homme aux cheveux longs, les yeux incroyablement écarquillés, gisait devant lui, le reste de sa vie s'écoulant goutte à goutte de sa tête sur l'asphalte. Stern, bien que n'ayant jamais vu auparavant son visage, eut néanmoins l'impression qu'il ne lui était pas totalement inconnu.

C'est Engler qui m'a sauvé. Il a fallu que ce soit lui !

Il essaya de marcher jusqu'à la piste cyclable, mais trébucha au bout de quelques pas et dévala un talus. Il tomba sur ses mains menottées, sentit dans sa bouche le goût de la terre humide, des feuilles et du bois, avant de trouver le courage de relever la tête et de se remettre debout.

Il faut que je parte d'ici.

Il vacilla, bascula sans y prendre garde le poids de son corps sur sa mauvaise jambe et fut contraint de s'appuyer contre un tronc en gémissant. Mais même les pires douleurs n'étaient pas en mesure de lui faire oublier sa peur, une peur de plus en plus lancinante. Au-dessus de lui, un véhicule passa en vrombissant, mais personne ne s'arrêta. Personne ne sortit de voiture pour lui porter secours. Ou l'arrêter. Pas encore. Les voitures d'intervention étaient certainement déjà en route.

Ils ne me croiront pas. Il faut que je déguerpisse.

Stern poussa un nouveau cri, cette fois sous l'effet de la souffrance psychique, plus intolérable que toutes les douleurs physiques qu'il avait endurées jusque-là. Puis il s'enfonça dans la forêt en chancelant, désireux de retrouver une existence qu'il haïssait pourtant si fort deux jours auparavant.

28

20 h 17. Cela signifiait que ce salopard avait dix-sept minutes de retard, et s'il y avait une chose qu'il détestait, c'était bien le manque de ponctualité. Se faire poser un lapin aussi, bien sûr ! C'était encore pire. Mais qu'est-ce que les gens avaient dans la tête ? Personne n'était immortel, et pourtant tout le monde se comportait comme s'il existait quelque part un bureau des objets trouvés et des heures perdues où il était possible de récupérer les bouts d'existence que l'on dilapidait.

Dans un geste de colère il jeta dans l'évier le café qui avait refroidi et ce gâchis ajouta à son mécontentement. Il était aussi mécontent de lui-même. Il savait bien que le gaillard lui ferait encore faux bond, alors pourquoi avait-il fallu qu'il lui prépare un café ? Il ne pouvait s'en prendre qu'à lui-même.

Le bruit d'une cuillère contre une tasse en porcelaine lui parvint de la pièce attenante.

— Peut-être voulez-vous une tasse de thé pour changer ? cria-t-il d'une voix cassée, en écrasant la cigarette sans filtre qu'il avait fumée presque jusqu'au bout, au risque de brûler ses doigts crevassés. Je mets justement de l'eau à chauffer.

— Non, merci.

Contrairement à lui, le fait d'offrir inutilement à la mort des minutes entières de sa vie ne semblait pas gêner en quoi que ce soit sa visiteuse inopinée. Peut-être fallait-il avoir les dents qui tombent, des varices et des ongles de pied jaunis pour refuser d'attendre ne fût-ce qu'une demi-heure un rendez-vous incertain. Une demi-heure, le temps exact que la pauvre petite créature venait de passer sur le banc de pin rembourré, le dernier meuble qu'ils avaient acheté ensemble, sa femme et lui.

Maria était toujours à l'heure. En général, elle arrivait même en avance. C'était son point commun avec le cancer qui lui avait rongé les poumons. Ironie du sort : contrairement à lui, Maria n'avait jamais fumé.

Eh bien par exemple ! L'homme ferma le robinet au-dessus de la théière à demi pleine et alla à la fenêtre. Penchant la tête sur le côté, il tendit l'oreille pour voir si le grattement allait recommencer. Il n'avait peut-être pas bien refermé la poubelle, ce qui voulait dire, par ce temps de chien, qu'il devrait ressortir afin d'éviter que les sangliers ne viennent piétiner son gazon.

La fenêtre en bois donnait sur l'arrière de la maison, et normalement, de là, par-dessus la terrasse, on voyait jusqu'au petit embarcadère du canot pneumatique, au bord de l'étang. Mais le contraste entre l'éclairage de la cuisine et la nuit d'encre à l'extérieur était tel que l'on ne voyait plus rien au-delà de quelques centimètres derrière la vitre. Sa frayeur fut d'autant plus grande quand un visage cabossé se pressa soudain contre le carreau.

Mais que diable…

Le vieil homme, en reculant, trébucha sur un tabouret de cuisine. La figure grimaçante était maintenant masquée par la buée que son haleine avait déposée sur la vitre. Il ne distinguait plus que les mains menottées qui tapaient sur sa fenêtre.

Il tressaillit, se demandant où il avait bien pu fourrer le harpon avec lequel il comptait se défendre en cas de nécessité. Il finit par comprendre sa méprise quand il entendit appeler :

— Hé ? Tu es là ?

Même s'il ne parvenait à croire que cette voix familière appartînt à ce visage dévasté, un fait était certain : le type n'était pas un étranger. Au contraire.

Le vieil homme sortit de la petite cuisine en traînant les pieds et se dirigea vers l'entrée arrière de son bungalow.

— Tu es en retard, ronchonna-t-il, quand la porte, coincée, finit par s'ouvrir. Comme toujours.

— Je suis navré, papa.

Le visage défiguré s'approcha. L'homme traînait la jambe et avait le torse étrangement raide.

— Qu'est-ce qui t'est arrivé ? Tu t'es bagarré avec un bus ?

— Pire que ça.

Passant devant son père, Robert entra dans le salon et n'en crut pas ses yeux quand il vit qui l'attendait.

29

— Qu'est-ce que tu fabriques ici ? parvint-il à dire avant que le plancher ne commence soudain à tourner sous lui dans le sens inverse des aiguilles d'une montre.

Ce qu'il entendit en dernier, ce fut un cri strident, suivi d'un bris de porcelaine. Puis il s'affaissa et s'effondra à côté des débris de la tasse à café que la femme, effrayée par son apparition, avait laissé échapper.

Quand il revint à lui, il ne savait ni où il se trouvait, ni pourquoi Carina, les pupilles dilatées par l'angoisse, se penchait sur lui. Une longue mèche bouclée dansait sur son front comme une plume et il aurait aimé que tout son corps bénéficie de cette caresse. Mais, au lieu de cela, quand il contracta les muscles de sa nuque pour relever la tête, la douleur lui remit en mémoire des souvenirs désagréables.

— Simon ? croassa-t-il. Est-ce que tu sais… ?

— Il est en sécurité, murmura-t-elle d'une voix étouffée tandis qu'une larme coulait le long de son visage blafard.

J'ai téléphoné à Picasso. Ils ont posté un vigile devant sa chambre.

— Dieu soit loué.

Stern se mit à trembler de tout son corps.

— Quelle heure est-il ?

Il entendit une bouilloire siffler dans la cuisine, ce qui était bon signe. Si son père était toujours occupé avec la théière, son évanouissement ne pouvait avoir été très long.

— Il est presque 8 h 30, confirma Carina.

Il la regarda se passer le dos de la main sur les yeux. Puis, prenant un couteau qu'elle devait avoir sorti au préalable, elle le libéra de ses menottes.

— Merci. As-tu des nouvelles de Sophie ? Sais-tu comment vont les jumelles ?

Il avait le sentiment que sa langue était grosse comme une balle de tennis.

— Oui. Elle m'a envoyé un SMS. Un voisin a dû nous apercevoir ce matin et a informé la police. Ils sont en train de fouiller la maison.

L'estomac de Stern se décontracta un peu. Les enfants étaient hors de danger. C'était déjà ça.

— Nous ne pouvons pas rester ici.

Stern se tut quand il vit des pantoufles de feutre gris-vert entrer dans son champ visuel et s'arrêter à côté de sa tête. Il serra les dents, appuya très fort les paumes contre la moquette et se souleva.

— Tu commences par arriver en retard et tu veux repartir aussitôt, c'est bon, j'ai compris.

Si Robert avait enfoncé une pièce de monnaie dans les rides de colère sur le front de son père, elle y serait restée fichée. Georg Stern avait attrapé au vol les derniers mots de son fils au moment où il entrait dans la pièce avec la théière. Il la posa bruyamment sur un dessous-de-plat métallique.

— Franchement, ça ne m'étonne pas du tout.

— Tu ne lui as rien raconté, n'est-ce pas ? demanda Robert à Carina qui semblait elle aussi en avoir vu de toutes les couleurs.

En plus, il émanait d'elle une odeur de buffet de gare.

— Non, pas vraiment. Juste que nous avions des problèmes et que nous avions besoin d'une cachette.

— Mais comment as-tu pu savoir que... ?

— Oui. Des problèmes, l'interrompit son père, furieux. C'est du Robert tout craché, non ? Si tu avais eu quelque chose à fêter, il ne te serait pas venu à l'esprit de venir chez moi, hein ?

— Veuillez m'excuser, je vous prie...

Stern se leva en s'agrippant à la banquette, tandis que Carina, menaçante, se plantait devant son père.

— ... vous ne voyez pas qu'il est arrivé quelque chose à votre fils ?

— Oh si ! Je le vois très bien. Je ne suis pas aveugle, mon chou. Contrairement à lui. Il ne semble pas encore s'être avisé qu'il n'a pas affaire à un benêt avec moi.

— Qu'est-ce que vous voulez dire ?

— Je veux dire que la télé, ça existe. Vous croyez peut-être que je suis sénile, mais je reconnais mon fils quand on le présente au journal du soir comme un détenu en fuite. En plus, un certain commissaire Brandmann m'a importuné à plusieurs reprises. Ce n'est qu'une question de temps avant qu'il rapplique ici. Robert a donc raison – pour une fois – quand il dit que vous ne pouvez rester ici longtemps.

— Alors, si vous savez ce qu'il est en train de vivre, je ne comprends pas pourquoi vous êtes aussi rude avec lui.

— Mais c'est justement ça, ma poulette.

Le père battit des mains.

— Bien sûr que je sais qu'il a des problèmes. Ça fait dix ans déjà, et aujourd'hui il en a quelques-uns de plus. Mais qu'est-ce que j'y peux ? Robert ne parle pas avec moi. Il passe, cause de la pluie et du beau temps, de la Bundesliga ou de mes visites chez le médecin. Mon propre fils me traite comme un étranger. Il ne se laisse pas approcher. Même maintenant, quand il aurait tant besoin de mon aide...

Stern vit un reflet humide dans les yeux laiteux de son vieux père quand il se retourna vers lui.

— Je ne me gêne même plus pour t'insulter, mon garçon, chaque fois qu'on se parle ou qu'on se voit. Mais tu ne réagis même pas. Je ne réussis pas à te comprendre. Et pourtant j'aimerais tant...

Il s'éclaircit la voix et se tourna vers Carina qui, debout au milieu de la pièce basse de plafond, avait l'air perdue.

— Mais peut-être que vous allez y parvenir, vous. J'ai tout de suite vu que vous aviez du cran. Il y a trois ans déjà, quand vous êtes venue ici. Vous m'aviez contredit quand je racontais des bêtises. Et vous recommencez aujourd'hui. J'aime ça.

Georg ouvrit la bouche comme s'il avait encore quelque chose d'important à dire, mais il battit une nouvelle fois des mains en tournant son dos voûté vers ses hôtes.

— Ça suffit comme ça, murmura-t-il dans sa barbe. Ce n'est pas le moment de devenir sentimental.

Il quitta la pièce en traînant les pieds pour revenir, quelques secondes plus tard, chargé d'une petite trousse de toilette marron.

— Tiens.

— Qu'est-ce que c'est ? demanda Carina en tendant la main.

— C'est la pharmacie de Maria. Sa réserve de médicaments. Ma femme, à la fin, avalait des opiacés comme des Smarties. La date de péremption est certainement dépassée, mais peut-être que le tramadol est encore bon. Robert donne l'impression qu'il supporterait sans problème une bonne rasade de ce flacon d'anesthésiant.

Georg eut un sourire malicieux.

— Et ça, c'est pour vous deux.

Stern attrapa la clé que son père lui lançait.

— C'est la clé de quoi ?

— Du camping-car.

— Depuis quand as-tu... ?

— Il n'est pas à moi. Ce truc appartient à mon voisin Eddie. Il est en voyage et m'a chargé de déplacer ce monstre quand le livreur de fioul voudra entrer sur son terrain. Prenez-le, mettez les voiles et trouvez-vous un petit endroit bien tranquille pour la nuit.

Georg s'agenouilla et sortit de sous la banquette, entre les jambes de Robert, un sac de voyage.

— Et voilà des affaires propres, des pulls et d'autres machins, de quoi vous changer.

Stern se leva, ne sachant que dire. Il aurait aimé prendre son père dans ses bras. Mais il ne l'avait jamais fait. Depuis qu'il était en âge de penser, ils se serraient simplement la main pour se dire bonjour ou au revoir.

— Je suis innocent, se contenta-t-il de dire.

Son père, presque arrivé au couloir, se retourna, effrayé.

— Mais dis-moi, pour qui tu me prends exactement ? demanda-t-il, furieux, ayant presque retrouvé son ton rogue. Tu crois vraiment que j'en ai douté une seconde ?

Quand le bruit du moteur Diesel ne fut plus audible et que les feux de stop eurent disparu derrière la haie des jardins familiaux, Georg Stern demeura un long moment sur le seuil de sa maisonnette, le regard perdu dans la nuit pluvieuse. Il ne rentra que lorsque le vent tourna et lui projeta le crachin directement dans les yeux. Une fois dans le salon, il rassembla les tasses sales, passa une éponge sur la table, puis alla dans la cuisine pour vider dans l'évier le thé froid. C'est alors seulement qu'il débrancha son portable du chargeur et appela le numéro que l'homme lui avait donné en cas de besoin.

30

L'aire de repos pour poids lourds, derrière le motel Avus, juste au bord de l'autoroute, était le meilleur refuge pour la nuit, compte tenu du peu de temps qui leur restait. Ici, sur ce parking gratuit à proximité du parc des expositions, des camions et des camping-cars stationnaient en toute saison. Un véhicule de plus ou de moins passerait donc inaperçu.

— C'est un piège, dit Carina, tandis qu'ils se garaient à deux emplacements de distance d'une camionnette de déménagement.

Durant le bref trajet, ils avaient à peine réussi à échanger le strict nécessaire.

— Il ne faut pas que tu ailles au pont demain. En aucun cas.

Le visage crispé, Stern s'extirpa péniblement du siège du passager et monta à l'arrière. Il avait avalé plusieurs comprimés de sa mère et l'effet anesthésiant des opiacés se faisait peu à peu sentir. Ayant perdu toute énergie, il s'allongea sur une couchette étonnamment confortable. Carina tira le frein à main, coupa le contact et le rejoignit.

— Je n'ai pas le choix.

Stern avait passé en revue toutes les options possibles.

— Je ne peux pas me constituer une nouvelle fois prisonnier.

— Pourquoi ?

— C'est trop tard maintenant. J'aurais dû rester dans la voiture d'Engler au lieu de prendre la fuite. Avec son arme de service par-dessus le marché ! Mais, sous l'effet du choc, je n'ai pensé qu'à fuir. J'ai pensé qu'ils ne croiraient jamais que j'avais parlé avec Engler d'homme à homme et qu'ensuite j'avais été le seul à survivre à une attaque.

— Tu as peut-être eu raison.

— Et puis il doit y avoir une taupe. La « voix » est informée de chaque pas que nous faisons. Si je vais voir la police maintenant, il changera ses plans. Il annulera le rendez-vous, disparaîtra, et je ne saurai jamais…

… ce qui est arrivé à Felix, pensa Stern, découragé.

— Peut-être l'a-t-il déjà fait ?

Carina s'assit à côté de lui, lui défit un bouton de sa chemise, puis lui ordonna de s'asseoir.

— Il aurait renoncé au rendez-vous ? C'est possible. Il sait certainement déjà que je suis en vie. Mais il ignore si je connais l'adresse du pont. En plus, il veut à tout prix choper le vengeur. Il ira jusqu'au bout, tant que ses sources policières ne l'en auront pas dissuadé. Et, pour l'instant, ils n'ont aucune raison de le faire. Jusqu'ici je n'ai parlé qu'avec Engler, et il est mort.

Stern ôta sa chemise trempée de sueur et s'allongea sur le ventre. Il entendit Carina pousser un soupir en découvrant les énormes meurtrissures autour de sa colonne vertébrale. Puis, sentant un froid désagréable au niveau des lombaires, il se contracta.

— Désolée. La pommade est froide au début, mais ça ne va pas tarder à chauffer.

— J'espère.

Il ne voulait pas se montrer faible devant elle, mais un papillon se posant sur son dos lui aurait arraché un hurlement en cet instant.

— Parlons plutôt de toi, Carina. Pour l'instant, tu es recherchée pour enlèvement d'enfant. On a trouvé tes empreintes digitales sur la poignée de la villa de l'agent immobilier, ta voiture est garée juste devant la porte. Et tant que je n'aurai pas pu démontrer le contraire, tu es en fuite avec le meurtrier d'un policier, récapitula-t-il. Il faut réfléchir à la manière dont tu vas te constituer prisonnière, sans…

— Chut, dit-elle, sans qu'il sache si elle cherchait à le tranquilliser ou à le faire taire. Retourne-toi !

Serrant les dents, il roula sur le dos. Il pouvait déjà bouger plus facilement. L'analgésique commençait à agir.

— ... sans qu'ils te collent quelque chose sur le dos, comme à moi, reprit-il.

— Pas maintenant, chuchota-t-elle en lui écartant une mèche de cheveux collée par le sang sur son front.

Robert expira profondément et savoura le doux massage des mains expertes. Les doigts exerçaient une tendre pression, en cercles concentriques, du cou jusque sous les épaules. Ils caressèrent sa poitrine, s'attardèrent longuement sur son cœur affolé, puis glissèrent plus bas encore.

— Il ne nous reste que peu de temps, murmura-t-il. Utilisons-le à bon escient.

— C'est ce qu'on va faire, l'interrompit-elle en éteignant.

C'est de la folie, se dit-il en se demandant ce qui le calmait le plus. Les médicaments qui coulaient dans ses veines ou son souffle sur sa peau. Ses douleurs se rappelèrent brutalement à lui quand il essaya de se relever pour l'empêcher de continuer. Puis, pareilles à un enfant boudeur, elles se retirèrent dans un coin de sa conscience, où, en compagnie de ses préoccupations et de ses angoisses lancinantes, elles se mirent en position d'attente.

Stern se détendit presque malgré lui. Ouvrant les lèvres, il sentit dans sa bouche la douce haleine de sa compagne et le goût de ses propres larmes que la langue de Carina avait recueillies. Le sifflement du vent qui se déchaînait contre la carrosserie se transforma en une mélodie enchanteresse. Il voulut penser à Felix, au garçon à la tache de vin et imaginer un plan susceptible de résoudre leurs problèmes insensés, mais il ne parvint même pas à regretter le malentendu qui les avait séparés plusieurs années, Carina et lui. Pour quelques heures, le camping-car se mua en un cocon les protégeant d'un monde sorti de ses gonds.

Malheureusement, cet état de sécurité trompeuse ne dura pas longtemps. Quand, peu avant 5 heures, un grondement de tonnerre ramena Stern à la réalité, Carina, encore plongée dans ses rêves, luttait contre un adversaire invisible. Il se libéra de son étreinte agitée, s'habilla et, le visage grimaçant de douleur, s'assit au volant du camping-car. Vingt minutes plus tard, il s'arrêtait devant le parking de l'hôpital Seehaus. Elle ouvrit alors les yeux, s'étira et vint le rejoindre à l'avant.

— Qu'est-ce qu'on fait ici ? demanda-t-elle.

S'asseyant sur le siège passager, elle regarda droit devant elle. Elle avait la voix de quelqu'un de totalement réveillé. Comme si elle avait reçu un verre d'eau froide en plein visage.

— Tu descends ici.

— Pas question. Je viens avec toi.

— Non. À quoi cela servirait que nous y restions l'un et l'autre ?

— Et à quoi je vais servir ici ?

Après avoir considéré toutes les options envisageables, Stern avait fini par concevoir un plan si ridicule qu'il ne méritait même pas d'être appelé ainsi. Il le lui exposa. Elle protesta, comme il s'y attendait. Mais elle finit par admettre qu'ils n'avaient pas d'autre issue. À supposer qu'il y ait une issue !

Robert sentit sa réticence quand il l'attira une dernière fois contre lui. Il savait que celle-ci n'était pas dirigée contre le baiser mais contre ce qu'il signifiait. Alors qu'ils s'étaient retrouvés la veille après une si longue séparation, il scellait à nouveau une séparation qui serait probablement plus longue que les trois années qu'ils venaient de perdre. Une éternité, selon toute vraisemblance.

LA VÉRITÉ

« Je suis certain que, tel que vous me voyez ici, j'ai déjà existé mille fois, et j'espère bien revenir mille fois. »

Johann Wolfgang von Goethe
(lettre à Johann-Daniel Falk, 1813)

« Et comme les hommes ne meurent qu'une fois, après quoi il y a un jugement. »

Épître aux Hébreux, 9 : 27

« Le pardon est une affaire entre le pécheur et Dieu. Je ne suis ici que pour organiser cette rencontre. »

Denzel Washington dans *Man on Fire*

« This could be the end of everything
So why don't we go
Somewhere only we know ? »

Keane

1

Stern avait vu beaucoup de choses durant ces dernières heures : des cadavres au crâne défoncé, des morts dans un cabinet médical et dans un réfrigérateur. Sous ses yeux, des gens avaient été roués de coups, pendus, exécutés. Il avait dû endurer le spectacle répugnant d'un enfant essayant désespérément de respirer à travers un sac en plastique tandis qu'un homme nu comme un ver se trémoussait devant lui. Sa vision du monde en avait été bouleversée. Le juriste au formalisme strict s'était mué en sceptique refusant catégoriquement d'exclure la possibilité d'une seconde vie depuis que Simon l'avait conduit d'un phénomène inexplicable à un autre.

L'assassinat, le chantage, les sévices sexuels sur enfants, la fuite et des douleurs inimaginables, tout cela, Stern l'avait assumé à seule fin d'apprendre ce qu'il était advenu de son fils. Et pourtant, certains moments de son week-end n'avaient pas été fondamentalement différents des occupations de la plupart des Berlinois : il était allé au zoo, avait dansé en boîte et fait quelques tours de grande roue. Et l'endroit où il se rendait à présent était lui aussi une excursion recommandée par de nombreux magazines aux habitants de la capitale. À vrai dire, les itinéraires et les heures d'ouverture évoqués par ces magazines n'avaient rien à voir avec l'équipée de Stern.

Le chemin qu'il emprunta une heure avant le lever du soleil le mena à travers l'obscurité poisseuse de Grünewald, quartier de Berlin battu par la pluie et le vent. Il avait garé le camping-car dans la Heerstraße, parcourant à pied les derniers mètres jusqu'au lac. Des branches de pin alourdies par l'eau lui fouettaient la figure, et d'autres, plus grosses et aux arêtes vives, l'écorchaient jusqu'au sang. Il progressait lentement car il devait prendre garde de glisser dans une flaque, trébucher sur une racine ou accabler encore davantage un pied déjà mal en point. Pour l'instant, les douleurs étaient supportables, ce qu'il s'expliquait par une poussée d'adrénaline. Il s'était abstenu de prendre d'autres médicaments.

Il n'avait pas voulu diminuer ses capacités de réaction s'il devait être amené à assister à la vente d'un enfant. *Ou à un assassinat.*

Jusque-là, il avait d'abord dû combattre un autre danger : le vent. Tous les trois pas, celui-ci cassait une branche morte et la projetait au sol. Par moments, on aurait dit que c'étaient des cimes entières qui s'écroulaient, et Stern fut soulagé quand le faible faisceau de sa lampe de poche finit par lui révéler un sentier praticable.

Il lui suffit de parcourir quelques mètres en direction de la Havelchaussee pour arriver au bord de l'eau. Juste en face du « Pont » ! Le deux-mâts se balançait tellement qu'on avait le mal de mer rien qu'en le regardant. Il était secoué par des bourrasques qui tendaient et faisaient gémir les cordages, comme désireuses d'arracher le bateau-restaurant à sa passerelle.

Sous le panneau près de l'accès, Stern lut cette inscription : « Le poisson le plus frais de la ville. » Depuis la veille, il connaissait la double signification de cette réclame. Pour les non-initiés, le « Pont » était une excursion appréciée, très fréquentée pendant les beaux jours. Mais le lundi, jour de fermeture, il se transformait en un lieu de rencontre pour « groupes privés ».

Photos, vidéos, adresses, numéros de téléphone, enfants...

Robert s'interdit de penser aux échanges qui, semaine après semaine, s'effectuaient dans cette Bourse de l'horreur.

Il essuya la pluie de son visage et regarda l'heure. Encore cinq minutes.

Puis il se dissimula derrière une remorque à bateau vide garée le long de la route, et attendit l'homme dont il ne connaissait guère que la voix contrefaite. Celui-ci semblait ne pas être encore arrivé. À l'exception de deux petits feux de position, le bateau était plongé dans l'obscurité. Le parking des visiteurs était lui aussi désert.

À cette heure, la Havelchaussee était fermée à la circulation normale afin de protéger la faune et la flore. C'est pourquoi Stern, en dépit du bruit du vent, entendit de loin le gargouillement profond du huit cylindres arrivant de Zehlendorf.

Seuls les feux de position du tout-terrain noir étaient allumés. Il roulait un peu trop vite. Stern espéra presque que le conducteur, ayant pris trop tôt un raccourci le long du lac, allait poursuivre sa route. Mais les feux de devant s'éteignirent, et le véhicule tourna dans l'allée menant au « Pont » dans un crissement de pneus, puis s'arrêta une cinquantaine de mètres avant la passerelle. Un homme en descendit. Dans l'obscurité, Stern ne distingua qu'une silhouette. Mais ce qu'il vit lui parut familier. Le type, de haute taille, très droit, les épaules larges, marchait d'un pas vigoureux comme s'il voulait laisser des empreintes dans la terre. Tout cela lui était connu. Il l'avait déjà vu. Souvent même.

Mais chez qui ?

L'homme releva le col de son trench-coat de couleur sombre, enfonça une casquette de base-ball sur son front et ouvrit le hayon. Il en sortit une petite corbeille recouverte d'une toile claire.

Le vent ayant tourné un bref instant dans sa direction, Stern se demanda si ses sens surmenés ne lui jouaient pas un tour. Il avait eu l'impression d'entendre pleurer un bébé.

Il attendit que l'homme ait ouvert un portail en fer qui barrait l'accès à la passerelle. Il prit alors le pistolet dans la poche de son pantalon. Il avait souvent lu qu'une arme avait un effet apaisant dès qu'on l'avait en main. Il n'en eut pas confirmation. C'était peut-être parce qu'il savait à qui elle avait appartenu. À un homme qui, pour le sauver, avait sacrifié une vie durant laquelle ils ne s'étaient jamais croisés qu'ennemis.

Mais il n'envisageait pas d'échanger des coups de feu avec un tueur expérimenté. Si, pour une raison qu'il ignorait, les prédictions de Simon se révélaient fondées, une autre personne allait faire son apparition sur la scène dans quelques secondes. L'acheteur ! Peut-être serait-ce un pédophile. Mais ce pouvait être également le « vengeur », celui qui avait liquidé les criminels durant les quinze années passées. Dans un cas comme dans l'autre, la police avait intérêt à se dépêcher si elle tenait à éviter un carnage.

Stern regarda une dernière fois sa montre. Il allait être 6 heures. Si Carina avait respecté le plan, dans dix minutes au plus la chaussée déserte se transformerait en un circuit pour voitures et fourgons de police, pour véhicules d'intervention en tout genre. Pourtant, au cas où les choses tourneraient mal – par exemple s'il y avait effectivement une taupe dans la police qui ferait tout échouer –, Stern voulait s'assurer au préalable de l'identité de la « voix ». De l'homme susceptible de lui dire ce qui s'était passé jadis à la maternité. *Et si son fils vivait encore.*

Stern sortit de derrière la remorque. C'était le moment. C'était parti.

2

Plié en deux, il descendit à pas de loup l'allée pavée menant au « Pont ». La distance jusqu'au tout-terrain, bien que courte, le mit hors d'haleine. Toujours courbé, il s'appuya contre la roue de secours fixée à l'extérieur du hayon. Ayant retrouvé un peu de calme, il alluma un instant sa lampe de poche. Juste le temps de noter le numéro d'immatriculation. Renseignement n° 1.

Sur la plaque berlinoise, le chiffre, court, était aisé à retenir. Bien sûr, la vérification dans les fichiers ne donnerait probablement rien. Il se redressa et, toujours dissimulé derrière la voiture, jeta un coup d'œil. Il aperçut un pinceau de lumière sur le pont supérieur du bateau. À l'évidence, le marchand avançait à tâtons, lui aussi à l'aide d'une lampe de poche.

Bon. Suivons-le !

Stern décida d'aller jusqu'à la passerelle. Il lui fallait s'approcher le plus possible de la « voix » afin d'apercevoir son visage. Son pouls s'accéléra. Il savait qu'il s'agissait de faire vite maintenant. Tant que le prétendu acheteur du bébé ne serait pas arrivé, la « voix » ne se méfierait pas si elle remarquait du mouvement sur le parking.

Stern pria le ciel de lui permettre de supporter les douleurs d'un sprint jusqu'au bateau. Il allait s'élancer quand son regard tomba sur la portière passager.

Il s'arrêta net. *Est-elle... ?* Oui, elle était ouverte. Elle s'était mal refermée. Il la tira et sursauta.

Bordel !

Les lampes de l'habitacle s'étaient allumées, et Stern eut l'impression d'avoir lancé une fusée éclairante dans le ciel. Il grimpa dans la voiture en toute hâte, referma la portière et, caché dans l'obscurité revenue, chercha à découvrir si l'inconnu du « Pont » avait remarqué quoi que ce soit. On ne voyait plus le pinceau de lumière sur le pont. En revanche, une petite lampe s'alluma dans la cabine de pilotage. Stern distingua une ombre. Celui qu'il considérait comme la « voix » ne l'avait donc pas découvert.

Vite.

Assis sur le siège passager, il regarda autour de lui. PIÈGE ! Un signal lumineux se mit à clignoter dans son subconscient quand il vit que la clé de contact n'avait pas été enlevée. Il prit son pistolet, surmonta son réflexe de fuite, se retourna, passa sur le siège arrière et regarda dans le coffre par-dessus les repose-tête. S'étant assuré que, contrairement à ce qu'il avait craint, il était bien seul dans le véhicule, il actionna le verrouillage central.

Ainsi, ce n'était pas un piège ?

Stern vérifia dans le rétroviseur qu'une autre voiture n'arrivait pas. Mais rien ne bougeait derrière lui, à l'exception des arbres dont le vent pliait les branches comme des cannes à pêche. Il ouvrit la boîte à gants où il ne trouva qu'une boîte de lingettes fraîcheur. Puis il baissa le pare-soleil, regarda dans les vide-poches latéraux : toujours rien. Pas le moindre indice de l'identité du conducteur.

Les yeux de Stern s'habituant progressivement à la pénombre, il remarqua que l'intérieur était aussi propre et vide que celui d'un véhicule neuf. Il n'y avait ni CD, ni factures d'essence, ni plans de ville, ni tout le fatras habituel que tout automobiliste laisse dans sa voiture. Il ne trouva même pas un disque de stationnement. Il chercha à tâtons, sous les sièges, des poches dissimulées. En vain. Il s'appuya des coudes sur la console séparant les sièges avant et il allait descendre de voiture quand l'idée lui traversa l'esprit.

La console !

Bien sûr. Elle était trop large pour servir uniquement d'accoudoir. Il tira d'abord sur la mauvaise encoche, mais elle finit par s'ouvrir avec un léger bruit. La poche contre le couvercle en cuir était aussi vide que les autres. À une exception près. Stern en sortit un disque argenté sans pochette. La faible lumière provenant du « Pont » était suffisante pour lui permettre de lire la date inscrite au feutre vert sur le DVD.

Celle de la dernière journée de son fils !

3

Dans un hôpital aussi grand que le Seehaus, on ne remarquait les visiteurs que s'ils cherchaient à l'être, en demandant leur chemin au gardien, en enfumant le hall d'entrée avec leurs cigarettes ou en restant coincés dans la porte à tambour à cause d'un bouquet surdimensionné. Une femme en jogging gris qui ne tirait pas derrière elle une valise passait pratiquement inaperçue, même s'il était très tôt pour se précipiter comme elle le faisait en direction des ascenseurs.

Carina savait que les préparatifs du petit déjeuner battaient leur plein à cette heure-ci et que les équipes de jour allaient bientôt remplacer celles de nuit. Les médecins et des infirmières surmenés avaient donc atteint le seuil d'attention le plus bas quand elle pénétra dans le couloir du service de neurologie. Elle dissimula néanmoins son visage sous le capuchon du sweat-shirt que le père de Robert lui avait donné la veille, espérant ainsi que personne ne la remarquerait.

Quand elle sortit de l'ascenseur, elle jeta un coup d'œil sur la grande horloge qui ornait le bout du couloir. Encore deux minutes. Cent vingt secondes durant lesquelles elle allait d'abord réveiller en sursaut le personnel. C'était le point essentiel du plan.

— Peu avant 6 heures, tu iras dans ton service et tu donneras l'alerte. Je veux que le plus grand nombre possible de tes collègues te voient te rendre auprès du garde posté devant la chambre de Simon, lui avait seriné Robert.

Pour que l'on ne puisse rien lui coller sur le dos, il ne devait subsister aucun doute quant au fait qu'elle s'était constituée prisonnière de son plein gré.

Tout en parcourant le couloir à grands pas, elle se remémora l'autre promesse qu'elle avait dû lui faire lors de leur dernière conversation.

— Dès que tu te seras rendue, dis-leur où je suis. Mais pas avant 6 heures pile. Pas une seconde plus tôt.

— Pourquoi ? lui avait-elle demandé. Cela prendra au moins cinq minutes avant que les secours arrivent.

— Oui. C'est le temps qu'il me restera pour découvrir ce qui est arrivé à mon fils. Si un bébé doit effectivement être vendu sur le « Pont », un créneau horaire trop large représente un grand risque pour lui.

— Mais s'ils arrivent trop tard, tu seras mort.

Il avait fait non de la tête d'un air las.

— Je ne pense pas que la « voix » veuille m'assassiner. Il aurait eu assez d'occasions de le faire ces derniers jours.

— Mais que veut-il alors ?

En guise de réponse il lui avait donné un dernier baiser, puis il était parti pour le découvrir.

Carina s'immobilisa.

La porte en verre dépoli de la salle des infirmières était ouverte en temps normal, mais une partie du personnel féminin s'était manifestement enfermé pour ne pas être dérangé pendant la pause-café. Carina entendit un rire inconnu derrière la porte. Elle supposa qu'il appartenait à une intérimaire d'un autre service qui l'avait temporairement remplacée.

Clac. L'aiguille de l'horloge venait de dévorer une minute supplémentaire. Elle leva la main pour frapper à la porte… et suspendit son geste.

Mais c'est impossible… L'idée lui traversa l'esprit. En pénétrant dans le couloir, elle n'avait pas pris le risque de regarder dans la direction de la chambre 217. Le policier en faction devant la porte ne devait la voir que quand elle le voudrait. Et pas le contraire. Néanmoins, elle avait aperçu du coin de l'œil quelque chose qui n'aurait en fait pas dû être.

Et ce quelque chose, c'était : *rien !*

Elle se retourna lentement et son regard parcourut le long couloir récuré aux produits antiseptiques.

Effectivement : il n'y avait personne. Ni homme, ni femme, ni policier.

Bien sûr, le flic est peut-être en train de faire une pause cigarette.

Carina avança lentement dans le couloir.

Bon. Peut-être qu'il est allé aux toilettes. Ou bien il jette un coup d'œil sur le gamin. Mais est-ce qu'il ne devrait pas y avoir au moins une chaise devant la porte ?

Chambres 203, 205, 207. Devant chaque porte, elle accélérait le pas.

Ou bien avaient-ils effectivement renoncé à la sécurité rapprochée ? Alors que Simon avait déjà été enlevé une fois ? Et, aujourd'hui, comme par un fait exprès ?

Elle passa devant la chambre 209 au pas de course.

— Hé ! Carina ?

Une voix de femme cria derrière elle, tout excitée.

L'intérimaire certainement. Contrairement au rire qu'elle venait d'entendre, la voix lui était toutefois familière, mais elle ne se retourna pas. Cela pouvait, cela devait attendre.

Elle ouvrit la porte de la chambre 217 à toute volée et faillit lâcher un hurlement. Parce qu'elle contemplait exactement ce qu'elle redoutait. Rien. Pas d'enfant. Pas de Simon. Seul un lit aux draps tout propres attendait un nouveau patient.

— Carina Freitag ? entendit-elle cette fois juste derrière elle.

Elle se retourna. Effectivement, une nouvelle. La rouquine avait un jour pris place à côté d'elle à la cafétéria. Marianne, Magdalena, Martine… quelque chose comme ça. Peu importait son nom. En cet instant, un seul nom intéressait Carina, et celui qui le portait avait disparu.

— Simon, où est-il ?
— Ils l'ont déplacé, mais je…
— Déplacé ? Mais où ?
— À la clinique Kennedy.
— *Quoi ?* Quand ?
— Je l'ignore, c'est marqué dans le livre de garde. Mon équipe vient juste de prendre son service. Écoute, ne me crée pas de difficultés. J'ai reçu l'ordre de faire venir le médecin-chef dès que tu te manifesterais.
— Eh bien, fais-le. Et le mieux, c'est que tu appelles immédiatement la police.
— Pourquoi ? s'étonna l'infirmière en laissant retomber la main tenant le téléphone intérieur.
— Parce que Simon a été enlevé. À Kennedy, il n'y a pas de neuroradiologie. C'est un établissement privé pour médecine interne.
— Ah…
— Qui a donné son accord ? Qui était de service avant toi ?
La rouquine était à présent totalement déstabilisée. Elle énuméra quelques noms jusqu'au moment où Carina la pria d'en répéter un. Elle faillit se faire elle-même un croc-en-jambe quand, passant en trombe devant l'infirmière, elle sortit de la chambre.
Picasso ? Depuis quand il travaille de nouveau la nuit, celui-là ?

4

Stern tourna la clé de contact de manière à mettre en marche l'équipement vidéo du tout-terrain. Le lecteur avala le DVD avec un bruit de succion. Cessant de prêter attention aux mouvements en provenance du « Pont », Stern avait le regard fixé sur l'écran comme un étudiant qui cherche son nom sur l'affiche annonçant les résultats d'un examen. À la seule différence qu'il s'agissait, dans son cas, de la vie de son fils. Ou, plus vraisemblablement, de sa mort.

Quand l'image prit forme, il pensa d'abord qu'il n'avait affaire qu'à une copie du DVD qu'il connaissait déjà. Comme l'autre fois, cela commençait par des images verdâtres de la maternité, le soir. Felix était de nouveau dans son petit lit, de nouveau il tendait son poing droit, de nouveau il écartait ses doigts minuscules. Stern aurait voulu fermer les yeux, mais il savait combien cela aurait été inutile, car l'image fixe suivante s'était de toute façon incrustée pour l'éternité sur sa rétine, et cela dès l'instant où il l'avait vue sur son vieux téléviseur : le corps inerte de Felix, aux lèvres trop bleues et aux yeux inexpressifs, qui, dix ans plus tard, accusaient toujours le père de n'avoir su faire obstacle à la mort. Stern joignit les mains dans un geste de prière et se mordit la langue, avec le vain espoir de se réveiller enfin de ce cauchemar. Il n'était pas venu là pour revoir son fils mourir.

Mais pourquoi ? Es-tu idiot au point de croire qu'il y a une autre explication ?

— Oui, s'avoua-t-il, exprimant pour la première fois ses pensées à haute voix. Felix est vivant. Je refuse que son cœur s'arrête de battre. Je vous en prie, ne le faites pas mourir une deuxième fois.

Il implorait plus qu'il ne priait, et, bien qu'il n'eût pas nommé celui à qui il s'adressait, ses paroles semblèrent produire un effet.

Mais qu'est-ce qui se passe ?

Les images qui se succédaient à présent n'avaient plus rien à voir avec celles du premier DVD. Soudain, une ombre s'étendit au-dessus du lit. La caméra zooma et le grain des images s'affina. Puis survint l'indicible. Des mains d'homme traversèrent l'image. Une d'abord, puis une deuxième. Nues, brutales, elles se dirigèrent vers Felix, se posant sur sa tête fragile. Stern cligna des yeux, craignant que les scènes à venir ne soient plus cruelles encore que tout ce qu'il avait enduré jusqu'ici. Il voulut commander à ses doigts d'éteindre l'autoradio, mais son cerveau s'opposait à cette tentation. Et il finit par s'abandonner à l'horreur inexorable, avec l'espoir que ce voyage dans l'univers de la connaissance se termine ici, dans l'obscurité d'un parking au bord d'un lac. Le DVD continuait à tourner impitoyablement, et Stern regarda l'homme tendre les mains vers le bébé. Vers Felix ! L'une le saisit par le cou, l'autre par le haut du corps. Puis les muscles des avant-bras se contractèrent, et l'inconnu…

Dieu du ciel, viens à mon secours…

… souleva Felix et…

Ce n'est pas possible. C'est…

… le sortit du lit !

C'est impossible !

Quelques secondes plus tard, un autre nourrisson occupait le petit matelas. La même grenouillère, la même taille, une allure comparable. Une seule différence sautait aux yeux : ce n'était pas Felix.

Ou alors c'est quand même lui ?

Le nouveau bébé ressemblait beaucoup à son fils, mais quelque chose différait dans son apparence.

Le nez ? Les oreilles ?

La vidéo était de trop mauvaise qualité. Il se frotta les yeux et, posant les bras sur le tableau de bord, s'approcha le plus près possible de l'écran. En vain. Les contours du nourrisson n'en devinrent que plus flous. La seule chose dont il fut certain c'est que ce bébé était lui aussi vivant. Et, de manière angoissante, ses gestes lui parurent plus familiers encore que ceux du nouveau-né qui était couché à sa place quelques instants plus tôt.

Mais cela voudrait dire…

Il regarda la date en incrustation. Et alors, il ne comprit plus rien.

Avec une application confinant à l'autisme, il concentra toutes ses facultés sensitives pour essayer de trouver un sens à ces images. Mais il n'y parvint pas.

Un échange ? C'était impossible. Felix était le seul garçon présent à la maternité. Et il l'avait vu mourir. Laquelle des deux vidéos était donc authentique ?

Observant sur l'écran les derniers gestes de l'échange, il ne respirait plus que par à-coups. La caméra cadra en gros plan sur le bébé et sur des mains velues d'homme qui passaient autour du poignet droit du nourrisson un petit ruban portant un numéro. Le numéro d'identification de la maternité dont l'enfant était jusque-là dépourvu.

Puis tout se volatilisa. La prise de vue était terminée. L'écran redevint noir, et Stern regarda le téléphone portable qui vibrait dans sa main depuis un certain temps.

5

— Bonjour, monsieur Stern.

Il croyait être parvenu depuis longtemps au maximum de son désespoir. Cette voix contrefaite le détrompa.

Dans le bar du bateau, la lumière s'éteignit puis se ralluma. Une ombre se profila à la fenêtre donnant sur le parking.

— Qu'avez-vous fait de mon fils ? réussit-il à demander.

Bien que ne souhaitant rien entendre d'autre, il eut le plus grand mal à croire ce qu'on lui répondit.

— Nous l'avons échangé.

— C'est impossible.

— Pourquoi ? Vous l'avez vu de vos propres yeux, non ?

— Oui. Mais, il y a trois jours, vous m'avez envoyé une vidéo où on le voit mourir ! hurla Robert. Que voulez-vous de moi à la fin ? Laquelle est la bonne ?

— Les deux, dit la voix avec calme.

— Vous mentez.

— Non. Un bébé est mort. Un autre est vivant. Felix a aujourd'hui dix ans et vit dans une famille adoptive.

— Où ?

La « voix » garda le silence assez longtemps, un peu comme un orateur qui prend son verre d'eau pour se désaltérer. Elle restait métallique, même si elle n'était plus aussi déformée que lors de leur premier contact.

— Vous tenez vraiment à le savoir ?

— Oui, s'entendit répondre Stern.

Il n'y avait effectivement rien de plus important pour lui en cet instant.

— Alors ouvrez la boîte à gants.

Il obéit comme un automate.

— Et maintenant ?

— Prenez le paquet et ouvrez-le.

Les doigts tremblants, Stern sortit la boîte de lingettes. L'air s'échappa en chuintant quand il déchira l'emballage.

— C'est fait.

— Bien. Prenez une lingette et pressez-la contre votre nez et votre bouche.

— Non, répondit-il instinctivement.

Il n'avait pas besoin d'une étiquette avec une tête de mort pour se rendre compte de la toxicité des vapeurs qui emplissaient déjà la voiture.

— Je croyais que vous souhaitiez revoir votre fils ?

— Oui, mais je ne tiens pas à mourir.

— Qui vous dit que c'est ce qui va se produire ? Je vous demande seulement de poser la lingette sur votre figure.

— Et que va-t-il se passer si je refuse ?

— Rien.

— Rien ?

— Non. Vous pourrez descendre et rentrer chez vous.

Et ne jamais savoir où est mon fils.

— Mais ce serait une erreur. Vous avez déjà tant progressé.

— Vous mentez, ces images sont truquées.

— Elles ne le sont pas.

La « voix » avait du mal à respirer.

— Dans ce cas, expliquez-moi comment vous avez fait. Vous dites qu'il y avait deux bébés, fit Stern d'une voix brisée, de plus en plus aiguë à chaque phrase. Pourquoi ne nous en sommes-nous pas aperçus ? À qui était l'autre ? Pourquoi les avoir échangés ?

Et pourquoi personne n'a-t-il remarqué son absence après sa mort dans les bras de Sophie ?

— Bon, je vais vous expliquer. Mais alors vous serez de nouveau dans le coup.

Stern ferma la boîte de lingettes et secoua la tête.

— Pour que vous compreniez tout, vous devez savoir comment je gagne ma vie.

— Vous vendez des enfants.

— Notamment. Nous avons de nombreux secteurs d'activité. Mais le commerce de nouveau-nés est l'un des plus lucratifs.

Stern eut un haut-le-cœur et regarda dans le rétroviseur. Il était 6 h 02. Le « vengeur » ne s'était toujours pas montré.

— Mon concept commercial repose sur la merveilleuse invention de la « trappe d'abandon ». Vous connaissez certainement ces poubelles pour êtres humains, devant les hôpitaux, où une mère peut déposer un enfant non désiré au lieu de l'abandonner n'importe où, voire de le tuer ?

— Oui.

Mais qu'est-ce que cela a à voir avec Felix ?

— La dernière fois que vous avez entendu dire qu'un bébé y avait été déposé, c'était quand ? On prétend que cela arrive rarement. Tout au plus deux fois par an. Mais c'est un mensonge. En réalité, c'est une pratique très courante.

La « voix » fit claquer sa langue.

— Quand une mère dépose son enfant dans la trappe, une alarme silencieuse se déclenche aussitôt dans l'hôpital. Un membre du personnel arrive et s'occupe du bébé abandonné. Deux fois sur trois, c'est un infirmier qui figure sur ma liste.

— Non ! s'écria Stern dans un râle.

— Si. C'est l'avantage d'une alarme silencieuse. Personne ne l'entend. Pour des raisons tenant à la protection des libertés, les caméras de surveillance sont interdites devant la trappe. La direction de l'hôpital ignore donc absolument combien d'enfants sont effectivement abandonnés dans ces conditions. Je n'ai plus qu'à les recueillir. Le plus génial dans cette affaire, c'est que ce sont généralement des enfants allemands. Des couples sans enfant sont prêts à payer le prix fort pour cette marchandise. Ce serait en fait un commerce tout à fait simple si un inconnu ne s'était mis en tête de tuer mes collaborateurs les uns après les autres.

L'envie de vomir de Stern atteignit des sommets. C'était le crime parfait. Les marchands d'enfants n'avaient même pas à courir les risques d'un enlèvement. Les bébés leur étaient livrés « de plein gré », et il n'y avait pas ensuite de parents à la recherche de leur enfant disparu.

— Je ne comprends toujours pas ce que cela a à voir avec Felix.

Stern se sentait à bout de forces. Le vent secouait la voiture avec toujours autant de violence. Il aurait eu aisément raison de lui à présent, s'il avait été dehors.

La « voix » fit une courte pause. Stern retint sa respiration. Puis les digues cédèrent :

— Felix est arrivé au bon moment dans le mauvais hôpital pour lui. La veille de sa naissance, on avait trouvé un autre bébé, très mignon, dans la trappe. J'ai informé de ce heureux hasard des acheteurs impatients. Mais lors du premier examen, un de mes médecins a diagnostiqué une malformation cardiaque chez l'enfant abandonné.

Stern sentit un cercle d'acier lui comprimer la poitrine.

— Il était d'emblée condamné à mourir. Une opération n'avait aucune chance de succès et il n'en était de toute façon pas question. Personne ne devait être au courant de l'existence de cet enfant.

Le cercle se resserra.

— Comprenez dans quelle situation difficile je me suis retrouvé : c'était l'une de mes premières affaires. Je ne pouvais ni ne voulais annuler ce marché. Mais je ne voulais pas non plus livrer une marchandise de mauvaise qualité.

— Donc, vous avez échangé les nourrissons ?

— Exactement. Juste après l'accouchement. Par chance, le bébé de la trappe ressemblait à Felix. Mais même s'il avait été plus grand, plus gros ou plus laid, vous n'auriez rien remarqué si près de la naissance. Même la tache de vin, vous ne l'avez aperçue qu'après votre deuxième contact avec votre fils. Nous avions déjà procédé à l'échange.

Stern acquiesça à contrecœur. La « voix » avait raison. Immédiatement après l'accouchement, qui avait été difficile et les avait laissés exténués, c'est enveloppée dans une couverture qu'on avait donné à Sophie la petite créature trempée et souillée de sang. Felix étant le seul garçon à la maternité, ils n'avaient eu aucune raison de craindre quoi que ce soit quand on l'avait sorti de la chambre pour les premiers soins. Pourquoi quelqu'un aurait-il voulu leur infliger une épreuve aussi cruelle ?

— Vous finissez par comprendre ? À l'exception des premières secondes après la naissance, vous n'avez caressé et câliné que le bébé de la trappe.

Les images tremblantes de la maternité traversèrent comme un éclair la mémoire de Stern.

— Et cet autre bébé…

— … est mort comme diagnostiqué deux jours après l'échange. Vous avez vu de vos propres yeux les images de la vidéo de surveillance.

— Attendez ! Ce n'étaient pas des images d'une…

— … d'une caméra de surveillance fixe ? demanda la voix avec amusement. Pourquoi pas ? À cause des coupures ? À cause des images instables, des gros plans, du zoom et des autres effets digitaux ? Mais avez-vous une idée de tout ce que les logiciels permettent de faire de nos jours ? On peut par exemple scanner une tache de vin ayant la forme de l'Italie sur l'épaule d'un garçon de dix ans. N'est-ce pas une ironie du sort que je sois obligé de vous mentir pour que vous croyiez que je dis la vérité ?

Stern cria :

— Qu'est-ce qui se passera si vous mentez à nouveau ?

— Découvrez-le par vous-même ! Je ne peux ni ne veux vous en dire davantage. Décidez-vous. Prenez une lingette si vous voulez revoir votre fils.

Stern fixa la boîte entre ses mains.

— Ou bien, adieu à jamais.

Sur le « Pont », toutes les lumières s'éteignirent et le parking entier fut tout à coup plongé dans une obscurité complète. Stern appuya encore plus fort le portable contre son oreille brûlante. Mais la communication était rompue. La « voix » avait raccroché.

Et maintenant ?

Il regarda la clé de contact qui lui permettait de démarrer et de partir. *Mais pour aller où ?* Retrouver une existence dont le vide serait aussitôt rempli de doutes lancinants ? Il pressentit qu'il venait d'entendre les mensonges mûrement élaborés d'un dément. Mais, finalement, ce n'était plus le problème. La seule chose qui importait, c'était de savoir jusqu'où il désirait croire ce mensonge.

Il ouvrit la boîte, se figea l'espace d'un instant, puis en sortit une lingette de cellulose. Humide, imbibée d'une substance qui ne le tuerait peut-être pas, mais qui le mènerait à coup sûr aux portes de la mort, elle pesait dans sa main. Il ne put s'empêcher de penser à un linceul quand il s'en couvrit la figure. Puis il retint son souffle, songea à Felix. Quand ses poumons menacèrent d'éclater, il ouvrit la bouche et le nez en même temps. Il aspira trois longues bouffées, et tout, autour de lui, fut plongé dans un silence infini.

6

Cela puait la sueur et le vomi. Carina craignait le pire en entrant dans la pièce de repos que le personnel de l'hôpital utilisait pour faire des siestes quand le travail par roulements de trente-six heures le permettait.

— C'est là que je l'ai vu entrer pour la dernière fois, chuchota l'infirmière rouquine restée dans le couloir.

Carina n'essaya pas de faire la lumière dans la pièce, qui n'était pas plus grande qu'un débarras. Les spots à halogène ne fonctionnaient pas, mais personne n'en avait informé le responsable technique. Quand on se retirait dans cette pièce, on n'avait pas besoin de lumière. C'était aussi la raison pour laquelle les stores étaient continuellement baissés.

Cependant, la faible lumière du couloir éclairait assez la scène pour faire frémir Carina.

Picasso !

Il était allongé dans une flaque devant le canapé. Soit il en était tombé, soit il n'avait pu arriver jusqu'à lui.

— Mais qu'est-ce qu'il se passe ici… Oh, mon Dieu.

L'infirmière derrière elle mit une main tremblante devant sa bouche.

— Allez immédiatement chercher un médecin et la police, chuchota Carina en se penchant sur son collègue inerte.

La rouquine paraissait ne plus comprendre ce qu'elle disait. Comme figée sur place, c'est à peine si elle gardait le contrôle de sa lèvre inférieure qui tremblait.

— Il est… il est… ? demanda-t-elle, trop faible pour prononcer le mot crucial.

Mort ?

Carina s'agenouilla à côté de l'aide soignant, et la puanteur augmenta. Le saisissant par ses puissantes épaules, elle le retourna sur le dos. Elle fut prise de nausée, jusqu'au moment où elle se rendit compte que le pire n'était pas arrivé : l'odeur d'urine, de sueur et de vomi était certes insupportable, mais il n'y avait pas de sang !

Elle soupira quand ses premiers soupçons se vérifièrent.

— Un médecin ! Va tout de suite chercher un médecin ! hurla-t-elle assez fort pour tirer l'autre infirmière de sa torpeur.

Les yeux de Picasso se mirent à ciller, puis s'ouvrirent. Malgré la pénombre, Carina constata que le regard était beaucoup plus vif qu'elle ne s'y attendait en raison des symptômes d'empoisonnement qu'il présentait.

— Tu m'entends ?

Il cligna des yeux.

— Dieu soit loué.

Elle voulut le tranquilliser en lui prenant les mains. Elle sentit le papier autour duquel ses doigts s'étaient recroquevillés.

— C'est quoi, ça ? demanda-t-elle tout haut, comme si Picasso avait été en état de répondre.

Il se décontracta un peu et elle réussit à lui prendre le papier. Il s'agissait d'une feuille imprimée. Malgré le peu de lumière venant du couloir, elle reconnut un tableau de données informatiques de l'hôpital : Picasso avait imprimé le plan des lits de l'unité de soins intensifs.

Mais dans quel but ?

Elle vit alors les deux noms soulignés de rouge sur le plan.

Ce n'est pas possible !

Elle vérifia la date, qui remontait à plusieurs semaines. Mais il n'y avait pas l'ombre d'un doute.

Elle sentit soudain une main sur son épaule. Elle se retourna brusquement, comme si un cambrioleur venait de la surprendre dans la nuit.

— Hé ! Hé ! Du calme ! Le mieux est que vous m'accompagniez jusqu'à...

Carina se dégagea d'une torsion du buste et repoussa le médecin-chef, qui était accouru avec une autre infirmière. Un instant plus tard, elle avait ouvert la fermeture éclair de sa banane, brandissant son pistolet.

— Il a été empoisonné, dit-elle avec un regard sur Picasso, qui était en train de se hisser sur le canapé.

Quel que soit le produit qu'on avait mélangé à son café afin de faciliter l'enlèvement de Simon, la dose avait été trop faible pour un type comme lui, fort comme un ours.

— N'essayez pas de me suivre. Attendez ici et dites à la police d'envoyer tout de suite toutes les forces disponibles à la Havelchaussee. À la hauteur de la presqu'île de Schildhorn.

— Carina ?

Les appels du médecin derrière elle lui parurent manquer de conviction. Aucune infirmière ne se risqua non plus à la suivre, maintenant qu'elle avait une arme à la main.

Et à présent ?

Le pistolet ne lui était guère utile. Elle ne pouvait pas non plus attendre l'arrivée de la police. Elle devait se porter immédiatement au secours de Stern.

Mais comment ? Elle avait laissé sa voiture personnelle devant la villa.

— Vous ne pourrez pas partir d'ici, cria le médecin.

C'est vrai. À moins que...

Carina entra dans la salle des infirmières et prit la veste de cuir de Picasso. En revenant vers les ascenseurs, elle s'arrêta devant une chambre attenante au local fumeurs. Elle ouvrit la porte uniquement pour être sûre de son fait. Ses pires craintes se vérifièrent.

En descendant quatre à quatre les escaliers menant à l'entrée principale, elle fouilla les poches intérieures de la veste.

Bingo.

Portefeuille, chewing-gums, porte-clés.

Elle sprinta pour franchir la porte vitrée ouverte et passa en coup de vent devant le portier en train de passer des coups de fil frénétiques. Elle savait où Picasso avait l'habitude de garer sa voiture de sport.

— Elle peut rouler à deux cent cinquante à l'heure, s'était-il vanté un jour, pour la convaincre de faire une virée avec lui.

Carina n'était pas certaine que cela suffirait pour empêcher la catastrophe.

7

Stern se réveilla. L'espèce de linceul qui couvrait son visage parut alors avoir soudain changé de consistance. Plus ferme, il était aussi plus épais, plus compact, fait d'un tissu plus grossier qui grattait désagréablement. Comme un pull-over en laine bon marché. Il eut du mal à se retenir de vomir. Pas seulement en raison du chloroforme que son corps n'avait pas fini d'éliminer, mais aussi à cause de l'objet qu'il avait dans la bouche. Une éponge au goût à la fois sucré et salé, comme si elle avait été enfoncée sous la langue par des mains moites. Il eut un haut-le-cœur, et cette unique contraction de ses muscles de la gorge déclencha une onde de douleur entre sa nuque et le bas de son front. Jamais encore il n'avait eu aussi mal au crâne. Ni aussi peur.

Il ouvrit les yeux, et, loin de s'éclaircir, l'obscurité où il baignait lui sembla plus dense encore. Jusque-là au moins, des voiles lumineux dansaient sous ses paupières fermées, mais ils avaient disparu à présent. Pendant une seconde, son cœur cessa de battre.

Je suis paralysé. Cette idée lui traversa l'esprit. *Du cou jusqu'au bas du corps. Je ne peux même pas remuer les lèvres.*

Il voulut ouvrir la bouche, mais n'y parvint pas. Il sentit avec soulagement que les muscles de sa mâchoire étaient intacts, jusqu'à l'instant où il comprit avec horreur pourquoi il ne pouvait respirer que par le nez.

Ils m'ont bâillonné, puis m'ont mis un sac sur la tête.

— Où suis-je ? grogna-t-il aussi haut et fort que le ruban en plastique collé sur sa bouche le lui permettait.

La panique se ficha, telle une tique, dans son système nerveux. Il crut qu'il allait mourir asphyxié.

Puis une petite lumière s'alluma au-dessus de lui, et il aurait aimé qu'ils lui aient aussi bandé les yeux. Ce n'était pas dans un sac que sa tête était enfoncée. Quand ses pupilles se furent accoutumées à cette source lumineuse et que les éclairs se furent peu à peu éteints sur sa rétine, il lui fallut encore quelques instants avant de comprendre à qui appartenaient les yeux qui le fixaient avec terreur à travers un passe-montagne. C'étaient les siens !

Il tourna alors la tête. Avec précaution. Comme au ralenti. Surtout, pas de mouvements brusques qui l'auraient peut-être obligé à vomir dans son bâillon.

Mais n'était-ce pas... ? Oui. Il n'y avait pas de doute. Il était assis dans une voiture vide. Sur le siège passager. Et il la reconnut. C'était la sienne !

Où est-ce que je suis ?

Les taches gris foncé qu'il distinguait derrière le pare-brise prirent lentement forme. Des mâts oscillants, crut-il d'abord, et il pensa à une illusion d'optique. Une conséquence de l'anesthésie. Mais, en réalité, il s'agissait d'arbres ployant sous le vent à une soixantaine de mètres. Entre la Mercedes et l'orée de la forêt s'étendait un espace libre, vaste comme un parking.

Il se pencha précautionneusement en avant pour soulager du poids de son corps ses poignets menottés. Plissant les yeux, il chercha d'où il connaissait cet endroit isolé. À l'instant où une vague idée s'insinuait en lui, un bruit sur la banquette arrière attira son attention. Peu après, il entendit une toux étouffée dans un mouchoir.

— Très bien, vous êtes réveillé. Avec près d'une demi-heure d'avance.

Stern reconnut la « voix ». Sans le dispositif d'altération, elle paraissait beaucoup plus humaine.

Un courant d'air froid pénétra dans la voiture quand l'homme descendit. Stern tressaillit, ce qui lui fit mal. La veilleuse avait éclairé le profil du tueur l'espace d'un instant. Cela avait suffi à Stern pour reconnaître le type dans le rétroviseur. Ses facultés intellectuelles furent alors réduites à néant. Il n'en croyait pas ses propres yeux.

— Alors, vous y croyez, maintenant, à la renaissance ? demanda Engler en riant.

Il ouvrit la portière passager et tira Stern hors de la voiture comme un vulgaire sac de pommes de terre.

Celui-ci, les mains ligotées, tomba tête la première sur la terre battue. Une couche de feuilles et de terre mouillée amortit sa chute. Stern le regretta presque : cela l'avait empêché de perdre connaissance.

Engler ? Le chef de la brigade criminelle ? Comment était-ce possible ?

Deux mains vigoureuses l'attrapèrent, et il prit alors conscience de deux choses : il connaissait ce parking, et il savait pourquoi il était ici.

— Vous ne devriez pas croire tout ce que vous voyez, dit le commissaire tout en remettant Stern sur ses pieds. Allô, Dr Tiefensee, vous êtes là ? dit-il, imitant le jeu de devinette auquel il s'était livré dans le cabinet du psychiatre.

Puis, plaçant devant sa bouche un morceau de plastique, il poursuivit d'une voix contrefaite :

— Vous voyez les ciseaux à pansement ? Enfoncez-les lui dans le cœur.

Engler fit un pas en arrière et referma la portière passager. Le bruit rappela à Stern le claquement de porte dans le cabinet du Dr Tiefensee. Il s'avisa alors pour la première fois que les deux voix ne s'étaient jamais superposées. Engler avait utilisé la feuille de plastique chaque fois qu'il se trouvait dans l'une des pièces. Il n'avait parlé de sa voix normale que dans le couloir.

— Ma foi, je me suis bien amusé à sortir de là mon collaborateur. Vous l'aviez surpris dans le cabinet médical.

Engler se mit à rire.

— J'y ai pris presque autant de plaisir que lors de l'accident que j'ai mis en scène. Putain, mec ! Tout se déroulait comme prévu, quand vous avez tout à coup décidé de vous constituer prisonnier ! Il fallait que je vous en empêche. Heureusement que vous êtes d'une naïveté incroyable ! Trois coups de feu, un pare-brise brisé et un peu de sang de théâtre dans la bouche : avec vous, c'est suffisant. Bon, d'accord, peut-être aussi un DVD.

Le ricanement d'Engler était devenu quasi hystérique. Il cracha sur le sol humide quand il se fut un peu calmé.

— Alors, l'intermède avec le motocycliste vous a plu ? Il ne m'a demandé que cinq cents euros pour tirer dans le pare-brise et vous mettre l'arme sur la tempe. Mais ne vous faites pas de soucis. Ce n'est pas une grosse perte. Ce mec en pinçait pour les enfants. En plus, il avait Tiefensee sur la conscience. Vous vous souvenez ? C'était le type aux cheveux longs après qui vous avez couru dans le cabinet médical.

Stern avança en chancelant vers le coffre de sa Mercedes. Il sentait qu'il allait bientôt devoir trouver un appui s'il ne voulait pas s'effondrer de nouveau par terre. Ici, sur le parking de la plage de Wannsee totalement déserte.

— Ah, au fait, reprit Engler comme si une information importante lui venait subitement à l'esprit. J'ai trouvé que beaucoup trop de monde était au courant de l'existence du « Pont », alors j'ai fixé un autre rendez-vous avec l'homme qui veut me tuer, dans quarante-cinq minutes. Mais je pense que nous ne nous ennuierons pas en attendant notre hôte surprise.

8

Rien. Pas une lumière. Pas une voiture. Pas un signe de vie. Le vide total pouvait parfois être aussi tonitruant qu'une foule de braillards. Carina, sur le parking devant le « Pont », était accablée de solitude.

Où sont-ils ? Où est Robert ? Et Simon ?

À part sa voiture, il n'y avait pas un seul véhicule dans l'allée menant au bateau-restaurant. Le bruissement des feuillages, les grincements du gréement et le clapotis des vagues pouvaient certes recouvrir d'autres bruits dans les environs. Mais son instinct lui disait qu'il n'y avait ici rien à recouvrir. Elle était seule.

Carina prit son portable pour appeler la police, comme elle l'avait déjà fait en venant. Ce n'était pas la peine d'essayer encore de joindre Robert, car son téléphone était éteint ou se trouvait hors réseau.

Son pistolet à la main, elle retourna à la porte fermée devant la passerelle, hésitant à l'escalader. Au-dessus du portail grillagé, des pointes entortillées dans du fil de fer barbelé étaient une véritable invitation à s'ouvrir le ventre.

Elle songea à un film où le héros, en mauvaise posture, s'agrippe à un cordage et se hisse sur le bateau à la force des poignets. Mais ses faibles bras lui transmettaient un message sans équivoque : « Aucune chance. »

Derrière elle, le vrombissement d'une voiture passant à vive allure se mêla aux hurlements de la tempête. Prenant son téléphone, elle chercha à l'aveuglette la touche permettant d'activer la répétition de l'appel d'urgence. C'est quand elle s'adossa à la porte grillagée qu'elle le sentit. Juste à l'instant où elle fermait les yeux.

De terreur, elle laissa tomber son portable. Quand celui-ci heurta le sol, la pile se cassa, puis le reste du téléphone tomba dans l'eau sombre et agitée, de l'autre côté du sentier. Carina se retourna lentement, trop absorbée par son pressentiment pour regretter la perte de son seul moyen de communication.

Effectivement. Il était là depuis qu'elle était arrivée. De grande taille, proéminent, le panneau de carton plastifié qui lui avait labouré le dos était fixé à la porte verrouillée. Elle n'y avait pas prêté attention parce qu'il était placé de manière trop visible, si bien qu'elle s'était dit qu'il s'agissait sûrement des heures d'ouverture ou d'une mise en garde contre toute tentative d'entrée sans autorisation.

Mais, au second coup d'œil, il paraissait trop bricolé pour être un panneau permanent. On avait dû le faire sur un ordinateur, puis le fixer à la hâte aux barreaux métalliques avec des bouts de fil de fer.

De plus, elle était intriguée par un grand « smiley » à la suite du dernier mot. C'était tout ce qu'elle arrivait à distinguer à la lueur de la lune.

Elle prit un briquet dans sa banane. Quand la flamme jaune lui permit de lire le texte dans son entier, son ultime espoir se consuma.

À tous les noctambules !
Le jogging matinal part exceptionnellement,
aujourd'hui, de la plage du Wannsee.
Venez, s'il vous plaît, à 6 h 45 précises.
Robert a organisé une petite surprise.
☺

9

Plus rien n'avait de sens, pourtant il croyait discerner tout à coup avec clarté ce qui s'était passé. Ici et maintenant, dans le petit jour naissant.

Le DVD, la pseudo-exécution d'Engler par le motocycliste, sa propre Mercedes devant laquelle il risquait à tout moment de s'effondrer, tout cela ne pouvait signifier qu'une chose : dans son plan sadique, Engler ne prévoyait certainement pas de lui révéler la vérité sur Felix. Au contraire. Le commissaire aurait le plus grand plaisir à l'expédier finalement vers la mort en le laissant dans l'ignorance. Désemparé, Stern hocha la tête à la manière de quelqu'un qui vient de prendre conscience qu'il a commis une grosse erreur. Tout s'assemblait peu à peu en un tableau dans lequel, à la fin, on ne le retrouverait que sous la forme de cadavre.

— N'ayez pas l'air aussi épouvanté, dit Engler en se mettant de nouveau à rire, tandis qu'il faisait le tour de la voiture d'un pas pressé.

Moulé dans un survêtement, des chaussures de boxeur aux pieds, il avait tout – idée absurde – d'un élégant mannequin.

— Vous n'avez qu'à vous en prendre à vous-même.

Le commissaire saisit un sac de toile sur le siège arrière et le jeta par terre devant Stern.

— Harald Zucker d'abord. Puis Samuel Probtjeszki. Vous ne pouviez pas laisser ces morts en paix ?

Stern sentait le vent souffler dans les jambes de son pantalon. Il aurait voulu que les rafales se transforment en un ouragan qui l'emporte loin de ce cauchemar.

— Il y avait déjà des années que j'avais découvert les cadavres de mes anciens collègues et, s'il n'avait tenu qu'à moi, ils seraient encore en train de pourrir dans leurs cachettes.

— Pourquoi ? grogna Robert avec stupeur.

On aurait dit qu'il voulait imiter le bruit d'un animal blessé par un coup de fusil. Pourtant, malgré son bâillon, Engler arriva à le comprendre et le regarda comme s'il venait d'énoncer une ânerie.

— Parce que je ne voulais pas avoir à enquêter sur moi-même.

Oh, mon Dieu !

Ce fut comme si une écluse s'ouvrait dans le cerveau de Stern, et toute une série de conclusions s'imposèrent à lui en même temps : les assassinés avaient tous été des complices d'Engler. Tant qu'ils n'étaient que portés disparus, personne n'éprouvait le besoin de les rechercher. Tout le monde se réjouissait au contraire de la disparition de ces rebuts de l'humanité. Jusqu'à l'entrée sur scène de Simon, qui s'était mis à retrouver les cadavres. Maintenant, la meute était sur les traces du tueur. À la recherche de ses motivations. Engler avait été contraint de retrouver le « vengeur » avant tout le monde. Avant que quelqu'un ne s'avise que son nom figurait lui aussi sur la liste noire.

Stern frissonna des pieds à la tête quand il prit conscience du rôle qu'il aurait à jouer dans le dernier acte de ce spectacle.

Le commissaire regarda sa montre et hocha la tête d'un air satisfait. Quoi qu'il ait en vue, tout paraissait se dérouler comme prévu.

— Il nous reste un quart d'heure. Je vais en profiter pour vous remercier de votre avertissement. Je n'arrive toujours pas à m'expliquer où Simon a entendu parler du rendez-vous de ce matin sur le « Pont », mais à vrai dire cela m'est égal. Depuis que vous m'avez fourni ce renseignement, je sais que l'acheteur a feint de me commander un bébé. Il s'y est pris à la perfection, je dois dire. Et donc, celui que nous attendons dans quelques minutes est le « vengeur ».

Et c'est à lui que tu comptes me livrer à ta place. Je serai le bouc émissaire.

Stern tira sur ses liens et eut envie de hurler quand il se rendit compte que, ces dernières heures, il n'avait rien fait d'autre que s'enfoncer un couteau dans le ventre. C'est volontairement qu'il s'était rendu à l'abattoir. Il allait être tué ici en train de vendre un enfant. Et, avant cela, il avait tout fait pour passer pour un pédophile capable de commettre un tel forfait.

Il déglutit et sentit un goût de sang dans sa bouche. Engler, à l'évidence, l'avait bâillonné sans ménagements.

Comment ai-je pu être aussi bête ?

Il pensait être à la poursuite de la « voix » ! En réalité, il suivait les pistes que celle-ci laissait à son intention. Et elles avaient fini par l'attirer dans ce traquenard. Il avait commencé par se rendre suspect en découvrant des cadavres et en émettant des hypothèses farfelues à propos de réincarnation, puis il avait enlevé un petit garçon à l'hôpital, laissé des empreintes digitales chez le Dr Tiefensee et dans la villa d'un pédophile, et, pour couronner le tout, il avait remis en mains propres à Engler une vidéo sur laquelle on pouvait le voir se ruer, torse nu, dans une pièce où était torturé un gamin à demi nu.

Carina avait elle aussi laissé ses empreintes sur la poignée de la porte, et sa voiture était garée devant la maison de l'agent immobilier. Pour Engler, en tant que responsable de l'enquête, ce serait un jeu d'enfant de les faire accuser, lui et sa complice. Et son seul témoin à décharge était un ancien producteur de films pornos, qui avait déjà eu maille à partir avec la justice pour des histoires de viol ! C'était un plan diabolique. Engler lui mettait sur le dos ses propres méfaits. Non, pire que ça : il avait fait en sorte que Stern les endosse.

— Ne soyez pas si furieux contre vous-même, finit par grommeler Engler.

Il eut une brève quinte de toux, puis renifla et cracha à côté du sac.

— Vous n'avez pas tout loupé. Au début, je voulais seulement que vous me procuriez le nom du « vengeur ». C'est vous qui aviez accès à la source : Simon. Mon Dieu, vous avez failli me rendre fou lors du premier interrogatoire. Pendant des années, vous défendez des flopées de salopards, et voilà que vous tombe du ciel un client qui pourrait m'être utile, à moi, et vous refusez de vous en occuper. Je ne pouvais pas vous laisser faire. C'est pourquoi j'ai fabriqué dès le lendemain un moyen de pression

Le DVD.

— Il s'agissait en fait du seul hasard dans toute l'affaire : que ce soit vous, l'avocat dont l'enfant avait été échangé par mes hommes il y a dix ans, qui déteniez les clés pour résoudre mon gros souci.

Stern leva les yeux vers le ciel tourmenté de ce matin d'automne. Le noir de la nuit cédait peu à peu la place à une lueur d'un gris sale qui lui rappela la couleur de la salle d'interrogatoire.

Engler, la « voix », éclata à nouveau de rire et se pencha vers le sac. Pendant qu'il ouvrait la fermeture éclair, Stern ressentit un violent point de côté.

— D'ailleurs, c'est dommage que vous n'ayez pas amené Carina. Elle pourrait vous tenir compagnie. Mais laissez-moi deviner : vous étiez sans doute convenus d'une heure à laquelle elle devait avertir la police, c'est bien ça ? Eh bien, je m'en fous, et vous voulez savoir pourquoi ?

Engler sortit du premier sac un deuxième sac, plus petit, en plastique. Selon toute apparence, il contenait un objet volumineux, mais léger. On aurait dit un oreiller.

— Parce que les flics sont déjà là. Trois unités.

Stern tourna sur place, cherchant en vain à distinguer quelque chose dans l'obscurité.

— Une vingtaine d'hommes. Tous dissimulés pour ne pas gêner l'observation. Ils n'attendent que mon signal.

Il tapota un émetteur-récepteur accroché à son ceinturon.

— L'accès à la plage est une impasse. Quand je signalerai l'arrivée de l'acheteur, ils barreront les routes et s'apprêteront à intervenir.

Le commissaire porta le sac en plastique jusqu'au coffre de la voiture.

— Ne prenez pas cet air incrédule. J'ai ordonné officiellement cette discrète intervention une fois que mon enquête a montré que vous alliez rencontrer ici, aujourd'hui, un délinquant sexuel amateur d'enfants.

Il eut un large sourire.

— Je ne suis pas ici pour mon plaisir personnel. Mais pour procéder à votre arrestation. Je crains seulement d'arriver trop tard pour empêcher la tragédie qui ne va pas manquer d'avoir lieu…

Sur ces mots, Engler ouvrit le coffre de la Mercedes. Stern eut le souffle coupé quand il regarda à l'intérieur. Le bâillon, dans sa bouche, parut enfler démesurément, menaçant de faire exploser d'abord sa mâchoire, puis son crâne. D'un geste de la main, Engler écarta une blouse d'hôpital verte posée sur le corps du gamin évanoui. Dans la pâle lumière du coffre, Simon avait l'air mort.

10

Stern n'arrivait pas à détourner les yeux du jeune garçon qui, enroulé sur lui-même, était abandonné là comme un pneu neige en été.

— Ne bougez pas !

Engler était passé derrière lui, et il sentit brusquement une pression dans son dos. Le commissaire lui tordait les poignets sans ménagement, au point que Stern crut qu'il allait les lui briser. Mais il y eut un claquement, et ses mains furent soudain libres. Engler avait coupé les liens en plastique.

— Pas de faux mouvement, lui chuchota-t-il à l'oreille.

Stern sentit son haleine humide à travers le tissu épais du bonnet de ski.

— Tournez-vous sur le côté !

Il eut un étourdissement. Il lui fallut toute son énergie pour quitter Simon des yeux, tandis qu'il obéissait aux ordres du commissaire. Quand Engler lui fit de nouveau face, il tenait à la main gauche un pistolet sur le canon duquel était fixée une lampe à halogène. De l'autre main, il serrait un bébé contre lui.

Stern écarquilla les yeux, et il eut besoin d'un moment pour comprendre que la tête couleur chair était celle d'une poupée. C'était la seule partie du corps émergeant de la couverture de lin blanc qui l'enveloppait.

— Elle sait aussi parler, précisa Engler avec un sourire cynique en lui appuyant sur le ventre.

C'était donc ça, pensa Stern en se rappelant les gémissements qu'il avait entendus devant le « Pont ».

Engler referma le hayon. Pas une plainte. Pas un tressaillement. Rien. Simon n'avait pas donné le moindre signe de vie.

— Je vais maintenant vous donner les dernières consignes. Puis je m'installerai sur la banquette arrière de votre voiture et je vous tiendrai à l'œil. Si, pour une raison ou pour une autre, il vous venait l'idée de ne pas respecter mes indications, je descendrais, j'ouvrirais le coffre et j'étoufferais votre petit protégé. Nous sommes-nous bien compris ?

Stern opina de la tête.

— Si vous vous comportez bien, Simon sera retrouvé évanoui à côté de votre cadavre. Comme il est sous anesthésiant, il ne se souviendra de rien. Je ne bluffe donc pas. Je peux lui laisser la vie sauve. Que vous le croyiez ou non, je ne tue les enfants qu'à contrecœur, à la différence de Probtjeszki. Un bon commerçant ne détruit pas de son plein gré sa marchandise. Mais tout ne dépend maintenant que de vous.

Sous le masque, la sueur était âcre comme de l'acide. Stern avait l'impression d'être pris dans un serre-joint en laine qui l'étouffait lentement. Quand il eut répété tous les ordres d'Engler, celui-ci lui remit la poupée couchée dans une nacelle en rotin qu'il avait prise sur la banquette arrière. Puis Stern sentit le policier lui fourrer une enveloppe dans la poche arrière de son pantalon.

— Qu'est-ce que c'est ?

Engler lut la question dans les yeux traqués de Stern.

— Je tiens mes promesses, déclara-t-il d'un ton ironique. J'y ai écrit l'adresse de Felix. Qui sait, peut-être vous sera-t-elle utile dans une autre vie ?

Le rire d'Engler s'éloigna puis mourut quand la lourde portière de la Mercedes se referma.

Stern dut recourir à toute sa volonté pour, sous l'effet de la peur, ne pas respirer trop fort par le nez. Il pencha un peu la tête afin que ses yeux s'habituent plus rapidement à l'obscurité qui régnait encore, mais il ne voyait toujours pas, entre les arbres de l'allée, le faisceau lumineux annoncé.

Cela n'allait pas tarder ! La mort était en route et serait là dans quelques minutes. Le haut de son corps se contracta dans l'attente de la douleur qui le traverserait bientôt. Puis il avança d'un pas hésitant.

11

C'est chaque fois un miracle de constater la force que Dieu confère à celui qui veut combattre le mal, songea l'homme en se raclant la gorge. Peu après, il toussa. Il releva le pied précipitamment quand il s'aperçut que, dans un moment d'inattention, il avait dépassé la vitesse maximale autorisée. La sueur coulait sur son front ridé et se perdait dans ses sourcils broussailleux.

En réalité, son corps n'était plus capable des efforts qu'il allait lui demander aujourd'hui. Il avait trop exigé de lui par le passé. Pendant la décennie de la vengeance. Tout avait commencé par un petit article sur les abus sexuels dont les enfants étaient victimes. Il ne l'avait écrit pour un modeste hebdomadaire qu'en raison de la maladie de la rédactrice en chef. Il était le seul à pouvoir la suppléer au pied levé.

Aujourd'hui, il voyait dans cette circonstance un signe du destin. Ce ne pouvait être un hasard si c'était justement lui qui écrivait sur ces crimes atroces, lui dont le propre frère avait disparu à huit ans. On avait retrouvé son cadavre six mois plus tard dans un tel état qu'on avait déconseillé à ses parents de lui accorder un dernier regard.

Son premier article avait donné naissance à une série, la série à un manuscrit qui n'avait d'ailleurs jamais trouvé d'éditeur. Il n'avait plus vu d'utilité à la publication de ces sombres chapitres. Les enfants victimes n'en oublieraient pas pour autant les souffrances endurées. Et aucun criminel ne renoncerait, à cause de ce livre, à ses desseins morbides. Tout continuerait comme avant.

Quand, un dimanche, cette amère réalité lui était apparue avec autant de netteté que les images qui le poursuivaient jour et nuit, il avait décidé de passer à l'action. Les deux premiers assassinats avaient été les plus difficiles. Les autres, ensuite, il les avait tués plus facilement. Pas Zucker, pour qui il n'avait initialement pas prévu de recourir à la hache. Mais l'homme était robuste, s'était défendu bec et ongles et avait même réussi à lui prendre son revolver. Par chance, Dieu lui avait mis une hache entre les mains. Encore un signe, donc. Bien que l'usine ait déjà été incendiée, la hache était restée accrochée à un mur, à côté d'un extincteur carbonisé. Depuis, il ne pouvait plus manger de noix. Il ne supportait plus d'entendre craquer la coquille.

Le vieil homme s'essuya la sueur sur son front et voulut mettre la radio. Puis s'abstint. Il aimait la musique, mais il préférait ouvrir ce dernier acte dans le silence.

Sa voiture, qui l'avait fidèlement accompagné sur les sentiers obscurs qu'il avait parcourus toutes ces années, passa devant la sortie de Hûttenweg. Plus que quelques kilomètres. *Nous y serons bientôt.*

Comme toujours, il ressentait le besoin d'uriner avant le début des opérations. De la nervosité, rien d'autre. Il oublierait les tiraillements de sa vessie dès qu'il regarderait le mal en face. Les préparatifs en vue de cette journée avaient duré des mois. Il lui avait fallu, comme souvent par le passé, se nier lui-même et prendre la pire des identités, celle d'un pédophile. Cela faisait un bail qu'il n'avait pas liquidé une ordure. Deux ans et demi. Nombre de ses contacts n'étaient plus dans la course, d'autres se seraient méfiés en le voyant refaire surface. Il avait pourtant fini par réussir à entrer en contact avec l'homme que tous appelaient le « marchand ». Par le biais d'Internet. Et il allait le rencontrer aujourd'hui. Bien entendu, il ne pouvait être certain d'avoir cette fois l'occasion de couper le mal à la racine. Il ne savait pas non plus que penser du fait que le rendez-vous avait été repoussé de quarante-cinq minutes au dernier moment.

Il savait seulement que c'était Dieu qui avait son destin en main. Il était vieux. Contrairement aux enfants, il n'avait plus rien à perdre.

L'homme prit la sortie « Spanische Allee » et caressa le revolver posé sur le siège passager. Il s'était souvent demandé si le droit était de son côté quand il agissait ainsi. Tous les dimanches, il parlait avec le Seigneur. Il l'implorait de lui envoyer un signe. De lui indiquer s'il devait arrêter. Un jour, quand on lui avait parlé de Simon, il avait pensé l'avoir enfin reçu, cet avertissement. Mais il s'était trompé.

Et il avait continué. Jusqu'à aujourd'hui.

Le vieil homme alluma ses feux de route quand il arriva sur le sombre chemin forestier. L'impasse menant à la plage de Wannsee.

12

Plus que quarante mètres.

Stern marchait posément, pas à pas. Il avait attaqué de son bon pied, le pied enflé venant en second. Tout droit en direction de la lumière, comme le lui avait ordonné Engler.

L'attente angoissée dans le froid et la pluie lui avait semblé durer une éternité, bien que le véhicule venant de la voie d'accès se fût engagé, pleins phares, sur le parking désert quelques minutes seulement après qu'il s'était retrouvé seul. Il réfléchit, cherchant une dernière fois s'il n'y avait pas un moyen quelconque de retarder l'inexorable fin. Sans succès. Aussi, tel un bœuf allant à l'abattoir, avançait-il à pas comptés vers la voiture, s'approchant lentement de sa propre mort.

Son pouls s'accéléra quand la petite voiture s'arrêta.

Le vent lui apporta le crissement métallique d'un frein à main au bout du rouleau. Au même moment ou presque, la portière du conducteur s'ouvrit et une silhouette sortit avec des gestes gauches.

Qui est-ce ?

Tous les deux pas, des décharges électriques lui parcouraient douloureusement la colonne vertébrale. Elles étaient si fortes que Stern s'attendait presque à les voir illuminer le parking noyé de pluie. Il cherchait des indices lui permettant de reconnaître l'homme qui, d'une allure traînante, passa devant le capot de sa voiture et s'immobilisa entre les phares. En vain. Il ne pouvait d'ailleurs pas exclure de l'avoir déjà rencontré. Pour l'instant, il se faisait l'effet d'un mort de soif avançant vers un mirage dans le désert. Tout était irréel. Les contours de la forme humaine devant lui devenaient de plus en plus flous à mesure qu'il s'approchait des phares. L'homme n'était pas jeune, peut-être même âgé, c'était sa seule certitude. Il avait des gestes lents, marchait à petits pas, légèrement voûté. Stern essayait de détailler ce qu'il voyait de la silhouette, qui ne bougeait plus du tout, maintenant, dans les phares aveuglants. La pâle lumière du soleil levant perçait difficilement l'épaisse couverture de nuages et nimbait l'inconnu d'un reflet sinistre. *On dirait un ange de la mort avec son auréole*, se dit Stern en chassant une goutte de pluie d'un clignement de l'œil.

Plus que trente mètres.

Il ralentit l'allure. C'était la seule marge de manœuvre qui lui restait. Ne transgressant pas la règle, il ne s'exposait pas à une mort immédiate.

Juste avancer tout droit, avait précisé Engler. Ni à droite. Ni à gauche. Ne pas s'enfuir en courant.

Il connaissait les conséquences. Il saisissait la perfidie du plan qu'il était en train d'exécuter. Chaque pas réduisait l'écart entre l'homme et lui, abrégeait le temps lui restant à vivre.

Il serrait contre sa poitrine la nacelle contenant le faux bébé dont Engler avait enlevé les piles. Rien ne devait distraire l'attention du « vengeur ». Rien ne devait lui signaler qu'il avait affaire à une tromperie. Engler avait organisé un duel où Stern se présentait sans arme. Si l'homme était effectivement le « vengeur », il verrait dans celui qui venait à sa rencontre le « marchand » et il chercherait à l'abattre. À la première occasion. En quelques secondes.

Plus que vingt mètres.

Il était maintenant à portée de voix. Mais le bâillon qui paraissait gonfler dans sa bouche desséchée empêchait toute prise de contact. Un sentiment d'impuissance infinie envahit Stern, aussi totale que lors de l'enterrement de Felix.

Ou l'enterrement d'un bébé inconnu ?

Il n'avait plus aucun espoir. Toute échappatoire était exclue. Tout ce qu'il entreprendrait mettrait en danger la vie de Simon. S'il ne tentait rien, c'était la mort pour lui-même.

Plus que quinze mètres.

Stern prit soudain conscience qu'il était invraisemblable qu'Engler, après avoir provoqué cette exécution, laisse survivre qui que ce soit. Dès que lui-même aurait reçu une balle dans la tête, Engler réglerait son compte au « vengeur » puis abattrait Simon. Il lui suffirait ensuite d'une minute pour effectuer une mise en scène avec les cadavres avant de donner à ses collègues le signal de l'intervention. Stern imagina sans peine le rapport d'opération :

Le vendeur (Robert Stern) remet l'enfant (Simon Sachs), l'objet de la transaction, au pédophile (?). La transaction se passe mal. Il y a échange de coups de feu, à la suite duquel les trois individus sont mortellement blessés. Le témoin (le commissaire Martin Engler) était dissimulé et ne pouvait empêcher l'escalade sans mettre sa propre vie en danger.

Plus que dix mètres.

Mais qui sait ? Un fol espoir envahit Stern. *Simon est endormi et ne peut être un témoin dangereux. Plus il y a de cadavres et plus les risques sont grands.* Peut-être Engler ne tuerait-il pas plus de personnes qu'il n'était strictement nécessaire ? Peut-être laisserait-il vivre Simon ?

L'ombre en face de lui acquit soudain contours et reliefs, éveillant en Stern le vague sentiment d'avoir déjà rencontré cet homme.

— La marchandise est-elle en bon état ?

Stern, effrayé, tressaillit et faillit s'arrêter. Engler l'avait bien sûr mis au courant de la phrase codée, mais, maintenant qu'elle avait été prononcée, il avait l'impression que le bourreau venait de lui demander s'il avait encore quelque chose à dire.

Plus que sept mètres.

Il s'arrêta. Comme convenu, il s'accroupit et posa aussi précautionneusement que possible la nacelle sur le sol boueux du parking. Il devait ensuite se redresser et former le V de la victoire avec l'index et le majeur de la main gauche.

— Le signe que l'affaire est conclue, avait précisé Engler.

Ce qui me transforme illico en cible, songea Stern en s'attardant une seconde de plus que nécessaire, penché au-dessus de la nacelle.

Et cette seconde changea tout. Peut-être le nouvel angle de vue modifiait-il la réfraction de la lumière des phares. Cela résultait peut-être aussi de la réduction de la distance ou du fait que le soleil était plus haut dans le ciel. Stern, lui, se moquait de savoir pourquoi ; d'un seul coup, il reconnut qui se tenait devant lui, avec ses cheveux clairsemés, ébouriffés par le vent. Pourtant, il n'avait vu cet homme qu'une seule fois.

Il fit un effort, sortit de sa torpeur et se releva lentement.

Que faire, maintenant ?

La sueur s'accumulait sous son masque de laine qui le grattait furieusement.

Comment lui donner un signal sans éveiller la méfiance d'Engler ?

Stern leva un bras qui, tout à coup, se mit à jouer les balanciers comme s'il était un morceau de plomb incontrôlable pendu à son épaule.

Il doit y avoir un moyen. Tu dois pouvoir faire quelque chose.

Il pensa arracher de sa tête le passe-montagne et la bande adhésive maintenant le bâillon, mais ce geste suspect aurait entraîné la mort de Simon.

Le bras de l'inconnu était déjà remonté à mi-distance de la hanche. Stern devina plus qu'il ne vit l'homme sortir un objet de la poche de son pantalon.

Un revolver ? Peu importe. Deux secondes encore, et tu appartiendras à l'histoire. Stern fut secoué par une nausée. Il était sûr, bien que n'apercevant pas les mains du

« vengeur », qu'en cet instant une arme était braquée sur lui.

Un son guttural, si faible que lui-même ne l'entendit pas, échappa à sa gorge desséchée. Et cela suffit à supprimer le blocage dans sa tête.

Mais bien sûr ! C'est ce qu'il faut faire !

C'était idiot, banal et vraisemblablement voué à l'échec. Mais au moins il ne mourrait pas sans avoir rien tenté.

Clic.

À sept mètres de lui, celui qui n'était plus un inconnu avait armé son revolver. Stern leva néanmoins un bras, ferma les yeux et se mit à fredonner. Six notes, l'air le plus banal qu'il connaisse. Mais le seul aussi qui ait une signification et qu'il était en mesure de chanter avec sa face de momie.

— Money, Money, Money.

Il espérait que le vieux fan du groupe Abba le reconnaîtrait. Il pria le ciel que fût ainsi démenti le signe de la victoire de sa main gauche. Il espérait que cela suffirait à faire hésiter l'homme dont il avait percuté la chaise roulante l'avant-veille, lors de sa visite à l'hôpital.

— Money, Money, Money.

Il fredonna le refrain une dernière fois. Puis il ferma les yeux dans l'attente d'une explosion mortelle dans son crâne.

Quand, au bout de deux secondes, il ne se fut toujours rien produit, il cligna timidement des yeux. Reprit un peu espoir, sentit son pouls s'accélérer et, euphorisé par la perspective que son signal avait été compris, il ouvrit les yeux. C'est exactement à cet instant que le premier coup partit.

13

Engler vit Stern projeté en arrière par la déflagration et vaciller avant de heurter durement l'asphalte de la tête. À l'instant même où l'avocat s'effondrait, le commissaire bondit et se jeta sur le tireur. La violence du choc brisa deux vertèbres lombaires et une côte du vieil homme. Le commissaire se releva et arracha l'arme des mains de sa victime, qui hurlait de douleur. Puis il plaqua le vieillard sur le dos, s'assit sur ses hanches de manière à lui immobiliser les bras et lui braqua un revolver sur le front.

— Qui es-tu, nom de Dieu ? vociféra-t-il.

La lumière de la lampe fixée sur le canon tomba sur un visage ridé qu'il n'avait jamais vu de sa vie.

— Losensky. Je m'appelle Frederick Losensky, haleta le vieux.

Il cracha alors à la face du commissaire un jet de salive sanguinolente. Celui-ci s'essuya avec sa manche et força les mâchoires du vieillard avec ses doigts. Avant de lui enfoncer le pistolet dans la bouche ouverte, il s'immobilisa.

— Avec qui es-tu ? Tu travailles pour qui ?

— Je travaille avec Lui.

— Qui ? Qui est ton chef ?

— Celui qui est le tien aussi. Dieu.

— C'est pas possible, s'étonna Engler. C'est un retraité accro à la Bible qui s'est foutu de notre gueule pendant des années !

Le rire d'Engler se termina par une quinte de toux.

— OK, alors j'ai une bonne nouvelle pour toi, dit-il, hors d'haleine. Ton chef, le bon Dieu, t'a convoqué aujourd'hui pour un entretien important, et je dois t'emmener chez lui. C'est un peu pressé, alors…

— Haut les mains !

Engler haussa les sourcils, leva la tête et regarda sur sa gauche, en direction de trois pins. Une femme avait surgi de sa cachette.

— Soyez la bienvenue à notre petite fête, dit-il en riant, quand il eut reconnu Carina. Il était temps.

Elle avança vers lui et s'arrêta à environ trois longueurs de voiture.

— Laissez cet homme en paix et lâchez votre arme !

— Et quoi, sinon ?

En dépit de la courte distance, Engler était obligé de crier contre le vent, qui, depuis l'arrivée de Carina, avait encore gagné en violence.

— Je vous abats.

— Avec le truc que vous avez à la main ?

— Oui.

Engler rit à nouveau.

— N'est-ce pas le revolver qui était dans la banane que vous portiez hier ?

— Où voulez-vous en venir ?

— Je vous en prie, appuyez voir sur la gâchette.

Carina, qui ne tenait jusqu'ici le revolver que d'une main, posa alors l'autre aussi sur le canon. On avait presque l'impression qu'elle allait prier.

— C'était une simple invitation, cria le commissaire.

Le vieil homme, sous son poids, avait de la peine à respirer.

— Vous n'êtes pas obligée de me viser. Contentez-vous de tirer une fois en l'air.

— Mais pourquoi ?

Les bras de Carina se mirent à trembler comme si l'arme entre ses mains devenait plus lourde de seconde en seconde.

— Pour que vous constatiez que ce foutu machin n'est pas chargé. Croyez-vous vraiment que je vous rendrais une arme sans en avoir au préalable vidé le chargeur ?

— Qui vous dit que je ne l'ai pas rempli ?

— Votre regard épouvanté, madame Freitag.

Engler enleva son arme du visage de Losensky et la braqua sur la poitrine de Carina.

— Bye bye, dit-il.

Clic, entendit-on quand Carina appuya sur la détente. *Clic, clic.* La quatrième tentative fut couverte par l'éclat de rire d'Engler. Le pistolet inutile glissa des doigts de Carina, tombant dans la boue à ses pieds.

— Tant pis pour vous !

Le commissaire arma et dirigea le faisceau lumineux sur le front de la jeune femme.

Quand la détonation retentit au-dessus des eaux agitées du Wannsee, la tempête parut un instant retenir son souffle furieux. Puis les rafales de vent reprirent et engloutirent le bruit mortel.

LE DÉBUT

« Il n'est pas plus étonnant de naître deux fois qu'une. »

Voltaire

« Vis chacune de tes vies comme si c'était la dernière. »

Viktor Larenz

« Une balle dit toujours la vérité. »

Christopher Walken dans *Man on Fire*

« Les hommes diront de moi que je suis mort. Je ne les crois pas, ils mentent. Je ne pourrai jamais mourir. »

Klaus Kinski

1

Un sifflement métallique, qu'on aurait dit provenant d'un casque de lecteur MP3 au volume réglé trop fort, se mêlait aux voix. À chaque cahot de la voiture, elles devenaient plus fortes, plus distinctes, sollicitant ses sens au point d'interrompre son sommeil. Simon ouvrit les yeux et se retrouva face à un instantané surexposé. Assez long et assez net pour lui permettre de constater que deux hommes étaient assis dans la partie arrière d'une ambulance.

— La cryptomnésie ? demanda une voix rauque qu'il reconnut aussitôt.

Borchert !

— Oui, répondit le professeur Millier. Dans le domaine de la recherche sur la réincarnation, tout est bien sûr sujet à controverses, mais elle est pour l'heure considérée comme l'approche la plus plausible pour expliquer de manière logique et scientifique ce que les gens vivent comme une renaissance paraissant relever du surnaturel.

Simon eut envie de se lever. Il avait soif, son genou droit le démangeait sous son pantalon de pyjama. D'ordinaire, il était seul au réveil. Il avait besoin de ce moment de solitude pour « s'éclaircir la tête », selon l'expression de Carina. Chaque fois qu'elle l'utilisait, il pensait à ces globes de neige que l'on secoue pour voir ensuite les flocons de polystyrène expansé retomber lentement. Une fois réveillé, il se disait souvent que ça se passait comme ça dans sa tête. Durant les premières minutes de la journée, il voulait d'abord attendre que les images, les voix et les visions aient repris leur place. Aussi décida-t-il de feindre de dormir encore un peu, pendant qu'il trierait entre ses idées tout en écoutant en cachette les deux hommes parler à voix basse.

— Je peux piger ça sans avoir mon bac ? demandait justement Borchert.

— Je crois, oui. C'est très simple, en fait. Jusqu'à récemment, la science partait de l'idée que notre cerveau dispose d'un filtre. Vous devez savoir que le cerveau est équipé pour traiter à chaque seconde des milliards d'informations en parallèle. Mais toutes ne sont pas importantes. En ce moment, par exemple, vous voulez m'écouter et comprendre mes explications tout en essayant de ne pas glisser de votre siège quand l'ambulance penche dans un virage. Mais, pendant ce temps, connaître le code de cette caisse de médicaments ou savoir si je porte des chaussures à lacets ou non n'a pas d'importance à vos yeux.

— Ce sont des mocassins.

— Oui. Votre œil l'a vu, mais le filtre dans votre cerveau n'a pas laissé passer cette information sans intérêt jusqu'au moment où j'ai attiré votre attention sur elle. Et heureusement qu'il en est ainsi. Imaginez qu'au cours d'une promenade en forêt vous comptiez chacune des feuilles des arbres. Qu'au cours d'un entretien au café, vous ne puissiez soudain plus faire abstraction des conversations des tables voisines ?

— Je crois que j'en ferais dans mon froc.

— Vous plaisantez. Mais en fait, vous avez raison. Sans filtre, votre cerveau serait si occupé à traiter un flot inimaginable d'informations qu'il n'aurait sans doute plus le loisir de contrôler les fonctions corporelles les plus élémentaires.

— Mais vous disiez à l'instant que cette théorie du filtre était déjà bonne à mettre à la poubelle ?

Simon sentit alors une force invisible tirer sa tête vers l'avant. Il devait donc être allongé dans le sens de la marche et l'ambulance s'était probablement arrêtée.

— Pas vraiment, répondit Müller. Il existe en réalité une nouvelle théorie, fort plausible, tirée de la recherche sur le syndrome du savant.

— Qu'est-ce que c'est que ce truc ?

— La notion d'autiste vous est sans doute plus familière.

— Rain Man ?

— Oui, par exemple. Permettez que je réfléchisse brièvement à la manière la plus simple d'expliquer cela à un non-initié.

Bien qu'ayant les yeux clos, le gamin pouvait voir aussi bien que s'il les avait ouverts les commissures des lèvres du médecin-chef qui s'abaissaient quand il réfléchissait. Il réprima un sourire.

— Bon, alors oubliez le filtre et pensez plutôt à une soupape.

— D'accord.

— Compte tenu de la capacité quasi illimitée de notre cerveau à stocker des données, il est fort probable que, dans un premier temps, nous mémorisions tout. Mais uniquement au niveau inconscient. Une soupape biochimique, dans notre cerveau, empêche le surmenage de notre mémoire longue et débloque les seules données dont nous avons véritablement besoin.

— Donc tout est rangé dans une boîte, mais il n'est pas facile d'ouvrir le couvercle.

— On peut dire les choses comme ça.

— Et qu'est-ce que tout ça a à voir avec la deuxième naissance de Simon ?

— C'est très simple. Vous arrive-t-il de vous endormir devant la télévision ?

— Constamment. La dernière fois, c'était devant un documentaire assommant sur les sorcières brûlées sur des bûchers.

— Bon. Vous avez donc dormi, mais votre cerveau était bien entendu actif. Il a absorbé toutes les informations en provenance de la télévision.

— Je n'ai aucune idée de ce qui a été dit.

— Justement. Vous avez stocké tous ces renseignements, mais la soupape vous a empêché de vous en souvenir de manière active. Sous hypnose, un thérapeute qualifié pourrait toutefois stimuler votre subconscient.

— Et ouvrir le couvercle.

— Exact.

Simon entendit un clic, puis un léger grattement non loin de son oreille droite. Il supposa que le médecin-chef dessinait quelque chose pour expliquer son propos de manière imagée.

— Lors de la plupart des régressions, quand le patient est mis en transe ou placé sous hypnose, c'est ce qui se passe. Les gens s'imaginent parcourir en esprit une vie antérieure. En réalité, ils se souviennent simplement de quelque chose qu'ils ont, sans le savoir, stocké au plus profond de leur conscience. Si l'on vous soumettait à une régression, par exemple, monsieur Borchert, il est possible que vous vous rappeliez ce documentaire sur le Moyen Âge et qu'à cause de cela vous vous preniez pour une sorcière brûlée sur un bûcher. Et vous citeriez même des dates et des lieux exacts, car vous les auriez entendus de la bouche du commentateur.

— Je n'ai pourtant pas vu d'image.

— Si, vos propres images imaginaires, souvent bien plus fortes que les impressions réelles. Vous avez peut-être vécu cela à la lecture d'un livre.

— Hum, oui. Mais ça remonte à loin. Et c'est ça que vous appelez cryptomachinchose ?

Simon sentit que l'ambulance accélérait de plus en plus. La dernière fois qu'il avait roulé si vite, c'était lorsque Carina l'avait conduit à la friche industrielle pour rencontrer son avocat.

Robert et Carina. Mais où étaient-ils ?

— On appelle ça cryptomnésie. C'est le terme scientifique pour dire que vous faites passer pour votre propre savoir des choses que vous avez enregistrées dans votre subconscient. Vous me suivez ?

— Ça va encore. Mais Simon ne s'est pas endormi devant un ordinateur ?

Simon eut envie de cligner des yeux et il serra les paupières d'autant plus fort. Plus il les pressait, plus se précisaient les contours d'une image dont il venait encore de rêver à l'instant.

L'image d'une porte. Numéro 17.

— Non, répondit Müller. Mais quelque chose d'approchant. Je crois que vous savez que nous avons interrompu sa radiothérapie voici un bon mois ?

— Oui.

— À cause des effets secondaires. Simon a été transféré en soins intensifs avec quarante et un de fièvre et une pneumonie. Un autre patient y a été hospitalisé au même moment.

— Frederick Losensky.

— Exactement. Soixante-sept ans, journaliste, avec suspicion d'un petit infarctus du myocarde. En dehors de douleurs thoraciques irradiantes, il ne présentait pas de signes caractéristiques importants. Il était pleinement conscient et on l'a placé en réanimation uniquement afin de le garder sous surveillance.

— Je devine : il était à côté de Simon.

— Effectivement. Comme vous l'avez certainement appris par la presse, c'est Losensky le responsable des assassinats en série de pédophiles.

— Le « vengeur ».

— C'était un homme très pieux. Dès cette époque il était en relation avec le chef de cette bande de marchands d'enfants. Je pense qu'il n'est pas fortuit qu'il ait eu cet infarctus peu après avoir reçu confirmation que le « marchand » voulait le rencontrer personnellement.

— Et Losensky s'est entretenu avec Simon pendant cette nuit qu'ils ont passée ensemble aux soins intensifs ?

— Non. Simon n'était absolument pas en mesure de bavarder. Sa fièvre était si violente que nous craignions tous pour lui une fin imminente. Mais Losensky lui a parlé malgré tout, ou précisément pour cette raison.

— Comme un téléviseur ?

— Si vous voulez. Nous supposons que Losensky a considéré comme un signe de Dieu le fait d'être couché à côté d'un petit orphelin condamné à mort. C'était précisément pour des enfants comme lui qu'il avait endossé toute cette culpabilité. Il a donc mis à profit cette nuit aux soins intensifs pour se confesser. Il a raconté à Simon ses crimes successifs. Comme il en était l'auteur, il pouvait décrire ces forfaits en détail et de manière vivante.

— C'est fou.

Borchert toussa et Simon aurait bien aimé l'imiter, mais il ne voulait pas attirer l'attention.

Pas avant d'avoir compris ce que la conversation entre les deux adultes avait à voir avec la chambre d'hôtel dans le rêve dont il venait de s'éveiller.

— Oui, c'est fou. Mais peut-être que nous aurions nous-mêmes perdu la raison si nous avions vécu tout ce que Losensky a pu voir de la violence infligée aux enfants. Quoi qu'il en soit, Simon s'est rétabli contre toute attente et l'histoire a démarré. Car lorsque, pour son dixième anniversaire, on l'a mis en état de transe hypnotique au cours d'une régression, cela a eu le même effet que si le Dr Tiefensee avait piqué avec une aiguille chirurgicale une région bien déterminée de son subconscient. La bulle des souvenirs a alors éclaté, et Simon s'est souvenu de ce qui, un mois plus tôt, était parvenu jusqu'à son cerveau à travers le brouillard des rêves provoqués par la fièvre.

— La confession de Losensky.

— Il est logique qu'il ne se soit pas souvenu de la manière dont il avait hérité de ces souvenirs. Vous comprenez ce que je veux dire ?

Borchert eut un rire bref.

— Je pense que ça doit être comme quand on retrouve un billet de vingt dans un vieux pantalon, mais qu'on ne se souvient pas d'avoir jamais porté ce machin horrible.

— Bon exemple. Vous trouvez l'argent et vous le dépensez, simplement parce que vous partez de l'idée qu'il vous appartient. Simon a trouvé dans sa tête le souvenir de ces crimes épouvantables et il s'est convaincu que c'était lui le coupable. C'est pour cette raison qu'il a réussi le test du détecteur de mensonges.

— Et comment pouvait-il connaître l'avenir ?

— Losensky a terminé sa confession en adressant une prière à Simon. Tenez...

Simon entendit le bruit sec d'un papier journal.

— Ça traîne aujourd'hui dans n'importe quelle feuille à scandale. Ils ont trouvé le journal intime de Losensky dans son armoire à l'hôpital et en publient des passages.

Müller lut à haute voix :

— « J'ai donc parlé à Simon de mon dernier grand projet. Je lui ai dit que je voulais recommencer. Le 1er novembre, à 6 heures du matin sur le "Pont". Je lui ai annoncé textuellement : "Simon, je vais abattre le mal quand il m'aura remis le bébé. Mais je ne suis pas certain de suivre le bon chemin. Voilà pourquoi je te prie de me rendre un dernier service. Quand tu rencontreras bientôt..." »

— « ... notre créateur, dis-lui que tout ça je l'ai fait dans une bonne intention, poursuivit Simon, qui avait ouvert les yeux et récitait les derniers mots de Losensky, à la stupéfaction de Müller et de Borchert. Demande-lui si j'ai mal agi. Et si c'est le cas, qu'il m'envoie un signal. Je cesserai alors aussitôt. »

— Mais tu es réveillé !

— Oui, depuis un petit moment, avoua Simon.

Se raclant la gorge, il lança au médecin-chef un regard coupable.

— C'est donc vrai ? demanda Borchert penché sur lui.

— Je n'ai pas compris tout ce que vous avez dit. Mais je me souviens à présent de la voix. Elle était... elle donnait l'impression d'être la voix de quelqu'un de très gentil.

L'ambulance ralentit. Simon essaya timidement de se redresser.

— Je n'ai donc rien fait de mal ?

— Non, absolument rien, répondirent d'une même voix Borchert et le médecin.

— Je n'ai tué personne ?

— Non, tu n'as tué personne.

— Alors, pourquoi Robert et Carina ne sont pas là ?

— Tu sais..., répondit le professeur dont les longs doigts se posèrent sur son front et lui communiquèrent leur chaleur, tu as dormi la plupart du temps pendant trois jours.

— Et durant ces trois jours, eh bien... il s'est passé quelque chose, poursuivit Borchert.

— Mais quoi ?

Simon était désemparé. Les deux hommes parlaient sur un drôle de ton, comme s'ils lui cachaient quelque chose.

— Est-ce que j'ai fait quelque chose de mal ? Vous ne m'aimez plus ? implora-t-il en regardant cette fois Borchert.

— Ne dis pas de bêtises. Ne va pas penser ça !

— Alors, je ne comprends pas.

— Tu ne te souviens de rien ? s'enquit Andi.

Simon se contenta de secouer la tête. Il s'était réveillé plusieurs fois ces dernières nuits. Brièvement. Il était seul à chaque fois.

— Non. Qu'est-ce qu'il se passe ?

Soudain, le soleil sembla se coucher derrière les vitres de verre dépoli, et le changement de bruit du moteur évoqua à Simon un souvenir désagréable : le moment où, dans la voiture de cette femme si laide, ils étaient entrés dans le garage de la villa.

— Nous y voilà ! cria quelqu'un à l'avant en descendant de voiture.

— Qu'est-il arrivé à Robert et à Carina ? demanda une nouvelle fois Simon.

On ouvrit les portes de la fourgonnette.

— Eh bien, je crois qu'il vaut mieux que ce soit quelqu'un d'autre qui te l'apprenne, dit le professeur Müller en lui prenant la main avec précaution.

2

Les images, muettes et en noir et blanc, étaient de piètre qualité, tout juste dignes d'une vidéo d'amateur. De plus, comme les phares de la voiture éblouissaient la caméra, les prises de vue faisaient penser à des images d'échographie surexposées.

— Ça sera un garçon ou une fille ? avait plaisanté le procureur la première fois qu'on lui avait montré la bande.

Lors de cette projection, Brandmann eut lui-même de nouveau besoin d'un petit moment avant que ses yeux parviennent à distinguer les deux hommes devant la voiture.

— Ici, vous voyez Losensky sortir son arme, dit-il en s'éclaircissant la voix et en tapotant avec l'arête d'un briquet jetable sur l'endroit voulu de l'écran.

— Vous êtes devant l'image.

— Oh, excusez-moi.

Brandmann sortit du faisceau lumineux du vidéoprojecteur.

— Bon. Regardez bien : le vieil homme semble encore hésiter. Mais maintenant il lève un peu son pistolet. Et puis : boum !

Un éclair jaillit du canon, traçant sur l'écran une espèce de fil jaune. Puis, comme frappé de plein fouet par un boulet de démolition, Robert fut projeté en arrière et l'arrière de sa tête heurta le sol du parking. Il resta allongé, inerte.

— C'est Engler qui a filmé ça lui-même. Sa caméra était posée sur la plage arrière de la voiture où il se cachait.

Le commissaire se racla la gorge, comme il le faisait après presque chacune de ses phrases. Il s'abstint de demander une cigarette et arrêta momentanément la bande.

— Ç'aurait été la preuve vidéo parfaite. Une vente d'enfant ratée. Des salopards qui se suppriment les uns les autres. Engler était un accro de la vidéo. Nous supposons qu'il a laissé tourner la caméra pour vendre ultérieurement la bande comme *snuff movie*. Ou pour la regarder chez lui. Qui sait ? Bien entendu, nous n'étions pas censés voir les images qui suivent.

3

— Où m'emmenez-vous ?

Le pied du fauteuil roulant laissa une éraflure noire sur le papier peint du mur de l'escalier. Simon se retourna vers Borchert en sueur qui le tirait de l'arrière, agrippé aux poignées.

— Il faut que tu ailles en réanimation, haleta-t-il.

Même le conducteur de l'ambulance qui poussait la chaise par en dessous commençait à respirer plus vite sur les derniers mètres.

— Quelle sorte de réanimation ?

— Traitement spécial. Pour les cas particulièrement… (Borchert, avant de prononcer le mot, gémit de manière théâtrale)… graves, comme le tien.

— Et où sommes-nous ?

Ils avaient atteint la dernière marche, et Simon lança un regard au professeur Müller, resté au pied de l'escalier de la cave.

— Dans une clinique, dit en souriant le médecin-chef avant de les rejoindre.

— Drôle de clinique ! Y a même pas d'ascenseur !

— Eh bien, visite-la tout seul. Et hop…

Simon pouffa de joie. D'un seul coup, il se crut sur une auto tamponneuse, à la foire. Il fut d'abord propulsé en avant, puis en arrière, avant de tourner sur lui-même comme une toupie.

— Arrête, s'il te plaît, s'écria-t-il en riant à gorge déployée, mais Borchert lui fit faire encore deux tours sur lui-même avant de le pousser dans un couloir dénudé.

— Je me sens mal, gémit Simon.

Sa chaise roulante s'était enfin immobilisée. Contrairement aux images qui ne cessaient de se balancer devant ses yeux. Les visages de Borchert, Müller et du chauffeur arrêtèrent lentement d'osciller.

— Qu'est-ce que c'est que ça ?

Pour être sûr, Simon toucha sa perruque. Quand il dormait, elle était posée à côté de lui, sur la table de nuit. Mais il la sentit sans erreur possible sous ses doigts qui le picotaient. Ce ne pouvait donc être un rêve malgré les apparences.

— Eh bien, qu'est-ce que tu en dis ?

L'étonnement muet de Simon valait toutes les réponses. À gestes lents, comme s'il venait de prendre ses médicaments, il replia maladroitement la couverture blanche qu'il avait sur les genoux et prit appui sur les accoudoirs.

Il n'arriva pas à s'expliquer pourquoi il avait agi ainsi. Sans doute uniquement pour occuper ses mains qui tremblaient, avant que le spectacle merveilleux s'offrant à lui l'ait totalement paralysé. Puis il ne put s'empêcher de sourire, et, en même temps que son visage se relâchait, la lourde carapace dans laquelle il était enfermé tomba.

Simon se retourna, regarda d'un air interrogateur ses accompagnateurs qui l'encourageaient d'un sourire. Le plus souriant était Borchert, dont les yeux disparaissaient au milieu de sa figure luisante de sueur. Simon osa alors se lever et fit deux pas dans cet espace incroyablement vaste. Malgré la présence de bien d'autres merveilles, il ne réussissait pas à détourner les yeux des palmiers à l'entrée. Il ferma les yeux, et eut peur que le mirage ne se soit évanoui quand il les rouvrirait. Mais, une seconde plus tard, tout était encore là : la cabane en bambou, brune comme du sucre de canne, le ronflement de la mer et, un peu plus loin, une femme en train de rire, avec une couronne de fleurs dans les cheveux.

— Bienvenue, dit Carina, qui venait à sa rencontre.

Une vague de chaleur bienfaisante, surgie du plus profond de son être, déferla dans sa poitrine.

— Est-ce que je peux ? demanda-t-il timidement, s'étonnant lui-même de l'altération de sa voix.

Puis, les hommes s'étant mis à applaudir en riant, pataud comme un chiot, il posa son pied nu dans le sable blanc crème de la colline.

4

Brandmann enfonça de nouveau la touche « play » et la bande reprit sa marche cahotante en avant. Sur l'écran, Engler était en train de maîtriser Losensky.

— C'est là que Mme Freitag entre en scène, intervint Brandmann pour expliquer pourquoi Engler tournait soudain la tête de côté. Elle n'entre jamais dans le champ de la caméra. Malheureusement, son pistolet n'était pas chargé.

— Ou bien heureusement.

— Oui. C'est selon.

On vit Engler lever le bras et viser Carina. Puis il y eut l'éclair d'un coup de feu derrière lui. Une balle lui percuta l'occiput.

— C'est bien ainsi que ça s'est passé, confirma Robert Stern.

Retirant son petit doigt enfoncé dans un trou de cigarette du canapé fatigué où il était assis, il se releva avec peine. Puis il se mit à fredonner.

— Abba, dit Brandmann en souriant. Je crois vraiment que Losensky l'a pris pour un signe de Dieu et qu'il n'a tiré en l'air qu'après avoir entendu « Money, Money, Money ».

— Je comptais sur une réaction de ce genre. C'est la frayeur qui m'a fait tomber. Pas sa balle. Quand je me suis aperçu que je n'étais pas touché, j'ai compris que je ne devais pas freiner ma chute. Sinon, Engler ne m'aurait pas cru mort. Au fond, je l'ai battu en utilisant ses propres méthodes. Feindre la mort est une stratégie qui a marché pour moi aussi. Ça m'a d'ailleurs valu ceci.

Stern tapota sa minerve couleur chair, puis le pansement autour de son front. Malgré sa commotion cérébrale, il avait réussi à se traîner sur le parking, centimètre après centimètre, en direction de l'arme qu'Engler venait d'arracher à Losensky. Pourtant, sans les quelques secondes que lui avait fait gagner la diversion de Carina, il n'aurait pas eu le temps de ramasser le revolver, de viser et de tirer.

Stern se dirigea en boitillant vers l'enquêteur extraordinaire.

— J'ai constamment pensé que c'était vous mon adversaire. C'est pour cette raison que je ne me suis pas confié à vous, mais à votre partenaire.

— C'est compréhensible, acquiesça Brandmann en se raclant la gorge pour la vingtième fois au moins, tout en passant nerveusement son gros pouce autour de la molette de son briquet. Mais Engler n'était pas mon partenaire. Officiellement, je suis un conseiller psychologique de l'Office fédéral de la police criminelle. En réalité, je travaille au département des enquêtes internes. Cela faisait un certain temps qu'on soupçonnait Engler d'être impliqué dans des affaires louches. On disposait de renseignements relatifs à des résidences secondaires à Majorque et à des placements d'argent incompatibles avec son salaire de policier. Mais personne ne s'attendait à ce que ses activités annexes aient une telle ampleur. Pas moi, du moins.

Brandmann avait un air de reproche qui, manifestement, s'adressait à lui-même.

— Vous n'étiez donc pas du tout habilité à enquêter sur mon cas ?

Brandmann acquiesça de sa tête imposante.

— Pas au début, non. Nous ne pensions pas que la corruption d'Engler et la découverte des cadavres par le biais de Simon étaient liées.

Se raclant une nouvelle fois la gorge, il passa la langue sur ses lèvres sèches.

— Notre stratégie était de le rendre nerveux par mon intrusion maladroite et perturbante dans son travail. Nous espérions le pousser à commettre des imprudences, écrire un e-mail en clair ou utiliser une liaison téléphonique non protégée par exemple, si nous le soumettions à une pression suffisante pour lui faire perdre son sang-froid. À agir d'une manière qui nous permette de remonter à la source de ses revenus. Mais comme l'affaire avec Simon devenait de plus en plus embrouillée, le commissaire principal a estimé qu'il ne serait pas inutile d'avoir l'aide de quelqu'un disposant de mon expérience. C'est alors que j'ai donné un coup de main à l'équipe, en m'occupant de soumettre Simon à un détecteur de mensonges, en rassemblant des témoignages et en prêtant main-forte à Engler pour les enquêtes sur le terrain.

— Et c'est là que vous avez donné à Picasso votre numéro de téléphone ?

— Oui. À votre père aussi d'ailleurs. Ils devaient m'appeler dès qu'ils remarqueraient quelque chose. Malheureusement, l'infirmier a été mis hors circuit avant de pouvoir constater qu'on enlevait Simon. Nous savons d'ailleurs qui a versé du Rohypnol dans le café de Picasso.

Stern haussa les sourcils.

— Le policier de garde. C'était un complice d'Engler. D'après son témoignage, c'est vous qui l'auriez maîtrisé. Dommage pour lui que, lors de son interrogatoire, il n'ait pas été au courant de la mort d'Engler.

Brandmann ne put réprimer un sourire.

— C'était parfaitement organisé. Je pense qu'après toutes ces années de double vie, Engler s'estimait intouchable. Son plan était génial, mais empreint de mégalomanie. Il vous a attirés dans un piège sur le parking de la plage, vous, Carina, Simon et même celui qui voulait le tuer – et cela sous les yeux de la police.

— Et où étiez-vous durant tout ce temps ?

Le ton sur lequel Stern posa cette question était un peu plus discourtois qu'il ne le souhaitait.

— Sachant que vous deviez surveiller Engler, comment se fait-il que vous n'ayez rien su de son dernier grand coup ?

Brandmann s'éclaircit derechef la voix et leva les mains en un geste d'excuse.

— Hertzlich, le commissaire principal, m'a écarté de l'affaire quand elle a dégénéré. Comme je vous l'ai dit, je n'étais là que pour m'occuper des irrégularités financières. Mon travail devait cesser afin de ne pas perturber la suite des investigations. J'étais en fait déjà en train de boucler mes valises.

— Et maintenant ? Comment les choses vont-elles se passer ? Qu'en est-il des complices d'Engler ? Il faut bien que quelqu'un l'ait aidé pour faire tout ça ?

Brandmann accueillait chacune des questions d'un grognement d'assentiment, sa pomme d'Adam montant, tel un cylindre, sous son cou plein de replis.

— Oui, malheureusement. Le « vengeur » a procédé ces dernières années à une épuration importante, mais Engler n'a pas eu beaucoup de peine à reformer autour de lui une bande de psychopathes. En tant qu'enquêteur de la brigade criminelle, il était idéalement placé. Mais nous avons saisi des tonnes de matériel, ce qui nous aidera à mettre hors d'état de nuire le reste de ses troupes. Nous avons des ordinateurs, des carnets, des bandes, des DVD, sans oublier la voiture d'Engler dont le coffre était rempli des derniers modèles de système vidéo...

Pendant cette énumération, Stern se rappela comment Engler s'était filmé lui-même, en compagnie de Brandmann, dans le cimetière pour animaux. Stern avait alors pensé que les images étaient retransmises en direct. Alors qu'en réalité elles avaient été diffusées en différé. Un truc grossier. Tout comme la comédie qu'il avait mise en scène dans le cabinet du Dr Tiefensee.

— Le seul point réjouissant lors de notre perquisition, c'est que nous sommes tombés sur son chien. C'est moi qui héberge son labrador pour le moment, conclut Brandmann en souriant.

— Et à part ça, vous n'avez rien découvert d'autre ? demanda timidement Stern.

— Rien concernant ce à quoi vous faites allusion. Et pour ne rien vous cacher, je ne voudrais pas que vous nourrissiez de trop grands espoirs sur ce point.

Le pouls de Robert s'accéléra. En même temps, la moitié gauche de son corps s'engourdit, comme si quelqu'un l'avait, de l'intérieur, aspergée de spray cryogène. Il s'y attendait, mais c'était tout autre chose d'entendre de noires suppositions confirmées de première main.

— Nous sommes encore en cours d'exploitation des informations, mais jusqu'ici, parmi toutes ces pièces à conviction, nous n'avons rien trouvé concernant votre fils. Aucun document, aucun film, aucune photo. Ni à l'époque où il était nourrisson, ni plus tard. Et même la théorie de la « trappe à bébés », ajouta-t-il, se raclant à nouveau la gorge.

À en juger par sa voix cassée, Brandmann semblait maintenant avoir véritablement une boule dans la gorge.

— Bien entendu, nous vérifions tous les indices et nous sommes en train d'interroger tous les hôpitaux fédéraux pour savoir si une telle chose serait possible. Mais jusqu'ici nous n'avons rien trouvé qui corrobore votre témoignage.

Bien sûr.

Stern porta le poids de son corps sur sa béquille droite et essaya de l'enfoncer dans le béton de la cave de toutes ses forces. De la main gauche, il chercha à tâtons l'enveloppe froissée dans la poche arrière de son pantalon. En guise d'ultime adieu, Engler lui avait remis une photo du garçon en train de souffler les dix bougies de son gâteau d'anniversaire. AVRIL, était-il écrit en caractères d'imprimerie en travers du gâteau.

Là encore, il avait été joué. Stern cligna des yeux comme si une poussière l'incommodait. Un jour, on découvrirait peut-être comment Engler s'était procuré les vidéos de surveillance et comment il avait réussi à les retoucher pour leur donner l'apparence de la réalité. Peut-être même retrouverait-on l'enfant fêtant son anniversaire et comment, avec l'aide d'un logiciel de traitement d'images, on avait transformé ses traits au point de les faire ressembler aux siens. Il était aussi possible qu'il s'agisse d'un personnage purement artificiel. Un miracle de création numérique.

Stern relâcha la pression provoquée par sa fureur quand il sentit le sang bourdonner dans ses oreilles. Toutes ces considérations ne changeraient rien au fait que cette vidéo n'avait été qu'un leurre. Felix était mort, il l'avait toujours été. Stern fut heureux de n'avoir jamais fait part à Sophie de ses espoirs irrationnels.

— Nous vérifierons tous les indices et chercherons à savoir si votre fils, à l'époque...

Le policier s'interrompit au milieu de sa phrase et leva des yeux étonnés vers le plafond. Des étages supérieurs, une sourde musique reggae parvenait jusqu'à leurs oreilles.

— Qu'est-ce que c'est ? demanda-t-il.

— Ça ? C'est notre réveil.

Stern se dirigea en boitillant vers la porte de la cave.

— Je vous remercie infiniment de m'avoir montré la bande qui m'innocente. Mais je crains que vous ne deviez à présent retirer vos chaussures.

— Pourquoi ?

On aurait dit que Stern venait de renverser un verre d'eau glacée sur l'entrejambe de Brandmann.

Il ouvrit la porte et le son de la musique des Caraïbes enfla.

— Parce que la partie officielle est maintenant terminée et que je vais m'acquitter d'une promesse.

5

— Ah, te voilà !

Riant de bonheur, Simon vint au-devant de Stern en s'enfonçant dans le sable de la plage artificielle. Une douzaine d'employés d'une agence d'événementiel avaient dû travailler toute la nuit pour étaler le sable fin dans le sous-sol de la villa. Puis on avait en toute hâte collé sur les murs et les fenêtres des motifs évoquant les mers du Sud et disposé dans les dunes une armée de faux palmiers et bananiers ainsi que des torches électriques. Même la cheminée remplie de bois flotté évoquait un feu de camp à la Robinson Crusoé.

Mais le clou de ce décor d'île paradisiaque était le bar en bambou, au beau milieu de l'ancien salon. Borchert s'y affairait à confectionner des cocktails de jus de fruits.

Stern fut tout à coup saisi du besoin de s'enfuir. Dans la direction où ses sombres pensées l'attiraient. Peu importait où, pourvu que ce soit loin, très loin de cet endroit où il ne reconnaissait plus sa villa. Pas à cause du sable couleur corail ou des palmiers, mais parce que les lieux étaient pleins de bruits qu'il n'avait cessé de bannir de sa vie pendant des années : des rires, de la musique, des cris de joie. Il apercevait Simon, Carina, Borchert, Brandmann, le professeur Müller et même son père. Rien que des visages connus, rien que des gens qu'il avait lui-même invités, mais qui pourtant lui restaient étrangers.

Ensuite, Simon s'approchant de lui et l'envie de fuir devenant irrésistible, un changement s'opéra subrepticement. Ce fut comme si le gamin portait un flambeau invisible. Tout s'illuminait autour de lui. Et Stern remarqua alors pour la première fois à quel point il lui avait manqué.

Quand Simon fut en face de lui, souriant avec une franchise dont la plupart des adultes n'étaient plus capables, Stern comprit enfin pourquoi Carina lui avait donné rendez-vous dans cette friche industrielle. Ce n'était pas le gamin qui avait besoin de son aide. C'était exactement le contraire.

— Merci ! dit Simon en riant, et, l'espace d'une seconde, c'en fut fini, pour Stern, des questions obsédantes. C'est super, merci !

En touchant la main du jeune garçon, Stern eut le vague pressentiment que les réponses qu'il avait cherchées ces derniers jours n'étaient peut-être pas si importantes que cela. Et tandis que Simon l'entraînait vers le bar, il vit enfin ce que ses yeux ouverts avaient jusqu'ici ignoré : Simon, Carina, les jumelles, lui-même. Tous avaient survécu. L'enfant à ses côtés, ayant cessé d'être tourmenté par d'inexplicables et macabres chimères, pouvait désormais rire, manger des glaces, danser la lambada et jouir de ce moment heureux, malgré la présence dans sa tête d'un élément bien plus destructeur que de sombres pensées.

Si lui le peut, j'y arriverai peut-être aussi, se prit à espérer Stern. Pas pour toujours. Pas pour longtemps. Mais peut-être aujourd'hui. Maintenant. En ce bref instant.

Il s'accouda au comptoir, fit un signe de tête à Borchert, puis à Carina, et fut heureux de voir que ses amis le comprenaient sans qu'un mot soit échangé : ils lui donnèrent la glace promise à Simon !

La fête dura plus de deux heures. On commença par allumer le feu de camp, puis on improvisa un barbecue sur la plage et on dansa pour finir. Quand l'excitation commença à retomber, Stern vint s'asseoir à côté d'eux sur le sable. Simon et Carina interrompirent brusquement leur conversation.

— Eh bien, sur le dos de qui cassiez-vous du sucre ? demanda-t-il.

— De personne, répondit Simon avec un sourire espiègle. Je n'arrivais simplement pas à croire que c'était ta maison, ici.

— Oui, et, sur ce point, Carina a raison. Exceptionnellement.

— C'est là que tu habites ?

— Quand je ne suis pas obligé de dormir dans un camping-car, oui.

Stern adressa à Carina un large sourire qu'elle lui rendit avec la même générosité.

— Mais où sont tes meubles, alors ?

— Oh, ne te fais pas de soucis pour ça, rigola Carina qui savait fort bien que jamais encore la villa de Robert n'avait été aussi confortablement aménagée qu'en cette journée.

Elle se leva pour aller chercher à boire. Stern considéra avec émotion les traces que ses pieds délicats laissaient dans le sable.

— Écoute un peu, dit-il au bout de quelques secondes à Simon qui, allongé, examinait le plafond où, à la place du lustre qui aurait dû normalement être là, se balançait un filet rempli d'authentiques noix de coco. Le professeur Müller vient de me dire qu'il allait peut-être tenter de reprendre une thérapie avec toi. Parfois, l'image d'un scanner cérébral est trompeuse, tu sais ? Il va vérifier demain jusqu'où ta tumeur a pénétré dans la deuxième moitié de ton cerveau et alors…

Stern s'arrêta net.

— Simon ?

— Oui ?

— Qu'as-tu ?

— Je… je ne sais pas.

Le garçon se redressa et regarda son pied gauche avec le même regard épouvanté que Stern.

— Carina ? cria ce dernier en se relevant. Ne te fais pas de soucis, ce n'est qu'une crise d'épilepsie, dit-il, plus pour se rassurer qu'à l'intention du petit.

Entre-temps, le tremblement avait gagné la jambe entière. Et pourtant, il ne ressemblait pas au tressaillement que Stern avait déjà observé. Bien que ne touchant pas le corps entier, il paraissait encore plus menaçant.

— Laissez-moi passer, cria Carina qui les rejoignait précipitamment en compagnie du médecin-chef.

Elle avait déjà dans la main les gouttes de lorazépam.

— Ça va aller, tout va bien.

La perruque de Simon glissa de sa tête quand elle lui caressa les cheveux.

— Il faut le ramener immédiatement, déclara à voix basse le professeur Müller.

Stern acquiesça. Il avait l'impression d'avoir été victime d'un télescopage. Ils riaient encore à l'instant, et voilà qu'il devait assister au spectacle de Borchert portant un enfant malade jusqu'à la porte.

— Avancez l'ambulance, vite, entendit-il Carina ordonner, tandis qu'il suivait le groupe.

Le sable chaud, sous ses pieds, n'était plus que du sable mouvant emprisonnant ses chevilles de manière à l'empêcher de courir. Il eut l'impression de mettre une éternité pour atteindre le jardinet, devant la maison. Il le traversa au sprint afin de prendre place à côté du brancard de Simon, dans l'ambulance.

— Écoute, dit-il à voix basse, craignant que le gamin ne se rende compte de son angoisse s'il parlait plus fort. N'aie surtout pas peur, OK ? Tout ira bien.

— Oui, peut-être.

— Non, écoute-moi. Dès que le professeur Müller aura réglé le problème, on ira sur une vraie plage.

Il prit la main de Simon, mais ne sentit pas qu'elle répondait à sa pression.

— Il ne faut pas être triste, dit le gamin.

— Je ne suis pas triste, sanglota Stern.

— C'était si bien. On s'est drôlement amusés, ajouta Simon d'une voix de plus en plus lasse. Je n'avais encore jamais connu tout ça. La discothèque, le zoo, le film vidéo avec les jumelles et puis cette fête géniale...

— Ne parlons pas du passé, d'accord ? Tu ne te souviendras pas !

— Mais je veux me souvenir, moi !

Stern renifla.

— Qu'est-ce que tu veux dire ?

— Il faut partir maintenant, lança le conducteur à l'avant.

La main de Carina s'était posée sur le dos de Stern, le tirant en arrière avec douceur. Il la fit lâcher prise en se secouant.

— De quoi veux-tu parler, Simon ?

Les paupières du jeune garçon s'abaissèrent comme des fleurs fanées.

— De la lampe de la cave.

— Hein ?

Le moteur se mit en branle et, au même instant, Simon sentit quelque chose expirer au plus profond de son être.

Crac.

— Elle a de nouveau vacillé. Avant. Quand j'ai dormi si longtemps.

Non, non, non, hurlaient les douleurs qui enflaient dans la tête de Stern.

Crac. Crac.

— Cette fois, il faisait encore plus sombre. Horriblement sombre. C'est à peine si je pouvais voir quoi que ce soit.

Non, pitié. Ne fais pas recommencer ce cauchemar depuis le début, pensa Stern. Il sentit un poison glacé se déverser dans ses veines quand Simon lui donna une ultime adresse. Puis le gamin perdit connaissance.

Dix jours plus tard

« Park Inn
Demandez nos offres de la semaine »

Il y a une éternité, quelqu'un avait piqué les lettres jaunies dans le panneau en feutre marron au-dessus du comptoir. À cette époque de l'année, la personne en question n'espérait manifestement plus que ces offres retiennent l'attention de quiconque. La réception du motel bon marché était aussi déserte que les rues de la localité qu'ils avaient traversée à leur arrivée en voiture.

— Y a quelqu'un ? appela Stern, cherchant des yeux une de ces clochettes de table qui permettent habituellement de signaler sa présence dans les hôtels.

Mais il ne vit que deux petits porte-revues en plexiglas, chargés de prospectus.

— Bon ! Je fais quoi alors ? Je les jette par terre ? dit-il en haussant les épaules, tout en se retournant vers Carina qui, faute de siège, s'était assise sur son sac de voyage.

— Hé, il y a des clients, lança-t-il à nouveau, cette fois le plus fort qu'il put sans avoir à hurler.

En guise de réponse, quelqu'un tira une chasse d'eau.

— Eh bien, tu vois ! murmura Carina.

Peu après, une femme énorme se glissa derrière le comptoir par une porte à lamelles.

— Pourquoi s'énerver comme ça ? demanda-t-elle, le souffle court.

— Je suis M. Stern, se contenta de répondre Robert qui, ignorant l'accueil désobligeant, posa sa carte d'identité sur le comptoir. Nous avons réservé.

— Oui, oui. Ce n'était pas la peine. Tout est libre.

La femme montra de ses doigts calleux, à sa droite, le tableau où aucune clé ne manquait.

— Je pourrais vous faire un bon prix pour la suite.

Stern imagina sans peine à quoi la fameuse suite pouvait ressembler. Elle possédait sans doute un téléviseur, contrairement aux autres chambres du motel.

— Non, c'est celle-ci que je veux. Je vous l'ai expliqué au téléphone.

— Sans rire ? La dix-sept ? Hum. Vrai de vrai ? C'est pourtant loin d'être notre meilleure chambre.

— Ça m'est égal, dit Stern.

Il ne mentait pas. Ils n'avaient de toute façon pas l'intention de passer la nuit ici.

— La dix-sept, rien d'autre !

— Comme vous voulez.

Les doigts de Stern effleurèrent la peau sèche de la femme quand il lui prit la clé des mains. Il tressaillit comme s'il venait de s'enfoncer une écharde dans la chair.

— Voyage de noces ? s'enquit-elle en jetant à Carina un regard malveillant.

— Oui, dit-il, ne trouvant pas de réponse plus brève.

— Vous n'avez qu'à sortir et suivre les panneaux, leur lança-t-elle tandis qu'ils s'éloignaient déjà. La dernière au fond, sur votre droite.

La pluie des derniers jours avait cessé et le vent jouait au billard avec les nuages gris au-dessus de leur tête. Il n'était que midi, mais on avait l'impression qu'il était beaucoup plus tard. Même à cette heure, un voile de couleur sale cachait le soleil, assombrissant le chemin bétonné menant aux chambres.

La chambre 17 était le seul bâtiment isolé du motel. La serrure ne donnait pas le sentiment que l'introduction d'une clé la ravissait. Stern ne réussit à la faire tourner qu'à sa deuxième tentative.

— Je reste dehors ? demanda Carina.

— Non, mais ne touche à rien.

Il tâtonna pour trouver l'interrupteur sur le mur, et une simple ampoule électrique éclaira la pièce où, étonnamment, le ménage avait été fait.

Carina aspira bruyamment l'air par le nez. Stern fut lui aussi surpris de l'absence des odeurs de poussière ou de moisissure auxquelles il s'attendait.

— C'est vrai qu'elle savait que nous venions, murmura-t-il en se mettant au travail.

Il commença par les placards. Rassemblant d'un geste les quelques cintres, il les jeta sur le lit, à côté de Carina et du sac de voyage. Puis il tapa sur le fond en contreplaqué à la recherche de cavités. Rien.

Il passa dans le cabinet de toilette. Il constata avec déception qu'il n'y avait qu'une douche. Il s'attendait à devoir inspecter les emplacements sous une baignoire. Mais il n'y avait même pas de cabine. L'eau se déversait simplement sur le sol carrelé par un petit pommeau.

— Alors ? l'interrogea Carina quand il revint dans la chambre cinq minutes plus tard, après avoir recherché des indices qui pouvaient être dissimulés dans le réservoir de la chasse d'eau ou dans le tuyau d'écoulement.

— Rien, avoua-t-il en retroussant ses manches de chemise toutes trempées. Rien encore.

Il s'allongea par terre pour regarder sous le lit. Carina se leva à sa demande. Pendant qu'il déchirait le matelas en divers endroits à l'aide d'un couteau, elle cherchait sur le dallage une irrégularité dans les veinures, un creux, la moindre anomalie qui aurait pu dissimuler une issue, un passage secret. Mais il lui fut impossible de découvrir l'ombre d'une rainure.

Entre-temps, Stern avait pris dans le sac une bombe jaune, analogue à celles qui servent habituellement à arroser les plantes d'intérieur. Il aspergea le plancher de la chambre d'un voile de produit de contraste incolore.

— N'aie pas peur, dit-il quand il eut terminé cette opération préalable.

Puis il éteignit l'ampoule au-dessus d'eux, plongeant la pièce dans une obscurité totale.

— Qu'est-ce qu'on recherche ? demanda Carina quand la lampe de poche à ultraviolets de Robert projeta sur leurs visages une lueur spectrale.

— Tu le verras bien.

Stern se mit à pivoter sur lui-même dans le sens des aiguilles d'une montre.

— Ou tu ne verras rien du tout, ajouta-t-il au bout d'une minute.

Un client avait pu saigner du nez quelque part, mais la lumière des ultraviolets ne révéla aucune tache de sang qui aurait été nettoyée.

— Et maintenant ?

Stern, reprenant difficilement son souffle, allongé sur le matelas percé de trous, gardait les yeux rivés sur la lampe qu'il avait rallumée.

— Je vais lui passer un coup de fil.

Il sortit son portable de la poche de son jean et composa un numéro inscrit sur une petite fiche.

— Robert Stern, dit-il en guise de salutation.

— Vous appelez un peu tard. L'autorisation exceptionnelle pour recevoir des coups de téléphone n'est valable que jusqu'à 13 heures.

— Il est 12 h 47, alors passez-le-moi !

La voix renfrognée à l'autre bout du fil fut remplacée par une autre, beaucoup plus amicale et cultivée. Pourtant, contrairement au responsable de l'hôpital de la prison, son interlocuteur avait sur la conscience la vie d'un grand nombre de personnes.

— Losensky ?

— Lui-même.

— Vous connaissez la raison de mon appel ?

— Oui. C'est à cause de la chambre 17.

— Que savez-vous à ce propos ?

— Rien.

— Ce n'est pas vous qui avez parlé de cette adresse au gamin ?

— Non, je ne connais absolument pas cet établissement. Je n'en ai pas parlé à Simon et j'ignore pourquoi il vous a envoyé là-bas.

Énervé, Losensky eut une quinte de toux.

— Pourquoi mentirais-je ? J'ai déjà fait des aveux circonstanciés aux policiers et je les ai conduits sur tous les lieux que Simon n'a pas révélés. Sept cadavres en quinze ans. Il n'y en a pas davantage. Pourquoi en cacherais-je un autre ?

Je ne sais pas.

— Je suis dans un hôpital de prison et je vais y mourir de toute façon. Qu'aurais-je donc à perdre, jeune homme ?

Rien, concéda Stern. Il remercia le vieillard et raccrocha.

— Est-ce que je peux prendre une douche avant de payer et de rembourser les dégâts ? demanda Carina.

Stern se contenta d'acquiescer de la tête. Quand il entendit l'eau couler dans le cabinet de toilette, il se leva et tira le rideau. Il décoinça la porte en verre coulissante et l'ouvrit le plus grand possible. L'air vif et la lumière entrèrent dans la petite pièce.

Il sortit et regarda au loin. La plage au bord de laquelle se trouvait le Park Inn-Motel s'étirait sur des kilomètres le long de la mer. Les puissantes vagues qui déferlaient sur la rive à leur arrivée s'étaient un peu calmées. Stern ferma les yeux et le vent était comme un foulard en soie sur son visage. Puis il sentit une chaleur bienfaisante sur sa peau. Quand il rouvrit les yeux, les premiers filets de lumière ayant percé la couverture nuageuse l'aveuglèrent. Soudain, ce fut le tissu sale dans sa totalité qui se déchira, et le soleil l'enveloppa de rayons aussi lumineux qu'en une première journée de printemps.

— Carina, s'apprêtait-il à appeler quand quelque chose frôla sa jambe.

Baissant les yeux, il aperçut à ses pieds un ballon de caoutchouc gros comme une boule de bowling. Le soleil tapait de plus en plus fort et il dut mettre les mains en visière pour déterminer d'où le ballon avait roulé jusqu'à lui.

— Est-ce que je peux le récupérer ? lui demanda une voix claire et juvénile.

Stern avança de deux pas en direction de l'enfant. Et soudain, la chaleur, au plus profond de son être, devint à peine supportable. Le garçon n'était qu'à deux coudées de lui, debout dans le sable, occupé à mordre dans une glace au citron. En cet instant, Stern sut pourquoi il était là, bien que ne comprenant rien du tout à ce qui lui arrivait.

Il reconnaissait l'enfant. Sa photo froissée, une capture d'écran de télévision, était toujours dans la poche arrière de son pantalon.

Et, quand le gamin de dix ans lui sourit, Robert Stern eut la sensation de se voir dans un miroir.

Remerciements

Bon, où est-ce que je vous surprends ? Dans votre fauteuil, sur votre canapé, dans le métro, au lit ? Ou bien peut-être êtes-vous encore dans la librairie, en train de vous demander si vous allez réellement faire des frais pour un auteur allemand de thrillers doté, de surcroît, d'un nom bizarre ? Peu importe : je tiens à vous remercier. Mon roman entre les mains, vous jetez un œil à l'intérieur, ne serait-ce que pour vérifier, à la fin du livre, si quelqu'un capable d'écrire une histoire pareille a des amis à remercier. Et – chose à peine croyable – tel est pourtant bien le cas !

Je commencerai par ceux qui m'ont donné le plus de fil à retordre si je devais jamais oublier que, chaque jour ou presque, je les ai soumis à rude épreuve :

Manuela – continue à faire beaucoup de sport et à manger sainement s'il te plaît. Si tu devais un jour me faire défaut et ne plus organiser mon existence, je serais un homme foutu.

Gerlinde – merci pour ton aide, ton soutien et surtout pour l'amour que tu m'as notamment témoigné en ne te lassant pas de me jeter mon repas sur le bureau pendant la phase de rédaction intense. Ce qui m'a certainement empêché de mourir de faim.

Clemens et Sabine – l'envie doit sans doute poindre en vous de me voir écrire un jour un livre où il ne sera plus essentiellement question de maladies et de psychoses. Vous allez malheureusement devoir continuer à jouer les conseillers médicaux. Vous êtes tout simplement trop bons.

Patty – merci pour l'impressionnante description de la « régression » à laquelle tu t'es un jour soumise et pour m'avoir autorisé à utiliser ton expérience en la matière dans ce livre.

Zsolt Bács – je t'aimais déjà alors que je n'arrivais pas encore à prononcer ton nom. Il n'est au monde de meilleur « brainstormer » que toi !

Ender – merci de m'avoir sans cesse fait rencontrer d'étranges personnages, sources d'inspiration, pour mes histoires, de figures pittoresques (Borchert !). Mais dis-lui, je t'en prie, que je suis en réalité quelqu'un de bien et qu'il ne se croie pas obligé de me briser les pouces.

Sabina Rabow, Thomas Koschwitz, Arno Müller – merci pour votre aide aussi amicale que professionnelle durant toutes ces années, et cela en dépit de mon obstination à vous remettre mes manuscrits dans d'infâmes classeurs.

Peter Prange – c'est en véritable rouleau compresseur que tu as aplani la voie que je peux à présent suivre, mérite qui suffirait à te conférer une place d'honneur dans chacun de mes remerciements. En outre, cela fait très bien de pouvoir citer ici au nombre de ses amis un auteur de best-sellers.

Roman Hocke – j'ignore comment tu t'y prends, mais il n'y a pas meilleur que toi. Sans tes talents d'agent littéraire, mes livres ne seraient pas aujourd'hui édités et portés à l'écran dans quelque vingt pays et je continuerais à écrire pour moi et mes chiens. Tu es au demeurant, en la personne de Claudia von Hornstein, de Christine Ziel et du Dr Uwe Neumahr, à la tête d'une fabuleuse équipe que je tiens également à remercier.

Puisqu'il est question d'agent(e), je me contenterai de deux mots pour évoquer Tanja Howarth : Angleterre et Amérique. Merci pour tout !

Dans l'incapacité de citer chacun des membres de l'excellente équipe à l'œuvre chez Droemer Knaur, je remercierai particulièrement :

• le Dr Hans-Peter Übleis – d'avoir suffisamment cru en moi pour m'ouvrir les portes de votre maison d'édition.

• le Dr Andrea Müller – de ne pas m'avoir épargné ses nombreuses et impitoyables remarques, et, au prix d'un labeur sans répit, de m'avoir ainsi obligé, à son habitude, à tirer le meilleur de moi-même. Pour cela et pour avoir assisté mes premiers pas d'auteur, soyez mille fois remerciée.

• Caroline Graehl – avec qui j'ai eu grand plaisir à effectuer un si incroyablement fructueux sprint final. J'attends déjà avec impatience le prochain marathon de relecture !

• Beate Kuckertz – de savoir déceler avec un flair infaillible laquelle de mes idées saugrenues pourra donner matière à un véritable thriller.

• Klaus Kluge – de gaspiller ta science du marketing à me promouvoir, moi et mes ouvrages. Collaborer avec un pro de ton envergure est un immense plaisir. Il en va de même pour Andréa Fischer.

• Andrea Ludorf – de me trimballer sans pitié d'un bout à l'autre de la République. Et c'est bien ainsi ! Je vous en prie, continuez à organiser mes rencontres et mes tournées de lecture avec la même perfection !

• Susanne Klein, Monika Neudeck et Patricia Kessler d'être parvenues – elles n'étaient pas trop de trois – à faire chanter à l'unisson la forêt de mes feuillets.

• Dominik Huber – maître du monde virtuel – dont je me réjouis d'avoir fait la connaissance dans le monde réel.

Je remercie en outre tous les libraires et les représentants qui portent mes livres à la place qui leur revient. À l'intention de la foule de ceux qui l'auraient eux aussi mérité, j'adresse mes remerciements tout particuliers à Iris Haas, directrice des ventes de Droemer, à Heide Bogner, Roswitha Kurth, Andreas Thiele, Christiane Thöming et Katrin Englberger. Ah oui, et bien sûr aussi à toi, Georg Regis, dont l'infatigable engagement rend superflu le recours à la chiromancie pour me prédire un avenir favorable.

Bon, et qui manque-t-il encore ? Des milliers de personnes, tel par exemple mon père, Freimut Fitzek, dont je n'ai pas hérité que l'amour de la littérature, mais aussi Simon Jäger, Dirk Stiller, Michael Treutler, Tom Hankel, Matthias Kopp, Andrea Kammann, Sabine Hoffmann, Daniel Biester, Cordula Jungbluth – vous tous qui savez bien ce qui vous vaut ma gratitude. Si vous l'ignorez, me voilà créditeur !

Je serai par ailleurs toujours heureux de chacune de vos visites sur mon site www.sebastianfitzek.de. Vous pouvez aussi m'écrire directement à fitzek@sebastianfitzek.de et me dire si le livre vous a plu ou non et pourquoi. Vous pouvez être certains que je vous répondrai dans le courant de ma présente existence.

Sebastian Fitzek, Berlin, septembre 2007

PS : Et je te remercie bien sûr toi aussi, Simon Sachs. Où que tu sois…

LE BRISEUR D'ÂMES

À Gerlinde

Ce n'est pas que j'aie peur de la mort,
je veux juste ne pas être là quand elle arrivera.

Woody ALLEN

71 jours avant la Peur

Dossier médical n° 131071/VL

Elle n'était pas nue, cette fois-ci, ni attachée au vieux fauteuil de gynécologue. Le psychopathe qui la séquestrait fouillait parmi des instruments disposés sur une table d'appoint rouillée. Lorsqu'il se retourna, elle ne vit pas tout de suite ce qu'il tenait dans sa main ensanglantée. Mais, une fois qu'elle eut compris, elle essaya de fermer les yeux. En vain. Elle ne parvenait pas à détourner le regard du fer à souder qui approchait lentement de son entrejambe. L'inconnu au visage ébouillanté lui maintenait les paupières ouvertes grâce à un jet d'air comprimé. Alors qu'elle pensait ne pas pouvoir connaître pire douleur au cours des quelques minutes qu'il lui restait à vivre, le fer à souder disparut de son champ de vision et elle ressentit une atroce brûlure entre ses cuisses. Elle comprit alors que le calvaire de ces dernières heures n'était rien comparé à ce qui l'attendait.

Puis, au moment où elle crut sentir une odeur de chair calcinée, elle revint à la réalité. La cave humide, la lumière faiblarde de l'halogène qui dansait au-dessus de sa tête, la chaise de torture et la table en métal, tout disparut pour laisser place au néant, à l'obscurité.

Dieu merci, se dit-elle, *ce n'était qu'un rêve.*

Elle ferma les yeux. Et demeura perplexe.

Le cauchemar dont elle était prisonnière n'était pas terminé, il avait seulement pris une forme différente.

Où suis-je ?

À en juger par le vieux couvre-lit et la moquette verdâtre, tous deux mouchetés de taches et de brûlures de cigarettes, elle se trouvait dans un hôtel miteux. Lorsqu'elle sentit la rugosité de la moquette sous ses pieds, elle se crispa sur son siège, une chaise en bois des plus inconfortables.

Je suis pieds nus. Pourquoi je ne porte pas de chaussures ? Et qu'est-ce que je fais dans cet hôtel sordide, les yeux rivés sur la mire d'une télévision en noir et blanc ?

Les questions se bousculaient. Soudain, un bruit la fit sursauter, comme sous l'effet d'un électrochoc. Elle tourna aussitôt son regard vers la porte. Celle-ci trembla sur ses gonds une fois, deux fois, puis s'ouvrit brusquement sur deux policiers armés. Ils la mirent en joue avant de baisser la garde, et la nervosité qui se lisait sur leurs visages fit place à l'effroi et à l'incompréhension.

— Nom de Dieu, mais qu'est-ce qui s'est passé ici ? s'exclama le plus petit des deux, qui avait enfoncé la porte et fait irruption le premier dans la pièce.

— Ambulancier ! hurla l'autre. Un médecin, vite ! Il nous faut de l'aide de toute urgence !

Dieu merci, se dit-elle pour la deuxième fois en quelques secondes.

La peur l'empêchait de respirer normalement, elle avait mal partout, elle sentait les excréments et l'urine. Cela, ajouté au fait qu'elle ne savait absolument pas comment elle était arrivée là, faillit la faire basculer dans l'hystérie. À présent, les deux policiers se tenaient devant elle et appelaient les secours. Voilà qui n'augurait rien de bon.

Quelques secondes plus tard, un urgentiste chauve portant une boucle d'oreille et affichant d'énormes cernes entra dans la chambre et s'agenouilla devant elle. Apparemment, une ambulance était sur place. Ce qui n'augurait rien de bon non plus.

— Vous m'entendez ?

— Oui…

— J'ai l'impression qu'elle ne comprend pas.

— Si, si.

Elle tenta de lever le bras, mais ses muscles ne réagirent pas.

— Comment vous appelez-vous ?

Le médecin sortit une minuscule lampe de poche et la lui braqua dans les yeux.

— Vanessa, souffla-t-elle d'une voix rauque. Vanessa Strassmann.

— Elle est morte ? demanda le policier qui se tenait derrière elle.

— Les pupilles réagissent à peine à la lumière et elle n'a pas l'air de voir ni d'entendre. Elle se trouve dans un état catatonique, si ce n'est comateux.

— Vous racontez n'importe quoi ! cria Vanessa.

Elle essaya de se mettre debout, en vain. Le moindre geste lui était impossible.

Qu'est-ce qui m'arrive ?

Elle répéta cette phrase à voix haute le plus distinctement possible, mais personne ne semblait vouloir l'écouter. Au contraire, ambulancier et policiers lui tournèrent le dos et s'adressèrent à quelqu'un qu'elle ne voyait pas encore.

— Depuis combien de temps elle n'est pas sortie de cette chambre, vous dites ?

La tête de l'urgentiste lui bouchait la vue. Elle entendit une jeune femme répondre.

— Trois jours, peut-être même plus. Quand elle est arrivée, j'ai tout de suite vu qu'un truc clochait. Mais elle a demandé à ce qu'on ne la dérange pas.

Elle dit n'importe quoi !

Vanessa secoua la tête.

Je ne serais jamais descendue dans un bouge pareil de mon plein gré. Même pour une seule nuit !

— D'ailleurs, je n'aurais pas osé frapper à la porte, sans ces horribles râles…

— Regardez !

— Quoi ?

— J'ai trouvé quelque chose, là.

Vanessa sentit le médecin lui desserrer les doigts de la main gauche et en retirer un petit objet à l'aide d'une pincette.

— Qu'est-ce que c'est ? demanda le policier.

Vanessa était aussi étonnée que les autres personnes présentes dans la pièce. Elle n'avait même pas remarqué qu'elle tenait quoi que ce soit.

— Un petit morceau de papier.

Une fois que l'urgentiste l'eut déplié, Vanessa écarquilla les yeux afin de déchiffrer l'inscription, pour ne finalement apercevoir que des espèces de hiéroglyphes. La phrase était rédigée dans une langue qui lui était totalement inconnue.

— Il y a écrit quoi ? s'enquit le deuxième flic, resté près de la porte.

— Bizarre. « On ne m'achète que pour me jeter aussitôt », lut le médecin en fronçant les sourcils.

Dieu du ciel.

Lorsqu'elle entendit ces quelques mots prononcés sans la moindre hésitation, Vanessa prit conscience de la gravité du cauchemar qu'elle était en train de vivre. Pour des raisons qu'elle ignorait, elle était dans l'incapacité totale de communiquer. Elle ne pouvait ni parler, ni lire, et sans doute pas écrire.

Lorsque le médecin lui éclaira de nouveau les pupilles, elle eut soudain l'impression d'être privée de ses sens. Oubliées, la puanteur de son corps et la rugosité de la moquette sous ses pieds. Moins les voix autour d'elle étaient distinctes, plus l'angoisse montait. À peine l'urgentiste avait-il lu la phrase écrite sur le morceau de papier qu'une force invisible s'était emparée d'elle.

On ne m'achète que pour me jeter aussitôt.

Une étreinte glacée qui l'entraînait une nouvelle fois vers le lieu qu'elle avait quitté quelques minutes auparavant, en espérant ne jamais y retourner.

Ce n'était pas un rêve. À moins que…

Elle tenta de faire signe au médecin, mais lorsque la silhouette de celui-ci se brouilla peu à peu, la peur l'envahit. Effectivement, personne ne l'avait entendue. Elle n'avait réussi à parler ni au médecin, ni à la gérante de l'hôtel, ni aux policiers. Car elle ne s'était jamais réveillée. Bien au contraire. Lorsque la lumière de l'halogène se remit à danser au-dessus de sa tête, elle comprit : elle s'était évanouie au début de la séance de torture. Ce n'était pas le psychopathe, mais l'hôtel, qui faisait partie du rêve, et ce dernier laissait à présent place à la terrible réalité.

À moins que je ne me trompe encore ? Au secours, aidez-moi ! Je n'arrive plus à différencier le réel de l'imaginaire.

Retour à la case départ. La cave humide, la table en métal, le fauteuil de gynécologue auquel elle était attachée. Nue au point de sentir le souffle du bourreau entre ses jambes, à l'endroit le plus endolori de son corps. Puis la face ébouillantée de son tortionnaire réapparut brièvement devant ses yeux.

— J'ai délimité la zone. On peut commencer, annonça-t-il d'une bouche dépourvue de lèvres.

Et il reprit le fer à souder.

Aujourd'hui, 10 h 14
Bien plus tard,
de nombreuses années après la Peur

— Alors, mesdames et messieurs, que pensez-vous de cette entrée en matière ? Une femme se réveille d'un cauchemar pour aussitôt se retrouver plongée dans le suivant. Intéressant, non ?

Le professeur se leva pour mieux observer les visages troublés de ses étudiants.

Il remarqua seulement à cet instant que tout le monde avait fait un effort vestimentaire, sauf lui. Comme tous les matins, il avait pris au hasard dans son armoire un vieux costume fripé. On le lui avait vendu à un prix exorbitant, sous prétexte que la couleur grise du veston croisé se mariait à ravir avec le noir de ses cheveux, à l'époque où il les laissait mi-longs, en signe de rébellion post-pubère.

Aujourd'hui, bien des années plus tard, s'il avait dû racheter une tenue assortie à sa coiffure, son choix se serait porté sur un costume gris cendre, avec de petites taches claires par endroits et un trou dans le dos, semblable à une tonsure de moine.

— Aucun commentaire ?

Il commit l'imprudence d'effectuer un pas de côté, réveillant ainsi une vieille douleur dans le ménisque. Six personnes seulement s'étaient portées volontaires. Quatre femmes, deux hommes. Comme d'habitude. Pour de telles expériences, les femmes composaient toujours la majorité. Soit parce qu'elles étaient plus courageuses, soit parce qu'elles avaient plus besoin de l'argent proposé en échange de leur participation.

— Excusez-moi, je ne suis pas sûr d'avoir bien saisi…

Rangée de gauche, deuxième place. Le professeur chercha sur la liste des participants le nom du jeune homme qui venait de prendre la parole : *Florian Wessel, deuxième année.*

— Ça, c'est censé être un protocole de traitement médical ?

Wessel avait lu attentivement les premières pages, un crayon impeccablement taillé à la main. La petite cicatrice en forme de croissant de lune située sous son œil droit témoignait probablement d'anciennes bagarres au sein de son syndicat étudiant. Il marqua la page à l'aide de son crayon et referma le dossier.

— Tout à fait.

D'un sourire, le professeur fit comprendre à l'étudiant que sa perplexité était légitime. Elle se révélait même capitale pour l'expérience.

— Un fer à souder ? Une séance de torture ? Des policiers ? Sauf votre respect, j'ai plus l'impression de lire un polar que le dossier d'un patient.

Sauf votre respect ? Le professeur n'avait pas entendu cette expression depuis des lustres. Il se demanda si cet étudiant impeccablement coiffé parlait toujours ainsi, ou s'il se laissait gagner par l'austérité intimidante des lieux. Il savait pertinemment que les terribles événements survenus dans ce bâtiment en avaient découragé plus d'un. Malgré les 200 euros à la clé.

Mais c'était là tout l'enjeu de l'expérience, qui devait se dérouler ici et nulle part ailleurs. L'endroit idéal, mis à part l'odeur de renfermé et le froid qui régnaient dans l'établissement tout entier. Le professeur avait même hésité à nettoyer la cheminée et à y allumer un feu. En ce 23 décembre, les températures étaient largement négatives. Ils avaient fini par se procurer deux vieux radiateurs d'appoint qui peinaient à chauffer la vaste pièce.

— Cela vous fait penser à un polar ? Eh bien, vous n'avez pas tout à fait tort, répondit le professeur.

Il inspira profondément et joignit les mains tout en repensant à celles, calleuses, de son grand-père qui, contrairement à lui, avait travaillé toute sa vie en extérieur.

— On a retrouvé ce document dans le cabinet d'un de mes collègues psychiatres, Viktor Larenz [1]. Vous avez probablement déjà entendu parler de lui.

— Larenz ? Il est mort, non ?

L'étudiant qui venait de prendre la parole ne s'était porté volontaire que la veille. Le professeur consulta une nouvelle fois la liste. Lui et sa petite amie, Lydia, étaient assis tellement près l'un de l'autre qu'on aurait pu à peine glisser un fil dentaire entre eux. Surtout du fait de Patrick : dès que Lydia essayait d'avoir un peu plus d'espace, il se rapprochait d'elle, prouvant ainsi ostensiblement qu'il la possédait. Son sweat-shirt portait l'inscription : « Jésus t'aime », suivie de : « Pour nous, tu n'es qu'un pauvre con » en plus petits caractères. Patrick l'avait déjà porté au moins une fois, le jour où il était venu se plaindre d'une mauvaise note auprès du professeur.

— Il n'est pas question ici de Viktor Larenz, objecta l'enseignant. J'ajouterai même que son histoire n'a rien à voir avec l'expérience d'aujourd'hui.

— De quoi s'agit-il, alors ? demanda Patrick en croisant les jambes.

Il n'avait pas lacé ses chaussures de cuir, afin que le bas de son jean n'en recouvre pas la languette. Faute de quoi, le logo sur la cheville serait passé inaperçu.

Le professeur ne put s'empêcher de sourire. Des chaussures aux lacets défaits, un pantalon déchiré, un chandail blasphématoire. Quelqu'un dans l'industrie de la mode semblait avoir mis un point d'honneur à rendre monnayables les pires cauchemars de ses parents, tous deux conservateurs.

— Sachez que…

Il se rassit derrière une grande table en chêne et ouvrit une sacoche en cuir aussi élimée qu'un arbre à chat.

1. Personnage principal de *Thérapie*. *(N.d.É.)*

— ... que ces faits sont avérés. Je vous ai photocopié un vrai dossier médical. Et l'original, le voici.

Il sortit un livre usagé et le posa sur la table. Son titre : *Le Briseur d'âmes*, en lettres vertes sur fond vert. Sur la couverture, on distinguait également des silhouettes d'oiseaux noirs planant au-dessus d'une forêt menaçante.

— Méfiez-vous des apparences. Oui, à première vue, on dirait un roman. Mais ce n'est que l'arbre qui cache la forêt.

Il fit courir les trois cents pages du livre entre ses doigts.

— Pour certains, ce protocole est le fruit de l'imagination d'un patient. Larenz a soigné de nombreux artistes, y compris des écrivains. Mais il existe une autre théorie, ajouta le professeur d'une voix plus basse, en plissant les yeux. En effet, d'autres pensent que Viktor Larenz a couché sa propre expérience sur le papier.

— Mais pourquoi ?

Cette fois-ci, c'était Lydia, sa meilleure étudiante, une jeune femme châtain en col roulé, qui avait pris la parole. Il ne comprenait pas ce qu'elle pouvait bien trouver à l'étudiant mal rasé assis à ses côtés. Ni pourquoi on lui avait refusé une bourse d'études, malgré ses résultats brillants au baccalauréat.

— Le Dr Larenz aurait remanié ses notes pour en faire un polar ? Mais dans quel but ?

— Nous allons essayer de le découvrir ce soir. C'est l'objectif de l'expérience.

Le professeur griffonna quelques mots sur le bloc-notes posé à côté de la liste des participants, puis s'adressa aux femmes assises à sa droite, qui n'avaient pas encore prononcé un mot.

— Je comprends tout à fait que vous hésitiez, mesdames.

L'une d'elles, une rousse, leva la tête, tandis que ses deux voisines gardaient les yeux rivés sur le document.

— Réfléchissez-y tous une dernière fois. L'expérience à proprement parler n'a pas encore démarré. Vous pouvez décider d'arrêter et de rentrer chez vous, il en est encore temps.

Les femmes hochèrent la tête, indécises.

Quant à Florian, il se pencha en avant et se massa machinalement le front, près de la naissance des cheveux.

— Et les 200 euros ?

— Ils ne seront versés qu'aux participants. Et uniquement si vous respectez la clause mentionnée dans le protocole de participation, à savoir lire ce dossier d'une traite.

— Et après ? Qu'est-ce qui se passe, une fois qu'on a terminé ?

— La phase suivante pourra débuter.

Le psychiatre extirpa de sa sacoche une pile de formulaires frappés du sceau de l'université.

— Si vous choisissez de rester, je vous prierai de bien vouloir signer ceci.

Puis il distribua le document, selon lequel le sujet renonçait à poursuivre l'université pour toute séquelle psychosomatique qui pourrait résulter de sa participation volontaire à l'expérience.

Florian Wessel s'en empara, l'examina, et arbora une moue dubitative à la vue du filigrane de la faculté de médecine.

— Ça me met trop mal à l'aise.

Il rangea son crayon à papier, ramassa son sac à dos et se leva.

— Je pense savoir de quoi il retourne. Et si c'est bien ce que je crois, j'ai trop peur pour aller au bout.

— Votre franchise vous honore.

Le professeur reprit le formulaire de Florian ainsi que son dossier. Puis il se tourna vers les trois étudiantes à sa droite, en train de se consulter.

— Nous ne savons pas de quoi il s'agit, mais si Florian abandonne, on devrait en faire autant.

Encore une fois, la rousse fut la seule à s'exprimer.

— Comme vous voulez. Aucun problème.

Là encore, il rassembla leurs fascicules, tandis que les jeunes femmes enfilaient leur manteau.

Florian, qui attendait près de la porte, avait déjà remis sa veste à capuche et ses gants.

— Et vous ?

Il regardait Lydia et Patrick qui, toujours indécis, continuaient à feuilleter le dossier. Tous deux finirent par hausser simultanément les épaules.

— Oh, on verra bien. Du moment qu'il n'y a pas de prise de sang au programme, dit Patrick.

— Il a raison, on verra bien, renchérit Lydia.

Celle-ci réussit enfin à s'écarter un peu de son petit ami et reprit la parole.

— Vous resterez avec nous tout au long de l'expérience, n'est-ce pas, professeur ?

— Oui.

— Et, pour l'instant, on doit lire, c'est tout ? Rien d'autre ?

— Exactement.

Ils entendirent la porte se refermer derrière eux. Ceux qui avaient abandonné étaient sortis sans même dire au revoir.

— Alors, je continue. Si ça peut me permettre de gagner un peu d'argent…

D'un regard, Lydia rappela au professeur sa promesse tacite de garder le silence.

Je sais.

Il y répondit par un signe de tête bref et discret.

C'est sûr, tu as besoin d'argent.

Alors que le professeur se morfondait par l'un de ces trop chauds week-ends d'avril, il avait fait une incursion dans la vie privée de Lydia.

Son seul et unique ami lui avait conseillé de sortir de ses « schémas de pensée » habituels, s'il voulait tourner définitivement la page. En d'autres termes, il devait innover. Trois verres plus tard, ils s'étaient retrouvés dans ce bar. Rien de bien excitant. Ils avaient assisté à un show candide et ennuyeux. Les filles avaient beau être topless, elles dansaient comme des adolescentes en discothèque.

Il s'était tout de même fait l'effet d'un vieil ours asocial lorsque Lydia avait surgi devant lui avec la carte des boissons. Sans col roulé ni serre-tête, mais avec une jupe d'écolière. Et rien d'autre.

Il avait commandé un cocktail mais était parti sans le boire, laissant son ami en plan, tout en ayant hâte de revoir Lydia en cours, assise au premier rang. Ils n'en avaient jamais reparlé, mais le psychiatre était certain que Patrick ignorait tout des activités extrascolaires de sa petite amie.

— On risque quoi, de toute façon ? ajouta Lydia avec un léger soupir, tout en signant au bas du document.

Le professeur se racla la gorge mais ne répondit pas. Il se contenta de vérifier les deux signatures, puis jeta un coup d'œil à sa montre.

— Très bien, nous y voilà.

Il sourit afin de cacher son malaise.

— L'expérience commence maintenant. Veuillez ouvrir le dossier médical à la page 6.

17 h 49, le 23 décembre
Neuf heures et quarante-neuf minutes avant la Peur

Dossier médical nº 131071/VL

— Imaginez plutôt…

La voix de la vieille dame devant laquelle Caspar était agenouillé ne lui parvenait que de loin, comme à travers une porte fermée.

— Un père et son fils roulent de nuit, sur une route enneigée. Le père perd le contrôle de la voiture, qui percute un arbre. Le père meurt sur le coup tandis que le fils, grièvement blessé, est évacué vers l'hôpital le plus proche. Mais quand le chirurgien arrive au bloc, il s'exclame : « Mon Dieu, je ne peux pas l'opérer ! Il s'agit de mon fils ! »

La vieille dame allongée sur le lit marqua une courte pause puis demanda, triomphante :

— Comment cela est-il possible, étant donné que le garçon ne peut avoir deux pères ?

— Je n'en ai aucune idée.

Caspar, qui essayait de réparer la télévision, ne put que deviner le petit sourire espiègle esquissé par la vieille dame.

— Allons, un petit effort. La solution n'est pas si difficile à trouver, surtout pour un homme de votre intelligence.

Tout en passant la main derrière l'énorme poste de télévision, il se retourna vers Greta Kaminsky.

Cinq minutes auparavant, cette veuve de banquier, âgée de soixante-neuf ans, avait frappé à sa porte pour lui demander de jeter un œil à sa « boîte à inepties », surnom dont elle affublait la télévision surdimensionnée par rapport à la petite chambre qu'elle occupait au dernier étage de la clinique Teufelsberg. Bien sûr, il avait immédiatement accepté de lui rendre service, malgré l'interdiction formelle du professeur Rassfeld. Le directeur de la clinique refusait que Caspar sorte de sa chambre sans surveillance.

— Malheureusement, Greta, je ne suis pas très doué pour les devinettes, répondit-il en toussant à cause de la poussière accumulée derrière la télévision. Et n'oubliez pas que je suis un homme, donc monotâche.

Il reprit sa position initiale et chercha à tâtons la minuscule prise antenne, normalement située sur le côté. Impossible de décaler le poste du mur, même de quelques millimètres.

— Taratata ! Ne soyez pas si modeste, Caspar ! insista Greta en tapotant le matelas de la main.

Caspar.

Le surnom que lui avait donné le personnel soignant.

Il fallait bien s'adresser à lui d'une façon ou d'une autre, en attendant de connaître sa véritable identité.

— Essayez, au moins ! Vous allez peut-être vous découvrir un talent caché. Qui sait, puisque vous ne vous souvenez de rien.

— C'est faux, gémit-il en continuant à glisser la main entre le poste de télévision et le mur. Je sais encore nouer une cravate, lire et faire du vélo. J'ai juste oublié mon passé.

Votre mémoire factuelle est en grande partie intacte, lui avait expliqué le Dr Sophia Dorn, psychiatre, au début de leur première séance. *Mais tout ce qui vous définit sur le plan émotionnel, donc tout ce qui constitue votre personnalité, a malheureusement disparu.*

Amnésie rétrograde. Perte de mémoire.

Il ne se souvenait ni de son nom, ni de sa situation familiale, ni de sa profession. Il ne savait même pas comment il avait échoué à la clinique Teufelsberg, un luxueux établissement surplombant la banlieue berlinoise. Elle était située sur une colline artificielle érigée avec les gravats de Berlin, après les bombardements de la Seconde Guerre mondiale. Au cours de la guerre froide, l'armée américaine y avait installé son service d'écoutes téléphoniques, et le bâtiment de quatre étages où était soigné Caspar avait fait office de mess pour les agents secrets. Après la chute du Mur, le Pr Samuel Rassfeld, célèbre neuropsychiatre, avait racheté et modernisé l'établissement, afin de créer l'une des meilleures cliniques spécialisées dans le traitement des troubles psychosomatiques. À présent, la bâtisse trônait telle une forteresse au-dessus de la forêt, et n'était accessible que par une voie privée. Voie sur laquelle on avait retrouvé Caspar, dix jours auparavant. Inconscient, recouvert d'une fine couche de neige et en hypothermie.

Ce soir-là, Dirk Bachmann, le gardien de la clinique, avait conduit Rassfeld à un rendez-vous à l'hôpital de Westend. S'il était rentré une heure plus tard, Caspar serait mort de froid au bord de la route. Mais ce dernier se demandait parfois si cela n'eût pas été préférable.

Vaut-il mieux mourir, ou vivre sans connaître sa véritable identité ?

— Ne vous torturez pas ainsi, dit doucement Greta.

Elle semblait avoir lu dans ses plus sombres pensées, tel un médecin, alors qu'elle souffrait elle-même de psychose anxieuse dès qu'elle restait seule trop longtemps.

— La mémoire, c'est comme une belle femme, ajouta-t-elle tandis que Caspar s'évertuait à chercher cette fichue prise antenne. Si vous lui courez après, elle se lassera de vous. Il suffit de porter votre attention sur autre chose pour que cette même femme, piquée au vif, revienne tout naturellement vers vous.

Elle étouffa un petit rire.

— Tout comme notre belle thérapeute, qui est aux petits soins pour vous.

— Qu'est-ce que vous insinuez ? demanda Caspar, surpris.

— Enfin, les vieilles dames ne sont pas les dernières à avoir le coup d'œil ! Je trouve que vous formez un très beau couple, Caaspaarrr.

Caaspaarrr.

La façon qu'avait Greta de faire traîner les voyelles, surtout les A, et de rouler les R, lui rappelait les stars de cinéma d'après-guerre. Depuis que son mari avait trouvé la mort, sept ans auparavant, sur un parcours de golf, terrassé par une crise cardiaque, elle passait tous les Noëls à la clinique. Ainsi, elle ne se retrouvait pas seule et échappait à la dépression typique des fêtes de fin d'année. C'était donc une véritable catastrophe que sa télévision, qu'elle laissait allumée toute la journée pour avoir un semblant de compagnie, soit tombée en panne.

— Moi, si j'avais été plus jeune, je vous aurais invité à un thé dansant, déclara-t-elle dans un petit gloussement.

— Merci beaucoup, répondit Caspar en riant.

— Je suis on ne peut plus sérieuse. À votre âge, quarante ans environ, mon mari avait lui aussi une frange et de belles mains. Et… il partageait ma passion des devinettes !

À la manière d'une institutrice, elle tapa des mains pour signifier la fin de la pause.

— Allons, essayons encore une fois.

Caspar émit un son plaintif tandis que Greta répétait l'énoncé de la devinette.

— Un père et son fils ont un accident de voiture. Le père meurt, le fils survit…

Malgré la fenêtre entrouverte, Caspar se mit à transpirer. La matinée avait vu se succéder des averses de neige et, aux alentours de midi, la température était redescendue en dessous de zéro. Dehors, dans la forêt, il faisait certainement deux degrés de moins qu'en ville. Mais Caspar avait l'esprit occupé ailleurs.

Ah ! Son index frôla un anneau métallique. *Je n'ai plus qu'à brancher le câble là et…*

— Le fils, grièvement blessé, est admis aux urgences. Mais le chirurgien refuse catégoriquement de l'opérer, au prétexte qu'il s'agit de son propre fils.

Caspar se leva, prit place devant l'écran et saisit la télécommande.

— Alors ? interrogea Greta, une pointe de malice dans la voix.

— Et voilà le travail, rétorqua Caspar en allumant la télévision.

La voix sonore d'un présentateur de journal télévisé emplit la pièce. Lorsque l'image apparut, Greta applaudit, gaie comme un pinson.

— Ça remarche, fantastique ! Vous êtes un génie.

Je ne sais même pas qui je suis, pensa Caspar en époussetant son jean.

Alors qu'il s'apprêtait à répondre : « Je retourne dans ma chambre avant que l'infirmière se mette en colère », Greta lui fit signe de se taire.

— *De nouvelles informations nous sont parvenues à propos du criminel surnommé le Briseur d'âmes, qui terrorise les femmes de la région depuis maintenant plusieurs semaines.*

La vieille dame monta le son.

17 h 56

— *Nous venons d'apprendre le décès de sa première victime, Vanessa Strassmann, vingt-six ans, une étudiante en théâtre hospitalisée en soins intensifs à l'hôpital de Westend. Elle avait disparu il y a deux mois et demi, pour être retrouvée la semaine passée dans un motel sordide. Nue, en état de choc, et paralysée.*

Pour mieux restituer l'ampleur de la tragédie, la photo d'une ravissante jeune femme apparut à l'écran, bientôt suivie de deux autres. Là encore, on avait pris soin de choisir des photos particulièrement avantageuses.

— *Tout comme Doreen Brandt, une célèbre avocate, et l'institutrice Katja Adesi, Vanessa Strassmann ne présentait pas le moindre signe de maltraitance physique. Les médecins avaient par la suite confirmé l'absence de viol, de coups et de tortures. En revanche, sur le plan mental, elle n'était plus que l'ombre d'elle-même. Avant son décès, survenu dans la journée, elle ne réagissait plus qu'à des stimuli visuels et sonores extrêmes, demeurant sinon dans un coma vigile.*

Les photos de la victime disparurent pour laisser place à un plan fixe sur un hôpital moderne.

— *Pour l'heure, les médecins n'ont pu déterminer la cause du décès. De plus, on ignore toujours quels sévices les jeunes femmes ont subis. Les morceaux de papier retrouvés dans les mains des victimes constituent peut-être un début de piste, mais la police se refuse à tout commentaire. Seul point positif : aucune autre disparition n'a été signalée. Espérons que cette trêve continuera après les fêtes de fin d'année. L'annonce de l'arrestation du Briseur d'âmes serait notre plus beau cadeau de Noël, n'est-ce pas, Sandra ?*

Avec un sourire des plus professionnels, le présentateur se tourna vers sa collègue, qui enchaîna sur la météo.

— *En effet, Paul. Mais prions surtout pour que les autres cadeaux arrivent à temps sous le sapin. Après les chutes de neige les plus importantes depuis vingt ans, des pluies verglaçantes paralyseront la circulation dans la plupart des grandes villes. Sans oublier des vents très violents qui...*

Des pluies verglaçantes, répéta intérieurement Caspar en contemplant le symbole correspondant sur la carte. Puis, pour la première fois, l'impensable se produisit.

Soudain, le souvenir le percuta avec une telle violence qu'il eut le plus grand mal à le retenir.

Écho

— Tu reviens vite, hein ?

— Oui, ne t'inquiète pas.

Il caressa ses cheveux trempés de sueur, qui lui étaient tombés devant les yeux pendant les convulsions.

— Tu ne me laisses pas trop longtemps toute seule, dis ?

— Non.

Bien sûr, il n'entendait pas ce qu'elle disait. La petite avait la langue paralysée depuis déjà plusieurs minutes. Mais la pression que la fillette de onze ans exerçait avec ses doigts sur sa main suffisait à lui transmettre ses suppliques silencieuses.

Peut-être n'était-ce qu'un réflexe, au même titre que le clignement incontrôlé de sa paupière droite. Il préférait ne pas envisager cette hypothèse.

— J'ai tellement peur. Je t'en supplie, aide-moi.

À la vue de ce petit corps fragile qui appelait tout entier au secours, il dut ravaler ses larmes. Pour ce faire, il se concentra sur le grain de beauté qui ornait la joue droite de l'enfant.

— Je vais te sortir de là, chuchota-t-il. Fais-moi confiance.

Puis il l'embrassa sur le front tout en priant pour qu'il ne soit pas trop tard.

— OK ! murmura la fillette sans remuer les lèvres.

— Tu es très courageuse, ma chérie, même trop pour ton âge.

— Je sais.

Elle lui lâcha la main.

— *Dépêche-toi, lui ordonna-t-elle, toujours en silence.*

— *Bien sûr. Je vais te libérer, je te le promets.*

— *J'ai peur. Tu reviens vite, papa ?*

— *Oui, ça va s'arranger, mon trésor. Tout redeviendra comme avant. Ne t'inquiète pas, ma chérie, d'accord ? J'ai commis une erreur, mais je vais te sortir de là et...*

— Qu'en pensez-vous ?

La voix de Greta tira Caspar de son angoissante rêverie.

Il avala la salive accumulée dans sa bouche et finit par ouvrir les yeux. Il sentit les larmes monter dès que la lumière de la télévision traversa ses pupilles. Manifestement, Greta ne s'était rendu compte de rien.

— Pardon ?

Une odeur de papier brûlé lui chatouilla les narines, comme si cette première bribe de souvenir était en fait un signal de fumée.

De quoi s'agissait-il ? D'un vrai souvenir ? D'un rêve ? Encore choqué par les images qui venaient de lui traverser l'esprit, Caspar porta machinalement la main à son torse, à l'endroit où, sous son T-shirt, se trouvaient les brûlures récentes qu'il avait découvertes en prenant sa première douche à la clinique. Il n'en savait pas plus sur leur origine que sur sa véritable identité.

— Voilà qui est intéressant, s'exclama Greta, très excitée. Qu'est-ce qu'il peut bien y avoir écrit dessus ?

Elle baissa le son, et l'odeur de brûlé disparut peu à peu.

— De quoi parlez-vous ?

— De ces morceaux de papier retrouvés sur les victimes du Briseur d'âmes. Qu'est-ce que ça veut dire, à votre avis ?

— Aucune idée, répondit Caspar évasivement.

Il devait à tout prix sortir de cette chambre. Se reprendre. Réfléchir à la signification de ce souvenir et en parler à sa psychiatre.

Est-ce que j'ai une fille ? Est-ce qu'elle m'attend quelque part à l'extérieur ? Est-ce qu'elle est malade ? Seule ?

— Vous feriez mieux d'éteindre la télévision, c'est le genre d'histoire qui pourrait bien vous faire perdre le sommeil.

Il se dirigea lentement vers la porte en s'efforçant de cacher son trouble.

— Allons bon, le Briseur d'âmes ne risque pas de s'en prendre à moi.

Greta rit et posa ses lunettes à grosse monture sur la table de nuit.

— Je ne corresponds pas à ses critères. Enfin, vous avez entendu : ses victimes ont toutes entre vingt et quarante ans, elles sont minces, blondes et célibataires. Tout comme moi il y a quelques décennies.

Elle rit de nouveau.

— Ne vous inquiétez pas, très cher. Ce soir, je m'endormirai devant un documentaire animalier bien tranquille. J'ai vu que *Le Silence des agneaux* passait.

— Mais ce n'est pas un…

Caspar commença sa phrase, puis comprit qu'elle le taquinait.

— Touché.

Il ne put s'empêcher de sourire, malgré son angoisse et son état de fatigue avancé.

— Un point partout, ajouta-t-il en posant la main sur la poignée de la porte.

— Égalité ? Et en quel honneur ? s'écria Greta.

— Vous avez réussi à me faire marcher, mais j'ai trouvé la réponse à votre devinette.

— Vous bluffez.

— Le chirurgien est une femme. Le chirurgien de l'hôpital est la *mère* du garçon, c'est pour cela qu'elle refuse d'opérer son propre fils.

— Incroyable.

Greta pouffa et battit des mains.

— Comment avez-vous trouvé ?

Aucune idée, se dit Caspar, en prenant congé de la vieille dame.

Je n'en ai absolument aucune idée.

Son sourire s'évanouit lorsqu'il referma la porte derrière lui. Il ne fallait pas qu'on le voie ici. Mais, alors qu'il hésitait à rebrousser chemin, il entendit son nom et s'approcha des deux médecins qui sortaient de sa chambre, furieux.

18 h 07

Rassfeld et Sophia étaient bien trop occupés à se disputer pour remarquer sa présence. Quant à Caspar, il ne se trouvait qu'à quelques mètres de là mais avait le plus grand mal à comprendre ce qu'ils se disaient.

— Je pense que c'est prématuré, chuchota Rassfeld d'une voix enrouée par le tabac. Cela risque de traumatiser Caspar.

Le directeur de la clinique s'était arrêté de marcher et jouait nerveusement avec son col de chemise. Tout, dans l'allure du médecin-chef, incarnait le paradoxe. En plein été, il avait peur de prendre froid et arborait une grosse écharpe, ce qui ne l'empêchait pas de se promener en sandales au beau milieu de l'hiver. Il présentait également des ongles manucurés et des cheveux séparés par une raie impeccable, une barbe broussailleuse et des poils inélégants qui jaillissaient de ses oreilles et de son nez. Malgré ses recherches sur les facteurs psychologiques de l'obésité, qui lui avaient valu l'admiration de ses pairs, emballages de hamburgers et boîtes à pizza côtoyaient livres et dossiers de patients dans son bureau. Certes, il avait encore de la marge par rapport à Bachmann, le gardien de la clinique, mais à côté, Sophia passait pour une anorexique.

— Il ne faut surtout pas lui montrer ça ! s'exclama-t-il.

Tout en prononçant ces mots, Rassfeld saisit sa collègue par le bras et l'entraîna loin de la chambre.

— Quoi qu'il arrive. Est-ce que c'est clair ? Je vous l'interdis.

Caspar leur emboîta le pas discrètement.

— Je ne suis pas d'accord avec vous, murmura Sophia en tendant un dossier médical. Il a le droit de voir…

L'espace d'un instant, Caspar crut que le médecin-chef, qui s'était encore arrêté dans le couloir, allait se retourner. Mais Rassfeld entraîna finalement Sophia dans la salle de repos et laissa la porte entrouverte, permettant ainsi à Caspar de les épier.

— Bon, je suis désolé, Sophia, s'excusa le professeur. Je me suis emporté, et les mots ont dépassé ma pensée. Mais il nous est impossible de prévoir les répercussions qu'auront ces informations.

— Elles pourraient déclencher un souvenir.

Sophia s'appuya contre le plan de travail situé à côté de l'évier. Comme d'habitude, elle n'était pas maquillée et ressemblait plus à une étudiante en deuxième année de médecine qu'à une chef de service psychiatrie. Caspar se demandait pourquoi il se sentait attiré par elle, au point de parfois la suivre en cachette. Rien en elle n'était parfait, et il y aurait eu à redire sur chacun des détails de son visage : de trop grands yeux, un teint trop pâle, des oreilles légèrement décollées, et aucun chirurgien esthétique ne se serait vanté de lui avoir refait le nez. Pourtant, il aurait pu passer des heures à la contempler. À chaque séance, il découvrait un nouvel élément qui le fascinait. Par exemple, une mèche de cheveux bouclés qui dessinait un point d'interrogation, sous sa tempe.

— Je vous trouve bien impatiente, Sophia, grommela Rassfeld.

Caspar frissonna de dégoût en voyant le professeur approcher de Sophia. À présent, il lui parlait moins sur le ton de la confidence que sur celui de la séduction.

— Chaque chose en son temps, ajouta-t-il d'une voix douce. Chaque chose en son…

Lorsque Rassfeld effleura de son index poilu le poignet de Sophia, c'en fut trop pour Caspar, qui, sans réfléchir, ouvrit la porte en grand. Puis il recula d'un pas en feignant la surprise.

— Qu'est-ce... Qu'est-ce que vous faites là ? Où étiez-vous passé ? aboya Rassfeld.

— Je voulais juste me servir une tasse de café, répondit Caspar en désignant le thermos posé près de Sophia.

— Je croyais pourtant vous avoir interdit de sortir de votre chambre.

— Hum, c'est vrai, j'ai dû oublier, avoua Caspar en se grattant la tête. Je suis désolé. Ça m'arrive souvent, en ce moment.

— Et vous trouvez ça drôle ? Imaginez que vous quittiez la clinique sans que personne le remarque. Vous avez vu le temps qu'il fait dehors ?

Rassfeld désigna la fenêtre de la cuisine.

— Il y a deux mètres de neige. Bachmann ne sera pas toujours là pour vous sauver la vie.

— C'est ma faute, intervint Sophia, à la grande surprise de Caspar. Je l'ai autorisé à quitter la chambre, monsieur le professeur.

Caspar eut le plus grand mal à ne rien laisser paraître de son étonnement. En vérité, Sophia lui avait fait promettre exactement le contraire. Il devait même demander aux infirmières la permission d'aller aux toilettes.

Rassfeld sortit un mouchoir de sa blouse et s'épongea le front. Il fulminait.

— En admettant que vous disiez vrai, je m'oppose à cette décision.

Sur ces mots, il quitta la salle et se dirigea vers l'ascenseur. À l'évidence, il n'en resterait pas là.

À mesure que Rassfeld s'éloignait, le visage de Sophia se détendait. Elle poussa un soupir de soulagement lorsque son supérieur tourna à l'angle et disparut.

— Venez, dépêchons-nous, dit-elle au bout de quelques instants.

— Pourquoi ? questionna Caspar en la suivant. La séance d'aujourd'hui a déjà eu lieu.

— Je sais, mais vous avez de la visite.

— Ah bon ? De qui s'agit-il ?

— De quelqu'un qui connaît peut-être votre véritable identité.

Caspar s'arrêta, crispé de la tête aux pieds.

— Mais qui ?

— Vous verrez bien.

Le pouls de Caspar s'accéléra.

— Rassfeld est au courant ?

La psychiatre fronça les sourcils et l'observa avec méfiance. Ce regard inquisiteur lui rappela son réveil dans l'unité de soins intensifs. Il avait eu le plus grand mal à se détourner de l'inconnu qui se reflétait dans les yeux de Sophia. Des yeux d'un bleu profond où apparaissaient des reflets ambrés, semblables à des galets au fond de la mer.

Comment vous appelez-vous ? lui avait-elle demandé d'un ton à la fois professionnel et inquiet.

C'était son premier souvenir. Depuis, il ne vivait plus qu'au présent.

— Je croyais que le professeur voulait éviter de me brusquer.

Sophia pencha légèrement la tête sur le côté et le fixa avec intensité.

— Et moi, je crois que vous avez oublié votre café, Caspar, finit-elle par répondre.

Elle essaya de réprimer un sourire. Faute d'y parvenir, elle se retourna et lui ouvrit la porte de sa chambre.

18 h 17

— Alors ?

Le confortable fauteuil en cuir dans lequel le visiteur était assis aurait mieux trouvé sa place dans un manoir anglais que dans une clinique psychiatrique. Tout comme le lit, l'épaisse moquette et les rideaux clairs.

— Vous le reconnaissez ?

Caspar aurait tellement préféré. Il faillit mentir et répondre par l'affirmative, et ce dans l'unique but de rompre sa solitude. Il fouilla désespérément dans sa mémoire à la recherche d'un souvenir commun, tout en observant l'œil droit de son visiteur. À en juger par la cicatrice, le gauche était crevé.

Quant au petit chien à poils frisés, sa réaction ne laissait guère de place au doute. Sa joie était telle qu'il faillit s'étouffer.

— Je n'en sais rien, soupira Caspar.

Il prit entre ses mains la patte que le chien lui avait posée sur le genou.

La petite boule de poils beiges remuait la queue si fort qu'elle peinait à garder l'équilibre sur ses pattes arrière.

— Ça ne vous évoque vraiment rien ?

Sophia, debout devant lui, ses dossiers serrés contre sa poitrine, regardait tour à tour Caspar et le chien. Le premier bouton de sa blouse était ouvert sur une chaîne en argent ornée d'un pendentif en perle.

— Je ne sais vraiment pas, répéta Caspar.

Il détacha à grand-peine son regard du pendentif afin d'éviter tout malentendu, puis souffla d'un air las.

Les médecins le confrontaient quotidiennement à de nouveaux éléments de son passé. Ils veillaient toutefois à ne pas aller trop vite, de sorte que Caspar ne suive pas une mauvaise piste, voire se retrouve dans l'impasse. Il surnommait cette façon de procéder la « thérapie par le puzzle ». On lui tendait des pièces les unes après les autres, mais le fait de ne pas réussir à les assembler le décourageait.

Ils avaient commencé par lui montrer ses vêtements.

Puis un billet de train roulé en boule, Hambourg-Berlin, première classe, un aller-retour pour deux personnes en date du 3 octobre. Le seul document que contenait son portefeuille. Cet élément, tout comme la blessure constatée au niveau de sa tempe droite, semblait indiquer qu'il avait été victime d'une agression.

— Où avez-vous trouvé ce chien ?

— Sur la route qui mène à la clinique. C'est sans doute grâce à lui que vous avez été secouru. Bachmann profitait de l'absence de Rassfeld pour parcourir le parc en Jeep. Si le chien ne lui avait pas barré la route en aboyant, il ne serait pas descendu de voiture et il ne vous aurait pas vu. Il faisait déjà nuit, et vous étiez sur le bas-côté.

Sophia s'agenouilla et caressa le chien, qui, en retour, lécha le badge qu'elle portait sur sa blouse.

— Où a-t-il passé les dix derniers jours ?

À présent, ils caressaient tous deux l'animal. Caspar lui donnait un an, tout au plus.

— Le gardien l'a recueilli, répondit Sophia en riant. Bachmann se fiche que vous vous souveniez ou non : il m'a chargée de vous dire qu'il vous échangerait volontiers M. Ed contre sa femme.

— M. Ed ?

Elle haussa les épaules.

— Comme le cheval qui parle. Bachmann trouve que ce chien a l'air aussi triste que le héros de la série [1]. Mais il

1. *Monsieur Ed, le cheval qui parle* est une série télévisée comique américaine des années 1960 qui met en scène un cheval doué de la parole. *(N.d.É.)*

le trouve encore plus futé. Vous ne ressentez rien à la vue de M. Ed ?

— Si, bien sûr, il est mignon. Mais peut-être est-ce parce que j'adore les animaux, en règle générale ? Je ne peux rien affirmer.

— Je vois.

Sophia feuilleta le dossier médical de Caspar.

— Et ça ?

Elle lui tendit une photo, mais elle aurait tout aussi bien pu le gifler. Il avait les joues brûlantes et ne ressentait plus rien sur la partie droite de son visage.

— Mais d'où vient cette… ?

Il cligna des yeux et ne put retenir une minuscule larme.

— Vous l'avez… ? Enfin, je veux dire…

Il hésita et renifla. Sophia devina sa question.

— Oui. Bachmann l'a trouvée ce matin en déblayant la neige. Elle sera tombée de votre poche et cela nous aura échappé. Alors ? Vous la reconnaissez ?

Le cliché se mit à trembler entre les mains de Caspar.

— Oui, murmura-t-il sans lever les yeux. Malheureusement.

— Qui est-ce ?

— Je… Je n'en suis pas sûr.

Caspar effleura le grain de beauté sur la joue de la fillette.

— Je ne connais pas son nom.

Il leva la tête et se força à regarder Sophia droit dans les yeux.

— Mais je crois qu'elle m'attend quelque part dehors.

18 h 23

M. Ed s'allongea à plat ventre, la tête entre ses pattes de devant. Au vu de ses oreilles dressées, il écoutait attentivement la conversation.

— Votre fille ? Pourquoi vous ne m'en parlez que maintenant ?

Caspar venait de décrire à Sophia la mystérieuse vision qui était venue le hanter dans la chambre de Greta.

La petite fille. Ses paupières qui battaient. Ses supplications muettes.

— C'est la première fois que ça m'arrive. Et je ne peux pas encore vous dire s'il s'agit vraiment d'un souvenir ou seulement d'un cauchemar.

Tu reviens vite, hein ?

Caspar se frotta les yeux, fatigué.

— Elle paraissait souffrante ?

Non. Pis encore.

— Peut-être qu'elle dormait, tout simplement, répondit-il sans conviction. Ses mouvements étaient impulsifs, incontrôlés, comme quelqu'un en train de rêver. Mais…

— Mais ?

— Elle paraissait tellement légère… J'avais l'impression de devoir la maintenir afin d'éviter qu'elle ne s'envole à la façon d'un ballon de baudruche. Comme si quelqu'un l'avait privée de son âme pour ne laisser qu'une coquille vide. Vous me suivez ?

— Vous aimez cette expression, remarqua Sophia.

— Laquelle ?

— « Vous me suivez ? » Vous l'utilisez souvent lors de nos séances. Vous devez exercer une profession dans laquelle vous expliquez des notions complexes à des profanes. Vous êtes peut-être professeur, expert ou avocat. Mais je ne voulais pas vous interrompre. Vous vous souvenez sur quoi cette petite fille était allongée ?

— Un lit ou une civière. Quelque chose dans ce genre-là.

— Vous pouvez m'en dire plus sur la pièce ?

— Lumineuse, avec deux grandes fenêtres.

— Vous étiez seuls ?

— Je ne sais pas. Je n'ai pas vu d'autres personnes susceptibles de…

Susceptibles de quoi ? De l'avoir torturée ? Violée ? Empoisonnée ?

— Il n'y avait que vous et cette fillette ?

— Oui. Elle était allongée devant moi. Elle avait une respiration irrégulière, les cheveux trempés de sueur et les paupières qui battaient.

— Peut-être à la suite d'une crise d'épilepsie ?

— Peut-être.

Ou d'un empoisonnement, un traumatisme, un acte de torture…

— Et elle vous a parlé, malgré tout ?

— Non, pas directement. Je ne l'entendais pas, mais je lisais dans ses pensées.

— De la télépathie ?

Caspar secoua énergiquement la tête.

— Je sais où vous voulez en venir, mais c'était plus qu'un rêve fantaisiste. J'ai ressenti de l'amour paternel. J'ai pris la main de ma fille et j'ai lu en elle.

J'ai tellement peur. Je t'en supplie, aide-moi.

— Je pense que quelqu'un l'a enfermée puis torturée. Je devais aller chercher de l'aide avant que son état s'aggrave.

— Il y avait des barreaux ?

— Pardon ? demanda Caspar, désarçonné.

— Il y avait des barreaux aux fenêtres ? Vous parliez d'une pièce lumineuse.

Caspar ferma les yeux et essaya de visualiser une nouvelle fois la scène.

J'ai tellement peur. Je t'en supplie, aide-moi.

En y réfléchissant, cette pièce n'avait rien d'un cachot.

— Difficile à dire, rétorqua-t-il en haussant les épaules.

— Eh bien, quelle que soit l'identité de cette fillette, vous devriez arrêter de vous inquiéter pour elle, annonça Sophia avec douceur mais fermeté.

— Pourquoi ?

— Nous avons envoyé sa photo aux personnes qui enquêtent sur vous, et aucune disparition de fillette n'a été signalée.

Sophia ramena sa mèche en forme de point d'interrogation derrière l'oreille, tandis que Caspar souriait tristement.

— Mais qu'est-ce qui nous le prouve ? D'après la police, je ne suis pas porté disparu non plus et pourtant, me voilà. Personne ne peut donc affirmer formellement que ma fille…

Il hésita et chercha le mot juste.

— Que cette fillette ne court aucun danger. Enfin, je veux dire… Je lui ai *promis* de revenir. Mais où ? Telle est la question.

— Très bien. Nous devrions en parler ouvertement, dans ce cas.

— À la presse, c'est ça ?

Elle hocha la tête.

— Oui. Rassfeld montera au créneau, mais tant pis. Il ne voulait même pas que je vous montre cette photo. Mais je pense que le moment est venu.

— D'accord, approuva Caspar sans l'ombre d'une hésitation.

De plus, la façon qu'avait Rassfeld de distiller les informations au compte-gouttes et de l'isoler du monde extérieur lui déplaisait. Caspar n'était pas dupe : pour le directeur de la clinique, il représentait un excellent sujet d'étude car, d'après Sophia, de tels cas d'amnésie totale étaient très rares. C'était d'ailleurs pour cette raison qu'il se trouvait dans cette clinique huppée. Rassfeld l'étudiait comme un cas d'école et tenait donc à ce que Caspar échappe aux influences extérieures. Le professeur avait même empêché la police d'interroger son patient.

— En ce qui me concerne, les journalistes peuvent venir quand bon leur semble, ajouta Caspar.

Pourtant, il savait pertinemment qu'il serait transféré dans un autre hôpital dès la publication de sa photo. En effet, les patients célèbres qui demandaient à être soignés à la clinique Teufelsberg, pour toxicomanie ou dépression, tenaient beaucoup à leur anonymat et à leur tranquillité. Aucune caméra n'était d'ailleurs admise au-delà de l'entrée principale.

— Très bien, je me charge de les contacter. Une dernière chose…

Sophia évita de croiser son regard.

— Oui ?

— Je ne serai plus là, une fois la machine médiatique lancée. Aussi, à partir de demain, vous serez suivi par le Pr Rassfeld.

Caspar réfléchit un instant puis grimaça un sourire forcé.

— Bien sûr, je comprends. Je vous souhaite un joyeux Noël, Sophia.

Elle leva les yeux et fit doucement non la tête.

— Ça n'a rien à voir avec les fêtes de fin d'année. C'est mon dernier jour.

— Ah.

— Je démissionne.

— Oh.

Soudain, il fut incapable d'aligner deux mots. Voilà pourquoi elle allait à l'encontre des instructions du directeur de la clinique : elle ne risquait plus rien. Elle l'abandonnait.

— Vous permettez que je vous en demande la raison ?

— Non, s'il vous plaît.

Sophia posa la main sur la sienne, ce qui ne fit qu'accroître son malaise.

À ce moment-là, il comprit que s'il n'avait pas quitté la clinique plus tôt afin de découvrir sa véritable identité, c'était uniquement pour rester auprès d'elle. Au cours de ces quelques séances, Sophia était devenue ce qui l'empêchait de dériver dans l'océan de sa conscience. Et, à présent, elle voulait mettre les voiles.

— Votre départ a-t-il un rapport quelconque avec le Pr Rassfeld ?

Avec cette question, Caspar délaissait volontairement le contexte thérapeutique pour le terrain privé.

— Non, non.

Sophia rangea la photo de la fillette dans le dossier de Caspar et s'assit à un petit bureau, sous la fenêtre mansardée.

— Eh bien, voilà.

Après avoir remis de l'ordre dans ses notes, la psychiatre referma le dossier avec un léger soupir et se leva. Caspar sentit qu'elle hésitait entre lui serrer la main et le prendre dans ses bras. Tout en jouant nerveusement avec son index droit, elle s'avança vers la table de chevet.

— Mais promettez-moi de continuer à prendre régulièrement votre collyre, même si, à partir de demain, je ne serai plus là pour vérifier, recommanda-t-elle en agitant un petit flacon.

Lorsqu'on avait retrouvé Caspar, il portait des lentilles de contact tellement abîmées qu'elles ressemblaient à deux vieux chewing-gums. Un autre indice, en plus de l'hypothermie, indiquant qu'il était allongé là depuis un certain temps.

— Je ne pense pas en avoir encore besoin, protesta-t-il.

— Si, c'est la même chose que pour la pommade : ce n'est pas parce que l'irritation diminue qu'il faut arrêter d'en mettre.

Sophia tapota le matelas, invitant ainsi Caspar à prendre place sur le lit. Il obéit tout en ménageant une distance convenable, mais elle se rapprocha de lui. À son tour de fuir son regard. Il avait repris connaissance plusieurs jours auparavant mais ne s'était pas encore habitué à l'étranger qui se reflétait dans les yeux de Sophia.

— Qu'en dites-vous ? Vous pensez que c'est ma fille, sur la photo ? questionna-t-il, tandis que sa bienfaitrice dévissait le bouchon du collyre. Vous trouvez qu'il y a une ressemblance ?

Elle soupira.

— Difficile à dire, vu son âge.

Elle s'efforçait de ne pas lui ôter son premier souvenir, ni son dernier espoir.

— Je ne sais pas quoi penser. Tout le monde rêverait d'avoir une fille aussi mignonne. Mais l'imaginer en train d'attendre son père suffit à briser mon cœur de mère.

— Vous avez des enfants ?

Il regarda les mains de Sophia à la dérobée mais ne vit aucune alliance. Son seul bijou était cette fine chaîne à son cou.

— Disons que j'ai lamentablement échoué, en ce qui concerne Marie.

La tristesse dont Sophia ne se départait jamais, même au cours des séances de thérapie, n'avait jamais été aussi palpable qu'en cet instant.

— J'ai négligé ma fille au détriment de mon travail. Il n'a donc pas eu le moindre mal à me la prendre.

D'accord, pensa Caspar. *Voilà pourquoi je me sens si proche d'elle. Nous avons un point en commun.*

— Qui vous l'a prise ? demanda-t-il d'une voix douce.

— Mon ex-mari. Il a tout mis en œuvre pour que je ne puisse plus approcher ma fille.

— Comment a-t-il procédé ?

Caspar se mordit les lèvres, mais il était déjà trop tard. Difficile de se montrer plus indiscret, plus pressant. Cette interrogation sembla rappeler à Sophia que Caspar ne devait en aucun cas la questionner sur sa vie privée.

— Disons qu'il emploie des méthodes bien particulières.

Elle essuya une larme d'un revers de manche, puis s'éclaircit la voix.

— Et zut. J'en dis trop, maintenant.

— Vous voulez qu'on en parle ?

— Non, répondit Sophia en sortant la pipette. Les mots n'y changeront rien, seuls les actes comptent. C'est d'ailleurs la raison pour laquelle je démissionne. Je dois me préparer.

— Vous préparer à quoi ?

— Je vais me battre. Une audience décisive aura bientôt lieu au tribunal. Croisez les doigts pour moi.

— Je n'y manquerai pas. Et qui sait ? Vous finirez peut-être par découvrir que je suis avocat spécialisé en droit de la famille, vous me suivez ? Ce serait l'occasion de vous rendre la pareille.

— Oui, qui sait ?

Elle sourit amèrement.

— En attendant, mettez la tête en arrière.

Il s'exécuta. Tandis que Sophia se penchait au-dessus de lui, Caspar se prit à espérer qu'une de ses mèches de cheveux lui chatouillerait le front, comme son parfum discret le faisait déjà avec ses narines.

C'est la première fois que nous sommes aussi proches l'un de l'autre, nota-t-il.

Quant à Sophia, elle le fixait, alors que la première goutte de collyre se formait à l'extrémité de la pipette.

Au même instant, M. Ed flaira le danger. Le chien bondit par-dessus le lit et se mit à aboyer sous la fenêtre. Son instinct l'avait averti, devançant ainsi les ondes sonores. À leur tour, ils entendirent un crissement de pneus, suivi d'un bruit de tôle froissée. L'espace de quelques terribles secondes, Caspar eut l'impression qu'un être vivant venait de se faire découper en deux sur la route.

18 h 31

Lorsque Sophia et M. Ed sortirent de la chambre en trombe, Caspar hésita tout d'abord à les suivre. Il s'était passé quelque chose dehors. Probablement un accident.

Il s'approcha de la fenêtre, mais sa vision était brouillée. En journée, depuis le dernier étage de la clinique, on jouissait d'une vue magnifique sur la forêt, qui s'étendait jusqu'à un quartier résidentiel huppé. Mais le ciel gris d'un après-midi d'hiver avait maintenant laissé place à l'obscurité et à la neige. Les lumières artificielles n'en paraissaient que plus vives : Caspar aperçut un gyrophare au-delà des sapins aux branches givrées qui bordaient la route sinueuse menant au bâtiment.

Il ouvrit la fenêtre et se pencha au-dehors. Les averses de neige avaient redoublé d'intensité. Il entendit un vrombissement monotone au loin. Puis, quatre étages plus bas, deux hommes ouvrirent la lourde porte d'entrée et sortirent dans le froid.

— Vous avez vu ce qui s'est passé ? demanda le directeur de la clinique.

Rassfeld avait beau se trouver en dehors du faisceau lumineux qui, depuis l'accueil, éclairait l'extérieur, il était aisément reconnaissable à sa voix enrouée par le tabac.

— Non, je prenais ma pause dans la bibliothèque, répondit Bachmann. Enfin, vous le savez, j'ai rapporté le livre de rhétorique que vous m'aviez conseillé.

De rhétorique ? s'étonna Caspar.

D'habitude, le gardien profitait de la moindre occasion pour essayer de dérider les patients en leur racontant des blagues stupides. Mais, à présent, face à Rassfeld, il ressemblait davantage à un petit garçon arrivé en retard à l'école sans mot d'excuse de ses parents.

— Encore ces fichues pluies verglaçantes, grommela le professeur. Il y a des blessés ?

— Difficile à dire. Le véhicule se trouve en travers de la chaussée, donc une partie n'est pas filmée par les caméras de surveillance.

Projetés par une bourrasque de vent, des flocons de neige envahirent la chambre et aveuglèrent Caspar.

— Comment on va faire pour descendre ?

À cet instant, la fenêtre lui claqua bruyamment au nez.

Caspar se retourna et se trouva face à Linus. Le musicien semblait à la fois effrayé, perturbé et curieux, comme s'il venait de se découvrir des dons de télékinésie lui permettant de fermer des fenêtres à distance.

— Ce n'était que le vent, le rassura Caspar. Tu sais ce qui se passe ?

— Gravident, murmura Linus. Bamoiture !

Ce patient permanent de la clinique, non content d'évoluer dans un monde parallèle, s'exprimait dans une langue connue de lui seul.

Il avait passé plusieurs années à absorber, par le nez ou par la bouche, des substances variées, avec une préférence pour les médicaments, l'alcool et la cocaïne. Personne ne savait précisément quelle drogue lui avait asséné le coup de grâce, mais le chanteur avait fait une overdose en coulisses. Depuis, il n'était plus en mesure de construire des phrases avec les mots dans le bon ordre. Il mélangeait même les syllabes.

— Yessalam ! s'exclama-t-il, tout sourires.

Autant Caspar avait réussi à traduire « gravident » par « grave accident », autant cette dernière phrase le laissait perplexe.

Vu le rictus qu'il arborait, Linus semblait se réjouir de cet événement inattendu. Mais il y avait souvent un grand décalage entre l'expression de son visage et son état d'esprit. La dernière fois que Caspar l'avait entendu rire, les médecins l'attachaient à son lit. De cette façon, il ne risquerait plus de s'arracher les cheveux et de les manger lors de son prochain épisode psychotique.

— On va voir ce qui se passe ? proposa Caspar.

Pendant quelques secondes, Linus le dévisagea. On aurait dit qu'il venait d'entendre la pire insulte de sa vie. Puis il éclata de rire et sortit de la chambre en bombant le torse. Caspar haussa les épaules et lui emboîta le pas.

18 h 39

Linus ne l'ayant pas attendu pour prendre l'ascenseur, Caspar décida d'emprunter le vieil escalier de bois qui menait au rez-de-chaussée. Toutes les marches grinçaient. Caspar étant en chaussettes, il avait l'impression de faire le mur.

Ai-je déjà agi de la sorte ? Ou n'étais-je qu'un brave garçon qui rentrait toujours à la maison en temps et en heure ?

Depuis plusieurs jours, dès qu'il se retrouvait seul quelques instants, il fouillait sans relâche le néant de sa mémoire, à la recherche de réponses aux questions les plus triviales. Comment s'appelait sa première peluche ? Avait-il des amis à l'école ou était-il au contraire exclu ? Quelle voiture conduisait-il ? Quel était son livre préféré ? Avait-il une chanson fétiche ? Qui était son premier amour ? Son pire ennemi ? Il n'en avait pas la moindre idée. Il se sentait prisonnier dans une maison abandonnée aux meubles recouverts d'épaisses housses par l'ancien propriétaire, comme autant de points d'interrogation. Hier encore, il voulait les dépoussiérer. Aujourd'hui, il redoutait de découvrir l'atroce vérité.

J'ai peur. Tu reviens vite, papa ?

Le temps que Caspar arrive au rez-de-chaussée, Linus avait disparu. En revanche, il aperçut Yasmin Schiller.

— Oui, oui, j'y vais. Qui se dévouera, sinon ? Je suppose que je n'ai pas le choix, de toute façon.

La jeune infirmière, visiblement énervée, répondait à Rassfeld, qui se trouvait non loin de là, dans la loge de Bachmann.

L'exaspération se lisait sur son visage, dont les deux tiers disparurent derrière une bulle de chewing-gum bleu clair. Elle croisa Caspar sans le saluer.

Ce n'est qu'un petit boulot. Mon truc à moi, c'est la chanson, pas les malades mentaux, lui avait-elle déclaré le deuxième jour, à l'évidence ravie qu'il puisse se rendre seul aux toilettes. Effectivement, elle ressemblait à tout sauf à une infirmière, comme en témoignaient sa frange rouge vif, sa bague en fil de fer au pouce et sa mauvaise humeur perpétuelle. Mais Caspar n'avait pas tardé à comprendre pourquoi Rassfeld la tolérait dans ce milieu élitiste aseptisé, malgré son piercing à la langue et ses tatouages : Yasmin adorait son travail et l'accomplissait à merveille, mais elle ne voulait surtout pas que cela se remarque.

Alors que Caspar se dirigeait vers l'entrée, il sentit ses pieds s'enfoncer dans la moquette moelleuse qui tapissait le hall, à mille lieues du sol en lino et de l'odeur de désinfectant typiques des cliniques traditionnelles. Son effet apaisant sur les nouveaux patients était avéré. Il en allait de même pour la loge du concierge. Dirk Bachmann adorait Noël. Il n'avait pas d'enfant mais célébrait cette fête avec une dévotion toute particulière et sans omettre le moindre détail, comme s'il y avait un prix à gagner pour la meilleure décoration. Juste à côté de la porte d'entrée, son bureau, qui tenait lieu d'accueil, croulait sous les Pères Noël, les angelots, les guirlandes et les santons, si bien qu'on ne distinguait quasiment plus le sapin, coincé entre une table en métal et une armoire à clés.

— Monsieur le professeur ? demanda prudemment Caspar.

Loin de lui l'idée d'effrayer le directeur de la clinique, mais ce dernier sursauta.

— Encore vous ?

Rassfeld rougit, un peu gêné, mais se reprit aussitôt.

— Je croyais avoir été parfaitement clair, tout à l'heure. Vous devriez être au lit.

Tout comme vous, répliqua Caspar en silence. Rassfeld arborait des cernes impressionnants.

— Les autres malades sont surexcités, prétexta-t-il.

En réalité, hormis Greta, Linus et lui, il n'y avait aucun autre patient dans l'établissement durant cette période de fêtes. Et tandis que la vieille dame, ravie d'avoir récupéré une télévision en état de marche, regardait le programme du soir avec le son au maximum, le musicien ne semblait déjà plus très intéressé par les derniers événements. En tout cas, pas de trace de lui au rez-de-chaussée.

— Qu'est-ce qui se passe, dehors ?

Rassfeld hésita, puis désigna l'écran de contrôle. Peut-être croyait-il se débarrasser plus vite de Caspar s'il répondait au moins à une de ses questions.

— Non loin d'ici, une ambulance a quitté la route. Elle a percuté une cabine téléphonique et s'est renversée sur le côté.

Caspar regarda furtivement l'écran. Voilà qui expliquait les lumières aperçues à travers les branches des sapins. Le gyrophare de l'ambulance continuait à fonctionner.

Si cette route est équipée de caméras de surveillance, il doit bien exister un enregistrement de mon arrivée, se dit-il.

Caspar faillit interroger Rassfeld, mais se ravisa. Le moment était mal choisi pour aborder le sujet.

— Puis-je vous aider en quoi que ce soit ? proposa-t-il.

Ce soir-là, le personnel soignant était en sous-effectif. La clinique ne comptant que trois patients, tous les médecins, à l'exception de Sophia, avaient pris leur journée. Le cortège habituel des personnes déprimées par les fêtes de fin d'année n'était attendu que le lendemain, dans l'après-midi. À la dernière minute. Lorsque la perspective de passer une fois de plus Noël seul se révélerait insupportable.

— Non, merci. Pour l'instant, ça va, trancha Rassfeld avec un petit sourire forcé. Nous allons nous en sortir. Le Dr Dorn et M. Bachmann sont descendus avec le chasse-neige.

Comme pour confirmer ses dires, Sophia et le concierge apparurent sur l'écran de surveillance.

— Nous n'avions pas le choix, avec tout ce verglas. Sans le chasse-neige, ils n'auraient jamais pu descendre la pente, et encore moins la remonter.

La voix de Bachmann leur parvint par une radio installée à côté de l'écran.

— Un seul passager, *a priori.*

Rassfeld se saisit d'un talkie-walkie dont le voyant venait de s'allumer.

— Il est blessé ?

— Difficile de se prononcer, répondit Sophia. Le conducteur me paraît sous le choc. Il est assis près de la cabine téléphonique. Un instant.

Caspar ne visualisait plus l'écran de contrôle, car Rassfeld s'était planté devant lui.

— Mon Dieu, une deuxième personne ! L'ambulance transportait un patient.

Caspar se hissa sur la pointe des pieds.

La vitre arrière du véhicule était brisée et, sauf erreur de sa part, une main ensanglantée s'agitait au-dehors.

Rassfeld recula d'un pas, effrayé.

— Acheminez-les tous les deux ici, ordonna-t-il.

— Hum... Je ne sais pas. Est-ce que nous ne devrions pas plutôt...

— Plutôt quoi, Sophia ? Les évacuer par hélicoptère ? Appeler les pompiers ? La ligne fixe est en dérangement depuis l'accident, vous le savez aussi bien que moi.

Et ici, les portables ne captent pas.

Caspar toussa, comme s'il avait avalé de travers à cette idée. La colline était l'une des rares zones de la région où les opérateurs de téléphonie mobile tardaient à s'implanter. Un avantage non négligeable aux yeux de Rassfeld, pour qui l'isolement des patients faisait partie intégrante de la thérapie.

La radio clignota de nouveau et la voix de Sophia résonna.

— Dirk a réussi à ouvrir les portières arrière au pied-de-biche. Je suis avec le patient et je… Oh non… Mon Dieu.

— Quoi ? Qu'est-ce qu'il y a ?

Rassfeld gardait les yeux rivés sur l'écran dans l'espoir de distinguer quelque chose.

— Excusez-moi. Le patient a un couteau planté dans la gorge.

— Il est mort ?

— Non. Bien qu'il ait la trachée perforée, il est conscient et respire normalement. Mais…

— Mais quoi ?

Rassfeld, à bout, fit signe à Caspar de disparaître pour de bon, cette fois-ci.

— Vous voulez savoir de qui il s'agit ? Quand je vous dirai son nom, vous ne me croirez pas.

18 h 56

Sur ordre de Rassfeld, Yasmin avait raccompagné Caspar jusqu'à sa chambre. Son dîner l'attendait déjà, posé sur le bureau. Comme toujours, Sybille Patzwalk, la cuisinière, avait presque autant soigné la présentation que la préparation des plats. Les couverts en argent reposaient au cœur d'une serviette pliée en forme de cygne, le bord de l'assiette était parsemé de persil et une orchidée blanche trônait à côté du verre d'eau. Caspar souleva le petit torchon qui recouvrait la corbeille de pain, et la faim se réveilla brusquement en lui. Il n'avait rien avalé depuis plusieurs heures.

Il n'en était qu'à sa première bouchée lorsqu'au dehors le ronflement puissant d'un moteur semblable à celui d'une tondeuse à gazon couvrit les gargouillis de son ventre. Il reposa son morceau de pain et s'approcha de la fenêtre. À présent, la neige tombait à gros flocons et commençait déjà à s'accumuler sur le rebord. Il ne verrait bientôt plus rien à travers la vitre. D'ailleurs, il avait déjà du mal à distinguer le chasse-neige qui transportait les victimes de l'accident.

Caspar entrouvrit la fenêtre. Le froid le frappa de plein fouet, à tel point qu'il eut l'impression que des larmes gelaient dans ses yeux.

Qu'est-ce que je fais là, au juste ? se demanda-t-il.

La buée qui s'échappait de sa bouche lui rappela l'odeur de brûlé qu'il avait cru sentir dans la chambre de Greta, lors de sa vision.

Tu reviens vite, hein ?

Il ferma la fenêtre, se planta au beau milieu de la pièce, tourna sur lui-même. Son angoisse venait de monter d'un cran. Et la conviction qui s'imposa à lui à ce moment-là comptait presque plus qu'un souvenir clair et précis : attendre les bras croisés, très peu pour lui. Voilà qui en disait plus sur sa personnalité que la multitude de petits détails accumulés au cours de ces derniers jours. Par exemple, il portait sa montre au poignet droit, salait abondamment ses plats avant même d'avoir goûté et trouvait sa propre écriture illisible.

Le fait que chaque pore de sa peau l'exhorte à quitter cette clinique dès que possible signifiait également qu'il s'était bercé d'illusions. Jusque-là, il avait compté sur un miracle au lieu d'aller de l'avant. En vérité, il se cachait. Pas ici, dans cette clinique, mais là où personne ne le trouverait : en lui-même.

Caspar ouvrit l'armoire. Sur les huit cintres, seuls quatre étaient utilisés, et encore, il avait accroché les vestes séparément des pantalons. Il ne serait donc pas trop chargé lorsqu'il prendrait la poudre d'escampette. Il poussa un long soupir tout en étalant sa maigre garde-robe sur le lit. La plupart de ces vêtements avaient été prêtés par l'hôpital ou achetés en ville par Sophia pour qu'il dispose au moins de quelques changes : une demi-douzaine de paires de chaussettes et de caleçons, deux pyjamas, un survêtement, des tongs ainsi qu'un roman historique signé Peter Prange qu'il devait rapporter à la bibliothèque de la clinique.

Ne possédant pas de valise, Caspar fourra le tout dans un sac-poubelle.

Toute ma vie tient là-dedans.

Puis il enfila le costume gris qu'il portait le jour de son arrivée. D'une main, il saisit son grand manteau d'hiver et le passa par-dessus le bras tenant son paquetage de fortune. De l'autre, il ramassa ses grosses bottines à lacets. Il les chausserait une fois arrivé en bas.

Eh bien, voilà.

Caspar préféra ne pas jeter un dernier coup d'œil à cette chambre si confortable, éteignit la lumière et s'engagea dans le couloir désert, avec la ferme intention de ne jamais revenir.

19 h 06

Il descendit discrètement les escaliers. Une bonne partie du personnel ayant posé sa soirée, il ne risquait pas de croiser grand monde. Mais, arrivé au premier étage, il dut admettre que le moment était mal choisi pour quitter la clinique en cachette. Caspar se pencha par-dessus la balustrade et entendit une voix inconnue, vraisemblablement celle de l'ambulancier. L'aisance avec laquelle il s'exprimait contredisait les premières constatations de Sophia : il ne semblait pas le moins du monde en état de choc.

— Jonathan Bruck, quarante-sept ans, un mètre quatre-vingt-cinq, quatre-vingt-dix kilos environ.

Cette voix de baryton aurait aussi bien pu appartenir à un animateur de télévision, sans ce bruit de fond désagréable qui ressemblait au gargouillis d'une cafetière.

— Il est sans doute sous l'influence d'alcool ou d'une drogue. Le gérant du motel Teufelssee a appelé les secours après que la femme de ménage a trouvé notre homme inconscient dans sa chambre.

Caspar perçut le grincement d'un brancard dont les roues devaient creuser de profonds sillons dans la moquette. Puis il comprit d'où provenait ce gargouillis : de la gorge même du patient.

— Et la trachéotomie ?

— Automutilation. Je croyais qu'il dormait. Ma garde touchait à sa fin, et je comptais l'acheminer rapidement à l'hôpital de Westend. Mais en passant devant l'entrée de votre clinique, j'ai regardé dans le rétroviseur et j'ai halluciné. Ce taré s'est levé, pour ensuite pousser un hurlement et se planter un coup de canif dans la gorge. J'ai freiné, l'ambulance a fait un tête-à-queue et on a percuté un transformateur ou un truc du genre. Vous connaissez la suite.

L'ambulancier relatait l'accident tout en suivant Rassfeld jusqu'à l'ascenseur. Ils se trouvaient à présent juste sous la balustrade, à quelques mètres de Caspar. Quant à Bruck, il respirait avec un étrange bruit de succion, à la manière de quelqu'un aspirant les dernières gouttes d'un verre à la paille.

— Veuillez ne pas traiter le patient de taré, rétorqua Rassfeld vertement.

Caspar crut voir quelqu'un bouger tout près de lui et sursauta.

Mais ce n'était qu'un reflet dans la grande baie vitrée située quelques marches en dessous de lui, sur le palier. Avec les énormes flocons qui tombaient, on ne distinguait presque plus la lumière faiblarde des lampadaires qui éclairaient le parc de la clinique. Un bref instant, Caspar eut la vision d'un essaim blanc se fondant en une masse uniforme, juste devant ses yeux. Puis, une fois concentré sur le reflet, il assista à un sinistre spectacle : deux hommes costauds se tenaient de part et d'autre d'un brancard, où gisait un corps inanimé avec un couteau suisse planté dans la gorge. Au moment où les portes de l'ascenseur s'ouvraient en grinçant, le reflet disparut et une odeur familière frappa Caspar. Une odeur de soufre. De brûlé. De fumée.

Vais-je avoir une nouvelle vision ?

Caspar frissonna et recula machinalement, comme si le souvenir allait surgir de la cabine d'ascenseur et l'attraper à la gorge. Ce faisant, il bouscula celui qui l'avait épié durant tout ce temps, tapi dans l'obscurité.

19 h 10

Linus mâchait un chewing-gum et portait des gants en cuir, mais les flocons de neige sur ses cheveux le trahirent. Sans compter l'odeur de tabac, émanant de la cigarette qu'il avait certainement fumée à la fenêtre. Encore prisonnière de sa chevelure, elle se fit plus forte lorsqu'il secoua vigoureusement la tête.

— C'est bon, je ne te dénoncerai pas, assura Caspar.

Il était strictement interdit de fumer dans la clinique, et l'ironie du sort avait voulu que Linus enfreigne le règlement à l'étage du bâtiment dédié au sport et au bien-être.

Ce ne sont donc pas des prémices. Pas de réminiscence à l'horizon.

— Iens, je chose à trer !

Linus avait les lèvres tremblantes. Il semblait nerveux, bien trop nerveux pour quelqu'un qui venait simplement de fumer en cachette. Il agita les mains, comme s'il cherchait à communiquer en langue des signes. Une idée judicieuse, étant donné ses difficultés à s'exprimer oralement.

— Que se passe-t-il ? demanda Caspar.

Au lieu de répondre, Linus l'entraîna par la main qui tenait le sac-poubelle et ouvrit une porte où figurait l'inscription « Salle de fitness ». Un lieu qui, dans n'importe quel autre hôpital, se serait appelé « Espace de rééducation ».

Caspar, qui n'avait jamais osé s'aventurer jusque-là, fut quelque peu surpris par la modernité des appareils qui se trouvaient dans cette salle décorée uniquement de miroirs. Il distingua des tapis de course, des rameurs ainsi que des bancs de musculation. Alors qu'il se demandait à quoi pouvait bien servir une drôle de machine qui clignotait dans un coin, Linus posa un index sur ses lèvres et éteignit la lumière. Puis il poussa une porte vitrée qui donnait sur une petite issue de secours. Soudain, l'éclairage redoubla d'intensité. Mais ce n'était qu'une illusion d'optique causée par les tourbillons de neige qui reflétaient les voyants des appareils de sport.

Je vois, c'est là que tu as fumé en douce, pensa Caspar.

Alors qu'il s'apprêtait à rebrousser chemin, Linus l'invita à le suivre sur la terrasse enneigée et verglacée.

— Dis donc, mon pote, je ne sais pas si tu as vu, mais…

Caspar désigna ses pieds.

— … je ne sors pas en chaussettes par un froid pareil.

— Iens, je chose à trer !

La nervosité et l'impatience de Linus allaient grandissant. Il recula, hocha la tête une dernière fois en direction de Caspar et disparut dans l'obscurité.

— Reviens !

Tu vas attraper la mort.

Il frissonna rien qu'à cette idée.

Et maintenant ?

Pas une minute à perdre. Pour l'instant, Rassfeld et le reste du personnel soignant s'affairaient autour du nouveau patient. L'occasion idéale pour filer à l'anglaise. Mais Caspar comprit subitement ce que Linus cherchait à lui exprimer dans sa propre langue.

Iens, je chose à trer ! Viens, j'ai quelque chose à te montrer.

Oh non. Linus risquait d'ameuter le personnel, s'il refusait de le suivre. Exactement le genre d'attention dont il se passerait volontiers.

Il enfila ses bottines et son manteau. Les stores de la terrasse étaient baissés aux deux tiers. Comme Caspar faisait deux têtes de plus que Linus, il dut se baisser pour pouvoir passer. Le vent glacial lui fouetta le visage.

Caspar se plia en deux, les bras croisés pour se protéger du froid. Une fenêtre en encorbellement située à sa droite lui offrit un abri contre le vent et la neige, mais pas contre les températures sibériennes. Linus se figea également et lui fit signe de se taire.

— En 'as, chuchota-t-il.

Il désigna le chasse-neige rouge garé sous eux, en grande partie abrité par la terrasse qui dominait l'entrée. Seul le capot était exposé à la neige. Il était encore tiède, et les flocons fondaient aussitôt tombés.

— Qu'est-ce que tu essaies de me dire ?

Caspar se pencha en avant. Inutile, car il se trouvait exposé au vent et la neige l'aveuglait. Il se frotta les yeux, tout en maudissant son manque de jugeote. Au lieu de s'enfuir au nez et à la barbe de Bachmann, il se retrouvait sur une terrasse verglacée, dans le noir, en compagnie d'un psychotique.

Mais alors qu'il s'apprêtait à rebrousser chemin, le vent tourna, et Caspar l'aperçut.

La tache. Sur la neige. Elle provenait de l'arrière du véhicule, à droite, du côté le plus proche de l'entrée. Avec la lumière qui tombait de la loge, on aurait dit une flaque d'urine. Mais Caspar ne tarda pas comprendre de quoi il s'agissait.

C'est de l'essence.

Soit le réservoir s'était vidé de lui-même, soit on l'y avait aidé.

Mais dans quel but ? Pourquoi saboter le seul véhicule capable de braver la tempête ?

Il voulut demander à Linus s'il avait assisté à ce sabotage, mais le musicien le prit par le bras et l'attira dans l'ombre de la fenêtre en encorbellement. Juste au moment où Bachmann surgit de derrière le chasse-neige et leva la tête.

19 h 18

Caspar décida d'attendre dans sa chambre que le gardien soit rentré et qu'il commence sa ronde. Aujourd'hui, rien ne semblait se dérouler comme prévu, et il se rendait bien compte que sa fuite, s'il s'agissait bien d'une fuite, s'annonçait de plus en plus difficile. Non seulement il se retrouvait coincé là, dépourvu de tout moyen de communication moderne, mais, en plus, le gardien venait de saboter, pour une raison connue de lui seul, le véhicule qu'il aurait pu emprunter pour regagner la civilisation. Tant pis. Il réussirait à s'échapper, quitte à se servir de son sac-poubelle comme d'une luge.

Hors de question qu'il passe une nuit de plus dans cette clinique. Et pas seulement à cause des angoisses atroces qui l'assaillaient à propos de sa fille, qu'il avait peut-être abandonnée. Il pressentait que ce mystérieux patient n'avait pas débarqué seul. Il était accompagné d'une menace aussi diffuse qu'un virus. Elle se propageait, troublait la quiétude de la clinique et semblait même s'être frayé un chemin jusqu'à sa chambre.

Mais qu'est-ce qui se passe ici ?

Caspar ralentissait le pas à mesure qu'il approchait de sa chambre. Quelqu'un avait ouvert la porte et allumé la lumière. Il avait pourtant éteint en partant, quelques minutes auparavant.

Mais qu'est-ce qui se passe ici, nom de Dieu ?

Il entendit deux voix énervées, dont celle de Sophia, qui n'aurait pas pu mieux exprimer le ressenti de Caspar.

— Je peux savoir ce que vous faites ?

Lui non plus ne comprit rien à ce qu'il vit une fois arrivé sur le seuil. Que fabriquait ce type aux chaussures sales debout sur son bureau, une main tendue vers la fenêtre ?

— J'espérais obtenir une barre, répondit le jeune homme en riant.

Caspar reconnut la voix de l'ambulancier, qui jurait avec son apparence physique. Au lieu du type costaud, voire un peu rustre, avec des valises sous les yeux témoignant de nombreuses gardes de nuit qu'il s'était imaginé, il se retrouva face au stéréotype d'un gamin de bonne famille pourri gâté, plus à sa place au volant d'une voiture de sport que d'une ambulance.

— Une barre ?

— Oui, enfin, je ne sais pas comment ça s'appelle, ce truc sur l'écran.

D'un bond, l'ambulancier descendit du bureau et tendit un minuscule téléphone portable à Sophia.

— Je pensais capter sous les toits. Désolé.

Il salua Caspar du regard avant de se tourner vers la psychiatre.

— La porte était ouverte. Je voulais savoir si j'avais du réseau.

Sophia observa d'un air réprobateur le bureau sali par une flaque de neige fondue.

— Aucun téléphone mobile ne fonctionne à l'intérieur de la clinique, quelle que soit la posture acrobatique que vous adoptiez.

Sophia semblait tendue de la tête aux pieds, et Caspar comprit aussitôt ce qu'elle pensait de l'ambulancier.

Il toisa à son tour l'individu, adoptant la position assurée d'un boxeur. Il paraissait tout à fait inoffensif, avec son petit gabarit, son visage imberbe et ses cheveux gominés. Caspar l'aurait croisé dans la rue sans même le remarquer. Il fut toutefois choqué par les nombreuses œillades appuyées qu'il jetait à Sophia.

— Si vous voulez bien descendre au rez-de-chaussée, M. Bachmann vous montrera votre chambre, précisa-t-elle.

Le jeune homme sourit.

— Vous tenez donc vraiment à ce que nous passions la nuit ensemble, madame ?

La psychiatre leva discrètement les yeux au ciel.

— Pas vraiment, monsieur Schadeck, mais nous sommes malheureusement coincés ici.

Il lui proposa de l'appeler par son prénom, Tom, mais elle refusa. Au grand soulagement de Caspar.

— Votre unité, ne vous voyant pas rentrer, enverra quelqu'un à votre recherche, je suppose.

— Ça m'étonnerait, répondit Schadeck. J'effectuais mon dernier trajet, et je comptais rentrer directement chez moi en ambulance. On ne m'attend pas à la centrale avant demain midi.

Sophia haussa les épaules.

— Je vois. Eh bien, tant pis. De toute façon, à quoi bon s'aventurer dehors par un temps pareil, surtout en pleine nuit ? Les routes seront bientôt dégagées et salées, certainement à partir de demain matin, une fois les conditions météo plus clémentes. Nous descendrons en ville au lever du soleil.

Nous descendrons en ville, répéta silencieusement Caspar en déposant le sac près de son lit.

À écouter Sophia, la clinique se trouvait en haut d'une falaise vertigineuse surplombant une mer déchaînée.

— Vous êtes sérieuse ? Je vais devoir passer la nuit ici, dans cet… ?

Caspar et Sophia devinèrent que Tom s'apprêtait à dire « dans cet asile de fous », avant de se reprendre.

— Rien ne vous y oblige, vous pouvez toujours essayer de rentrer chez vous, répliqua Sophia. Mais l'habitation la plus proche se trouve à une demi-heure de marche, et j'ai bien peur qu'avec ce vent vous ne soyez obligé de traverser la forêt à quatre pattes. Le tout par moins sept degrés, sans oublier que les températures vont continuer à chuter.

— Et en cas d'urgence ?

— Quel genre d'urgence ?

— Imaginez que l'état de Bruck s'aggrave. Comment prévenir les secours ?

Les interrogations de Schadeck étaient certes légitimes, mais Caspar avait l'impression qu'elles servaient de prétexte à l'ambulancier.

— Ne vous inquiétez pas, nous disposons ici de l'équipement nécessaire pour parer à cette éventualité, conclut Sophia. D'après nos premières constatations, la blessure occasionnée par le couteau est superficielle. Les seules lésions éventuelles se situeront au niveau des cordes vocales. À l'heure où je vous parle, le professeur est en train de soigner la plaie. Ensuite, il administrera au Dr Bruck un traitement pour éviter tout œdème au niveau de la trachée. À son réveil, notre patient aura mal, il ne pourra certainement pas parler, mais il s'en sortira.

Au Dr Bruck ?

— À présent, si vous le voulez bien…

Sophia marqua un signe de tête en direction de la porte, et Tom sourit comme si elle venait de l'inviter à boire un verre.

— Avec plaisir, mais je vais tout de même essayer de rejoindre mon ambulance en chasse-neige.

— Bon courage, ironisa Caspar.

Il faillit évoquer la flaque d'essence que Linus venait de lui montrer, mais se ravisa.

Sophia suivit Tom à quelques pas derrière. Une fois à la hauteur de Caspar, elle lui prit la main.

— Désolée pour le dérangement, chuchota-t-elle.

La tristesse de Caspar s'évanouit l'espace d'un instant, pour réapparaître de plus belle lorsque Tom, une fois arrivé sur le seuil, se retourna.

— Vous permettez que nous partagions la même chambre, docteur ? J'ai peur du noir.

Puis il rit et leva les mains en signe de trêve.

— C'est bon, je plaisantais.

Alors que Caspar s'apprêtait à le moucher, son regard se posa sur la main droite de Schadeck, dont la paume comportait des traces de brûlures. Elles ressemblaient étrangement à celles qu'il présentait lui-même sur le torse, en plus géométriques, presque en forme de croix gammée.

19 h 24

Il était seul depuis quelques secondes lorsque Sophia repassa la tête dans l'embrasure de la porte.

— Cela vaut aussi pour vous !

— Pardon ?

Du bout du pied, il fit glisser son paquetage sous le lit. Trop tard. Sophia entra et observa ses bottines puis son manteau, qu'il avait oublié de ranger dans l'armoire.

— Je compte sur vous pour ne pas faire de bêtises ce soir.

Caspar n'essaya même pas de mentir sur ses intentions.

— Il faut que je parte, Sophia. J'ai déjà passé beaucoup trop de temps ici.

— Partir ? Mais pour aller où ? En pleine tempête, dans cette tenue et sans un sou en poche ?

— Je veux aller voir la police.

Manifestement, Caspar n'avait pas l'habitude d'improviser.

— Nous en avons déjà parlé aujourd'hui. Rassfeld est d'accord pour vous laisser parler à la police et à la presse.

— Oui, mais quand ?

Caspar se leva et gratta l'une des brûlures sous son T-shirt.

— Demain ? Dans deux jours ? Après Noël ? Cette attente n'a que trop duré. Il ne me reste peut-être plus beaucoup de temps.

Sophia secoua la tête si fermement qu'une mèche de cheveux lui retomba sur le front.

— Moi aussi, je trouve que Rassfeld vous fait lanterner. Mais je le rejoins sur un point : si vous sortez de cette clinique sans assistance médicale, vous mettrez votre vie en danger.

— Possible, mais je dois arrêter de ne penser qu'à moi.

— Vous faites allusion à cette fillette ?

Caspar hocha la tête.

— Je suis désolé mais, depuis que j'ai vu sa photo, j'ai l'impression d'étouffer ici. Il faut que je sorte.

— Nous ne savons même pas s'il s'agit effectivement de votre fille. Peut-être qu'elle n'existe pas.

— Certes, mais…

Caspar hésita avant de continuer, de peur de franchir la ligne jaune.

— Demain, après votre départ, je vais me retrouver seul. Je n'ai confiance en personne d'autre.

Sophia l'observa longuement, et un sourire mélancolique se dessina sur son visage.

Le téléphone dans la poche de sa blouse sonna : la ligne interne de la clinique était toujours opérationnelle. Mais elle décida d'ignorer l'appel.

— Je comprends, répondit-elle lorsque la sonnerie cessa. Mais j'ai un service à vous demander, Caspar.

— Quel genre de service ?

Elle désigna la fenêtre mansardée et l'épaisse couche que formait la neige accumulée sur la vitre.

— Dormez ici cette nuit. Elle vous portera conseil, malgré la tempête. Nous en rediscuterons une dernière fois avant mon départ.

— À quoi bon ?

— Demain matin, si vous êtes toujours fermement décidé à partir, je ne vous retiendrai pas.

— Mais… ?

— Je vous communiquerai une information essentielle. Vous ne devez quitter la clinique sous aucun prétexte avant d'en avoir eu connaissance. Encore moins si vous comptez vous rendre au commissariat.

Caspar ouvrit la bouche mais ne put prononcer un mot. Puis il entendit un bourdonnement, comme si un capillaire sanguin venait d'éclater dans l'une de ses oreilles. Il se sentait complètement désemparé. Sophia aurait aussi bien pu lui annoncer qu'il n'avait plus que quelques semaines à vivre.

— Quelle information ? murmura-t-il.

Sophia fit non de la tête et saisit son téléphone, dont la sonnerie énergique avait repris.

— Demain matin, Caspar. Pas maintenant.

Ses oreilles bourdonnaient de plus belle, et il haussa la voix.

— Dites-le-moi maintenant !

— C'est impossible.

— Pourquoi ?

— Parce qu'il me reste un détail à vérifier.

— À propos de quoi ? demanda quelqu'un, posté sur le seuil.

Caspar et Sophia sursautèrent.

Distraits par la sonnerie du téléphone, ils n'avaient pas entendu Rassfeld approcher.

— Qu'est-ce que c'est, ce détail à vérifier ? répéta le directeur de la clinique, méfiant.

Tandis que Caspar avalait le peu de salive qui lui restait, Sophia reprit contenance.

— Il… Euh… Ce patient a réclamé un somnifère, mais je lui ai dit que je préférais d'abord vous consulter.

Rassfeld approuva d'un hochement de tête, visiblement satisfait de cette preuve de soumission, et répliqua d'un ton qui ne souffrait aucune contradiction.

— Bien, mais cela peut vraiment attendre, docteur Dorn.

Il entraîna la psychiatre hors de la chambre.

— Je vous cherche depuis tout à l'heure. Nous avons besoin de vous au bloc.

Rassfeld et Sophia laissèrent Caspar seul avec ses angoisses, mais la mystérieuse promesse de la psychiatre continua à raisonner longtemps dans sa tête.

Je vous communiquerai une information essentielle. Vous ne devez quitter la clinique sous aucun prétexte avant d'en avoir eu connaissance.

Deux heures plus tard, lorsqu'il s'allongea sur le lit, la voix de Sophia n'avait toujours pas diminué d'intensité. Il ferma les yeux et essaya de remettre un peu d'ordre dans ses pensées. Son dossier contenait une information que Rassfeld hésitait à lui transmettre. Laquelle ?

Il me reste un détail à vérifier.

Mais alors qu'il s'apprêtait à se lever pour partir à la recherche de Sophia, il lui fut impossible d'ouvrir les yeux.

Caspar puisa dans ses dernières forces et tenta une dernière fois. Sans succès. Il était déjà passablement éprouvé, et cette journée mouvementée avait eu raison de lui. Il dormait déjà.

0 h 26, le 24 décembre
Trois heures et douze minutes avant la Peur

La fumée était vivante. Un nuage de cellules microscopiques qui envahissait son corps par tous les pores de sa peau pour le détruire de l'intérieur.

Ces mêmes particules s'acharnaient sur ses poumons. Elles se déposaient sur ses bronches après avoir descendu la trachée. Il fut pris d'une quinte de toux.

D'habitude, il se réveillait à cet instant précis, pour se retrouver là où ses premiers souvenirs ne remontaient qu'à dix jours. Mais ce soir-là, il continua à dormir, comme si la voiture en flammes qui le retenait prisonnier avait décidé de ne pas le relâcher.

Du moins, pas avant qu'il regarde la photo posée sur le siège passager. À côté de la bouteille. La chaleur était déjà insoutenable, de sorte que la photo commençait à se gondoler, rendant difficilement reconnaissable le visage qui y figurait.

Caspar agita les jambes. Il ne dormait plus, mais il n'était pas encore réveillé : la pire situation qui soit. Un état dans lequel la conscience, engourdie de sommeil, ne revient que très lentement à la réalité. Il n'avait qu'une envie, accélérer le processus et mettre fin à ce cauchemar.

Il détacha sa ceinture et regarda les flammes. Elles embrasèrent le tableau de bord et commencèrent à lécher sa chemise. La paume brûlée de Tom apparut très brièvement, semblant le pousser à saisir le feu à pleines mains. Cette douleur imaginaire l'arracherait à ce sommeil tourmenté.

Finalement, Caspar fut réveillé par une secousse bien réelle.

Il ouvrit les yeux. La voiture en flammes disparut pour laisser place à Linus. Le musicien était penché sur lui, les yeux écarquillés de terreur. Il se tenait si près de Caspar que ce dernier aurait pu lui lécher le nez.

— Sophiaide.

Il croassa plus qu'il ne parla.

— Oh non, c'est reparti, grogna Caspar en bâillant.

Linus souffrant d'insomnie chronique, il passait ses nuits à arpenter les couloirs de la clinique.

— Sophiuétient.

Le musicien tira Caspar par le bras afin de l'obliger à se lever. La situation semblait d'autant plus absurde que Linus portait juste un pantalon de pyjama à la propreté douteuse qui glissait sur ses hanches toutes maigres.

— Écoute, tu ne pourrais pas…

À son tour, Caspar entendit les coups sourds qui provenaient de l'étage inférieur. Quelqu'un semblait s'amuser à soulever une lourde table pour la laisser retomber sur le parquet. Il consulta sa montre : 00 h 27. Drôle d'heure pour déménager des meubles.

— Qu'est-ce qui se passe ?

Tout en posant cette question, il se demanda ce qui se trouvait à l'étage du dessous.

— Ué… Ué… articula péniblement Linus.

Linus répéta ce mot plusieurs fois, puis lâcha le bras de Caspar lorsque ce dernier se dégagea à regret de ses draps tout froissés.

— 'iens.

— Oui, j'arrive.

Alors que Caspar cherchait ses chaussons, les coups cessèrent. À présent, on aurait dit que quelqu'un déplaçait un tapis détrempé d'une pièce à l'autre, au prix d'efforts surhumains. Plus une minute à perdre.

Linus dévala l'escalier à grand bruit, tandis que Caspar s'efforçait de rester discret : après tout, ce tapage pouvait peut-être s'expliquer très simplement. Mais avec les événements survenus au cours des dernières heures, il était plus que sceptique. Cette hypothèse lui parut encore moins valable lorsqu'il comprit enfin, une fois sur le palier, ce que Linus lui avait dit en le secouant.

Sophiaide.

Il se mit alors à courir, lui aussi. *Sophia a besoin d'aide.*

Il tourna au coin, toujours dans l'obscurité. Pourquoi la minuterie ne fonctionnait-elle pas ? D'habitude, elle se mettait en marche dès que quelqu'un se trouvait dans le couloir. Là, l'unique source de lumière provenait de la chambre du fond, dont la porte était grande ouverte. Linus se tenait sur le seuil, les mains croisées sur la tête et tremblant comme une feuille.

Puis à l'instant où il sentit le froid mordant envahir le couloir, Caspar finit de déchiffrer le charabia de Linus. *Sophiuétient.*

Sophia. Tuée. Patient.

Il jeta un coup d'œil dans la chambre. Mais oui. Le troisième étage accueillait les patients « difficiles ». L'unité de soins intensifs. Des chambres d'isolement équipées de lits hydrauliques et d'appareils de mesure.

Sophia. À l'aide. Tuée. Patient.

Caspar frissonna à la vue du porte-perfusion situé, tel un serveur muet aux bras ballants, près du lit vide. Il sentit la vapeur produite par sa propre respiration, puis la suite se déroula comme au ralenti. Il avait l'impression d'être un observateur extérieur qui feuilletait avec le plus grand intérêt un album photo. Chaque page comportait une image encore plus terrible que la précédente. Et le temps que son cerveau se rende compte de l'horreur de la situation, il passait déjà à la page suivante.

La fenêtre ouverte. L'homme. Une jambe sur le radiateur, l'autre déjà dehors. Linus, qui joue des coudes pour doubler Caspar. L'homme à la bouche tordue de douleur qui se retourne une dernière fois. Qui désigne son bandage au cou. Qui secoue la tête. Et qui se laisse tomber dans le vide.

Dès que le fuyard disparut dans la neige et l'obscurité, tout s'accéléra. Et, pour la première fois, un souvenir concret fut happé dans les filets que constituait la mémoire défaillante de Caspar. Il connaissait l'homme qui venait de sauter par la fenêtre. Son visage lui était aussi familier que l'odeur de papier brûlé qui envahissait ses narines. Il avait déjà vu Jonathan Bruck à de nombreuses reprises. Et même quelques minutes auparavant, juste avant que Linus le réveille. Nuit après nuit, dans ses cauchemars, il voyait sa photo brûler sur le siège passager.

— Qu'est-ce qui se passe ? demanda-t-il à Linus, penché par la fenêtre.

Le musicien tremblait-il de peur ou de froid ? Difficile à dire.

— Sophuétient.

Toujours la même réponse, mais aucune trace de la psychiatre. Quel était le rapport avec Sophia ? Il ne comprenait pas Linus, et sa propre réaction le laissait tout aussi perplexe. Quand avait-il rencontré cet homme ? Pourquoi Jonathan Bruck s'était-il échappé alors qu'une tempête de neige faisait rage, simplement vêtu d'une chemise d'hôpital ? Et pour quelle raison Linus ressortait-il de la chambre en courant, les yeux écarquillés d'effroi ?

Caspar mit un certain temps à comprendre. En entrant dans la chambre, il n'avait pas entendu le robinet de la salle de bains couler. Le clapotis sourd et irrégulier venait de lui parvenir de derrière la porte.

0 h 34

Caspar se crut d'abord face à une statue qu'un mauvais sculpteur, manifestement fou à lier, avait exposée dans la petite salle d'eau.

Malgré son visage figé en un masque inexpressif, malgré les soubresauts de sa jambe droite, Sophia lui paraissait toujours aussi belle. Ce qui rendit le spectacle de sa souffrance encore plus insoutenable.

— Sophia ? appela Caspar bien trop doucement.

Sa voix cassée fut couverte par le bruit du robinet. La psychiatre ne semblait ni le voir ni sentir l'eau glacée qui commençait à submerger ses bras et ses jambes.

— Qu'est-ce qui vous arrive ?

Caspar avait beau hausser le ton, Sophia ne cligna même pas des yeux. Elle avait le cou complètement tordu et les yeux rivés sur un point imaginaire, situé bien au-delà des carreaux de la salle de bains. Sa chemise de nuit détrempée se soulevait, laissant deviner ses tétons. Dessous, elle ne portait qu'un slip déchiré.

— Vous m'entendez ?

Autant essayer de parler à un cadavre. Il ne voyait aucune trace de sang nulle part, Sophia ne semblait pas blessée, elle respirait toujours, et pourtant, elle semblait morte. Certes, son pied heurtait la paroi de la baignoire à intervalles réguliers, mais cela ne constituait pas une preuve de vie suffisante. Ce geste ressemblait plus aux dernières convulsions de quelqu'un dont le système nerveux central aurait été endommagé lors d'un accident.

Une pensée terrible lui traversa l'esprit lorsqu'il fit le rapprochement entre la fillette de ses souvenirs et cette sinistre mise en scène.

— *Tu reviens vite, hein ?*

— *Oui, ne t'inquiète pas.*

Un seul titre aurait convenu à cette œuvre horrible issue de l'imagination d'un psychopathe : *Emmurée vivante*.

C'était exactement ça. Le corps de Sophia était devenu sa propre prison.

Les cheveux qui avaient effleuré Caspar quelques heures auparavant étaient à présent collés sur la nuque pâle de Sophia, comme des algues blondes. Il tendit la main, avant de se reprendre. Il avait déjà bien assez perdu de temps à se remettre du choc.

— Je vais chercher de l'aide, chuchota-t-il.

Il s'apprêtait à quitter la pièce lorsqu'un frisson de vie succéda à l'apathie de Sophia, mais dans une convulsion encore plus atroce. Des vibrations la parcoururent de la tête aux pieds. Et lorsqu'elle leva le bras droit, Caspar recula machinalement d'un pas. Elle cherchait désespérément à communiquer avec lui.

Il me reste un détail à vérifier.

Il se tourna vers la porte de la salle de bains : rien. Puis son regard se posa sur le bras gauche de Sophia, qui pendait hors de la baignoire dans une position presque lascive. Étant donné la blancheur de ses articulations, Sophia serrait tellement fort le poing que le sang ne circulait plus. Caspar s'approcha doucement.

— Qu'est-ce que vous avez là ?

Sophia fut prise d'une deuxième convulsion et ouvrit la main. Très lentement, trop lentement, presque au ralenti, jusqu'à ce que le mystérieux objet tombe par terre.

Mais avant que Caspar puisse vérifier son effroyable soupçon, quelqu'un l'attrapa par les épaules, le retourna et le plaqua au sol, face contre le carrelage.

0 h 36

— Qu'est-ce que c'est que ce foutoir ? s'écria Rassfeld.

Malgré son champ de vision restreint, Caspar aperçut les sandales du professeur.

— Je ne sais absolument pas ce qu'il lui a fait, haleta le gardien Bachmann, qui pesait de tout son poids sur le dos de Caspar.

Ce dernier essaya de protester, mais il n'avait plus assez d'oxygène dans les poumons.

— Mon Dieu, docteur Dorn ?

Rassfeld claqua des doigts et ferma le robinet. La pièce redevint si calme qu'on entendait les ampoules grésiller au plafond.

— C'est probablement un accident vasculaire cérébral. Yasmin, préparez immédiatement le scanner et procédez à un examen hématologique complet, ordonna Rassfeld d'une voix posée, en vrai professionnel.

Caspar entendit des semelles de crêpe s'éloigner à toute vitesse, puis ressentit une vive douleur entre les omoplates lorsque Bachmann le souleva et le cravata. Il avait l'énorme biceps du gardien en travers de la figure, mais il essaya tout de même désespérément de croiser le regard du directeur de la clinique, agenouillé près de la baignoire, à la place qu'il occupait quelques minutes auparavant. Rassfeld braqua une minuscule lampe de poche dans les yeux de Sophia.

— Pupilles réactives, murmura-t-il. Mais qu'est-ce que…

Rassfeld se tourna vers Caspar, tout en prenant le pouls de Sophia.

— Vous l'avez droguée ?

— Non, répondit Caspar d'une voix étouffée.

Bachmann arrêta de serrer, et Caspar reprit une respiration sifflante mais régulière.

— C'est Bruck.

— Bruck ?

— Son lit est vide, confirma Bachmann.

— Il a sauté par la fenêtre.

Rassfeld plissa les yeux et se redressa. Il dut adresser un signe discret à Bachmann, car ce dernier entraîna Caspar hors de la salle de bains. À ce moment-là, un parfum d'after-shave envahit la chambre.

— Qu'est-ce que vous voulez ?

— Vous aider, pardi !

Le visage de l'arrogant ambulancier Tom Schadeck apparut devant lui.

Visiblement, ce raffut avait ameuté toute la clinique. Quant à Rassfeld, il ne semblait pas contre un coup de main. En entendant un nouveau clapotis, Caspar comprit que les deux hommes sortaient Sophia de la baignoire. Il eut un haut-le-cœur.

— Écoutez, chaque seconde compte, expliqua-t-il à Bachmann.

Le gardien l'avait autorisé à s'asseoir. Vraisemblablement pour avoir les mains libres et amener le fauteuil roulant dans la salle de bains.

— En nous dépêchant un peu, nous réussirons peut-être à le rattraper.

— Qui ça ?

Bachmann se gratta la tête. Contrairement à son corps, une boule d'énergie, l'angoisse se lisait sur son visage.

— Bruck, évidemment !

Malgré les efforts de Bachmann pour fermer la fenêtre, le froid sembla envahir la pièce de plus belle. En effet, un spectacle horrible s'offrait maintenant à eux : la masse détrempée que Rassfeld et l'ambulancier venaient de déposer dans le fauteuil roulant n'avait plus grand-chose d'humain.

— Vite, vite, au sous-sol, cria Rassfeld.

Tom avança, presque détendu, comme s'il poussait un chariot dans un supermarché.

Le médecin-chef lui emboîta le pas. Mais une fois sur le seuil de la porte, il s'immobilisa brusquement.

— Bruck ? demanda-t-il à Caspar, incrédule.

— Oui.

Rassfeld revint dans la pièce et se campa devant Caspar. Des petites gouttes, soit d'eau soit de sueur, perlaient sur son front plissé d'inquiétude.

— Linus vous le confirmera.

Caspar se sentit complètement ridicule en prononçant ces mots. Autant désigner un aveugle comme témoin oculaire.

— Bon, écoutez-moi attentivement, déclara Rassfeld en prenant une grande inspiration. Je n'ai constaté aucune blessure externe, mais le Dr Dorn semble gravement traumatisée, donc j'aimerais éviter des examens inutiles qui me feront perdre du temps. Si vous savez quoi que ce soit, si vous avez vu quoi que ce soit, il faut me le dire, sinon…

— Je n'ai rien vu. En revanche, j'ai trouvé ça.

Il tendit à Rassfeld ce qu'il avait découvert juste avant d'être maîtrisé par Bachmann.

— Je ne sais pas si c'est important, mais Sophia le serrait dans la main.

— Oh, non !

Rassfeld avança d'un pas et s'empara de la feuille avec une expression qui frôlait le dégoût.

Pourtant, elle semblait aussi inoffensive que les boulettes de papier lancées en classe par des élèves turbulents. Le psychiatre la déplia de ses doigts souples mais tremblants.

— « Je porte un faux nom mais je dis vrai », lut-il à mi-voix.

Puis il leva la tête et ferma les yeux. À cet instant, Caspar se rendit compte de la gravité de la situation. La mystérieuse phrase que venait de prononcer Rassfeld lui rappela à la fois la passion de Greta Kaminsky pour les devinettes et la voix du présentateur.

Les morceaux de papier retrouvés dans les mains des victimes constituent peut-être un début de piste, mais la police se refuse à tout commentaire.

— Le Briseur d'âmes.

Rassfeld venait d'exprimer la pensée qui tourmentait Caspar. Le médecin-chef jeta un bref coup d'œil à la fenêtre désormais fermée.

— Vous savez ce qu'il vous reste à faire.

— Le sarcophage, acquiesça Bachmann en hochant lentement la tête.

— Malheureusement, nous n'avons plus le choix.

Le directeur s'épongea de nouveau le front. Cette fois-ci, aucun doute : ce fut bien une trace de sueur qu'il laissa sur sa blouse.

— Il faut l'activer sur-le-champ.

0 h 41

Caspar se trouvait à présent dans la loge, les yeux rivés sur le bureau du gardien.

Mais cette fois-ci, il était pieds nus et fixait sur l'écran de contrôle une ambulance recouverte de plusieurs centimètres de neige qui, filmée par la caméra infrarouge, paraissait verdâtre.

— Joyeuses fêtes, grommela Bachmann.

Le gardien, concentré, observait un boîtier à fusibles gris encastré dans le mur, jusqu'alors masqué par le gigantesque sapin de Noël.

— Rassfeld vous a demandé d'activer le sarcophage. Qu'est-ce que ça signifie ?

Caspar avait déjà posé cette question à maintes reprises depuis que le directeur lui avait ordonné de rester avec Bachmann. Ce dernier grogna puis, à la grande surprise de Caspar, accepta de lui lâcher quelques explications.

— Seuls trois établissements au monde sont équipés de ce système, dont un seul en Allemagne, le nôtre. Regardez.

Il avait ouvert le boîtier à fusibles en soupirant. À l'intérieur, une rangée d'interrupteurs tous identiques. Lorsque le gardien rentra le ventre, Caspar aperçut une manette verte qui sortait du lot. « GINA » était écrit au feutre noir juste en dessous, sur la surface métallique.

— Il suffit d'actionner cette manette pour que le sarcophage se mette en place. Vingt-quatre volets roulants blindés bloqueront toutes les fenêtres et toutes les portes.

Caspar se souvint des solides volets sous lesquels il avait dû se faufiler afin de pouvoir suivre Linus sur le balcon.

— Gina ? interrogea-t-il.

— Le prénom de ma femme. Quand on se dispute, elle aussi, elle bloque toutes les issues, ajouta Bachmann avec un rire forcé.

— Mais à quoi ça sert ?

— À empêcher les patients dangereux ou suicidaires de s'enfuir. Bien évidemment, c'est la première fois que nous y avons recours. Mais chaque nouvel arrivant signe un document nous autorisant à l'enfermer en cas de problème.

Tout en se demandant si tel était aussi son cas, Caspar s'appuya contre le bureau et ressentit une légère vibration.

— Très bien, mais Bruck a déjà pris la fuite. Rien ne l'empêche de rejoindre la ville la plus proche et de s'en prendre à quelqu'un.

— Ce n'est pas la question.

La bedaine de Bachmann, engoncé dans sa salopette, cacha à nouveau le boîtier à fusibles.

— Ah bon ?

— Le Briseur d'âmes, ça vous dit quelque chose ?

Caspar hocha prudemment la tête.

Je le connais même personnellement. Mieux valait garder cette information pour lui. Du moins, le temps de découvrir pourquoi Bruck apparaissait dans ses rêves.

— Le professeur a été consulté par la police en tant qu'expert psychiatre. Il a examiné les victimes, y compris la jeune femme décédée aujourd'hui. Il est donc le mieux placé pour savoir de quoi le tueur est capable, et c'est pour cela qu'il m'a demandé d'activer le sarcophage. Rassfeld ne cherche pas à l'enfermer, au contraire. Il veut éloigner ce psychopathe de la clinique. De nous !

Caspar se racla la gorge. Tandis qu'il écoutait Bachmann, les vibrations autour de lui semblèrent s'intensifier.

Lorsque le gardien s'éloigna du boîtier à fusibles, il constata que la manette verte était abaissée.

— À l'aide !

Un hurlement de femme retentit non loin de là. La jeune infirmière dut lancer un deuxième appel au secours avant que Caspar reconnaisse sa voix. Yasmin traversa le hall d'entrée en courant.

— Quoi ? Que se passe-t-il ? beugla Bachmann, visiblement effrayé.

Dans la pénombre, ils crurent d'abord que Yasmin avait le front en sang, mais ce n'était que sa frange rouge vif.

— Le professeur... souffla-t-elle, hors d'haleine. Rassfeld est parti.

— Parti ?

— Oui. Comme nous étions à court de protections auditives, Rassfeld m'a envoyée en chercher.

Elle ouvrit la main droite et leur montra deux bouchons d'oreille en mousse jaune destinés à protéger les tympans de Sophia lors de l'IRM.

— À mon retour, il avait disparu.

— Et merde !

Bachmann se dirigea vers son bureau, qui comportait trois tiroirs. Il ouvrit à la hâte celui du milieu et s'empara d'un objet en plastique transparent qui ressemblait à un faux pistolet.

— Et merde, répéta-t-il avant de sortir en courant.

Caspar lui emboîta le pas. En traversant précipitamment le hall, ils eurent l'impression fugace que la lumière était plus forte. En fait, l'obscurité du dehors ne leur parvenait plus, et la lumière des plafonniers se reflétait à présent sur un obstacle qui se déroulait lentement le long des grandes baies vitrées de l'entrée. Et de toutes les autres fenêtres de la clinique Teufelsberg.

Les volets étaient déjà baissés de moitié lorsque Sophia, au sous-sol, se mit à crier.

0 h 43

Ces plaintes étaient insoutenables, non pas à cause de leur volume sonore, mais du silence qui les espaçait.

Bachmann se précipita, suivi de Caspar, dont les pieds nus claquaient sur les marches de pierre menant au premier sous-sol de la clinique.

— Ohé !

Yasmin appela une deuxième fois mais n'obtint qu'un écho en guise de réponse. Devant eux, un couloir étroit. À chaque extrémité, une porte vitrée : les issues de secours. Les volets parcoururent les derniers millimètres.

Leurs lamelles claquèrent, puis pivotèrent une dernière fois, isolant ainsi la clinique du monde extérieur.

— Oh non !

Bachmann désigna des traces de pas sanglantes qui longeaient le couloir par la droite jusqu'à l'avant-dernière porte, où figurait un panneau jaune et noir : « Risque d'irradiation. Accès interdit. »

Le gardien enfonça la porte à coups de botte et se rua dans le local de contrôle où se trouvait la console d'IRM, Caspar sur les talons.

— Où êtes-vous ?

Rassfeld ! Sophia !

Leurs regards paniqués se croisèrent brièvement, tandis qu'ils inspectaient la pièce. Personne. Rien, exceptée la vitre où se reflétaient leurs mines défaites. La vitre !

Lorsque le gardien actionna les interrupteurs, leur reflet disparut pour laisser place à ce qui se trouvait derrière, dans le noir.

Les jambes. Les pieds en sang.

— C'est elle ? demanda Caspar.

Question superflue. Dans le tube de l'IRM, la belle Sophia était prise de convulsions, comme prisonnière d'une ligne à haute tension invisible.

Le gardien devança Caspar et entra dans la salle d'IRM proprement dite. Une fois devant le scanner, les deux hommes durent fournir un effort surhumain pour ne pas détourner le regard du corps fragile attaché au brancard.

En dégageant le corps de Sophia, Bachmann remarqua que l'un de ses bras s'était libéré sous la violence des spasmes. Puis il essaya de défaire le reste des bandes Velcro avec lesquelles Rassfeld avait immobilisé Sophia avant de procéder à l'examen. Mais le pied gauche, une fois libéré, se mit à trembler tellement fort que Caspar crut sentir un courant d'air sur son visage, tandis qu'une odeur métallique envahissait l'atmosphère. Les craintes de Caspar se confirmèrent lorsqu'il baissa les yeux.

— Du sang, là aussi.

— Quoi ?

— Juste là.

Il montra le sol : plusieurs grosses gouttes de sang formaient une trace qui se dirigeait vers la sortie. Deux d'entre elles étaient à moitié effacées. Quelqu'un semblait avoir marché dessus pieds nus.

— Bon, je reste auprès d'elle, annonça Bachmann, qui transpirait abondamment. Trouve-moi Rassfeld, Linus et les autres : Yasmin, l'ambulancier et la cuisinière. Nous avons besoin de tout le…

Il s'arrêta net.

— Quoi ?

— Écoute.

Caspar tendit l'oreille.

Qu'est-ce que c'est que ça ?

Un nouveau bruit couvrait les râles de Sophia.

— Tu crois que c'est le… ?

Avant que Bachmann ait terminé sa question, Caspar se précipita dans le couloir. À mesure qu'il s'approchait de la grande porte en aluminium, les craquements redoublaient d'intensité.

Effectivement. L'ascenseur.

Caspar consulta le panneau lumineux où figuraient les numéros d'étages. Quelqu'un prenait l'ascenseur.

0 h 47

Sur le palier entre le premier et le deuxième étage, Caspar sentit naître un point de côté, mais il prit sur lui et continua son ascension.

L'ascenseur avait beau progresser à un rythme très lent, il arriverait avant Caspar, si celui-ci ne se dépêchait pas. Il serra les dents et entreprit de gravir les marches deux à deux.

Ding.

Finalement, il atteint le deuxième étage juste au moment où retentit la cloche de l'ascenseur.

Victoire. Mais la joie d'avoir remporté cette course, même d'un cheveu, laissa rapidement place à l'angoisse. Car au moment où les portes s'ouvrirent, Caspar se rendit compte qu'il s'apprêtait à affronter le Briseur d'âmes sans aucune arme pour se défendre.

Après un dernier soubresaut, l'ascenseur s'ouvrit lentement sur le grand miroir, au fond de la cabine. Caspar faillit prendre ses jambes à son cou, mais il rassembla ses forces et se protégea par avance le visage à l'aide de son bras. C'est alors qu'il aperçut…

— Qu'est-ce que tu fais là ?

Le vide !

Il se retourna si brusquement que n'importe lequel de ses interlocuteurs aurait instinctivement reculé d'un pas. Tom Schadeck, lui, ne bougea pas d'un pouce et le toisa sans ciller.

— Allez, crache le morceau. Qu'est-ce que tu fais là ?

L'ambulancier avait troqué le peignoir qu'il portait en entrant dans la chambre de Bruck contre le jean blanc et le col roulé qu'il avait à son arrivée. Il s'était même soigneusement recoiffé avec du gel.

— Permets-moi de te retourner la question, rétorqua Caspar avec aplomb. C'est toi qui viens de prendre l'ascenseur ?

— Hein ?

L'ambulancier regarda par-dessus l'épaule de Caspar, en direction de la cabine vide.

— Je veux dire, est-ce que…

Plus Caspar cherchait une formule appropriée, plus il se sentait ridicule. Sans parler de son allure : pieds nus, mal rasé, vêtu d'un pantalon de pyjama vert clair et d'un T-shirt délavé. La caricature parfaite du patient à qui l'on aurait oublié de donner son traitement du soir.

— Peu importe, je t'expliquerai plus tard. Il faut d'abord retrouver Rassfeld.

— Rassfeld ?

— Oui, il a disparu.

Caspar frissonna. Lorsque son regard se posa sur ses pieds complètement engourdis, il comprit son erreur. S'il avait froid, ce n'était pas à cause de sa tenue, mais parce qu'un courant d'air glacé s'insinuait autour de ses chevilles.

— Qu'est-ce qu'on fait, maintenant ?

Caspar se contenta de baisser les yeux, intrigué par les taches de sang qui parsemaient le sol.

— Dis donc, je te parle, espèce de taré.

Caspar laissa Tom en plan devant l'ascenseur pour suivre les traces couleur rouille.

Il tourna au coin après quelques mètres. La voix de l'ambulancier s'éloignait mais le froid devenait plus vif. Puis il entendit un claquement qui, cette fois, n'avait rien de métallique. Et il le vit.

Le volet ne bloquait pas intégralement l'issue de secours située au fond du couloir. Telle une mouche affolée se cognant toujours contre la même vitre, le volet multipliait les tentatives pour arriver jusqu'en bas. En vain, puisqu'une baguette métallique bloquait les deux derniers centimètres. Quant à la porte vitrée, elle était brisée.

Caspar se retourna pour appeler Tom. Inutile, car ce dernier se trouvait déjà derrière lui, à l'instar de Bachmann, qui les avait probablement rejoints par l'escalier. Caspar voulut demander des nouvelles de Sophia, mais le gardien ne lui en laissa pas le temps.

— Vous avez trouvé Rassfeld ?

— Non, mais regardez.

Caspar montra la baguette métallique qui bloquait le volet extérieur.

— Il a dû casser la vitre avec ça.

— Et se blesser en marchant sur les éclats de verre.

Schadeck s'agenouilla et effleura l'une des nombreuses gouttes de sang qui se trouvaient également à cet endroit.

— Merde.

L'ambulancier venait de résumer ce que ses compagnons pensaient tout bas. Une seule conclusion s'imposait, d'après la forme et le parcours des traces de sang. Après avoir sauté par la fenêtre, le Briseur d'âmes avait atterri sur la terrasse située un étage plus bas. Puis il avait brisé la vitre de cette issue et bloqué le volet à l'aide d'une baguette métallique placée à la verticale.

Après s'être faufilé par l'ouverture, il avait laissé le volet descendre jusqu'à deux centimètres du sol et l'avait coincé avec le morceau de métal, désormais à l'horizontale.

— Ça veut dire que... ?

— Oui, acquiesça Caspar, interrompant Bachmann.

— Alors il faut désactiver le sarcophage immédiatement ! s'exclama Schadeck.

Il avait essayé de tordre le volet en se servant de la baguette à la manière d'un levier, sans succès.

— Non, trancha le gardien.

— Comment ça, non ? Tu ne comprends rien ou quoi ? Les traces de sang s'éloignent de la fenêtre. Le

Briseur d'âmes n'est pas enfermé à l'extérieur, mais à l'intérieur.

Ici. Avec nous.

— Non, répéta Bachmann, résigné. C'est impossible. Je ne peux pas faire remonter les volets comme ça, en claquant des doigts.

1 h 12
Deux heures et vingt-six minutes avant la Peur

Lorsque les flocons, projetés par la tempête, venaient se déposer contre les fenêtres barricadées de la clinique Teufelsberg, ils avaient déjà parcouru un long chemin, et Caspar le savait. Les cristaux se formaient tout là-haut, par moins cinquante degrés, à partir de molécules d'eau qui s'assemblaient comme des grains de poussière. Leur taille microscopique, un dixième de millimètre, leur permettait de se soustraire à la chaleur de la friction provoquée par la chute, ce qui expliquait pourquoi ils ne fondaient pas. À trois mille mètres d'altitude, en entrant dans une atmosphère où la température atteignait les moins quinze degrés, ils obtenaient cette forme d'étoile si caractéristique lorsque la vapeur d'eau s'accumulait autour du noyau de condensation. Caspar n'ignorait pas également que, faisant fi de la turbulence, chaque étoile était composée de six branches identiques. Et pourtant, depuis la nuit des temps, chaque cristal de neige était différent. Un miracle de la nature auquel Aristote s'était intéressé. Caspar se souvenait de ces détails sans grande importance, alors que le mystère demeurait entier autour de sa véritable identité. Comment était-il arrivé dans cette clinique ? Où avait-il rencontré l'homme qui avait essayé de tuer Sophia ? Et qui avait-il abandonné, en dépit de sa promesse ? Caspar sentit son cœur se serrer dans sa poitrine. À l'image de cet hôpital barricadé, un sarcophage l'empêchait lui aussi de s'échapper de sa prison intérieure et de partir à la recherche de sa fille, dont il ignorait toujours le prénom.

— Vous, je ne sais pas, mais…

Caspar essaya de se concentrer sur les paroles de Bachmann, qui affichait une décontraction de façade.

— Moi, la dernière fois que j'ai veillé aussi tard un 24 décembre, c'était quand gamin, je trépignais d'impatience à l'idée de jouer avec mon nouveau circuit de voiture.

Le gardien cherchait visiblement à détendre l'atmosphère. Peine perdue. Personne ne rit, bien au contraire. Il avait quatre paires d'yeux rivés sur lui. Tandis que Schadeck l'observait avec dédain, la cuisinière semblait au bord de la crise de nerfs. Quant à Yasmin, elle avait cessé de feindre l'indifférence et se grattait nerveusement les poignets.

— Quand tu auras fini de raconter n'importe quoi, tu nous diras quoi faire, maugréa-t-elle.

— Du calme, Yasmin. Nous sommes en sécurité dans la bibliothèque.

Bachmann sortit des lunettes sans monture de sa salopette et les posa sur son gros nez. Sans doute pour se donner une apparence d'intellectuel et renforcer ainsi son statut de gestionnaire de crise. À vrai dire, ses lunettes semblaient avant tout incongrues. Elles ne suffisaient pas non plus à camoufler l'angoisse et la nervosité de leur propriétaire. Afin d'empêcher ses mains de trembler, le gardien serra encore plus fort les poignées en plastique du fauteuil roulant de Sophia, qu'il avança de quelques centimètres. La psychiatre était toujours immobile, totalement inerte.

— L'accès à la bibliothèque est bloqué par une lourde porte en chêne. Impossible de l'enfoncer, donc pas de panique.

— Pas de panique.

Yasmin imita Bachmann avant de ricaner.

— Le Dr Dorn se trouve dans un coma vigil, Rassfeld a disparu et j'ai dû enfermer les patients dans leur chambre pour les protéger du psychopathe qui rôde dans la clinique en laissant des traces de sang derrière lui. Dites que je dramatise si ça vous chante mais, s'il n'y a pas lieu de s'inquiéter, pourquoi sommes-nous barricadés ici ?

Tel un rayon invisible, le regard furieux de Yasmin balaya les personnes qui l'entouraient. La pièce dans laquelle ils étaient rassemblés, située au rez-de-chaussée, tenait lieu de salle à manger. Les patients valides y prenaient leurs repas. Cependant, avec ses étagères chargées qui grimpaient jusqu'au plafond, elle ressemblait plus au fumoir d'un club de gentlemen, d'où son surnom de bibliothèque. On pouvait confortablement s'installer dans un canapé bien rembourré, dans des fauteuils en cuir bordeaux ou sur des chaises à haut dossier couleur crème. Le choix des patients se portait souvent sur les fauteuils à oreilles placés devant la cheminée. Mais, pour l'instant, ils restaient tous plantés devant une table en chêne massif suffisamment longue pour accueillir Jésus et ses apôtres.

— Un psychopathe ? Quel psychopathe ? demanda la cuisinière.

Sybille Patzwalk ne dormant jamais sans somnifère, elle ne savait rien des derniers événements. Personne n'avait encore daigné lui expliquer pourquoi on l'avait tirée du lit et enfermée dans la bibliothèque en chemise de nuit et sans maquillage. Et une nouvelle fois, sa question demeura sans réponse.

— Je ne comprends toujours pas, intervint Schadeck en arpentant la pièce d'un pas lourd. Pourquoi ne pas désactiver le sarcophage et aller chercher de l'aide, tout simplement ?

Par beau temps, on ouvrait les portes-fenêtres qui donnaient sur le jardin, masqué cette nuit-là par les lamelles gris souris des volets roulants.

Bachmann toussota, tout en tapotant machinalement la poche de sa salopette, là où il avait rangé le pistolet à air comprimé qu'il avait pris dans sa loge. Il l'avait chargé avec des munitions de 9 mm, lesquelles ne pouvaient pas causer de blessures mortelles, à moins d'être tirées à bout portant.

— Je ne connais pas le code.

— Qu'est-ce que tu racontes ? Je croyais qu'il te suffisait d'actionner une manette !

Caspar nota que ce Tom tutoyait tout le monde.

— Ce n'est pas tout à fait faux. Il faut pouvoir barricader toutes les issues très rapidement, au cas où un patient suicidaire essaierait de prendre la fuite, par exemple. Mais la procédure inverse est plus complexe. Le patient ne doit pas pouvoir récidiver avant que nous l'ayons calmé. Nous avons donc besoin d'un code pour désactiver le sarcophage.

— Et tu ne le connais pas ? Mais c'est contraire aux règles élémentaires de sécurité ! Que se passe-t-il en cas d'incendie ?

Schadeck fixait le gardien d'un air ébahi.

— Tout est prévu. Les plannings de garde sont organisés de façon à ce que deux médecins connaissant la combinaison se trouvent toujours sur place. Seulement, ce soir…

Bachmann toussota encore.

— L'un a disparu et l'autre est dans l'incapacité totale de communiquer.

Caspar se tourna vers Sophia, dont la tête était légèrement penchée sur le côté. Elle semblait plongée dans un sommeil paisible et éternel.

— Et même en admettant qu'elle se réveille, à quoi ça nous avancerait d'avoir le code ? ajouta Bachmann. Dehors, c'est la tempête du siècle.

— En d'autres termes, nous sommes coincés ici ? risqua Yasmin.

— Seulement pour six heures, jusqu'à l'arrivée des médecins de garde demain matin. Quand ils s'apercevront que la situation est anormale, ils appelleront les secours.

— Mauvais plan, objecta Schadeck en secouant énergiquement la tête. Nous ferions mieux de sortir et de maîtriser ce dingue. N'oubliez pas que votre chef est entre ses griffes.

— Sans oublier Linus, ajouta Yasmin.

— Linus ?

En entendant le prénom du musicien, Caspar eut la vague impression qu'une pièce du puzzle lui échappait.

— Oui. Sa chambre était vide quand j'ai voulu l'y enfermer. Tout le contraire de Greta : elle dormait déjà comme une bienheureuse.

Yasmin fusilla Caspar du regard. Une façon de lui rappeler qu'elle désapprouvait totalement sa présence ici. Il avait refusé de rester seul dans sa chambre, et Bachmann l'avait finalement autorisé à se joindre au groupe. Sûrement pour qu'un deuxième homme tienne tête à Schadeck, ce qui lui permettrait de conserver la direction des opérations.

— Très bien, donc Rassfeld et Linus ont disparu, résuma le gardien. Mais si nous partons à leur recherche, le Briseur d'âmes risque de s'en prendre à nous.

— Le Briseur d'âmes ? répéta la cuisinière dans un souffle.

Sybille Patzwalk frissonna et croisa les bras sur la poitrine imposante que laissait deviner sa chemise de nuit. Caspar sentait qu'elle se faisait violence pour ne pas détourner le regard du fauteuil roulant où gisait Sophia.

— Ça veut dire que… ?

— Oui, hélas.

Bachmann rentra la tête dans les épaules et émit un profond soupir. Puis il ramassa un journal au hasard sur la table basse. Il n'eut pas à le feuilleter bien longtemps.

— Tenez : trois femmes, toutes jeunes, belles et pleines de vie.

Comme Sophia, pensa Caspar, lorsqu'il se pencha pour voir les photos des victimes.

— Elles ont été enlevées et relâchées quelques jours plus tard au milieu de nulle part. Sans blessures apparentes, mais anéanties psychologiquement. Personne ne sait ce qu'il leur fait subir, quelles tortures mentales il leur inflige. Regardez plutôt.

Il pointa du doigt une photo en noir et blanc sous laquelle figurait la légende : « Vanessa Strassmann. » La première victime, décédée aujourd'hui.

— Apathique, comme le Dr Dorn.

— Et ce serait Bruck, le coupable ? Impossible.

Tous les regards se tournèrent vers Schadeck, appuyé contre la table, les jambes croisées. Si cette situation l'angoissait, il n'en laissait rien paraître. Ses lèvres fines dessinaient même un léger rictus.

Bachmann se racla nerveusement la gorge.

— Et pourquoi pas ?

— Bruck baignait dans une mare de vodka, quand je suis arrivé au motel. C'est un alcoolo, un marginal que le gérant voulait expulser avant les fêtes. On a tendance à nous prendre pour une déchetterie, à cette période de l'année, déclara Schadeck en ricanant.

— Ça ne colle pas, riposta Bachmann avec vigueur. Le Pr Rassfeld l'a désigné comme étant le Dr Jonathan Bruck, et il m'a semblé que le Dr Dorn le connaissait aussi.

— Il a la classe, le confrère, ironisa Schadeck.

— Je vous l'accorde, c'est à n'y rien comprendre. Que fabriquait Bruck dans ce motel, complètement ivre ? Pourquoi s'est-il planté un couteau dans la gorge ? Pourquoi est-il revenu ici alors qu'il venait de s'enfuir ?

À l'aide de son index, le gardien dessina un point d'interrogation imaginaire.

— Je n'en ai pas la moindre idée, mais une chose est sûre : le Dr Dorn est la quatrième victime du Briseur d'âmes.

Caspar savait que Bachmann conclurait maintenant en produisant une preuve irréfutable.

— On a retrouvé un message sur ces trois femmes, reprit-il en plongeant la main dans la poche de sa salopette. Un message comme celui-ci.

Le gardien tendit le morceau de papier à Schadeck.

— « Je porte un faux nom mais je dis vrai », lut l'ambulancier à voix haute.

— C'est une devinette.

— Elle est tombée de la main de Sophia quand je l'ai trouvée dans la baignoire, ajouta Caspar.

— Oh, mon Dieu ! gémit Sybille d'une voix brisée.

Elle avait dû regarder la même émission que Caspar et Greta. Elle essuya les larmes qui roulaient sur ses joues couperosées et, à la grande surprise de Caspar, s'agenouilla devant le fauteuil roulant de Sophia.

— Pauvre petite.

Elle ravala un sanglot et prit la main de la psychiatre.

— Il a fallu que ça tombe sur elle. Pourquoi ? Pourquoi ?

— Qu'est-ce qu'il attend de nous, au juste ? demanda Yasmin.

— De nous ? Rien, murmura Caspar.

Ses compagnons se tournèrent brusquement vers lui. Il désigna le journal, toujours étalé sur la table, et s'éclaircit la voix.

— D'après cet article, les victimes ne réagissent plus qu'à des stimuli très intenses. Le reste du temps, elles ne manifestent aucune réaction, elles sont murées dans le silence. Pour le Dr Dorn, c'est différent. Elle a été prise de convulsions, nous l'avons même entendue crier et Rassfeld a constaté que ses pupilles étaient réactives, contrairement aux autres victimes.

— Le Briseur d'âmes n'aurait donc rien à voir là-dedans ? Ce serait un accident ?

Sybille essayait de reprendre espoir.

— Non, cela signifie seulement qu'il n'a pas pu aller au bout, car Linus l'a dérangé. Je pense qu'il cherche à se débarrasser de nous pour se retrouver seul avec Sophia. C'est pour ça qu'il est revenu : pour achever ce qu'il a commencé.

Caspar fut lui-même surpris du calme dont il faisait preuve en exposant cette terrible théorie. S'il avait vu juste, si ses compagnons et lui faillaient à leur mission, à savoir protéger Sophia du psychopathe, Caspar perdrait bien plus que le code de la prison dans laquelle ils s'étaient volontairement enfermés. Il ne saurait jamais ce que la psychiatre avait découvert sur sa véritable identité. Et sur sa fille.

Il me reste un détail à vérifier.

Brusquement, comme pour corroborer les propos de Caspar, Sophia fut agitée par des spasmes si violents que son fauteuil roulant grinça de façon sinistre. Puis un événement encore plus choquant survint : elle ouvrit la bouche et se mit à parler.

1 h 22

Nopor. Un seul mot. Aussi bref qu'incompréhensible. Elle aurait aussi bien pu prononcer *mopor* ou *ropor*. Caspar ne comprenait pas, et ses compagnons d'infortune se regardaient, tout aussi interloqués. Caspar se pencha vers Sophia et lui effleura la joue. Elle répondit à ce geste prudent en appuyant le menton contre la paume de Caspar, puis entrouvrit ses lèvres desséchées, légèrement gercées au niveau des incisives.

— Docteur Dorn ?

Pour la première fois, elle sembla réagir à la voix de Caspar. Mais il préféra ne pas se réjouir trop vite. Chez les patients comateux, la moindre réaction constituait une étape supplémentaire sur le chemin de la guérison. Mais il ne s'agissait peut-être que d'un soubresaut, d'un dernier souffle de vie.

— Vous m'entendez ? demanda-t-il doucement.

Sophia gardait les paupières fermées, mais il distinguait tout de même ses globes oculaires qui allaient et venaient de gauche à droite, tels des papillons de nuit pris au piège sous un abat-jour. Bachmann s'approcha, inquiet.

— Elle a froid, constata Caspar.

Quelqu'un, vraisemblablement Yasmin, était allé chercher la blouse de Sophia et la lui avait passée par-dessus sa fine chemise de nuit, mais cela ne l'empêchait pas de trembler. Le gardien hocha la tête sans piper mot et retourna à sa place initiale.

— Tu as compris ce qu'elle a dit ? souffla Schadeck à l'oreille de Caspar.

Ce dernier n'avait même pas vu l'ambulancier s'accroupir à ses côtés.

— Non, c'était…

Il sursauta et faillit perdre l'équilibre. Sophia avait soudain ouvert les yeux et tourné la tête vers lui, telle une cliente dans un bar qui, après avoir longuement contemplé son verre, se décide à entamer la conversation avec son voisin de comptoir.

Qu'est-ce qu'elle essaie de me dire ?

Caspar fronça les sourcils et observa Sophia qui, pour la première fois depuis l'incident survenu dans la chambre de Bruck, parvenait à fixer un point. Et ce point, c'était lui. Le regard de la psychiatre était à présent intense.

— Sophia ? répéta-t-il doucement.

Tom agita la main entre leurs deux visages.

— Ssss… nnnhn… sssstopoorr… articula la psychiatre d'une voix rauque.

L'espace d'un instant, Caspar eut l'étrange impression que les mots incompréhensibles prononcés par Sophia s'évaporaient devant lui comme un nuage de fumée exhalant une odeur de bouleau. Puis il aperçut des flammes se refléter dans les pupilles de Sophia. Bachmann avait allumé un feu.

— Bonne idée.

Caspar se redressa, remercia le gardien d'un signe de tête et avança le fauteuil roulant devant la cheminée. Yasmin se saisit d'une couverture marron et en recouvrit soigneusement les épaules de Sophia, tout en fredonnant une mélodie triste que Caspar reconnut immédiatement. Il n'aurait pas pu l'attribuer à un groupe précis, mais il connaissait les paroles par cœur.

Yesterday I got so old
I felt like I could die
Yesterday I got so old
It made me want to cry

Cette chanson sembla apaiser Sophia, qui referma les yeux.

— J'espère qu'elle ne souffre pas, dit Yasmin avant de continuer à chanter.

Go on go on
Just walk away
Go on go on
Your choice is made

La scène était des plus surréalistes, entre l'infirmière qui chantonnait, le feu qui crépitait dans l'âtre, la cheminée décorée de branches de sapin et de boules de Noël vert foncé et, juste devant, la femme en fauteuil roulant emmitouflée dans une couverture. Cette quiétude, aussi soudaine qu'apparente, ne fit que renforcer l'angoisse de Caspar.

Il effleura du bout des doigts les lèvres desséchées de Sophia.

— Elle est déshydratée, remarqua-t-il.

— Nous n'avons pas de quoi boire ici, répondit la cuisinière d'une voix plus assurée.

Sybille avait provisoirement ravalé ses larmes et paraissait désormais plus maîtresse d'elle-même. Mais peut-être était-elle simplement déconnectée, comme une personne traumatisée après un accident.

— Ça ne servirait à rien, de toute façon, affirma Yasmin. Elle n'est plus en mesure de déglutir. Il lui faudrait une perfusion.

— Vous avez raison, appuya Tom. Le mieux, ce serait une solution électrolytique en intraveineuse.

— J'hésite, intervint Bachmann en se massant le crâne, soucieux. Est-ce vraiment nécessaire ?

— Aucune idée. Difficile d'établir un diagnostic tant que nous ignorons ce que Bruck lui a fait, déclara Caspar en posant la main sur le front de Sophia. En tout cas, avec une perfusion de sérum physiologique, le risque est minime. Il faut juste prévoir de la cortisone en cas de choc toxique.

— Non, ça me paraît trop dangereux.

Bachmann passa les index derrière les verres de ses lunettes et se frotta les yeux.

— Pour l'instant, mieux vaut rester ici et attendre.

— N'importe quoi, objecta Schadeck. Hors de question que je me terre ici, je ne suis pas une lopette, moi !

Caspar vit le gardien tressaillir, piqué au vif. Mais Tom avait peut-être vu juste. Les lunettes de Bachmann, ses efforts pour essayer de s'exprimer correctement, ses sous-entendus sur les difficultés que rencontrait son couple, tout semblait indiquer que cet homme était mal dans sa peau. Peut-être vivait-il dans le déni.

Schadeck s'avança vers Bachmann.

— Écoute-moi bien. Je vais te raconter ce que j'ai appris grâce à mon père. Il était boxeur professionnel.

— J'ai une vague idée de ce qui va suivre.

— Rester ici et attendre… Mon père n'a jamais perdu un seul combat, et tu sais pourquoi ?

— Non, mais vous croyez vraiment que c'est le moment de nous raconter votre vie ?

— Parce qu'il ne se battait jamais contre plus fort que lui, répondit Schadeck, ignorant la remarque. La plupart du temps, il s'en prenait à ma mère.

Tom sourit, s'amusant de ménager le suspense.

— Un jour, quand j'avais douze ans, il est allé trop loin. La purée n'était pas assez salée pour lui, donc il l'a balancée à travers la pièce avant de fracasser la tête de ma mère.

Schadeck appuya son propos avec un mouvement de levier.

— En entendant le craquement, j'ai bien cru que ma mère était morte. Il y avait de la purée partout dans la cuisine. J'étais à deux mètres de là, près de l'évier, mais j'en ai quand même reçu dans les cheveux.

Le rictus insolent de Schadeck avait disparu.

— Mais maman a fini par se relever. Le sang gouttait de son nez sur le plat de purée. Impossible de dire qui, de l'assiette ou de sa mâchoire, avait le plus souffert. Mon père a éclaté de rire. Il a dit qu'elle avait poussé le bouchon un peu loin et que maintenant, avec tout ce sang, la purée était trop salée. Quant à moi, j'ai dû chercher l'adresse d'un hôpital où nous n'avions encore jamais mis les pieds.

Schadeck balaya l'assistance du regard.

— Vous savez, les médecins ont tendance à poser des questions un peu débiles, quand une femme mariée a deux « accidents » rapprochés.

— OK, c'est vraiment terrible, tout ça, mais je ne vois pas le rapport, lâcha Bachmann.

— Ce soir-là, je me suis juré de ne plus jamais subir. En comptant ma mère, nous étions à quatre contre un. Vous comprenez ?

— Qu'est-ce que vous avez fait ? questionna doucement Sybille.

— Chacun a droit à ses petits secrets, répondit Schadeck avec un sourire moqueur, les yeux posés sur Caspar.

— En voilà une belle histoire, reprit Bachmann, mais je persiste à croire qu'on devrait attendre jusqu'à demain matin…

Tout à coup, tous levèrent la tête en direction du plafond. Le gardien hésita avant de poursuivre.

— … quand la garde du matin… Bon Dieu, mais qu'est-ce que c'est que ça ?

Caspar entendait lui aussi les sons étranges qui provenaient du plafond, plus précisément d'un petit boîtier en plastique semblable à un détecteur de fumée. Des espèces de gargouillis mêlés à des sifflements s'en échappaient, encore plus difficilement identifiables que les mots prononcés par Sophia. On aurait dit que quelqu'un imitait une machine à café en train de rendre l'âme.

— Il vient d'où, ce bruit ? demanda Schadeck.

— Des haut-parleurs. Il y en a un dans chaque salle commune, l'informa Bachmann.

— Dieu du ciel, est-ce que c'est le… ?

En réponse à la cuisinière, Caspar hocha la tête. Bien sûr que oui. C'était exactement le genre de bruit que produirait quelqu'un ayant les cordes vocales endommagées.

— Le Briseur d'âmes nous parle ! s'époumona Yasmin.

— Chut ! Vous allez la fermer, oui ?

Schadeck leur intima l'ordre de se taire en agitant nerveusement la main, puis monta sur une chaise et tendit l'oreille.

— J'entends un truc en arrière-plan.

Oh non, moi aussi, se dit Caspar. Il eut soudain la nausée. Dans la panique, il avait oublié quelqu'un. Quelqu'un dont les hurlements de douleur résonnaient à travers toute la clinique. Lorsqu'il s'était retrouvé face à lui quelques heures auparavant, il ne l'avait pas reconnu. Mais maintenant que ses aboiements lui parvenaient de loin, déformés par l'enceinte, il en était certain. Sauf que le jour où Caspar les avait entendus pour la première fois, ils ne provenaient pas d'un haut-parleur mais d'une voiture cabossée, abandonnée non loin d'un marché aux puces. Il ferma les yeux, et le chien gémit de plus belle.

C'était l'été. Le soleil cognait si fort contre la surface de l'épave gris argent que Caspar dut mettre la main en visière pour se protéger les yeux. Toutes les roues ayant été volées, la carcasse rouillée de la limousine reposait sur ses jantes. Pas un centimètre de la carrosserie n'avait été épargné. Les phares, le pare-brise, la lunette arrière, les vitres latérales… Même le coffre y était passé, comme si quelqu'un avait jeté un réfrigérateur dessus. Caspar perçut des voix étrangères au loin, le rire d'une jeune femme, ainsi que les klaxons insistants des camions de livraison. Deux enfants qui jouaient dans le caniveau prirent la fuite en le voyant approcher. Il inspecta la grosse corde qui reliait le capot arrière au pare-chocs pour maintenir le coffre fermé. Il la brûla à l'aide de son briquet, la porte s'ouvrit brusquement et là, il vit la mort en face. Quatre chiens. Ou plutôt, quatre chiots. Déshydratés, morts de soif, brûlés de l'intérieur. La température extérieure s'élevait à une trentaine de degrés. À l'intérieur du coffre, il devait faire au moins le double. Tous avaient connu une mort lente et terrible. Tous, sauf un, celui à l'œil gauche crevé.

Celui que tout le monde ici appelait M. Ed. Celui qui, en cet instant, gémissait aussi fort que lors de sa libération fortuite.

1 h 31

L'obscurité avait un effet révélateur, presque cathartique, et éveillait les sens de Caspar. Le Briseur d'âmes avait détruit toutes les sources de lumière dans cette partie du rez-de-chaussée.

— Restez à gauche, chuchota Schadeck.

L'ambulancier, qui avait insisté pour l'accompagner jusqu'à la réserve de médicaments, se tenait juste derrière lui. Les gémissements de M. Ed cessèrent un court instant.

— C'est vrai, ce que Yazzie m'a raconté ? Tu as un trou noir ?

Ils avançaient à tâtons en gardant la main gauche sur le mur afin de ne pas se perdre dans les ténèbres. Caspar ne savait pas ce qui l'étonnait le plus : que Tom profite de cette expédition périlleuse pour faire un brin de causette, ou qu'il appelle déjà par un petit nom cette infirmière un peu trop bavarde.

— Tu me diras, un trou noir, c'est de circonstance, ajouta Schadeck avec un petit rire. Bon, espérons que notre psychopathe n'a pas de jumelles de vision nocturne, ou notre plan génial va tomber à l'eau.

Nous allons juste chercher de quoi soigner le Dr Dorn, récupérer M. Ed et couper ces fichus haut-parleurs, avait expliqué Caspar au gardien.

Bachmann les avait laissés partir, furieux, non sans les avertir du danger qu'ils couraient.

L'un des deux micros reliés aux enceintes se trouve dans le bureau de Rassfeld, qui lui-même donne directement sur la réserve de médicaments. Vous avez donc cinquante pour cent de chance de vous retrouver face à Bruck.

Caspar continua à marcher à pas de loup et évita de justesse une fontaine à eau. Si sa mémoire ne lui faisait pas défaut, elle se trouvait non loin de leur objectif. À deux portes de là.

Plus ils s'éloignaient du haut-parleur situé dans le hall, moins les gémissements leur parvenaient.

Mais Caspar visualisait de plus en plus précisément un animal en train d'étouffer dans un coffre de voiture surchauffé.

— Regarde, dit Tom en lui posant la main sur l'épaule.

— Quoi ?

— Là, sous ton nez.

Ça va, je ne suis donc pas le seul à le voir.

Caspar avait d'abord cru à une hallucination, comme une tache qui apparaît lorsque l'on cligne très fort des yeux dans l'obscurité. Pourtant, c'était bien réel : sous la porte du bureau de Rassfeld, un minuscule point rouge apparaissait à intervalles réguliers. Quelqu'un semblait s'être allongé par terre pour activer une télécommande à LED.

— Ce n'était pas là avant, si ? demanda Tom.

Caspar hocha la tête. À cause du stress, il oublia que Schadeck ne le voyait pas.

— Qu'est-ce qu'on fait, maintenant ?

La réponse de l'ambulancier ne le surprit guère.

— À ton avis ? On entre.

1 h 33

Aucune télécommande. Aucune lampe de poche. L'espace d'un instant, Caspar crut que la lumière rouge correspondait au voyant d'un détonateur et qu'une bombe était posée sur le bureau, prête à exploser. Puis il identifia l'objet en question. Un objet inoffensif.

— Quel enfoiré ! s'exclama Schadeck.

L'ambulancier, prenant là un risque inconsidéré, appuya sur l'interrupteur situé à côté de la porte. Les yeux de Caspar s'habituèrent rapidement à la forte lumière qui éclaira le bureau du professeur. Un véritable capharnaüm. Mais à part des montagnes de dossiers médicaux, des piles de livres à l'équilibre instable, une boîte à pizza vide et deux étagères pleines à craquer, rien à signaler. Ils étaient les deux seules personnes présentes dans la pièce. Aucune trace de Rassfeld ni du Briseur d'âmes.

— Il joue avec nous.

Schadeck s'était emparé du dictaphone posé tout près du micro. Un voyant LED scintillait à chaque nouvelle diffusion du terrible enregistrement.

— Tiens, reprit-il en lançant l'appareil à Caspar. Il a enregistré les hurlements du chien pendant qu'il le torturait. Quelle horreur.

Caspar examina le dictaphone, à peine plus gros qu'un téléphone portable. Puis il appuya sur un bouton un peu plus usé que les autres, et les cris de douleur cessèrent enfin. Pris d'un vertige, il se rattrapa au bureau et laissa tomber le dictaphone. Schadeck le dévisagea.

— Qu'est-ce qui t'arrive ?

— Je…

Caspar hésita. Ne sachant quoi répondre, il choisit finalement de dire la vérité.

— Je ne sais pas.

Il ne connaissait pas ce bureau, il n'y avait jamais mis les pieds, et pourtant, il avait une impression de déjà-vu. Comme dans toutes les grandes pièces de la bâtisse, on y trouvait une cheminée. Des diplômes et des photos de famille étaient accrochés au mur. Ils semblaient à la fois inconnus et familiers à Caspar, qui avança d'un pas, inspira profondément et…

Cela arriva sans crier gare. Un garde-barrière biochimique aiguilla sa mémoire vers la voie de garage, et la locomotive de ses souvenirs déboula à toute allure. Bien trop rapidement pour les rails immobiles que suivait son cerveau. Et Caspar comprit immédiatement que ses propres pensées risquaient de lui échapper. Mais la locomotive finit par ralentir. Une épaisse fumée qui sentait le papier brûlé s'éleva de la cheminée et fit sauter les verrous de la mémoire à long terme de Caspar, jusqu'à ce qu'une image apparaisse. Un bureau ! Une table à laquelle il se voyait assis. Il tenait dans sa main un dictaphone semblable à celui que Tom venait de lui lancer.

— Votre fille est prête. Nous pouvons commencer.

Une voix de femme lui parvint par un interphone. Il se leva, remit en place la chaise contre le bureau et jeta un dernier regard sur la photo du dossier qu'il s'apprêtait à refermer. Le portrait d'une fillette aux cheveux blonds et bouclés. Sa fille ?

— Nous avons tout préparé, monsieur…

— Allô ? Il y a quelqu'un ?

— Hein ? Quoi ? Euh… oui, bredouilla Caspar.

La voix de femme se tut.

Tom l'observait avec méfiance.

— Tu retrouves la mémoire ?

— Non, je… Je suis juste un peu nerveux.

Tant que Caspar lui-même ne comprenait pas la signification de ces souvenirs qui remontaient par bribes à la surface, mieux valait n'en parler à personne. Encore moins à quelqu'un qui faisait preuve d'une certaine hostilité à son égard.

— Tu me caches quelque chose ? insista Schadeck.

— Non.

— Si.

Caspar, préférant éviter un nouveau conflit, se dirigea vers la réserve de médicaments attenante au bureau. La porte était verrouillée, mais Bachmann leur avait donné la clé.

Lorsque Caspar pénétra dans cette pièce aveugle, la lumière s'alluma automatiquement. Indécis, il parcourut des yeux les armoires vitrées où étaient stockés les médicaments, alignés sur des étagères en métal.

— Ah, voilà ce qu'il nous faut.

Schadeck, qui lui avait emboîté le pas, ouvrit une vitrine réfrigérée et en sortit deux poches de perfusion, qu'il agita comme un shaker. Puis il essaya de reprendre le fil de la conversation.

— Je parie que nous travaillons dans la même branche.

— Pourquoi ?

— Perfusion, déshydratation, cortisone... énuméra l'ambulancier tout en cherchant des aiguilles et des sparadraps. Je ne fais que répéter les mots que tu as toi-même prononcés. Donc soit tu es hypocondriaque, soit tu travailles dans un environnement médical. En tout cas, tu t'es très bien débrouillé.

— Quand ça ?

— Je t'ai vu lui prendre le pouls. Je suis sûr que tu as déjà posé un cathéter.

Schadeck glissa plusieurs canules de perfusion dans sa poche et se tourna vers Caspar.

— Sache que je t'ai à l'œil. Je suis au courant pour l'enregistrement de vidéosurveillance.

— Quel enregistrement ?

— Tu rôdais près de la voie d'accès en attendant que ce gros bébé de Bachmann conduise le vieux en ville pour entrer dans l'enceinte de la clinique avec ton chien. Ce qui, d'après moi, prouve que tu n'es pas arrivé ici par hasard. Tu avais un but précis.

— Ah bon ? Et tu l'as su par Yazzie, je présume ?

Caspar aurait voulu se montrer plus indifférent, mais il était bien trop tendu pour jouer la comédie. Le pire dans tout ça, c'était qu'il ne pouvait ni confirmer ni infirmer les dires de Schadeck.

— Oui, et elle-même le tient de Bachmann.

— Super, tes sources.

Caspar regarda machinalement son poignet, mais il ne portait pas de montre.

— Bon, assez perdu de temps. Mettons-nous en route, il nous reste encore tout le chemin inverse à parcourir. Tu as certainement compris pourquoi le Briseur d'âmes a placé le dictaphone ici, à notre attention.

— Pour nous attirer hors de notre cachette.

Comme pour appuyer cette théorie, une porte claqua au niveau de la bibliothèque, et la cuisinière se mit à pousser des cris perçants.

1 h 37

Caspar et Schadeck se précipitèrent dans le long tunnel que formait le couloir. Après être passés devant le hall d'entrée, toujours plongé dans le noir, ils aperçurent un faible rai de lumière qui leur permit de s'orienter. Un repère qui n'aurait pas dû exister, puisque la porte de la bibliothèque était censée rester fermée.

— Attention, chuchota Caspar.

Ils approchaient de l'endroit où le couloir dessinait un coude vers la droite, en direction de la bibliothèque. En direction de la lumière.

Quelle mouche a piqué Bachmann ? Pourquoi a-t-il ouvert la porte ?

Sybille Patzwalk s'était tue, ce qui, d'après Caspar, n'était pas bon signe. Pour crier, il fallait de l'oxygène. Et pour ressentir la douleur, il fallait que le cerveau soit irrigué. Caspar en vint à espérer entendre au moins un râle. Ils tournèrent à l'angle, puis il comprit sa méprise. La porte était fermée. La lumière ne provenait pas de la bibliothèque, mais d'un réduit situé juste en face.

— C'est un piège, murmura Schadeck.

L'objet allongé aux reflets argentés qu'il sortit de sa poche scintilla dans la lumière blême. Il s'était certainement muni du coupe-papier posé sur le bureau de Rassfeld, tandis que Caspar se concentrait sur ses mystérieux souvenirs. Puis l'ambulancier s'allongea par terre et se mit à ramper avec agilité, tel un soldat rompu au combat. Pour compléter le tableau, il aurait dû serrer le coupe-papier entre les dents.

C'est de la folie.

Tandis que Tom poursuivait ses contorsions, Caspar actionna la poignée de la porte de la bibliothèque.

— Ouvrez !

Le gardien réagit sur-le-champ. Il les avait probablement guettés, l'oreille collée contre la porte.

— Vous êtes seuls ?

— Oui. Non. Enfin, je n'en sais rien, avoua Caspar.

Il gardait les yeux rivés sur le réduit, d'où provenait un léger bruissement, comme si des rats couraient sur des sacs en plastique. Il se souvint alors que la cuisine se trouvait à ce niveau.

— Laissez-moi entrer.

— Où est Sybille ?

La voix de Bachmann lui parvenait étouffée derrière la lourde porte en chêne massif.

— Aucune idée, mais il faut que vous…

Caspar fit volte-face. Le bruit avait changé et gagnait en intensité. À présent, quelqu'un semblait traîner un sac-poubelle rempli à ras bord sur un sol pavé.

Tom hésita, s'immobilisa à seulement un mètre du réduit, puis leva la tête, la tourna de façon à ce que son oreille droite soit parallèle au sol et replia l'un des genoux. Mais alors qu'il s'apprêtait à reprendre sa progression pour mieux voir dans le local, les ténèbres les enveloppèrent.

L'ampoule du réduit venait d'être brisée, et le rez-de-chaussée se retrouva plongé dans le noir jusque dans ses moindres recoins.

Le néant. Caspar ne pouvait plus se fier qu'à son ouïe. Le bruissement se dirigeait tout droit vers lui. Et uniquement le bruissement, ce qui lui renvoya une image terrible, celle d'un sac-poubelle se déplaçant par la seule force des asticots qui l'avaient infesté.

Il voulut crier mais se rendit compte qu'il était déjà en train de hurler. Ses poumons lui faisaient aussi mal que ses orteils, avec lesquels il tapait désespérément contre la porte pour que Bachmann leur ouvre enfin. Pour qu'il les laisse entrer. Pour qu'il les libère des ténèbres, de l'obscurité qui semblait de plus en plus profonde à mesure que le bruissement approchait, accompagné d'un sifflement étouffé. Caspar espérait que Schadeck oserait affronter le Briseur d'âmes. Il priait pour que ces gargouillis proviennent du larynx de Bruck, broyé par l'ambulancier. Mais ce duel pouvait également prendre une tout autre tournure. Dans ce cas, Caspar serait…

Qu'est-ce qui se passe ? Pourquoi Bachmann n'ouvre pas ?

Un goût ferreux lui envahit la bouche. Il n'avait pas mal, alors qu'il venait de se mordre la langue, tout comme il ne sentait plus le laiton de la poignée, qu'il secouait frénétiquement.

— Qu'est-ce que vous nous voulez ?

Caspar prononça ces mots bien plus doucement que prévu, puis les événements se précipitèrent.

Tout d'abord, un éclair lui brûla une mèche de cheveux et lui frôla la tempe. Caspar bondit de côté et bascula dans le vide, alors qu'il pensait se cogner la tête contre la porte. Une fois dans la lumière, il entraperçut un tissu en coton vert pâle.

La chemise d'hôpital. Bruck !

Finalement, quelqu'un le tira violemment en arrière. Il distingua une paire de bottes, puis quelqu'un lui marcha une première fois dans le creux de l'estomac, une deuxième fois sur le bras.

Quelques instants plus tard, en découvrant les contusions de Caspar, Schadeck lui présenta ses excuses pour l'avoir piétiné alors qu'il regagnait la bibliothèque, paniqué. Quant à Caspar, il ne ressentait pas la souffrance, bien trop soulagé que Bachmann ait fini par leur ouvrir. Il ressentit même une certaine euphorie à l'idée d'avoir frôlé la mort. Mais ce sentiment disparut dès que le gardien, après avoir refermé la porte derrière eux à double tour, se mit à pleurer sans plus pouvoir s'arrêter.

Aujourd'hui, 12 h 34
Bien plus tard, de nombreuses années après la Peur

La météo avait annoncé des chutes de neige dans l'après-midi. Pour l'instant, le vent se contentait de balayer un sac en plastique et quelques feuilles mortes.

L'hiver a des vertus purificatrices, constata le professeur en son for intérieur.

D'une main, il s'appuya contre le cadre de la porte-fenêtre qui donnait sur le parc. Du moins, sur ce qu'il en restait après tout ce temps. Les pelouses, autrefois si bien entretenues, avaient à présent laissé place à un terrain vague.

Le froid dépouille de ses feuilles l'arbre de vérité, dévoilant ainsi ce qui se cache dessous.

Il posa la main sur la vitre et observa les quelques arbres chétifs. Hormis un saule pleureur qui paraissait invincible, ils étaient soit morts, soit malades, soit la proie des champignons. La tempête avait brisé un bouleau en deux, mais personne n'avait pris la peine de le débiter en bûches. Et pour cause : la cheminée ne servait plus depuis des années.

Pas depuis que…

— Professeur ?

Il sursauta et se retourna.

— Oui ?

L'espace d'un instant, il avait complètement oublié les deux étudiants assis derrière lui. Patrick Hayden referma son exemplaire du dossier médical et se leva. Il désigna d'abord les étagères vides qui s'étalaient le long d'un mur à la propreté douteuse, puis les chaises recouvertes d'épaisses housses et empilées les unes sur les autres, devant la cheminée.

— Nous sommes dans la bibliothèque, c'est ça ?

— Pardon ?

— Caspar, Schadeck, le Briseur d'âmes... Ils se sont retranchés dans cette pièce. Tous ces événements se sont déroulés ici même !

Cette phrase ne sonnait ni comme une question, ni comme une constatation, mais plutôt comme une accusation.

— Le petit génie débarque, soupira Lydia avant que le professeur ait le temps de répondre.

— Le décor est planté dès le départ : une villa déserte située sur la colline Teufelsberg.

— Ah oui ?

L'étudiant sortit un papier chiffonné de la poche arrière de son jean.

— Ce n'est pourtant pas spécifié dans la convocation.

Il agita la feuille imprimée des deux côtés : le recto ne comportait qu'une carte.

— L'université ne m'a envoyé qu'un vague itinéraire. Il n'est nulle part fait mention d'un nom de rue ou d'une colline Teufelsberg. Et je n'ai pas non plus le souvenir d'avoir vu de panneau à l'entrée.

Le professeur reprit sa place derrière la table en chêne et chaussa ses lunettes.

— Vous ne vivez pas à Berlin ?

— Non, rétorqua Patrick, furieux.

— Effectivement, vous pouviez difficilement deviner. La route qui monte jusqu'ici est une voie privée, et les plans de la ville ne précisent pas toujours le nom exact de cette colline.

— Super.

Patrick applaudit et saisit son sac à dos, qu'il avait posé sur la chaise voisine.

— Vous commencez par nous faire lire un texte forcément issu d'un cerveau malade, puis il s'avère que nous sommes assis à l'endroit même où tous ces gens se sont cachés en attendant que leur dernière heure soit arrivée.

— Et tu comptes faire quoi, maintenant ? demanda Lydia, bien plus nerveuse qu'au début de l'expérience.

— Je sors fumer une cigarette.

Patrick cala son sac entre ses genoux, le temps d'enfiler une doudoune bleu clair.

— À mon retour, je veux que vous me disiez de quoi il retourne exactement.

— Je regrette, mais c'est impossible, objecta le professeur gentiment mais fermement.

— Pourquoi ? L'interdiction de fumer s'applique aussi au parc ?

Le professeur sourit avec indulgence.

— Non, mais à ce stade de l'étude, vous ne devez quitter la pièce sous aucun prétexte.

— Ah bon ? s'exclamèrent Lydia et Patrick, presque d'une même voix.

— Du moins, pas avant d'avoir lu l'intégralité du dossier.

— Vous ne pouvez tout de même pas nous séquestrer ici !

— Vous n'y avez peut-être pas prêté attention, mais ce point est abordé dans la décharge que vous avez signée. De toute façon, même si vous abandonniez maintenant, l'expérience ne serait pas terminée pour autant. Elle ne peut pas prendre fin sans mon accord.

— Comment ça ? Je ne comprends pas, insista Patrick en reposant son sac à dos.

Le professeur sourit une nouvelle fois.

— Cela fait partie intégrante de l'expérience. Pour qu'elle soit concluante, vous devez lire d'une traite, sans faire de pause et ce, jusqu'à la dernière ligne. Ce que je vais vous demander de faire, à présent, mais avec un peu plus de concentration, je vous prie.

— Comment pouvez-vous juger de ma concentration ? Vous venez de passer plus de deux heures à regarder par la fenêtre.

Patrick semblait désormais gagné par le malaise de Lydia.

— Je le vois à votre réaction. Si vous aviez lu attentivement depuis le début, vous ne voudriez surtout pas vous arrêter. La vérité...

Le professeur agita le dossier original du Briseur d'âmes.

— La vérité est contenue dans chaque phrase, à chaque page. Elle vous aura échappé.

— N'importe quoi.

— À vous de la découvrir.

Le professeur attrapa la bouteille qu'il avait posée sur la table, versa de l'eau dans un verre et le tendit à Patrick, tout en l'interrogeant du regard.

— Très bien, nous allons continuer, conclut Lydia en tirant son ami par la manche. Toi aussi, tu veux connaître le fin mot de l'histoire, non ?

Patrick hésita, se passa la main dans les cheveux et hésita à repousser Lydia. Mais celle-ci ne lâcha pas prise et le regarda droit dans les yeux. Plusieurs secondes s'écoulèrent dans un silence total.

— Oh, et puis zut, finit par capituler Patrick.

Il se dirigea vers la porte en traînant des pieds, ses lacets toujours défaits. Puis il s'arrêta, prit la bouteille d'eau et retourna s'asseoir à sa place.

— De toute façon, je ne suis pas à une heure près.

Lydia esquissa un petit sourire forcé.

Hélas, les personnes autrefois retranchées dans cette bibliothèque n'étaient pas du même avis, se dit le professeur.

Un brouillard de tristesse lui voila les yeux.

Il baissa le regard afin de dissimuler son trouble. Il en venait presque à souhaiter que Patrick enfile sa veste et quitte cette villa avec sa petite amie. Mais il se reprit, inspira profondément et déclara d'une voix posée :

— Très bien. Après cette pause imprévue, je vous prie de bien vouloir continuer l'expérience sans plus vous arrêter.

Il toussota, ce qui ne suffit pas à faire disparaître la boule qu'il avait dans la gorge. Au contraire, il sentit son angoisse monter d'un cran en voyant Lydia et son petit ami rouvrir le dossier et reprendre leur lecture là où ils l'avaient arrêtée, page 89.

1 h 41
Cent sept minutes avant la Peur

Page 89 du dossier médical nº 131071/VL

— C'est ma faute, prononça Bachmann d'une voix étonnamment distincte.

Le temps que Caspar se relève et époussette son pantalon de pyjama, le gardien avait séché ses larmes.

— Mais qu'est-ce qui se passe, bon sang ? pressa Schadeck.

Ce dernier, debout près de la table, tenait une sorte de petit sac.

Bachmann ôta ses lunettes et s'éclaircit la gorge, qu'il avait manifestement sèche.

— Elle a voulu, enfin… Elle a voulu passer vite fait au garde-manger.

Tom et Caspar échangèrent un regard stupéfait. Inutile que Bachmann prononce son nom, ils avaient parfaitement compris de qui il parlait. Ils avaient entendu la cuisinière crier, et Sybille Patzwalk n'était plus dans la pièce.

— Mais pour aller chercher quoi ? demanda Caspar.

— Ça, répondit Schadeck en vidant le contenu du petit sac. Voilà pourquoi la grosse a risqué sa vie.

Lorsque des boîtes de raviolis ainsi que d'autres conserves roulèrent sur la table, Caspar n'en crut pas ses yeux. Il était totalement perdu.

— Et toi, d'où tu sors ça ?

Schadeck grogna et frappa du poing sur la table.

— On s'en fout, nom de Dieu ! Ce dingue a cassé l'ampoule et traîné Sybille hors du garde-manger. En luttant, elle se sera cramponnée au sac. Enfin, qu'est-ce que j'en sais, moi ? J'ai attrapé notre homme par les pieds, mais ils...

Il montra ses paumes ensanglantées à ses compagnons.

— ... ils glissaient tellement que j'ai lâché prise, puis ce sac m'est tombé sur la tête. Je me suis rué dessus, pensant qu'il s'agissait de l'étui de son arme. Mais peu importe. J'aimerais plutôt savoir pourquoi la cuisinière s'est aventurée seule hors de la bibliothèque.

Tom s'approcha de Bachmann et roula les épaules d'un air menaçant.

— À nous deux, le concierge.

Schadeck présentait une tache humide sur son pantalon, au niveau de l'entrejambe. Caspar crut d'abord que l'ambulancier, pris de panique, s'était uriné dessus, puis il se rappela les deux poches de perfusion. Tom les avait attachées avant de regagner précipitamment la bibliothèque. Il avait dû en écraser une en rampant.

— Elle a recommencé à parler en votre absence, répondit Bachmann d'une voix mal assurée.

Il se tourna vers Sophia, toujours dans son fauteuil roulant.

— Topor, un truc comme ça. Enfin, vous voyez. Sybille a cru que le Dr Dorn réclamait à manger.

Caspar opina. Sophia souffrait certainement de lésions cérébrales, mais il restait convaincu que ce mot avait un sens. En attendant de découvrir lequel, il se concentra sur le récit de Bachmann.

— Bien évidemment, j'ai voulu la dissuader de sortir. Mais à force de me répéter que le garde-manger se trouvait juste en face et qu'il y avait un sac à provisions tout prêt, elle a fini par me convaincre.

— Je n'y crois pas, soupira Schadeck en levant les bras au ciel. Tu as laissé une pauvre femme sans défense se jeter dans la gueule du loup, et tout ça pour quelques boîtes de conserve ?

— Du calme, tempéra Caspar avant d'être interrompu par Bachmann.

— Pas sans défense. J'avais prêté mon pistolet à Sybille au cas où.

— Quoi ?

Caspar était lui aussi en colère. Du bout de ses doigts moites, il toucha l'endroit de son crâne où il avait quelques cheveux roussis.

— Bon Dieu, tu es encore plus débile que les patients de cette clinique ! hurla Tom.

L'ambulancier semblait prêt à bondir sur la table. Il avait même une veine du cou qui palpitait.

— Donc maintenant, ce fou furieux est armé !

— Ce n'est qu'un pistolet à air comprimé.

— Taisez-vous !

D'un cri, Caspar interrompit la polémique.

— D'accord, Tom, l'heure est grave, mais on ne peut plus revenir en arrière, reprit-il plus doucement, les yeux rivés sur l'ambulancier. En plus, nous avons laissé la réserve de médicaments ouverte. Il y trouvera certainement une arme.

— C'est vrai, il y a même un pistolet paralysant, murmura Bachmann.

— Et tu ne pouvais pas nous le dire avant ?

Schadeck donna un coup de pied dans le présentoir à journaux, dont plusieurs feuilles s'éparpillèrent sur le parquet.

— Qu'est-ce qu'on fait maintenant ?

— Occupons-nous de Sophia. Nous nous sommes absentés pour ça, après tout.

Caspar demanda à Schadeck de détacher la poche encore intacte de sa ceinture. L'ambulancier s'exécuta à contrecœur.

— Tiens, tu vas avoir besoin de ça.

Il sortit un cathéter et une seringue de la poche de son pantalon, puis les jeta sur la table.

Caspar s'en empara et se dirigea vers la cheminée. Yasmin était assise en tailleur devant Sophia et lui caressait la main.

Il remarqua alors qu'une guirlande électrique était accrochée au-dessus du manteau de la cheminée avec du ruban adhésif. Il en détacha deux morceaux et demanda à Yasmin d'éloigner légèrement le fauteuil roulant du feu. Puis il retroussa la manche de Sophia, sans que celle-ci manifeste la moindre réaction.

— Nous devrions porter secours à Sybille.

Cette phrase de Yasmin pouvait être interprétée aussi bien comme une question que comme un ordre. Caspar tapota le bras de Sophia, à la recherche d'une veine.

— Nous réussirons peut-être à la libérer.

— J'ai bien peur qu'il ne soit trop tard, lâcha Schadeck un peu plus aimablement.

Il ne manquait plus qu'un « Yazzie » à la fin de la phrase.

Caspar fixa l'aiguille sur la seringue et, sans hésiter plus longtemps, l'enfonça dans le bras de Sophia.

J'ai déjà fait ça avant.

— Avant que la lumière s'éteigne, j'ai pu jeter un coup d'œil dans le garde-manger, continua Schadeck. Ce n'était pas beau à voir, je crois qu'il lui a brisé la nuque.

— Sybille est morte ? gémit Yasmin en reculant d'un pas.

— Non, je ne pense pas, répondit Caspar sans lever les yeux.

Il avait retiré l'aiguille et relié la canule au goutte-à-goutte. Toujours aucune réaction de Sophia.

— Mais pourquoi tuer la cuisinière et déplacer le corps ? Pourquoi ne pas laisser Linus, Rassfeld et Sybille là où ils sont ?

Yasmin tendit un mouchoir en papier à Caspar, qui le plia et le scotcha par-dessus le cathéter.

— Mais merde, qu'est-ce que j'en sais, moi ? éructa l'ambulancier, redevenu agressif. Peut-être qu'il collectionne les cadavres à ses heures perdues !

— Non, à mon avis, c'est un joueur. D'où les énigmes qu'il laisse derrière lui. D'où le dictaphone. Il s'amuse avec nous, et à la clé, il y a la vie de Sophia.

— Dans ce cas, donnons-la-lui.

Schadeck leva la main.

— Oh, ça va, je plaisante.

Tom affichait un sourire étonnamment sincère où perçait tout de même une pointe de tristesse. Caspar fut également très surpris lorsqu'il lui proposa de tenir la poche de perfusion, dont les premières gouttes coulaient dans les veines de Sophia.

— Merci.

Caspar prit place à l'une des extrémités de la table.

— Très bien, résumons : nous ignorons le mobile du Briseur d'âmes, nous ne savons pas non plus comment il procède pour plonger ses victimes dans un état comateux, ni pourquoi il s'en est pris à Sophia. Les disparitions successives de Rassfeld, Linus, Sybille et M. Ed soulèvent plusieurs interrogations. Où les emmène-t-il ? Sont-ils vivants ou morts ?

Bachmann tenta d'interrompre Caspar, en vain.

— Nous n'avons pas les réponses à ces questions, mais nous ne risquerons pas notre vie pour les obtenir. À partir de maintenant, je vous propose de rester tous ensemble aux côtés de Sophia.

En prononçant ses mots, il lui sembla qu'une flèche lui transperçait violemment le cœur, une douleur provoquée par un terrible doute : et si c'était lui et non Sophia, la véritable cible du psychopathe ? Et si ce dernier avait voulu empêcher Sophia de révéler à Caspar ce qu'elle savait sur sa fille et lui ?

Il fit de son mieux pour n'en rien laisser paraître et continua à exposer son raisonnement.

— Il faut absolument que le Dr Dorn tienne le coup jusqu'à l'arrivée des secours, tout comme nous. De plus, elle seule peut nous permettre de sortir de la clinique, puisqu'elle connaît le code.

Le code de mon identité.

— Et elle essaie visiblement de nous communiquer une information.

Il me reste un détail à vérifier.

— Nous parviendrons peut-être à décrypter ce qu'elle dit avant que…

Au lieu de terminer sa phrase, Caspar baissa les yeux et se demanda pourquoi il se mettait à transpirer. Pourtant, il ne portait qu'un pantalon de pyjama et un T-shirt.

Puis il porta la main à son front pour voir s'il avait de la fièvre, mais il savait qu'il n'avait pas pris froid. Cette bouffée de chaleur était due à un seul et unique mot. Il l'avait entendu quelques minutes auparavant, et il n'en saisissait le sens que maintenant.

— Vous vous sentez mal ? demanda le gardien.

— Je… Euh… Vous pouvez répéter ?

Son regard se posa d'abord sur Schadeck, puis sur Bachmann et sur l'étagère située derrière le fauteuil roulant de Sophia.

— Je vous ai demandé si vous vous sentiez mal.

— Non, non, non, avant. Qu'a dit le Dr Dorn en notre absence ?

— Toujours le même mot. Enfin, en admettant que ce soit un mot.

Non. Ce n'était pas le même.

— Répétez-le, je vous en prie.

— Topor. Mais qu'est-ce que…

— Juste ciel.

À cet instant, Caspar ne savait pas qui il craignait le plus, du Briseur d'âmes ou de lui-même. Il avait soudain compris ce que Sophia essayait de leur transmettre.

1 h 49

L'échelle de la bibliothèque grinça sous le poids de Caspar. Elle n'avait pas dû beaucoup servir au cours des dernières années, les livres alignés sur l'étagère supérieure ne semblant remplir qu'une fonction purement décorative. Caspar n'aurait jamais pensé à monter fouiller dans les ouvrages de médecine, si Bachmann ne lui avait pas indiqué que Rassfeld y avait placé certains de ses livres de référence.

— En quoi ça va nous avancer ? demanda Schadeck.

Il se tenait à côté de Yasmin et essayait de coincer un tisonnier derrière l'appuie-tête du fauteuil roulant afin d'y accrocher la perfusion.

— Moi-même, je ne le sais pas vraiment, avoua Caspar sans se retourner.

Sur la plus haute étagère, il choisit l'avant-dernier volume d'un vieux dictionnaire médical et le feuilleta jusqu'à la lettre P. Quelques secondes plus tard, il trouva la définition qu'il cherchait.

— Nous y voilà.

— Vous pouvez préciser ?

— Le Dr Dorn est psychiatre et elle a établi son propre diagnostic.

— C'est-à-dire ?

Bachmann le dévisageait, perplexe, tandis que Schadeck se concentrait toujours sur son porte-perfusion de fortune.

Caspar se retourna en tenant le livre à bout de bras et lut à haute voix.

« Paralysie du sommeil : trouble du sommeil qui se caractérise par le fait que le sujet reste bloqué entre sommeil et éveil. Il ne peut en sortir que grâce à un stimulus puissant, bien souvent négatif : douleur, secousse brutale, cri, etc. »

Caspar leva la tête et récita la dernière phrase du paragraphe sans regarder dans le dictionnaire.

— Ce trouble est également connu sous le nom de torpeur, du latin *torpor*, ou de léthargie.

— De léthargie ? répéta Bachmann, incrédule. Donc il suffit de la réveiller ?

Schadeck ricana, mais Caspar acquiesça. Puis il se pencha dangereusement sur sa droite afin de saisir un second ouvrage, de la taille d'un atlas.

Le titre, *Neuropsychologie, deuxième édition*, figurait en caractères noirs sur fond orange. Comme il était impossible de l'ouvrir sans tomber de l'échelle, Caspar redescendit et le posa sur la table, près des boîtes de conserve. Après avoir brièvement consulté l'index, il ouvrit le livre page 502 et désigna le dernier paragraphe.

« La paralysie du sommeil se manifeste lors de la transition entre le sommeil et l'éveil. D'habitude très brève, elle peut néanmoins durer une vingtaine de minutes. Presque une personne sur deux a déjà connu au moins un épisode de paralysie du sommeil. »

— Mais oui, je connais, ça m'est déjà arrivé ! s'exclama Yasmin. Une fois, j'ai rêvé qu'un inconnu se trouvait dans ma chambre. Je savais qu'il disparaîtrait dès que je serais réveillée, mais pas moyen d'ouvrir les yeux. Je ne pouvais plus bouger, alors j'ai fini par me réveiller en criant.

— Tes cris ont mis fin à cet épisode de paralysie du sommeil, ajouta Caspar.

— Vous vous foutez de moi ou quoi ? intervint Schadeck, le regard posé sur Sophia.

Faute d'avoir réussi à accrocher la perfusion au tisonnier, il avait poussé le fauteuil roulant de la psychiatre jusqu'à la table. Il rendit la poche de sérum physiologique à Caspar.

— Vingt minutes ? En ce qui concerne notre patiente, elles sont écoulées depuis belle lurette.

— Vous avez raison, et cela nous indique ce que le Briseur d'âmes fait subir à ses victimes.

— Hein ?

— Il les plonge dans un état léthargique. Comment ? Je n'en ai pas la moindre idée. Mais toujours est-il que Bruck, grâce à une méthode qu'il a lui-même mise au point, maintient ses victimes dans la phase de paralysie qui sépare le sommeil, donc le cauchemar, de l'éveil. Sophia est en quelque sorte prisonnière d'une vision d'horreur continue. Voilà ce qu'elle essaie de nous dire depuis tout à l'heure.

Tom fronça les sourcils, recoiffa ses cheveux gominés et claqua la langue avec dédain.

— OK, Sherlock Holmes. À présent, si tu veux bien éclairer ma lanterne...

Caspar se raidit dans l'attente d'une question à laquelle, il le savait déjà, il n'était pas en mesure de répondre.

Pas encore.

— D'où tu sors tout ça ? Tu maîtrises parfaitement les gestes de premiers secours, tu mets notre belle psychiatre sous perfusion et tu récites par cœur un passage tiré d'un ouvrage de référence en psychiatrie.

— Aucune idée, je suis peut-être médecin, pharmacien ou psychologue. Tu l'as dit toi-même, nous pourrions travailler dans le même secteur. Ou alors, j'ai été particulièrement attentif lors d'une formation de secourisme, tout simplement. J'aimerais pouvoir te répondre.

— C'est ça, continue à te cacher derrière ton amnésie. Moi, je ne marche pas.

Tom se tourna vers Bachmann.

— Depuis quand est-il été interné ici ?

Le gardien se gratta la tête, signe d'une intense réflexion.

— Une dizaine de jours, je crois.

— Et quand exactement le Briseur d'âmes a-t-il cessé de nuire ?

— Tu sous-entends quoi, au juste ?

Caspar referma violemment le livre et bondit de sa chaise.

— C'est *toi* qui as amené ce psychopathe ici, c'est *toi* qui as fait en sorte que nous ne puissions pas appeler les secours, puisque c'est *toi* qui as détruit la cabine téléphonique en la percutant avec ton ambulance.

Caspar accompagnait chaque « toi » d'un geste furieux, tel un arbitre comptant jusqu'à dix devant un boxeur à terre. Mais sa tirade ne sembla pas atteindre Schadeck, qui encaissa sans sourciller. Quant à Bachmann, il préféra mettre fin aux hostilités et s'interposa, le souffle court.

— Holà, holà, holà, ce genre de dispute ne nous mènera nulle part. Nous devons nous serrer les coudes et nous faire mutuellement confiance.

Confiance ? Caspar repensa au réservoir d'essence percé et à Bachmann, qui avait surgi de derrière le chasse-neige.

Je ne peux pas leur faire confiance. Je ne connais personne dans cette pièce, y compris moi-même.

Il se rassit, les bras autour de ses genoux tremblants, et observa le journal que Bachmann avait laissé traîner sur la table.

Tandis que Schadeck et le gardien discutaient vivement derrière lui, les lignes de l'article se mirent à danser devant ses yeux. Soudain, une fatigue intense l'envahit, au point qu'il ne pouvait plus écouter, parler ou lire. Son cerveau devait rétrograder de toute urgence, si possible jusqu'à atteindre le point mort, et marquer une courte pause avant de reprendre ce voyage au cœur de la folie.

Mais après avoir fait le vide dans son esprit, Caspar commit une grave erreur : il ferma les yeux. À force de fixer la photo publiée dans le journal, le visage de l'institutrice Katja Adesi, la deuxième victime, était à présent comme imprimé sur sa rétine. Cette fois-ci, il entendit les rails grincer avant que la fumée âcre de la locomotive lui nargue à nouveau les narines. Et lorsqu'il rouvrit les yeux, le train du souvenir entra en gare.

— Elle a toujours été calme. Trop calme, même. J'ai commencé à me faire du souci justement parce que je n'avais pas de réelle raison de m'inquiéter, si vous voyez ce que je veux dire.

— Tout à fait.

Il déclina une nouvelle tasse de thé.

— Tenez, regardez.

La jeune femme ouvrit un album posé sur la table basse, à la page qu'elle avait marquée.

— Tous les enfants sourient sauf elle, elle ne regarde même pas l'objectif.

Elle lui tendit l'almanach pour qu'il voie mieux, mais cela n'était pas nécessaire.

Il connaissait la petite fille blonde qui portait un appareil dentaire. Il gardait précieusement une photo d'elle dans son portefeuille. Une photo d'identité sur laquelle elle ne souriait pas non plus.

À la vue de sa fille, le chagrin l'envahit, si bien qu'il dut fermer les yeux.

— Tout va bien ? demanda-t-elle, les lèvres tremblantes.

Il ne répondit pas et fixa de nouveau la photo de classe où figurait également la jeune femme. Elle se tenait légèrement sur le côté, portant un jean étroit et des bottines. Au-dessus de sa tête, un petit astérisque. Il baissa les yeux, en trouva un deuxième et lut l'inscription en petits caractères.

« Katja Adesi, institutrice des CM2 B, Waldgrundschule, Berlin. »

— Il y a un problème ?

— Non, c'est juste que…

En cherchant un mouchoir dans la poche de son pantalon, Caspar retrouva le billet de train froissé qu'il avait acheté le matin même à Hambourg. Les questions se bousculaient. Quand l'avez-vous remarqué pour la première fois ? Combien de dessins bizarres comme celui-ci a-t-elle faits ? C'est arrivé souvent ? Vous avez remarqué d'autres détails anormaux ?

Katja Adesi se leva.

— Vous devriez partir, soupira-t-elle en le regardant presque avec pitié. J'en ai déjà trop dit et mon but n'est pas de dénoncer qui que ce soit, vous comprenez ? J'ai peut-être mal interprété. Je suis désolée.

Il n'eut même pas la force de bouger la langue et de prononcer ne fût-ce qu'une seule de ses interrogations.

— Vous voyez ce que je veux dire ?

Le sourire de la jeune femme avait disparu.

— Allô ? Il y a quelqu'un ?

Les traits réguliers de l'institutrice se brouillèrent et sa voix changea du tout au tout, provoquant un sursaut de dégoût chez Caspar.

1 h 58

— Hé, le taré, je te cause.

En ouvrant les yeux, Caspar se retrouva catapulté dans le monde réel. Un monde où Schadeck était posté devant lui, le visage menaçant.

— C'était quoi, cette fois ? Tu es la réincarnation de Jules César, à moins que tu ne te sois souvenu de ton passé de star hollywoodienne ?

— Fiche-lui la paix, Tom.

À la grande surprise de Caspar, Yasmin avait pris son parti avant même qu'il n'ait eu le temps de riposter.

— Tu crois qu'il simule ? Caspar a perdu connaissance, c'est l'un de nos patients !

Elle recula d'un pas tout en jouant nerveusement avec sa bague. Puis elle reprit son rôle d'infirmière et replaça Sophia devant la cheminée.

Caspar lui emboîta le pas, tandis que Tom le fusillait du regard.

— Comment va-t-elle ? chuchota-t-il.

— Pas très bien, voyez par vous-même.

En effet. Caspar se demanda combien de temps avait duré son absence pour que l'état de Sophia ait empiré à ce point.

Elle respirait à la façon d'une asthmatique et toussait à intervalles réguliers. À chaque râle, la poche de perfusion, enfin accrochée au tisonnier, vacillait dangereusement. Ses mains étaient également glacées et son pouls, bien trop faible.

— Le feu ne va pas tarder à s'éteindre, constata Caspar.

Sur ce, Tom se leva et s'approcha, le sac de provisions à la main. Il en sortit une flasque et versa l'alcool dans la cheminée, avant de rajouter une bûche.

— Tiens. Toi aussi, tu as besoin de te réchauffer, dit-il à Caspar en désignant ses pieds nus.

Il lui proposa la flasque, qui contenait encore quelques gouttes.

— Non merci, je ne bois pas.

Pourquoi Caspar avait-il soudain l'impression d'être au bord du gouffre ? Un désespoir sans doute provoqué par l'état de Sophia.

— Eh bien, tu devrais, rétorqua Schadeck en fouillant dans le sac. La garde du matin ne commence que dans cinq heures.

Il sortit une deuxième mignonnette de vin.

— Qui sait, ce petit remontant rendra peut-être l'attente plus supportable.

Cinq heures ?

C'était bien trop long. Les minutes s'égrenaient lentement, tandis que le piège fatal de la léthargie se refermait sur la psychiatre. Certes, Vanessa Strassmann n'était décédée que deux semaines après son enlèvement, mais où en était Sophia ? Quand basculerait-elle de l'autre côté, dans la prison qu'était devenu son corps, emportant avec elle les informations qu'elle détenait sur la fille de Caspar ?

— Hé, mais qu'est-ce que c'est que ça ?

Lorsque Schadeck laissa tomber le sac, Caspar leva la tête et devina, pour la première fois, de la peur dans le regard de son interlocuteur. À contrecœur, il lâcha la main de Sophia et se redressa.

— Je peux voir ?

Schadeck lui tendit un petit papier.

— Sûrement notre charmant ami qui nous passe le bonjour, murmura l'ambulancier, comme s'il parlait tout seul.

— Vous avez trouvé ça où ? demanda Bachmann, tendu.

— Là, dans le sac, au beau milieu des provisions, Bruck a dû y glisser le papier juste après l'agression de la cuisinière.

Caspar hocha la tête.

Ça tient debout. Bruck continue à procéder selon le même mode opératoire : une victime, une énigme.

Les doigts de Caspar tremblaient. La feuille était pliée en deux. Le choix du papier n'était pas non plus anodin. Il avait écrit cette devinette sur une ordonnance vraisemblablement subtilisée dans le bureau de Sophia. Et son écriture, illisible et en majuscules, en disait long sur son état mental.

— Il y a marqué quoi ? s'impatienta le gardien.

— Je préfère ne pas le savoir.

Yasmin se boucha les oreilles et leur tourna le dos. Caspar déplia le papier et déchiffra les mystérieuses lignes à haute voix :

FINISHED FILES ARE THE RESULT
OF YEARS OF SCIENTIFIC STUDY COMBINED
WITH THE EXPERIENCE OF YEARS

— Hein ? grogna Schadeck.

— Qu'est-ce que ça peut bien vouloir dire ? renchérit Bachmann d'une voix chevrotante.

Caspar leva les yeux, retira un cil logé dans le coin de son œil et poussa un profond soupir.

— Je n'en ai pas la moindre idée, reconnut-il en toute franchise. Mais je sais qui pourrait nous mettre sur la voie.

2 h 07

Caspar avait insisté pour qu'ils ne se séparent pas. Heureusement, l'ascenseur étant assez spacieux pour accueillir un lit d'hôpital, ils entrèrent en formant un troupeau mobile autour de Sophia, tels des animaux sauvages voulant échapper à leurs prédateurs.

— Qu'y a-t-il à cet étage ? interrogea Caspar en désignant le bouton « – 2 ».

— Le laboratoire de Rassfeld, une cachette idéale pour Bruck.

— Pourquoi ?

Caspar appuya finalement sur le « 4 ».

— On ne peut pas y accéder, à moins d'avoir une clé spéciale, et seul Rassfeld la possède. Vous voyez ?

Les portes de l'ascenseur se refermèrent. Pour confirmer ses propos, Bachmann appuya sur le bouton du bas, mais celui-ci ne clignota que brièvement.

— Je ne veux ni monter ni descendre, râla Yasmin lorsque l'ascenseur entama lentement son ascension. Tout à l'heure, vous disiez qu'il valait mieux ne plus quitter la bibliothèque.

Caspar souffla.

— J'ai dit qu'il fallait rester groupés, nuance.

Heureusement, ses compagnons ne bronchèrent pas. Depuis la disparition de Sybille, Bachmann avait délégué ses responsabilités, non sans un certain soulagement. Quant à Tom, il préférait nettement agir plutôt que d'attendre les bras croisés.

— Vous connaissez le poème sur l'indécision ?

Perplexe, l'infirmière chassa la frange qui lui tombait devant les yeux.

— On devrait ?

— Écoutez.

Oui ?
Non ?
Oui ?
Non ?
Oui ?
Non ?
Oui ?

Il marqua une courte pause et conclut :

— Trop tard.

Yasmin le fixa, bouche bée. Il aurait aussi bien pu lui cracher dessus.

— Je m'explique : si nous restons dans la bibliothèque à regarder l'état de Sophia se dégrader, le Briseur d'âmes aura tout le temps de se procurer une arme. Je ne parle pas de couteaux, d'anesthésiques ou de scalpels, mais de désinfectants chlorés, donc inflammables, de flacons de formol et d'alcool à 90º. Bref, il trouvera sans problème de quoi fabriquer un cocktail Molotov. Et à ce moment-là, qu'est-ce que nous ferons ? Ce n'est pas une porte en chêne de vingt millimètres d'épaisseur qui l'arrêtera. Nous nous retrouverons à errer dans une clinique barricadée et enfumée.

Ils passèrent le troisième étage.

— Bruck manigance peut-être tout autre chose, mais en résumé, il a un plan, contrairement à nous. Donc soit nous le mettons hors d'état de nuire, soit nous nous dépêchons de trouver une cachette encore plus sûre que la bibliothèque.

Par exemple, la salle d'IRM, avait proposé Bachmann avant qu'ils ne s'engagent tous dans le couloir. Elle disposait de portes coupe-feu et d'un système de ventilation autonome.

— Oui, oui, c'est bon, j'ai compris, concéda Yasmin, à bout de nerfs. Mais je persiste à croire que…

L'ascenseur s'arrêta et ouvrit ses portes, coupant court aux objections de l'infirmière.

Quatrième étage.

Ici, la minuterie fonctionnait parfaitement, contrairement à celle du rez-de-chaussée. Le couloir s'éclaira lorsque la première personne sortit de l'ascenseur.

— Bon, rappelez-vous : nous allons la chercher en vitesse et nous redescendons immédiatement, ordonna Caspar.

— Merde, murmura Schadeck, qui le devançait de quelques pas.

— Qu'y a-t-il ? demanda Bachmann.

Mais il comprit en même temps que Caspar.

La porte.

— Oh non.

La porte de la chambre de Greta Kaminsky était grande ouverte.

2 h 10

— Elle est morte ?

— Je l'ignore.

La lumière blafarde du couloir se reflétait contre le plafond mansardé d'une blancheur immaculée, conférant à la vieille dame un teint cireux. Elle était allongée sur son lit, immobile, tel un gisant dans une église. De là où il se trouvait, Caspar ne pouvait pas distinguer si sa poitrine se soulevait ou non sous la couverture.

Il avança prudemment, tout en se demandant pourquoi les autres parlaient à voix basse. Si Bruck s'en était pris à Greta, pourquoi hésiter davantage à entrer dans la chambre ?

Là. Qu'est-ce que c'était ?

— Je crois qu'elle… chuchota Yasmin.

Caspar ne put saisir la fin de la phrase, mais il en devina le sens. Aucun doute, Greta Kaminsky venait d'ouvrir les yeux.

— Qu'est-ce qui se passe ? demanda-t-elle en allumant sa lampe de chevet.

Elle s'exprimait d'une voix calme, posée, sans le moindre soupçon de fatigue. Et si elle était surprise de trouver, au beau milieu de la nuit, une partie du personnel soignant ainsi qu'un patient à son chevet, elle n'en laissa rien paraître.

— La situation est grave, l'informa Caspar.

Comment résumer les terribles événements survenus alors qu'elle dormait à poings fermés ?

— Habillez-vous, vous devez venir avec vous.

— Pourquoi donc ?

— Je vous expliquerai quand…

— Taratata, jeune homme. Je vous apprécie, Caspar, vous avez réparé ma télévision, mais ce n'est pas pour autant que je vous suivrai je ne sais où à 2 heures du matin. Encore moins avec une horde d'inconnus à mes trousses, ajouta-t-elle en adressant un regard glacial à Tom. Veuillez vous présenter, monsieur.

— Tom Schadeck, ambulancier. J'ai acheminé un blessé ici, hier soir. Le Briseur d'âmes.

— Qui ça ?

Schadeck s'écarta pour laisser passer Yasmin. L'infirmière poussa le fauteuil roulant jusqu'au lit afin que Greta puisse constater par elle-même l'état de Sophia.

— Dieu du ciel ! cria Greta, les deux mains sur la bouche. Ce n'est donc pas une plaisanterie ? Cette mise en scène ne fait pas partie de ma thérapie ?

— Hélas, non.

Caspar lui raconta la fuite de Jonathan Bruck, l'épisode de la salle de bains et l'activation du sarcophage.

Après l'avoir informée de la disparition de Rassfeld, Linus, Sybille et M. Ed, il exposa en quelques mots la théorie de la léthargie élaborée par le groupe.

— Et vous m'avez laissée seule ici durant tout ce temps ?

Greta s'extirpa de son lit avec une agilité étonnante pour son âge et enfila des chaussons roses à pompons.

— Vous étiez enfermée.

Mais alors pourquoi avait-il trouvé la porte grande ouverte ? Si le psychopathe s'était donné tout ce mal pour crocheter la serrure, à quoi bon épargner Greta ? La réponse lui parvint sans tarder.

— La porte n'était pas fermée à clé, je ne suis pas passée hier soir, avoua Yasmin d'une petite voix honteuse.

— Quoi ? s'exclamèrent en chœur Bachmann et Caspar.

— J'avais trop peur. Oh, ça va, pas la peine de me regarder comme ça, lança-t-elle à l'attention de

Bachmann. Toi non plus, tu n'es pas irréprochable. Bref, quand j'étais dans la chambre de Linus, quelqu'un s'est mis à tambouriner contre le volet. Cette personne se trouvait dehors, sur la terrasse.

— Tu n'aurais pas pu nous le dire avant ? gronda Caspar.

— J'ai failli avoir une attaque ! Ensuite, je suis redescendue directement sans passer par la chambre de Greta.

Voilà pourquoi Yasmin tenait tellement à rester dans la bibliothèque.

— Bon, le moment est mal choisi pour vous chamailler, tempéra Schadeck.

Une façon de prendre Yazzie sous son aile.

Quant à Greta, elle enfila un peignoir en soie et se campa devant eux, les poings sur les hanches.

— Très bien. Si vous pensiez que j'étais enfermée dans ma chambre, donc en lieu sûr, pourquoi êtes-vous montés me chercher ?

Caspar lui remit les papiers retrouvés dans la main de Sophia et dans le sac de Sybille.

— Nous avons besoin de votre aide.

Greta se dirigea vers sa table de nuit et chaussa ses vieilles lunettes.

— « Je porte un faux nom mais je dis vrai » ?

— C'est l'énigme que nous avons trouvée sur Sophia, et nous pensons que la solution peut la tirer de sa léthargie.

— Pauvre petite, soupira Greta en regardant Sophia. J'adore les devinettes, c'est vrai, mais là, je donne ma langue au chat.

Schadeck applaudit, narquois.

— Super, encore vingt minutes de perdues. Allons nous planquer au sous-sol avant que…

— En revanche, cette autre est vieille comme le monde, l'interrompit Greta.

Elle agita le papier comme pour dire au revoir à quelqu'un avec un mouchoir, sur le quai d'une gare.

— Ah oui ?

— Oui, je vais vous la résoudre les doigts dans le nez, pour reprendre l'expression de mon neveu. Je pense même l'avoir lue dans l'un de mes vieux recueils de devinettes...

— Quelle est la solution ?

FINISHED FILES ARE THE RESULT
OF YEARS OF SCIENTIFIC STUDY COMBINED
WITH THE EXPERIENCE OF YEARS

À présent, Caspar connaissait la phrase par cœur.

— La maîtrise de l'anglais n'est pas nécessaire pour résoudre cette énigme.

— Dites-nous, alors, pressa Bachmann.

— Il faut compter les F.

— Les F ?

— Oui, la lettre F. Combien de fois apparaît-elle ?

— Trois fois, répondit Schadeck, blasé.

Il reprit la feuille et répéta la phrase.

FINISHED FILES ARE THE RESULT
OF YEARS OF SCIENTIFIC STUDY COMBINED
WITH THE EXPERIENCE OF YEARS

Il passa ensuite le papier à Bachmann et Caspar.

— J'en compte quatre, conclut ce dernier.

Il rendit le papier à Greta, après que Yasmin l'eut repoussé avec un geste de dégoût.

— Vous faites donc partie du bas du panier, comme dix pour cent des personnes qui ont passé ce test de QI. La plèbe...

Elle jeta un regard méprisant à Tom par-dessus ses lunettes.

— ... enfin, le commun des mortels en compte trois. Rares sont ceux qui répondent quatre comme vous, Caspar. En réalité, il y en a six.

— Six ? N'importe quoi, rétorqua Schadeck en ricanant. Ou alors ils sont bien cachés.

Greta lui redonna le papier en jubilant.

— Comme tant d'autres avant vous, vous avez survolé les « of ».

Lorsque Caspar regarda par-dessus l'épaule de Schadeck, les six F lui sautèrent effectivement aux yeux.

FINISHED **F**ILES ARE THE RESULT
O**F** YEARS O**F** SCIENTI**F**IC STUDY COMBINED
WITH THE EXPERIENCE O**F** YEARS

— Incroyable, reconnut Tom.

— Mais vrai. Le cerveau humain fonctionne en associant des images et des mots. Pour le mot « of », rien ne lui vient donc on le survole. Et pourtant, le F est bien là, sous nos yeux.

Caspar continuait à secouer la tête, perplexe. Les propos de Greta s'appliquaient aussi bien à la devinette qu'à ses propres souvenirs.

— Six F ?

Tom, qui avait décidément bien du mal à l'admettre, recompta une dernière fois.

— Bon, d'accord. Et nous sommes censés en conclure quoi, au juste ?

— Eh bien, je n'ai certes compté que trois F, mais je pense connaître la réponse à cette question-ci.

Bachmann sortit son gros trousseau et parcourut les petites étiquettes en plastique accrochées à chacune des clés.

— Tenez, dit-il en leur tendant une clé ornée d'une étiquette verte. Elle ouvre la salle 6F.

— 6F ? répéta Yasmin, incrédule. Je n'en ai jamais entendu parler, et la clinique ne comporte que quatre étages. Elle se trouve où, cette salle ?

— En fait, c'est une petite blague entre Rassfeld et moi. 6F signifie « six feet », « six pieds ». Aussi incroyable que cela puisse paraître, le professeur a de l'humour. Six pieds sous terre, au sous-sol.

Bachmann remarqua l'incompréhension qui se lisait sur le visage de ses compagnons.

— Cette clé ouvre la porte de la salle d'autopsie.

2 h 16

La salle d'autopsie, aussi accueillante qu'un abattoir désaffecté, n'était utilisée que très rarement par Rassfeld et ses étudiants. Pourtant, pinces, spatules et écarteurs semblaient sculptés à même les murs. « L'âme blessée de la pièce. » Caspar se souvenait encore de cette phrase lue jadis dans un magazine de vulgarisation scientifique. Il conservait donc en mémoire des notions inutiles de feng shui, mais aucune indication précise concernant sa véritable identité.

Il avait l'impression d'être schizophrène, comme un écolier ignorant l'adresse de ses parents mais, pour une raison inconnue, capable de disserter sans fin sur l'énergie négative. D'aucuns sont convaincus qu'un événement traumatisant ne marque pas seulement le psychisme des personnes concernées, mais aussi les objets qui les entourent, telle une empreinte invisible du malaise que l'on sent en arrivant aux urgences d'un hôpital ou sur une scène de crime. Appelée « aura » par les ésotériques, « atmosphère » par les pragmatiques, elle provoque angoisse, frisson ou peur, selon la sensibilité de chacun. C'est ce que tous ressentirent en arrivant dans ce sous-sol sordide. Sophia se mit à respirer plus vite, par saccades, tout en continuant à regarder dans le vide.

— S'il y a bien un endroit où je ne veux pas atterrir une fois morte, c'est celui-ci, murmura Yasmin.

L'infirmière poussa le fauteuil roulant jusqu'au lavabo situé à l'extrémité de la table de dissection. Dans la pénombre, avec un peu d'imagination, entre les dalles grises, les murs carrelés de blanc et le plan de travail en aluminium brossé, on se serait presque cru dans une cuisine spécialement conçue pour un excentrique amateur d'anticipation. Mais ce qui ressemblait à une hotte était en réalité un scialytique. Quant aux tiroirs réfrigérés, ils ne contenaient pas de la nourriture, mais des morceaux de cadavres.

Lorsque Bachmann alluma les plafonniers, cette atmosphère sinistre ne s'en trouva que renforcée.

— On cherche quoi, au juste ? demanda Schadeck.

— L'indice suivant.

Caspar inspecta le sol à la recherche de gouttes de sang, mais le Briseur d'âmes ne semblait avoir laissé aucune trace ici.

— Quel est l'intérêt d'avoir une morgue dans une clinique psychiatrique privée ?

— Une histoire de procédure, il me semble. Tout établissement médical doit pouvoir faire face à un éventuel décès de patient, répondit Bachmann en se grattant le crâne, pensif. Mais nous n'avons jamais été confrontés à ce cas de figure.

Jusqu'à aujourd'hui, pensa Caspar.

— Mais je vois neuf tiroirs réfrigérés. Il n'y a pas autant de chambres, si ?

— Rassfeld est un ponte de la virtopsie.

Bachmann ne cacha pas sa satisfaction devant la perplexité de Schadeck.

— Pour autopsier un corps, il faut soit une injonction du tribunal, soit l'autorisation de la famille, poursuivit le gardien. Mais nombreuses sont les personnes à vouloir préserver l'intégrité physique de leurs proches : les médecins ont donc de plus en plus souvent recours à la virtopsie, l'autopsie virtuelle. Cependant, cet examen peut prendre plusieurs heures, voire toute une nuit, les appareils IRM lambda n'étant pas conçus pour fonctionner aussi longtemps. C'est aussi à cause des nuisances sonores que l'on préfère confier ce genre d'examen à un établissement privé. Rassfeld a très vite compris que la virtopsie pouvait lui rapporter un sacré pactole. Parfois, tous les compartiments sont occupés.

Bam.

Caspar sursauta et se retourna. Greta Kaminsky était en train d'ouvrir l'un des tiroirs.

— Nom de Dieu, mais qu'est-ce que vous faites ? s'exclama l'ambulancier, que le bruit avait manifestement terrifié.

— À ton avis, mon garçon ?

Le tiroir était vide.

— Vous restez là les bras ballants à chuchoter comme dans une cathédrale, et par pitié, n'allez pas invoquer le respect des morts. Je sais pertinemment que vous avez la trouille. Mais si Bruck a caché un troisième indice, il est forcément dans l'un de ces trucs, non ?

Bam. Elle avait refermé le premier compartiment et en ouvrait un deuxième.

— Et moi qui croyais que vous aviez des crises d'angoisse.

Schadeck ricana et se tourna vers les autres, les sourcils levés.

— En tout cas, moi, je veux bien suivre le même traitement, renchérit Bachmann.

Imitant Yasmin, Caspar ne put réprimer un sourire. Ils plaisantaient, semblables aux membres d'une même famille qui se racontent des histoires drôles après un enterrement, pour rendre leur chagrin plus supportable en affichant une gaieté forcée.

Bam.

— Toujours rien.

Alors que Greta venait de vérifier un troisième compartiment, tous bondirent de concert, cette fois à cause d'un bruit provenant du mur opposé. Caspar fut le premier à se ressaisir et désigna un coffre en plastique carré qui, au premier abord, ressemblait à un congélateur.

— Qu'est-ce que c'est ?

— Encore un réfrigérateur, confirma Bachmann.

— J'ai cru comprendre, oui. Je vous parle du bruit.

Caspar longea lentement la table d'autopsie.

— Sûrement le liquide de refroidissement.

Le gardien s'efforçait de garder une voix détendue.

— Je sais, on dirait un moteur de tondeuse à gazon. Ce réfrigérateur-là date un peu. Je pensais même qu'il était hors service. Rassfeld ne s'en sert plus.

— Ah.

Schadeck l'avait suivi, poussé par la curiosité.

— Alors pourquoi est-il branché ?

Caspar souleva le couvercle et se couvrit instinctivement la bouche. Trop tard. L'odeur pestilentielle s'était déjà frayé un chemin jusqu'à son cerveau.

Il toussa et se mit à pleurer, non pas à cause de l'âcreté des vapeurs, mais de l'insoutenable spectacle qui s'offrait à lui.

— Alors ? demanda l'ambulancier.

Tom approcha d'un pas en se bouchant le nez.

— Mais qu'est-ce que c'est que ce truc ?

L'horreur dans sa voix fit parfaitement écho à celle que ressentait Caspar.

Le coffre n'étant pas éclairé de l'intérieur, Caspar ne pouvait voir si le cadavre vidé de son sang avait été disséqué. Alors que Yasmin et Bachmann approchaient, il n'avait qu'une certitude : le chien était à moitié scalpé.

2 h 18

— M. Ed, gémit Yasmin.

Caspar venait de faire le même constat. Mais la vue de l'animal martyrisé le laissa de marbre et la honte l'envahit.

Ce n'était peut-être qu'un chien errant ? Je ne le connaissais peut-être même pas ?

Il tentait de se donner bonne conscience. Ce manque de réaction avait sans doute pour explication le fait qu'il s'était attendu à bien pire.

Non, ce n'est pas ça.

— Vous voulez qu'on le sorte de là ? proposa Bachmann, indécis.

Ça ne colle pas.

— Je rêve, ou ce taré l'a amputé ?

Faisant fi de la puanteur, Yasmin gardait les yeux rivés sur la dépouille du chien. Elle se penchait même de plus en plus dans le bac, si bien que Caspar dut lui céder sa place. Il l'en remercia en silence.

— Oui, M. Ed a la peau retournée à partir de l'oreille droite et les pattes sectionnées. Mon Dieu, quel est le pervers qui a fait ça ?

— Rassfeld, répondit Bachmann.

Il sortit un os en forme de cuillère, tandis que l'infirmière l'observait, horrifiée.

— Tenez, regardez.

Yasmin et Tom fixaient le gardien de leurs yeux écarquillés.

— C'est le bassin du chien. Rassfeld l'a scié de ses propres mains, mais n'y voyez rien de pervers parce que…

Caspar hocha la tête. Il commençait à comprendre pourquoi la vue de cette charogne ne l'avait nullement choqué. Parce que…

— … ce n'est pas M. Ed. Comme je vous l'expliquais tout à l'heure, Rassfeld descend travailler ici de temps en temps avec ses étudiants. Il s'agit d'un objet d'étude.

Bachmann reposa l'os dans le réfrigérateur et ferma le couvercle.

— Ce chien s'est fait écraser par une voiture et le vétérinaire a mis son cadavre à notre disposition.

— Et comment tu sais tout ça, toi ?

— Vire-moi ces cheveux rouges de devant tes yeux et observe plus attentivement, Yasmin. M. Ed était un bâtard, et ce que tu as sous le nez, c'est un labrador. Cette odeur, c'est le formol. On laisse l'animal macérer dedans pour qu'il se vide de son sang et autres fluides corporels. Mais même en admettant que le Briseur d'âmes soit un taxidermiste chevronné, il n'a pas eu le temps de faire tout ça.

— Mais, mais… bégaya Yasmin. Mais qu'est-ce qu'il cherche à nous dire ?

— Rien. Tu ne comprends donc pas que son but, c'est de nous…

— Tuer, chevrota Greta d'une voix étrange.

Ils se retournèrent, mais toute question se révéla inutile. Le neuvième tiroir, à présent ouvert, indiquait que la vieille dame ne s'était pas contentée d'attendre les bras croisés tandis que les autres perdaient un temps précieux à examiner la dépouille du chien.

— C'est… C'est bien lui, hein ? demanda Greta.

La peur semblait l'avoir à présent gagnée, elle aussi. Son front, légèrement verdâtre sous la lumière impitoyable des néons, était creusé de profondes rides. Caspar crut qu'elle allait vomir. Mais en s'approchant, il comprit qu'elle tiendrait le coup. Pour lui, en revanche, rien n'était moins sûr. Il ravala le peu que son estomac contenait et qui commençait à remonter. Puis il se pencha afin de mieux observer le visage qui dépassait du tiroir.

Oui, c'est lui.

Certes, de son vivant, Rassfeld n'avait pas été gâté par la nature. Mais la mort avait fait de lui un monstre.

2 h 20

Il semblait agoniser, comme s'il avait attendu l'ouverture du tiroir avant de rendre son dernier soupir, la tête penchée en arrière.

Rassfeld criait. Pas avec sa bouche, qui laissait entrevoir une langue violacée, mais avec ses yeux éteints et exorbités. Les voix des autres, étouffées par ce cri d'autant plus assourdissant qu'il était muet, ne parvenaient plus jusqu'à Caspar. Il avait déjà bien du mal à voir clair dans ses propres pensées.

Le visage boursouflé, le teint cireux et bleuâtre, les traces de strangulation : le directeur de la clinique avait été tué peu de temps après sa disparition. Les lividités cadavériques apparaissaient toujours là où le sang s'était accumulé et immobilisé. En l'occurrence, pas sur le visage de Rassfeld, mais dans son dos et sur son postérieur recouverts du peignoir qu'il avait enfilé à la hâte, alerté par le vacarme dans la chambre de Bruck.

Du bout des doigts, Caspar ferma les yeux du directeur. Un geste qui n'avait rien de pieux : il voulait vérifier l'état de rigidité du cadavre.

Comment je sais tout ça ? Comment je sais que les lividités apparaissent au bout de trente minutes ? Comment je sais que la rigidité ne survient qu'après une ou deux heures et qu'elle touche en premier les yeux ?

Il n'en avait pas la moindre idée. Mais tandis que Yasmin, hystérique, donnait un coup de pied dans une armoire à instruments et que Schadeck se prenait la tête entre les mains, Caspar se rendit à l'évidence : il était en partie soulagé d'assister à cet horrible spectacle. Cela retardait le moment où il se retrouverait face à un monstre peut-être encore plus sanguinaire : lui-même.

Ça va s'arranger, mon trésor. Tout redeviendra comme avant. Ne t'inquiète pas, ma chérie, d'accord ? J'ai commis une erreur, mais je vais te sortir de là et…

Son ventre gargouilla : une vision qui s'annonçait ou son véritable moi qui réclamait bruyamment la parole ?

— Vous permettez ?

D'après le ton que Bachmann employait, il avait déjà posé la question plusieurs fois.

Caspar s'écarta et essaya de se concentrer sur ce que disaient les autres. En vain. Plus il contemplait le cadavre de Rassfeld, plus il sombrait dans la confusion.

Peut-être ne suis-je qu'un messager ? Un cheval de Troie dont les pulsions meurtrières attendent l'occasion idéale pour s'exprimer ?

D'un côté, cette amnésie inexplicable qui l'avait mené aux portes de cette clinique enneigée. De l'autre, le visage du Briseur d'âmes qui venait hanter ses rêves. Soit deux paramètres dans une équation à trois inconnues qu'il ne parvenait pas à résoudre, car ses pensées se tournaient sans relâche vers sa fille.

Qu'est-ce que j'ai fait ?

— Il est mort étouffé.

La voix de Schadeck percuta Caspar de plein fouet.

Il acquiesça. L'ambulancier avait raison. Le corps de Rassfeld reposait dans un lieu bien trop frais pour que les boursouflures sur son visage soient symptomatiques d'un début de putréfaction. Tout portait à croire que le professeur avait perdu connaissance avant d'être enfermé dans ce tiroir hermétique.

Caspar s'apprêtait à évaluer une nouvelle fois la rigidité cadavérique lorsqu'il perçut un grincement derrière lui. Il se retourna très lentement, persuadé d'être pris au piège. Le bruit ressemblait à la respiration de leur prédateur. Pourtant, ce n'était pas Bruck qui leur avait discrètement emboîté le pas, mais Sophia, prise de spasmes dans son fauteuil roulant.

— Oh, merde, constata Yasmin en reculant d'un pas.
— Qu'est-ce qui lui arrive ? demanda Greta.
La vieille dame, bien plus alerte que les autres, s'approcha de Sophia et lui essuya la bouche avec un mouchoir.
— Elle a dû avaler de travers.
Caspar mentait. Il se récitait une définition du dictionnaire médical qu'il connaissait par cœur et ce, pour une raison inexplicable.

Râles d'agonie : terme englobant les troubles respiratoires annonciateurs d'une mort imminente et la perte de la déglutition. Durant en moyenne cinquante-sept heures, ils sont source de stress pour les autres patients. On place donc souvent les mourants en chambre individuelle.
Je suis forcément médecin.
Ce n'était pas la première fois que cette pensée lui traversait l'esprit. Mais pourquoi cela le mettait-il mal à l'aise au point de lui donner la chair de poule ?
En quoi ce serait grave ?
Voilà qui expliquerait pourquoi il disposait d'un tel savoir, pourquoi il s'était souvenu du dictaphone dans le bureau de Rassfeld. Il s'était certainement servi d'un appareil semblable pour effectuer un rapport sur l'un de ses patients.
Et c'était aussi la raison pour laquelle il connaissait des termes tels que « rigidité cadavérique », « coma vigile » et « syndrome d'enfermement ».
En quoi ce serait grave ?
— Je crois qu'elle veut rentrer en contact avec nous.
Caspar était-il sincère ou essayait-il de trouver un prétexte pour s'arracher à ce flot de réflexions ?
À présent, il se tenait lui aussi à côté du fauteuil roulant. Quant à Bachmann et Schadeck, ils étaient restés auprès du cadavre de Rassfeld. Caspar leur jeta un bref coup d'œil.

Le gardien, le visage grimaçant de dégoût et le front trempé de sueur, retourna le cadavre afin que Tom puisse en vérifier le dos.

Il cherche une nouvelle énigme.

Caspar détourna le regard des deux hommes, mais le spectacle qui s'offrait à lui était tout aussi terrible. Sophia se mit à claquer des dents, une bulle de salive au coin des lèvres.

— Topooorrr, bredouilla-t-elle, les yeux révulsés.

Elle roulait les R presque autant que Greta.

— Ma pauvre enfant, murmura la vieille dame au bord des larmes. Ma pauvre, ma pauvre enfant.

— Vous avez trouvé quelque chose ? demanda Caspar sans se retourner.

Il avait l'impression d'étouffer.

— Une devinette, par exemple ?

— Par exemple.

— Eh bien, la réponse est non. Il n'a rien dans les mains, et son pyjama ainsi que son peignoir sont dépourvus de poches. Rien non plus dans les plis de ses vêtements.

— Je vois.

Caspar recula de deux pas, les yeux toujours rivés sur les lèvres de Sophia. La langue de la psychiatre bougeait de façon incontrôlée. Et l'idée avait beau le révulser, il devait poser la question qui le taraudait.

— Vous avez vérifié dans sa bouche ?

2 h 22

Le groupe avait d'abord hésité quant au choix de la personne à qui confier cette désagréable tâche. Puis Caspar avait fini par enfiler des gants en latex sur ses doigts gourds afin de desserrer les mâchoires du mort. Tout était allé très vite. Le papier plié en deux était posé sur la langue, à la manière d'une hostie. Lorsque Caspar s'en saisit, un filet de bave l'accompagna.

Il le porta sur la table de dissection, dans la lumière blafarde du scialytique. En posant les yeux sur ses doigts certes protégés par le latex, mais souillés de salive, il se souvint qu'il ne portait toujours pas de chaussures. Mais, curieusement, il n'avait pas froid : ses pieds nus s'étaient peut-être habitués au contact des dalles de pierre.

— Que dit ce papier ? lui demanda Greta en l'encourageant d'un signe de tête.

Elle semblait penser que, Caspar s'étant dévoué, le privilège de lire le message en premier lui revenait.

Il déplia la feuille de papier, qui provenait cette fois encore d'un bloc d'ordonnances.

« On y entre par une porte, on en sort par trois issues. »

— Comment ?

Caspar répéta.

— Je ne comprends pas, avoua Greta.

— Je ne vois pas du tout.

— Alors battons en retraite, et plus vite que ça !

Schadeck tapa dans les mains et désigna la sortie.

— Mais je sais que…

Tom interrompit Greta sans ménagement.

— Vous connaissez la réponse ?

— Non, pas encore, mais si vous arrêtiez de me couper la parole, j'arriverais peut-être à réfléchir, riposta Greta. Vous permettez que je m'exprime ?

— Je vous en prie, nous avons tout notre temps.

Pour toute réponse, Greta le gratifia d'un sourire mielleux et se tourna vers Caspar.

— Mon cher, sachez que ce style d'énigme m'est familier. Une fois qu'on en a résolu une, les autres paraissent relativement faciles. Ici, par exemple, le tout est de comprendre la métaphore.

— C'est-à-dire ? trépigna Schadeck.

— Certains mots ont un double sens, continua Greta sans daigner le regarder. Il suffit de trouver lequel.

Bachmann s'éclaircit la voix et approcha.

— Je ne comprends pas bien, madame Kaminsky.

— Voici un exemple. La seule autre devinette du même genre que je connaisse est celle-ci : « On ne m'achète que pour me jeter aussitôt. »

— Dites-moi que je rêve, maugréa Tom.

Mais Greta poursuivit son raisonnement, imperturbable.

— « Jeter » peut être interprété de différentes façons. On pense spontanément au fait de jeter dans une poubelle, et c'est le verbe « acheter » qui nous induit en erreur.

— Pourtant, un sac-poubelle, ça marche, intervint Yasmin.

— Pas du tout. On achète un sac-poubelle pour y mettre des déchets, pas pour le jeter directement.

— Je comprends, donc on peut oublier le préservatif et le mouchoir. Quelle est la solution ? demanda Caspar.

— L'ambiguïté porte sur « jeter », répondit Greta avec un petit sourire malicieux. Essayez de penser à des objets qui n'existent que pour être jetés.

— Un Frisbee.

— Bingo. Ou un ballon. Vous voyez, il y a plusieurs solutions possibles. On ne les achète que pour les jeter aussitôt.

— Et vous l'avez entendue où, cette devinette ?

Tom poussa Caspar sur le côté et se posta à quelques centimètres de Greta. La vieille dame ne put l'ignorer plus longtemps.

— Cela ne vous regarde pas.

— Je ne vous connais pas, chère madame. Vous n'êtes là que parce qu'il l'a bien voulu.

Caspar resta impassible lorsque Schadeck le montra du doigt et remarqua une nouvelle fois la cicatrice en forme de croix au creux de sa main.

— Notre ami amnésique, ou du moins qui prétend l'être, fait son apparition pile au moment où le Briseur d'âmes prend une petite pause. Et maintenant, vous débarquez, vous vous rangez du côté de notre fameux inconnu et vous résolvez une énigme après l'autre. C'est fabuleux.

— Je vous trouve bien insolent, rétorqua Greta.

— Et moi, je trouve que nous méritons une explication, car notre vie est en jeu. Alors, grâce à qui connaissez-vous cette énigme ?

— Grâce au Pr Rassfeld.

— Mais bien sûr, j'aurais dû y penser. Comme c'est pratique, on peut difficilement lui demander confirmation.

Bachmann toussota et s'exprima avec aplomb, contrairement à son habitude.

— Du calme, Tom. Mme Kaminsky vient se faire soigner ici depuis des années, il n'y a aucune raison de la soupçonner de quoi que ce soit. En tout cas, moi, je la crois.

— Ah oui ?

Une veine palpitait dans le cou de Tom, comme chaque fois qu'il perdait le contrôle.

— Oui. Rassfeld est allé examiner les premières victimes du tueur à l'hôpital de Westend. Il s'est très certainement penché sur ces devinettes, lui aussi, ils s'y sont peut-être mis à deux pour les résoudre.

— Mais bien sûr. Et pourquoi pas un type qui ne pourrait se débarrasser de son hoquet qu'en tuant des gens, tant que vous y êtes ? Allez vous faire voir.

Tom prit Yasmin par le bras afin de compter au moins une alliée, alors que le reste du groupe semblait se liguer contre lui. Mais l'infirmière le repoussa et s'adressa à Greta.

— Vous pouvez donc résoudre l'autre énigme, celle de Rassfeld ?

Elle avisa furtivement le tiroir qui contenait le cadavre de son supérieur. Caspar l'avait déjà refermé.

— C'est fait.

— Ah bon ?

Yasmin écarquilla les yeux, tandis que Greta savourait son triomphe.

— Évidemment. Comme je vous le disais, une fois qu'on a compris le système des métaphores, les autres devinettes paraissent beaucoup moins difficiles.

Caspar se dirigea vers la table de dissection et reprit le papier trouvé dans la bouche de Rassfeld.

— « On y entre par une porte, on en sort par trois issues. »

— Un labyrinthe ? Un terrier ? proposa Bachmann.

— Oh, purée.

Schadeck se tira une balle imaginaire dans la tête.

— Impossible, répliqua Greta. Comment voulez-vous emprunter simultanément trois issues différentes ?

— Alors quelle est la solution ?

Caspar commençait également à perdre patience. Il était presque 2 h 30 du matin, les fondations de la clinique tremblaient sous les assauts du blizzard, et une tempête encore plus terrible faisait rage à l'intérieur, provoquée par un psychopathe qui plongeait ses victimes dans le coma, les tuait ou les enlevait. Le moment était donc particulièrement mal choisi pour se livrer à ce genre de jeu dans la salle d'autopsie.

— C'est pourtant simple.

Greta balaya l'assistance du regard en prenant soin toutefois d'éviter Tom.

— Un T-shirt.

— Un T-shirt ?

— Mais oui. Vous auriez fini par trouver par vous-mêmes, n'est-ce pas ?

Lorsque Caspar comprit, il sentit le froid l'envahir. L'adrénaline qui bouillonnait dans son sang l'en avait jusque-là protégé.

Évidemment. On l'enfile par le bas, puis on passe la tête et les bras dans trois trous différents.

Le plus grand silence régnait à présent dans la pièce et Tom le fixait avec méfiance.

— Qu'est-ce qui vous arrive ? demanda Caspar.

Il examina les autres, en particulier leur buste : les blouses de Greta et Yasmin, le col roulé de Schadeck, la salopette de Bachmann… Il était le seul en T-shirt.

2 h 26

— Enlève-moi ça.

— Ça ne va pas, non ?

— Je suis sérieux, retire ce foutu T-shirt. Grouille !

— Vous avez perdu la tête ?

Bachmann vola au secours de Caspar, mais Schadeck ne se découragea pas pour autant.

— Ce genre de coïncidence, très peu pour moi. Ce dingue en sait plus que nous, il est peut-être même de mèche avec le tueur.

Yasmin frissonna, mais personne ne lui prêta attention.

— Dans ce cas, pourquoi Bruck se servirait-il de devinettes pour discréditer son complice ? objecta Greta, indignée, en pointant du doigt la feuille de papier posée sur la table d'examen.

— D'ailleurs, cela voudrait dire que vous êtes également impliqué, puisque vous avez…

En voyant un poing passer juste sous son nez, Bachmann recula machinalement d'un pas. Mais ce n'était pas lui que Schadeck visait.

Tom se rua sur Caspar et parvint à l'attraper par le col de son T-shirt. Il entendit les fibres bon marché se déchirer. Un bruit qui, paradoxalement, ne jurait nullement avec celui qui résonnait dans ses oreilles. Le train du souvenir, de retour, envahit ses narines d'une épaisse fumée.

— Bon Dieu, mais qu'est-ce que c'est que ça ? s'écria Schadeck, horrifié.

Caspar se sentit basculer en arrière et tomber dans le vide. Sa langue étant paralysée, il ne put expliquer l'origine des brûlures que l'ambulancier venait de découvrir sur son torse. Impossible d'échapper à cette nouvelle déferlante de souvenirs.

Écho

— Votre fille est prête. Nous pouvons commencer.

Assis à son bureau, il entendit une femme lui parler dans un interphone.

— Nous avons tout préparé, docteur Haberland.

Il reposa le dictaphone.

Haberland ? Serait-ce mon nom ?

Toujours plongé dans son flash-back en trois dimensions, il se leva lentement, traversa son bureau dont les murs étaient recouverts par de nombreux diplômes et ouvrit une porte d'un blanc immaculé.

Comme sous l'influence d'un projectionniste qui aurait appuyé sur la touche « avance rapide », le film de ses souvenirs défila alors en plans saccadés : la fillette à l'appareil dentaire, son sourire, ses boucles blondes... puis des convulsions dignes d'un exorcisme. Des mains puissantes essayaient de la plaquer sur la table d'examen. Ses mains à lui.

Caspar entendit un claquement suivi d'une brûlure sur son visage et se retrouva plongé dans le noir. Le train de ses souvenirs était soit dans un tunnel, soit en rase campagne au beau milieu de la nuit, soit dans une forêt, car il ne distingua plus rien pendant un bon moment. Jusqu'à ce qu'il ressente une violente secousse, comme si la locomotive venait de dérailler.

Son corps était malmené. Il perçut un deuxième claquement, cette fois plus bruyant, puis son environnement changea du tout au tout en l'espace d'une seconde. Comme dans le rêve interrompu par l'arrivée de Linus, quelques heures auparavant.

Il n'était plus assis dans un train, mais dans une voiture. Dans sa voiture. Des trombes d'eau s'abattaient sur le pare-brise. Vite, très vite. Encore plus vite que les arbres qui défilaient sur le côté.

Pourquoi je roule à toute allure par un temps pareil ?

Même avec les essuie-glaces en vitesse maximale, la visibilité était extrêmement mauvaise.

Je pleure ! Pourquoi je pleure ? Et qu'est-ce que je cherche sur le siège passager, au lieu de me concentrer sur la route ?

Il saisit un dossier et l'ouvrit au milieu, là où se trouvaient les photos. Il y en avait deux. La plus grande, où figurait Jonathan Bruck, tomba près d'une bouteille de whisky à moitié vide.

Aucune importance. Ce qui comptait, c'était la photo d'identité.

Mais que fait la photo de ma fille dans ce dossier ? Pourquoi je la fixe des yeux ? Pourquoi je ne regarde pas plutôt la route, la chaussée détrempée, que je ne vois presque plus à travers mes larmes ?

Les deux airbags se déclenchèrent et la ceinture le retint en arrière. En revanche, le système de sécurité ne put rien contre les flammes qui embrasèrent le tableau de bord. Caspar essaya de bouger les jambes, de se retourner, mais, en proie à une vive douleur, il ne put que refermer la main sur la photo de sa fille. Il était… paralysé. Ou coincé.

Nom de Dieu, me voilà pris au piège. Je n'arrive pas à sortir. Je dois… Allez, on se réveille… Je dois…

2 h 31

— Allez, on se réveille !

Un nouveau claquement, une nouvelle brûlure sur sa joue gauche.

— Arrêtez, pas si fort, protesta une voix au-dessus de lui.

— Mais puisque je vous dis qu'il simule ! s'écria Tom.

Caspar ouvrit les yeux et crut voir une voiture aux phares allumés lui foncer dessus. Deux mains puissantes l'empoignèrent par les bras. Il comprit alors que ce qu'il prenait pour des phares était en réalité un scialytique. Ses compagnons l'avaient allongé sur la table d'examen : il avait dû perdre connaissance. Il toussa et sentit le goût du sang dans sa bouche.

— Tout va bien ? demanda Bachmann, visiblement inquiet.

Le visage poupon de Schadeck était également penché sur lui.

— De quoi tu t'es souvenu ? renchérit sans ménagement l'ambulancier.

— J'ai eu un accident.

— Oui, vous vous êtes cogné en tombant, expliqua le gardien.

— Ce n'est pas ce que je voulais dire.

Caspar secoua lentement la tête, ce qui ne fit que renforcer la douleur lancinante. Il s'appuya sur son coude et se redressa.

— C'est arrivé il y a un certain temps.

— Que s'est-il passé exactement ?

Il hésita à taire une partie de la vérité, tout comme il n'avait jamais mentionné à ses camarades l'apparition du Briseur d'âmes dans l'un de ses souvenirs.

— J'ai dévié de ma trajectoire à cause de la pluie, finit-il par lâcher. Ma voiture a pris feu et j'ai failli y rester, d'où ces cicatrices.

— C'est tout ?

Non, ce n'est pas tout.

— N'importe quoi.

Caspar comprenait aisément l'incrédulité de Tom.

— Mais pourquoi inventerait-il une histoire pareille ? intervint Greta.

Épuisée, elle se cramponnait aux poignées du fauteuil roulant.

— Pour détourner notre attention de l'autre fou et de ses énigmes à la noix.

Schadeck pointa un index menaçant sur Caspar.

— C'est quand même bizarre, non ? La solution de la dernière devinette nous conduit tout droit à son T-shirt, dont monsieur se sert pour camoufler ses horribles cicatrices. Tu es passé au micro-ondes ?

— Je peux aussi me tromper, admit Greta d'une voix faible. « Pull-over » fonctionne aussi, et d'ailleurs, vous en portez un.

— Oui, mais moi, je n'ai pas de brûlures, rétorqua Tom. Il a très bien pu se mutiler pour nous faire croire à un banal accident.

— Ce n'était pas un banal accident. Je conduisais en état d'ivresse.

Caspar rassembla ses dernières forces et s'assit sur la table.

— À d'autres. Tu as refusé de prendre une gorgée de ma bouteille, tout à l'heure, sous prétexte que tu ne buvais pas, argumenta Schadeck, sarcastique.

— J'avais une bonne raison de me réfugier dans l'alcool, à l'époque.

— À savoir ?

Caspar soupira.

— Je ne peux l'affirmer avec certitude, mais un certain nombre d'éléments tendent à prouver que je suis médecin. J'ai eu comme patiente une petite fille, peut-être *ma* fille. En tout cas, je devais la soigner, et il y a de fortes chances pour que j'aie commis une erreur.

— Une erreur médicale sur votre propre fille ?

— C'est fort possible. Je pense que oui.

Lorsqu'il essaya de chasser de son esprit l'image des tremblements que subissait la fillette, le souvenir de Katja Adesi rejaillit violemment à la surface. L'institutrice de sa fille, la deuxième victime.

— Juste après cet incident, j'ai noyé mon chagrin dans une demi-bouteille de whisky, puis j'ai pris le volant et j'ai percuté un arbre.

Caspar souleva ce qui restait de son T-shirt et effleura la plus grande de ses cicatrices, qui s'étendait du torse au nombril.

Il baissa les yeux. Dans la lumière des néons, sa peau meurtrie et imberbe ressemblait à une coulée de lave rose.

Soudain, son angoisse disparut pour laisser place à un sentiment encore plus intense : le chagrin. Il connaissait la réelle signification de ces cicatrices. À elles seules, elles prouvaient qu'il avait commis une erreur irréparable et qu'il ne pourrait jamais honorer sa promesse.

Je reviens vite. Ça va s'arranger, mon trésor. Tout redeviendra comme avant.

— Je ne suis pas sûr… Je pense… Je crois… l'imita Tom. Si, comme tu le prétends, tu n'as rien à voir avec tout ça, comment le Briseur d'âmes est-il au courant pour tes cicatrices ?

— Bon, j'en ai assez entendu, fulmina Caspar en bondissant de la table, les poings serrés. Pourquoi tu tiens absolument à me faire porter le chapeau ? Tu étais où, quand Rassfeld a disparu ? Et qui a découvert comme par magie le deuxième papier dans le sac à provisions ? Hein ? Tu vois, c'est facile d'inverser les rôles.

— Arrêtez de vous disputer ! ordonna Greta.

— Très bien. Supposons que tu n'y sois pour rien, reprit plus calmement Schadeck. Qu'est-ce qu'il cherche à nous dire ?

— Je n'en ai aucune idée.

— Je sais peut-être, moi.

— Toi ?

Tous se retournèrent vers Yasmin, surpris par l'intervention de la jeune femme.

— Tu peux préciser ?

— Eh bien, je...

Nerveuse, elle s'éclaircit la voix et recommença à jouer avec sa bague.

— Enfin, ça m'a traversé l'esprit quand j'étais assise devant la cheminée avec Sophia.

— Qu'est-ce qui t'a traversé l'esprit ?

Schadeck, le plus proche de l'infirmière, lui dégagea le front.

— J'ai pensé au feu. Tu l'as dit toi-même, le sarcophage ne devrait pas être activé à cause des risques d'incendie.

— Oui, et... ?

— Bruck se sert peut-être de ces énigmes pour nous indiquer la marche à suivre. On dirait un jeu de piste malsain où ces brûlures tiendraient lieu de flèches.

— Des flèches qui nous indiqueraient la sortie ? demanda Caspar.

— Oui, enfin, je veux dire...

Yasmin hésita une dernière fois avant d'exposer sa théorie.

— Pourquoi ne pas déclencher un incendie ? Les volets se lèveront certainement dès le déclenchement des détecteurs de fumée.

Alors que Caspar s'apprêtait à approuver cette idée, Bachmann intervint.

— Et dans le cas contraire ? Non, non, non, c'est beaucoup trop dangereux. Je ne maîtrise pas assez bien le système, nous n'y avons jamais eu recours auparavant.

— Il a raison, approuva Tom. Si nous échouons, nous finirons brûlés vifs.

— Pas forcément.

Caspar attendit quelques instants, jusqu'à ce qu'il ait capté toute l'attention du groupe, puis exposa son plan.

2 h 36

Évidemment, c'était une erreur. Ils n'auraient jamais dû se détourner de leur objectif initial. Même Caspar sentait que son stratagème risquait d'avoir des conséquences fatales.

Mais c'était leur dernière chance.

Seule Greta sembla approuver sa proposition. La vieille dame insista même pour l'accompagner dans la salle d'IRM : il refusa tout net, car elle était le maillon le plus faible de la chaîne, après Sophia. Chacun devrait veiller à sa propre sécurité, une fois l'incendie déclenché. Il ne pouvait guère se permettre de prendre sous son aile une veuve de soixante-dix-neuf ans à la hanche fragile. Finalement, Bachmann se dévoua, mais à contrecœur. Après une discussion aussi brève qu'intense, le reste du groupe remonta s'enfermer dans la bibliothèque.

— Je suis en train de commettre la pire erreur depuis le jour de mon mariage, grommela le gardien.

Il saisit tout de même le bidon en plastique de Clinix Clean, un détergent à base d'alcool et d'ammoniaque, que Caspar avait déniché dans l'un des placards du local de contrôle. D'après l'étiquette, le produit était inflammable.

— Pourquoi ça tournerait mal ? Vous disiez que cette salle était équipée de portes coupe-feu et d'un système de ventilation autonome.

Caspar désigna du menton la vitre séparant l'unité de contrôle de la salle d'examen, comme dans un studio d'enregistrement.

— C'est même vous qui avez proposé la salle d'IRM.

— Pour nous y cacher, pas pour y déclencher un incendie.

Caspar s'empara d'un second bidon et referma le placard. Il espérait que Bachmann ne remarquerait pas l'assurance feinte de sa voix.

— Avec un peu de chance, les volets se lèveront aussitôt les détecteurs de fumée déclenchés, et les autres pourront fuir directement par le parc.

Caspar savait très bien que ce plan élaboré en toute hâte comportait des lacunes. Par exemple, comment faire descendre Sophia au pied de la colline sans que les roues de son fauteuil se bloquent dans la neige ? Mais, dans l'urgence, il considérait les problèmes les uns après les autres et espérait avoir une idée de génie, une fois ses compagnons et lui libérés de cette prison qu'était devenue la clinique.

— Au pire, le sarcophage restera activé, poursuivit Caspar en désignant un extincteur. Néanmoins, les portes coupe-feu empêcheront l'incendie de se propager au reste de la clinique. Vous avez un briquet ?

— Non. Des allumettes, ça vous va ?

Bachmann tapota la poche située sur le devant de sa salopette.

— Très bien, nous allons…

Caspar s'arrêta net et leva la tête.

— Qu'y a-t-il ? demanda Bachmann.

— Vous entendez ?

— Quoi donc ?

— Ce bruit, là.

Le gardien s'apprêtait à répondre par la négative lorsqu'il se figea lui aussi. Le bourdonnement, à peine audible depuis le premier sous-sol de la clinique, était pourtant là, perceptible, grave. Caspar se dit qu'il aurait fourni un fond sonore idéal au souvenir de son dernier trajet en voiture.

— On dirait un moteur d'hélicoptère, murmura le gardien.

Caspar sentit son pouls s'accélérer et une lueur d'espérance renaître en lui, pour la première fois depuis longtemps.

Linus a peut-être réussi à trouver de l'aide ? Ce n'est pas impossible, après tout.

Yasmin l'a affirmé elle-même : elle a bien vu quelqu'un sur la terrasse.

Bachmann fronça les sourcils, se dirigea vers le mur où se trouvait l'extincteur et y colla l'oreille droite.

Mais oui. Comme Linus a suivi Bruck, le sarcophage l'a enfermé dehors. Il a donc pris la fuite et prévenu la police.

L'espoir de Caspar grandit à mesure que le bruit s'intensifiait. Pour s'évanouir dès que le gardien se retourna vers lui.

— C'est la tempête, constata Bachmann à regret. Le vent souffle contre les volets, et, rappelez-vous, il y en a un qui est maintenu entrouvert au troisième étage. Le blizzard s'engouffre par là et exerce une pression négative dans la villa, j'imagine.

Pression négative ?

Caspar devenait-il paranoïaque ou son compagnon lui fournissait-il une explication un peu trop scientifique pour un simple gardien ?

Cependant, Bachmann pouvait être difficilement réduit à son poste de concierge. D'après ses propres dires, l'homme de confiance de Rassfeld continuait à se former en lisant des ouvrages de rhétorique. *Mais tout de même.* Sans oublier le sabotage du chasse-neige, qui avait éveillé les soupçons de Caspar quelques heures auparavant. C'était peut-être le moment de confronter Bachmann.

— Qu'est-ce qui s'est passé avec le chasse-neige ? s'enquit Caspar en saisissant un épais bloc-notes posé sur le bureau attenant à la console, devant la vitre.

— Hein ?

— Après que vous avez acheminé Schadeck et Bruck ici. Linus m'a montré le réservoir d'essence, quelqu'un l'a percé.

— Ah bon ?

Devant la perplexité de Bachmann, Caspar regretta immédiatement d'avoir abordé le sujet. Quel genre de réponse espérait-il obtenir ? Un aveu ? *Oui, je suis désolé, je voulais que personne ne quitte la clinique ?*

— Cherchez plutôt du côté de Schadeck. Il ne m'inspire aucune confiance, ce type.

— Je sais, oui, approuva Caspar en saisissant trois livres de médecine posés sur le bureau. Enfin, c'est trop tard, de toute façon.

Les deux hommes pénétrèrent dans la salle d'IRM, occupée en majeure partie par un scanner au design futuriste qui aurait pu aisément servir d'accessoire dans un film de science-fiction. Caspar s'arrêta près de l'appareil et leva les yeux vers le plafond.

— Ce truc qui clignote là-haut, c'est bien ce que je crois ?

— Oui.

— Alors installons-nous ici.

Caspar prit deux mouchoirs, les roula en boule et les jeta par terre, juste sous le détecteur de fumée. Il saisit ensuite l'un des livres et en arracha plusieurs feuilles, avant d'entasser les autres comme des bûches dans une cheminée.

— Bien, il ne reste plus qu'à verser le produit.

Le gardien ouvrit le bidon de détergent, semblant stupéfait par ses propres gestes.

— Vous vous rendez compte que ce genre d'appareil coûte plusieurs millions d'euros ?

— Vous m'en voyez désolé, répondit Caspar avec une grimace, mais, hélas, nous ne subirons plus les foudres du directeur. Alors allez-y, avant que nous connaissions un sort similaire.

Le détergent se répandit sur le bûcher improvisé, dans un gargouillis étrange, presque obscène. Puis Bachmann sortit une boîte d'allumettes de sa poche. Mais au moment où il s'apprêtait à embraser le bûcher, la porte entre la salle d'examen et le local de contrôle se referma doucement derrière eux.

— Mais qu'est-ce que… ?

Caspar se retourna à temps pour apercevoir une ombre derrière la vitre de séparation. Puis les voyants du scanner s'allumèrent et l'appareil se mit en route tout en émettant une sorte de martèlement, comme si quelqu'un attaquait un fût en métal à la hache. Surpris, Bachmann sursauta et laissa tomber l'allumette en feu.

2 h 39

Deux flammes s'élevèrent simultanément vers le plafond. L'une était réelle, l'autre n'était que son reflet dans la vitre de séparation, derrière laquelle apparut soudainement un visage. Caspar crut d'abord à une illusion d'optique. Mais, en tapant du poing contre la vitre, il reconnut ce faciès tordu de colère. Jonathan Bruck portait toujours sa chemise d'hôpital, à présent maculée d'une multitude de taches brunâtres, devant comme derrière. Une grande quantité de sang s'était également accumulée sous son bandage à la gorge.

Caspar se mit à transpirer et se retourna vers Bachmann. Le feu dégageait une chaleur intense.

— Nous devons à tout prix sortir d'ici !

Le gardien ne le savait que trop bien, car lui aussi avait aperçu le Briseur d'âmes. Il recula vers la sortie, toujours face aux flammes et dans une fumée de plus en plus épaisse.

— Je n'arrive pas à ouvrir la porte, cria Caspar plus fort que nécessaire.

En effet, le scanner s'était momentanément interrompu. Comme pour prouver ce qu'il avançait, il saisit la poignée et la secoua, en vain. Afin d'éviter tout risque d'irradiation, la pièce était pourvue d'une fermeture automatique effective jusqu'à la fin de l'examen, or Bruck venait juste de mettre le scanner en marche. Et s'il avait choisi le programme de virtopsie, Caspar et Bachmann ne pourraient pas sortir avant plusieurs heures !

— Ouvre-nous ! hurla Caspar.

Il tambourina une nouvelle fois contre la vitre, qui ne trembla même pas. Bruck, lui, était déjà passé à l'étape suivante. Sans doute pour faire monter l'effroi de ses prisonniers d'un cran, il se baissa pour ramasser une paire de ciseaux. Il remua les lèvres, prononça quelques mots inaudibles et…

Oh, mon Dieu…

Bruck s'enfonça l'une des lames dans la main gauche.

Mais qu'est-ce qu'il fabrique ? se demanda Caspar avec horreur.

Le sang jaillit, lui donnant la réponse. Bruck cracha sur la vitre et y plaqua sa paume tailladée. Caspar crut entendre nettement la chair meurtrie crisser contre le verre, tandis que la main du psychopathe descendait lentement en laissant une trace sanglante.

Il veut nous adresser un signe ! C'est un indice, comme la blessure qu'il s'est infligée à la gorge.

Caspar assistait à la scène, à la fois terrifié et fasciné. Son nez commençait à couler, les muqueuses étant irritées par la fumée de plus en plus opaque. Comme il avait également les yeux qui pleuraient, il lui fallut plusieurs secondes avant de parvenir à déchiffrer ce que le Briseur d'âmes écrivait en miroir. Il pensa d'abord à « SOS ». Puis il comprit, bien que Bruck n'ait plus assez de sang pour former la dernière lettre : « Sophi… »

Évidemment. Le forcené visait la psychiatre et comptait bien aller jusqu'au bout de sa funeste tâche. Mais Bachmann et lui n'avaient pas pensé que Bruck les agresserait en salle d'IRM, alors que sa victime se trouvait un étage plus haut, dans la bibliothèque. Échec et mat. Ils étaient prisonniers de l'enfer qu'ils avaient eux-mêmes créé, et, quand bien même les volets se relèveraient maintenant, il serait trop tard : ils mourraient asphyxiés par la fumée. À moins d'éteindre immédiatement l'incendie.

Mais comment ? Ce foutu extincteur est dans l'autre pièce.

Le regard de Caspar se posa d'abord sur les flammes, puis sur Bruck.

Je l'ai laissé là-bas exprès pour que, une fois sortis d'ici, nous puissions circonscrire l'incendie.

Il n'avait pas prévu de se faire enfermer *après* avoir allumé le feu. Et alors que, soudainement, il se souvenait avec terreur du second bidon de détergent, celui-ci explosa.

2 h 43

Caspar sentit le souffle incandescent s'abattre sur eux.

— Aidez-moi ! hurla le gardien.

La jambe droite de sa salopette avait pris feu. Caspar étouffa les flammes en appliquant par petits coups précis ce qui lui restait de son T-shirt.

Et maintenant ?

Les lambeaux de son haut avaient tout juste suffi à faire mourir les flammes sur la salopette du gardien. Comment venir à bout de celles qui s'élevaient vers le plafond ?

Tandis que Caspar s'agitait en tous sens, dans l'espoir de dénicher un deuxième extincteur, il croisa le regard de Bruck. Ce dernier observait la scène de l'autre côté de la vitre, les yeux exorbités et la bave aux lèvres tout en agitant la tête, semblant leur adresser un message muet : « Je suis désolé, vous êtes des victimes collatérales mais nécessaires. »

Caspar s'imagina un instant dans un zoo, prisonnier d'une cage incendiée par un touriste fou à lier qui en aurait bloqué la seule issue. Lorsqu'il s'agenouilla pour rechercher désespérément un peu d'air frais, il constata avec horreur que le feu attaquait à présent une chaise de bureau recouverte de tissu.

Sans hésiter plus longtemps, il s'empara des pieds en acier de la chaise, déjà brûlants. Ignorant la douleur, il la projeta contre la vitre. Le verre trembla légèrement et se fendilla là où l'assise avait atterri. Mais Bachmann et lui n'en restaient pas moins pris au piège.

Caspar essaya de récupérer la chaise, mais il ne voyait plus rien. La fumée était à présent tellement épaisse qu'il dut mettre les deux mains devant les yeux pour se protéger. Saisi d'une violente quinte de toux, il crut que ses poumons allaient imploser. Enfin, il sentit un courant d'air : Bachmann avait trouvé la chaise et réussi à la lancer une deuxième fois. Il observa le gardien briser à coups de pied ce qui restait de la vitre, puis basculer dans la pièce voisine en suffoquant.

— Allez chercher l'extincteur ! beugla Caspar.

Derrière lui, l'appel d'air avait ravivé le brasier. Seul le scanner demeurait intact et continuait à envoyer ses rayons X avec la régularité d'un métronome.

— Ohé ! cria Caspar.

N'obtenant aucune réponse, il se rua hors de la fournaise. Tant pis si le saut s'annonçait plus périlleux pour lui que pour le gardien, car il était pieds nus.

Tout comme Bruck.

Caspar se hissa par-dessus le cadre de la vitre, encore parsemé de quelques éclats de verre. Alors qu'il s'appuyait de tout son poids sur les mains afin de retomber de l'autre côté, il se blessa et cria, puis se roula en boule afin d'amortir sa chute. Une deuxième vague de douleur s'ajouta à la première lorsqu'un débris de verre d'une dizaine de centimètres se logea dans son épaule, suivi d'un autre dans son talon. Plus il avançait, plus le morceau de verre s'enfonçait dans son pied. Mais il était enfin dans le local de contrôle.

Caspar boita jusqu'au mur et s'empara de l'extincteur. Surpris par son poids, il faillit le laisser tomber mais parvint finalement à le dégoupiller et à pulvériser la mousse blanche sur la base des flammes.

Une fois l'incendie éteint, il s'appuya contre le bureau où se trouvait un moniteur à écran large noirci par la suie. Il avait beau être épuisé, il se préparait déjà à la prochaine étape. Ils se trouvaient forcément quelque part. Bachmann. Et Bruck.

Le feu n'était rien, comparé à ce qui l'attendait. D'où son soulagement en reconnaissant le visage dans l'embrasure de la porte.

— Tom ? Ça a marché ? Les volets se sont relevés ?

Schadeck entra et répondit par un signe de tête négatif. Soit l'incendie n'avait pas duré assez longtemps, soit le détecteur de fumée de la salle n'était pas relié au système de sécurité.

— Alors qu'est-ce que tu fais là ? C'est Bachmann qui t'envoie ?

— Non.

L'ambulancier approcha d'un pas, puis sortit un pistolet et fit feu en visant Caspar au cœur.

Aujourd'hui, 13 h 32
Bien plus tard, de nombreuses années après la Peur

La villa tremblait sous les assauts du vent, ce qui ne semblait nullement déconcentrer les deux étudiants, toujours plongés dans le dossier. Le jour baissant, ils lisaient désormais à la lumière d'une petite lampe de lecture que le professeur avait placée entre eux, sur la table.

Comme deux étudiants en train de réviser.

Tandis que Patrick se concentrait, la tête entre les poings, Lydia laissait courir un crayon à papier le long de chaque ligne du texte. Elle lisait en remuant silencieusement les lèvres, et s'arrêtait de temps en temps pour griffonner quelques mots sur un bloc posé à sa droite.

Le professeur se leva et s'étira le dos. Malgré la douleur, il continuait à suivre les consignes de son médecin et décrivait des cercles avec les épaules toutes les deux heures. D'après lui, la démarche s'avérait aussi inutile que celle qui l'avait poussé à suivre son ami dans ce bar.

Voyant Lydia prendre des notes, il décida de jeter un coup d'œil à son bloc. Il longea les étagères vidées de leurs livres, probablement revendus aux puces ou sur Internet. Un seul ouvrage continuait néanmoins à prendre la poussière derrière une vitrine brisée. La reliure était abîmée et couverte de crottes de souris, mais le volume semblait avoir regagné sa place le matin même, en ce jour si particulier.

Le professeur évita la vitrine. D'une part, il ne supporterait pas longtemps la vision de son visage émacié et tourmenté s'y reflétant, d'autre part, il préférait ne pas savoir de quel ouvrage il s'agissait. Alors qu'il s'était jusque-là abstenu de regarder la cheminée, son regard se posa sur l'âtre, où se trouvaient empilés une antenne de télévision pliée en deux, des restes de câbles et un morceau de moquette, ainsi qu'une canule écrasée.

Ne fais pas ça !

Le professeur obéit à la voix qui lui interdisait de ramasser la seringue. Une voix qui n'aurait pas dû se donner la peine de hurler : il n'avait nullement l'intention de ramasser l'instrument, ce geste risquant de provoquer l'effondrement de son psychisme, aussi fragile qu'un château de cartes.

Il toussota, afin que ses étudiants absorbés ne soient pas surpris de le voir de si près. Mais ceux-ci semblaient déjà dans un autre monde. Stephen King lui-même avait abordé le sujet de la télépathie, un moyen de transmettre des suggestions à son lecteur et de lui faire parcourir des milliers de kilomètres, pour découvrir des lieux qu'il n'aurait sinon jamais imaginés.

Mais qu'en est-il des pensées négatives ?

Le professeur fit de son mieux pour éviter de projeter son ombre sur le bloc-notes de Lydia, tandis qu'il avançait par-derrière. L'écriture féminine par excellence : nette, soignée, élancée.

Caspar ? figurait tout en haut. Puis elle avait noté, entre parenthèses, quelques informations glanées au fil des pages : *(Médecin ? / Père de famille ? / Hambourg ? / Erreur médicale ?)*

La colonne suivante était consacrée au Briseur d'âmes. Le professeur sourit tristement à la lecture de la dernière ligne, que Lydia avait soulignée deux fois et conclue par trois points d'interrogation.

Briseur d'âmes = Jonathan Bruck (Médecin, confrère, automutilation, mobile ???)

Cette dernière question faisait l'objet d'un paragraphe à part entière : *MOBILE.*

Torturer Sophia ? Empêcher Sophia de révéler ce qu'elle sait ? À propos de Caspar ? De la fille de Caspar ?

Il ne put déchiffrer avec certitude la phrase suivante, car Lydia en cachait certains mots avec le coude.

Hospitalisation = Hasard ? (Rôle de Tom ? Quel rapport avec les autres victimes ?), crut-il lire. Quant à la dernière phrase, elle était parfaitement explicite.

VENGEANCE DU BRISEUR D'ÂMES ?

Une bourrasque de vent ébranla les vitres sales. Patrick ne leva les yeux que très brièvement, le temps de saisir la bouteille d'eau posée devant lui. Il ne remarqua même pas que le responsable de l'expérience n'était plus à sa place, mais juste derrière lui.

Étonnant, se dit le professeur en relevant la tête. *Étonnant comme de fausses déductions peuvent déboucher sur de bonnes conclusions.*

Son regard était irrésistiblement attiré vers la cheminée, qui paraissait comme bâillonnée par ces détritus afin qu'elle ne livre jamais ses secrets.

Lorsque Lydia arriva à la page 140, le papier craqua, telle une articulation trop sollicitée.

Patrick, qui lisait un peu plus lentement que sa compagne, la rejoignit quelques minutes plus tard dans l'univers mystérieux de Caspar.

Écho

Page 141 du dossier médical nº 131071/VL

Dans son rêve, le chagrin lui faisait l'effet d'un être vivant à part entière constitué de milliers de tiques minuscules accrochées à son âme avec l'intention d'en pomper tout sentiment de joie.

Dès que Caspar pensait à sa fille de onze ans qu'il avait abandonnée, de nouvelles tiques assoiffées et affamées s'engouffraient dans sa bouche, les dents aiguisées, prêtes à se cramponner aux muqueuses de sa trachée et de son œsophage, bien déterminées à se repaître de lui. Il ne serait plus jamais heureux, et il le savait. Pas après cette terrible erreur.

Il attrapa la bouteille et but encore une gorgée, bien que sa vision soit déjà très altérée, non seulement en raison de la pluie, mais également de la vitesse à laquelle il conduisait sur cette route départementale, en fuite contre lui-même.

Il avait toujours été certain que rien ne pourrait jamais lui arriver. Pas un seul incident à déplorer et là, la séance dégénérait alors qu'il s'agissait de la patiente qui comptait le plus au monde pour lui.

Il fouilla fébrilement dans le dossier médical, sortit la photo et l'embrassa, avant de porter une nouvelle fois la bouteille à ses lèvres.

Mon Dieu, mais qu'est-ce que je t'ai fait ?

Il serra la photo contre lui. Mais alors qu'il tentait d'augmenter la vitesse des essuie-glaces, sa main ne rencontra que du vide. Et là, il aperçut l'arbre. Il freina, se protégea la tête avec ses bras et s'écria : « Mais qu'est-ce que j'ai fait ? »

Puis de la lumière. Bien sûr, il dormait encore. Il avait beau entendre sa propre respiration, impossible de se réveiller. Le cauchemar continuait, il avait juste pris une forme différente. Caspar n'était plus assis dans sa voiture, mais sur un matelas très ferme, les jambes dans le vide, et il portait à son poignet un bracelet en plastique avec un numéro.

— Vous n'avez rien fait.

Cette voix n'était encore jamais apparue dans ses rêves, mais il la connaissait.

Une voix aimable, légèrement inquiétante.

Une voix qui appartenait soit à un gros fumeur, soit à une personne souffrant d'un cancer de la gorge. Ou aux deux.

— Si, je suis responsable de ce qui est arrivé à ma fille.

— Non, vous n'y êtes pour rien.

Une porte s'ouvrit alors et un homme corpulent entra, la mine sombre. Peut-être son interlocuteur.

— Alors qui, si ce n'est pas moi ?

— Vous vous posez la mauvaise question.

Le visage de l'homme se détendit un peu.

— Que s'est-il passé dans mon cabinet ?

— J'aime mieux ça. Voilà une question plus pertinente. J'y ai répondu dans ma lettre.

Une lettre ?

— Quelle lettre ? Je ne vois pas de quoi vous parlez. Je ne me souviens même pas du prénom de ma propre fille.

— Mais si, vous vous en souvenez.

L'espace de quelques secondes, la voix se matérialisa en un visage hélas trop familier.

Caspar cria en reconnaissant Bruck. Et hurla de plus belle lorsque le Briseur d'âmes entama une nouvelle métamorphose.

2 h 58
Quarante minutes avant la Peur

— Tu es qui, toi ?

En voyant palpiter la jugulaire de Schadeck, Caspar devina que l'ambulancier lui hurlait dessus. Mais il n'entendait qu'un bourdonnement constant depuis qu'il avait repris connaissance. Il transpirait et grelottait simultanément.

— Je ne sais pas.

Sa langue était gonflée et il pouvait à peine la mouvoir. Mais en cet instant précis, c'était bien là le moindre de ses soucis.

Que s'est-il passé ? Où suis-je ?

Caspar essaya de bouger les bras et les jambes, mais il ne réussit à les lever que de quelques millimètres.

Je suis attaché.

En tirant sur les liens en caoutchouc qui le maintenaient allongé sur la table de dissection, il sentit une douleur intense se propager du coude gauche à la tempe en passant par l'épaule. Une douleur qui lui donna la nausée. Une douleur qui devint tout bonnement insoutenable lorsqu'il laissa retomber la tête sur la table.

Après être allé chercher le pistolet paralysant dans la réserve de médicaments, Tom m'a tiré dessus et m'a enfermé dans la salle d'autopsie.

Aveuglé par le scialytique, Caspar ferma les yeux. Pas une seconde ne passait sans qu'il ait envie de vomir. À cause de la peur. Et à cause du poison qu'on lui avait administré.

— Qu'est-ce que tu m'as fait ?

Ses croassements étaient sans doute incompréhensibles. Quant au vrombissement, il redoubla d'intensité.

— Secoue-toi un peu, l'anesthésique ne fait effet que pendant dix minutes, et elles sont écoulées. Alors maintenant, crache le morceau : qui es-tu et que fais-tu dans cette clinique ?

Le courant d'air que sentait Caspar sur son front trempé de sueur provenait d'un objet que Schadeck agitait à la façon d'un éventail. Il vit une feuille tomber d'un dossier. *De son dossier.*

— Tu veux savoir où je l'ai trouvé ? Il était dans la bibliothèque, grand ouvert sur la table. Ton ami Jonathan Bruck nous l'a mis à disposition.

— Ce n'est pas mon ami.

Tout en prononçant ces mots, Caspar se demanda pourquoi il avait une seringue plantée dans le bras. Au même instant, il identifia les martèlements. Le scanner. La virtopsie était toujours en cours. Le feu n'avait donc pas endommagé l'appareil hors de prix.

— Je suis au regret de t'annoncer que tu ne vas plus me mentir longtemps, ricana Schadeck.

L'ambulancier lui tapa sur le front avec une enveloppe noircie de suie, puis en sortit une feuille presque entièrement carbonisée.

— Ça ne te rappelle rien ?

Pour N. H., lut Caspar, contraint d'acquiescer. Il ne reconnaissait pas l'écriture à proprement parler, mais la première lettre de son nom de famille, qu'il venait brutalement de se remémorer : *Haberland.*

Une nouvelle pièce à ajouter au puzzle de son passé. Rassfeld et Sophia lui en avaient tendu d'autres, en évitant de le brusquer, et n'auraient certainement pas cautionné les méthodes de Schadeck. L'ambulancier retourna l'enveloppe. Les initiales de l'expéditeur constituaient à elles seules la pire des accusations : J. B.

Jonathan Bruck.

— Ton pote s'est donné bien du mal pour choisir ses mots, du moins, ceux qu'on arrive encore à déchiffrer.

Au grand étonnement de Caspar, la lettre était plus endommagée que l'enveloppe. Schadeck débuta sa lecture avec emphase, en prenant soin de remplacer, par des pauses théâtrales, les paragraphes et les bribes de phrases illisibles.

Cher collègue...

... un accident tragique dont vous n'êtes nullement responsable. En effet...

Là, un paragraphe entier avait disparu.

... vous devriez vous en tenir à notre plan. Allez à la clinique Teufelsberg avant Noël... et...

Après avoir remis la lettre dans l'enveloppe, Schadeck gifla si fort Caspar avec la chemise du dossier que sa tête fut projetée sur la droite.

— « Cher collègue » ? « Notre plan » ? Qu'est-ce que ça veut dire ? Que fiche cette lettre dans ton dossier ?

— Je n'en ai aucune idée.

— Arrête ce petit jeu, Caspar, ou monsieur N. H., ou je ne sais qui.

Schadeck le frappa à nouveau, cette fois-ci avec la tranche du dossier.

— Résumons : tu connais le Briseur d'âmes, tu l'as déjà rencontré et il t'a envoyé ici. En tant que *confrère*.

— Non !

— Très bien, procédons différemment.

Tom, furieux, donna un violent coup de pied dans une table à instruments, de laquelle plusieurs objets tombèrent avec fracas. Il se baissa et ramassa une scie à os.

— Je vais devoir te tirer les vers du nez autrement.

3 h 01

Il ne pouvait même pas se défendre. C'était bien là le pire.

Schadeck avait raison sur un point : Caspar connaissait Bruck. Au moins autant que la première victime, Katja Adesi, l'institutrice de sa fille. Il en était certain, il avait déjà rencontré ces deux personnes. Jadis, dans une vie dont il ne se souvenait plus que par bribes. Mais si un piège avait été élaboré dans le but de les rassembler tous ici, en ce 24 décembre, il était forcément le fruit d'un cerveau malade. Le sien, peut-être.

Qu'ai-je donc fait ?

Même si Caspar commençait à assembler mentalement les différents morceaux de l'énigme, l'image d'ensemble continuait à lui échapper.

Quel est le lien ?

L'erreur médicale et l'accident, qui l'avaient marqué à tout jamais.

Pourquoi Bachmann l'avait-il retrouvé dans un fossé, inconscient, alors qu'il s'apprêtait à s'introduire dans la clinique, avec son chien ?

— Où sont les autres ? demanda-t-il, espérant ainsi gagner du temps.

Caspar était d'autant plus terrifié que Schadeck se tenait à présent derrière lui. Impossible de voir ce que manigançait l'ambulancier, qui avait visiblement perdu la tête. Jusqu'au moment où il l'entendit pulvériser un antiseptique sur la lame de la scie.

— Ne t'inquiète pas pour les femmes, je les ai enfermées dans la bibliothèque.

Pschiiit.

— Et Bachmann ?

— Tu me prends pour un con, ou quoi ? Tu es la dernière personne à l'avoir vu.

Soudain, Schadeck l'empoigna par les cheveux et lui tira brutalement la tête en arrière. Caspar crut qu'il allait se faire scalper. Le visage de l'ambulancier, tordu de colère, se trouvait à quelques centimètres du sien, mais à l'envers. Et l'écume qui se formait au coin de ses lèvres menaçait de lui tomber dans l'œil.

— Bon, maintenant que le public est bien chauffé, le spectacle peut commencer.

Caspar aperçut le reflet étincelant de la scie. Il avala le peu de salive qui lui restait et sentit sa pomme d'Adam frotter douloureusement contre la paroi de sa gorge sèche.

— Non, arrête, par pitié…

Caspar tira sur ses liens en se tordant dans tous les sens.

— Débats-toi autant que tu veux, ça ne change rien. Seule la vérité peut encore te sauver.

— Mais je ne sais rien !

— Est-ce que tu arrives au moins à concevoir pourquoi je refuse de te croire ?

Caspar ravala la bile qui venait de remonter le long de son œsophage.

— Parce que toi et moi, on est pareils.

Schadeck tendit sa main brûlée.

— Je t'ai parlé de mon père. Le soir où ma mère n'a pas assez salé la purée, il a cru drôle de me foutre la main dans un moule à gaufres.

La main de Tom disparut.

— Après avoir grièvement blessé ma mère à la mâchoire, il est allé boire un verre au bar. Quand il est rentré en titubant, maman était déjà partie pour l'hôpital, avec mon frère et ma sœur. Moi, je suis resté pour régler définitivement mes comptes avec mon père. Mais je l'avais sous-estimé. Même après avoir englouti la moitié du bar, il était aussi féroce qu'un pitt-bull.

Schadeck longea la table de dissection.

— Il m'a demandé où se trouvaient ses autres enfants. Puis il m'a coincé la main dans le gaufrier. Je criais, je hurlais, je le suppliais d'arrêter, je me débattais, et lui, ça le faisait rire. Tu sais ce que j'ai appris ce jour-là ? Que la violence ne résout jamais rien.

Lorsque Tom reposa la scie sur la table à instruments, Caspar poussa un soupir de soulagement.

— La douleur était insoutenable, mais je n'ai pas parlé. Papa n'a lâché prise qu'une fois écœuré par l'odeur de chair calcinée. Ce crétin d'ivrogne a même fini par croire que je ne savais vraiment pas où ils étaient. Mais s'il s'était donné la peine d'ouvrir un dictionnaire médical, il aurait trouvé un moyen de me faire avouer.

— C'est-à-dire ?

Le soulagement de Caspar disparut aussitôt pour laisser place à une peur diffuse.

— Une petite démonstration vaut mieux qu'un long discours, poursuivit Schadeck en riant. Tu es médecin, après tout. Tu connais le thiopental ?

— C'est un barbiturique.

Très efficace, provoque une perte de connaissance immédiate. Est utilisé pour induire une anesthésie générale.

— Tout à fait. À haute dose, cet hypnotique t'envoie dans une autre galaxie. À faible dose, il détend et provoque un flot de paroles incontrôlé. C'est la raison pour laquelle les services de renseignement s'en servent pour les interrogatoires. Alors, qu'en penses-tu ? On trouve vraiment de tout, dans cette réserve de médicaments. Et maintenant, pas de mouvement brusque, ou je te plante cette seringue dans l'œil au lieu du bras.

3 h 03

Le sérum de vérité occupe une place de choix dans les légendes urbaines. On croit souvent qu'il s'agit d'une substance chimique permettant à un tortionnaire de soumettre sa victime. Un produit qui, une fois répandu dans le sang, fait s'échapper les secrets les mieux gardés.

Mais, pour Caspar, la situation était différente. Pis. Désespérée.

En effet, le produit que Schadeck venait de lui injecter ne fit que soulever le tapis biochimique sous lequel il avait enfoui ses secrets les plus intimes. Un phénomène bien connu des anesthésistes qui, dans les secondes précédant l'opération, recueillent les confidences du patient. Ainsi, les femmes évoquent souvent leurs pratiques sexuelles. Le thiopental affaiblit le cortex préfrontal, le siège du contrôle dans le cerveau, mais il ne révèle que les secrets volontairement tus, et non les pensées refoulées inconsciemment.

— Arrête, non, attends… gémit Caspar.

Malgré ses supplications, il sentait déjà un liquide froid couler dans son bras gauche et le paralyser. Il n'avait pas vu la quantité de produit que Tom lui avait administrée, mais elle lui fit l'effet d'un demi-litre de liquide de refroidissement.

— Ne t'inquiète pas, je sais comment on fait les piqûres. Mon père a eu l'honneur de recevoir ma première injection alors qu'il cuvait. Mais la dose était plus forte, si tu vois ce que je veux dire.

Schadeck ricana.

— À ton tour d'avouer, maintenant.

Les mots de l'ambulancier résonnaient étrangement, comme dans une église, et se mêlaient aux vibrations du scanner, à présent plus discrètes. On aurait dit qu'une porte antibruit avait été fermée.

— Je... Je crois avoir compris quelque chose.

Caspar mentait. Ce à quoi il pensait demeurait tapi dans le brouillard de sa conscience, de plus en plus embrumée sous l'effet de l'anesthésique.

— Je t'écoute.

À présent, la sensation de froid s'étendait de l'épaule jusqu'au cœur.

— Tu... Tu as dit...

Caspar ne put réprimer un rire amer. C'était absurde. Tom n'était pas médecin : pour peu qu'il ait mal estimé son poids, se trompant ainsi de quelques millilitres dans le dosage, Caspar ne tarderait pas à s'endormir. Mais, pour l'instant, l'anesthésique le libérait de ses angoisses. Un tumulte de pensées semblait n'attendre que le moment propice pour s'échapper, et Caspar puisait dans ses dernières ressources pour contrôler le moindre mouvement de ses lèvres.

— Tu l'as appelé comment, ce truc ?

Il gardait les yeux rivés sur la seringue. Si seulement quelqu'un pouvait lui jeter un seau d'eau glacée sur la figure pour qu'il reste maître de lui-même...

— Le thiopental.

La voix de l'ambulancier lui parvenait de très loin, alors qu'il se tenait juste à côté de lui.

— Non, non...

Il cligna des yeux et les écarquilla. Surtout, ne pas les refermer.

Mais oui, évidemment.

Il souleva le haut de son corps autant que la nausée le lui permettait, ce qui accéléra sa réflexion. Plus il étirait le cou, moins son cerveau s'engourdissait. Le train du souvenir put ainsi mettre le cap sur une gare intermédiaire, mais d'égale importance.

— Hypnotique, prononça Caspar.

Il hocha vigoureusement la tête, au point que ses vertèbres cervicales craquèrent.

— Tu as dit que c'était un hypnotique. C'est ça, la solution. Libère-moi.

3 h 06

L'effet avait beau se dissiper, le froid subsistait et Caspar ressentait une étrange ivresse. Son cœur ressemblait à un disque rayé : il battait normalement pendant quelques secondes avant de connaître plusieurs ratés à la suite.

Caspar avait mal, très mal, au point de ne plus pouvoir respirer normalement. Cependant, il arrivait encore à parler ou plutôt, à croasser.

— C'est ça, la solution, répéta-t-il.

— Tu peux préciser ?

Tom dut répéter la question deux fois avant que Caspar la comprenne enfin.

— L'énigme trouvée dans la main de Sophia...

— « Je porte un faux nom mais je dis vrai » ?

— Oui.

— Et donc ?

— La réponse est...

Caspar avala sa salive. Il avait la gorge en feu.

— La réponse est « hypnose ».

— Pourquoi ?

— Ce mot vient du grec, Hypnos, le dieu du Sommeil.

Caspar s'entendait parler en décalé, comme s'il passait un appel longue distance. Mais, au moins, il était parvenu à formuler une phrase complète.

— Bon Dieu, mais où tu veux en venir ? s'impatienta Schadeck.

Caspar se concentra, inspira profondément et compta jusqu'à trois avant de répondre.

— Les scientifiques ont longtemps comparé l'hypnose au sommeil, mais ça n'a aucun rapport.

Il ferma les yeux et éleva la voix afin de ne pas s'endormir.

— Le sujet reste éveillé, seul son champ de conscience est restreint. Comme chez les victimes. Comme chez Sophia. Tu comprends ? Le Briseur d'âmes les a hypnotisées. « Je porte un faux nom mais je dis vrai. »

— N'im-por-te quoi !

Chaque syllabe prononcée par Schadeck résonna contre les réfrigérateurs en aluminium de la salle d'autopsie.

Caspar ouvrit un œil, puis l'autre. Un rayon concentré de douleur passa par sa rétine et le frappa de plein fouet au cerveau.

— Pourquoi ? cria-t-il à son tour.

Du moins, il crut hausser le ton, mais rien n'était moins sûr.

— Je n'ai pas la force de t'expliquer en détail tout de suite. Non, attends, écoute-moi !

Il se tourna sur le côté, mais ne put bouger le bras dans lequel Tom avait pratiqué l'injection, car ce dernier le lui maintenait fermement des deux mains.

— Tu as besoin de moi.

— Comment ça ?

— *Nopor*, répondit Caspar en toussant.

Les rares mots qu'il était parvenu à prononcer avaient suffi à lui assécher encore plus la gorge. Il ressentait une soif intense, et il espérait même en partie que Tom lui administrerait sans tarder le reste de l'anesthésique, faisant ainsi disparaître l'étau qui lui enserrait la tête. Mais il devait à tout prix éviter de craquer, s'il voulait sortir vivant d'ici.

— Sophia a essayé de nous mettre sur la voie, ajouta-t-il en cherchant le regard de Tom. Bruck plonge ses victimes dans un état léthargique en les hypnotisant, puis les retient prisonnières dans la phase de transition entre éveil et sommeil. Un état dont elles ne peuvent sortir d'elles-mêmes.

— En les hypnotisant ? répéta Schadeck, incrédule.

— Oui.

Diversion, choc, surprise, doute, trouble, dissociation.

Ces différents facteurs, ensemble ou séparément, permettaient de plonger un sujet dans un état où ses actions et ses pensées pouvaient être manipulées par une tierce personne.

— Bon, j'en ai marre ! protesta Schadeck. Il est impossible d'hypnotiser quelqu'un de force.

— Mais si !

Caspar, épuisé, tendit le menton en avant. Grave erreur. Il ne contrôlait plus ses mouvements, et sa tête retomba lourdement sur la table d'examen, dans un grand fracas. Un éclair lui transperça les paupières et révéla, l'espace d'un bref mais terrible instant, une image du passé qu'il aurait voulu effacer de sa mémoire : la fillette aux boucles blondes qui secouait la tête, lui signifiant ainsi son refus d'être soignée.

Oh non, je l'ai fait. Ma fille n'était pas d'accord, mais je l'ai...

— Tu devrais te reconvertir comme scénariste à Hollywood, râla Schadeck. Des terroristes embrigadent des citoyens innocents pour leur faire poser des bombes à la demande, c'est ça ? Des gens se suicident en entendant un truc bien précis, du genre « fer à cheval » ? Qu'est-ce que tu vas m'inventer d'autre pour sauver ta peau, hein ? Ça n'existe pas, tout ça.

— Si, et je peux te le prouver. Détache-moi.

— Dans tes rêves.

Tom reprit la seringue.

— Attends, attends, attends.

Les pensées affluaient dans le cerveau de Caspar à une vitesse désormais critique, et la digue qui lui permettait encore de contrôler ses paroles menaçait de céder. Effectivement, d'après la médecine officielle, personne ne pouvait être plongé en transe contre son gré. Mais si la victime ne se rendait pas compte que quelqu'un essayait de l'hypnotiser ? Si son libre arbitre avait été affaibli à la suite d'un choc, d'un traumatisme ou d'une administration de stupéfiants ?

Il voulait parler à Schadeck du projet Artichoke, un programme de recherche lancé par la CIA à l'époque de la guerre froide : après avoir étudié les méthodes de manipulation mentale à des fins militaires, les scientifiques étaient parvenus à des conclusions plus que troublantes. Que Caspar connaissait par cœur, et ce pour une raison inexplicable.

Sous prétexte d'une prise de tension, on invite le cobaye à se détendre. Une prise de sang peut être l'occasion d'administrer une drogue. Sous couvert d'un examen oculaire, on peut demander au sujet de fixer une petite lumière ou un flash, tout en procédant à des suggestions verbales.

Caspar souhaitait également parler à Tom des injections de vitamines pratiquées sur des cobayes humains à leur insu : en réalité, les seringues contenaient de l'amytal de sodium. Du mystérieux protocole Alzner, dont la seule lecture suffisait à modifier l'inconscient. Et il voulait lui citer le rapport final de la commission d'éthique :

Après les pires sévices physiques et psychologiques, par exemple en provoquant un grave traumatisme, il est possible, par l'administration de drogues modifiant le champ de conscience, de provoquer, contre leur gré, une transe chez des sujets influençables et de prendre ainsi le contrôle de leurs pensées.

Il aurait eu encore beaucoup à révéler, mais ne disposait pas de la force nécessaire. À cause de la fatigue fébrile qui gagnait à présent ses cordes vocales, il ne bredouillait plus que des bribes de phrases.

— Toi aussi, tu peux…

— Je peux quoi ?

— Le faire.

— Faire quoi ?

Caspar serra le poing afin de s'enfoncer un morceau de verre encore plus profondément dans la chair. Cette vive douleur l'empêcha de sombrer.

— Ce n'est qu'une question de contexte. Regarde, je suis à ta merci. Plus tu m'injecteras du produit, plus il te sera facile de me briser.

Il toussa de nouveau, cette fois-ci parce qu'il s'était étouffé avec sa propre salive.

— Mais là, ça dure depuis plusieurs semaines ! s'écria Schadeck en frappant la table du poing. La première victime en est même morte. Je commence à croire que tu n'es pas médecin. Admettons qu'une séance d'hypnose tourne mal, le patient finit toujours par plonger dans un sommeil naturel. Les victimes se seraient réveillées d'elles-mêmes et il n'y aurait pas eu de cas mortel.

Si, je suis médecin.

Caspar en était convaincu, à présent. Les souvenirs se bousculaient. Il aurait même pu le prouver à Schadeck, s'ils s'étaient trouvés dans le bureau de Rassfeld. Ils y auraient consulté l'annuaire des psychiatres, la liste exhaustive des confrères du professeur. Il visualisait même son propre nom : *Dr Niclas Haberland, spécialiste en neuropsychiatrie et hypnose thérapeutique.*

— Tu as raison.

Il essaya de calmer Tom avant que ce dernier lui injecte encore plus de thiopental.

— Normalement, l'hypnose thérapeutique ne comporte aucun risque. Le pire qui puisse arriver, c'est la rupture du lien…

Caspar s'étonna que ces notions techniques lui reviennent aussi rapidement.

— … quand le praticien n'arrive plus à communiquer avec son patient et que celui-ci ne réagit plus aux ordres. Oui, tu as raison sur ce point : il n'y a rien à faire à part attendre, puisqu'on finit toujours par se réveiller. Mais, dans ce cas, il s'agit de déconnexions involontaires. De séquelles dues à des négligences, de blessures survenues lors de spectacles d'hypnose, par exemple quand une femme dans le public est censée sauter sur scène à quatre pattes et en aboyant, mais tombe dans la fosse d'orchestre. Or jusqu'à aujourd'hui, personne ne s'est jamais penché sur les traumatismes volontairement infligés sous hypnose. Tu comprends ou pas ?

Caspar avait l'impression de chuchoter ses explications. En fait, il n'était même pas sûr de les avoir prononcées. Ses facultés de perception étaient presque réduites à néant. Il ne se contrôlait plus. Une situation paradoxale, alors qu'il se retrouvait à parler d'hypnose.

— Si quelqu'un a vraiment mis au point une méthode capable de plonger une personne volontairement et ce, pendant plusieurs semaines, dans un état léthargique, une méthode aux effets indésirables parfois mortels, nous ne lirons jamais rien à ce sujet dans les revues spécialisées. Tout simplement parce qu'il est formellement interdit de mener de telles expériences sur des êtres humains. Mais j'ai bien peur que cela soit justement en train d'arriver. Ici, dans cette clinique. Et nous sommes les cobayes.

Visiblement, Caspar venait de faire mouche. Tom réfléchissait, les mains croisées sur la nuque. L'hésitation se lisait dans son regard.

— Détache-moi, je t'en supplie, poursuivit Caspar. Je pense savoir comment guérir Sophia et nous sortir tous d'ici.

Assailli par le doute, Schadeck se mordit les lèvres et se passa la main dans les cheveux, tout en soupirant. Peu après, Caspar sentit l'ambulancier relâcher légèrement la pression sur son bras. La seringue avait repris sa place initiale sur la table à instruments, près du matériel d'autopsie.

— Au premier mouvement brusque, je te bute.

L'ambulancier était en train de libérer la main gauche de Caspar lorsque l'impensable se produisit : quelque part dans la clinique, un téléphone sonna.

3 h 09

— Non, n'y va pas !

Il cria, mais Schadeck se précipita dans le couloir sans même se retourner.

C'est un piège.

Caspar essaya une nouvelle fois de le prévenir. Sa voix lui fit hélas défaut.

Il s'appuya sur le bras gauche, désormais libre, se tourna sur le côté et s'affaira sur ses autres liens d'une main tremblante. Les couleurs autour de lui avaient changé, les sons également. Les martèlements du scanner résonnaient dans la pièce adjacente avec la régularité d'un morceau de musique techno. Puis ils gagnèrent en vitesse et recouvrirent la sonnerie du téléphone. Une sonnerie qui n'aurait jamais dû retentir. D'une part, la ligne était en dérangement, d'autre part, le son était trop aigu et trop proche.

En voulant se redresser, Caspar tomba par terre, s'étalant sur les dalles. Il entendit un craquement dans son épaule gauche et hurla. Il avait certes le cerveau embrumé, mais il ressentait encore parfaitement la douleur.

Il essaya alors de se mettre debout en prenant appui sur la table à instruments, mais la renversa. Alors qu'il s'apprêtait à ramasser un scalpel tombé juste devant son genou, il changea d'avis et saisit la seringue. S'il était amené à se défendre, une bonne injection agirait plus rapidement, même si la canule était presque vide.

Il s'appuya par mégarde sur sa jambe blessée, s'enfonçant par la même occasion des éclats de verre encore plus profondément dans le pied, poussa un nouveau cri et contourna la table de dissection en boitant. À quelques pas de là, la porte dansait devant ses yeux. Plus il s'en approchait, plus elle semblait s'éloigner.

Il perdit l'équilibre et força sur son pied blessé. Au moins, la douleur l'empêchait de sombrer.

Il était déchiré entre l'instinct de fuir avant que le Briseur d'âmes le rejoigne et l'envie de s'endormir pour ne plus jamais se réveiller.

Dormir...

Soudain, l'odeur de brûlé l'assaillit. Peut-être parce qu'il se trouvait à quelques mètres de la salle d'IRM, où il avait provoqué l'incendie.

Pourquoi Sophia ne sombre-t-elle pas tout simplement dans un profond sommeil ?

Caspar atteignit l'ascenseur tant bien que mal et appuya sur le bouton. Hors de question de remonter par les escaliers. Chaque marche représentait un obstacle insurmontable.

Il réfléchit, le front contre la porte. Il entendait nettement les pas rapides de Schadeck, juste au-dessus de lui, au rez-de-chaussée. Quant au téléphone, il avait cessé de sonner.

Tom a raison. Pourquoi les victimes ne se réveillent-elles pas d'elles-mêmes ? Et pourquoi on les retrouve toutes avec une devinette dans le creux de la main ?

L'ascenseur grinça, provoquant chez Caspar une autre réflexion.

Une minute...

La réponse paraissait tellement évidente qu'il eut d'abord du mal à y croire.

Torpeur. Léthargie. Évidemment.

Comment avons-nous pu être aussi aveugles ?

Le drame s'était noué là, sous leurs yeux : Sophia présentait tous les symptômes d'une patiente manipulée par un hypnotiseur sans scrupules.

Bruck lui avait certainement fait revivre un événement terrible de son passé. Sa plus grande peur, le plus grand traumatisme de sa vie. *Peut-être le jour où son ex-mari lui avait pris sa fille ?*

Puis le fou avait sciemment rompu le lien entre lui et Sophia, comme il l'avait fait avec ses victimes précédentes. De ce fait, Sophia ne réagissait plus qu'à des stimuli extérieurs et ne pouvait communiquer avec personne d'autre que lui.

Mais juste avant la dernière étape, l'étape décisive, Linus l'avait dérangé. Il s'était alors produit ce qui survenait normalement lors d'une séance d'hypnose ratée. Depuis, Sophia demeurait bloquée entre éveil et sommeil.

Caspar se remémora les battements de paupières de Sophia, ses gémissements, les rares moments où elle réagissait et dont elle profitait pour essayer de communiquer, avant de retomber en transe.

Et nous aurions pu la délivrer.

Un seul mot aurait suffi à briser cette spirale infernale et à annuler l'ordre post-hypnotique que le Briseur d'âmes avait implanté chez ses victimes pour que l'hypnose reprenne dès qu'elles ouvraient les yeux. Dès que la pupille entrait en contact avec la lumière.

Oh, mon Dieu.

Caspar tambourina contre la porte de l'ascenseur comme pour exhorter la cabine à descendre plus vite. Il leva la tête : rien, aucun chiffre ne s'allumait.

Reste l'escalier.

Il trébucha, se rattrapa *in extremis* à la rampe, puis entreprit de gravir les marches à cloche-pied.

Tout semblait limpide désormais. La solution de l'énigme était la solution de tout.

3 h 11

De sa main blessée, il exerça une pression sur son cœur, dont le rythme s'accélérait à chacun de ses pas.

— Tom ? hurla Caspar.

Il voulait confier ses nouvelles hypothèses à l'ambulancier. En priant pour qu'elles ne constituent pas une fausse piste.

En admettant que Caspar ait raison, il leur suffisait d'attendre que Sophia rouvre les yeux pour prononcer devant elle le mot « code », la solution de l'énigme. Si elle ne souffrait pas de séquelles psychiques trop graves, elle reprendrait le contrôle de sa conscience. Ou s'endormirait paisiblement.

— Tom ?

Toujours aucune réponse. Caspar s'était pourtant égosillé.

Il franchit enfin la dernière marche. Ses pieds ensanglantés imprimèrent leurs premières traces sur l'épaisse moquette crème du hall d'entrée. Puis il entendit la porte de l'ascenseur grincer derrière lui : elle s'ouvrait et se refermait sans arrêt, certainement à cause d'une cale en bois que Caspar hésita à aller retirer. Le fait que la cabine soit plongée dans le noir ne le rassurait guère. Et si le psychopathe le guettait dans un recoin, pour lui sauter à la gorge ? Sans compter que Caspar n'était armé que d'une seringue. Il valait mieux aller chercher de l'aide.

Où est Tom ?

Il s'engagea dans le couloir sombre qui menait à la bibliothèque.

Pourquoi la porte est-elle ouverte ?

La stupeur de Caspar ne fit que croître à la vue de la masse brillante qui sembla se matérialiser à quelques mètres de lui, reflétant le feu qui brûlait dans la cheminée de la salle à manger.

Il avança d'un pas et comprit aussitôt : le fauteuil de Sophia était renversé et abandonné dans le couloir. L'une des roues tournait encore.

3 h 12

Je suis Niclas Haberland.

Il stoppa le mouvement de la roue en posant l'index dessus et plissa les yeux.

— Sophia ? chuchota-t-il.

Il poussa du bout du pied la lourde porte en bois.

Je suis Niclas Haberland, spécialiste en neuropsychiatrie.

Il remuait les lèvres en silence et se répétait cette phrase tel un mantra, lui attribuant un pouvoir magique permettant d'éloigner la présence maléfique qu'il s'attendait à trouver dans la bibliothèque.

Je suis Niclas Haberland, spécialiste en neuropsychiatrie et hypnose thérapeutique.

Il serra la seringue plus fort, puis entra. Aperçut la silhouette devant la cheminée. Et ferma les yeux.

Je suis Niclas Haberland, spécialiste en neuropsychiatrie et hypnose thérapeutique. Et j'ai commis une erreur.

Lorsqu'il les rouvrit, elle était toujours là, assise sur une chaise à haut dossier, la peau aussi livide que les cendres refroidies dans l'âtre.

Le menton de Greta Kaminsky reposait sur sa poitrine. Sa main droite pendait dans le vide et la gauche était posée sur le ventre.

La vieille dame était raide et immobile, telle une poupée qu'un très léger courant d'air aurait suffi à faire basculer sur le côté.

Pendant quelques secondes, Caspar crut même la voir glisser de sa chaise et se cogner la tête sur le parquet avant de s'évaporer dans les airs, tel un nuage de poussière.

Il l'appela en murmurant et avança prudemment d'un pas. La poitrine de Greta se soulevait-elle réellement au rythme de sa respiration, ou n'était-ce qu'une illusion d'optique causée par les dernières flammes vacillantes derrière elle ?

Tom ? Yasmin ? Où êtes-vous ?

Il chercha un signe de vie chez la vieille dame, n'importe lequel : une veine qui palpitait, un frémissement qui parcourait ses lèvres violacées. N'importe lequel.

Une fois arrivé à une trentaine de centimètres de Greta, il s'agenouilla et posa la seringue sur le tapis, afin de ne pas la blesser. Il essaya de lui parler, puis les événements se précipitèrent. Qu'entendit-il en premier, le cri d'effroi ou le fracas métallique ? Comment parvint-il à se diriger aussi rapidement vers l'ascenseur, d'où provenaient les bruits d'une lutte acharnée ? Les portes laissaient à présent entrapercevoir le faisceau d'une petite lampe de poche pointée vers la loge de Bachmann, près de l'entrée de la clinique. Caspar s'arrêta. Le couloir était trop étroit et l'ascenseur encore trop éloigné pour qu'il puisse distinguer ce qui se passait dans la cabine. Mais il aperçut néanmoins les pieds et les jambes de Sophia dépasser de l'ascenseur. La partie supérieure de son corps se trouvait déjà à l'intérieur.

3 h 13
À l'extérieur de la clinique

La tempête ne faiblissait pas, au contraire : elle continuait à balayer tuiles, volets et câbles, bref, tous les éléments peu stables qu'elle trouvait sur son passage. Parfois, elle se calmait, comme pour reprendre son souffle, et recommençait de plus belle, tordant les antennes télé et déracinant les arbres. En parfaite complice, la neige recouvrait les dégâts de son blanc manteau et neutralisait les rares témoins de la scène.

Personne n'osait s'aventurer dehors. À moins d'y être contraint et forcé, à l'image de Mike Haffner.

— Le meilleur boulot du monde, mon cul ! grogna-t-il, seul dans son chasse-neige. Déneiger, tu parles...

Il le savait, il n'aurait jamais dû écouter Schwacke : ce pauvre drogué ne distinguait pas un joint d'un sifflet, alors lui faire confiance pour ce genre de plan...

« 2 000 euros, lui avait promis Schwacke, et tu seras payé, qu'il neige ou pas. De toute façon, tu es comme moi, tu lis les journaux, non ? Réchauffement climatique, CO_2, effet de serre et tout, mon pote. Le jour où il neigera par chez nous en plein hiver, je rentre en cure de désintox. »

Haffner sortit son portable avec la ferme intention d'appeler son ancien copain de classe pour lui souhaiter un bon cancer des testicules. Non, mieux valait qu'il attrape une maladie plus virulente : le virus Ebola, par exemple. À cause de cet enfoiré, il avait démissionné d'une bonne place au vidéoclub et se retrouvait à travailler pour l'entreprise de déneigement F. A. Wurm.

« Même en pleine tempête, Wurm vroum », indiquait le slogan à l'arrière du véhicule. À en croire le coup de téléphone reçu vingt minutes auparavant, cette phrase était à prendre au pied de la lettre.

« Tant que tu n'as pas d'accident avec le chasse-neige, tu fais ton boulot », lui avait ordonné le patron.

Et voilà qu'un vieux banlieusard l'appelait pour qu'il déblaie l'entrée de son garage.

Réseau inexistant.

Mike jeta son portable par terre et alluma la radio, qui ne fonctionnait que par intermittence. L'animateur, qui devait se trouver très drôle, avait demandé à ce qu'on diffuse « Sunshine Reggae ». À moins que le programmateur musical ne soit aussi débile que Schwacke. Haffner laissa tout de même la radio en marche. De toute façon, entre les pétarades du moteur diesel et les bourrasques de vent, la musique était à peine audible. Malgré la faible visibilité, il appuya sur l'accélérateur et tourna au coin d'une rue pavée. Avec ce temps de chien, il aurait dû rouler plus lentement, limitant par la même occasion les nuisances sonores de son véhicule. Mais puisqu'il se voyait dans l'obligation de travailler, autant ne pas se gêner pour troubler le sommeil de tous ces bourges.

Il accéléra de plus belle.

Nom de Dieu, Schwacke, tu vas m'entendre, se promit-il juste avant le premier choc.

Merde.

Un deuxième choc. Cette fois, plus de doute.

Pourvu que ce ne soit qu'un sac de feuilles mortes.

Haffner s'arrêta.

Ou une brique.

Il ouvrit brusquement la portière et manqua de tomber, assailli par la tempête.

Il faut vraiment être débile pour sortir se balader par un temps pareil.

Haffner ne croyait pas si bien dire.

— Nom de Dieu, t'es qui, toi ?

Il braqua sa lampe de poche sur un homme épuisé et à demi nu. Lorsque l'individu tendit ses mains bleuies vers lui, Haffner n'aurait su dire s'il tremblait de douleur ou de froid. Et impossible de comprendre ses hurlements.

— Sophuétient !

Du moins, ce baragouin n'était pas à la portée de Haffner.

3 h 15
À l'intérieur de la clinique

Caspar ignorait toujours quel plan précis suivait le Briseur d'âmes, mais il en connaissait la terrible issue.

Le psychopathe avait réussi à attirer Caspar et Schadeck hors de la salle d'autopsie. Les deux hommes, non contents de tomber dans le panneau, s'étaient également séparés. Bruck avait alors regagné discrètement l'ascenseur, dont il avait besoin pour emmener sa proie dans son antre. Au deuxième sous-sol. Dans le laboratoire. Là où on ne pouvait entrer qu'avec la clé de Rassfeld. Bruck s'en était emparé après avoir assassiné le directeur de la clinique et l'avait certainement déjà enclenchée dans la serrure, à côté du bouton « – 2 ».

Caspar voulut en avoir le cœur net et s'approcha lentement de l'ascenseur. Il posait prudemment un pied devant l'autre, comme un enfant marchant en équilibre sur le bord d'un trottoir. Les jambes de son pantalon de pyjama bruissaient à chaque pas. Il s'arrêta un instant et se plaqua contre le mur. Il ne voyait toujours pas l'intérieur de la cabine, car la porte de gauche, à quelques mètres de là, butait toutes les cinq secondes contre les jambes de Sophia, avant de se rouvrir. Caspar entendit une respiration sifflante mêlée à un râle, puis les pieds de la psychiatre tressaillirent et son corps disparut encore d'un centimètre dans la cabine.

Caspar s'élança. Hors de question d'attendre davantage. S'il voulait sauver Sophia, il devait agir maintenant. Il se rua vers l'ascenseur tout en appelant Tom à l'aide de toutes ses forces.

La porte s'ouvrit, mais il ne s'arrêta pas de crier pour autant. Car il ne pouvait accepter le sinistre spectacle qui s'offrait à lui.

Bruck était agenouillé par terre, les bras autour du cou de Sophia, tel un chiropracteur sur le point d'effectuer une manipulation.

Ou de lui briser la nuque.

En tentant de déplacer le corps de Sophia, l'assassin avait laissé tomber la lampe de poche calée sous son aisselle gauche. Elle éclairait à présent le torse meurtri de Bruck, comme si ce dernier s'exhibait dans une mise en scène morbide. Il n'était plus que blessure. Son pansement arraché lui pendait autour du cou tel un châle, découvrant une plaie béante sous le larynx.

Lui-même semble brisé, remarqua Caspar.

Diminué, pas même en mesure de traîner un être humain. Et encore moins de l'achever. Le plus vivant chez Bruck, c'étaient ses yeux, qui réfléchissaient la lumière de la lampe dans un éclat fantomatique.

Sans prendre le temps d'évaluer les chances de s'en sortir et les risques qu'il courait, Caspar suivit sa première intuition et se rua dans l'ascenseur. La cabine pourvue de miroirs oscilla lorsqu'il se jeta de tout son poids sur Bruck, interrompant ainsi le cri émis par le Briseur d'âmes : *Sophiiiiiiii...*

Caspar fut d'abord surpris par le peu de résistance que lui opposa son adversaire et crut même se battre d'égal à égal pendant quelques secondes. Deux hommes grièvement blessés jetaient leurs dernières forces dans la bataille, chacun galvanisé par l'espoir de vaincre l'autre. Mais Caspar se mit à saigner du nez : dans l'obscurité, il n'avait pas vu venir le coude de Bruck. La lampe de poche valsait entre leurs pieds au rythme de la bagarre, n'éclairant que partiellement la scène.

Furieux, Caspar réussit à poser la main sur le visage de Bruck, malgré les coups que ce dernier lui assénait dans le ventre. Puis il tourna le pouce vers la gorge, l'enfonça de deux centimètres dans la plaie béante de son adversaire et appuya jusqu'à ce que les propos incompréhensibles de Bruck se muent en hurlements.

Caspar sentit d'abord le tueur faiblir, avant qu'une douleur intolérable ne se propage de son bas-ventre jusqu'au reste de son corps. Il essaya d'éviter les croche-pieds de Bruck, en vain. Il se plia entre deux, se cogna le front contre la tête de Sophia et s'affaissa à ses côtés, tout en se protégeant le visage avec le bras, dans l'attente d'un nouveau coup. Mais Bruck tomba lui aussi à genoux. Il semblait sur le point de s'évanouir de douleur.

Caspar recula, tâtonna, toucha les jambes de Sophia et, par chance, effleura la lampe. Il s'en empara et la pointa en direction de son adversaire pour l'aveugler. Mais, l'espace d'un instant, la lumière se posa sur une chaussure de femme.

Une chaussure ?

Caspar se rendit alors compte qu'ils n'étaient pas seuls. En plus de lui-même, Bruck et Sophia, une quatrième personne se blottissait tout au fond de la cabine. Yasmin.

Elle saignait. Du moins, c'était la seule explication logique à cette tache sombre qui s'étalait sur sa blouse. Sur son buste, à l'endroit exact où était planté un objet effilé pourvu d'une poignée en caoutchouc.

Pas le temps. Pas le temps.

Caspar cracha le sang accumulé dans sa bouche, saisit Sophia par les genoux, se redressa et l'extirpa de la cabine en marchant à reculons, comme il aurait procédé avec un tapis. Ce faisant, il lui arracha une mèche de cheveux restée coincée sous le genou de Bruck, qui se tenait la gorge à deux mains. Lui aussi crachait du sang.

Le corps de Sophia était presque sorti dans le couloir lorsque ses jambes glissèrent entre les doigts ensanglantés de Caspar. Il ignora la douleur provenant de son entaille à la main, s'essuya la paume sur son torse brûlé, empoigna la psychiatre avec l'énergie du désespoir et se remit en route.

Bruck aussi se leva, titubant tel un boxeur frôlant le KO dans le dernier round. Visiblement trop épuisé pour repartir à l'assaut, il se contenta de rester là, debout, la bouche ouverte, une bulle de salive aux lèvres. Il tendit le bras, mais sa victime était déjà hors d'atteinte.

Gagné. La tête de Sophia heurta brutalement le seuil de l'ascenseur, signe que Caspar était parvenu à l'extirper entièrement de la cabine. Il entendit un grincement, puis un cri du Briseur d'âmes, qui cessa lorsque les portes se refermèrent.

La dernière chose qu'aperçut Caspar fut la jambe tordue de l'infirmière, qu'il n'avait pu secourir.

Il expira profondément et allongea Sophia par terre avec précaution, sans toutefois la lâcher. Avec le pouce, il lui effleura la plante des pieds et constata que ses orteils bougeaient. Il aurait tant voulu se réjouir de ce réflexe vital et s'endormir ici, au pied de l'escalier de la clinique Teufelsberg, sur la moquette du hall. Erreur fatale, il le savait très bien. Alors qu'il se sentait partir, il fut assailli par une violente quinte de toux et dut se redresser pour ne pas étouffer à cause du mélange de sang et de salive accumulés dans sa bouche.

Voyant son crachat atterrir en partie sur une paire de bottes noires, il leva la tête.

— Où tu étais passé ? haleta-t-il, à bout de forces.

— Je cherchais d'où venait cette sonnerie, répondit Tom. Ce connard a activé le rappel automatique et a branché le téléphone sur les haut-parleurs pour que nous l'entendions jusqu'au sous-sol.

Caspar hocha la tête. Il avait vu juste.

— Et il t'a fallu tout ce temps ?

— Non, j'ai également savouré le spectacle.

Tom s'esclaffa, sortit le pistolet paralysant pour la deuxième fois en une demi-heure et assomma Caspar d'un violent coup de crosse.

Écho

— Attends, Tarzan. Doucement, ça glisse, gronda-t-il sans grande conviction.

Le chien l'entraînait en avant. Que se passait-il ? Un bruit l'avait-il effrayé, ou Tarzan lui en voulait-il tout simplement de l'avoir laissé attaché aussi longtemps dans le froid ? Il avait dû se croire encore abandonné. Comme par son ancien maître, qui lui avait crevé un œil avant de l'enfermer avec les autres chiots dans l'épave de la voiture, les vouant ainsi à une mort certaine.

— Je sais, moi aussi, j'ai hâte de partir d'ici… cria-t-il à l'attention du jeune animal.

Le chien avait certainement flairé une piste, peut-être celle d'un renard ou d'un sanglier. Ces animaux laissaient derrière eux une odeur de bouillon ou de vieux saindoux, il l'avait appris au cours de leurs nombreuses balades en forêt. Une odeur qui persistait parfois dans l'atmosphère plusieurs heures après leur passage. Mais près de l'entrée de la clinique, rien. Il sentait plutôt le papier brûlé et le charbon de bois : normal, vu le nombre de cheminées dont était pourvue l'imposante villa située juste derrière lui.

— Attends…

Il hésita à lâcher son chien, car plus ils descendaient la pente, plus le chemin devenait difficilement praticable. La neige fraîchement tombée avait recouvert l'asphalte verglacé, et le gardien n'avait pas pu saler à temps. Il avait attendu son départ exprès, et tout ça pour rien.

Il tâta la poche de son manteau, désormais vide. Son contenu avait été réduit en cendres juste devant ses yeux.

Le chagrin, avec son cortège de douleur et de mélancolie, s'élevait devant lui tel un mur infranchissable. Tout ça en vain. Tout ça pour rien. Il avait tenté sa chance une dernière fois et essuyé un refus. Un refus cependant prévisible. Et il se retrouvait là, sur la route, incapable de bouger, incapable de raser les remparts de la dépression qui l'empêchait de reprendre une vie normale.

Son bras se tendit en avant sous l'impulsion de Tarzan sans que le reste de son corps suive. Figé. Gelé, à l'image des branches des sapins qui menaçaient de céder sous le poids de la neige. Il tituba et se raidit face à la force déployée par le chien. Puis... il perçut une sorte de gargouillis. Lorsqu'il tomba, tout son environnement se mit à bouillonner comme du lait s'échappant d'une casserole. Un bruit auquel se mêla un chuchotement. Il fut pris de vertige, entendit un craquement de branches, vit les arbres sous un angle complètement différent et sentit le chien tirer de plus belle sur la laisse enroulée autour de son poignet. Puis un nouveau craquement, alors qu'aucune branche ne s'était brisée. Le gargouillis redoubla d'intensité ainsi que le chuchotement, qui se muait peu à peu en une voix claire, légèrement déformée et lointaine.

Puis une cassure : il comprit qu'il s'était ouvert le crâne. Juste avant l'apparition des flammes. Elles ne provenaient pas du tableau de bord, contrairement au jour où tout avait commencé, mais de la cheminée où les branches se consumaient. La fumée était aspirée vers le haut par un vent glacial. Enfin, il entendit une voix métallique et méconnaissable, mais désormais forte et distincte.

— Elle est à toi, dit-elle. Va la chercher.

3 h 20

Caspar tenta d'ouvrir les yeux, dans l'espoir de mettre fin à ce cauchemar. En vain, car il avait déjà repris connaissance. Le feu qu'il fixait depuis longtemps déjà existait pour de bon, et les mots qui lui parvenaient étaient tout aussi réels.

— Va la chercher !

La voix de Tom résonnait dans le haut-parleur situé juste au-dessus de sa tête.

Tom ? Nom de Dieu, mais qu'est-ce qu'il fait là-bas ?

Caspar essaya sans succès de se lever de sa chaise. Son cerveau, durement éprouvé par les tortures et les violences des dernières heures, n'était plus en mesure d'accomplir les gestes les plus simples.

Il avait failli périr au cours d'un incendie pour ensuite être anesthésié contre son gré, et, en plus de ses coupures aux mains et aux pieds, Bruck lui avait probablement cassé le nez. Quant aux nausées et à la migraine, il les devait certainement au traumatisme crânien causé par Schadeck. Enfin, l'ambulancier lui avait attaché les mains au dossier de la chaise avec une ceinture de peignoir. Une précaution superflue, puisque Caspar n'aurait même pas eu la force de bouger un doigt.

— Elle est à toi, Bruck. J'ai déposé Sophia dans le hall.

Il y eut un léger larsen, le temps que Schadeck relâche le bouton « ON » qui lui permettait de parler dans le micro.

Oh, mon Dieu. Il veut la sacrifier.

Les paroles de Schadeck le glacèrent. Ironie du sort, les flammes baissèrent d'intensité, et une épaisse fumée envahit la bibliothèque.

Caspar, les yeux embués de larmes, pria pour que les bourrasques de vent dans la cheminée se calment, elles aussi.

— Tu veux l'avoir ? Tu l'auras. Considère cela comme un cadeau de Noël, Bruck. Tu prends la psy, tu en fais ce que tu veux, mais tu fous le camp. On conclut un marché, d'accord ?

En tentant une nouvelle fois de se redresser, Caspar faillit tomber dans la cheminée. Il était en nage.

— Prends aussi les autres, tant que tu y es. Ils sont dans la bibliothèque, là où tu as poignardé Yasmin. La petite vieille est toujours en vie.

Caspar tourna la tête : effectivement, Greta avait légèrement changé de position et fermé la bouche.

— Quant à l'autre taré, je l'ai ligoté. Tu vois, je t'ai mâché le travail. Va les chercher, ou barre-toi juste avec Sophia. Peu importe, du moment que…

Schadeck s'interrompit au beau milieu de sa phrase mais continua à appuyer sur le bouton.

— Merde, non… Mais qu'est-ce…

Peu après, Caspar entendit une sorte de claquement sec.

Et deux secondes plus tard, un grésillement, suivi d'un hurlement qui se propagea dans toute la clinique. Ainsi que dans la tête bourdonnante de Caspar.

Tu es bête, Schadeck. Mais à un point…

Qu'avait dit Bachmann ? Que seules deux pièces étaient équipées d'un micro ? L'ambulancier s'était jeté dans la gueule du loup. Une question demeurait en suspens : Bruck l'avait-il neutralisé avant ou après avoir rejoint Sophia ?

Une seule chose est sûre, c'est que…

Caspar tira sur ses liens, tout en gardant les yeux rivés sur la porte entrouverte qui donnait sur le couloir.

Schadeck en avait malheureusement gardé la clé, qui aurait empêché le psychopathe d'entrer.

... Bruck ne va pas tarder à arriver !

Quelques secondes seulement s'écoulèrent avant que des chuintements de pas traînants dans le couloir lui donnent raison.

3 h 23

Fumée.

Livres.

Greta.

Alors qu'il cherchait un moyen d'éviter l'inéluctable, son cerveau semblait s'être mis en veille. Caspar ne pensait plus qu'en mots isolés, tandis qu'il parcourait la bibliothèque des yeux.

Devinettes.

Bruck.

Greta.

Livres.

Il se rendit vaguement compte que les bruits de pas dans le couloir s'étaient interrompus durant quelques secondes, puis son instinct de survie puisa dans ses dernières ressources. Caspar regarda le feu, repensa à la voiture dans laquelle il avait failli brûler vif et se dit que cette mort aurait été plus douce. Lorsqu'il ferma les yeux, une image surgit, celle d'une montre posée sur le tableau de bord en feu, indiquant à Caspar le temps qu'il lui restait à vivre. Et l'aiguille était déjà dans le rouge.

Rouge feu.

Voilà. Sa dernière chance.

Cheminée.

Fumée.

Feu !

Caspar renonça à desserrer la ceinture du peignoir en roulant des épaules, et pesa de tout son poids sur la chaise afin de se rapprocher de la cheminée. Des flammes.

Le feu. Je dois arriver jusqu'au…

Il réussit à pencher sur le côté, une fois, puis deux. Puis il finit par perdre l'équilibre et bascula lentement à terre. En tombant, l'épaule qu'il s'était déboîtée dans la salle d'autopsie se rappela à son douloureux souvenir. Au niveau de la tête, sa chute fut légèrement amortie par un petit tas de cendres froides qui étouffa son cri de souffrance.

Je dois arriver jusqu'au feu, répétait-il dans une sorte de transe muette. Encore et encore.

Pour l'instant, il était toujours ligoté à la chaise, elle-même de travers et beaucoup trop loin des flammes. Mais, au moins, il disposait d'une meilleure vue sur la porte, qui n'avait pas bougé d'un millimètre. Tout n'était pas encore perdu. Il tendit les jambes et fit tomber le serviteur de cheminée. La chaleur qui montait dans son dos lui indiqua qu'il se rapprochait peu à peu de son objectif.

Il s'appuya de toutes ses forces contre le dossier de la chaise. Soudain, une douleur le saisit. Caspar n'avait poussé un tel hurlement qu'une seule fois dans sa vie, le jour où il avait failli mourir brûlé vif dans sa voiture. À présent, les flammes semblaient flairer une seconde chance d'achever le travail commencé jadis. Cette fois-ci, elles ne s'attaquèrent pas à son torse, mais à la partie supérieure de ses bras, dont elles mordaient la chair, pareilles à des lames de rasoir.

Il y était presque.

Presque. Plus qu'un tout petit centimètre, et les flammes s'attaqueraient non seulement à ses poignets, mais surtout à la ceinture qui les maintenait attachés.

Caspar cria une dernière fois, puis serra les dents. Il crut sentir, en plus de l'odeur âcre de chair calcinée, celle des fibres de coton en train de roussir.

Effectivement, la ceinture devint plus lâche.

À moins que ce soit mon imagination ? Et si la douleur me rendait complètement fou ?

Il écarta les bras au maximum afin d'offrir aux flammes une plus grande surface d'attaque.

Est-ce qu'elle se desserre ? Je crois…

Oui ?
Non ?
Oui ?
Non ?
Trop tard.

Il retira les bras du feu et se tourna vers la porte. Elle était ouverte. Bien plus qu'avant. Lorsqu'un courant d'air parcourut la pièce, il ne put détourner le regard du Briseur d'âmes, qui pénétrait dans la bibliothèque.

3 h 25

Caspar s'écarta de la fournaise et baissa la tête. Ses poignets étaient effectivement bien plus mobiles, mais à quoi bon, maintenant ?

Il n'était absolument pas en mesure de livrer un deuxième combat.

Il ouvrit la main, fouilla le tas de cendres derrière lui et attrapa un petit bout de charbon. Mais il était brûlant, et Caspar le lâcha aussitôt. Tout cela ne le mènerait à rien.

De là où il se trouvait, les mains toujours attachées dans le dos, impossible de jeter quoi que ce soit à la figure de Bruck. Et quand bien même il le pourrait ?

Nous aurions dû nous échapper en escaladant le conduit de la cheminée.

Mais, une fois en haut, ils seraient certainement tombés sur une grille fermée à double tour. Peu importe. De telles réflexions n'étaient plus d'aucune utilité. Le psychopathe se trouvait à présent à cinq pas de sa proie ligotée. De Caspar.

Bruck, qui respirait toujours avec difficulté à cause de sa blessure à la gorge, avança la jambe et fit jouer un objet étincelant de sa main droite à sa main gauche.

Encore quatre pas.

Un couteau ? Une paire de ciseaux ?

Dans cette lumière trop changeante, privé de ses lentilles de contact, Caspar ne voyait pas. Probablement un scalpel que Bruck s'était procuré dans la réserve. Peut-être le même qui avait servi à neutraliser Schadeck.

Encore trois pas.

Caspar gigotait dans tous les sens par terre, comme une araignée à qui l'on aurait arraché une patte. Il espéra un miracle, pria pour que Greta reprenne connaissance, pour qu'elle se lève et qu'elle assomme son agresseur avec la pelle. Mais, du coin de l'œil, il constata qu'elle était toujours inerte sur sa chaise, ses pieds ne touchant même pas par terre. À au moins trois mètres de lui, soit un véritable gouffre.

Alors qu'il s'apprêtait à appeler au secours, curieusement, la fumée dans ses poumons lui rappela qu'il valait mieux crier « au feu » en cas d'agression, car les gens qui entendaient appeler à l'aide préféraient souvent passer leur chemin. Cette pensée aurait pu lui arracher un sourire dans un autre contexte, s'il ne s'était pas retrouvé nez à nez avec la mort.

Encore deux pas.

Au moment où il comprit que Bruck tenait bien un scalpel à la main, à la seconde même où sa douleur fut submergée par une dernière vague de panique, juste à cet instant, le Briseur d'âmes esquissa quelques pas de danse.

3 h 26

Il sembla à Caspar que cette danse de mort, ce ballet horrifique exécuté par un psychopathe débraillé se déroulait au ralenti, mais la scène ne dura en réalité que quelques secondes.

Bruck commença par ouvrir lentement la bouche. Sa jambe gauche se mit à trembler, puis il leva le pied tout en essayant de garder l'équilibre avec les bras, en vain.

Ensuite, il se plia en deux, tendit un bras en l'air et porta l'autre à son pied.

Bruck se retourna comme pour mieux montrer sa jambe presque imberbe, et Caspar l'aperçut.

Ce n'est pas possible. Seigneur…

La seringue.

Mais oui, je l'ai posée par terre au moment d'examiner Greta !

Caspar n'en revenait pas. Alors qu'une demi-heure auparavant, Schadeck s'en servait pour le torturer, le Briseur d'âmes avait marché sur le tube en plastique et s'était enfoncé l'aiguille dans le pied. S'il n'avait pas traîné la jambe pour se mouvoir, la seringue serait certainement restée plantée dans le gros orteil ou aurait rencontré un os. Mais l'aiguille avait pénétré dans la chair jusqu'à sa base, et le piston s'était actionné sous le poids de Bruck.

D'où la danse. D'où les tremblements.

Bruck avait essayé de retirer la seringue, mais il était déjà trop tard. Le thiopental agissait toujours très rapidement, et le forcené présentait un état de faiblesse tel que l'anesthésie avait été effective au bout de quelques secondes.

Les yeux de Bruck, d'abord écarquillés, se révulsèrent, et le psychopathe bascula en avant.

Tombant à plat ventre sur Caspar, il le coinça sous son propre corps.

Caspar entendit craquer ses côtes, puis le dossier de la chaise. Il n'arrivait plus à respirer. Un sentiment de claustrophobie vint s'ajouter à son angoisse de mourir.

Et maintenant ? Qu'est-ce que je dois faire ?

La seringue n'était qu'à moitié vide et le reste du produit probablement un peu éventé, par conséquent Bruck se réveillerait dans quelques minutes, tout au plus. Quant à Caspar, il se retrouvait doublement prisonnier, et le poids de son agresseur semblait s'alourdir à chaque nouvelle respiration.

Le scalpel, tombé beaucoup trop près du feu, était hors d'atteinte.

Sans oublier que je ne suis pas magicien. Je suis Niclas Haberland, spécialiste en neuropsychiatrie et hypnose thérapeutique. Et j'ai commis une erreur.

Il retint son souffle, tendit les jambes autant que le corps de Bruck le permettait et chercha un objet pouvant servir de levier.

Crac.

Ce nouveau craquement n'était pas celui d'une bûche ni d'une côte cassée. Il s'agissait de la chaise, qui commençait à ployer sous la masse des deux hommes.

Caspar était toujours ligoté, mais dans sa chute, le dossier avait commencé à se déboîter de l'assise.

Il retendit lentement les jambes jusqu'à atteindre le ventre de Bruck, à présent recroquevillé sur lui-même, et entreprit de le soulever afin de se dégager. La manœuvre réussit du premier coup. Heureusement d'ailleurs, car s'il avait dû réitérer l'effort, les forces lui auraient certainement manqué, et il se serait assoupi sous Bruck.

Puis Caspar poussa fermement contre le sol avec ses pieds et essaya de reculer, parallèlement à la cheminée. N'obtenant pas le résultat souhaité, il tenta une manœuvre aussi différente que désespérée. Il bascula sur le côté et s'appuya une fois de plus de tout son poids sur son épaule blessée. Une roulade suffit à briser entièrement le dossier et à le désolidariser de l'assise. Hormis ses mains toujours entravées, Caspar était libre.

Libre de ses mouvements, libre de se lever et de se débarrasser des vestiges encombrants de la chaise. Pourtant il n'avait qu'une envie, fermer les yeux. Dormir, profiter d'un rêve pour échapper à cette terrible réalité. À l'image de Bruck, allongé en chien de fusil.

Mais pour combien de temps encore ? Dix minutes ? Cinq ?

Il ferma les yeux. Il ne pouvait respirer que par à-coups, au même rythme que le scanner. Situé au sous-sol. Là où elle se trouvait certainement. Seule. À l'agonie.

Il essaya de visualiser Sophia. La psychiatre s'était montrée si gentille lorsqu'il avait eu besoin d'elle pour se retrouver lui-même et pour retrouver sa fille. Maintenant qu'il avait assemblé quelques pièces du puzzle, il savait que la fillette et Sophia étaient encore plus perdues qu'il ne l'avait jamais été. Perdues en elles-mêmes, prisonnières de leur propre corps. Ses tourments lui paraissaient maintenant bien dérisoires comparés aux souffrances endurées par ses compagnons.

Yasmin, Sybille, Bachmann, M. Ed, Linus, Rassfeld... Sophia.

Il ferma une nouvelle fois les yeux afin de garder cette image le plus longtemps possible en lui. L'image d'une jeune femme fragile qui n'avait désormais plus qu'une seule chance, aussi infime fût-elle : lui.

Conscient de se lancer dans une bataille perdue d'avance, Caspar ouvrit les yeux et se redressa. Deux minutes plus tard, une fois ses poignets libérés, il se leva. Il devait sauver Sophia, et donc lui-même par la même occasion.

3 h 29

On prétend que l'homme ne révèle sa véritable nature que dans des situations extrêmes. Des situations dans lesquelles il lui est impossible d'agir conformément aux préceptes inculqués par les parents, l'école et autres figures d'autorité, fruit de décennies de conditionnement. Une crise est comparable à un économe bien aiguisé qui épluche la peau d'un fruit et en révèle l'intérieur. L'état primitif, où la survie importe bien plus que la morale. Si cette théorie était avérée, Caspar fut pour le moins surpris par sa propre faiblesse. Car il ne put se résoudre à tuer Bruck, même si cela semblait la meilleure issue. Il s'agissait même d'une question de vie ou de mort, et une telle occasion ne se présenterait sans doute pas deux fois.

Caspar regarda tour à tour l'homme inconscient allongé à ses pieds, et le scalpel qu'il venait de ramasser. Il essaya de prendre sur lui et de lui trancher la gorge, ou au moins de lui ouvrir les veines, mais rien à faire. Il était incapable d'assassiner Bruck, même avec la meilleure volonté du monde.

Il se détourna, boita jusqu'à la chaise de Greta et tenta de se persuader que, de toute façon, il ne disposait pas de la force physique nécessaire pour tuer le Briseur d'âmes. Il n'était cependant pas dupe : il n'avait encore jamais tué ni blessé intentionnellement quiconque auparavant. Cela dit, les décisions qu'il prenait semblaient parfois avoir elles aussi des conséquences fatales.

Je suis Niclas Haberland. Et j'ai commis une erreur.

Greta respirait faiblement, la bouche entrouverte et les paupières battantes. Elle bougeait doucement les doigts sur ses genoux, au rythme d'une mélodie qui semblait bercer son sommeil artificiel. Un chiffon blanc était posé sur sa poitrine, comme un bavoir qui aurait rétréci au lavage. Nul besoin de le sentir pour deviner de quoi il était imbibé.

Mais pourquoi ? Pourquoi Bruck ne s'en tient-il pas à sa méthode initiale ? Pourquoi tuer Rassfeld et se contenter d'endormir Greta avec du chloroforme ? Et pourquoi ne pas achever Sophia ?

Caspar fit basculer la chaise en arrière. Greta laissa échapper un grognement et pencha la tête dangereusement sur le côté. Heureusement, la vieille dame ne tomba pas par terre, sans quoi Caspar ne serait jamais parvenu à l'évacuer de la bibliothèque. Elle ne pesait pas bien lourd, mais les pieds de la chaise creusèrent tout de même de légers sillons dans le vieux parquet, tandis qu'il la tirait hors de la pièce.

Et maintenant ?

L'épaisse moquette du couloir offrait une résistance nettement supérieure, aussi Caspar ne put-il continuer à traîner la chaise plus longtemps sans reprendre son souffle. En nage, il s'appuya contre le mur derrière lequel se trouvait le garde-manger, théâtre de la rencontre fatale entre Sybille et Bruck. Le crépitement du feu attisé par le vent se faisant plus discret dans le couloir, Caspar entendit les martèlements du scanner, un étage plus bas.

Clac. Clac. Clac.

Les ondes magnétiques, semblables à des coups de pistolet, lui parvenaient par l'escalier qui menait au sous-sol avec la régularité d'un coucou suisse.

Une demi-seringue de thiopental éventé. Encore combien de temps ?

Il empoigna Greta par les bras et la souleva. La vieille dame ne portant qu'un peignoir en soie, il n'eut aucune difficulté à la traîner jusqu'au garde-manger.

Dieu soit loué.

Contrairement à la clé de la bibliothèque, celle du garde-manger se trouvait dans la serrure. Ce fut seulement en verrouillant la porte que Caspar remarqua qu'il tremblait de la tête aux pieds. Contrairement à Sophia, il disposait encore de son libre arbitre, mais c'était bien la seule différence entre eux. Pour l'instant, il ne pouvait même pas appeler à l'aide. Il avait bien fait d'employer ses dernières forces pour cacher Greta en lieu sûr. Bruck était trop lourd, Caspar n'aurait jamais pu le transporter.

Continuer. Je dois continuer.

Caspar essaya à tout hasard de verrouiller la bibliothèque avec la clé du garde-manger. Sans succès, évidemment. Il pouvait déjà s'estimer heureux que le Briseur d'âmes ait marché sur la seringue.

Clac. Clac.

Où ?

Il avait l'impression d'être un coureur déshydraté parcourant les derniers kilomètres d'un marathon, mais dont la ligne d'arrivée, qui devait être franchie au terme d'un sprint sans merci, s'éloignait de plus en plus. Il continua à longer le couloir jusqu'au hall d'entrée, toujours plongé dans la pénombre. Il le balaya du regard, mais impossible de distinguer quoi que ce soit : aucune trace du passage d'un fauteuil roulant sur la moquette, et surtout, aucune trace de Sophia. Si Schadeck l'avait vraiment livrée à Bruck en guise d'offrande, ce dernier était déjà passé la chercher.

Alors, où se trouve-t-elle ?

Clac. Clac. Clac.

Il regarda au loin et, de ses deux index, tira ses sourcils en arrière afin de modifier le point focal de ses pupilles. Même avec des lentilles de contact, il n'aurait pas pu apercevoir ce qui se trouvait à l'autre extrémité du couloir, car un épais voile de fumée et de larmes lui brouillait la vue. Juste derrière la fontaine à eau, il crut néanmoins distinguer une lumière provenant d'une porte entrouverte. Celle du bureau de Rassfeld.

Caspar hésita : aurait-il la force de se traîner jusque là-bas ?

Et surtout, pour quoi faire ? Pour se retrouver nez à nez avec Schadeck, qui s'était probablement vidé de son sang ? Pour savoir quels instruments de torture Bruck avait dérobés dans la réserve avant de récupérer Sophia puis de regagner la bibliothèque ? Caspar en avait déjà récupéré un : le scalpel.

Clac. Clac.

Il se retourna instinctivement et avisa l'intérieur de la cabine d'ascenseur. Son premier réflexe fut de s'enfuir à la vue de la silhouette étrangement familière qui le guettait dans l'obscurité.

Encore groggy, Caspar dut lever la main avant de comprendre qu'il s'agissait en réalité de son propre reflet.

Clac.

En avançant, il trébucha, tomba tête la première dans la cabine de l'ascenseur, entendit un craquement et ressentit une vive douleur au gros orteil. Il venait certainement de marcher sur les débris d'une ampoule.

Clac.

Une clé argentée, toujours attachée au trousseau de Rassfeld, était enclenchée dans la serrure à côté du bouton « – 2 ». Caspar sentit les larmes lui monter aux yeux en découvrant ce que le psychopathe y avait ajouté : devant lui, le collier de Sophia, qui oscillait tel le pendule d'un hypnotiseur, heurtait par intermittence la paroi de laiton.

Le pendentif. Il considère le bijou de Sophia comme un trophée. Non…

Caspar se reprit.

Ce n'est pas un trophée, c'est un indice. En lieu et place de la devinette.

De ses doigts moites, il s'empara de la chaîne.

Très bien. De toute façon, il est trop tard pour faire machine arrière.

Il tendit le bras et appuya sur le bouton « – 2 ». Une fois les portes refermées, il se trouva plongé dans l'obscurité la plus totale.

3 h 31

Tandis qu'il s'approchait du cœur de la Peur, Caspar s'interrogea sur son rapport à la religion. S'il s'était déjà rendu à la messe, cela remontait à longtemps, car aucune prière ne lui revint en mémoire.

Il exerça une légère pression sur ses globes oculaires afin de stimuler ses nerfs optiques. D'habitude, ce geste provoquait des flashes kaléidoscopiques aux couleurs de l'arc-en-ciel, qui dansaient devant sa rétine. Mais là, rien à faire, ses yeux ne réagirent pas. En revanche, Caspar fut la victime d'une autre hallucination : la cabine de l'ascenseur semblait tourner sur elle-même, perturbant ainsi sa circulation sanguine et privant son oreille interne de repères. Il avait l'impression de décrire des cercles sur lui-même, alors que son corps ne bougeait pas d'un pouce.

Une demi-seringue au contenu bien éventé.

Tout en luttant contre le vertige, Caspar réfléchit : Bruck était certainement en train de reprendre connaissance. Bizarrement, il n'eut aucun mal à accepter l'idée qu'au même moment, le Briseur d'âmes se cramponnait peut-être aux pieds de la table afin de se relever.

Tant que je reste dans l'ascenseur, je ne crains rien.

Dans un bref accès de confusion, Caspar crut même ne jamais en sortir. Chaque seconde qui passait le renforçait dans la certitude que la cabine ne s'arrêterait jamais, qu'elle descendrait éternellement le long d'un puits sans fond, où régnaient la chaleur et l'obscurité.

Il sursauta d'autant plus lorsqu'une lumière blafarde l'aveugla. Les portes s'étaient ouvertes.

Niveau « – 2 ».

Il était arrivé là où il aurait préféré ne jamais aller.

Il avança.

Toc. Clac. Toc. Clac.

Le laboratoire, parfaitement éclairé, devait être raccordé à l'étage supérieur par le système de ventilation, car le bruit du scanner lui parvenait encore plus distinctement qu'au rez-de-chaussée. Toutefois, les coups monotones qui provenaient de la salle IRM étaient quelque peu étouffés, comme filtrés par une isolation acoustique.

Il plaça la main en visière afin de se protéger de la lumière du plafonnier, qui éclairait les murs nus et kaki à la façon d'un projecteur.

Toc. Clac. Toc. Clac.

Les oreilles de Caspar avaient désormais assimilé les martèlements menaçants du scanner à une nuisance sonore inévitable. Malgré la fatigue, son esprit avait réussi à isoler ce bruit hypnotisant derrière une sorte de rempart, dans la région postérieure du cerveau. Hélas, Caspar ne put réagir de même avec les cris étouffés, presque bestiaux, qui parvenaient de l'arrière-salle du laboratoire.

3 h 32

Il était en proie à un terrible dilemme. Deux forces avaient décidé de s'affronter une dernière fois, et cet ultime combat aurait lieu à l'intérieur de lui-même. L'une le tirait en arrière, lui conseillant de prendre la fuite, l'autre le poussait en avant, l'incitant à libérer Sophia. Il restait là, inerte, spectateur extérieur de ses pulsions contradictoires.

À quelques mètres de là, devant la porte vitrée qui séparait la petite arrière-salle du laboratoire, Sophia était affalée dans son fauteuil roulant.

Des appâts, comprit Caspar. *D'abord la clé, ensuite la psychiatre. Et moi, je mords à l'hameçon.*

La porte vitrée située derrière Sophia devait être blindée, car aussi bien les tambourinements désespérés que les violents coups de pied contre la porte ne lui parvenaient que comme des toc-toc discrets. Quelqu'un se trouvait enfermé et semblait vouloir s'échapper, mais Caspar ne distinguait rien.

Il s'approcha de Sophia, sans même remarquer que son instinct de conservation était sur le point de déclarer forfait. L'autre pulsion avait gagné...

Sophia. Il voulait la sauver. Ne serait-ce que pour rattraper une erreur dont il se souvenait à peine.

Les yeux de la psychiatre étaient clos et sa tête reposait contre le tisonnier de la bibliothèque, toujours coincé à l'arrière du fauteuil. La poche de perfusion avait certainement été arrachée par Bruck lors de l'agression, car le tuyau en plastique pendait dans le vide, aussi inerte que le bras de Sophia. Aucun doute, la jeune femme flottait dans un autre monde, un monde peut-être plus heureux. En tout cas, elle ne semblait pas consciente du drame qui se jouait derrière elle.

Ils veulent que je les sorte de là. Dieu du ciel, mais qu'est-ce que Bruck a en tête ?

Une main se plaqua contre la porte vitrée, comblant les irrégularités du verre dépoli avec un mélange de sang et de morceaux de chair.

Caspar ne voyait pas nettement, mais cette main lui paraissait puissante. Comme celle de…

Bachmann ?

Puis une masse sombre se colla à la vitre, au niveau du genou du gardien. On aurait dit une…

Caspar écarta les cheveux trempés de sueur qui lui tombaient sur le front.

… une langue ?

Non. Une truffe.

M. Ed, Bachmann. Mon Dieu, ils sont en vie…

Juste à ce moment-là, comme pour le rendre encore plus fou, les deux silhouettes s'évanouirent et les tambourinements cessèrent.

Quel sort leur réserve Bruck ? Pourquoi les avoir enfermés dans le laboratoire ?

Une autre pensée lui traversa l'esprit.

Une erreur. J'ai commis une erreur. Autrefois, certes, mais aujourd'hui aussi. À l'instant. J'ai…

Il avança d'un pas pour reculer aussitôt, terrifié.

La vitre trembla. Une fois, puis deux, certainement sous les assauts de Bachmann. Sans résultat. Les charnières renforcées bougeaient encore moins que le verre blindé.

Un détail m'a échappé.

Il baissa la poignée.

Rien, comme il s'y attendait.

Bruck les avait barricadés, mais Caspar ne voyait aucune serrure.

Forcément.

Rassfeld avait imaginé un moyen bien plus sophistiqué d'interdire l'accès aux personnes non autorisées. Impossible d'entrer dans le laboratoire à moins d'être muni d'un badge, que le Briseur d'âmes avait dû subtiliser au directeur de la clinique. En effet, à droite de la porte se trouvait un boîtier métallique noir pourvu d'un clavier semblable à celui d'un distributeur automatique de billets.

Le code. Évidemment.

Si Sophia connaissait le code permettant de désactiver le sarcophage, elle connaissait certainement celui de cette porte. Il s'agissait peut-être du même. Il lui fallait à tout prix trouver la combinaison afin de libérer ses compagnons avant le retour de leur bourreau.

Mais pour cela, je dois...

Caspar fit pivoter Sophia vers lui et sursauta à la vue des petites gouttes de sang qui lui coulaient du nez.

Lorsqu'il lui souleva la paupière gauche, son œil bougea, un signe encourageant au vu des circonstances. Cette réaction pouvait signifier que Sophia s'apprêtait à briser la spirale infernale de la léthargie. Et Caspar pourrait peut-être la libérer de cet état hypnotique en annulant l'ordre que ce psychopathe de Bruck avait implanté dans son cerveau.

Pouvait. Peut-être. Éventuellement. Il répéta silencieusement ces mots en imitant la voix de Tom.

— Sophia, tu m'entends ?

Il était spontanément passé au tutoiement. Il lui saisit les poignets et les lui massa.

— Il faut que tu te réveilles, tu comprends ? Concentre-toi sur moi. C'est toi, la clé.

La clé ! Oh non !

Il lâcha les poignets de Sophia et se retourna très lentement vers l'ascenseur. Théâtre d'une faute irréparable.

Tant que je reste dans l'ascenseur, je ne crains rien.

Quelques secondes auparavant, il avait laissé la clé enclenchée dans la cabine afin que les portes restent ouvertes.

Voilà ce qui m'a échappé.

Caspar se précipita et se retrouva face à lui-même. Sauf que, cette fois-ci, il ne se reflétait pas dans le miroir de la cabine, mais sur les portes en aluminium déjà refermées. Le Briseur d'âmes avait appelé l'ascenseur.

3 h 34

Les convulsions de Sophia débutèrent à la seconde où l'ascenseur entama son ascension. La psychiatre, telle une épileptique, tremblait si fort que son fauteuil craquait sous elle. Quant à Caspar, il avait perdu la notion du temps. Il ne savait pas dans combien de temps l'ascenseur arriverait au deuxième sous-sol, mais son bourreau serait bientôt là.

Il retint son souffle, comme pour ralentir le cours du temps et repousser l'inéluctable.

Boum.

Les malheureux prisonniers du laboratoire se jetèrent à nouveau contre la porte. Ils avaient beau s'époumoner, leurs cris étaient quasiment inaudibles derrière le blindage. De son côté, Sophia s'agitait dans tous les sens, en proie à des spasmes de plus en plus violents. La tête rejetée en arrière et le haut du corps complètement tordu, elle se cramponnait aux poignées en plastique de son fauteuil, comme pour échapper à une noyade imaginaire. Sa blouse tachée de transpiration, de poussière, de sang et de sérum physiologique glissa, découvrant l'une de ses épaules. Puis elle se cogna la tête contre le tisonnier dans un bruit semblable à deux boules de billard s'entrechoquant. Caspar se précipita vers elle et lui maintint fermement la tête pour l'empêcher de heurter une deuxième fois le tisonnier. Au moment où il retira le porte-perfusion de fortune, il comprit que sa dernière chance se trouvait là, entre ses mains.

L'ascenseur ! La porte !

Caspar décida de ne pas perdre de temps à essayer de briser la vitre du laboratoire avec le tisonnier. Il regagna l'ascenseur à toute vitesse et regarda les chiffres qui s'allumaient.

Premier sous-sol. Plus que quelques mètres.

Il faut que ça fonctionne. Je vous en prie, mon Dieu, faites que ça fonctionne.

Le tisonnier, en forme de L et grand comme une raquette de tennis, était légèrement émoussé à son extrémité, mais heureusement, légèrement aplati sur le côté. Caspar s'en empara comme d'un pied-de-biche et l'inséra dans la fente qui séparait les deux portes de l'ascenseur.

Avec un peu de chance, il est pourvu d'un système de sécurité…

Il serra les dents et parvint à écarter les deux portes de quelques centimètres… *qui l'arrêtera dès que… Merde. Non.*

Le tisonnier lui échappa des mains, et les portes se refermèrent dans un léger grincement. Mais elles étaient restées ouvertes assez longtemps pour qu'il se rende compte de l'imminence du danger. La cabine se trouvait juste au-dessus de sa tête.

Très bien. Deuxième essai. Le dernier…

Il replaça le tisonnier dans la fente et poussa de toutes ses forces. Lorsque les portes se rouvrirent de quelques centimètres, une odeur de renfermé et d'huile de graissage saisit Caspar à la gorge. Quant au scanner, il vrombissait de plus belle, tel un moteur de machine à laver. Soit les sens de Caspar étaient en alerte, soit, hypothèse plus vraisemblable, le grondement parvenait plus facilement jusqu'au sous-sol lorsque les portes de l'ascenseur étaient ouvertes.

Oh non…

Ses maigres forces faiblissant de plus belle, il crut qu'il allait devoir renoncer, et que le tisonnier allait une nouvelle fois lui glisser des mains. Mais il parvint à élargir l'ouverture et à glisser le pied entre les deux portes juste avant leur fermeture. En entendant un craquement, Caspar pensa s'être brisé les orteils, mais finalement, il obtint l'effet désiré : l'ascenseur s'arrêta après que son système de sécurité eut détecté l'incident.

Victoire.

Pas trop tôt. La cabine se trouvait déjà dans son champ de vision. Caspar se contorsionna afin de regarder par la petite fente et se trouva nez à nez avec les pieds ensanglantés de Bruck.

Horrifié, il se détourna et cala le tisonnier entre les portes, de façon à ce que la base du L se fiche entre les parois en aluminium. Puis il s'épongea le front, avala sa salive à deux reprises afin de soulager la pression dans ses oreilles, conséquence directe du stress, et se tourna vers Sophia.

Dieu merci.

Elle paraissait plus calme. Les convulsions avaient diminué d'intensité et se limitaient désormais à ses yeux. C'était bon signe. Elle se réveillait.

À moins que...

Caspar se précipita vers elle, trébuchant en chemin.

— Sophia ? Tu m'entends ?

Il hésita avant de poser les doigts sur ses paupières pour essayer de la calmer. Dans un premier temps, il se contenta d'effleurer ses longs cils et d'enlever les sécrétions qui s'y étaient accumulées. Ainsi, elle ouvrirait les yeux plus facilement.

Lorsqu'il lui prit les mains, il constata avec soulagement que ses doigts moites répondaient par une légère pression. Il se rappela alors le morceau de papier qu'il y avait trouvé.

« *Je porte un faux nom mais je dis vrai.* »

— Hypnose.

Il chuchota la solution à l'oreille de Sophia. Il lui fallait parvenir jusqu'à elle, guetter l'instant où une brèche s'ouvrirait dans son inconscient et supprimer l'ordre post-hypnotique. Mais il n'avait pas la moindre idée du délai dont il disposait.

Il entendit un tumulte derrière lui : probablement l'ascenseur, peut-être Bruck, dont les vociférations incompréhensibles se mêlaient au vrombissement du scanner, ainsi qu'aux cris de détresse provenant du laboratoire.

Mais Caspar n'y prêta pas attention, afin de se concentrer uniquement sur Sophia. Ils avaient inversé les rôles : à présent, il était le médecin et elle, la patiente qu'il fallait libérer de sa prison mentale, de sa léthargie.

Il lui glissa doucement une mèche de cheveux derrière l'oreille, imitant le geste de Sophia quelques heures auparavant, lui effleura la nuque dans l'espoir de susciter une réaction positive et répéta la solution.

— Hypnose.

Il l'énonça plusieurs fois directement dans l'oreille de la psychiatre, tandis que le vacarme autour de lui allait grandissant.

— Hypnose. Hypnose. Hypnose.

Le sous-sol disparut, emportant avec lui le concert de grincements, de claquements, de geignements, de gémissements, de grognements et de tambourinements. Métalliques ou humains, distincts ou étouffés. Il n'entendait même plus sa propre voix.

Hypnose. Hypnose. Hypnose.

Caspar frôla du bout des lèvres les lobes de Sophia dans un geste presque intime. Puis, alors qu'il s'apprêtait à prononcer la dernière syllabe, elle réagit enfin.

Elle ouvrit les yeux.

En croisant ce regard clair et expressif, Caspar fut submergé par une montée d'endorphine.

Objectif atteint : il s'était frayé un chemin jusqu'à elle et avait provoqué une réaction à la fois extérieure et intérieure.

Ses yeux s'embuèrent de larmes. Il voulut l'agripper, la serrer dans ses bras, l'embrasser et ne plus jamais la lâcher. Et, quasiment au même instant, il voulut hurler.

Mais sans y parvenir. Il ouvrit la bouche mais aucun son n'en sortit, tandis que le visage de Sophia se déformait.

En un affreux rictus.

— Je vois que tu as résolu l'énigme, dit-elle.

Puis elle se leva de son fauteuil roulant sans la moindre difficulté et lui planta une seringue dans le bras.

3 h 37
Une minute avant la Peur

— Où en étions-nous restés lors de notre dernière séance, avant que ce foutu chien se mette à aboyer ? demanda Sophia d'une voix douce, tout en sortant un flacon de la poche de sa blouse. Ah, ça me revient, chéri : tes gouttes pour les yeux.

Caspar essaya de se débattre, de tourner la tête, mais ses muscles demeuraient tétanisés depuis l'injection.

De plus, assise à califourchon sur son ventre qui gargouillait, Sophia lui bloquait le bras entre les genoux. Dans d'autres circonstances, il l'aurait dégagée d'une seule main, même si elle avait pesé le double, mais il était réellement paralysé, contrairement à ce que Sophia avait prétendu.

Pourquoi ?

Il la fixa droit dans les yeux, dans l'espoir d'y trouver une explication, une pointe d'hésitation. Grave erreur. Sophia en profita pour lui déposer une grosse goutte de scopolamine sur la cornée.

Caspar réagit aussitôt à cet alcaloïde, d'ordinaire utilisé par les ophtalmologistes afin de dilater les pupilles avant un examen. Après que Sophia eut répété la procédure et dilaté son autre pupille, il commença à ressentir les effets indésirables bien connus de cet extrait de solanacées.

— Pourquoi ? souffla-t-il, étonnamment calme.

Son système nerveux parasympathique ne fonctionnant plus correctement, sa fatigue s'en trouva atténuée et les nausées disparurent. Ses muscles auparavant contractés se détendirent à l'extrême. Il ne s'était pas senti aussi serein depuis très longtemps, malgré la menace qui planait littéralement au-dessus de lui.

Sophia lui sourit.

— Marie, annonça-t-elle.

Un prénom tout simple qui suffit à lui faire comprendre l'effroyable vérité.

C'était donc ça. Mais oui. Il se souvenait à présent. *Voilà comment elle s'appelle. Marie !*

La fillette angélique aux boucles blondes dont le traitement avait dérapé. Sa première faute professionnelle. Mais Marie n'était pas seulement sa fille, elle était...

— Notre fille, confirma Sophia d'une voix posée.

Bien sûr. Cela expliquait pourquoi il se sentait attiré vers Sophia depuis le début, pourquoi elle lui paraissait si familière. Parce qu'il la connaissait. Depuis des années.

— Tu me l'as prise.

Non, c'est faux, essaya-t-il de répondre. *C'est toi qui m'as quitté quand Marie avait trois ans pour partir vivre à Berlin. Avec ton nouvel amant.*

— Et le moment est venu de la venger.

Je vais me battre. Une audience décisive aura bientôt lieu au tribunal. Croisez les doigts pour moi.

Il comprenait enfin le véritable sens de cette phrase. C'était complètement fou.

Plus il tentait de lutter contre le poison qui s'attaquait à son système nerveux, plus les souvenirs de leur terrible histoire affluaient.

Il n'avait plus revu Marie pendant huit ans. Jusqu'au coup de fil inquiet de Katja Adesi, son institutrice.

Il s'était donc rendu à Berlin pour récupérer sa fille et la ramener à Hambourg. À son cabinet.

Votre fille est prête. Nous pouvons commencer. Nous avons tout préparé, docteur Haberland.

Il l'avait hypnotisée sans en informer Sophia afin de tirer au clair cette histoire de mauvais traitements.

À présent, Sophia le maudissait car Marie avait été victime d'un accident vasculaire cérébral au cours de la séance d'hypnose. Depuis, elle vivait paralysée, prisonnière à jamais d'un coma vigile.

Prisonnière d'elle-même. Comme dans un état léthargique. Comme les victimes du Briseur d'âmes.

Mais cela ne tenait pas debout. Au pire, une séance d'hypnose ratée entraînait la rupture de la communication entre le thérapeute et le patient. Les séquelles dont souffrait Marie n'étaient donc pas la conséquence directe de l'hypnose thérapeutique.

Les convulsions. Les mouvements incontrôlés de ses bras et de ses jambes. Les réflexes à jamais disparus.

Voilà pourquoi il n'y avait pas de barreaux aux fenêtres. Sa fille n'avait jamais été séquestrée.

J'ai peur. Tu reviens vite, papa ?

En fait, il avait voulu la libérer de son propre corps, devenu sa prison. Elle était emmurée vivante à l'intérieur d'elle-même.

— Tu te trompes...

Il essaya d'articuler, sans succès. À l'instar de ses autres muscles, il ne pouvait plus bouger la langue. Cependant, Sophia semblait lui répondre. D'une voix monocorde, elle lui déroulait un raisonnement qu'il ne pouvait entendre à cause des bruits de fond tout autour de lui. Mais il finit par deviner. Elle était désormais sa juge, elle lui intentait un procès pour un crime dont il ne se souvenait que depuis une seconde. Elle avait choisi la clinique pour tribunal, l'audience avait débuté quelques heures auparavant, et Caspar s'était retrouvé à son insu sur le banc des accusés. Il ne restait plus qu'à exécuter la sentence ici même, dans ce sinistre laboratoire.

— Arrête, je t'en prie. Tu es en train de commettre une grave erreur.

Tandis qu'il s'efforçait de prononcer ces suppliques, il repensa au manque de discernement dont lui et ses compagnons avaient fait preuve. Et à leur aveuglement.

Ils avaient été bernés par une mise en scène, un jeu de piste macabre. Durant tout ce temps, Sophia leur avait tendu un miroir déformant de la Peur dans lequel se reflétait une vérité impitoyable, mais inversée. Le Briseur d'âmes était une femme, la victime était une criminelle et ceux qui la protégeaient étaient en réalité ses proies. Ils s'étaient même battus jusqu'au sang contre le seul à savoir et à vouloir les sauver : Bruck. Ce n'était pas lui, mais Sophia qui avait assassiné Rassfeld pour ensuite cacher son corps dans la salle d'autopsie. C'était elle qui avait divisé le groupe afin d'isoler sa dernière victime : lui.

Pour ce faire, elle avait semé des énigmes : dans sa main, dans la bouche de Rassfeld et dans le sac de Sybille.

Bien sûr. Nous ne l'avons jamais observée très longtemps, car la voir dans cet état était bien trop pénible. Qui y aurait pensé ?

Elle avait probablement préparé le premier papier et improvisé ensuite. Yasmin lui avait recouvert les épaules de sa blouse, où se trouvaient un stylo et son bloc d'ordonnances. Les devinettes étaient presque illisibles car elle avait dû écrire à l'aveugle, sous la couverture qui l'enveloppait.

Les souvenirs de Caspar concernant les événements de ces dernières heures se brisèrent en millions de débris de verre sanglants pour se rassembler aussitôt en une épouvantable mosaïque.

D'où les variations dans le mode opératoire. Cela expliquait également pourquoi Bruck avait opposé si peu de résistance dans l'ascenseur. En aucun cas il ne voulait tuer Sophia, il cherchait simplement à la mettre hors d'état de nuire. Et il était revenu dans la bibliothèque armé d'un scalpel afin de libérer Caspar, et non pour le poignarder. Une perte de temps précieux dont Sophia avait profité pour éliminer Tom, descendre au sous-sol et se mettre en scène ici, devant le laboratoire.

Caspar revint à la charge.

— Tu me tiens pour responsable de l'accident de notre fille, mais ça ne s'est pas passé comme tu le crois. Son institutrice pensait qu'elle subissait peut-être des mauvais traitements. Elle m'a appelé parce que Marie exécutait des dessins bizarres, tu le sais. Je l'ai simplement hypnotisée pour en avoir le cœur net et là, ça a mal tourné mais…

Je suis Niclas Haberland, spécialiste en neuropsychiatrie et hypnose thérapeutique, et j'ai commis une erreur.

— … mais l'hypnose n'a pas provoqué cette attaque, et c'est ce que je voulais te dire.

Il lui avait rendu visite à la clinique dix jours auparavant pour enfin s'expliquer avec elle. Et pour lui montrer le rapport d'expert attestant que ce qu'avait subi Marie n'était pas dû à une hypnose ratée.

La lettre et le rapport signés J. B., Jonathan Bruck. Un confrère de Rassfeld spécialisé dans les attaques cérébrales.

Voilà ce qu'il aurait voulu dire, tandis que son ex-compagne, d'une main, lui appuyait sur le front et, de l'autre, s'essuyait le sang qui lui gouttait du nez. Elle s'était blessée en se battant avec Bruck ou avec Yasmin, laquelle lui devait certainement son entaille à la poitrine.

Incroyable. Non content de s'être jeté dans la gueule du loup, Caspar avait coincé dans l'ascenseur la seule personne susceptible de l'aider. Sophia avait même attiré son attention sur l'objet à employer.

Tandis qu'il recouvrait peu à peu la mémoire, il n'avait plus qu'une seule envie, retrouver la béatitude de l'amnésie. Mais de nombreuses questions l'assaillaient : que faisait Bruck dans cette clinique ? Pourquoi s'était-il planté un couteau dans la gorge ? Pourquoi Sophia s'en était-elle pris aux autres femmes ?

Pourquoi de telles zones d'ombre subsistaient ? Bruck ne leur avait jamais voulu le moindre mal, au contraire. Durant tout ce temps, il n'était pas parvenu à s'exprimer en raison de sa blessure à la trachée, mais il avait plusieurs fois hurlé le nom de Sophia ; il était même allé jusqu'à l'écrire en lettres de sang dans la salle d'IRM, sur la vitre. Ils avaient tout interprété de travers et s'étaient retournés contre lui, alors qu'il cherchait à les protéger du danger. De Sophia, dans l'abri sûr que constituait le laboratoire : celui-ci ne renfermait pas des otages, mais des êtres libres qui tambourinaient contre la vitre. Ils n'appelaient pas au secours, ils essayaient de le mettre en garde contre Sophia avant qu'il ne soit trop tard.

J'ai été si bête. Si aveugle. Si borné.

Caspar avait la bouche desséchée et les yeux qui pleuraient. Faute de pouvoir battre des paupières, il avait mal aux yeux. La lumière éblouissante qui tombait du plafond se réfractait sur ses cils collés comme à travers un prisme. Le beau visage de Sophia lui apparaissait dans un halo flou et multicolore.

Puis il recouvra l'usage de l'ouïe.

L'espace d'un instant, les remparts qui l'enfermaient dans le silence cédèrent. Le sifflement dans ses oreilles, que Caspar remarqua seulement lorsqu'il cessa, laissa place à la voix feutrée de Sophia.

— Plus tu luttes, pire sera la chute, affirma-t-elle calmement, les yeux plongés dans les siens.

Que veut-elle dire par là ? S'agit-il d'une dernière énigme ? Est-ce ma dernière chance ?

— Plus tu luttes, pire sera la chute, répéta-t-elle avant de disparaître.

Il faillit se réjouir, espéra que Bruck était parvenu à débloquer l'ascenseur ou que Linus avait trouvé de l'aide à l'extérieur, mais il se rendit compte qu'il ne pouvait pas effectuer le moindre mouvement. Puis il se sentit tomber. Il traversa le béton, qui s'enfonçait sous le poids de son propre corps. Il chuta, englouti par des sables mouvants, dont une poigne de fer sortit pour l'entraîner vers le fond. Il se rendit compte seulement à cet instant de la gravité de la situation.

À présent, il luttait. Contre le regard hypnotisant de Sophia. Contre le calme de sa voix. Contre le mélange de thiopental et de scopolamine, qui le tenait en son pouvoir.

Les propos de Tom lui revinrent en mémoire. *Tu devrais te reconvertir comme scénariste à Hollywood. Il est impossible d'hypnotiser quelqu'un de force.*

Ce n'est qu'une question de contexte, lui avait répondu Caspar dans la salle d'autopsie.

Après les pires sévices physiques et psychologiques, par exemple en provoquant un grave traumatisme, il est possible, par l'administration de drogues modifiant le champ de conscience, de provoquer, contre leur gré, une transe chez des sujets influençables et de prendre ainsi le contrôle de leurs pensées.

Caspar repensa aux coupures, à son épaule déboîtée, aux tortures infligées par Schadeck, à ses brûlures aux poignets et à la peur intense éprouvée au cours de ces dernières heures. Il sentait les barbituriques le plonger dans l'apathie, il entendait les martèlements à la fois sourds et psychédéliques du scanner lui parvenir par les grilles d'aération. Un fond sonore idéal pour induire un état hypnotique contre lequel il ne pouvait rien. En effet, Sophia, après être entrée en contact avec lui, avait ancré en lui un ordre perfide auquel il ne pouvait désobéir de son propre chef.

Plus tu luttes, pire sera la chute.

Alors il lâcha prise, imagina qu'il fermait les yeux, en réalité toujours écarquillés, et se laissa tomber dans le vide. Sa chute l'entraîna vers les profondeurs, le long d'un puits froid et sombre qui n'avait encore jamais vu la lumière. Dans la prison de son âme.

5 h 13
Quatre-vingt-quinze minutes après le début de la Peur

La fumée était vivante. Un nuage de cellules microscopiques qui envahissaient son corps par tous les pores de sa peau pour le détruire de l'intérieur.

Ces mêmes particules s'acharnaient sur ses poumons. Elles se déposaient sur ses bronches après avoir descendu la trachée. Mais ce n'était rien comparé aux flammes rouge vif qui embrasèrent le tableau de bord, pour ensuite brûler sa chemise et lui arracher la peau qui, sous son torse, commençait déjà à former des cloques, tel du plastique en train de fondre au-dessus d'un briquet.

Il avisa ses brûlures, avant de mettre à profit l'énergie produite par cette intolérable douleur pour appuyer à fond sur l'accélérateur. Non pas dans le but de faire démarrer la voiture, mais afin de passer sur la banquette arrière et s'éloigner le plus possible des flammes.

Il cracha un caillot de sang ainsi que de la salive noire de suie et retraça le fil des événements qui l'avaient conduit jusqu'ici. Il avait décidé de soigner Marie sans l'accord de sa mère, fermement convaincu qu'une séance d'hypnose ne pouvait entraîner aucun effet indésirable.

Puis, en pleine séance, la fillette avait eu un accident vasculaire cérébral. Marie n'en guérirait pas, elle ne rirait plus jamais... Étant donné les lésions occasionnées au niveau du bulbe rachidien, ils pouvaient s'estimer heureux qu'elle soit capable de déglutir.

Comment un tel drame avait-il pu se produire ?

Il entendit éclater la bouteille avec laquelle il s'était enivré. *Après* cette séance fatale. *Avant* son dernier voyage.

Il était à présent coincé dans une voiture en flammes, avec à la main une photo de sa fille, qui ne retrouverait jamais une vie normale. Il se consumait aussi bien moralement que physiquement.

Il tendit les deux mains vers le feu comme pour tenir la mort à distance, qui l'étreignait de ses bras luisants. Puis, alors que l'odeur de chair calcinée le prenait à la gorge, alors qu'il n'avait plus qu'une envie, s'arracher à mains nues la peau qui le démangeait sur le torse, tout s'évanouit. La chaussée détrempée, l'arbre, la voiture accidentée et la photo de Marie disparurent. La fumée, les flammes et même la douleur se volatilisèrent pour laisser place au néant.

Dieu merci, se rassura-t-il, *ce n'était qu'un rêve.*

Il ouvrit les yeux et resta coi.

En réalité, le cauchemar n'était pas terminé. Il avait seulement pris une forme différente.

Où suis-je ?

Il se trouvait apparemment dans une cave. Deux hommes cagoulés se tenaient devant lui, arme au poing. Leur uniforme sombre portait l'inscription « Police » en lettres capitales fluorescentes.

— Vous m'entendez ? demanda l'un d'eux en soulevant la visière de son casque.

Il avait une petite cicatrice en forme de croix sous le sourcil gauche.

— Oui, répondit Haberland.

Pourquoi suis-je à moitié nu ? Qu'est-ce que je fais assis dans ce fauteuil roulant, seulement vêtu d'un bas de pyjama dégoûtant, les yeux rivés sur un mur en béton ?

— Regarde, Morphée, ses pupilles.

Le second policier, entendant son surnom, approcha, baissa sa mitraillette et souleva à son tour la visière de son casque.

— Il a été drogué.

— C'est peut-être pour ça qu'il n'arrive pas à parler, supposa l'homme à la cicatrice.

— Si, protesta Haberland.

Il essaya de porter la main à sa gorge brûlante, en vain.

— Code 10-13, demande de renforts, annonça Morphée dans son talkie-walkie. Nous avons trouvé un homme vivant mais qui réagit à peine. Il nous faut un médecin de toute urgence.

— Comment vous appelez-vous ? interrogea l'autre policier en s'accroupissant devant lui.

Il retira sa cagoule, découvrant une barbe de trois jours.

— Casp... faillit-il répondre avant de se reprendre. Niclas Haberland.

Je suis Niclas Haberland, spécialiste en neuropsychiatrie et hypnose thérapeutique. Et j'ai commis une erreur.

Il réitéra cette affirmation, mais le flic se contenta de secouer la tête, navré.

— Il y a d'autres personnes en bas ? crachota le talkie-walkie.

— Fort possible, je suis devant une porte vitrée qui mène à un laboratoire, certainement blindée. Je distingue du mouvement derrière.

— Les renforts arrivent.

— Bien reçu.

Morphée éteignit l'appareil. Quelques secondes plus tard, les portes d'un ascenseur s'ouvrirent à sa droite. Deux hommes chaussés de Rangers et armés de mitraillettes avancèrent.

— Quel merdier. Qu'est-ce qui s'est passé ici, Jack ? prononça une nouvelle voix.

L'homme à la cicatrice, probablement le Jack en question, se tenait à présent derrière Haberland.

— Aucune idée, et ce type ne manifeste aucune réaction.

N'importe quoi ! Pourquoi vous refusez de m'écouter ?

Haberland, aveuglé par la lumière éblouissante qui tombait du plafond, sentit le haut de son corps basculer en arrière.

— Et que raconte celui que vous avez sorti de l'ascenseur ? demanda Jack aux nouveaux venus.

— Rien, il est en état de choc. En plus, avec sa blessure à la trachée, il siffle comme une bouilloire.

Haberland, toujours dans son fauteuil roulant, fut poussé vers la sortie.

— Et là-haut ?

— Il y a du sang et des traces de lutte partout, une horreur. On dirait aussi qu'un incendie s'est déclaré dans la salle d'IRM. Le bilan s'élève pour l'instant à deux morts. L'un a été égorgé, et on a retrouvé l'autre dans un tiroir réfrigéré de la salle d'autopsie.

— Vous les avez identifiés ?

— Affirmatif. Tom Schadeck et Samuel Rassfeld, respectivement le conducteur de l'ambulance découverte sur la route d'accès et le directeur de la clinique.

Schadeck ? Rassfeld ?... Évidemment.

Haberland aperçut son reflet dans le miroir. Des taches de sang maculaient la cabine de l'ascenseur où on le faisait entrer.

— Je sais ce qui s'est passé, je peux tout vous expliquer ! cria-t-il.

— Tu as entendu ? remarqua Morphée.

Jack, après avoir appuyé sur le bouton du rez-de-chaussée, se retourna. Les portes se refermèrent et les deux policiers allumèrent leur lampe de poche.

— Non, quoi ?

— J'ai cru qu'il avait parlé.

Jack haussa les épaules.

— Un bruit dans l'ascenseur, j'imagine, conclut-il avec un petit rictus.

Mais voulant s'en assurer, Morphée fixa Haberland une nouvelle fois.

— Tiens...

— Quoi ?

— Il a quelque chose dans la main.

Haberland sentit deux doigts gantés de cuir lui desserrer doucement le poing.

— Ah oui.

— Qu'est-ce que c'est ?

Le faisceau de la lampe de poche s'éloigna de son visage.

— Un morceau de papier, dit Morphée.

— Il y a écrit quoi ?

Oh, mon Dieu.

Haberland, pris de panique, tenta désespérément d'attirer l'attention.

— Bizarre.

— Quoi ?

— C'est une devinette.

— Merde, tu veux dire que…

— *Oui, oui, oui !* hurla Haberland.

Mais à son grand effroi, il constata dans le miroir que ses lèvres n'avaient pas bougé d'un millimètre.

— *C'était le Briseur d'âmes. Non, la briseuse d'âmes, Sophia Dorn !*

— « On me jette lorsque je suis utile. On me récupère une fois que je ne sers plus », lut Morphée.

— Hein ?

— Soit c'est une mauvaise blague, soit nous avons affaire à un *copycat*.

— Comment ça ?

— Réfléchis deux secondes. Le tueur ne s'en prend qu'à des femmes.

NON ! s'époumona Haberland en vain.

Il voulut fermer les yeux devant l'horreur de la situation, mais même ce simple geste lui était impossible.

Je vous en supplie, ça n'a rien d'une plaisanterie, cria-t-il intérieurement. *Il faut que vous résolviez cette énigme. Il faut que vous me sortiez de là. Pas de cette clinique, mais de moi-même. Vous ne comprenez donc pas ?*

Non, bien sûr que non.

Il savait qu'il ne pouvait ni parler, ni lire, ni écrire. Elle l'avait privé de toute capacité à communiquer. D'après le panneau lumineux, ils venaient de passer le premier sous-sol et ne tarderaient pas à arriver au rez-de-chaussée.

C'est Sophia, la coupable. Elle m'a hypnotisé afin de me faire revivre le pire traumatisme de ma vie, l'accident de voiture et l'incendie qui a suivi. Je me réveille régulièrement de ce cauchemar et je reviens à la réalité. Quand j'ouvre les yeux, vous êtes censés en profiter pour entrer en communication avec moi, et ce, en énonçant la solution de l'énigme. Vous ne comprenez pas ? Si vous échouez, je repars et le cycle infernal de la léthargie reprend depuis le début. Je vous en prie, il faut que vous m'aidiez.

— Tu comprends ce que ça veut dire, toi ? questionna Jack. « On me jette lorsque je suis utile. On me récupère une fois que je ne sers plus. »

— Je n'en ai aucune idée.

La voix de l'autre policier lui paraissait de plus en plus lointaine. Haberland ne vit ni les portes de l'ascenseur s'ouvrir ni l'urgentiste le prendre en charge.

Une force glaciale et invisible l'attrapa afin de le ramener dans un lieu où il ne voulait retourner pour rien au monde, un lieu qu'il avait quitté depuis seulement quelques secondes : l'enfer de sa voiture en flammes.

Il avait tenté une dernière fois d'indiquer aux policiers qu'il fallait se lancer à la poursuite de Sophia. Son ex-compagne, qu'il était venu voir dans le plus grand secret quinze jours auparavant. Il voulait à la fois implorer son pardon et lui remettre le rapport du médecin qui l'avait soigné après son accident. D'après le Dr Jonathan Bruck, un expert reconnu, la séance d'hypnose n'avait pas provoqué l'accident vasculaire cérébral de Marie. Cette attaque se serait fatalement produite un jour ou l'autre.

Mais Sophia avait refusé de l'écouter. Elle avait jeté la lettre ainsi que le rapport d'expertise dans la cheminée, puis lui avait ordonné de rejoindre son chien, qu'il avait laissé attaché à l'entrée. Il voyait encore Tarzan, ou M. Ed, comme tout le monde l'appelait ici, en train de flairer une piste et de tirer sur sa laisse. Puis il était tombé la tête la première.

Hélas, impossible de raconter tout cela à la nuée de policiers et de médecins qui s'affairaient autour de lui, et dont les silhouettes se faisaient de plus en plus floues à mesure qu'il replongeait dans son cauchemar hypnotique.

Retour dans la voiture en feu. Cerné par les flammes, instruments mortifères de la vengeance de Sophia.

Aujourd'hui, 14 h 56
Bien plus tard,
de nombreuses années après la Peur

Lydia termina la première. Son ami eut besoin de plus de temps et ne referma le dossier médical que vingt minutes plus tard.

— Et maintenant ? demanda Patrick en observant la quatrième de couverture, incrédule. C'est fini ? On n'en saura pas plus ?

Le professeur ôta ses lunettes et hocha doucement la tête. Il avait passé les dernières minutes à observer attentivement le langage corporel de ses étudiants. La façon qu'ils avaient de se gratter machinalement derrière l'oreille avant de passer au paragraphe suivant, ou de prononcer certains mots en silence.

Au cours des dernières pages, Lydia avait commencé à tirer légèrement sur sa lèvre inférieure tandis que Patrick avait gardé la tête appuyée sur ses poings durant toute la durée de la lecture. À présent, il rougissait.

— Je vous avais dit que vous manquiez de concentration, n'est-ce pas, Patrick ?

— D'accord, mais comment prévoir une fin pareille ?

L'étudiant s'étira le dos, fatigué.

— C'est pourtant simple, la réponse se trouve à la page 15 du protocole. Vous vous souvenez de la solution à la première devinette que Greta a posée à Caspar ?

— Le chirurgien est une femme, s'écria Lydia en se tapant le front. C'est à peine croyable.

— D'accord, d'accord, je n'avais pas pigé. Alors comment finit l'histoire ? maugréa Patrick avec une certaine impatience.

Il frissonna et croisa les bras sur sa poitrine. Quant à Lydia, elle enfila son manteau.

Tellement absorbés par leur lecture, ils ne s'étaient pas rendu compte du froid qui les avait gagnés à mesure que le jour baissait.

Le professeur saisit son bloc-notes et y griffonna quelques mots.

— Soyez patients. D'abord, je voudrais que vous me fassiez part de votre réaction en lisant la dernière phrase.

Il adressa un signe de tête à l'intention de Lydia, qui le dévisagea, dubitative.

— Eh bien, je…

L'étudiante s'éclaircit la voix tout en s'emparant de la bouteille d'eau.

— Pendant tout ce temps, je me suis demandé s'il s'agissait d'une histoire vraie.

Elle but une gorgée. Quant au professeur, il reposa son stylo et rouvrit le protocole d'origine.

— Bonne question. Ce dossier médical étant rédigé selon un seul point de vue ou presque, il comporte bien évidemment des lacunes, ce qui laisse suffisamment de place à l'interprétation. Mais je peux vous confirmer au moins une information : Niclas Haberland était effectivement un expert en hypnose thérapeutique spécialisé dans la prise en charge des enfants. Il y a plusieurs années de cela, il vécut une histoire d'amour passionnée avec l'une de ses consœurs. Ils rompirent peu de temps après la naissance de leur fille, Marie. Sophia Dorn en obtint la garde et partit vivre à Berlin.

Le professeur croisa les jambes et poursuivit.

— Un jour, Haberland reçut un coup de fil inquiet d'une jeune Berlinoise. Les dessins qu'exécutait la petite Marie en classe laissaient transparaître un certain mal-être. Katja Adesi, son institutrice, avait des doutes mais elle préférait attendre avant d'alerter les services sociaux. Elle contacta donc le père biologique de l'enfant. Haberland se rendit à Berlin pour en avoir le cœur net.

— Il a hypnotisé Marie ? demanda Lydia.

— Le trajet Hambourg-Berlin en train ne prend qu'une heure et demie. Il la ramena à son cabinet avec l'intention de la raccompagner à Berlin le soir même. Mais elle ne rentra jamais, car la séance tourna à la catastrophe. Sa fille fut victime d'un accident vasculaire cérébral.

— La vache...

Le visage de Patrick était aussi crispé que s'il souffrait d'une rage de dents.

— Quelqu'un a coupé le courant.

— Comment ça ?

Lydia se tourna vers son petit ami. La distance qui les séparait était bien plus grande qu'au début de l'expérience, comme si la lecture du dossier médical avait creusé un fossé invisible entre eux. Le professeur prit quelques notes supplémentaires.

— Votre camarade vient d'employer une métaphore pour désigner ce que les médecins appellent le syndrome d'enfermement, expliqua-t-il en levant les yeux. Le cerveau continue à fonctionner, mais il n'est plus capable d'établir le moindre contact avec le monde extérieur. Imaginez plutôt : vous perdez la vue, l'ouïe, le goût, l'odorat, le toucher, vous vous retrouvez sous assistance respiratoire et il ne vous reste plus que votre faculté de penser.

— Mon Dieu...

— C'était la première fois qu'un tel incident survenait lors d'une séance d'hypnose.

Lydia s'éclaircit une nouvelle fois la voix.

— La fillette est morte ?

— Non, pire. Marie resta handicapée pour toute sa vie. Quant à sa mère, elle fut anéantie mais n'en laissait rien paraître. Son compagnon la quitta peu de temps après ce drame. Il continue d'ailleurs à nier les accusations de maltraitance.

Une petite pierre heurta la grande baie vitrée. Le vent, tout en fraîchissant, balayait les rares détritus et cailloux qu'il trouvait sur son passage. Le saule pleureur ployait à mesure que le professeur poursuivait ses explications.

— Tout d'abord, Sophia voulut intenter une action en justice afin d'obtenir réparation. Elle contacta une avocate, Doreen Brandt. Mais celle-ci, estimant l'erreur médicale extrêmement difficile à prouver, refusa finalement de la représenter et lui suggéra de conclure un accord avec Haberland.

Le professeur se leva et s'étira le dos afin de décrisper ses muscles. Mais malgré tous ces exercices, la douleur ne manquerait pas de lui rappeler, au plus tard le lendemain, qu'il ne devait en aucun cas rester assis trop longtemps. Il reprit la parole, tout en s'approchant du radiateur d'appoint qui bourdonnait légèrement.

— Le désespoir de Sophia allait grandissant. Toutes les personnes à qui elle demandait conseil lui répondaient invariablement qu'en aucun cas de telles lésions ne pouvaient avoir été provoquées par l'hypnose. Le chagrin finit par lui faire perdre la raison : elle élabora un plan diabolique afin de venger Marie. Elle voulait prouver à la terre entière qu'il était tout à fait possible de briser l'âme de quelqu'un en ayant recours à l'hypnose. Pire encore, elle décida de punir ceux qu'elle tenait pour responsables en les plongeant dans le même état que Marie.

— En les enfermant dans la léthargie, ajouta Patrick.

— Tout à fait. Durant ses études de médecine, Sophia s'était intéressée à l'hypnose, mais elle désapprouvait son usage thérapeutique. À présent, elle s'entraînait avec hargne, dans le but de transformer cette technique en arme. Elle finit par mettre au point une méthode d'une facilité déconcertante : utiliser l'hypnose pour faire revivre aux victimes l'événement le plus traumatisant de leur existence. Puis elle rompait sciemment la communication.

— Elle les accompagnait jusqu'en enfer et refermait la porte derrière elle.

Patrick affichait une moue indignée.

— Métaphoriquement parlant, oui. Sophia perdait volontairement le contrôle sur ses victimes. Et comme une hypnose ratée débouche sur un endormissement normal dont le sujet finit par se réveiller à un moment ou à un autre, elle implantait dans le cerveau de ses victimes un ordre post-hypnotique de façon à ce qu'elles se rendorment aussitôt.

— Comment a-t-elle procédé ?

— Avez-vous déjà assisté à un spectacle d'hypnose, Lydia ?

— Juste à la télévision. Un homme a été plongé en transe. L'hypnotiseur lui a affirmé qu'il était un chien et qu'il ne se souviendrait de rien à son réveil. Dès que le public criait « Pluto », il était censé aboyer trois fois.

— Ce qu'il a fait, je suppose.

— Oui.

— Cet exemple trivial mais pertinent illustre bien ce qu'est un ordre post-hypnotique simple, semblable à celui que Sophia a ancré dans l'esprit de ses victimes. Sauf que là, personne n'avait à crier quoi que ce soit. Il suffisait que les victimes ouvrent les yeux et que des photons stimulent la rétine. C'était ça, le déclencheur. Plus la lumière était vive, plus vite la victime replongeait dans cet état hypnotique.

— C'est atroce.

Lydia frissonna et remonta la fermeture éclair de son manteau.

— Mais efficace. Voilà comment Sophia est parvenue à plonger ses victimes dans une spirale léthargique ne pouvant être interrompue qu'à l'énoncé d'un mot-code au cours de la phase d'éveil. Ce mot-code, c'était la solution de l'énigme retrouvée sur chacun des morceaux de papier.

Le professeur appliqua les mains sur le radiateur électrique. Il ressentit une légère brûlure sur le bout des doigts, mais la chaleur ne s'étendit pas au-delà de ses poignets.

Et lorsque Patrick posa une nouvelle question, le corps du professeur se couvrit d'une chair de poule presque douloureuse.

— Et Haberland, qu'est-ce qu'il est devenu ?

Aujourd'hui, 15 h 07

— Haberland ? répéta-t-il doucement en se dirigeant vers les portes vitrées. Avant de vous le dire, j'aimerais revenir sur quelques éléments de son passé.

À présent, il parlait à ses étudiants en leur tournant le dos.

— L'accident vasculaire cérébral de Marie fut bien entendu l'événement le plus traumatisant de son existence. Ne comprenant pas ce qu'il avait indirectement fait subir à sa fille, il se saoula avant de prendre le volant. S'ensuivit un terrible accident qui faillit lui coûter la vie. Une fois ses blessures superficielles guéries, il fut pris en charge par le Dr Bruck. Au cours de la thérapie, ils évoquèrent Marie. La clinique où elle était placée en soins intensifs avait transmis son dossier à Bruck.

— Et on nous bassine avec le secret médical, marmonna Patrick.

— Après avoir pratiqué un examen hématologique complet sur Marie, les médecins conclurent que son attaque avait bien eu lieu *au cours* de la séance, mais non à cause de la séance. Sophia, folle de rage, fit rapatrier sa fille à Berlin.

Il se retourna vers ses étudiants.

— Mais les médecins de Hambourg avaient vu juste. Vous avez pu le lire, d'après les éléments dont dispose la médecine officielle, de telles lésions ne peuvent être dues à une simple négligence.

— Page 155 du protocole, intervint Lydia en rouvrant le fascicule afin de retrouver la phrase exacte.

— Tout à fait. Bruck encouragea Haberland à raisonner la mère de leur enfant, en lui présentant des faits scientifiquement prouvés. Haberland hésita, puis se rendit finalement à Berlin quelques jours avant Noël avec son chien...

— Tarzan, alias M. Ed.

Le professeur accueillit le commentaire de Lydia avec un sourire bienveillant.

— ... et le rapport d'expertise. Une fois arrivé sur la route menant à la clinique Teufelsberg, il faillit rebrousser chemin. Comment Sophia allait-elle réagir, alors qu'elle refusait catégoriquement de lui parler et qu'elle le considérait comme un meurtrier ? Que ferait-elle s'il débarquait sans prévenir, alors qu'elle le lui avait formellement interdit ? Après moult hésitations, il prit son courage à deux mains et se posta discrètement à l'entrée de la clinique.

— Mais la suite fut encore pire que ce qu'il avait imaginé.

Le professeur laissa échapper un petit rire.

— En effet. Sophia s'était déjà entraînée sur trois femmes. Vous le savez peut-être, on ne peut pas hypnotiser n'importe qui, encore moins contre son gré. Vanessa Strassmann, si. Nullement impliquée dans toute cette histoire, son seul tort fut d'avoir suivi le même cours de théâtre que Sophia, à l'université. Son esprit, fortement imprégné d'ésotérisme, faisait d'elle le cobaye idéal pour Sophia. Pas étonnant que Haberland ne l'ait pas reconnue en voyant sa photo dans le journal : ni lui ni Marie ne l'avaient jamais rencontrée.

Patrick le dévisagea, perplexe, et rouvrit le protocole au début. Le professeur approuva cette démarche d'un signe de tête.

— Mme Strassmann fut la première d'une longue série. Sophia l'attira dans une chambre d'hôtel sous un faux prétexte. Vanessa ayant été violée par le passé, Sophia utilisa l'hypnose de façon à la confronter encore et encore à son agresseur.

— J'ai hésité à poursuivre la lecture à ce moment-là, murmura Patrick.

— Galvanisée par ce premier succès, Sophia Dorn testa sa méthode sur celle qu'elle considérait être la première fautive : Katja Adesi, l'institutrice de sa fille, dont les soupçons avaient tout déclenché.

— Et Doreen Brandt, la troisième victime ? demanda Lydia.

— L'avocate qui refusa de défendre Sophia. Comme elle n'avait pas traité l'affaire, impossible d'établir un lien quelconque entre elle, Sophia et les autres victimes. De plus, on recherchait un homme.

— D'accord, mais tout ça ne nous dit pas ce qu'est devenu Caspar, ou plutôt Haberland, insista Patrick.

— Ah oui, pardon. Eh bien, durant tout ce temps, c'était la véritable cible de Sophia. Son chef-d'œuvre. Aux pages 154-155, nous découvrons la liste des stratagèmes permettant d'hypnotiser quelqu'un contre son gré. Leur point commun : ils reposent tous sur l'effet de surprise.

— Mis à mal par la visite de Haberland.

— Exactement. Imaginez le choc de Sophia lorsqu'elle s'est retrouvée face à Haberland. Cette fois-ci, l'effet de surprise était de son côté à lui. Et le voilà qui essayait encore de se justifier par des mensonges. Il alla jusqu'à lui montrer le rapport rédigé par un médecin réputé, Jonathan Bruck, qui le dédouanait entièrement ! De son côté, elle avait déjà grièvement blessé trois personnes par le simple biais de l'hypnose.

— Donc elle a jeté le rapport d'expertise dans la cheminée, puis drogué Haberland ?

Patrick s'était levé à son tour afin de se dégourdir les jambes. Lydia, qui n'avait pas bougé d'un pouce, jouait nerveusement avec une mèche de cheveux.

— Oui et non, répondit le professeur. Elle jeta la lettre dans la cheminée et lui cria d'aller au diable, ou plutôt de rejoindre Tarzan, que Haberland avait attaché dehors, dans le froid. Puis elle se ravisa et sortit des flammes le rapport à moitié calciné.

— Et l'amnésie dont souffrait Haberland ?

Lydia porta sa mèche de cheveux à la bouche.

— Le résultat d'une chute toute bête.

Voyant Patrick froncer les sourcils, le professeur comprit qu'il lui fallait être plus explicite.

— Voyez-vous, Haberland était affaibli psychologiquement. Il avait vécu un événement terrible qu'il voulait à tout prix oublier, événement qui l'avait amené à consulter Bruck. Et voilà que sa première tentative pour surmonter ce traumatisme en s'expliquant avec Sophia venait d'échouer. Il était à la fois blessé, troublé, énervé et déprimé. Son cerveau, qui l'exhortait à refouler tout souvenir de Marie, saisit la première occasion qui s'offrit à lui pour évacuer ce sentiment de culpabilité.

— La chute ? hasarda Lydia.

— Oui. Tarzan tirant vigoureusement sur sa laisse, Haberland glissa sur une plaque de verglas, se cogna la tête contre le bitume et perdit connaissance. Lorsque Bachmann l'achemina à la clinique plusieurs heures après, il souffrait d'hypothermie.

— Retour à l'envoyeur.

Le professeur acquiesça.

— Une chance inespérée pour Sophia : Haberland amnésique, c'était maintenant elle qui pouvait jouer de l'effet de surprise. Elle profita du premier examen pour subtiliser à son…

Le professeur mima des guillemets.

— … « patient » le moindre objet permettant son identification. Cela mit tout le monde sur une fausse piste, celle de l'agression. Évidemment, elle n'alerta jamais la police. Le fait que Rassfeld prône la patience et l'isolement servait parfaitement ses plans.

— Mais pourquoi ne pas hypnotiser Caspar immédiatement ? demanda Lydia. Pourquoi lui montrer la photo de sa fille ? S'il avait recouvré la mémoire, la machination de Sophia aurait échoué.

— Bonne question. En réalité, Sophia était confrontée à un dilemme : d'un côté, elle voulait punir Haberland en lui faisant vivre un véritable enfer, de l'autre, elle trouvait ce châtiment bien trop clément s'il oubliait à jamais Marie. Elle décida donc de le sortir graduellement de cette amnésie pour mieux lui briser l'âme ensuite. Les événements survenus cette nuit-là lui permirent de combiner les deux aspects de son plan.

— Et Bruck, dans tout ça ?

— C'est pourtant logique, Patrick, répondit Lydia, devançant le professeur. Sophia voulait se venger de tous ceux qui considéraient l'hypnose comme inoffensive. Haberland, en lui remettant le rapport d'expertise de Bruck, lui a fourni une nouvelle victime. Clé en main, pour ainsi dire.

— Excellente déduction, approuva le professeur.

— Vraiment ?

Lydia sourit.

— C'est exactement cela. Avant la visite d'Haberland, elle ignorait jusqu'à l'existence de cet homme. Et là, il se retrouvait sur sa liste.

— Comment a-t-elle procédé ? interrogea Patrick.

— Sans le moindre scrupule. Elle appela tout simplement Bruck pour lui demander conseil à propos d'un patient amnésique. Bruck, un homme serviable, effectua le déplacement exprès depuis Hambourg. Pour lui, il pouvait peut-être s'agir de Haberland, qui ne donnait plus signe de vie depuis deux jours. Sophia lui réserva une chambre au motel Teufelssee, non loin de la clinique, et lui donna rendez-vous là-bas.

— Et là, elle l'hypnotisa de force.

— Presque.

— Comment ça, presque ?

Les taches rouges qui grandissaient sur les joues de Patrick n'étaient pas dues au fait qu'il avait gardé la tête appuyée sur ses poings tout au long de la lecture. Au fil des secondes, il semblait avoir de plus en plus chaud, alors que la température ne cessait de baisser. Le professeur le nota mentalement, sans toutefois savoir si ces réactions revêtaient une quelconque importance. Puis il reprit.

— Eh bien, elle échoua. Du moins, en partie. Sophia lui déposa de la scopolamine dans les yeux, provoqua une transe et l'aspergea d'alcool. Ainsi, la personne qui le retrouverait en déduirait qu'il s'était saoulé. Mais cette fois, tout ne se déroula pas comme prévu. Peut-être qu'ils furent dérangés, peut-être qu'elle commit une erreur. Et puis, je vous le disais, on ne peut pas hypnotiser n'importe qui. De toute façon, le stratagème s'annonçait plus difficile avec Bruck qu'avec les autres. Toutefois, Sophia réussit à le priver de toute capacité à communiquer, raison pour laquelle il ne put prévenir Caspar. Mais il recouvra peu à peu ses facultés. Rappelez-vous du moment où il essaya d'écrire le nom de Sophia sur la vitre avec son propre sang.

Les deux étudiants opinèrent du chef.

— Quoi qu'il en soit, Sophia avait considérablement affaibli Bruck, sans pour autant parvenir à lui implanter l'ordre post-hypnotique. Lorsque Schadeck l'évacua du motel, Bruck mobilisa toutes ses forces et réussit à sortir de sa léthargie.

— De quelle façon ?

— En se plantant un couteau dans la gorge.

— Je vous demande pardon ?

L'horreur se lisait sur le visage de Lydia, tandis que Patrick restait pantois.

— Oui. Ensuite, pourquoi ce geste-là précisément, difficile à expliquer. D'après les recherches effectuées, Bruck avait failli s'étouffer en avalant une guêpe quand il était enfant. On peut supposer que Sophia lui a fait revivre ce traumatisme.

— D'où cette blessure ?

Lydia porta la main à la gorge et avala sa salive.

— Oui. Une fois dans l'ambulance, Bruck se retrouva en phase d'éveil et crut étouffer. Il se souvint qu'un stimulus extrême, par exemple une douleur intense, pouvait mettre un terme à l'hypnose qui n'avait pas entièrement abouti chez lui, contrairement aux autres victimes. Par ailleurs, en tant que médecin, il savait pertinemment que ce type de blessure, même si son pronostic vital n'était pas engagé, nécessiterait une intervention immédiate. Et, il était à proximité de la clinique Teufelsberg, là où se trouvaient non seulement la coupable, mais aussi sa victime suivante : Haberland, son patient. Arrivés à ce point, nous entrons dans le domaine de la spéculation car Bruck, après les terribles événements survenus cette nuit-là, ne put donner aux policiers que des informations très parcellaires. Je n'ai d'ailleurs pas eu accès à l'ensemble de ses dépositions. Peut-être était-ce le fruit du hasard, peut-être voulut-il faire d'une pierre deux coups, toujours est-il que son geste extrême eut l'effet escompté : Schadeck perdit le contrôle de l'ambulance et Bruck fut admis à la clinique.

— Point de départ de toute l'histoire.

— Pas si vite.

— Comment ?

Le professeur scruta une nouvelle fois les visages désorientés de ses cobayes.

— Vous oubliez Linus.

Aujourd'hui, 15 h 13

Patrick regarda machinalement sa montre. 23 décembre, la veille du réveillon de Noël. Mais le professeur savait que l'heure n'était certainement pas la principale préoccupation de son sujet d'étude.

— Mais oui, Linus ! Qu'est-ce qu'il est devenu ?

Sophuétient.

Le professeur poursuivit ses explications.

— Sophia perça le réservoir du chasse-neige pour que Bruck ne puisse plus quitter la clinique.

— Dans quel but ?

— Pour le tuer, Lydia, car il était un témoin à charge. De plus, elle devait absolument éviter toute rencontre entre Bruck et Haberland, sa dernière victime, le point d'orgue de sa machination. Tard dans la soirée, elle se faufila dans la chambre de Bruck et essaya de l'étouffer avec un oreiller, semble-t-il. Un décès qui n'aurait rien eu de suspect, étant donné sa blessure au niveau des voies respiratoires. Mais Linus, un insomniaque qui passait ses nuits à arpenter les couloirs de la clinique, la surprit en flagrant délit.

— Il réveilla Haberland et lui raconta ce qu'il avait vu : *Sophuétient.* Sophia veut tuer le patient !

— Et c'est *là* que l'histoire commence.

Patrick, tremblant, sortit les mains des poches de son manteau et saisit la bouteille d'eau, sans toutefois en boire une seule gorgée.

— Tout à fait. Interrompue par Linus, Sophia ne put accomplir son crime. Bruck sauta par la fenêtre, ce qui obligea la psychiatre à prendre une décision. Comment expliquer sa présence dans cette chambre à minuit passé, vêtue d'une simple chemise de nuit ? Comment neutraliser Linus qui, certes, souffrait de problèmes d'élocution, mais n'était pas idiot, loin de là ? Prise de panique, elle choisit la fuite en avant. Elle rédigea une devinette, ôta sa robe de chambre et s'installa dans la baignoire. Lorsque Haberland entra et découvrit le papier, il en conclut tout naturellement que Sophia était la quatrième victime du Briseur d'âmes. En fait, elle cherchait surtout à gagner du temps, à créer une diversion et à semer le trouble. Contre toute attente, l'occasion idéale se présenta : en faisant preuve d'habileté et en improvisant sans commettre d'erreur, elle briserait l'âme d'Haberland tout en accusant Bruck. Elle disposerait même de nombreux témoins pour confirmer la culpabilité de Bruck. Mais pour cela, les volets devaient rester baissés.

— C'est pour cela qu'elle a tué Rassfeld ?

— Exactement, Lydia. La seule personne avec elle à connaître le code. Tandis que Yasmin allait chercher des bouchons d'oreille, que Schadeck se changeait et que les autres activaient le sarcophage, elle assomma Rassfeld avec une chaise. D'où le sang retrouvé par terre, près du scanner. Puis elle le traîna jusque dans la salle d'autopsie et l'enferma dans un des tiroirs réfrigérés.

— Et la devinette ? Comment savait-elle qu'ils finiraient par découvrir le corps de Rassfeld ?

— Elle l'ignorait. C'était le fruit du hasard, et l'énigme en elle-même ne comportait pas de signification particulière. Yasmin, toujours aussi attentionnée, était allée chercher des vêtements de rechange pour Sophia dans la chambre de celle-ci. Entre autres, sa blouse, où se trouvait déjà la devinette qu'elle avait préparée pour Caspar. Elle la déposa dans la bouche de Rassfeld, retourna ni vu ni connu dans la salle d'IRM et reprit sa place dans le scanner. Une fois de retour, Yasmin constata que le professeur avait disparu et courut chercher de l'aide. Sophia entreprit alors de s'attacher à la table d'examen.

— Ce qui explique le bras libre mentionné à la page 63.

Le professeur leva l'index, signe qu'il approuvait l'intervention de Patrick.

— Tout à fait. Puis elle se mit à crier afin d'écarter tout soupçon.

— Diabolique, reconnut Lydia en recommençant à tirer sur sa lèvre inférieure. Elle a fait en sorte qu'ils poursuivent la victime et protègent la coupable.

— Et la salle d'IRM ? demanda Patrick d'une voix où pointait à nouveau la méfiance. Pourquoi Bruck y a-t-il enfermé Caspar et Bachmann lorsqu'ils ont déclenché l'incendie ?

— Parce que là, ils seraient en lieu sûr. Mais pour éviter qu'ils ne meurent asphyxiés, il voulut les faire sursauter et alluma le scanner. Trop tard, hélas : le feu était déjà parti, et Bruck n'avait pas la clé permettant de leur ouvrir la porte.

— OK, je comprends. Et les bruits qu'ils ont entendus, c'était Linus qui allait prévenir la police ?

— Non, il s'agissait de la tempête de neige. Mais le musicien ne leur en a pas moins sauvé la vie. Il parvint à s'échapper par la terrasse juste avant l'activation du sarcophage. Il ficha d'ailleurs une peur bleue à Yasmin lorsqu'elle l'aperçut dehors, quelques minutes plus tard, alors qu'elle fermait les chambres à clé. Après avoir sauté dans le vide et malgré une entorse à la cheville, Linus parvint à regagner la route puis le quartier résidentiel, où Mike Haffner faillit le renverser plusieurs heures après.

— Et c'est lui qui a alerté les autorités ?

Le professeur approuva.

— Les policiers ont mis un certain temps pour comprendre le charabia de Linus, mais, fort heureusement, Bruck était parvenu à mettre les autres en lieu sûr, certes contre leur gré. Dirk Bachmann, Sybille Patzwalk, Greta Kaminsky et M. Ed ont survécu. Yasmin fut elle aussi sauvée *in extremis*.

Il soupira.

— Mais, malheureusement pour Haberland, l'intervention des forces de l'ordre eut lieu trop tard.

— Trop tard ? Qu'est-ce qui lui est arrivé ? Et où se trouve Sophia, à l'heure actuelle ?

Patrick leva la tête et regarda son professeur en plissant les yeux, comme aveuglé.

Ce dernier se tourna de nouveau vers la fenêtre et fixa la faible lueur du crépuscule.

— C'est justement la raison de notre présence ici, chuchota-t-il.

— Comment ça ? risqua Lydia.

— Cela fait partie de l'expérience. Voilà pourquoi je vous ai demandé de lire le dossier médical avec autant d'attention.

— Dans quel but ?

— Afin d'évaluer le pourcentage de vérité contenu dans cette histoire. Afin de découvrir ce qu'il est réellement advenu de ses protagonistes.

Aujourd'hui, 15 h 15

Le radiateur électrique avait beau fonctionner à plein régime, la température dans la bibliothèque semblait baisser à mesure que le professeur s'exprimait.

— Tout ce que je peux vous dire, c'est qu'on n'a plus jamais revu Sophia.

À présent, le professeur paraissait vieilli de dix ans.

— Quant à Marie, elle se trouve toujours en soins intensifs à l'hôpital de Westend. Elle n'est plus sous assistance respiratoire et communique à l'aide de sa paupière droite, mais les médecins n'ont malheureusement pas noté d'autres progrès significatifs.

— Et Sophia, elle l'a abandonnée ? Après tout ce qu'elle a fait ?

— Il semblerait, oui.

Au moment où le radiateur grinça, le professeur faillit se retourner pour fixer le feu de cheminée. Il poursuivit, tout en se demandant si son auditoire remarquait son trouble grandissant.

— Cependant, un an plus tard, les infirmières découvrirent un petit cadeau posé sur la table de chevet de Marie.

— Quel genre de cadeau ? interrogèrent à l'unisson Patrick et Lydia.

— Il était emballé dans une boîte carrée de couleur lilas. Elle renfermait une chaîne ornée d'un pendentif. Vous devinez sans doute à qui appartenait ce bijou.

Lydia hésita et leva la main, à la manière d'une écolière.

— Personne ne l'a vue ?

— Un service de soins intensifs n'a rien d'un quartier de haute sécurité, et le port d'un masque de protection est obligatoire pour la plupart des visiteurs. Donc non, on ne l'a jamais vue ni entrer ni sortir.

— Jamais ?

— Et elle n'en est pas restée là. À chaque Noël, on découvre un nouveau cadeau : une miniature de parfum dont on retrouva quelques gouttes sur le front de Marie, une petite boîte à musique, une pièce de monnaie de collection… toujours accompagnés d'un morceau de papier plié en deux.

Lydia prit une grande inspiration.

— Qu'y a-t-il écrit dessus ?

— Rien. Ce n'est qu'une page blanche.

Le professeur ouvrit la main, à la manière d'un magicien venant de faire disparaître un foulard.

— Et les signes de vie que donne Sophia se limitent à ces cadeaux ?

— Pas tout à fait, Patrick. Selon la rumeur, elle aurait entamé une thérapie avec un psychiatre renommé ; sous une fausse identité, naturellement : Anna Spiegel, paraît-il.

À l'évocation de ce nom, les deux étudiants sursautèrent. Patrick ouvrit lentement la bouche.

— Et ce psychiatre s'appelle… ?

— Viktor Larenz, nous en avons parlé au tout début de l'expérience. Malheureusement, il est désormais impossible de l'interroger sur cette affaire. Toutefois, à la fermeture de son cabinet, on retrouva le dossier médical que vous venez de lire, et le débat fait encore rage aujourd'hui sur l'identité de son auteur : lui ou sa terrible patiente ? Supposons que ce cas l'ait lui aussi rendu malade : Sophia Dorn, alias Anna Spiegel, serait la représentation réelle d'une figure imaginaire que Larenz aurait en quelque sorte réactivée plus tard, lors d'une crise de schizophrénie. Mais cette théorie ne repose sur aucun élément probant, et ce n'est d'ailleurs pas ce qui nous intéresse ici.

— Si, au contraire, car vous nous avez donné ce truc à lire, répliqua Patrick en tapotant la couverture de son fascicule. D'après vous, qui l'a rédigé ?

— Eh bien... Pour être tout à fait honnête, je dois attirer votre attention sur un indice caché dans le texte lui-même : page 154, lignes 34-35.

— Le protocole Alzner ? lut lentement Lydia.

Le professeur inspira profondément.

— Peut-être l'anagramme de Larenz.

— Mais pourquoi Larenz inventerait-il un jeu de mots pareil dans son propre dossier ?

— Le professeur essaie justement de nous l'expliquer, rétorqua Lydia en fusillant son petit ami du regard. Sophia en est l'auteur.

Patrick rit, incrédule.

— C'est impossible. Le rapport est presque exclusivement rédigé selon le point de vue de Caspar. Comment Sophia saurait-elle ce qu'il a vécu, pensé et ressenti... ?

Après une brève hésitation, il se décomposa.

— ... si Sophia n'était pas dans sa tête ? Exactement.

Le professeur passa une main tremblante dans sa chevelure clairsemée.

— Plus d'une heure et demie s'écoula entre l'hypnose de Haberland et l'arrivée de la police, ce qui laissa largement le temps à Sophia de prendre ses informations à la source. Elle détenait la clé qui la mènerait au cerveau de Haberland. Elle a très bien pu apprendre le reste en lisant la presse. Par exemple, le fait que Mike Haffner ait failli renverser Linus.

C'en était trop pour Patrick, qui bondit de sa chaise, furieux.

— En résumé, on vient de se farcir un document issu tout droit du cerveau d'une meurtrière et capable de rendre un psychiatre fou à lier ?

— Doucement, doucement. Il ne s'agit que d'une hypothèse, je peux très bien me tromper. De plus, vous vous trouvez tous deux sous surveillance médicale. Si, au cours des prochains jours, vous ressentez quoi que ce soit d'inhabituel, contactez-moi immédiatement.

Il sortit des Post-it de sa sacoche.

— Comment ça ? On est censés ressentir quoi ? demanda Patrick tandis que le professeur se munissait d'un stylo-bille.

— Comme nous le savons tous désormais, Sophia Dorn était obnubilée par l'idée d'hypnotiser les gens malgré eux. D'après les experts, elle a certainement mis à profit toutes ces années de cavale pour continuer à développer sa méthode.

— Vous voulez bien arrêter de tourner autour du pot ?

À présent, l'étudiant s'adressait au professeur sans le moindre respect. Mais ce dernier ne lui en tint pas rigueur, étant donné les circonstances.

— Depuis longtemps, le débat fait rage au sein de la communauté scientifique : la lecture d'un texte peut-elle suffire à hypnotiser quelqu'un ?

— Pardon ?

— Le protocole Alzner mentionné existe-t-il vraiment ? Peut-être que vous en avez un exemplaire sous les yeux, à l'heure où je vous parle ? Un texte renfermant un message subliminal seulement perceptible par l'inconscient.

— Vous n'êtes pas sérieux ?

La voix de Patrick commençait à trembler sous l'effet de la panique.

— Nous avons lu un texte issu d'un cerveau malade et nous sommes peut-être sous hypnose ?

Le professeur opina du chef.

— Cette expérience va nous permettre de le découvrir. Si j'avais vendu la mèche, elle aurait perdu tout son intérêt. Je vous présente mes excuses. Mais personnellement, je n'y crois pas. Je pense qu'il s'agit d'une légende urbaine, d'un mythe scientifique, dont nous prouverons ensemble l'absurdité.

— Et dans le cas contraire, que va-t-il nous arriver ?

— Je ne sais pas. Mais je vous l'ai dit, si quelque chose de bizarre se produit et que cela vous inquiète, appelez-moi.

— Et vous pourrez nous sortir de cette transe ? Enfin, si nous sommes effectivement hypnotisés ?

Lydia battait rapidement des paupières.

— *Si* vous l'êtes, oui. De toute façon, je connais le mot de passe.

— Quel mot de passe ?

— La réponse à la dernière devinette : « On me jette lorsque je suis utile. On me récupère une fois que je ne sers plus. » Si ce texte contient un message subliminal, nous pouvons supposer que son effet post-hypnotique peut être annulé grâce à un mot de passe.

— Supposer… C'est rassurant… Allez-y, crachez le morceau : quelle est la réponse ?

Le professeur secoua la tête tandis que Patrick pointait vers lui un index menaçant.

— Si je vous la révélais maintenant, l'expérience serait vouée à l'échec. Attendez plutôt de constater ou non un changement dans votre vie. Prenez des notes et surtout, ne vous faites pas de souci. Je suis joignable de jour comme de nuit. Il ne vous arrivera rien.

— Je ne sortirai pas d'ici avant de connaître ce fichu mot de passe, s'écria Patrick.

La porte située derrière lui grinça et un homme âgé passa la tête par l'entrebâillement, l'air inquiet.

— Ça va, aucun problème, tout se passe bien, le rassura le professeur.

L'homme haussa les sourcils et referma la porte.

— Non, ça ne va pas du tout. Donnez-nous la solution de la dernière énigme ou je…

— D'accord, d'accord.

Le professeur, qui avait envisagé ce scénario, s'approcha des étudiants et colla sur leur fascicule un Post-it où figurait une adresse électronique.

Lydia et Patrick l'interrogèrent du regard.

— Au moindre doute, envoyez-moi un e-mail et je vous communiquerai immédiatement la réponse. Il ne tient qu'à vous d'interrompre ou non l'expérience. Je vous prie toutefois de ne prendre cette décision qu'en dernier recours. Et ce, au nom de la science. Nous sommes bien d'accord ?

Le professeur tourna les talons, ramassa sa vieille sacoche et commença à rassembler ses affaires.

Lydia se leva.

— Mais on a fini par trouver la réponse, n'est-ce pas ? demanda-t-elle d'une voix mal assurée. Haberland a bien survécu ?

Le professeur, sur le point de ranger le protocole d'origine, se figea, les yeux voilés de tristesse.

— Non, murmura-t-il doucement.

Lydia lui adressa un petit signe de tête, comme si le professeur n'avait besoin que d'un simple encouragement pour exprimer la plus douloureuse des vérités. Elle lui avait déjà semblé nue et fragile dans ce bar miteux à la musique assourdissante, mais bien moins qu'en cet instant. Il lui répondit tout en se demandant si elle en était consciente.

— Hélas, Niclas Haberland n'a pu être sauvé à temps.

Aujourd'hui, 15 h 42

— Vous avez été très courageux.

Le vieil homme referma le portail rouillé, rangea son gros trousseau de clés dans la poche de sa veste et enfila ses gants.

— Je ne pensais pas vous revoir ici.

— Oh, juste le temps d'une petite réunion, expliqua le professeur en riant. Et vous, fidèle au poste ?

— Hélas, oui, grogna le gardien. Je viens jeter un coup d'œil une fois par mois, histoire de compléter ma retraite. Pour ça, inutile de compter sur ma femme.

— Personne n'a jamais voulu racheter la villa ?

Bachmann renifla, tout en contemplant la façade envahie par le lierre.

— Oh, si. Évidemment, après la mort de Rassfeld, le bâtiment est resté fermé quelque temps. Aucun élément concret n'a filtré dans la presse, mais les rumeurs allaient bon train. Pas étonnant, puisque personne ou presque ne s'est exprimé officiellement sur cette affaire. Bruck est rentré à Hambourg. On lui a proposé d'écrire un livre sur ce qui s'est passé cette nuit-là, mais il a refusé. La cuisinière s'est reconvertie dans l'hôtellerie. Quant à Yasmin, elle a enregistré avec Linus un disque qui a eu un certain succès, paraît-il. Je me demande ce qu'en penserait l'autre folle.

Bachmann observa deux corneilles passer dans le ciel.

— Seule Greta s'est exprimée lors d'une interview. Elle a prétendu que les événements l'avaient guérie de ses angoisses et qu'elle pouvait désormais rester seule à Noël. Vous y croyez, vous ?

Les corneilles se séparèrent pour se rejoindre quelques secondes plus tard. Bachmann se tourna vers le professeur, qui voyait de moins en moins bien. Il ne pouvait certainement plus lire sans lunettes.

— Certains continuent à croire qu'un massacre a eu lieu ici, que des patients se sont entre-tués et que cet endroit est hanté. C'est stupide, mais, apparemment, ça suffit à décourager les acheteurs potentiels. Pourtant, ce n'étaient pas les projets qui manquaient, de la résidence de luxe au restaurant en passant par l'hôtel, mais ils sont tous tombés à l'eau.

— On reparle parfois de Sophia ?

À l'évocation de ce nom, le gardien tressaillit légèrement et se gratta la tête.

— Les enfants du coin prétendent que c'est une sorcière qui vit toujours ici, sous les toits, avec sa fille handicapée. Vous voyez le genre.

Il avait beau essayer de rire, c'était la première fois que le professeur devinait autant de tristesse chez quelqu'un.

— Enfin, sans vouloir vous offenser. Bon, je vais faire une dernière fois le tour de la villa, Cas... Désolé.

— Ce n'est rien, répondit Haberland en lui tendant la main. Je vous souhaite un joyeux Noël. Ce fut un plaisir de vous revoir, et merci pour l'accueil.

— Il n'y a pas de quoi, du moment que ça ne devient pas une habitude.

Les deux hommes se saluèrent une dernière fois de la tête, puis partirent chacun de leur côté. Deux hommes tellement éprouvés par les horreurs traversées ensemble qu'ils ne pouvaient plus rien partager, pas même une brève discussion.

Haberland remonta le col de son manteau élimé pour se protéger du vent et avança prudemment le pied dans l'allée qui descendait en pente douce jusqu'à la route. La météo ayant annoncé des averses de neige et du verglas, il avait prévu ses grosses bottes d'hiver. Autrefois, il était venu chaussé de simples souliers de cuir, causant ainsi sa perte.

Autrefois. Dans une autre vie.

Il était devenu quelqu'un d'autre. Il n'avait pas menti en affirmant à Lydia que Niclas Haberland était mort. L'homme qui portait ce nom gisait en lui, brisé. Bruck avait fini par trouver la solution au bout de deux jours, mais c'était déjà trop. Il avait retrouvé le monde réel, mais pas sa véritable identité.

« On me jette lorsque je suis utile. On me récupère une fois que je ne sers plus. »

Il s'était souvent demandé quel était le but de ces énigmes. Sophia fournissait à ses victimes une porte de sortie dont Marie ne disposait pas. Il avait d'abord interprété ce geste comme un dernier sursaut d'humanité, puis comme l'expression d'un fol espoir selon lequel un simple mot suffirait à libérer sa fille de son labyrinthe de souffrance. Mais après plusieurs années de tourments, il avait fini par comprendre. Les devinettes faisaient partie intégrante du châtiment, elles prouvaient la toute-puissance de Sophia. Elle avait envoyé Haberland en enfer, fermé la porte et laissé la clé dans la serrure, car il lui était complètement égal que quelqu'un réussisse à le libérer. En effet, elle seule pouvait détenir le pouvoir de le réexpédier en enfer, et ce, à tout moment.

Reviens me chercher…

Depuis cette nuit-là, il vivait dans l'angoisse la plus profonde. Il se disait que si l'on n'avait plus jamais revu Sophia, c'était parce qu'elle vivait désormais en lui. Pas au sens propre, bien sûr, mais au sens figuré. Puisqu'elle avait fait en sorte qu'on le libère de sa léthargie grâce à un seul mot, pourquoi ne pas ancrer en lui un deuxième ordre post-hypnotique dont il ignorait tout ? Elle l'avait gardé assez longtemps en son pouvoir pour extraire de son cerveau toutes les informations nécessaires à la rédaction de ce dossier médical.

Voilà pourquoi il sursautait au moindre coup de téléphone, à la moindre voix inconnue, au moindre mot étranger. Il s'attendait au pire depuis qu'il avait échappé au purgatoire de sa propre âme. Et c'était aussi la raison qui l'avait poussé à mener cette expérience. Il voulait savoir une bonne fois pour toutes si Sophia avait trouvé le moyen de prendre le contrôle de quelqu'un, des années après sa disparition.

Haberland avala sa salive. Il avait la gorge un peu irritée, peut-être le signe d'un début de rhume. Ses cicatrices le démangeaient légèrement. C'était la même chose chaque fois ou presque que l'on annonçait des chutes de neige. Ses brûlures sur le torse se réveillaient toujours en premier, et plus les années passaient, plus les tissus nécrosés de ses poignets étaient sensibles aux variations de température.

Soudain, il sentit un museau humide se poser sur sa main droite et baissa les yeux.

— Ah, te voilà, dit-il au chien, qui remuait la queue.

Ce dernier avait disparu dans la forêt, tandis que Haberland discutait avec Bachmann. Mais il ne s'éloignait jamais bien longtemps. Il avait de plus en plus mal à bouger ses pattes arrière, même le temps d'une courte promenade, et ne voyait quasiment plus rien du seul œil qui lui restait, le droit. Haberland ne tenait plus Tarzan en laisse depuis bien longtemps.

— Faisons attention à ne pas trébucher, hein ? Marie nous attend.

Il caressa le vieux chien sur la tête et se retourna une dernière fois. La villa s'élevait dans le gris de l'hiver tel un sombre monolithe. Les fenêtres du rez-de-chaussée étaient condamnées. À l'étage, le dernier agent immobilier à s'être déplacé avait simplement tiré les vieux rideaux. Pas une seule lumière dans tout le bâtiment. Seule l'entrée était éclairée par une petite lanterne.

Haberland plissa les yeux. L'espace d'un instant, il crut voir une ombre bouger derrière l'un des rideaux délavés. Là-haut, au quatrième étage, sous les toits. Mais la nuit commençait à tomber, et lui mieux que quiconque savait qu'ici, même en plein jour, différencier la réalité de l'illusion n'était pas chose facile.

Certainement le fruit de son imagination. Ou un rat. Ou un courant d'air causé par une fenêtre cassée.

Haberland tira sur sa manche et se gratta le poignet.

Les météorologues disaient vrai. Il va y avoir de la neige.

Il se tourna vers Tarzan, qui le regardait impatiemment.

— Qu'en penses-tu ? Tu crois que cette année, nous fêterons Noël sous la neige ?

Le chien s'élança joyeusement. Haberland lui emboîta le pas, mais un peu trop vite. Il glissa et leva le bras gauche. Sans ses bonnes chaussures, il aurait perdu l'équilibre. Il suivit les traces qu'il avait laissées à l'aller, dans la neige à moitié fondue. Prudemment, pas à pas, il regagna la route, tournant définitivement le dos à la vieille bâtisse de la colline Teufelsberg, siège de ses pires angoisses. À présent, vide et exsangue, elle attendait qu'un miracle survienne. Que quelqu'un époussette les meubles, allume un feu dans la cheminée et place une vive lumière à chaque fenêtre, afin de purifier ce lieu de son terrible passé et des esprits malfaisants qui le hantaient.

Que tout redevienne comme avant.

Annexe, remerciements et excuses

Vous, je ne sais pas, mais moi, je fais partie de ceux qui lisent toujours les remerciements avant même d'entamer le premier chapitre. Cette habitude m'a déjà gâché un certain nombre d'intrigues, car nombreux sont les écrivains à profiter des dernières lignes de leur ouvrage pour indiquer leurs sources, révélant souvent par la même occasion le thème clé du roman et son dénouement.

Ainsi, j'ai récemment lu un thriller historique où l'on est censé apprendre seulement à la fin que le meurtrier souffre de troubles de la personnalité multiples. Et comme j'avais commencé par les remerciements, je connaissais l'issue avant d'avoir lu la première page.

Pourquoi j'en parle ici ? Parce que j'aimerais vous indiquer quelques références, si vous souhaitez approfondir les sujets médicaux abordés dans ce thriller psychologique. Certains éléments paraissent à peine croyables, et pourtant, sachez qu'ils font l'objet de récents débats.

Mais comment vous le prouver sans trop dévoiler l'intrigue ? Heureusement, il existe un ouvrage de référence au titre anodin, *Unsichtbare Ketten*, du psychologue Hans Ulrich Gresch. Caspar ne s'en souvient pas précisément, mais il le cite quasiment mot pour mot.

Au moment de l'impression, il était possible de télécharger gratuitement *Unsichtbare Ketten* sur Internet, ce dont je suis très reconnaissant à l'auteur (mais avant de chercher sur Google, attendez d'avoir terminé votre lecture !). *Fundamentals of Human Neuropsychology*, l'ouvrage passionnant que Caspar découvre dans la bibliothèque, existe lui aussi pour de vrai : il est l'œuvre de Bryan Kolb et Ian Q. Whishaw.

En revanche, la clinique Teufelsberg, tout comme le reste de l'intrigue, est le fruit de mon imagination. Mais comme tout bon mensonge, cette fiction comporte une minuscule part de vérité. C'est pourquoi je me suis inspiré d'une clinique privée située sur la vraie colline Teufelsberg de Berlin. Dans un accès de mégalomanie typique des écrivains, je l'ai simplement placée un peu plus loin dans la Grunewald. Quant à l'histoire de cette colline artificielle, elle est largement documentée.

Vous aurez certainement reconnu la chanson que Caspar apprécie tellement : « In Between Days », de The Cure. Et si vous n'avez pas encore résolu la dernière devinette du Briseur d'âmes, un petit indice : la solution se trouve dans les remerciements suivants. N'est-ce pas, Gerlinde ?

Comme toujours, je remercie en premier lieu mes lecteurs. Sans vous, je me trouverais dans l'obligation de gagner ma vie d'une façon bien moins plaisante : en travaillant, par exemple. Merci aussi pour vos nombreuses observations et suggestions, pour vos remarques, positives comme négatives, que je reçois notamment par mail à cette adresse :

fitzek@sebastianfitzek.de

ou sur mon site :

www.sebastianfitzek.de

Parfois, j'ai l'impression d'être un chanteur qui se contente de monter sur scène tandis que des dizaines de techniciens s'affairent en coulisses. Par exemple :

Roman Hocke, le seul homme à qui l'on peut dire : « Tu es le meilleur agent littéraire du monde », sans que cela lui monte à la tête.

Manuela Raschke : sans toi, je serais perdu, ruiné et sans doute incarcéré.

Gerlinde : la plus grande fan de thrillers de la planète. Cette fois encore, tes conseils avisés m'ont été indispensables. Merci d'être mon ancre dans le tourbillon de la vie.

Sabine et Clemens Fitzek : vos connaissances médicales me permettent de briller. C'est vous qui m'avez parlé de la virtopsie. Et hop, si je me trompe, je vous fais porter le chapeau. Pas mal, hein ?

Christian Meyer : c'est cool, avec ta carrure, tout le monde te prend pour mon garde du corps. À partir d'aujourd'hui, tu viens à toutes mes conférences de presse et je te laisse répondre aux questions sur les armes à feu.

Sabrina Rabow : mieux vaut être peu mais bien entouré. Mais pour d'autres raisons également, je suis heureux de t'avoir rencontrée il y a des années et que tu sois mon attachée de presse.

Nombreuses sont les personnes à m'impressionner par leurs compétences, leur culture et leur créativité. Elles m'inspirent, et je leur en serai éternellement reconnaissant : Zsolt Bács, Oliver Kalkofe, Christoph Menardi, Jochen Trus, Andreas Frutiger, Arno Müller, Thomas Koschwitz, Simon Jäger, Thomas Zorbach, Jens Desens, Patrick Hocke, Peter Prange. Sans oublier mon père, Freimut Fitzek, évidemment !

Venons-en à ceux que je ne peux décemment pas oublier dans ces remerciements, et sans qui il n'y aurait même pas d'écrivain.

Carolin Graehl : tu es une lectrice aussi sérieuse que bienveillante. Et ce qui te rend parfaite, ce sont – entre autres choses – les questions précises que tu me poses sur le manuscrit. C'est d'abord grâce à toi que des idées jetées sur le papier deviennent un roman digne d'intérêt.

Regine Weisbrod : incroyable. Je comprends pourquoi tant d'auteurs t'admirent. Si tu ne supervises pas la rédaction de mon prochain livre, je te tue ! (Ce n'est pas une blague, il y aura un cadavre qui portera ton nom !)

Dr Andrea Müller : vous m'avez découvert et fait de moi un écrivain. Heureusement, nous avons pu travailler une dernière fois ensemble avant que vous cédiez aux sirènes de la concurrence.

Beate Kuckertz et Dr Hans-Peter Übleis : merci de me fournir au cours des prochaines années ce dont d'autres se contentent de rêver : l'argent. Non, je veux bien sûr parler de votre accueil au sein de cette merveilleuse maison d'édition qu'est Droemer Knaur.

Klaus Kluge : tes stratégies marketing sont toutes plus originales et décalées les unes que les autres, ce qui te vaut non seulement l'admiration de tes collègues, mais aussi la mienne. Dommage que mes poignées de main moites ne te rapportent rien.

Sibylle Dietzel : je vous remercie d'avoir mis mes idées en valeur grâce à vos talents de maquettiste.

Une fois encore, les personnes les plus importantes viennent conclure les remerciements : la véritable [illegible] travaillant à la production, la vente, dans les librairies et les bibliothèques. C'est avant tout grâce à elles que vous avez ce livre entre les mains.

Enfin, je dois présenter mes excuses auprès de ceux que j'ai honteusement exploités afin de pouvoir écrire ce livre. Par exemple, Helmut Rassfeld, avec qui j'ai collaboré de nombreuses années à la radio et qui a donné son nom à un personnage qui ne lui ressemble absolument pas, encore heureux. Mme Patzwalk travaillait à la cantine de mon jardin d'enfant (merci de ne m'avoir jamais forcé à manger du foie !). Et Fruti, désolé d'avoir appelé comme ton fils un personnage pour le moins bizarre. Le seul qui n'a pas le droit de se plaindre, c'est Marc. Tu as insisté pour que j'utilise un jour ton nom de famille. C'est quoi, déjà… ? On ne devrait jamais réclamer à tort et à travers. Votre souhait a été exaucé, monsieur Haberland.

Sebastian Fitzek

P.-S. : Ne vous inquiétez pas, ce que vous avez lu n'est qu'un roman. Ce dossier médical n'existe pas pour de vrai. Enfin, j'en suis presque certain…